O Lado Bom de Ser Traída

OBRAS DA AUTORA JÁ PUBLICADAS

SÉRIE MOSAICO

Prelúdio no cinismo
O lado bom de ser traída
Epílogo
Consequências
Tutor
Sr. G
Eu, ele e sr. G
Pertinácia

OUTROS

A fênix de Fabergé

SUE HECKER

O LADO BOM DE SER TRAÍDA

Rio de Janeiro, 2023

Contatos: Rua da Quitanda, 86, sala 218 — Centro — 20091-005
Rio de Janeiro — RJ
Tel.: (21) 3175-1030

Edição: *Julia Barreto*

Assistência editorial: *Marcela Sayuri*

Copidesque: *Angélica Andrade*

Revisão: *Daniela Georgeto e Pérola Gonçalves*

Design de capa: *Renata Vidal*

Diagramação: *Abreu's System*

Publisher: *Samuel Coto*

Editora executiva: *Alice Mello*

CIP-Brasil. Catalogação na Publicação
Sindicato Nacional dos Editores de Livros, RJ

H353L
2. ed.
Hecker, Sue
O lado bom de ser traída / Sue Hecker. - 2. ed. - Rio de Janeiro : Harlequin, 2023.
384 p. ; 23 cm.

ISBN 978-65-5970-265-7

1. Romance brasileiro. 2. Literatura erótica brasileira. I. Título.

23-83571 CDD: 869.3
CDU: 82-31(81)

Meri Gleice Rodrigues de Souza – Bibliotecária – CRB-7/6439

CAPÍTULO 1

Bárbara

Amei o Caio por cinco lindos e maravilhosos anos...

Embora ele seja um homem de negócios de sucesso, o que já seria bastante admirável, não foi isso o que me atraiu.

Ele é irresistível. *Caliente* como o inferno. Sem contar o olhar intenso, que, quando se prende em mim, arrepia até a alma.

E o beijo. Este é de me tirar o fôlego, para não encontrar mais.

Sério, o amor que sinto por Caio não cabe em mim. É quase palpável. O filho da mãe, além de ser romântico, tem um corpo perfeito.

Sem querer ser indiscreta, me arranca altos gemidos na cama. É como se eu estivesse no meio de um furacão, me contorço de prazer, perdida na devassidão. Com ele, me sinto protegida, completa, feliz e amada.

Mas meu conto de fadas está se esfacelando...

Acabei de descobrir que, quando ele me dizia que precisava viajar a negócios, na verdade ia para outra cidade, fazer *outra* coisa: visitar a NOIVA — isso mesmo, a NOIVA. Que *não* era eu.

O cafajeste enrolava DUAS NOIVAS ao mesmo tempo.

Quando descobri a farsa, precisei mudar de vida e replanejar meu futuro.

Hoje em dia, se você quer trair alguém, tem que fazer direito, afinal as redes sociais são bastante reveladoras.

Descobri a traição por acaso, em um desses momentos à toa na internet.

Sinto o ódio me consumir assim que olho para a foto do cafajeste abraçando a *noiva*, os braços fortes envolvendo sua cintura, ambos com cara de apaixonados. Isso enquanto ele estava supostamente atolado de trabalho em Florianópolis.

A foto dá início a um pesadelo, ou pior: a imagem do casal trocando alianças quebra meu coração em mil pedaços. Os estilhaços voam para todo lado, e sinto como se algo tivesse sido violentamente arrancado de mim.

Saio às pressas do escritório. Os *flashes* dos dois juntos não saem da minha cabeça. As expressões de cumplicidade...

Aiii! As lágrimas rolam sem pudor, assim como os palavrões. A raiva me embala como um moletom em dia frio. Nesse momento, o grito preso na minha garganta seria capaz de matar quem atravessasse meu caminho.

Assustados, os funcionários me observam atravessando os corredores. O mundo está em câmera lenta. Queria sumir.

Prevejo as especulações que todo mundo vai começar a fazer assim que eu cruzar as portas do edifício, zonza. Patrícia, minha melhor amiga e funcionária, surge atrás de mim. *Já começou.*

— Babby, por que você está chorando assim? Aconteceu alguma coisa? Alguém morreu? — Ela praticamente implora que eu diga algo, mostrando-se bem preocupada.

— Ai, Patty... Eu fui traída! *Traída*, entendeu? Alguém morreu, sim, e foi o Caio. Aquele cretino morreu para mim! Eu não merecia!

Sinto a decepção e as lágrimas virem à tona de uma só vez, como se minha ficha acabasse de cair. Quando termino de contar tudo, Patrícia está pálida.

— A gente vai acabar com aquele canalha. — Ela franze a testa quando percebe que o comentário não ajuda muito. — Ai, desculpa. Fica calma, Babby. Vai para casa. Tenta colocar a cabeça no lugar. E me dá notícias, tá? Tô preocupada...

Assinto, porque não consigo falar. Minha voz sumiu e acho que não voltará tão cedo.

Reúno forças e vou até a sala do meu sócio.

— Você pode segurar as pontas aqui hoje? Preciso sair mais cedo.

Thiago, um amigo incrível, ainda é o mesmo nerd pragmático da época da faculdade. Ele lança um olhar estranho para mim. Desde que abrimos o escritório de contabilidade em São Paulo, sempre trabalho até tarde.

— Está tudo bem?

— A gente pode falar disso outra hora?

Ele apenas assente. Acho que notou o desgaste emocional no meu rosto.

Eu me arrasto para casa. Assim que fecho a porta, deixo que as lágrimas fluam, desaguando em um mar de angústia.

Passo pelo meu gatinho, que está enroscado na janela. Ele é tão sensível que parece entender que preciso de privacidade...

A sorte é que moro sozinha e não preciso explicar nada a ninguém. Ainda bem que meus pais moram em Aracaju, assim não precisam testemunhar o último ato do meu noivado. Seria péssimo, só um problema a mais para minha lista.

Ou não...

Um abraço materno seria perfeito. Sei que minha mãe cuidaria de mim e diria as palavras certas nesta situação horrível.

— Cachorro! — grito, já no meu quarto, enquanto tiro os sapatos e os jogo na parede. — Devia ser a cara dele.

Eu me jogo na cama e choro até não aguentar mais. Quando as lágrimas secam, não consigo me levantar. Sem forças para ir comer, deixo o sono me vencer.

No dia seguinte, ao me olhar no espelho, ainda desnorteada, estou com os olhos inchados e vermelhos. Parece que sou outra pessoa.

Ei!, diz meu reflexo. *Você vai continuar sentindo pena de si mesma ou vai reagir?*

Por enquanto, preciso viver o luto, então decido tirar uma folga.

Cinco dias de lamentação, um para cada ano dedicado ao safado.

Um safado *muito* gostoso, mas fazer o quê?

Eu me recuso a pensar no que gostava em Caio, mesmo quando sinto o corpo reagir às lembranças...

Chega! Ele quebrou meu coração, droga! É hora de esquecer.

Cinco dias, e serei outra Bárbara.

Ah, se serei.

Caio

— Vai para o inferno! E, Caio... — Ela faz uma pausa curta. — Coma o pão que você mesmo amassou, seu Diabo.

A linha cai.

Porra, Babby me xingou de uns nomes que eu nem conhecia. A merda está feita.

Sabia que uma hora teria que decidir entre minha noiva e a arquiteta, mas não achei que chegaria tão rápido.

Sei que não é fácil manter uma vida dupla, mas as duas eram minha perdição. Bárbara tem um corpo de dar água na boca, um quadril perfeito, seios que se encaixam nas minhas mãos, olhos verdes intensos e um cabelo dourado na altura da cintura. *Fico louco!* Nicole é uma ruiva safada na cama, com corpo escultural e seios que pulam do decote. *Que gostosa!* Quando bati os olhos nela, sabia que precisava tê-la. Só não imaginei que tantas curvas me fariam ficar... *noivo duplamente*.

Cacete! Fazia cinco anos que eu estava com a Bárbara. Fiquei noivo porque tinha que acontecer, cedo ou tarde, e essa decisão mudou minha vida. Ela é a mulher certa para mim, mas não existe uma explicação para a foto do noivado maluco com a outra. A legenda do post era bem clara e, ainda por cima, estou com cara de apaixonado.

O que vou fazer para recuperar minha mulher? Como vou deixar a Nicole?

Estou *muito* ferrado.

Capítulo 2

Bárbara

Chorar. Comer. Chorar. Comer. O ritual durou o tempo que me permiti. Não lembro se tomei banho, mas Dino é o único que pode reclamar. Quando jogo a bolinha, ele me olha e mia triste. Ouço o telefone tocar de novo. O descarado do Caio me ligou um milhão de vezes, mandou mensagens no WhatsApp e deixou recado na caixa de mensagem. Só li a primeira mensagem, que dizia: Meu amor, isso tudo foi só um mal-entendido. Você precisa me escutar. Liga pra mim. Te amo.

Mal-entendido? Só não joguei o celular na parede porque é um iPhone de última geração e, convenhamos, um cafajeste que nem o Caio não vale um aparelho tão caro. Mandei o porteiro proibir a entrada do vagabundo. Não quero ouvir sua voz, muito menos olhar na cara dele. Quando digo que acabou... não tem volta. Posso morrer de sofrer, mas me mantenho firme.

PRONTO. Vou dar a volta por cima. Deixar o passado para trás e transar muito. Caio era amoroso, atencioso, um deus do sexo e me fazia gemer horrores, mas quem disse que não existe um monte de caras com pau grande que pode me satisfazer e depois ir embora, sem eu precisar nem saber o nome? Sem envolvimento, não existe traição. Os homens fazem isso o tempo todo, então por que eu não posso? Fui traída, mas não morri. *MUNDO, AÍ VOU EU!*

Livre, leve e solta. Ex-loira e ex-trouxa. Saí do salão radiante, com o cabelo tingido de um castanho intenso que destaca meus olhos verdes. Fiz um cortezinho, as unhas e uma depilação total. Algumas roupas novas e... *voilá!* A nova Bárbara Nucci está na pista.

Volto ao trabalho confiante. Ninguém vai nem se lembrar da tarde fatídica em que saí chorando. Acho que a mudança surtiu efeito, porque todos se viram para me olhar. Estou me sentindo sexy, com um vestido preto, de decote discreto e um pouco acima dos joelhos, que realça e abraça todas as minhas curvas. Minha cintura fina se sobressai com um cinto fino vermelho, que combina com os sapatos *femme fatale* da mesma cor. Eu me sinto outra mulher. Foi-se a velha Bárbara! Nunca mais um homem vai pisar em mim.

Reforço meus votos com a Patrícia, que vem ao meu encontro e me dá um abraço apertado.

— Que transformação é essa? — Ela me faz dar uma voltinha. — Você está a ponto de matar qualquer um do coração.

— Estou renovada, amiga. Minha vida daqui para a frente vai ser outra.

— Fiquei preocupada com você sem dar sinal de vida! Liguei várias vezes.

— Desculpa não ter retornado, mas precisava desse tempo pra mim...

— Fez bem. Está linda.

— Mas preciso voltar a me mexer. Você ainda está indo naquela academia?

— A dos saradões suados? Opa! Só de pensar, já sinto o fogo subindo.

— Musculosos, né? Vou me matricular lá.

— É assim que se fala.

— Então vamos ao trabalho que o dia vai ser longo e a malhação também.

Dou uma piscadinha para ela a caminho da minha sala.

A manhã passa como um borrão, e me perco na papelada ao som de "On the Floor", da Jennifer Lopez. O ritmo me faz dar umas balançadinhas de ombros, mas, entre os documentos e cálculos, não percebo quando é hora do almoço.

Depois de cinco dias de chocolate, bolo e comida processada, decido que é melhor ficar na saladinha, o que se mostra uma péssima ideia, porque mal volto ao escritório e minha barriga já está roncando.

— Maldita alface sem gosto!

— Não sei por que mulheres lindas como você insistem em dietas. Estou atrapalhando?

Estava colocando a bolsa na mesa, mas me viro e vejo Thiago — ou Bigodinho, o apelido secreto que dei a ele por insistir em manter aquele montinho de pelo ralo.

Ele pede para eu acompanhar uma audiência de um de nossos maiores clientes.

— Então, Babby, consegue ir? Você conhece a *peça*, e a gente precisa puxar o saco dele o tempo todo.

— Tem outro jeito?

Percebo que Thiago não consegue tirar os olhos da minha nova versão. Que indiscreto. Nem disfarça o olhar lânguido para minhas pernas.

Eu me sento para bloquear sua visão.

— Não...

— Então vou fazer o sacrifício.

Odeio todo o processo de ir à audiência: esperar no fórum abarrotado, olhar para a cara de um juiz arrogante e ter de ficar ao lado do cliente paspalho, que não sabe fazer contas e ainda quer negociar dívidas com o governo. Pelo menos meu bolso está cheio. Não posso reclamar.

— Legal! Vai ser na vigésima vara federal.

— Vigésima vara, *hm*.

Ergo as sobrancelhas várias vezes.

— Pode me poupar dos seus pensamentos.

Quase me sinto obrigada a dizer que novas varas me atraem, mas exorcizo os pensamentos pecaminosos.

Faço uma careta quando Thiago vira as costas e começo a me preparar para ir ao calvário.

Não era a tarde de trabalho que eu gostaria de ter, mas acompanho o dr. Augusto Gusmão, advogado de nosso cliente ricaço, até a tal audiência. Quando finalmente somos chamados, entro na sala já me sentindo entediada. Mas quando ergo o olhar... Meu Deus do céu, que homem é ESTE?!

CAPÍTULO 3

Marco

Chego por volta das oito horas ao gabinete e encontro Marcelo, meu assessor supercompetente, analisando os processos.

— Dr. Marco, já separei tudo para hoje. Acho que vão ser audiências rápidas, exceto uma sobre execução fiscal contra uma grande empresa, marcada para as quinze horas.

— Obrigado, Marcelo. Vou analisar todos e depois chamo você para conversar.

Os últimos dias têm sido tensos devido a problemas pessoais. Às vezes, apenas o trabalho consegue me acalmar. Não posso permitir que ninguém destrua tudo o que conquistei.

— Doutor, caso o senhor não precise de mais nada, estou saindo para almoçar.

— Estava tão concentrado que nem olhei o relógio. Pode ir, Marcelo. Conto com você só para a audiência das quinze horas. Bom almoço.

Analisei tantos processos que a manhã voou. Não tive tempo nem de conversar com os advogados. Vai ficar para amanhã.

Não estou com fome, então continuo a trabalhar, quem sabe assim me distraio dos pensamentos ruins.

Alguém bate à porta, que está trancada, impedindo que pessoas indesejáveis entrem sem meu consentimento. Mas o inconveniente insiste. Levanto-me e, quando abro a porta, constato a presença indigesta de Paula, minha ex-mulher.

— O que você está fazendo aqui?

— Ei, fala direito comigo. Você sabe que não pode me tratar mal.

Passo as mãos pelo cabelo com vontade de arrancar cada fio. Sinto meu corpo se contrair de ódio.

— Ok, Paula. Diga, por favor, qual o motivo para você me dar a honra de sua visita.

— Marco, querido, não precisa debochar. Estava apenas passando aqui perto e senti saudade. Resolvi fazer uma visitinha surpresa e, como você é extremamente educado e não gosta de escândalos, vai ser bonzinho e me deixar entrar.

— Vou ser claro e direto. Aqui não é um shopping em que você entra a qualquer hora. É meu local de trabalho, e você tem que respeitar. Caso queira falar comigo, me telefone e marque um encontro ou algo assim, mas não volte aqui.

Minha vontade é gritar.

— Calminha aí, garanhão! Pode deixar que mais tarde passo no seu apartamento.

Ela finalmente vai embora com a maior cara lavada, rebolando feito uma cobra. Como pude ter me casado com alguém assim? Perdi a fome de vez.

Volto ao trabalho até a última audiência do dia. Quando o relógio marca quinze horas, peço a Marcelo para chamar as partes.

Já na sala de audiências, vejo uma pessoa entrar, parecendo entediada, absorta em pensamentos. Quando ela levanta a cabeça, fico paralisado. *Uma mulher perfeita.* Olhos cor de esmeralda e boca carnuda pintada de vermelho. Involuntariamente, meu olhar percorre seu corpo, cada centímetro que o vestido deixa à mostra. Espetacular. Ela seria capaz de mexer com a cabeça de qualquer homem. Eu a escrutino enquanto um milhão de pensamentos luxuriosos me invadem, então encontro seus olhos. De repente, o contato visual é visceral.

Alguém pigarreia para chamar minha atenção.

Merda. Empata-foda mental.

— Boa tarde a todos! Comecemos a audiência — diz Marcelo, recolhendo as informações das partes e dos advogados.

Naquele momento, a razão da minha distração se apresenta, de modo doce, delicado e extremamente sensual. Sinto coisas que nunca havia experimentado antes em uma audiência. Bárbara Nucci. Inesquecível.

CAPÍTULO 4

Bárbara

Nossa Senhora da Bicicletinha, me dê equilíbrio! Com um juiz com um corpo atlético assim, de ombros largos, rosto de anjo mau e olhos verdes que parecem enxergar a alma, eu venho morar no fórum.

Acho que dr. Augusto percebe minha expressão travessa, porque me dá um cutucão. *Putz, que vergonha.* Olho para os lados, tentando me fazer de santa, mas meus olhos voltam para a personificação da perfeição à minha frente. Pelo que sei, não estou cometendo nenhum pecado nem transgredindo nenhuma lei.

Percebo que não sou a única, pois a maior autoridade da sala não tira os olhos de mim. Ele deve estar sentindo a mesma atração que eu. Que química!

Com a voz mais rouca, sexy e de querer tirar a calcinha que já ouvi na vida, o deus grego dá início à audiência. Sinto um calor subir. Como vou passar tanto tempo ouvindo esse cara sem mergulhar em fantasias? Não sei. Mas hoje à noite meu vibrador vai trabalhar, porque imaginar o que aquele tenor poderia estar sussurrando no meu ouvido é muito mais estimulante do que qualquer conto erótico.

De repente, fico perplexa e surpresa por estar me rendendo tão fácil à luxúria após ter passado cinco anos com um homem que eu acreditava amar.

Fatalmente, começo a refletir se foi amor ou... não. Espera aí! Não, não, não! Claro que foi amor. Mas preciso amar a mim primeiro. Não tenho mais que pensar naquele traste. Então volto a me permitir sentir aquela enxurrada de sensações inebriantes pelo juiz. Nem que seja apenas na imaginação.

Marco

Ela sorri, ou apenas tenta ser simpática, ou ambos. Fico vidrado, enquanto os advogados propõem acordos. Quero tocá-la e descobrir as posições que a fazem gemer. Será que ela gosta mais de sexo convencional, tipo papai e mamãe, ou é mais ousada e ficaria de quatro para eu puxar seu cabelo? Seus olhos cruzam de novo com os meus e me encaram por um bom tempo, até que tento voltar a me concentrar no trabalho.

Não tenho cabeça para sentenciar agora. Não sou do tipo que se deixa abalar por qualquer mulher gostosa que aparece, mas essa deusa de pernas torneadas, com ar de quem está louca para ser fodida com força, mexeu com minha cabeça. Sem chance de eu conseguir raciocinar.

Quando a audiência acaba, chamo Marcelo e, de modo discreto para evitar aparentar falta de ética, peço que descubra o nome da empresa em que Bárbara trabalha, alegando que preciso falar com seu diretor. Uma mentira deslavada e sem sentido, mas tenho que saber tudo sobre essa mulher. O assessor sente a tensão no ar — arrisco até que ele esteja tendo os próprios pensamentos pecaminosos sobre ela, afinal é uma beldade, gostosa.

Nossa, isso só pode ser fruto de muito trabalho e pouca diversão.

Talvez sair e me distrair um pouco vá fazer bem. Quem sabe uma noite de folga, um bar, um encontro casual com uma amiga colorida ou algo assim. Não sou do tipo que usa as mulheres, mas também não quero compromisso. Sou sincero e objetivo, deixando claro o quê, quando e como desejo. Depois de um casamento desastroso, não quero me amarrar, apenas aproveitar a vida, e, se as mulheres com as quais me relaciono entendem e aceitam, eu que não vou rejeitar.

Após o expediente, passo em um dos bares de sempre para uma *happy hour* e, ao chegar, espreito com um olhar de águia. Vejo Raquel, uma loira gostosa que ama sexo anal e faz um oral inigualável.

Está sentada com amigos, então eu me aproximo.

— Marco, quanto tempo! Cadê sua esposa?

Ela dá aquele sorriso safado, que deixa qualquer um de pau duro.

— Raquel, minha linda, nada de desejar o mal para os amigos.

Abro um sorriso cúmplice, e ela alarga ainda mais o dela.

Entre um drink aqui, um carinho ali e uma troca de olhares indiscretos, meu encontro casual dá uma deixa bem tentadora.

— Preciso contar uma novidade. Comprei um *flat* aqui pertinho, e estou louca para inaugurar...

Não penso duas vezes.

— Se é um convite, podemos dar um jeito. O que você acha? — sussurro em seu ouvido.

A descarada é rápida e já está de pé, grudada no meu braço e me guiando para fora. Vamos em carros separados. Sabemos que se trata apenas de uma noite. Nada de dormir de conchinha, apenas sexo.

Chegando ao apartamento, nem a espero fechar a porta, porque a urgência para aliviar a tensão é enorme. Agarro-a pela cintura e me colo no seu pescoço.

— Pede pra eu pegar você com força.

— Me pega com *força*, Excelência — implora ela, ofegante.

Levanto sua saia com uma das mãos, e com a outra desenrolo um preservativo no pau. Enfio com toda a força. Ela grita e geme, totalmente possuída, sensual e depravada, pedindo para eu não parar. Sinto sua boceta se contrair e me apertar. Sei que ela vai gozar a qualquer momento. Tiro e meto com facilidade, forte e profundo. Ela está encharcada. Fico louco. Toco seu clitóris e meto dois dedos no seu ânus, fazendo-a gritar que vai gozar. Mas o aviso não é necessário, porque a sinto contrair... Nesse momento, jorro, convulsionando com o orgasmo intenso.

Ao olhar para Raquel, frouxa à minha frente, igualmente afetada pela força do próprio gozo, não sei por que me vem à mente o rosto daquela deusa, com os olhos verdes cravados em mim.

Capítulo 5

Bárbara

Quando volto ao escritório, tarde da noite, ainda encontro Patty trabalhando.

— Mulher, o que está fazendo por aqui? Atolada de trabalho?

— Lógico que não. Você sabe que nunca deixo o trabalho atrasar — responde ela, zangadinha. — Fiquei aqui esperando para não deixar você trabalhar, porque eu tinha certeza de que você voltaria para cá.

— Gracinha. Está lendo mentes agora?

— Como se fosse necessário. Você é previsível demais.

— Sem brincadeira, amiga, peguei cinco dias. Preciso ler os e-mails e manter as coisas em ordem. Não posso deixar a vida pessoal atrapalhar o andamento do escritório.

— Deixa de ser chata! Hoje não tem trabalho pra você. Vamos passar em um barzinho com chope em dobro, samba e muito homem bonito. Amanhã você volta para os tão amados e excitantes números.

Não tenho certeza. Conheço bem o tipo de noitada que ela está oferecendo.

— Você não está entendendo. Já está decidido. Não tem o que argumentar.

Não adianta rebater.

— Amiga, mas vou assim? Sem tomar banho e me arrumar?

— Não precisa. Você está linda! Um batonzinho, um rímel e pronto!

Quando chegamos ao bar, vejo que Patty não estava exagerando. Tem homem para todos os gostos. Enquanto ainda estou me ambientando, depois de tanto tempo sem sair solteira, Patty já providenciou que fiquemos na área VIP. Para esquentar e celebrar minha solteirice, pedimos caipirinhas e caímos no samba a noite toda. De quebra, as paqueras e cantadas estão ótimas.

Das caipirinhas passamos às tequilas. Quando nos dirigimos para a pista, um tanto alegrinhas, sinto alguém me puxar com força pela cintura. Eu me viro para esbofetear a cara do paspalho, mas fico pálida ao reconhecer quem é: Caio.

— Bárbara, precisamos conversar.

O choque é tão grande que até o pileque passa.

— O que é isso? A volta dos mortos-vivos?

— Não brinca comigo. Estou ficando louco! Faz uma semana que tento falar com você.

— Ah, é? Cadê sua noiva? Ainda não foi buscar consolo no colo da ruiva? Está perdendo tempo. Vou contar até três. Se não me soltar, vou gritar até todos os seguranças aparecerem para expulsar você.

— Me dá pelo menos três minutos! Se não acreditar em mim, juro que deixo você em paz!

Penso por um segundo.

— Ok, três minutos. Anda, fala. O tempo está passando.

— Amor, eu posso explicar. Ela não significa nada para mim. Ela era arquiteta da minha filial e, é verdade, rolou algo que não devia, mas ela entendeu tudo errado. Nunca ficaria noivo de uma *peguete* de uma noite.

O modo como se refere à outra me deixa ainda mais irritada.

— Primeiro, seu babaca, não sou "seu amor". E, segundo, quer dizer que transar com uma ruiva peituda qualquer, em vez de transar com uma segunda noiva, me torna menos corna? Foi isso mesmo que ouvi?

— Querida, não é isso! Ela é louca! De uma transa sem compromisso, a iludida se transformou em minha noiva, da noite para o dia. Eu amo você! Sempre foi só você.

— Seu arrogante estúpido, seu tempo acabou. E não existe mais nada entre nós. Acabou! Volta para sua ruiva peituda e sejam imensamente felizes.

O sarcasmo escorre e me enche de alívio, o que me surpreende, porque achei que sofreria horrores quando o visse por aí.

— Bárbara, você não pode jogar cinco anos fora. Não pode me deixar assim...

Ele volta a puxar meu braço com violência, querendo me beijar à força. Eu me debato contra a montanha de músculos, mas, em questão de segundos, vejo Caio no chão e outro muro de músculos de costas para mim.

— Você não ouviu? — pergunta uma voz tenor. — Ela não quer você.

Quando meu salvador se vira, quase desmaio ao ver o rosto perfeito. Solto apenas um sussurro:

— Dr. Marco...

Ele se aproxima e toca meu rosto com os dedos longos.

— Você está bem?

Como é que é? *Se estou bem?* Estou *mais* do que bem. Estou no paraíso. E, pelo jeito, meu corpo e sentidos também. Seu toque firme, cuidado e preocupação contida ao estudar meu rosto me provocam um arrepio. Isso sem falar no calor que invade a perseguida. Enquanto viajo no mundo das calcinhas molhadas, refém do olhar que me prende, vejo Caio se levantar feito uma flecha e empurrar Marco contra a parede com toda a força.

— Fica longe da minha noiva!

Marco

Fazer sexo com Raquel é sempre bom, forte e sem compromisso. Hoje quase nem tiramos a roupa. Saí da casa dela satisfeito e querendo chegar logo à minha, mas, assim que entrei no carro, o celular apitou, informando que havia dez ligações perdidas e duas mensagens de texto. Quando vi a primeira, fiquei sem acreditar. Era de Paula: Cadê você? Eu falei que vinha no seu apartamento hoje à noite. Você deveria estar me esperando!

Que petulante. Resolvi que a deixaria esperando. Nem morto voltaria para casa naquele momento.

Passei para a segunda mensagem e vi que era de Pedro, um amigo figuraça. Estava me chamando para um barzinho. Respondi que estava dentro e peguei o endereço. Qualquer lugar na Terra seria melhor do que encontrar Paula no apartamento.

Quando cheguei, fiquei feliz de rever meu amigo.

— E aí, meu irmão, como você está?

— Estou ótimo, e você? Sumiu, hein? O que aconteceu, alguma mulher conseguiu amarrar o garanhão? — brinquei com coisa séria, pois sabia que ele fugia de compromisso.

— Ficou louco, Marcão? Deus me livre de relacionamento sério. Viva a liberdade! Ele levantou o copo de chope para um brinde.

Aquele foi um dos muitos brindes da noite, até que, de repente, inesperadamente e alheia à minha presença, a deusa que me fez suspirar à tarde passou por mim.

Só de olhar para ela, com o corpo magnífico e a pele levemente bronzeada, meu pau já deu sinal de vida. Fala sério, acabei de transar. Será que não foi suficiente para o sr. Anaconda?

Sigo seu caminhar até que a vejo ser puxada por um babaca: sinal vermelho. Pela movimentação e reação instantânea dela, o cara não é alguém que ela queria encontrar. Fico alerta e atento. Depois de ouvir a lenga-lenga do idiota e descobrir que ele a traiu, fico possuído. Como é possível que alguém tenha enganado esse espetáculo de mulher?

Quando ele a segura e tenta beijá-la à força, ajo irracionalmente e parto para cima dele. Empurro sem dó, e ele vai para o chão. Volto a atenção para Bárbara, que está paralisada e com um olhar assustado. Não resisto e toco o seu rosto para tranquilizá-la, quando minha vontade é de abraçá-la.

Sério, estou fascinado por essa mulher.

A distração é tanta que sou despertado por um empurrão covarde e grito do miserável dizendo para que eu fique longe de sua noiva. Mas que porra é essa? *Noiva*?

Em um piscar de olhos, o encantamento por alguém que nem ao menos beijei se estilhaça, e sinto um gosto amargo na boca.

CAPÍTULO 6

Bárbara

Quando vi o dr. Marco partindo para cima de Caio, não sei o que senti. Sinceramente, aquele cafajeste ultrapassou todos os limites e fez por merecer os socos que levou por ter encerrado minha noite daquele jeito. No fim, os seguranças o convidaram a se retirar. Nunca achei que ele fosse chegar tão baixo.

Já Marco foi um lorde. Até se ofereceu para me trazer em casa. Não aceitei, claro.

— Que canalha! — xingo ao fechar o registro da banheira, furiosa.

Afundo em um banho perfumado e quente, acompanhada por uma taça de vinho para relaxar os nervos, que estão à flor da pele, e afogar minha burrice. Como não passei mais um tempinho com aquele Deus, ao som de Creed?!

When you are with me, I'm free
I'm careless, I believe
Above all the others we'll fly
This brings tears to my eyes
My sacrifice

Se deparar com Caio foi uma decepção, encontrar Marco foi uma surpresa. Mergulho a cabeça na água, pensando no meritíssimo chegando para me proteger, fitando-me com aqueles olhos hipnotizantes.

É, juiz, como diz a letra de "My Sacrifice", a gente se encontrou de novo. Termino o banho cantando. Eu me deito agarrada ao travesseiro e durmo o sono dos justos, o que não acontecia há uma semana.

Marco

Chego em casa às três da manhã, exausto e chateado, ainda mais depois de perder a cabeça daquela forma. Lembro que aquela deusa tem noivo. Ex, ou sei lá. Foi ali que a noite terminou. Além disso, sempre fui um cara calmo, então foi péssimo ter que justificar o injustificável para o Pedro, que não entendeu nada também.

Pelo menos Paula foi embora. Sinceramente, seria péssimo ter que encontrá-la. Desde antes do casamento, ela já demonstrava ser uma mulher frívola e egoísta, mas, por causa do um erro de uma noite, sete anos da minha vida foram sacrificados. Mesmo depois da separação, não sei como me livrar dela.

Tento dormir, mas a imagem de Bárbara e a lembrança da sensação de sua pele macia na minha me deixam inquieto. *O que você está fazendo comigo, feiticeira?*

Bárbara

Acordo renovada. O banho, a música e o sonho delicioso que tive me fizeram superbem. Abro as cortinas, o dia está lindo. Perfeito para ir trabalhar de moto.

Sou uma motociclista fanática. Motos me dão uma sensação de paz e liberdade. Quando estava namorando, Caio vivia me alertando sobre os perigos da minha Suzuki GSX 750CC, minha paixão. Ele que pegue sua preocupação e mergulhe junto em um poço de ácido. Ouvi aquele tirano tempo demais. Agora é hora de recuperar aquilo de que me privei.

Visto uma calça jeans apertada, jaqueta de couro e botas. Olho no espelho. Que poder!

Jogo as chaves para cima e as agarro no ar, pronta para costurar o trânsito. Depois de ser traída, é revigorante voltar a fazer tudo que amo. A sensação é de liberdade.

Por ser uma moto esportiva, fico um pouco inclinada para a frente, com a bunda arrebitada e, *uau*, acho que chamo a atenção, porque por onde passo os olhos se voltam para mim.

O vento, a velocidade, a adrenalina são como bálsamo. Chego ao escritório em tempo recorde.

Trabalho sem parar e, quando dou por mim, já estou saindo da empresa. Márcia, minha secretária maravilhosa, avisa que tenho um recado. Peço que anote, pois vou cuidar disso apenas na segunda-feira.

Resolvo procurar um motoclube confiável que aceite membros não associados e, de preferência, tenha um passeio programado para o próximo fim de semana. Estou precisando de um tempo longe de tudo e de todos para reorganizar a cabeça.

Depois de pesquisar em muitos sites, classificados e revistas, acho um que parece ser bem-organizado. Por sorte, farão um passeio amanhã. Faço a ligação.

— Oi, boa noite! Aqui quem fala é a Bárbara. Você é o representante do Motoclube Águias do Asfalto?

— Sou, sim. Pode falar... — responde a voz taciturna, sem ânimo.

Deve ser algum velho ranzinza.

— Gostaria de participar do clube no próximo fim de semana.

— Bárbara, certo? Meu nome é Pedro. Como você conseguiu nosso telefone? Conhece alguém que já faz parte do clube?

— Na verdade, vi o anúncio em uma revista. Parece que amanhã vocês vão fazer um passeio para o litoral...

— Olha, vamos sim, mas fazemos uma seleção rigorosa dos integrantes. Se estiver interessada, preciso que informe seu e-mail para que eu possa enviar um formulário. Depois que você preencher e me enviar, respondo se seu cadastro foi aprovado ou não em uma semana.

— Caramba, isso é funcionalismo público? Que burocracia!

— Minha senhora, não se trata de burocracia, mas de segurança.

— Tudo bem. Aguardo o pergaminho do Velho Testamento e envio de volta para o crivo dos romanos.

— Pelo visto você é bem-humorada. É só ligar novamente e deixar seu e-mail com minha secretária. Passar bem.

Ele desliga na minha cara! Que grosseirão. Quase desisto. Quero entrar para um motoclube, não para o FBI.

Eles me enviam o formulário. Pedem tantos dados, que fico surpresa por não perguntarem o tamanho do meu sutiã. Mas preencho, pedindo urgência na análise, porque quero participar do passeio *amanhã*.

Marco

Chego ao gabinete atrasado e de péssimo humor. Não dormi nada e estou com uma baita dor de cabeça. Esse estado de espírito dura o dia todo e, ainda por cima, não consigo fazer atendimentos aos advogados, apenas despacho e desocupo a mesa.

Por volta das dezesseis horas, Marcelo bate à porta e, cheio de dedos, pede para falar comigo. Com um aceno de cabeça, autorizo sua entrada.

— Dr. Marco, liguei para o escritório da Bárbara Nucci.

— E aí, o que descobriu?

— Bom, ela é sócia do escritório. Quando liguei estava ocupada, em reunião, mas deixei um recado e o número do seu celular.

— Fez bem. Muito obrigado.

Eu o libero, contente por saber um pouco mais sobre a mulher que sempre me arranca um sorriso.

No fim do expediente, recebo uma ligação de Pedro.

— Boa noite, *doutor* — cutuca ele, porque ouviu como a Bárbara se dirigiu a mim no bar.

— Sabia que a piadinha viria. E aí?

— Tudo certo para amanhã? Passo na sua casa às seis. Pode ser? — Eu concordo, e ele continua: — Ah, antes que eu me esqueça... Acabei de receber um telefonema de uma motociclista que quer participar da viagem para o litoral. Ainda não consegui olhar o formulário, mas fiquei preocupado com esses anúncios de revistas divulgando nossos encontros. Já discuti isso com Soares, aquele vacilão. Ele só se importa em promover a própria agência e divulgou nosso telefone aos sete ventos.

— Que merda. Não podemos deixar ninguém entrar sem pesquisar antes. Você cuida disso, por favor? Se não conseguir verificar os dados, não vamos informar o local nem o horário do passeio. Sem surpresas.

— Deixa comigo, estou chegando em casa e vou fazer isso. Pedi para ela enviar o cadastro por e-mail para minha secretária.

— Perfeito! Daqui a pouco saio do trabalho e vou dar uma passada no hospital para ver como estão as coisas.

— Dê um beijo na princesinha por mim. E não se preocupe em deixá-la por um final de semana. Precisa cuidar de você se quiser continuar cuidando dela.

Às vezes acho que Pedro me conhece melhor do que eu mesmo.

CAPÍTULO 7

Bárbara

Aos quarenta e cinco minutos do segundo tempo, quando já estava conformada com a situação e convicta de que, se quisesse viajar de moto amanhã, teria que ir sozinha, meu celular toca.

— Isso, é a Bárbara — respondo ao reconhecer a voz do interlocutor.

— É o Pedro, do motoclube.

— Pois não?

Depois de pigarrear, ele continua:

— Verifiquei seus dados e acho que você não traz nenhum risco para a humanidade, então acaba de entrar oficialmente para o motoclube. Para o passeio deste final de semana, vamos sair às seis da manhã. Esperamos você no local marcado. Por gentileza, não se atrase, porque não esperamos ninguém para sair. Boa noite.

Abro a boca para agradecer, mas ele desliga na minha cara de novo. *Fala sério!* Quem esse idiota acha que é?

Pelo menos fui aceita no BOPE! Vou fazer minha primeira viagem com um motoclube. Faço a dancinha da vitória, feliz por conseguir.

Marco

Quando estou prestes a pegar no sono, ouço o barulho irritante do celular. Olho para a tela. Atendo, com um baita mau humor.

— Manda, Pedro.

— Ainda dormindo? Esqueceu o passeio? Estou na porta do seu prédio.

— Cara, dormi mal. Ainda estou deitado. Mas não quero atrasar o grupo, então vão na frente. Veja se todos chegaram e passe as informações sobre o apoio em caso de problemas na estrada.

— Odeio organizar isso sozinho, mas beleza. Vejo você em trinta minutos.

Não suporto atrasos. Saio da cama em um pulo e vou direto para o chuveiro. Pilotar com sono não dá.

Quando subo em minha R1, sinceramente, me perco. Esta máquina faz todo o estresse desaparecer. O ronco do motor é inebriante. Definitivamente, preciso de um passeio para descansar a mente e renovar as energias.

Bárbara

Chego na hora marcada e, finalmente, conheço Pedro. Na verdade, ele nem é tão ranzinza e até me parece familiar.

— Bárbara, acho que a gente começou com o pé esquerdo ontem. Seja bem-vinda. Sou meio exagerado no quesito segurança.

— Tudo bem, e agradeço a aprovação.

Ele não tem nada de feio, como eu havia imaginado. É até que charmoso.

Depois de me encarar por alguns segundos, ele ri meio estranho, e informa que vamos sair em dez minutos, então comunica que apenas um motociclista, o presidente do clube, está um pouco atrasado, mas logo vai chegar. Engraçado, o presidente pode se atrasar, mas, se fosse eu, seria lançada no fogo do inferno.

Eu me apresento para alguns caras e tento decorar os nomes. Tem gatos para todo gosto.

Prendo o cabelo e coloco o capacete. A viagem promete!

Ligo a moto e espero a majestade. Quando ele chega, não posso deixar de perceber sua imponência e seu porte físico. Do nada, sinto um calor. *Sério? Só com uma olhada?* Definitivamente, preciso satisfazer todos os desejos do meu corpo solteiro urgente!

Marco

Ao chegar, dou uma olhada rápida nos motociclistas e fico feliz por ser um grupo modesto, de mais ou menos trinta pessoas e, pelo jeito, todas conhecidas.

Então avisto uma GSX 750, e quase caio ao ver uma mulher toda empinada, meio que debruçada sobre ela, em uma posição de matar. Deve ser a novata. O passeio será interessante.

Dou um oi, e seguimos para a estrada. Pedro acena para eu reduzir a velocidade e eu o ouço gritar:

— Amigo, prepare-se para fortes emoções!

Não entendo o comentário, mas deixo quieto. Pedro não leva nada a sério. Olho pelo retrovisor e percebo que todos nos acompanham, mas algo me intriga. A maioria dos casais está mais próxima de mim e de Pedro, mas os solteiros pilotam distantes. Desacelero e sinalizo para Pedro continuar. Quero ver o que está acontecendo.

Logo descubro o motivo de tanta cortesia por parte dos caras. A motociclista empinadinha está desviando a atenção de todos. Eu me aproximo da moto dela e faço sinal para os outros irem um pouco mais rápido e não desmembrarem o grupo. Ela acelera ao meu lado. Começo a gostar da brincadeira. Sinalizo para que me siga, o que ela logo entende. Além de gostosa, é um furacão de motociclista.

A gata desconhecida doma a máquina de um jeito tão imponente, que começo a ficar excitado. Meu pau acorda. Fico feliz ao perceber que ele tem bom gosto. É a primeira vez que vejo uma mulher que gosta de pilotar. Acho que a obsessão em conhecer melhor a deusa de olhos verdes está com os dias contados.

Bárbara

Quando começamos a viagem, um grupo de apressadinhos dispara na frente, seguindo a majestade e seu fiel escudeiro. Permaneço um pouco afastada. Não demora muito para o Rei da Jogada desacelerar e tentar reunir o grupo. Com um sinal, ordena que todos acelerem um pouco, o que me irrita, porque gosto de seguir em meu ritmo, aproveitando a vista.

Mas obedeço e mantenho o mesmo ritmo que ele por alguns quilômetros. Parece até que nossas motos estão flertando, e acho meio engraçado.

Depois de duas horas, chegamos ao Itamambuca Eco Resort. Desço da moto e avisto o Rei Delícia — foi assim que minha perseguida o batizou — estacionando ao meu lado. Quando tira o capacete, não acredito no que meus olhos veem: é meu Deus Grego da Justiça!

— Dr. Marco?

— Bárbara, que coincidência! Nunca imaginei que encontraria você aqui. Por favor, pode me chamar só de Marco.

Ele lança uma piscadinha e abre aquele sorriso lindo, ainda me encarando como se me tocasse. O olhar queima minha pele.

— Que mundo pequeno — comento, tentando soar casual, falhando miseravelmente.

— Uma surpresa mais que agradável… Mas precisamos encontrar os outros. Conversamos mais tarde, pode ser?

Concordo com a cabeça. O fim de semana promete!

— Olá, você é nova por aqui?

Um homem jovem, muito bonito, ajeitando o cabelo afro, me tira do transe.

— Sou, é meu primeiro passeio com vocês. Meu nome é Bárbara, muito prazer.

— Alexandre, mas todo mundo me conhece por Xande.

— Então, Xande, é um prazer…

— Enorme!

Não gosto do tom dele, então interrompo o contato de nossas mãos e me despeço.

Depois de ver que o Rei do Pedaço é o dono dos meus sonhos lascivos, não é qualquer um que vai me seduzir.

Marco

Porra! Não tinha entendido a piadinha de Pedro, mas agradeço aos céus por ver a Bárbara aqui. Deve ser coisa do destino. Será?

Após cumprimentá-la com cara de paisagem, evitando ao máximo parecer ansioso, apenas me despeço e deixo no ar que pretendo encontrá-la mais tarde.

Ainda surpreso pela coincidência, tenho os devaneios interrompidos pelo cretino do Alexandre, com quem não vou com a cara!

— E aí, cara, chegou atrasado hoje, hein? Esqueceu a viagem e passou a noite na gandaia? Meu velho, você não tem mais idade pra isso, não.

Faço uma cara de poucos amigos, sem um pingo de paciência.

— Ao contrário de você, honro meus compromissos, e o motivo do atraso de hoje não é da sua conta.

Ele levanta os braços, em sinal de rendição, mas o sorriso cínico está lá.

— Desculpe, presidente, só brinquei. Não quero saber seus motivos.

Eu me viro sem responder, ignorando as piadinhas, e vou em direção à recepção. O mau humor desaparece depressa quando penso nos bons ventos que trouxeram a motociclista mais sexy para se juntar a nós.

Capítulo 8

Bárbara

Chego ao quarto perfeito que foi reservado para mim e avisto uma banheira onde cabem duas pessoas. Minha mente é uma danada. Desfaço a mochila, tomo uma ducha rápida, coloco um biquíni branco tomara que caia que, segundo Patty, está na moda. Complemento com um short curto e uma regata, porque o calor está de matar, depois vou encontrar os outros.

Há um grupo em volta da piscina, nas espreguiçadeiras próximas ao bar. Não me lembro do rosto de todo mundo, mas reconheço alguns. Eu os cumprimento e tento me entrosar, participando da conversa e aceitando um copo de cerveja.

— Bem-vinda, bela moça! Veio embelezar o grupo? — elogia-me um senhor simpático, na casa dos 60 anos.

— Obrigada! — Abuso do charme com uma piscada.

— Qual sua graça, recém-chegada?

Demoro para entender o que ele quer dizer, mas então me lembro.

— Bárbara Nucci!

— Prazer, querida! Sou o Bartolomeu, mas todo mundo aqui me conhece por Bartola.

— Pelo jeito vocês gostam de apelidos. Quero só saber qual vai ser o meu.

— Com esta beleza toda, não vai ser nada de feio, garanto.

O senhor é respeitoso, mantendo o olhar em meu rosto. Abro um sorriso.

— Me diz uma coisa, Bartola, sem contar as mulheres que vieram na garupa, não temos nenhuma motociclista no grupo?

— Você é nossa única menina solo, pode acreditar. Sinta-se privilegiada. Geralmente, as únicas mulheres são as esposas e as namoradas. A marcação é cerrada. Mas nenhuma delas se aventura sozinha. Você é muito corajosa por dominar uma máquina igual à sua.

Meu ego motociclístico infla.

A conversa rola solta, mas não demora muito até eu vislumbrar o presidente do motoclube, em toda a sua glória e corpo musculoso, com um short e uma regata que serve apenas para realçar a largura dos ombros. Para completar o visual, ele está usando óculos estilo aviador. Deveria ser pecado existir um homem tão lindo.

Seria eu uma pecadora fervorosa por querer me perverter com aquele epítome da tentação? Aceito a penitência.

Ele cumprimenta o pessoal e para ao meu lado. Sinto as pernas bambas.

— Oi.

— Oi.

— Pelo visto, você já se entrosou.

— Ah, sim. São bem atenciosos.

— E você? Também é atenciosa?

— Só quando me interesso.

— É difícil conquistar seu interesse?

— Você vai ter que descobrir sozinho.

Marco sorri, o que ressalta sua mandíbula e seus lábios deliciosos, e permanece calado, ao meu lado. Eu fico nervosa, tímida, excitada, louca para beijar aquela boca sensual, tudo ao mesmo tempo. Quero mais. Mais dele. Mais atenção. Nossos corpos quase se tocam. Nossos olhos se comem.

— Que tal um mergulho? — sugere ele.

Meus batimentos cardíacos se tornam frenéticos. Já decidido, ele se levanta, vai até a beira da piscina e me olha com uma cara de safado declarado, depois desaparece na água.

Bom... por que não? Não sei se a escolha é certa nem se, ao lado daquele corpo molhado, o calor que sinto vai me consumir, mas não resisto.

Marco

Ledo engano considerar que a água gelada seria a solução para os meus problemas.

Lentamente, Bárbara tira o short e mostra a bunda redonda. Enquanto ainda admiro a parte de baixo, ela continua com o espetáculo e tira a camiseta, mostrando o que eu já imaginava: seios lindos que se encaixariam perfeitamente nas minhas mãos.

Mas, quando dou por mim, não sou o único a observá-la. Quase todo o grupo está encarando, boquiaberto. De repente, sou tomado por um ciúme desenfreado. Essa não, águias... Ela é MINHA.

Esse tipo de espetáculo eu quero só para mim, de preferência na privacidade do meu quarto.

Respiro aliviado quando ela entra na piscina e me alcança com um mergulho.

— Você acabou de dar um belo show, motociclista — comento, disfarçando o ciúme, quando ela emerge e joga os cabelos para atrás.

— Como assim? Não entendi.

— Está todo mundo comendo você com os olhos.

Ela solta uma gargalhada, e eu fico corado de raiva por fazer uma cena tão ridícula. Quando para de rir, Bárbara se aproxima, elevando ainda mais minha excitação.

— Não se preocupe, só quero ser observada por uma única pessoa. Você conquistou minha atenção — sussurra ela.

Então, como uma sereia, ela nada para longe, largando-me com cara de bobo.

Ah, você não deveria brincar assim...

Bárbara

Meu intuito ao entrar na piscina era seduzi-lo, e não o deixar irritado. Um joguinho para dar mais emoção a essa atração insana, sem tirar os olhos dele. Não contava com despertar a cobiça de mais alguém, mas acho que acabei virando o centro das atenções.

Droga! Fiz toda a dança da sensualidade e ele só viu os outros me comendo com os olhos? Não sentiu um *negocinho* ao me ver? Ah, quer saber? Dane-se.

Vou até a borda da piscina e me sento, fechando os olhos, enquanto o sol dá um bronze na pele. De repente, uma sombra paira sobre mim e me faz sair da posição.

— A atenção é recíproca. Você também conquistou a minha faz tempo.

É agora que devo agarrá-lo pelos cabelos e dar um beijo molhado e desesperado, em que não sei onde termina minha língua e onde começa a dele? Independentemente da resposta, não é o que faço, porque um grito faz todos olharem ao redor.

Uma criança caiu na piscina, e a avó está desesperada. Como se fosse a porra da irmã do Aquaman, mergulho e a resgato às pressas. Felizmente, não há necessidade de nenhum procedimento de primeiros socorros. Foi apenas um susto. Tento acalmar a menininha, que não para de chorar.

— Calma, pequena! Já passou. Princesas não choram, sabia?

Por fim, arranco um sorriso, e ela me abraça forte.

Adoro crianças. Enquanto a entrego para a avó, noto Marco me olhar, parecendo admirado.

CAPÍTULO 9

Marco

Tudo aconteceu muito rápido. A simplicidade com que Bárbara resolveu a situação, como se tivesse nascido para salvar pessoas, me encantou.

— Você foi maravilhosa! Fiquei emocionado.

— Obrigada. Foi puro instinto. — Encabulada, ela abre um breve sorriso.

— Acredito, mas merece uma recompensa. O que acha de um passeio?

— O convite é para todo mundo? Afinal, é o objetivo da viagem, né? Diversão em grupo. Um por todos e todos por um!

Gosto das respostas na ponta da língua.

— Não, heroína. É um passeio a dois até Ubatuba, com você na minha garupa — arrisco, receoso, pois nenhum motociclista que se preze gosta de ir de carona.

Pela expressão em seu rosto, prevejo um não, mas, após um tempo de consideração, ela concorda.

— Tudo bem, acompanho você. *Maaas*... na próxima *você* vai ter que andar na minha garupa. Topa?

Além de linda, é cheia de graça.

Por uma fração de segundo, me imagino na sua garupa. Eu, um homem de um metro e noventa, agarrado a alguém com pelo menos vinte centímetros a menos.

— Você está de brincadeira, né? Não consigo nem imaginar.

Séria por um momento, ela me olha dos pés à cabeça, então começa a rir.

— É, seria cômico.

— Ufa, escapei de ser a piada entre os amigos.

— Mas não quer dizer que você não vai ficar em débito comigo, juiz.

— Estou pronto para receber a sentença. Tudo bem passar no seu quarto às duas e meia?

— Acho melhor eu esperar você na recepção.

— É, pensando melhor, seria um risco eu passar no seu quarto.

Deixo a indireta no ar e me afasto. Minha cabeça se enche de pensamentos com um alto teor erótico envolvendo essa mulher linda, inteligente, sexy, gostosa e, de quebra, com ótimo senso de humor.

No chuveiro, lembro-me de todos os acontecimentos na piscina, excitado como nunca. Estou nas mãos de Bárbara, agora ela só precisa se jogar nas minhas.

Bárbara

Pela calcinha rosa de minha avó, ele me chamou para um passeio!

Estou no céu, mas quero que Marco me leve para o inferno.

No quarto, coloco uma calça jeans escura, tão justa que por pouco não me obriga a passar manteiga para entrar. Complemento com um casaquinho branco sobre um sutiã branco rendado, combinando com a calcinha, afinal vai que... De acordo com os conselhos malucos de Patty, nenhuma mulher deve sair de casa sem depilação em dia e lingerie bonita quando está solteira.

Na hora marcada, estou na recepção, com frio na barriga. Quando a visão do pecado aparece, tenho a sensação de que vou desmaiar e, para acalmar os hormônios, apenas repito mentalmente: *fique fria, não molhe a calcinha antes da hora.*

Sério, como alguém pode ser *tão* bonito? Vestindo jeans claro desbotado, camiseta básica preta, botas e os malditos óculos de aviador, ele lembra Tom Cruise em *Top Gun*. Minha queda é quase livre.

— Que pontual. O que mais você me reserva? — pergunta ele, em tom de brincadeira.

— Sou especial.

— Mal posso esperar para ver o quanto. Espere aqui, já venho pegar você.

Putz, além de lindo, é um cavalheiro.

Ele chega na R1 preta. Imponente, me estende um capacete e oferece a mão para me ajudar a subir. Depois que me acomodo, fico na posição de rã — mais empinada que isso, impossível.

Uma arrancada potente faz com que eu tenha que me agarrar com força à sua cintura, cujos gominhos posso até contar.

Marco

Estou apostando todas as fichas neste passeio para Ubatuba, confortável com seu corpo contra o meu, mas fico em dúvida se não preferiria estar atrás, colado àquela bunda arrebitada. Seu perfume de mirra, tão marcante como ela, parece estar impregnado em mim. Preciso ficar com esta mulher, tê-la nos meus braços. É uma necessidade latente.

Pego a estrada. Sinto sua mão apalpar meu abdômen, como se quisesse descobrir cada pedaço de mim, enquanto suas coxas me pressionam. É o encaixe perfeito. O retrovisor virou um meio para troca de olhares e sorrisos lascivos por trás das viseiras. É um namoro de almas natural. Um desejo incontrolável de saciar a combustão que cresce a cada segundo. Infelizmente, o contato intenso e íntimo acaba quando chegamos ao destino: um recuo na estrada, de onde temos uma vista privilegiada de várias praias.

— Que vista incrível.

Minha convidada tira o capacete depois que a ajudo a descer.

— É difícil dizer o que é mais lindo, você ou a vista.

Encaro-a com um sorriso indecente.

Ficamos assim por bastante tempo, sem desencostar nossos corpos, no alto da serra, admirando o mar e a vegetação ao redor, na tarde ensolarada de céu azul.

— Está me comparando à paisagem, juiz? — pergunta ela, e se vira para ficar de frente para mim.

— Sabia que adoro o quanto você é ardilosa?

— Se eu fosse você, não me daria tanto poder assim. Costumo ser abusada às vezes.

Apesar da ousadia, ela se torna pequena e frágil nos meus braços quando a abraço.

— Tenho um ponto fraco por mulheres com atitude — confesso em um tom baixo, então cravo minha mão na sua cintura, trazendo-a para mais perto. Suas bochechas coram enquanto ela me fita. — Não me olha assim que eu beijo você. Também sou um homem de atitude.

Seus lábios se abrem e, antes que ela os feche, faço exatamente o que falei. Eu me deleito neles, em uma dança de línguas que deslizam uma contra a outra, mantendo-a firme no meu domínio. Ela agarra minha camiseta. Não nego a mim seu gosto e a ergo um pouco do chão. Lambendo sua boca, sinto o gosto frutado da saliva. Ela se contorce e treme ao meu assédio lascivo. É uma delícia sentir Bárbara se entregando.

Embora as camadas de roupas nos separem, meu calor colide com o dela, sob a luz do dia que nos banha. Entramos em ebulição. Ao ouvir sua respiração acelerada, como um canto, desejo fodê-la aqui mesmo. Pouco me importo, porque ela acaba de minar meus receios, dando-me permissão para chegar a outro nível. Não vou desperdiçar, então expresso o que tenho em mente.

— Bárbara, não sei o que estamos fazendo aqui. Sentir seu corpo colado no meu está me matando. Nem consigo pensar direito.

Mordisco seus lábios, deixando um rastro molhado pelo seu queixo.

— Que alívio. Também não estou mais raciocinando — confessa ela, deitando a cabeça em meu peito, como se tivesse ficado com vergonha por ser sincera.

Toco seu queixo e ergo seu rosto para o meu.

— O que vamos fazer sobre isso? A única ideia sensata que tenho agora é estar dentro de você.

Eu me surpreendo com minhas próprias palavras. Nunca fui tão impulsivo ou direto assim.

— Então vamos acabar com essa agonia e voltar para o hotel. Agora — sussurra ela.

Uma decisão que nem sou louco em recusar.

CAPÍTULO 10

Bárbara

Acho que nunca fui tão sem-vergonha. Estou quase me jogando nos braços dele? *É isso mesmo, produção?* Não me reconheço.

A respiração ofegante e o coração acelerado poderiam ser sinais de um ataque cardíaco se não indicassem a atração e a vontade de me perder no homem que me enfeitiçou. Ele nem sequer piscou, apenas me pediu para colocar o capacete e, na velocidade em que estamos, não vamos demorar muito para saciar o desejo louco e perturbador que sentimos.

Ao chegar ao resort, saltamos da moto. Após tirar o capacete, ele segura meu rosto com as duas mãos, olha em meus olhos e diz, com aquela voz rouca:

— Você vai ser minha. Eu vou provar hoje à noite o quanto estou louco por você.

Engulo em seco. Nesse ritmo, nem vai precisar de preliminares.

Seguimos a passos largos para o quarto dele, entre abraços, beijinhos castos roubados e mãos bobas e safadas. Prestes a abrir a porta, ele hesita, como se não quisesse parecer um ogro que só pensa com a cabeça de baixo. Marco olha para mim e, com todo o carinho — se é que é possível neste estado de excitação —, pergunta se é realmente o que eu quero.

— Pense bem. Depois que for minha, você não vai ser de mais ninguém nesse fim de semana, mocinha — diz, em um tom resoluto.

— Vou ser apenas sua — concordo, dando o incentivo para ele girar a chave.

Marco sorri.

Estou prestes a ser devorada quando alguém o chama.

— Marco! — É a voz de Pedro, que se aproxima, parecendo aflito. — Marco, espera!

— Não é uma boa hora, Pedro. Sério. Depois a gente se fala.

— Infelizmente, não dá. Tem um problema. Acabaram de me ligar. Tentaram falar com você várias vezes. Acho melhor você retornar.

— Cara, eu juro, se não for algo importante, quebro você no meio.

Marco passa a mão pelo cabelo, enquanto o amigo lhe entrega o celular.

Presto atenção em seus movimentos. Marco olha para a tela e então fecha os olhos com força. Sua pele fica pálida.

Ele me encara com olhos perdidos, como se tivesse de escolher entre transar loucamente e resolver sei lá o quê, com quem e onde.

— Bárbara, me perdoa. Apareceu um imprevisto. Tenho que resolver. Posso procurar você depois?

— Tudo bem, vai lá.

Reúno toda minha dignidade e paro na porta. Ele entra no quarto, seguido por Pedro.

Marco

A vontade de matar Pedro passou, mas não a de enforcar alguém, ainda mais quando vi a decepção na expressão de Bárbara.

O que será que ela pensou? De qualquer forma, não tenho tempo para explicar minha dor.

Aquela mensagem fez o sangue se esvair de meu corpo. Imaginei um milhão de possibilidades, todas ruins. Não tenho como ignorá-la: fiz uma promessa e vou cumprir.

— Mas o que ela tentou fazer agora? Isso não vai ficar assim!

— Marco, se acalma! Já falei com o responsável, e ele me disse que ela fez um escândalo na recepção, mas já foi retirada do local. Os seguranças não vão deixar ela entrar.

Ouço, mas estou tão frustrado que já nem sei se acredito que seja possível consertar os erros do passado. É por isso que não tenho o direito de envolver mais ninguém na minha vida turbulenta.

Passo a mão no cabelo várias vezes. Eu me sinto como um animal enjaulado. Claustrofóbico.

— Pedro, não posso deixar ela interferir assim. Não é bom. Vou pedir uma restrição e usar todos os meios para manter a Paula longe. Já chega!

— Cara, você sabe muito bem o que ela quer. Só não abaixa a guarda agora. Você precisa viver. Sei que não tem como consertar o que está feito, mas vê se não deixa de viver por causa disso.

— Viver? Não tem esperança para mim. Não tenho a mínima chance de um dia voltar a ter uma vida normal, principalmente amorosa.

Pedro é meu amigo das antigas. Sempre me ajudou. Quando preciso de alguém, ele está sempre por perto, é como um irmão para mim. Mas só eu sei de todas as minhas frustrações. Não tenho direito a um mísero fim de semana de paz, e muito menos a uma vida amorosa.

— Marco, eu sei o que você está pensando. Dá pra ouvir o Tico e o Teco se digladiando daqui, mas isso não vai resolver nada. Se está pretendendo montar naquela moto e voltar para São Paulo, desista da ideia. Eu tinha que contar o que aconteceu, e você tinha que fazer as ligações, mas agora acabou. Você precisa conhecer a Bárbara melhor.

— Eu simplesmente não posso. Pelo jeito, ela também tem as próprias merdas para lidar, e se envolver com um homem que só vai dar dor de cabeça não vai ajudar. Preciso dar um fim nisso. Foi ótimo que você apareceu. Qualquer coisa que estivesse rolando, acabou.

Bárbara

Que bosta! Não acredito no que acabou de acontecer. O que faço com a calcinha encharcada, os seios intumescidos e o calor que me sufoca?

Esses dias descobri o nome para um fenômeno que anda me atormentando: pisca-alerta alucinado. Afinal, não é isso que acontece quando uma das lanternas do carro queima? O outro farol, se acionado, não fica piscando muito rápido, sem parar? Pois bem, é assim que fica meu clitóris sempre que encontro Marco. Ele se contrai feito louco.

Não deveria estar pensando nessas coisas em público, mas tudo bem. Distraída, dou de cara com uma mulher de sorriso forçado e repuxado, provavelmente por causa de uso excessivo de Botox.

— Você é a Bárbara, né? — pergunta a boca parecida com a do Coringa. Apenas assinto. De perto, os lábios são ainda mais assustadores. — Você sumiu hoje à tarde. A gente estava na piscina, jogando conversa fora, e sentiu sua falta.

Faço cara de paisagem, pensando em algo para responder. Não que eu precise dar satisfação a alguém.

— Hm, desculpe. Fui caminhar, mas acho que passei muito tempo no sol e agora estou com uma enxaquecazinha. Acho que é por isso que não lembro seu nome. Como é mesmo?

Ela estende a mão, com longas unhas verde-limão, e se apresenta:

— Odília Arroio Bisso.

— Bárbara Nucci. Você está com o Águias?

— Estou. Venho a todos os encontros com Clóvis. Não posso deixar um galã de TV daqueles sozinho, né? Ele é uma perdição.

Posso imaginar o tipo. Sei.

— Ah, que lindo. Deve ser maravilhoso viajar agarradinho.

— É, podemos dizer que já foi mais prazeroso, se é que você me entende.

Tento ser simpática enquanto conversamos sobre trivialidades, mas, quando ela começa a especular se fui passear sozinha, sou obrigada a dar a desculpa de que preciso tomar um remédio para dor de cabeça.

Quando estou prestes a me livrar, ela pega meu braço e diz, com o sorrisinho que nunca desaparece:

— Bárbara, espero que você melhore logo, porque daqui a pouco vamos ter um luau. Parece que a noite promete um céu estrelado e uma lua maravilhosa. Momento incrível para renovação.

— Ah, claro, pode contar comigo. Não vejo a hora — confirmo, mesmo duvidando muito que vou comparecer, e saio quase correndo para o quarto.

CAPÍTULO 11

Marco

Que ironia ter dito à Bárbara que ela seria minha por todo o fim de semana. Com o coração cada vez mais apertado, caminho pela maré em direção à luz da fogueira, onde os caras estão animados, rindo. Ao me aproximar, percebo que estão em uma espécie de competição. Quando pergunto que jogo é aquele, todos me respondem em uníssono:

— Mister Bumbum!

Levanto a sobrancelha.

— Como assim? A competição é para saber quem tem a maior bunda?

Alexandre se prontifica a explicar.

— Que nada, Marcão. Estamos competindo para saber quem vai conseguir conquistar a mais gostosa do grupo.

Sinto um desconforto e fecho as mãos em punho.

— E quem é o alvo?

Sei a resposta, mas não quero acreditar que chegaram tão baixo.

— Pô, cara, óbvio que estamos falando da delicinha da Bárbara, né? Depois do espetáculo na piscina, quem não quer aquela mulher?

A falação recomeça, incluindo outros comentários de mau gosto do tipo "Queria ser a menininha para ela me salvar". Quero quebrar a cara de cada um deles.

— Vocês estão falando que estão fazendo uma competição para decidir quem vai ficar com uma integrante que acabou de chegar? — Estou rosnando, praticamente gritando. — Ouçam com muita atenção, essa brincadeira acaba agora. Não quero ouvir mais nada sobre essa estupidez. Porra! Ela é uma mulher, seus bostas, e não uma mercadoria. Se alguém encostar nela, vai se ver comigo.

— Qual é, presidente? Que tirania é essa? Quer dizer que quer a gostosa só para você? Tem que dividir!

Parto para cima de Alexandre. Quem aquele riquinho filho da puta pensa que é? Rodolfo, um velho amigo, me segura pela camisa e me pede calma. Pedro, que chegou no meio da confusão, coloca-se entre nós.

— Epa, epa, epa! Que confusão é essa? A festa mal começou e já está todo mundo bêbado?

Eu me afasto para não fazer nada de que possa me arrepender depois. Deixo que Pedro resolva a confusão.

Estou furioso comigo mesmo. Desde que fui eleito presidente do motoclube — justamente por ser uma pessoa ponderada —, jamais briguei com qualquer membro, mesmo quando Alexandre era um completo imbecil. Mas é tudo minha culpa. Em vez de estar aqui, deveria ter ido me desculpar com Bárbara. Vou fazer isso agora.

Bato sem parar à porta de seu quarto, mas ou ela me ignora, ou não está. Fico preocupado por não saber aonde ela foi. Tento a recepção, mas ninguém a viu. Procuro em todos os ambientes, e nada.

Sentindo-me uma pilha de nervos, vou para o bar. Preciso beber algo forte para aguentar a noite.

— Um uísque duplo, por favor! — peço ao barman.

No momento de me servir, ele deixa o líquido transbordar sem querer. Antes de falar qualquer coisa, eu me viro, curioso, para ver o que o distrai.

É ela. Minha deusa está indo em direção à fogueira! Sinto o coração disparar e as mãos suarem. Não sei mais o que pensar. Não consigo esquecer sua boca na minha, meu corpo abraçado ao dela, o perfume... Preciso dela.

Bárbara

Acordo assustada, sem saber onde estou. Ouço algum barulho que demoro para reconhecer. Levo a mão à cabeça, então me sento na cama.

Acho que exagerei no vinho quando cheguei. Já está escuro. Mais uma vez, escuto o barulho, seguido de uma voz chamando meu nome. Mas que droga! Olho o celular e pulo da cama... Caramba, já são 22h20.

— Bárbara? — reconheço a voz de Marco.

Na boa? Vou ignorar. Não estou com paciência para falar com ele agora.

Dormi demais e ainda preciso ir para o tal luau. Aliás, vou ou não vou?

Quando as batidas na porta cessam, decido ir. *Vai com Deus, dr. Delícia!* De problemas, já bastam os meus.

Tomo uma ducha relaxante e começo a me arrumar. Depois de espalhar todas as roupas na cama para decidir o que usar, percebo que não vim preparada para um luau. Entre as poucas peças que trouxe, escolho uma minissaia jeans com a barra desfiada e uma regata branca de musselina transparente, depois complemento o look com uma lingerie branca, sexy, que comprei para usar para o desgraçado do Caio. Até poderia ter queimado, mas sabia que seria útil um dia. Para finalizar, coloco acessórios combinando com minhas rasteirinhas, então tomo fôlego e saio, preparada para a guerra.

Ao chegar no local, caminho direto para a turminha reunida em volta da fogueira em um clima gostoso e descontraído. O pessoal canta enquanto um rapaz toca violão.

Olho ao redor, mas não vejo Marco. Quer saber? Não vou ficar neurótica procurando por ninguém, afinal foi ele quem me deixou na mão. Tenho que me valorizar. Já demonstrei meu desejo, agora ele que venha atrás de mim.

Junto-me ao coro, cantando "Pra ser sincero", dos Engenheiros do Hawaii.

Um dia desses num desses
Encontros casuais
Talvez a gente se encontre
Talvez a gente encontre explicação

Que conveniente. Mesmo assim, meus olhos se cravam no rapaz charmoso com o violão, cantando com uma voz suave. Eu me lembro de falar com ele quando chegamos aqui, mas não lembro seu nome.

Ele olha para mim, ainda cantando, e abre um sorriso sacana. Sinto as bochechas pegarem fogo — pode não parecer, mas sou tímida!

Fico balançando no embalo da canção. Quando acaba, alguém coloca um xote gostoso para tocar, perfeito para dançar agarradinho. Os casais tomam conta do ambiente e fico sem jeito, até que ouço uma voz atrás de mim.

— Você me dá a honra desta dança?

Quando me viro, dou de cara com o rapaz do violão. De perto, confirmo que é mesmo um gato. Sem hesitar, aceito o convite. A mãe natureza não me deu habilidade com instrumentos musicais, mas jeito para dançar, com certeza!

Em um gingado gostoso, seu corpo se cola ao meu, e me deixo levar pelo ritmo e pelo toque do rapaz.

— Raramente encontro um homem que saiba dançar. Você está de parabéns. Aprendeu onde?

— Não basta saber dançar, a companheira tem que se deixar levar. Definitivamente, você deixa. Seu corpo se encaixou perfeitamente no meu.

É minha imaginação ou ele está flertando comigo? Não sei se fico desconcertada ou animada, afinal não era minha intenção. Na dúvida, apenas sorrio. A música acaba. Fico tensa.

— Hm, obrigada pela dança. Sei que nos falamos de manhã, mas esqueci seu nome.

Ainda segurando minha mão, ele se aproxima e fala, muito perto de minha orelha:

— Alexandre, ao seu dispor.

Do nada, sinto um braço forte me arrastar.

Marco

— Para o seu bem, Alexandre, fica longe dela — digo, entredentes. — Eu e a Bárbara temos assuntos inacabados que não envolvem você. — Agarro o braço dela por instinto. — E você, vem comigo.

Eu me sinto um homem das cavernas arrastando-a para longe, mas vê-la tão linda me fez perder todo o senso de certo e errado. Apesar de estar feliz em apenas observá-la, tudo mudou quando vi Alexandre tirá-la para dançar e falar no seu ouvido, e Bárbara retribuir com sorrisinhos. A gota d'água foi quando a música parou e o infeliz continuou segurando a mão dela, chegou perto e... Ele ia beijá-la? Não, não, não... Nem fodendo!

— Por que você está fazendo isso comigo? — pergunto.

Eu a encosto na parede mais próxima, longe de olhares curiosos, e a encurralo entre os braços. Estou próximo demais de sua linda boca. A ousada, em vez de se mover para longe como qualquer mulher faria, mantém-se firme. Olhos nos olhos, corpo contra corpo. O único som é o das nossas respirações controladas.

— Fazendo o quê?

Ela não rompe o contato visual, como uma boa defensora pública. Isso é muito ruim para ela, afinal sou bom na corte.

— Por que está me fazendo agir feito um louco quando estou perto de você?

Abaixo o rosto, gostando de como ela me observa com ressalvas, mas com calor.

— Isso é ruim?

— Se não consigo me controlar quando estou com você, acho que um pouco.

— Talvez eu prefira que você não se controle.

— Mesmo assim, devo um pedido de desculpas por hoje mais cedo.

— Você não me deve satisfação de nada. Só deixa rolar, Marco.

Ela morde o lábio inferior como se os exibisse para mim, e não resisto ao desejo. Beijo-a. Ela joga os braços ao redor do meu pescoço, puxando meu cabelo e aprofundando o contato. Sinto sua língua na minha. O gosto dela é maravilhoso. Estou no paraíso. Quase rasgamos a roupa um do outro. Eu me afasto antes que morra sufocado de tanta excitação. Com a mão entrelaçada em seu cabelo, digo, ofegante:

— Eu quero você agora.

CAPÍTULO 12

Bárbara

Ouvi-lo clamar pelo meu corpo e expor sua necessidade por mim é o que eu mais quis a semana inteira. Não posso esperar mais. Sou toda dele. Pelo menos por agora. Ou quem sabe por toda a noite.

— Isto é um pedido de permissão?

— Não! É um desejo, e eu sinto que você quer o mesmo.

Estou derretendo. É a pegada perfeita, atração, fogo... Minhas coxas se contraem. Sinto um formigamento desde que me encurralou. O calor aumenta. A sanidade desaparece. O beijo é faminto, tão predatório quanto ele. Meus dentes batem nos seus, e meu corpo se desfaz à medida que sua boca quente e macia se arrasta para mordiscar minha orelha. Qualquer indício de controle escorre entre meus dedos. Nunca me senti tão quente e atraída, tão louca de tesão. Nem o *falecido* me deixava tão desnorteada e molhada com um só beijo.

— Vem comigo!

Marco estende a mão, e eu o sigo, enroscada nele. Abro os botões da sua camisa e acaricio seu peito, uma rocha. Sua mão desliza pelo meu corpo e entra debaixo da minha saia. Agradeço a mim mesma pela sábia decisão de vestir algo que permite fácil acesso à perseguida.

Por cima da calcinha, ele acaricia meu ponto mais sensível. Quase desfaleço. Não consigo enxergar mais nada, apenas senti-lo agarrar minha bunda com tanta força que meus joelhos cedem. Se já estava molhada, agora devo estar pingando. Entre as carícias sedentas, chegamos a um corredor que termina no pátio da piscina. Então percebo que estou perto de realizar uma fantasia que vai fazer com que ele perceba o quanto eu o quero.

— Marco... — murmuro.

Ele parece sair do transe e fica imóvel. Como se quisesse confessar algo. Droga! Será que tem outra, e o remorso o atingiu justo agora?

— Bárbara, precisamos conversar...

Conversar uma ova! Não vou parar nem morta. Estou mais excitada do que nunca. A sensação é tão intensa que apenas um dedo seria capaz de me fazer gozar em um segundo.

— Marco, vamos nadar. Depois conversamos — sugiro, em um tom travesso.

— Não sou a pessoa certa para você. Precisamos ir com calma.

Mas que papo é esse? Esse povo do direito fala muito. Ele disse que me queria e agora se esquiva. Cursei contabilidade, meu negócio é cálculo: um mais um é igual a dois corpos juntos. Prefiro deixar para pensar depois.

— Aham, sei... — Tiro sua camisa e atiro para qualquer canto. — Você tem medo de compromisso sério, né? Estamos indo rápido demais e está com medo que eu acredite no que você me disse à tarde, que sou sua. Tudo bem, sério. Entendo seus sentimentos e não quero mudar nada em você. Também não estou à procura de compromisso. Só quero saciar esse desejo que sinto desde que te vi pela primeira vez.

— Mas não...

Começo a beijá-lo com sofreguidão. Não sou ninfomaníaca, mas nele vou investir com tudo, nem que seja...

— Só por uma noite, Excelência.

Sopro a provocação entre nossas bocas.

Começo a me despir às pressas, sem um pingo de vergonha. Ele tem que entender que a única coisa que eu quero é que ele me pegue com força e me faça sua.

Olho nos seus olhos, sentindo-me desinibida, e arrebito a bunda para mergulhar, nua. Não estou nem aí se for flagrada. Quer dizer, estou um pouquinho. Sou impulsiva, então, quando tirei a primeira peça, estava focada em Marco, sem perceber se havia alguém por perto. Mas, ao retornar à superfície, olho para os lados e nada. Nem ele.

Devo tê-lo assustado. Ou ele provavelmente achou que sou louca e fugiu. Mas então sua mão forte me puxa pela cintura, virando-me até ficar de frente para ele. Solto um gritinho.

— Shhh, sereia gostosa. Foi você que nos colocou nessa, agora precisa ficar quietinha se não quiser que sejamos pegos aqui...

Meus seios grudam em seu peito e não resisto a envolver sua cintura com as pernas.

— Com perigo tem mais emoção — provoco, então rebolo contra seu membro duro para incitá-lo, gemendo muito perto do seu ouvido.

— Não existem brechas na lei contra atentado ao pudor — comenta ele.

Seus movimentos destilam total disciplina, mas seu pau o trai, esfregando-se contra mim.

— Culpada, então?

Marco assente. Sedento, começa a chupar e a morder com força um dos meus seios, enquanto caricia e aperta minha bunda com força. Eu me masturbo contra seu pau.

Enquanto ele suga meu mamilo com força, chego ao ápice do tesão. Mais alguns segundos, e vou ter o orgasmo sem penetração mais rápido da minha vida.

Mas Marco aparentemente não faz nada sem pensar, porque volta a me beijar alucinado e, sem que eu perceba, acabamos encostados em um canto escuro da piscina, onde ninguém pode nos ver. O danado me encurrala de novo, ao seu bel-prazer, então me estimula e esfrega o pau grosso, comprido e ereto entre minhas dobras pulsantes, que o acolhem, ansiosas. Moendo carne contra carne incansavelmente, a ponto de eu gemer, prestes a chegar ao êxtase. Vibro... Contraio... Vou à loucura, desesperada por algo que não sei identificar. Algo que vai em uma crescente dentro de mim. Nem sei mais. Só sei gemer dentro da sua boca.

A possibilidade de alguém nos flagrar não está mais em questão.

— Culpada!

Sei lá por que repito isso no turbilhão desconexo de sensações. Ao perceber que estou por um fio, ele sorri, luxurioso, frenético.

— Você está condenada à sua melhor experiência na piscina, minha ré preferida.

Não sei explicar como, mas ele mergulha pelo meu corpo até o clitóris e começa a passar a língua macia no pontinho turgido em um ritmo intenso, entre chupadas rápidas. O fato de estarmos debaixo d'água não muda a sensação deliciosa, e não demoro muito para chegar a um orgasmo avassalador. Estremecimentos perpassam meu corpo. Juro que vejo estrelas.

Antes mesmo de eu me recuperar, ele retorna à superfície para respirar, parecendo satisfeito por me fazer gozar em segundos.

— Tenho tantas coisas para explicar, mas não agora. Agora só quero estar dentro de você. Te foder com força... — O predador me pega firme, voraz, e olha nos meus olhos. — Não tenho um preservativo aqui, mas pode confiar. Estou totalmente limpo.

Depois de ser traída, a primeira coisa sensata que fiz foi averiguar se Caio não havia me transmitido qualquer doença. Sei que é básico, mas ainda assim fico emocionada por Marco se preocupar comigo dessa forma, quando poderia estar pensando apenas em me comer.

— Eu confio em você. Também acabei de fazer meus exames e sei que estou com a saúde em dia. Vamos esquecer de tudo e concentrar na gente.

Fitando-me como se eu fosse uma Deusa, ele coloca minhas pernas em volta do seu corpo e me preenche com uma estocada lenta e firme. Sinto um desconforto inicial devido às proporções enormes. Certeza que é o maior pau que já senti na vida.

Deixo escapar um grito luxurioso.

— Você é tão apertadinha.

Com estocadas curtas, ele continua a me invadir sem qualquer complacência.

— Ou você que é grande demais.

Não resisto a massagear seu ego. É sexo selvagem, cheio da adrenalina de estarmos fazendo algo escondido.

— Sua boca é tão gostosa de beijar. É uma delícia ouvir você gemer. — O juiz dá um chupão nos meus lábios a cada palavra. Finalmente deixou a educação de lado e agora puxa meu cabelo molhado entre os dedos para ter acesso aos meus lábios, levando-me ao céu. — Vou te comer até que não tenha mais forças!

Ele impõe um ritmo acelerado, tendo minha bunda como apoio para as mãos, que ditam os movimentos. Marco me preenche até o fundo, então tira e preenche de novo. Vai e vem. De novo. De novo. Posso ouvir a água entre nós e sua respiração ofegante. Eu me contraio ao máximo. Meus pulmões precisam de fôlego, mas meu corpo implora por mais.

— Goza pra mim, Bah. Grita meu nome. Estou sentindo que você está perto com essa boceta gostosa estrangulando meu pau — sussurra ele em meu ouvido.

Não sou puritana, mas a ordem suja invoca emoções profundas que eu não conhecia e uma pressão se forma no meu ventre até explodir.

— Aaah, Marco... — grito, com a voz embargada, então respiro fundo.

Gozo feito louca e, com mais algumas estocadas durante meu orgasmo, ele jorra dentro de mim, inspirando como um primal.

Que delícia de homem!

Bônus

Paula

Alguns anos atrás...

— Papai, já disse que ele me atraiu!

— Paula, não foi isso que eu perguntei.

— Tudo bem, vou ser diferente com ele. Não vou pedir para me levar ao paraíso no primeiro encontro.

— Você às vezes me surpreende. Não sei onde aprendeu tanta rebeldia. Nunca consegue enxergar a essência das pessoas.

— Pai, ele me convidou para jantar, tá legal? Vou tentar enxergar essa essência toda do filho certinho do seu melhor amigo.

— Faça o que achar melhor. A vida vai ajudar você a distinguir o caminho certo do errado. Você é maior de idade e vai sofrer as consequências do que decidir.

Beijo meu pai e saio de seu escritório. Fala sério, para que todo esse discurso? Já cursei a faculdade que ele quis — que odiei, por sinal. Agora ele quer arrumar um marido para mim? O cara é lindo, gostoso e sua família é uma das mais renomadas da cidade, mas esse papo de encontrar a essência dele já é demais. Chega. Vou me preparar para o "grande jantar" com o dr. Marco. Mas, antes, preciso ir ao shopping.

Quando volto do shopping, estou atrasada e ainda tenho que me maquiar. Lolita, nossa empregada há anos, vem avisar que Marco me aguarda na varanda, junto a meu pai. Termino de me arrumar e, por fim, vou ao encontro dos dois.

Quando apareço, ambos me encaram de boca aberta, como se eu fosse alguma modelo na *Vogue*.

— Boa noite, pessoal. O que temos aqui? A reunião dos homens mais bonitos da cidade?

— Oi, filha. Estávamos falando do jantar de caridade da família Romano.

— Boa noite, Paula. Sempre encantadora...

Percebo que Marco não tira os olhos do meu decote. Acho que a noite será bem interessante.

Nós nos despedimos do meu pai e vamos até o jardim, onde o Volvo de Marco está estacionado próximo à grama. Ele me pede para esperar e para com o carro à minha frente. Não é que ele é educado mesmo? Para completar, desce para abrir a porta para mim. Faço uma pequena pausa a centímetros do seu rosto.

— Esta noite vamos nos conhecer a fundo — sussurro e entro no carro com uma vontade enorme de gargalhar da minha cara de pau.

Do banco do motorista, ele me encara, sabendo muito bem o que eu quis dizer.

— Acho que comecei a conhecer você em apenas uma frase.

— Além de bonito, charmoso, rico e cheiroso, é psicólogo também? Achei que era advogado.

Rimos juntos, então seguimos para nosso jantar no Fasano, um restaurante maravilhoso, onde encontramos toda a elite paulistana.

A primeira noite que passamos juntos é maravilhosa e quente. Além disso, é fácil conversar com Marco. Ele é o homem mais sedutor e gostoso que já conheci. Passo a noite vendo estrelas. Quando ele me leva para casa na manhã seguinte, tenho apenas uma certeza: esse homem tem dona, e sou eu.

Depois de oito meses de namoro, nos casamos. Fiz questão de ter a festa mais requintada do ano e chamei toda a *high society* paulistana. Teria sido tudo perfeito se não fossem os pais de Marco, que sempre acham tudo exagerado. A mãe dele ainda fez o favor de convidar parentes menos favorecidos e, para ser sincera, eu tenho alergia a pobre!

O incidente apenas me distanciou ainda mais da minha querida sogrinha, que não escondeu o desgosto com o casamento. Mas ela pode espernear à vontade. Não desisto de meus objetivos, e meu objetivo, desde a primeira noite de sexo selvagem, sempre foi Marco. Ele SEMPRE será MEU.

Capítulo 13

Bárbara

Nunca imaginei experimentar um sexo tão incrível, quente e molhado, e ter um orgasmo tão intenso. Ainda estou estremecendo em seus braços, tentando gravar cada detalhe deste momento na mente, quando ouço vozes.

— Temos que sair rápido, senão a noite vai terminar na delegacia... — diz ele.

Marco sai da piscina e pega nossas roupas às pressas.

— Pensei que juízes pudessem dar carteirada em qualquer situação — comento, brincando, enquanto seguro sua mão para me ajudar a sair da piscina.

— Pode ter certeza que não. Nada de interrogatório hoje. Sua noite vai ser no meu quarto.

Estremeço só de pensar. *Hoje, me permitirei ser feliz!*

Enquanto nos vestimos, ele tem a cara de pau de colocar minha calcinha no bolso.

Saímos de mãos dadas, olhando para os lados para ter certeza de que nenhum *voyeur* estava à espreita. Nem parece que sou uma mulher de 27 anos agindo dessa forma, como se estivesse escapulindo com o namoradinho para os pais não pegarem o casalzinho no flagra. Mas foi essa sensação que deixou tudo melhor.

No corredor de acesso aos quartos, Marco me leva para o dele, em silêncio. Fico aliviada ao perceber que todo aquele falatório desapareceu.

— Pronta para um cárcere privado?

— Por quê, você vai me interrogar e me fazer confessar coisas que não quero?

Ele sorri, e sua boca reivindica a minha. Toda aquela selvageria e os puxões de cabelo desaparecem, dando lugar apenas a um beijo quente, em que as línguas sabem o caminho a ser percorrido, até que ele sugere:

— Que tal um banho para tirar a friagem? Não quero que você fique doente.

Ai, ai... Lá está ele sendo lindo, gostoso, dono de um senhor pau, uma pegada irresistível, e ainda gentil, se preocupando de novo comigo. É muita areia para o meu caminhãozinho! Quanta fofura em um só deus!

Ligo o chuveiro para Marco achar que vamos apenas tomar banho, então começo a passar as mãos nos seus ombros largos e fortes, descendo-as por seu tórax firme até o abdômen que, definitivamente, é perfeito. Gominhos não faltam. Deslizo um pouco mais, alcançando sua pélvis. Essa curva em V é para matar qualquer mulher de tesão. Mas o melhor é quando desço um pouco mais: grosso. Tanto que não consigo fechar os dedos ao redor. A cabeça é rosada e o comprimento repleto de veias pulsantes e grossas. Começo a massageá-lo, fazendo dele meu mais novo *playground*.

— Querida, se você continuar assim, vou gozar na sua mão.

Sem parar o movimento de vaivém, eu me ajoelho. Segurando seu belo mastro com ambas as mãos, começo a lamber a cabeça robusta. O gosto e o cheiro são inebriantes. Olho para cima, enquanto minha língua circula sua glande. Intensifico as lambidas lascivas até que, de repente, abocanho toda a extensão, chupando forte e rápido, gananciosa, até o fundo. Ele puxa meu cabelo, como se quisesse me dar um aviso, mas não paro. Sua respiração ofegante se transforma em grunhidos animalescos e sensuais, o que só me deixa mais excitada. Para compartilhar o momento, deslizo uma das mãos por entre minhas pernas. Acho que o gesto o agrada.

— Eu avisei e vou reforçar — ameaça, ofegante. — Se não quiser que eu goze na sua boca, para agora.

Mais motivada do que nunca, eu o encaro e aumento o ritmo da sucção e do movimento entre minhas pernas. Enquanto ele me olha em adoração, eu me sinto cada vez mais poderosa e libertina, até que, juntos, chegamos ao clímax.

Fico trêmula. Nunca me senti tão saciada.

Limpo o canto da boca e me levanto. Marco me abraça.

— Agora sou *eu* quem vai cuidar de você — promete ele.

Após me ensaboar, ele me estimula e levanta minha perna, depois enfia cada centímetro de língua e pau em mim até estarmos na cama.

Que homem é esse?

Marco

Definitivamente, foi o melhor sexo da minha vida. Estar dentro da Bárbara é a melhor sensação que existe. Mesmo assim, sei que não é certo continuar.

Tento me convencer de que foi apenas atração, nada mais. Apenas diversão. Pelo menos é assim que as coisas geralmente acontecem comigo.

Vejo-a se levantar e ir ao banheiro, nua. Sou distraído por uma notificação do meu celular.

É uma mensagem de Pedro: Galo de rinha, vamos sair amanhã às dez, confirmado?

Porra, eu esqueci o vexame que dei no luau e nem fui procurar Pedro para conversar. O pessoal deve estar pensando que sou um ciumento arrogante, mas quer saber? Foda-se. Em teoria, ela é minha mesmo. Mas o que vou dizer para convencer Pedro a ir na frente com o grupo e me liberar para curtir a deusa mais um pouco? Sei que é arriscar muito, mas preciso aproveitar enquanto posso.

Pedrão, quebra meu galho, cara Se importa de voltar sozinho com o grupo?

A resposta chega na hora: Não acho legal, mas você que sabe.

Ele tem razão. Compromisso é compromisso. A responsabilidade de acompanhar o grupo é do presidente. Nunca deixamos ninguém para trás.

Beleza. Às dez no estacionamento.

Então sinto um aroma delicioso floral e me viro em direção ao banheiro. Vejo Bárbara, nua e mais linda do que nunca, me olhando com curiosidade. Deve ter ouvido as notificações chegarem.

— Afrodite, não me canso de olhar para você, sabia?

— Verdade? Achei que estava olhando o celular. Não sabia que você tinha olhos atrás da cabeça também.

Ambos damos risada.

— Era o Pedro confirmando o horário de saída amanhã.

— Nossa, o dia voou. A que horas saímos?

— Às dez.

Ela me encara enquanto se aproxima com uma carinha de quem vai me atacar, mas é minha vez. Eu me viro, fingindo não perceber sua intenção, e ela disfarça, indo para o lado da cama. Quando ela fica de costas, puxo-a contra meu corpo.

— Prometi que ia te comer até você perder as forças, e vou cumprir minha palavra — sussurro no seu ouvido.

Desço a mão pelo seu corpo devagar até encontrar a abertura quente e úmida.

— Gosto de você molhada, pronta pra mim. — Dedilho suas dobras sem pressa.

— Estou assim desde que vi você pela primeira vez, Excelência...

Ela se contorce em minha mão. Gosto do quanto é receptiva, mas ainda mais de ouvi-la ronronar e estremecer enquanto enfio os dedos até o fundo.

— Tão quente e apertadinha. Até amanhã de manhã, vamos ser eu e você. Minha boca no seu corpo inteiro.

Ela solta um suspiro de aprovação que faz minhas bolas se contraírem.

— É uma promessa, doutor?

Deito-a na cama devagar. Quero que seja um momento mágico e inesquecível.

— Bah, sei que não prometemos nada, mas quero que esta noite seja especial. — Tiro o cabelo molhado do seu rosto. — Não sei por onde você andou esse tempo todo, nem onde vai estar amanhã, mas quero dizer que meu desejo vai além de achar você gostosa...

— Marco, por favor — ela me interrompe em um tom carinhoso —, não vamos deixar o mundo lá fora entrar por aquela porta.

Sinto o coração martelar e beijo-a ciente de que há algo forte tentando extravasar. Você sabe que está com a pessoa certa quando ela te faz esquecer até o próprio nome.

— Confia em mim?

— De corpo e alma.

— Agora sou eu que alerto. É melhor você não me dar poderes.

Ela sorri, e eu me levanto enquanto arranco o cinto da calça. Então passo a cerda de couro leve entre suas pernas fechadas, ventre e mamilos. Seu corpo inteiro se arrepia.

— Adoro suas mãos em mim, mas acho que hoje vão ficar ainda mais excitantes presas na cabeceira da cama. — Beijo seus pulsos. — Pelo jeito você não está muito familiarizada com a esfera criminal, correto?

— É, minha área é outra.

Seguro a risada para não quebrar o clima, prendendo-a.

— Mas na universidade deve ter ouvido algo sobre o que o cidadão pode ou não fazer.

Esta mulher é meu delírio. Eu a observo enquanto monto no seu corpo estirado. Já passei por muita merda para não viver o agora.

— Você é linda.

— E você vai facilitar pra mim por causa disso?

Esqueço de tudo quando o sr. Anaconda, este traidor, se encaixa entre as pernas dela.

— Não sou eu quem vai facilitar. — Roço a ereção em sua virilha só para avisar que estou gostando muito de seu quadril me procurando. — Você é quem vai pedir para acontecer.

Deslizo a boca pelo seu queixo, pescoço, até me demorar nos peitos perfeitos e rosados. Mordisco e chupo, um de cada vez, sem interromper o contato visual. Ela geme, o que me estimula ainda mais. Beijo sua barriga e abro suas pernas, pois quero ver aquela bocetinha linda. Já está toda molhada. Chupo a pele em volta do clitóris, dando lambidas e baforadas quentes, até que ela peça mais. Não basta apenas seu corpo arquear. Não bastam os gemidinhos. Provoco. Incito. Deixo a saliva escorrer, até que ela implora:

— Por favor.

Como prêmio, chupo seu clitóris com vontade. Lambo a abertura e movo a língua por toda a extensão, passando devagar, diversas vezes, na parte da frente e na de trás. Então, sem afastar a boca, enfio um dedo em sua boceta.

— Marco, não aguento mais... Preciso de você dentro de mim.

Intensifico o ritmo e enfio mais um dedo, sem parar de chupá-la. As paredes de sua boceta se contraem, e ela grita meu nome. Tiro os dedos e volto a lamber e a enfiar a língua nela, depois passo para o ânus. Parece que meu pau vai explodir, mesmo sem penetrá-la. Subo até sua boca e a beijo. Preciso dizer o que sinto.

— Gostosa pra caralho! Eu ficaria a noite inteira fodendo você, mas agora vou meter devagar e forte, de todas as maneiras que você merece.

Enfio a pontinha em sua abertura. Brinco de entrar e sair, e, quando ela choraminga, enterro tudo de uma vez só. Então acelero. Assim que percebo que não vou aguentar mais, tiro o pau e estimulo-a entre as dobras. A safada tenta recuperá-lo loucamente, ensandecida.

— É meu pau que essa sua boceta quente quer, né? — Não quero gozar ainda, então volto a chupar seus seios, mas isso só piora o tesão. — Bárbara, não aguento mais. Vou pegar você forte.

Enfio o pau com toda a força, até as bolas baterem na sua bunda. Ela solta um gemido abafado, e eu me transformo na porra de um animal, fodendo-a como nunca. Voraz, faminto, como se quisesse marcar território. Quando a escuto gritar meu nome ao gozar, estamos olhando nos olhos um do outro. Então esporro tudo até ficar imóvel, dentro dela, sem forças.

Deito-me ao seu lado e faço carinho no seu cabelo ainda molhado. Afasto uma mecha para beijar sua testa.

— Queria dizer que não sei descrever o que estou sentindo, mas tenho que ser sincero. É o sentimento mais puro e verdadeiro que já tive na vida.

Bárbara me abraça.

— Marco, vamos guardar para sempre o que aconteceu aqui como um presente.

Ficamos abraçados até adormecermos.

Capítulo 14

Bárbara

Tento dormir. O cafuné e o cansaço do sexo quase me embalam, mas não quero perder nem um segundo, então fico de frente para o deus da beleza que acabou de subir de nível e se tornou o deus do sexo. Ele dorme tranquilo, feito uma criança.

Sinto toda a euforia se esvair aos poucos e dar lugar à apreensão ao lembrar que tudo acaba em algumas horas. *Eu sei.* A nova Bárbara não pode ter a pretensão de encontrar um namorado, tampouco querer se casar amanhã, mas a dorzinha que sinto me deixa confusa. Sei que devo obrigar este sentimento a sumir, mas... Apenas me rendo ao sono.

Marco

Acordar ao lado de uma mulher tão delicada, sensual e inteligente não melhora minha angústia.

Sei que encontrei uma pessoa especial, com que sempre sonhei, mas não posso continuar com ela. Sou responsável por alguém por quem nutro um amor incondicional e que é minha prioridade absoluta.

Eu me levanto devagar para não a acordar. Pego o interfone do banheiro e ligo a ducha para que, se ela despertar, não ouça o que estou falando. A recepcionista atende.

— Bom dia. Preciso de um serviço especial. Quero agradar minha... acompanhante com flores e um café da manhã diferenciado. Vocês poderiam providenciar um buquê de rosas amarelas?

— Claro, senhor. O que deve ser escrito no cartão?

Caramba! Esqueci esse detalhe! Sou ótimo com sentenças judiciais e péssimo com assuntos pessoais.

— "Com carinho, Marco". Você poderia mandar o mais rápido possível, por favor? Temos que sair em breve.

A recepcionista confirma a urgência, e então desligamos. Após o banho, noto que a sereia ainda está dormindo. Depois de tanto exercício na noite passada, deve estar cansada, mas não posso desperdiçar nem um instante. Quero tê-la uma última vez.

Tiro a toalha enrolada da cintura e a jogo em um canto. Subo na cama como um felino pronto para o ataque e a ajeito devagar, de modo que acorde sentindo minha língua. Vou direto ao ponto sensível. Após um tempo de degustação, sinto que ela se mexe e respira ofegante. Intensifico as lambidas nos lábios grandes e rosados, e, quando ergo o olhar, Bárbara está me encarando e sua boquinha gostosa e carnuda solta um gemido baixo. Ela puxa meu cabelo, guiando-me, e eu obedeço. Eu a coloco no colo, e nos encaramos de frente.

— Acordar assim... é demais pra mim — diz ela, com a voz entrecortada, como se tivesse corrido uma maratona.

— É muito tesão para pouco tempo. Abra os olhos.

Ela obedece, e então vejo os cristais verdes cor de esmeralda. Selamos a aventura com um orgasmo da despedida. É transcendental.

Ela não se levanta, apenas relaxa o corpo e descansa a cabeça no meu ombro. Sinto o perfume do seu pescoço, um aroma delicioso de rosas. Ficamos assim até que escutamos uma batida na porta.

— Você pediu alguma coisa?

— Não, deve ser o Pedro. Vá se trocar enquanto atendo.

Corro e pego a toalha de volta, enrolando-a na cintura. Quando abro a porta, o entregador olha para mim, meio sem graça, e estende um buquê de rosas amarelas. Escolhi essa cor porque dizem que simboliza satisfação e alegria. Eu pego, agradeço e tranco a porta novamente.

Quando ela sai do banheiro, ofereço o buquê como uma demonstração do quão especial nossos momentos foram para mim. Bárbara sente o aroma das rosas. Nunca imaginei que uma imagem assim poderia ser tão linda. Ela lê o cartão e, em silêncio, vem para os meus braços. Sinto um aperto no coração e um frio na barriga digno de montanha-russa.

— Marco, você tem um espaço especial no meu coração.

Dou um beijo em sua testa.

— Se as flores garantiram tanto privilégio, espere só até o café da manhã chegar. Vou garantir cada vez mais espaço aí dentro. Agora vem.

— Conheço as leis do inquilinato, viu, doutor?

— Não vou abusar dos meus direitos. Mas, antes de irmos embora, quero levar você à praia. Não vai dar para levar as flores na moto, então você pode oferecê-las ao mar e fazer um pedido. Quando for realizado, você vai se lembrar desses nossos momentos mágicos.

— Hm, será que estou sendo recompensada por ter servido a melhor receita da Santa Ceia? Você é real?

Caímos na risada.

— Então quer dizer que, além de ser a mulher mais sexy e linda do planeta, ainda acorda de bom humor?

Eu a beijo com todo o carinho. Sinto mais uma vez o aperto no peito, mas a sensação ameniza quando o café chega e nós nos sentamos para comer, entre conversas e piadinhas. Tudo é tão fácil com Bárbara.

— O que você quer fazer agora, linda?

— Se meu desejo se realizar, não vamos sair desse hotel tão cedo. Mas, como sou comportada, vou para o meu quarto arrumar minhas coisas e tomar uma ducha.

— Bom, então seja rápida. Passo às nove pra gente ir à praia antes de viajar.

— Combinado.

— Quer que eu busque suas roupas? Você pode tomar um banho aqui, se quiser, para ninguém te ver no corredor, andando por aí com roupas molhadas.

— Marco, você pensa demais. Tudo na sua vida é sempre tão analisado?

— O que quer dizer com isso?

— Quero dizer que vou vestir uma camisa sua, colocar meu cinto, e vou para o meu quarto tranquilamente. Se alguém me encontrar no corredor, pode pensar o que quiser, porque não vou dar a mínima. Com essa minha cara de mulher sexualmente satisfeita, duvido que alguém vá reparar na minha roupa. Até mais, doutor.

Bárbara

O que foi esse fim de semana? Um presente de Eros? Só pode. Mas quer saber? Não serei uma dessas pessoas que ficam querendo entender o motivo de tudo. Vou curtir cada segundo possível.

Volto para o quarto levando as flores lindas que ganhei em uma das mãos e a roupa molhada enrolada na outra — de um lado, uma prova de gesto de carinho e, do outro, provas irrefutáveis de uma noite de paixão.

Quando chego, arrumo rapidamente a bagunça e tomo banho, ansiosa para receber Marco às nove. Nossa, ele conseguiu *mesmo* me surpreender.

Mal termino de me arrumar, e a campainha toca. Ele está vinte minutos adiantado. Corro para abrir.

— Quando acho que não dá para você ficar mais radiante...

— Ok, já estou convencida de que você é o homem mais lindo e charmoso do mundo, então não precisa ficar me elogiando. — Rimos. — Agora vamos embelezar a praia com minhas flores.

— O que acha de mil beijos para revelar qual será seu pedido?

— Dr. Curioso! Quando se realizar, eu conto pra você.

Seguimos para a praia de mãos dadas. Enquanto caminhamos, sinto um aperto no coração e, ao mesmo tempo, que algo está começando, mas ainda não sei o quê. O que importa é que estou decidida a viver cada minuto da felicidade que me for permitido.

Conversamos sobre assuntos banais, como se evitássemos falar do futuro. Quando estamos nos aproximando da maré, faço meu pedido e jogo as rosas no mar. Ajoelho-me e mentalizo o desejo com todo o meu coração. Ao terminar, levanto e vejo Marco me encarando com uma expressão tranquila e carinhosa.

— Pronto, Excelência. Está lançado ao universo.

Eu o abraço. Ele não precisava fazer com que o tempo que passamos juntos culminasse em um momento romântico. Em tese, não temos sentimentos profundos um pelo outro, apenas uma química maravilhosa.

— Bah — ele parece procurar as palavras —, agora não posso prometer nada, mas...

Coloco os dedos em seus lábios e, subindo nas pontas dos pés, eu o beijo.

— Não precisamos dizer mais nada, Marco.

Não quero estragar os momentos que vivemos. De agora em diante, o destino é quem vai falar.

Capítulo 15

Bárbara

Sentada na cama, penso nos momentos que passamos na praia. A parte racional de meu cérebro dizia para fazer um pedido banal, mas a outra clamava por algo do coração. Acabei desejando que eu fosse feliz ao lado de alguém que me entendesse, me amasse e, acima de tudo, nunca me traísse ou mentisse para mim. Será que é demais?

Levanto-me, decidida a deixar todo o sentimento de incerteza para trás e seguir em frente com a cabeça erguida. Pego as malas e decido aguardar o pessoal no estacionamento. Faço o check-out e vou até a moto, sem querer entrar no clima de despedida e ficar de blá-blá-blá. Apenas aceno com a cabeça quando falam comigo. Não é muito educado, mas nem sei se vou voltar a encontrar estas pessoas.

Coloco o capacete, preparada para seguir viagem, quando percebo o presidente passar. Ele parece bravo ao subir na moto.

Céus! Será que ele não fica feio nem de cara amarrada?

Tchau, dr. Delícia, penso enquanto uma moto sai atrás da outra.

A viagem até São Paulo é supertranquila, e opto por não parar no local marcado. Passo por todos em baixa velocidade, buzinando para me despedir.

Quando chego em casa, meu corpo está gritando, mas são dores que me fazem lembrar as atividades maravilhosas que pratiquei no resort.

Marco

Enquanto faço meu check-out, dou de cara com Alexandre e sua arrogância.

— E aí, Marcão!? Se deu bem ontem, hein? Ficou recriminando os comentários dos outros sobre a gostosa, mas era porque você mesmo queria pegar a mulher. Agora entendo por que ficou tão irritadinho.

Meu sangue ferve. Que se danem as consequências. Prenso Alexandre no batente da porta da recepção. Um cigarro pende do canto de sua boca.

— Seu babaca! Nem um otário, como você deve ter sido no ensino médio, fala assim de uma mulher. Mais respeito, ou eu juro que eu mesmo vou ensinar a você os bons modos.

— Sem lição de moral pra cima de mim, presidente.

Ele sopra uma nuvem de fumaça na minha cara.

— Obrigado pelo lembrete. Vou adicionar ao estatuto do motoclube.

— Você não é melhor que eu em nada, Marco. A diferença é que eu não iria comer a Bárbara só por um final de semana, ia aproveitar muito mais. Mas você não pode, né? Sua vida está enrolada.

Ele foi longe demais. Eu ergo o punho para socá-lo, mas Pedro aparece e aparta a briga. Volto à razão só de vê-lo.

— Marco, para com isso! O grupo merece respeito. Deixa seu desentendimento pessoal para depois. E você, Alexandre, segura a onda! Qual é, cara? Vai encher o saco de outro. Da próxima vez que trouxer assuntos que não dizem respeito a você para qualquer evento, vai ter que se ver *comigo*.

O infeliz balança a cabeça e sai, furioso. Agradeço a Pedro por apaziguar a situação e me desculpo, então vou para o estacionamento procurar Bárbara. Quero me despedir e dizer o quão maravilhoso foi o fim de semana. Apesar de não desejar marcar nada para o futuro, também não quero deixar esse sentimento passar batido.

Quando a vejo, ela está sentada na moto e desvia o olhar. Sinto um baque. De fato, não sou nada melhor que Alexandre, e ela deve ter percebido, porque nem se dá ao trabalho de se despedir e vai embora. Deve pensar que eu quis apenas curtir uma transa de fim de semana. Subo na moto e dou partida.

Ao chegar a São Paulo, espero ver Bárbara onde combinamos nos encontrar, no mesmo local do ponto de partida. Mas, quando aparece, ela não para, apenas se despede com uma buzinada. E eu? Não mereço que ela pare e venha falar comigo? Sei lá, pelo menos um beijo, um abraço, uma promessa... Talvez seja melhor assim.

Desço da moto e me despeço do pessoal. Peço desculpas a alguns pela ausência e pelas situações desagradáveis envolvendo Alexandre.

— Pedro, pra você devo um pedido de desculpas especial. Vamos no bar do Carlão, na esquina de casa? Não quero dirigir depois de beber, e hoje, com certeza, é daqueles dias que estou precisando.

— Você está com cara de homem apaixonado que está querendo outro tipo de bebida... Mas vamos, sim.

Passo em casa para deixar a moto e depois eu e Pedro vamos até o bar, conversando sobre o passeio, sem entrar em nenhum assunto polêmico. Nos sentamos em uma mesa no canto e pedimos um chope.

— Cara, mais uma vez quero me desculpar pelo fim de semana. Sei que o que aconteceu é totalmente contra as regras que estabelecemos para o motoclube, mas aquele imbecil do Alexandre não tem limites.

— Marco, isso não teve a menor importância. Todo mundo conhece o Xandão. Ele sempre arranja confusão. O que me preocupa é você.

— Não tem nada para se preocupar. Eu estou bem.

— Ah, é? Sério?

— Meu fim de semana foi ótimo, com uma mulher linda, inteligente e com a qual me identifiquei. Tem coisa melhor do que isso?

— Se é assim, então me conta o que combinaram para os próximos encontros.

Pego o copo e viro em um gole grande.

— Não combinamos.

— Viu? É sobre isso que estou falando. Você deixou de querer ser feliz, cara. Foi um milagre você ter se permitido esses dias de folga. Quanto tempo faz que está vivendo no hospital?

— Estou fazendo o que é certo.

— Acha que a princesinha ficaria feliz se soubesse que você está isolado e infeliz?

— Você não sabe o que está falando. Ela não tem nada a ver com isso. Eu simplesmente tenho que pensar nela e em mais ninguém.

— Nunca ouvi tanta besteira! A verdade é que você tem medo de que todas as mulheres sejam iguais à Paula.

Que se foda. Enquanto eu puder proteger quem eu devo, é assim que vai ser.

— Você está dizendo que tenho ressalvas por causa da minha ex, mas e você? Não tem ninguém por quê? Tem traumas também?

Pedro abre um sorriso frio.

— É nisso que você pensa enquanto tenta dormir à noite? Com quem eu me relaciono ou deixo de me relacionar? Você pode fugir, mas uma hora você vai ter que falar ou desabafar com alguém. Quero que saiba que, como seu amigo, vou estar sempre aqui, mesmo quando você joga a bronca em cima de mim para se esquivar.

Em alguma parte de mim, sei que ele tem razão, mas minha cabeça e meu coração não se entendem. Não sei o que fazer sobre Bárbara.

Capítulo 16

Bárbara

Após uma longa noite de sono, acordo antes de o alarme tocar, renovada. Tomo uma ducha, faço todo o ritual de autocuidado e me arrumo para o trabalho, com direito a maquiagem, secagem de cabelo e escolha de uma roupa sensual: uma saia lápis preta, uma blusa de cetim vermelho-cereja e um salto alto preto, peças fundamentais para manter o bom astral.

Chego ao escritório com um sorriso no rosto, animada, sentindo que a vida recomeçou de vez e que estou pronta para conduzi-la rumo à felicidade. Meu deus grego tem poderes mágicos e soube fazer todo o estresse dos dias ruins que vivi desaparecer.

— Marcinha, minha linda! Bom dia! Agenda organizada para hoje?

— Oi, Babby! Estou vendo que o fim de semana valeu a pena, hein?

— Digamos que ultrapassou todos os limites do bem-estar...

— Fico feliz por você. Até porque sua agenda está abarrotada hoje. Prepare-se.

— Mãos à obra, então!

Encontro Patty no meio do caminho.

— Uau! Sinto cheiro de sexo — alfineta superdiscreta... *#sqn*

— Não sabia que essa fragrância existia, menina. Que loucura.

Levo na esportiva. Ainda não sei se quero trazer à tona algo que talvez não vai voltar a acontecer. Tudo o que resta são as emoções. Ah, e as marcas de chupão. Ao redor dos seios, na barriga, nas coxas... por todo o corpo.

— Não venha bancar a santinha. Pelo sorriso e pela pele lustrosa, você deve ter quebrado a cama nesse fim de semana. Agora me conta... quem ficou por cima?

— Você não desiste, né?

Não tenho ideia de como vou fazer para esquecer a língua, os dedos e o membro daquele homem dentro de mim.

— Jamais!

— Estou com a agenda cheia, mas prometo contar mais tarde, sua curiosa. A gente se vê no almoço?

— Não sei se sobrevivo até lá de tanta ansiedade, maaas... como você está me prometendo revelar os detalhes mais sórdidos e quem foi o gostosão que conseguiu tirar aquela tristeza toda que o Caio causou, e renovou o brilho desse rostinho lindo, vou tentar.

Caio. Por que essa tagarela que nem respira para falar tocou nesse nome? Será que não entendeu ainda que ele está mortinho da Silva para mim?

— O milagre eu vou contar, mas quem foi o santo... vou pensar.

Lanço uma piscadinha para a dramática e vou para minha sala. Se deixar, Patty vai querer saber as posições, o diálogo, a quantidade, a espessura e o número de espermatozoides em cada ejaculação.

Uma reunião logo cedo com o Bigodinho era tudo que eu precisava para tirar os pensamentos eróticos da cabeça — um banho de água gelada para esfriar meu corpo em chamas por causa das lembranças. Outro ponto positivo é que conseguimos resolver vários assuntos difíceis. Amo meu sócio. Além de sábio, trabalhar com ele é fácil. Sempre tem argumentos e soluções eficazes.

— Babby, o que acha de almoçar comigo hoje? — sugere Thiago.

Fico surpresa com o convite inesperado.

— Não sei se vai dar. Combinei com a Patty. Temos uns assuntos para pôr em dia.

— Não pode deixar para outra hora?

Eu hesito, mas então penso que Thiago nunca é insistente. Deve estar querendo falar de algo não relacionado ao escritório.

— Tudo bem. Vou avisar a Patty. Mas prepara o bolso porque estou faminta. Hoje, você paga a conta.

Ele me olha espantado, acho que porque ouviu as últimas fofocas do escritório sobre minha dieta à base de alface. Enquanto isso, mando uma mensagem para a curiosa, que não gosta muito da notícia.

Thiago me leva para almoçar em uma cantina italiana. O magrelo come feito um boi, mas dá para ver que está meio ansioso. Enquanto esperamos o café, ele parte para perguntas íntimas de repente.

— Sabe que considero você uma irmã, né?

— Sei, sim. Só não entendi por que você está me falando isso agora.

— Sempre direta...

— Se já sabe, não deveria ficar enrolando tanto.

— Babby, estou preocupado com você. Não sei direito o que aconteceu com Caio, mas não acha que, seja lá o que for, você também teve uma parcela de culpa?

Eu arregalo os olhos e quase subo na mesa. *Culpa?* Culpa por ser chifruda? Era só o que me faltava.

— Antes de me fazer uma pergunta dessas, deveria querer saber o que o falecido fez, né?

— Vamos ser práticos. Sei o que ele fez. Só achei que pouparia você de relembrar os acontecimentos.

— Vocês, homens, são engraçados. Sempre acham que traem por culpa da mulher. Têm sempre uma justificativa para tudo. Caio não cometeu um "pequeno deslize", o que, por sinal, eu também jamais aceitaria. Ele ficou *noivo* de outra pessoa.

— Acho que você deveria ao menos ouvir o que ele tem a dizer. Ele tem me ligado quase todos os dias e parece que está muito arrependido.

Que amargue no inferno e pare de querer convencer meus amigos de que é inocente!

— Querido, posso pedir um favor? Pela saúde da nossa amizade, não atenda mais os telefonemas dele. Esqueça que o conheceu. Vocês nem eram próximos para ficarem trocando figurinhas a essa altura do campeonato.

— Sei que Caio não é meu melhor amigo, mas convivi com ele durante todos os anos que vocês passaram juntos. A gente sempre se falava. Não posso simplesmente cortar o cara. Ele nunca me tratou mal nem nada assim.

Sinto um arrependimento amargo por ter misturado a vida pessoal com a profissional.

— Se prefere assim. — Dou de ombros. — Escute o quanto quiser, só não venha me dar notícias. Pode ser assim? Quero mais é que Caio seja feliz com a noiva dele e me poupe.

— Tudo bem, não vou mais tocar no assunto. Mas, como alguém que gosta muito de você, vou dar um último conselho. Dê uma oportunidade para ele se explicar. Tenho certeza de que seu coração e sua mente vão ficar mais leves depois disso, mesmo se vocês não voltarem.

Cara, o que está acontecendo com as pessoas?

Sem pensar, parto para a ignorância, levantando-me da mesa.

— Você ainda não entendeu que ele *morreu* pra mim?

Thiago assente e paga a conta, então voltamos ao escritório sem dizer uma palavra.

Passo a tarde com os nervos à flor da pele. A traição é como um objeto de porcelana que se quebra. Os cacos podem até se transformar em um lindo mosaico, mas a peça jamais será a mesma. Quem bate esquece, mas quem apanha leva aquilo para o resto da vida. Não vale a pena viver insegura. A coisa mais importante do mundo é a paz de espírito.

E é com essa mesma paz que sigo para intermináveis reuniões com clientes cheios de dívidas tributárias fazendo um chororô por causa dos impostos do país. A tarde voa, e o cansaço bate. Estou com tanta preguiça de ir a um restaurante que, do escritório mesmo, peço uma comidinha chinesa para levar. Chamo Patty para ir comigo, pois, enquanto eu quebrava a cabeça com os clientes, ela mandou cinco mensagens perguntando se o jantar que marcamos ainda estava de pé.

Que obsessão para saber da vida sexual dos outros! Só pode ser um fetiche. Mas me divirto com a ansiedade dela e espero até que cheguemos em casa. Patty nem me dá tempo de nos servir direito e começa o interrogatório.

— Babby, desembucha logo! Quero saber tudo, do beijo ao lepo-lepo!

Entre uma garfada e outra, conto sobre o juiz delícia.

— Para tudo! Você passou o fim de semana entre lençóis com o gato que defendeu você no barzinho? Sortuda de uma figa. Um cara daquele é tipo um cometa Harley. Conta mais.

Sinto um frio na barriga ao confidenciar sobre a atração irresistível entre nós, sobre os curtos acessos de ciúme de Marco, que me deixaram louca, sobre a pegada forte, sobre o sexo na piscina com o risco de sermos flagrados, sobre sua língua incrível… enfim, não a poupo de quase nada. Não sei se para saciar a curiosidade de Patty ou para lembrar cada pedacinho daquele homem me agarrando com pressa e força, e depois devagar e com carinho.

— Mulher de Deus, se for tudo verdade, você bem que poderia ser uma boa amiga e dividir o doutor lambe-lambe comigo, né?

— Qual é, Patty? Que proposta indecente é essa? Vai atrás dos seus.

— Nossa, faz meses que não transo, ou melhor, que não tenho um orgasmo decente! Ultimamente só tem aparecido os velozes e furiosos, mal entram e trocam a marcha e já estão gozando. E eu? Como fico, sem dedada e chupada?

Caio na gargalhada. Patty faz um drama e sempre fala da vida sexual sem um pingo de pudor.

— Agora que você me fez contar sobre o fim de semana, pode me deixar sossegada para pensar no que vou fazer daqui para a frente e ter uma boa noite de sono? Que tal ficar aqui e irmos trabalhar juntas amanhã? Tem um monte de roupas suas lá no quarto.

— Ótima ideia, amiga. Só acho uma pena não ter trazido o sr. G… Hoje eu e ele poderíamos ter uma noite de pura reflexão e entretenimento depois da sua história — ela fala do seu vibrador, e eu reviro os olhos.

— Juro que tem coisas da sua vida que dispenso saber. Mas, falando sério… hoje tive uma conversa com Thiago que não sai da minha cabeça. Ele conseguiu plantar uma sementinha e me fazer perceber que ainda não pus um ponto-final na minha relação com Caio. Isso está me incomodando, sabia? Apesar de para mim ele ter morrido, ele continua me cercando, querendo provar que é inocente.

— Amiga, esquece isso. Falar com ele só vai trazer o passado de volta, e não sei se você está preparada para reviver tudo o que aconteceu.

— Mas como vou seguir em frente se não encerrei esse ciclo?

— Manda uma bomba pra ele. Quer jeito melhor de encerrar um ciclo?

Patty sempre foi a mais sensata de nós.

— É uma boa opção… mas, enfim, vamos dormir. Amanhã vai ser outro dia, e aí eu vejo o que faço — encerro a conversa, indo me deitar, sem conseguir pregar os olhos um segundo sequer.

Que encosto!

Marco

Apesar dos imprevistos, acordo animado e feliz por ter me permitido um fim de semana maravilhoso na companhia de uma pessoa especial e por ir visitar minha princesa antes do trabalho. Não vejo a hora de encontrá-la. Nunca passei tanto tempo longe.

Quando chego, meu coração se enche de alegria.

— Olá, princesa! Sentiu minha falta? Porque eu não aguentei de saudade de você. O lugar que visitei era lindo, um paraíso. Você ia amar! Tenho muita coisa pra contar, mas primeiro quero olhar você. — Beijo seu cabelo e depois a testa. — Adoro seu cheirinho, falar com você, te ter nos meus braços, ouvir seu coraçãozinho. — Sento-me ao seu lado, sentindo que ela me entende. — Você é um presente para mim. O mais amado que Deus poderia me dar. Tenho refletido sobre os últimos anos e cheguei à conclusão de que, justamente por saber que você é diferente e especial, minhas experiências passadas, inclusive os trabalhos voluntários, me possibilitaram cultivar esse amor tão puro. — Olho para ela. — Comprei mais um livro e estou ansioso para ler pra você. Tenho certeza de que você vai entender as histórias.

Passo os dedos pelo contorno do seu rostinho angelical, observando-a. Sempre que estamos juntos, não canso de demonstrar todo o amor e carinho que sinto por ela. É o jeito que encontrei para que ela entenda o quanto é importante para mim. Preciso que lute comigo, dia após dia, para continuarmos juntos. Não permito que desista, pois a possibilidade de que ela possa ir embora me mata. Meus olhos se enchem de lágrimas, mas tenho que me conter para que ela não perceba minha angústia. Pigarreio, sorrio e começo a ler.

— A história de hoje é sobre uma princesa linda igual a você: a Bela Adormecida.

Tento engolir o nó em minha garganta e continuo. Quando termino o segundo parágrafo, olho para minha princesa e vejo que adormeceu. Dou outro beijo em sua testa e coloco as conchinhas que peguei no fim de semana em suas mãos.

Estava planejando contar que conheci uma pessoa especial, mas não quero acordá-la, então sussurro em seu ouvido para me despedir:

— Querida, tenho que ir trabalhar. Amanhã vou estar aqui no mesmo horário. Tenho fé de que em breve você vai voltar para casa. Amo muito você.

Após um longo dia, saio do tribunal cansado. Os processos não acabam mais. Mas não gosto de atrasos nem cobranças, então procuro resolver tudo sem demora, mesmo que precise trabalhar até mais tarde.

Chego em casa faminto, e a primeira coisa que faço é invadir a cozinha. Estou com saudade da comida de Maria — que eu chamo de Nana, meu anjo da guarda desde que nasci. Minha mãe pediu que ela trabalhasse em minha casa quando soube que eu tinha me separado. Paula não gostava de Nana, mesmo depois de Nana tê-la ajudado muito durante a gravidez. Nana achava que Paula não era uma boa pessoa e me alertou várias vezes.

— Nana, você ainda está por aqui? — grito, da sala.

Ultimamente não tenho conseguido encontrá-la. Desde que reduzi sua jornada de trabalho, pedindo apenas que cozinhasse e verificasse se a diarista tem deixado a casa em ordem, nossos horários não batem.

— Estou aqui, filho! Na cozinha!

— Hm, o cheiro está bom. Me diz que é meu prato preferido!

Entro na cozinha e dou um beijo nela.

— Meu menino, como eu sei que você não almoça direito, preparei uma lasanha de frango com molho branco, do jeitinho que você gosta.

— Ô, Nana, você é minha salvação!

— Você é um moço bom. Mas agora me conta como está sua vida. Depois que afastou sua velha aqui, fiquei sem notícias suas.

Ela ainda está remoendo a aposentadoria parcial... Que teimosa.

— Só vou tomar um banho e volto para contar, tudo bem? Aproveita pra colocar um prato para a senhora também. Vamos jantar juntos. Eu te dou um pedacinho da minha lasanha...

— Hm, vou ver se a cozinheira é boa mesmo, como você vive elogiando.

— É a melhor que conheço.

Levo apenas dez minutos no banho. Parece que não como há dias. Estou doido para desfrutar do tempero de Nana e jogar conversa fora com alguém em que confio tanto.

— Conta as novidades, Marquinho. Esta velha aqui adora histórias divertidas.

— Ah, Nana, não tem muito espaço para diversão na minha vida, mas... hm... — Suspiro e levo uma garfada generosa à boca.

— Ah, sabia que tinha um "mas". Seus olhos verdes estão com um brilho diferente. Aliás, acho que um brilho que nunca vi. Está apaixonado? Quem é a moça?

— Por que acha que tem mulher envolvida?

— Se você se olhar no espelho, vai saber a resposta.

— Bom, conheci uma pessoa especial, bonita, superinteligente.

— Pediu a moça em namoro?

— Claro que não. Nana, não é o momento certo para pensar em romance. Tenho alguém que precisa da minha total atenção.

Ela coloca a mão em meu rosto e diz:

— Escuta bem, Marquinho. A vida é uma só. Você nasceu para ser feliz e, para isso, basta abrir a porta. Um grande amor não vai macular em nada seu sentimento pela nossa princesa. Não sei por que você acha que um sentimento anula o outro, meu filho. Nosso coração tem uma capacidade inacreditável de amar sem limites.

Encaro-a, pensativo. Gosto de seus conselhos. Ela sempre tem razão.

Conversamos sobre outros assuntos, até que fica tarde e eu agradeço pela deliciosa refeição e me despeço.

Ao me deitar, as lembranças do fim de semana me invadem. O sr. Anaconda acorda e pede para sentir Bárbara de novo. Não quero me masturbar, então tento limpar a mente, pensando em ações trabalhistas, processos tributários, na cara de pau de quem sonega impostos, enfim... em tudo que faz com que meu pau aquiete o facho. Mas nada funciona.

Então, como quem não quer nada, começo a acariciá-lo e, em troca, o bendito invoca até o cheiro daquela enfeitiçadora. As fisgadas nas bolas exigem que eu acelere o vaivém das mãos. Lembro a boca dela me engolindo, seu corpo perfeito enquanto ela acariciava a si mesma e me abocanhava. Lembro seus gemidos, as posições em que transamos, as estocadas, o estopim e, finalmente, o momento em que ela me chupou até o fim e engoliu minha porra. Os movimentos que imponho ao meu amigo cheio de vontades próprias são intensos. Gozo tão forte que fico desorientado.

Cacete! Até em pensamentos Bárbara consegue tirar minhas forças.

— Amigão, pode ir segurando a onda. Nada de ficar relembrando coisas que não deve. Você NÃO manda em mim.

Bárbara

Nada como uma noite de sono maldormida para causar um verdadeiro desastre: olheiras profundas e escuras acompanhadas de um humor do cão. Patty já me conhece e sabe que não é hora de vir com piadas, elogios, surpresas, novidades nem nada além de muito café e croissant de chocolate. Mesmo assim, ela ainda arrisca falar de outras coisas, tipo shopping, barzinho e a próxima balada.

— Hm... Vamos ver. Vou pensar.

As respostas secas fazem com que ela desista de tentar acalmar minha TPM (Tensão Pós-Maldito Caio).

Chegamos ao escritório sem trocar uma só palavra sobre o que estava acontecendo comigo e seguimos cada uma para sua sala, onde passo horas trabalhando meio distraída, pensando na conversa com o Thiago.

Não posso negar que meu relacionamento com Caio foi mágico. Tenho que admitir que foram bons anos. Curtíamos um ao outro, e eu acreditava mesmo que nos conhecíamos de verdade. Eu sabia suas manias, seus gostos, seus defeitos. Foi com ele que almejei formar uma família. Eu entreguei meu coração por completo. Ou quis acreditar que entreguei.

Mas, depois de descobrir a traição, ignorei tudo o que vivemos e, aos gritos e sem nenhuma consideração, não o deixei pedir desculpas. Sei lá, apenas o ignorei, como se ele fosse um mero grãozinho de areia.

Meu Deus! Com as mãos nos cabelos e os cotovelos apoiados na mesa, tento colocar os pensamentos em ordem. Percebo que estou entrando na fase "pós--traição". Depois da frustração, da ânsia de vingança, da raiva e da vontade de matar o maldito, estou pensando de modo coerente. É, preciso deixar a razão trabalhar e ouvi-la um pouco.

Eu me pergunto o que deu errado. Onde erramos como casal? Não é possível que ele tenha passado tantos anos comigo sem ter me amado, ou então que tenha deixado de me amar sem que eu percebesse os sinais. Será que Caio me traiu outras vezes, e eu, mergulhada no trabalho, não percebi?

São tantas dúvidas e inquietações que não consigo mais trabalhar. Preciso espairecer, ir para casa e tentar arrumar a bagunça que minha vida se tornou. Que tipo de pessoa que, tendo amado alguém como amei Caio, pode cair de paixão fulminante por outro alguém tão rápido quanto eu estou caidinha por Marco? Será que eu amava mesmo Caio? Se não amava, será que também não tive alguma responsabilidade no fracasso do nosso relacionamento?

Arrumo as coisas, pego a bolsa e me preparo para sair. Aviso ao Thiago que vou para casa resolver um problema doméstico. Não quero que ele perceba que a conversa do dia anterior me deixou balançada.

Depois de um trânsito infernal, chego em casa e corro para o chuveiro. Consigo preparar um macarrão instantâneo, comidinha de quem não quer fazer nada. Na verdade, não quero nem falar. Após uma eternidade, volto à cozinha para preparar um brigadeiro de panela. Chocolate é meu tranquilizante natural. Pensamentos menos nobres invadem minha mente, como o que aconteceu no fim de semana. Uma coisa que ainda não entendo é o papo dele de não ser bom homem para mim.

Caramba! Estou toda enrolada com meu passado e não posso deixar a perseguida pensar por mim. O homem é gostoso, forte, inteligente, bom de cama, tem pegada (que pegada!) e... *Bárbara!* Foca no problema e esquece o filme pornô que rolou no fim de semana.

Minha cabeça está tão cansada, que adormeço no sofá. Quando desperto da soneca, já tomei uma decisão. Pego o celular, clico em agenda e procuro um número que talvez amenize a angústia que sinto.

Vejo o nome de Marco e paro por um segundo, indecisa sobre ligar ou não. Será que ele ainda se lembra de mim? Ele tem meu número, fato. Na ficha cadastral do motoclube consta até o tamanho do meu sutiã. Ele tem todas as informações se quiser bater aqui de surpresa, ou me ligar, ou mandar uma mensagem, ou fazer sinal de fumaça, ou enviar um telegrama, ou escrever um e-mail, ou mandar um pombo-correio. Eu aceitaria qualquer uma dessas formas de comunicação, mas acho que nenhuma vai acontecer, porque, depois de ter faturado a moça aqui, já se esqueceu dela, nem deve lembrar meu nome.

Por que a mulher sempre espera um telefonema depois da transa?

Do nada, resolvo ligar para quem pode dar um basta em toda esta confusão mental.

— Bárbara? — Ele soa na dúvida do outro lado da linha.

Estremeço. *Não acredito que fiz isso.*

— Caio, a gente pode se ver?

CAPÍTULO 17

Marco

Acordo de um sonho para lá de excitante com Bárbara e tomo uma ducha para acalmar os ânimos. Chego à cozinha e meu café já está na mesa.

Nana! Meu presente divino... Suspiro, sem ainda acreditar em como me distanciei de todos após o casamento com Paula.

Ela soube tecer a teia de aranha para me amarrar, me afastando até dos meus pais. O importante é que nunca é tarde para notar as besteiras que cometemos.

Após enfrentar o trânsito, passo um tempinho com minha princesa. Mágico como sempre! O verdadeiro significado de viver um dia de cada vez. Minha pequena já passou por tantas provações, mas continua aqui, resiliente, provando que o amor entre pais e filhos é incondicional e capaz de passar por cima de tudo. Por esse mesmo motivo, quando vejo, estou com o celular na orelha, esperando ser atendido.

— Alô.

— Mãe?

Na tentativa de derrubar a barreira que criei com meus pais, tenho procurado nossa reaproximação, ainda que a passos de tartaruga. Sei que eles também estão dispostos, tendo em vista os presentes que sempre trazem para nossa pequena.

— Que saudade, filho! Parece que nossos horários não estão conciliando.

— Me desculpe pela ausência, mãe. Entre minhas idas ao hospital e o trabalho, faltam horas no dia.

— Eu entendo. Não se preocupe. Você sabe que estamos de braços abertos. Seu pai também está morrendo de saudade. Apareça quando puder.

— O que acha de irem jantar comigo no D.O.M. hoje?

— Amei a ideia! Seu pai vai adorar. — A excitação em sua voz me comove. Ela sempre foi a melhor e mais animada mãe que alguém poderia ter.

— Às nove está bom pra vocês?

— Perfeito! Não vejo a hora!

Antes de desligar, tomo coragem:

— Mãe...

— Diga...

— Amo muito vocês.

— Nós também amamos vocês.

Reflito sobre como é bom ter com quem contar ao longo do dia, enquanto corro com a papelada para me certificar de que nada me atrase para o encontro com eles. Conseguir uma reserva no D.O.M. no mesmo dia é quase um milagre, mesmo conhecendo o *chef*, e não posso desperdiçar a oportunidade.

Quando chego ao restaurante, eles já estão acomodados. Ao me ver, minha mãe se levanta e me dá um abraço carinhoso. Eu me demoro nos seus braços, relembrando o quão doce ela é. Meu pai também me abraça, com tapinhas nas costas. Ele é um bom homem e me ensinou grande parte do que sei.

— Meu filho, como você está lindo!

— Olha quem fala! A idade não bateu na sua porta, mãe. Continua uma gata.

— Marco teve a quem puxar, Melissa! É só olhar para minha beleza reluzente! — Meu pai, com seu jeito brincalhão, arranca risadas de nós dois.

— Nem tanto. Os olhos dele são meus.

— Mas o sorriso e o nariz são meus.

— Se vocês não se importam, enquanto decidem sobre a minha genética, vou ali cumprimentar o *chef*, um grande amigo. Já volto.

Deixo os dois no meio da discussão, rumo à cozinha, mas, ao passar por uma mesa no canto, afastada das outras, meu coração congela.

Bárbara? Será?

É ela, e está sentada conversando tranquilamente com… o ex-noivo. E o cara ainda está segurando sua mão…

Não acredito que eles voltaram.

Bárbara

Chego ao restaurante, bastante ciente de onde estou. Foi onde Caio me pediu em casamento. O descarado acha que nossa reconciliação é certa. Não vou cair na dele. Não posso!

Posso?

Respiro fundo e entro com a cabeça erguida. A *hostess* vem ao meu encontro e me leva até a mesa onde Caio aguarda. Mantenho a expressão impassível, não deixando transparecer o quanto o acho lindo. Ele veste um terno preto, uma camisa marfim e uma gravata lisa, um pouco mais escura que a camisa. Seu olhar é hipnótico, e peço que Nossa Senhora das Mulheres Traídas não me deixe na mão e me impeça de demonstrar fraqueza.

— Caio… — digo, ao chegar à mesa.

— Amor, fiquei muito feliz com a sua ligação! Nem acredito que você veio.

Ele se levanta, mas o ignoro e sento antes que ele consiga puxar a cadeira para mim.

— Por favor, vamos deixar o teatro de lado e resolver logo a situação em que você nos colocou. Este não é um encontro amoroso.

— Sei muito bem o que pareceu, Bárbara. Vou pedir perdão pelo resto da vida. Você não imagina o quanto estou sofrendo.

— Hahahaha... Já começou com piadas. Sofrendo? Eu levo chifre, e você que sofre?

Isso abala sua pose de galã de quinta categoria que não cola mais.

— Acredito que você veio pra conversar. Então, vamos deixar as armas de lado. O que acha?

— Não acho nada. — Dou de ombros, e ele volta a se sentar.

— Apenas me escute. Depois disso, posso ser o Judas que tanto quer queimar.

Engulo em seco. Ele está certo. Não vim remoer o que aconteceu, mas tentar dar uma conclusão a esse relacionamento.

— Estou pronta para ouvir. Adoro histórias românticas.

Pela primeira vez, vejo Caio sem reação, como se tivesse decorado um texto e desse um branco. Ele limpa a garganta e começa:

— Sei que fui um canalha e que joguei nosso relacionamento no lixo, mas não foi intencional. Foi uma fraqueza. Um deslize sem importância. Nunca desejei outra. Você sempre foi a mulher com quem sonhei formar uma família.

De fato, ele sempre se doou ao relacionamento, inclusive insistia para que eu o acompanhasse em seus compromissos de negócios, embora nunca abdicasse de seus planos para estar comigo nas minhas obrigações profissionais. A verdade é que nenhum de nós jamais cedeu.

— Lembra quando precisei ir para Florianópolis a trabalho e brigamos? Eu estava muito chateado por você preferir seu precioso trabalho em vez de ir comigo. Foi nesse estado de espírito que conheci a Nicole. — Ele faz uma pausa para respirar. Ah, que ódio! Só de ouvir o nome da sirigaita já sinto vontade de matá-lo com a faca que está à minha frente. — Me deixei levar pelo clima. Não mantive um relacionamento com as duas, como ela fez parecer. Foi só uma transa sem compromisso, mas ela não entendeu assim e começou a me ameaçar. Várias vezes tentei te contar, mas o medo de te perder foi maior. A única coisa que rolou foi sexo...

Para tudo! Ele quer falar da transa com a ruiva? Aí não.

— Caio, não quero detalhes.

— Continuando... Ela infernizou minha vida e, quando voltei pra Floripa para dar um basta, ela veio com a história de que estava apaixonada por mim e que não desistiria de jeito nenhum. Fui duro com ela, falei que não iria deixar MINHA NOIVA. Por fim, ela disse que me deixaria em paz, depois de muito choramingar.

— Agora estou entendendo... Você também iludiu a garotinha inocente. Uhum... — desdenho. — Mas só me explica uma coisinha que não se encaixa, ok? De onde veio a foto em que vocês, abraçados e rindo como hienas, declaravam estar noivos?

Ele empalidece e bebe um pouco da água que havia pedido antes de eu chegar, como quem tenta ganhar tempo.

— Então, essa foto nós tiramos na primeira e ÚNICA VEZ. Não lembro por quê.

Que história para boi dormir! Mas ainda o observo com atenção, buscando o homem pelo qual me apaixonei.

— Quero consertar a burrada que fiz. Por favor, me dá mais uma chance. — Ele segura a minha mão, e posso jurar que seus olhos estão marejados.

— Acho que é tarde.

— Faço o que você quiser. Acredite em mim — ele clama, chegando bem perto, envolvendo-me na sua armadilha sedutora, então me beija de surpresa, primeiro de modo suave, depois com mais intensidade.

Permito por um momento. Preciso tirar a prova dos nove.

Capítulo 18

Marco

Mudo a rota e sigo para o banheiro, com ódio por estar enganado sobre alguém mais uma vez. Ela e o ex, juntos! Pelo jeito o final de semana não significou nada. Molho o rosto, com vontade de voltar lá, socar a cara dele, arrastá-la para minha casa e não a deixar sair até que entenda que, se o idiota foi capaz de trair uma vez, vai fazer isso sempre. Pego na maçaneta, decidido a acabar com a palhaçada, mas, quando olho na direção da mesa, vejo a pior cena possível: eles se beijando!

Que se foda! Meu sexto sentido estava certo.

A caminho da mesa dos meus pais, desconsolado, noto uma movimentação. Bárbara o empurra. Parece que ela está com raiva. Não ouço o que falam, mas percebo que ela está alterada. Mudo a rota e volto ao banheiro — meu esconderijo parece piada! —, pensando em como abordá-los. Ela pode não gostar de eu querer defendê-la uma vez mais. Quando saio novamente, já não a vejo. O infeliz está sentado sozinho.

Não deu muito certo para você, mané!

Caminho até a mesa dos meus pais, pensando nas mil novas razões para procurar Bárbara depois.

— Nossa, filho, quase pedi ao seu pai ir atrás de você! Demorou tanto!

— Encontrei um casal de conhecidos — digo, colocando o guardanapo no colo.

— Pela sua cara, o assunto não foi muito bom, né? — Meu pai não deixa passar um detalhe. Ele consegue captar um problema a quilômetros.

— É, eles me contaram que uns amigos estão se divorciando, fiquei triste com a situação. Vocês já pediram?

Espertos, eles entendem o recado.

— Tomei a liberdade de pedir um prato pra você. Seu pai ficou bravo, mas tenho certeza de que vai gostar.

— Hum, duvido de que seja melhor do que seu espaguete à carbonara.

Minha mãe, há tempos, cismou que esse é meu prato predileto. Como é o único prato que ela sabe cozinhar, nunca a corrigi.

— Você viu o que eu disse? Conheço o gosto do nosso Marco.

Meu pai faz uma careta, apenas para contrariá-la.

Enquanto comemos, conversamos a respeito de tudo, principalmente viagens, que meus pais amam. Também falamos da minha princesinha e das expectativas dos médicos. Tento ser atencioso mesmo com meus pensamentos longe. Ainda me sinto inseguro para falar sobre os motivos do nosso afastamento. Sei que errei por fazer os caprichos de Paula e querer privá-los de sofrerem junto comigo.

Ao final, depois de pagar a conta, me despeço:

— Amei o jantar! Vamos marcar algo para a próxima semana?

Minha mãe me abraça, me faz prometer que não vou sumir de novo e dá aqueles conselhos que os pais gostam de dar. Mas só há um conselho que quero seguir, e este vem do meu coração.

Quando entro no carro, já sei o destino. Dirijo pensando no que falar e paro em frente ao prédio dela. Para não ser indelicado, ligo primeiro. Não quero parecer um maníaco. Depois do passeio de moto, eu tinha ido atrás do cadastro dela, no qual constava o endereço. Fiquei me corroendo na indecisão entre telefonar, mandar flores, aparecer ou qualquer coisa, mas não tinha tido coragem. Até agora.

— Alô. — Sua voz me traz paz, conforto, intimidade... Peço mentalmente para que tudo o que vi seja um mal-entendido.

— Estou na frente do seu prédio. Podemos nos ver?

Bárbara fica muda. Sou um imbecil. Ela acaba de encontrar o noivo, e estou aqui. E se o merdinha veio atrás dela? Por um segundo, penso em desligar, fingir que nada aconteceu, mas ela responde:

— Claro! Vou autorizar sua entrada.

Solto a respiração que nem percebi que havia prendido. Eu a quero tanto! Lutarei por ela, eu juro!

CAPÍTULO 19

Bárbara

Ai, meu Deus! Ai, meu Deus! Ai, meu Deus! É o Marco. Fico nervosa ao atender, mas controlo a voz para não deixar transparecer euforia.

Santa Maria da Perna Torta! Não acredito que ele está aqui. Abro um sorrisão de boba. Ele quer subir para me ver. Volto ao normal e respondo em uma voz fingida de impassividade.

Estou tão chocada com a ligação que começo a pular feito um cachorro doido. Só depois de cansar é que me dou conta de que estou enrolada em uma toalha de banho. Disparo para o quarto e pego a primeira camisola que vejo. Mal acabei de me vestir quando ouço o interfone tocar. *Droga*, esqueci de liberar a entrada.

— Oi!

— Dona Bárbara, tudo bem? O sr. Marco está aqui. Posso deixar subir?

— Claro, Valdemiro. Pode, sim.

Enquanto ele sobe, confiro a cara, dou uma ajeitadinha no cabelo e pego um robe.

A campainha toca. Respiro fundo, coloco a mão na maçaneta devagar e abro a porta depressa.

Que visão do paraíso! Ele está lindo, com roupas casuais e bem-arrumado. O contato visual me dá a sensação de borboletas na barriga. Não sei explicar, mas toda vez que o vejo o tempo parece parar. Meu peito retumba. Sinto um frio na barriga. Minhas pernas ficam bambas. Ele exerce um poder sobre mim que me subjuga.

Solto um suspiro longo sem querer.

— Que surpresa.

— Eu precisava te ver.

Afasto-me, dando-lhe passagem. De repente, ele me toma nos braços, empurrando a porta com o pé e me beijando com intensidade. Correspondo com fogo, desejo e paixão.

Não entendo o motivo do encontro súbito, mas não tenho tempo para pensar porque o saqueador de fôlego invade todos os meus sentidos. Sinto-o procurar o laço do robe e desfazê-lo. O robe e a camisola deslizam do meu corpo. Não quero questioná-lo sobre nada, apenas curtir o momento. Depois de me deixar nua, ele se desfaz das próprias roupas e, finalmente, deixa nossos corpos sentirem o calor um do outro, agora sem urgência, apenas envoltos em luxúria.

Marco me levanta sem esforço e me coloca sentada sobre a mesa da sala de jantar, então se enfia entre minhas pernas, separando-as para seu acesso deleitoso. Nossas mãos navegam pelos nossos corpos, mas não paramos de nos beijar. O contato visual é ininterrupto — a conexão é permeada de sede, de fome e, acima de tudo, de adoração. Nossos peitos se encostam, e borboletas no meu estômago ficam eufóricas. O calor que já sinto aumenta ainda mais quando ele me abraça forte. Então, sem pedidos e sem preliminares, enlaço as pernas na sua cintura e o sinto me preencher. A cada estocada, as emoções brotam nos nossos olhos. Não consigo descrever o sentimento, mas é como se soubéssemos que algo puro e verdadeiro está nascendo neste exato instante. Chegamos ao clímax juntos, a um ponto além do tesão.

Ainda abraçados, ficamos ali, com ele dentro de mim, num silêncio confortante por um tempo, até que resolvo romper, encarando-o.

— Definitivamente, sua visita é muito bem-vinda. Adorei a surpresa.

Ele sorri, como se buscasse palavras para explicar todo o momento intenso.

— Eu vi você — revela, por fim.

— Onde? E se me viu, por que não foi me cumprimentar? — Tento soar casual.

— Fui jantar com meus pais no D.O.M. e, quando estava procurando o *chef*, que é meu amigo, vi você e aquele cara. Confesso que fiquei inseguro, mas, quando voltei para cumprimentar, você já tinha saído.

Meu sorriso morre. Ele deve ter entendido tudo errado. Será que estava pensando que voltei com meu ex? Mas, se for isso, por que me procurou mesmo assim?

— E...

— E fiquei confuso. Tive um impulso e vim aqui. Acho que precisava entender se tudo o que vi era verdade.

— Não sei o que você viu, mas garanto que hoje coloquei o ponto-final que faltava nessa história. Agora é coisa do passado, definitivamente. Precisei encontrar Caio uma última vez para dar um basta no fantasma.

— Então agora você está livre?

— Estou. Pronta para seguir em frente.

Marco abre um sorriso lindo.

— Isso significa que vai ser só minha agora?

— No fim de semana você disse que queria que eu fosse sua, mas de repente ficou distante. Não preciso de promessas, Marco. Vamos deixar as coisas acontecerem devagar e ver o que dá.

— Eu estou enfeitiçado por você, sabia? Não paro de pensar em nós dois juntos. Quero você do meu lado. E prometo exclusividade. Quanto ao futuro, vamos deixar rolar, então... No que depender de mim, não vou magoar você sob hipótese alguma.

Direto e certeiro.

— Adorei a parte da exclusividade. Quanto ao fato de eu ser uma feiticeira, vou fazer jus ao atributo e pesquisar uma magia que me permita descobrir o que se passa com essa cabecinha que vive mudando de ideia.

Rimos.

— No momento certo, vamos ter uma conversa séria. Agora, vem aqui e me deixa aproveitar um pouco mais. Faz dois dias que não sinto seu corpo quente no meu...

Capítulo 20

Marco

Eu a pego no colo com cuidado e vou para o quarto, então a coloco na cama e faço menção de voltar para a sala.

— Aonde você está indo?

— Buscar as roupas.

— Além de atencioso, é organizado? Cuidado, senão vou me apaixonar.

— Essa é a intenção...

A sala é espaçosa e está repleta de coisas de mulher. Recolho nossas roupas e meu celular. Verifico se recebi alguma ligação. Há apenas uma mensagem do Pedro, me convidando para tomar uma cerveja. Mal sabe ele que, de onde estou, não saio por nada.

Quando volto para o quarto, não a vejo. Ouço o barulho do chuveiro. Não me seguro, e entro para surpreendê-la. Mas, no final, quem se surpreende sou eu — é uma das visões mais lindas que já tive o prazer de ver. Bárbara se ensaboa, de olhos fechados. Perfeita em todos os quesitos. Estou a ponto de ficar extremamente excitado.

Esgueiro-me até o box, observando o movimento das suas mãos sobre o corpo. Eu as substituo pelas minhas, que seguem pela sua barriga em direção às pernas.

— Hmmm... — Ela suspira e afasta o cabelo, concedendo-me total acesso ao pescoço.

Ela adora beijos e carícias nessa região.

— Você não me chamou, mas estou feliz de ter entrado de penetra.

— Pode penetrar à vontade. Quer dizer, no banho...

A piada sugestiva me incentiva, e deslizo os dedos por entre suas dobras quentes.

— Só no banho?

— Aí é com você... Você é talentoso, dr. Marco.

— Talentoso? Essa é nova. Nunca me disseram isso.

Mal fecho a boca e levo uma mordida.

— Não quero saber como outras mulheres chamam você — diz ela em um tom maldoso e provocativo.

— É um prazer saber que é ciumenta, e você fica linda emburradinha — retruco, brincando, para quebrar o clima, e continuo estimulando-a sem penetrá-la.

— Ciumenta? Nem um pouco. Nada de ciúme por aqui. Só quero imaginar que você era virgem e não teve nenhuma mulher antes de mim.

Não me contenho e rio com gosto.

— De fato, livre de qualquer possessividade.

— Além de dentes afiados, tenho garras felinas, meritíssimo.

— Pode ficar tranquila. Você me estragou para as outras. Só tenho olhos para você.

Sei que é cedo para dizer essas coisas, mas foi um ato involuntário. De repente, eu a prenso contra os azulejos e a faço minha, sem lhe dar tempo de processar minhas palavras. Mas nunca é apenas sexo com Bárbara. Temos *química*.

Depois da transa deliciosa, ficamos brincando e conversando.

— Estou feliz que você veio, Marco.

Ela me dá um beijo casto e sai do box, largando-me com cara de apaixonado.

— Bom, vou me vestir para sair. Já está tarde.

Jogo um verde para ver se rola um convite para passar a noite.

Ela está com a perna apoiada na cama, passando hidratante. Para acabar de vez com minha sanidade, veste uma calcinha *microminipequenina*. Sério que ela usa só isso para dormir? Parece brincadeira, mas meu pau dá sinal de vida de novo, como se já não tivesse trabalhado duro há poucos minutos. Quero assumir o controle da situação, então me concentro na decoração do quarto.

— Verdade. Nossa noite foi tão deliciosa que nem vi o tempo passar. O bom é que você não vai pegar trânsito.

Caramba! Sério que vou ser dispensado? Só queria dormir agarradinho.

— Pois é, mas estou tão cansado que espero não dormir no volante. — Mais uma tentativa... Ainda estou nu, atrasando a saída.

— Então dorme aqui.

— Ah, não quero incomodar.

— Durmo feito um anjo, sério. Tenho certeza de que você não vai atrapalhar em nada.

Ela se cobre com os lençóis e dá uma batidinha na cama.

Jogo a toalha longe e me deito ao seu lado. Exaurimos toda nossa energia até a exaustão nos dominar.

Sou o primeiro a acordar. Ela está enroscada nos meus braços. *Que sensação boa.* Relutante, me afasto devagar. Dou uma última olhada no seu cabelo bagunçado, no rosto lindo e no corpo encantador. Não me canso de admirá-la. Mas, antes de ir, tomo uma ducha rápida e, para que Bárbara não pense que saí na calada da noite, vou preparar algo especial. A caminho de casa, passo em uma floricultura, afinal a responsável pelo meu sorriso merece algo especial.

Quando chego ao apartamento, percebo que meu cão de guarda me dirige um olhar inquisitório.

— Bom dia, menino! É difícil deixar pelo menos um recado dizendo que não vai dormir em casa? Cheguei cedo e não vi você. Já achei que algo ruim tinha acontecido...

— Nana, sou um homem feliz! Hoje é um dia especial, e não só pela minha fugida. Tenho um horário agendado com a junta médica da nossa princesinha, então não briga comigo, por favor. Quero acreditar que tudo está começando a dar certo.

Dou um beijo em sua testa. Ela diz "amém" e palavras motivadoras, enquanto corro para me trocar.

Estou otimista. Acho que vou receber boas notícias. Peço à atendente do hospital para avisar aos médicos que vou aguardar no quarto da minha pequena. Quando entro, encontro uma das enfermeiras que contratei para cuidar da princesinha. Rafaela é uma jovem recém-formada, da qual recebi boas referências por parte de um amigo, professor na USP.

— Olá, sr. Marco — cumprimenta ela, tímida como sempre, quando me vê.

— Como nossa princesa está?

— Ela está reagindo muito bem aos estímulos. Os relatórios do fisioterapeuta estão cheios de progressos. O senhor vai ver.

— Que notícia boa!

Eu me aproximo da cama.

— Olá, princesinha! — Beijo-a. — Quanto progresso. Você pode não estar totalmente acordada e ouvindo tudo o que digo, mas sei que seu anjo da guarda está com você. — Faço uma pausa. — Trouxe um presente que quero que fique com você para sempre. Tenho certeza de que você vai amar. — Coloco o objeto na sua mãozinha, apertando-a com a minha, que é pelo menos meia dúzia de vezes maior. — Está sentindo? É um travesseirinho cor-de-rosa fofinho, com uma oração de proteção que diz assim: "Santo Anjo do Senhor, meu zeloso guardador, se a ti me confiou a piedade divina, sempre me rege, me guarda, me governa e me ilumina. Amém".

Sempre me emociono com tudo que diz respeito à minha pequena. Ela é tão frágil, mas me dá tanta força. Às vezes sinto que ela me reconhece. É uma sensação profunda, vital. Embora eu tente disfarçar a emoção, Rafaela se aproxima e coloca as mãos no meu ombro.

— Dr. Marco, tenho certeza de que a Vitória se sente a criança mais amada do mundo.

Não consigo responder nada, apenas assinto e abraço minha filha. Então alguém bate à porta. Rafaela abre para o médico.

— Bom dia, sr. Marco. Como está nossa paciente? Sei que passou bem a noite, e vejo que está recebendo mimos e presentes hoje de manhã.

— Bom dia, dr. Eurico.

Dr. Eurico é o neuropediatra que vem cuidando da Vitória desde o nascimento, quando afirmaram que ela poderia ter apenas horas ou dias de vida. Mas, graças à tecnologia, ou por um milagre, estamos juntos há quase um ano.

— Toda a junta médica está esperando na minha sala. Já podemos ir.

Despeço-me da pequena com um beijo e com a promessa de que volto logo. Quem sabe com ela nos braços, para levá-la para casa. Meu coração está acelerado. Enfrento brigas ferrenhas no tribunal, sou um homem forte e já me defendi de muitas crueldades da Paula, mas, quando se trata da minha princesa, sou um frouxo.

Entro na sala, cumprimento o cardiologista, dr. Edgar; o pediatra, dr. Roberto; e o neurofisioterapeuta, dr. Milton. Tento decifrá-los pelo olhar. O dr. Eurico começa, rompendo a tensão.

— Bom, Marco, sabemos da sua luta, apesar do que a ciência diz a respeito da condição da sua filha. Casos como o da Vitória mostram que ainda há muito para a ciência avançar e descobrir. É por isso que a acompanhamos há quase um ano. Com muita alegria, queremos comunicar que, em breve, sua guerreirinha vai ter alta. Obviamente, há uma série de procedimentos a serem adotados e recomendações a serem seguidas.

Minhas pernas cedem. Eu me ajoelho diante dos médicos. Estou tão feliz que quero sair gritando aos quatro cantos do planeta. Sou o pai mais feliz do mundo.

— Os senhores entendem o que essa notícia significa para mim?

Mal consigo falar. Lágrimas escorrem pelo meu rosto. Sinto um misto de alegria e libertação. Perdi a conta de quantas vezes passei pela porta do hospital rezando para receber essa notícia ou me martirizando com a dor de deixá-la ali.

O dr. Eurico estende a mão para um abraço e me ajuda a levantar.

— Marco, também estamos emocionados, principalmente sabendo do seu enorme amor de pai. Mas você não pode se esquecer de que a anencefalia é uma malformação rara. Apesar de esta ser uma grande conquista, você vai precisar recobrar os cuidados. Vitória tem uma parte do encéfalo, pois nasceu com um pouco de cérebro e couro cabeludo, não apresentando acrânia, mas os exames mostram que há consideráveis danos encefálicos. Estamos felizes com o progresso, mas não queremos dar falsas esperanças quanto à expectativa de vida de Vitória.

Estou tão feliz, que pouco me importo com o que o doutor diz. Nunca ouvi um médico dizer que há esperança para o caso dela, mas minha fé faz com que eu tenha muitos dias felizes ao lado da minha filha. Isso é o que importa. Tive que ouvi-los dizer que Vitória teria uma sobrevida vegetativa, mas me recuso a encarar as coisas assim. Ela é um bebê com deficiência neurológica, que necessita de estímulos, mas não é um vegetal. Vitória é um ser humano e tem sentimentos. Eu *sei* disso.

— Sei a importância da ciência na vida da Vitória e, no que me diz respeito, não vou medir esforços para dar as melhores condições de tratamento do mundo para ela. Disso podem ter absoluta certeza.

O dr. Milton, especialista em anencefalia, diz, em um tom esperançoso:

— Partes do tronco cerebral de Vitória estão funcionando, o que garante algumas funções vitais do organismo. O que temos observado é que bebês com anencefalia têm uma expectativa de vida muito curta, embora não possamos determinar com precisão. No caso de Vitória, ela nos surpreende a cada dia. Parece que nasceu com a missão de nos ensinar, pai.

— Eu tenho certeza disso. E me sinto pronto para levá-la para casa. Tenho estudado muito e participado de grupos de apoio. As enfermeiras particulares que ficam aqui, orientadas por vocês, estão dispostas a continuar o trabalho lá. Já preparei o quarto da Vitória de acordo com todas as recomendações do hospital.

— Como neurofisioterapeuta dela, acho que tudo isso vai contribuir muito para o caso. Estou extremamente satisfeito com o progresso observado. Sabemos que bebês com anencefalia, em geral, são cegos e surdos. A maioria não chega a ficar consciente e não sente nem dor, mas Vitória tem reagido bem aos estímulos, responde sempre com ações reflexas, como respiração e respostas aos sons ou toques. Muitas vezes, acompanha com o olhar exercícios de estímulo à visão.

— Quando eu falo com a Vitória, sinto mesmo que ela me observa. Não sei explicar, mas é lindo e emocionante.

— Eu entendo que, para um pai nessa situação, sejam momentos marcantes. Vamos precisar que as enfermeiras continuem monitorando e fazendo os exames diários, e que nos enviem os relatórios para que continuemos acompanhando.

— Acredito que ela apresenta uma forma "não clássica" de anencefalia — diz o dr. Edgar. — O fato de Vitória ainda estar viva é a prova de que um diagnóstico nunca é definitivo.

— Eu sempre soube que poderia ter esperanças. Só tenho a agradecer o empenho de toda a junta médica. Obrigado por tudo.

Eu me despeço de um deles com um forte abraço, chorando sem parar, e volto ao quarto da minha filha para dar as boas notícias. Ao abrir a porta, minha felicidade é tão grande que acabo abraçando a enfermeira, que retribui a efusiva demonstração de afeto.

— Rafaela, está preparada para mudar de ares e acompanhar nossa princesa ao seu quarto real, na minha casa?

— Já sabia da novidade, mas achei melhor o senhor ouvir o que os médicos tinham a dizer. Estou informada sobre todos os cuidados necessários. O senhor não vai se arrepender pela confiança que depositou em mim.

— Obrigada por tanta dedicação. — Faço uma pausa. — Agora preciso de uma ajudinha. Tenho que contratar uma terceira plantonista para ajudar nas folgas de vocês. — Olho para Vitória. Parece que ela também sabe do que estamos falando. Está com os olhinhos fixos em mim. Eu vou até ela. — Princesa, você vai para seus aposentos reais em breve, viu? Tenho que trabalhar, mas estarei de volta amanhã para ver você.

* * *

Quando saio do hospital, a primeira coisa que faço é ligar para meus pais, para Pedro e para Nana, a fim de dar a notícia incrível. Verifico as mensagens para saber se minha deusa deu notícias e se recebeu as flores, mas não há nada. Nenhuma ligação ou mensagem. Sinto um aperto no peito. Será que ela não foi trabalhar? Ou aconteceu algo? Nesse momento, o celular vibra com uma mensagem.

Bom dia, amei o café da manhã. Amei as flores e acho que posso acabar me acostumando a tanto romantismo. E sério que você tem alguma dúvida sobre qual vai ser minha resposta? É óbvio que aceito sair com você. Espero que seu dia esteja incrível. Um beijo!

Leio em voz alta. Solto uma risada, mas, por dentro, queria mesmo é sair gritando de alegria. Entro no carro e, no trânsito a caminho do escritório, a impulsividade fala mais alto. Mudo a rota.

Capítulo 21

Bárbara

O que aconteceu ontem à noite? Fui abduzida por um deus que caiu do céu? Que loucura!

Eu me levanto depressa e corro para o banheiro para escovar os dentes, faço um rabo de cavalo, dou uma enfiadinha na calcinha para provocar meu deus da Justiça. Quando volto, sinto um cheiro de chocolate quente, mas não tem ninguém no quarto. As roupas espalhadas pelo chão também sumiram.

Talvez ele esteja na cozinha. É só o que falta: bom de cama, gato, inteligente e cozinheiro. Esse homem *tem que ter* algum defeito. Não é possível. Não pode ser assim, munido de todas as características básicas para fazer qualquer mulher se apaixonar perdidamente... Não que eu esteja apaixonada, claro. Só quero fisgar o coração dele.

Marco também não está na cozinha. É como um balde de água fria. Ele foi embora sem se despedir. É confuso. Uma hora sou dele; outra hora não sou mais. Em um momento, ele invade minha vida e me deixa de quatro; no outro, vai embora sem nem um beijinho.

Mas então vejo o que está na mesa. Eu me desmancho toda... Ele deixou o café da manhã pronto com um bilhete: "Minha sereia, tive que sair antes de você acordar. Nossa noite foi perfeita. Quero sentir seu gosto todo dia. Aceita jantar comigo? Surto de beijos! Com carinho, Marco".

Um encontro? Fico eufórica, parecendo uma adolescente quando é chamada para um primeiro encontro pelo cara mais popular da escola. Tomo o chocolate quente, viajando nas possibilidades de um futuro namoro.

Depois de me esbaldar no café da manhã, tenho que encarar a realidade do dia... ou não. Quer saber? Hoje vou me dar ao luxo de um dia de princesa. Ops, de princesa, não... de feiticeira.

Ligo para Marcinha e peço que desmarque minha agenda. Ela me avisa que um cliente importante quer um horário ainda hoje. Acabo fechando um almoço para atendê-lo. O dia de spa foi para apenas uma tarde no salão de beleza. Dez minutos depois, o telefone volta a tocar.

— Como assim você desmarcou nosso almoço hoje? Posso saber o motivo?

— Patty? Pensei que fosse a Marcinha. Não me lembro de nenhum almoço marcado com você hoje.

— E precisa marcar? A gente almoça quase todo dia juntas! Nem vem dar uma de amiga sem coração que, quando tem notícias quentes, deixa esfriar para depois contar. Estou farta de me contentar com acontecimentos antigos.

— De onde você tirou que tenho notícias quentes para contar?

— Ah, então essa floricultura que se tornou o escritório, com um arranjo de flor em cada lado, veio parar no endereço errado?

— Patty, minha amiga e companheira de alface, o que, exatamente, você está querendo dizer?

— Barbarete Gorete, o escritório está recebendo um arranjo de flores a cada dez minutos. E nenhum deles é para mim. Todos vêm endereçados à mesma criatura: você. Ou as flores são de algum admirador que teve uma noite quente com a tal criatura, ou o admirador ficou com dó do dono da floricultura, que está falindo, e resolveu ser um bom samaritano. Pode desembuchar.

Fico preocupada. Flores no escritório têm cara de pedido de desculpas, e, se existe alguém no mundo capaz de tanto exagero, esse alguém é o Caio.

— Prometo que conto, amiga, mas me faz um favor? Vê se tem algum cartão assinado.

— Você não me conhece mesmo, né? Eu tentei, mas sua Yorkshire aqui rosnou e não me deixou nem chegar perto.

Marcinha não me decepciona nunca.

— Tudo bem, chego em vinte minutos. Beijo.

Desligo e tomo uma ducha rápida. E se as flores forem do bastardo? Juro que despacho tudo para cada escritório que ele tem neste país. Quem sabe não aparecem mais noivas enganadas.

Quando chego à recepção da firma, meus olhos brilham e meu coração dispara. O aroma é contagiante. Marcinha, que não é besta, não diz nada, mas a descarada da Patty começa de novo o interrogatório.

— Eu ajudo você a ler os cartões. Menina do céu, o que fez para merecer tamanha devoção?

— Patty, espera, mulher. Marcinha, qual arranjo chegou primeiro?

— Só sei o primeiro mesmo, porque de resto... perdi a noção. São tantos! Nunca vi nada igual.

Então ela puxa o arranjo de rosas amarelas e nem preciso ler para saber o que meu coração já sabe: é *dele*. Pego o cartão, anestesiada. Esse homem não existe. O cartão diz: "Nosso primeiro beijo foi lindo, mas nosso primeiro encontro vai ser eterno. Marco".

Os outros estão repletos de frases para lembrar nossos momentos juntos. Um deles diz: "As pessoas mais bonitas são as que sorriem com a alma. Apenas flores podem transmitir todo o carinho que sinto por você. Sou todo seu, Marco".

Seguro o cartão contra o peito e suspiro, encantada. Ninguém nunca fez nada assim para mim. Colabora, doutor! Está ficando difícil não me apaixonar. É muito carinho, cumplicidade e respeito envolvidos.

— Babby, estou vendo os coraçõezinhos nos seus olhos e ouvindo o canto dos passarinhos ao redor. Conta logo quem é.

— Vem comigo. — Eu puxo Patty para minha sala, afinal tem plateia demais ali. O escritório todo praticamente parou.

— Patty, ontem fui encontrar o Caio.

— Diz que as flores não são dele, senão eu vou jogar cada pétala no caminhão do lixo.

— Calminha! Eu marquei com ele para colocar um ponto-final na nossa história, de uma vez por todas. Depois que saí de lá, acabei me afogando em algumas taças de vinho e comi uma lasanha altamente calórica...

— Tá, tá... Pula essa parte. Caloria se queima na academia, minha curiosidade, não. Vamos para os finalmentes.

— Depois recebi um telefonema do juiz...

— Eu sabia que o fim de semana renderia! Ele é mesmo um partidão. E aí?

— Caaaalma. Nossa diferença é que seus olhos brilham pra ouvir os momentos íntimos dos outros, amiga, não as traquinagens... Esse seu interesse é estranho, sabia?!

— Pula essa parte sobre o que acha de mim também.

Começo a rir e me seguro.

— Bem, enfim, ele chegou lá e...

Conto do sexo na sala, do ciúme, da exclusividade, da sacanagem no banheiro, de como dormirmos abraçados, do café, do bilhete... tudo, e nos mínimos detalhes.

— Queridinha, esse homem está arriado por você. Isso é paixão! Pode apostar.

— Seja o que for, preciso ir com menos sede ao pote. Para ser sincera, está indo tudo muito rápido. Estou pirando.

— Se não quer pirar, eu piro por você.

— Como vou pular em outro relacionamento tendo acabado de sair de algo tão trágico?

— Querida, você já pulou. Deixa de bobagem e aproveita! Se der certo, ótimo; se não, tudo bem.

— Ah, como se fosse fácil. Diferente de você, tenho um coração.

Ela finge ficar ofendida e faz um beicinho.

— Maldade sua falar assim de mim. Só acho que paixão não combina comigo. Tenho esse direito, né?

— Tenho certeza de que um dia você vai se apaixonar.

O telefone da mesa toca.

— Oi, Marcinha.

— Marcado com o sr. Thor, no restaurante de sempre, meio-dia e meia.

— Obrigada, amada! — Desligo e volto-me para a Patty. — Para completar o dia, vou almoçar com Thor, aquele deus nórdico. — Arrumo as flores sobre a mesa.

— Ah, me diz que posso ir junto.

— Está maluca? Não é um encontro, não. Só assunto de trabalho. E, pelo que sei, ele está apaixonadíssimo. Agora vamos cuidar da vida, sua oferecida.

Boto Patty para trabalhar e separo os papéis que preciso levar no almoço, depois envio uma mensagem ao meu lindo florista.

Marco

Depois de um engarrafamento monstruoso, finalmente chego na porta do escritório da razão da minha impulsividade. Quando foi que fiz tantas concessões por alguém? Entro no prédio e vou até o escritório de Bárbara.

— Boa tarde, posso ajudá-lo? — diz a secretária.

— Gostaria de falar com Bárbara Nucci. Ela está?

— Infelizmente, não, mas acredito que não vá demorar. O senhor quer esperar?

— Obrigado. Vou esperar um pouco.

Enquanto aguardo, a mulher, de nome Márcia, muito simpática por sinal, me oferece água, café e biscoitinhos. Começo a ficar ansioso, pensando se foi mesmo uma boa ideia vir sem avisar.

De repente, uma jovem muito bonita aparece e começa a conversar com a secretária, sem notar minha presença.

— Marcinha, a Babby falou onde ia almoçar?

— Não, Patty.

— Ai, não acredito que ela foi encontrar aquele gostosão do Thor e nem me chamou.

Mas que porra é essa? Quem é esse cara?

— Patty, deixa de ser assanhada. — Noto a secretária cutucar a mulher e sussurrar: — Se não percebeu, não estamos sozinhas. Tem uma visita para a Bárbara aguardando.

A mulher vira para mim e arregala os olhos.

— Ops. O senhor está esperando a Bárbara?

— Estou. Ou melhor, estava. Não pude deixar de ouvir. Pelo jeito, ela não deve voltar tão cedo, certo? — Elas assentem. — Só avisem que o Marco passou por aqui.

Levanto-me, fervendo de ódio. Que idiota eu sou.

— Ma-Marco, né? — gagueja a moça, mostrando-se surpresa. — Ah, não, não é isso. E-ela foi almoçar, mas... é almoço de negócios! Apenas um cliente importante... para o escritório, claro. Daqui a pouco ela volta.

Imagino o tipo de importância, mas não verbalizo, apenas me despeço.

Ouço meu nome, mas não tenho condições de ficar. Entro no carro, arrependido. Não acredito. Ela recebe as flores, agradece, mas, na hora de almoçar, vai com o tal Thor Gostosão? Gostosão vai ser eu quebrando a cara dele se descobrir que ultrapassou a linha de negócios durante esse almoço.

CAPÍTULO 22

Paula

Se o Marco acha que engoli aquela história de me barrarem no hospital quando fui visitar a pequena criatura, ele está muito enganado. Eu a aceitei na minha barriga por nove meses, mudando todo meu corpo, apesar de ter detestado cada segundo. A cegonha deveria ter mandado o bebê por Sedex — seria muito mais fácil e não teria me feito sofrer tanto.

Nosso casamento não foi um conto de fadas. Marco era meloso demais às vezes, mas vivíamos em um mundo de aparências. Lembro até hoje a reação do meu marido perfeitinho ao receber a *boa-nova*. Era uma alegria só. Queria contar para todo mundo. Já eu quis uma recompensa em forma de um bom cartão de crédito para torrar no shopping.

A *high society* paulistana invejava nossa felicidade... até que meu marido mudou por completo. Alegando querer meu bem-estar, diminuiu o ritmo da nossa presença nos eventos e círculos sociais e se tornou um saco nos primeiros dois meses. Supervisionava se eu tomava o ácido fólico e as vitaminas, como se isso fosse fazer alguma diferença. Eu que não ficaria me entupindo dessas porcarias para acabar igual àquelas grávidas inchadas. E as ultrassonografias? Ele ficava eufórico em todas. Até que descobrimos que não teríamos um bebê perfeito, e tudo desabou. Pelo menos para mim. Já Marco parecia um idiota emocionado, falando que era um lindo presente divino.

Presente divino? Aquilo era um castigo! Minhas amigas teriam pena e ririam de mim. Só de imaginar o que as pessoas pensariam, minha autoestima foi parar no fundo do poço. Mas Marco estava firme e forte, e ficava o tempo todo trazendo presentes, como se não soubesse que nada de bom viria dali. Sempre que chegava perto de mim era para conversar com minha barriga e contar como tinha sido seu dia para o bebê.

Perdi as contas de quantos médicos visitamos só para confirmar o que eu já sabia. Teríamos uma criatura estranha, isso caso ela sobrevivesse ao menos uma hora depois do parto. Quando eu tentava convencê-lo de que seria melhor interromper a gravidez e voltar ao nosso mundinho, onde só havia ele e eu, Marco dizia que tínhamos sido abençoados com um bebê especial. *Especial?* Fala sério. Se ele queria aquele *serzinho*, que cuidasse sozinho. Não conseguia entender por que ele queria que eu continuasse com aquilo se era para, no fim, nascer um ser vegetativo. Era isso que os médicos sempre falavam. Depois de um tempo, as orientações médicas entravam por um ouvido e saíam pelo outro.

Os meses foram se passando e meu desespero, aumentando. Cheguei ao ponto de procurar algum método de interrupção da gravidez, mas obviamente não encontrei nada, apenas umas receitas de chás de ervas amargas e estranhas. Só que a idiota da Nana me pegou e não me deixou executar a missão. Meus planos não davam certo, porque ela sempre estava ali. Parecia que ficava me investigando. Eu não ia nem à esquina sozinha, era um cárcere privado.

Então tive uma ideia brilhante. Decidi que iria provocar um acidente. Infelizmente, os únicos danos foram um joelho ralado, dores no corpo e uma luxação no pulso esquerdo. No fim, eles acabaram descobrindo, graças ao circuito interno de vigilância. Havia câmeras por toda parte. Era como participar do Big Brother, mas sem a chance de ganhar o prêmio em dinheiro.

No quinto mês, descobrimos que seria uma menina. Quando saímos do consultório, Marco teve a ideia idiota de me perguntar qual nome daríamos a ela. Surtei. *Nome? Ele achava que eu estava pensando em nome? Aquela coisa viveria uma hora, se muito. Poderíamos chamá-la de Criaturazinha.* Discutimos mais uma vez, e ele terminou falando que queria que se chamasse Vitória. Não sei como não ri. O que ela venceria para merecer tal nome?

No dia seguinte, ele me olhava com desprezo e, no fundo, eu sabia que era porque não fui capaz de gerar um bebê perfeito. Eu era uma esposa exemplar. Sempre estive linda para ele.

Minhas amigas não sabiam do meu drama, e proibi qualquer um da família de comentar, o que não deu muito certo. Finalmente, depois de duas semanas sem nenhum evento badalado, fomos ao aniversário megachique de uma conhecida.

— Glorinha, minha linda! Sua festa está um arraso, como sempre.

— Paula, querida, que bom que pôde vir. Senta aqui. No seu estado, não é bom ficar em pé por muito tempo.

— Amada, estou grávida, não doente. Me sinto ótima! Vamos dar uma volta? Quero falar com todo mundo.

— Querida, sei de tudo que está acontecendo. Fiquei chocada no começo. Inclusive, falei com nossas amigas, Clara, Marcelinha, Olívia e as mais próximas. A gente quer apoiar você nesse momento difícil.

Minha visão nublou. Ela já sabia? Todo mundo já sabia? Pronto, eu tinha virado a piada da noite. Fiz a melhor cara de paisagem que consegui e respondi:

— Glorinha, a gravidez está ótima. Não se preocupe.

— Paula, não precisa se fazer de forte. Sei que nossos amigos comentavam sobre como os filhos de vocês seriam lindos, mas não se abale pela doença da sua filha.

Respirei fundo, contei até dez e só não fiz um escândalo porque, desde pequena, quando brincava com minhas Barbies, dizia que nunca perderia a compostura.

Afirmava categoricamente para elas que sempre seria RYCA e PHYNA. Mas, naquele momento, quis matar Marco.

Então parei de lutar contra o inferno que se tornou minha vida. Fui forçada a aceitar o circo em que ela se transformou e decidi convencer a todos de que eu havia mudado. Apenas meu talento para o teatro poderia me safar daquele problema.

De início, o Marco desconfiou, mas o amor que sempre demonstrou sentir pela filha falou mais alto. Começamos a retomar o relacionamento, infelizmente não como marido e mulher, pois ele me evitava — todas as noites tinha desculpas prontas, do tipo "Preciso trabalhar", "Estou ocupado" e até a desculpa clássica de toda mulher: "Estou com dor de cabeça". Para minha infelicidade, Marco já nem dormia no nosso quarto. Tentei de tudo para reconquistá-lo, mas nada o fazia ficar ao meu lado como homem e saciar meus desejos (em polvorosa por causa dos hormônios enlouquecidos). Ele só me tocava para falar com a *filhinha* dele.

Minha vida parecia uma novela mexicana. Dias antes do parto, Marco descobriu que eu estava armando um plano quando recebeu uma ligação do gerente do banco para perguntar se tinha dado tudo certo em uma certa transação. Sem estar ciente de nada, Marco investigou até descobrir que eu tinha alugado um apartamento.

Acabei confessando que estava cansada daquele casamento fracassado por causa do distanciamento dele. Marco me via como uma "parideira", e não como sua esposa, a mulher linda que sempre fui. Disse a ele que, se aquele serzinho sobrevivesse, ele teria de cuidar sozinho. *Sozinho.* Não demorou muito para eu ser condenada pelo tribunal da Inquisição que a família se tornou apenas porque assumi que não queria ter aquela criatura. Meu pai me tirou do testamento e declarou que eu não receberia mais nenhum centavo dele ou da minha mãe.

Sem nada a perder, dei uma de louca e me mudei para o tal apartamento alugado, que já estava com alguns meses pagos graças ao meu digníssimo marido, que me concedeu, desde o início do casamento, o benefício de uma conta conjunta. Eu tinha certeza de que, com o passar dos dias, eles cederiam e acabariam me pedindo desculpas, mas nada disso aconteceu. Em uma manhã, acordei com dores insuportáveis e tomei todos os remédios que encontrei pela frente. A próxima lembrança que tenho é de estar em um quarto de hospital, com uma senhora de branco dizendo que o bebê estava na UTI neonatal e que meus pais e meu marido estavam a caminho. Não entendi nada, ainda estava grogue. *Bebê*?

Então eles entraram no quarto com aquelas caras de emocionados.

— Fora daqui! Não quero saber se aquela coisa vai viver mais uma hora, um dia ou um mês! Só quero sumir assim que estiver recuperada. Quanto a Vossa Excelência, sr. Meu Marido, fique com seu conto de fadas e me deixe em paz.

Depois de muita discussão e lamentos, pelo menos respeitaram minha decisão e foram embora. Minha mãe, teimosa, insistia em falar comigo nos dias seguintes, e eu sempre jogava na cara dela o mesmo fato:

— Vocês são meus pais. Não podiam ter ficado do lado dele.

Quando recebi alta do hospital, ela foi me buscar, mas permaneci em silêncio, sem dirigir uma só palavra a ela. Não queria ouvir sermões ou conselhos de ninguém. Voltei sozinha para o apartamento. Sem dinheiro, infelizmente tive que voltar a trabalhar — ou a fingir. Não nasci para pegar no pesado, e sim para ser tratada como uma rainha.

Hoje sei que vou virar o jogo e voltar a ter a vida confortável de antes, e ainda arrancarei dinheiro do meu pai. Depois vou recuperar Marco, afinal esta situação de divorciada não é bem-vista no nosso meio social. Sorte que ele só tem olhos para a filha e não se engraçou com nenhum rabo de saia. Agora, é só colocar meu plano em ação e passar por cima de qualquer um que tente me atrapalhar.

CAPÍTULO 23

Bárbara

— Olá — cumprimento Thor assim que o avisto no restaurante, acompanhado.

— Bárbara querida, melhor impossível. E você?

— Estou bem. Não vai me apresentar esta bela moça?

— Claro. Esta é a minha noiva, Isabela.

Juntos, eles parecem personagens de um romance da Nana Pauvolih.

— Que notícia maravilhosa. Fico feliz por vocês.

— Só peço desculpas porque, apesar de saber que seria um almoço de negócios, trouxe minha amada para você conhecer.

— Fez muito bem.

— É impossível ficar longe dela.

Noto que a noiva fica constrangida, e lhe lanço uma piscadinha. É muito engraçado vê-lo tão apaixonado. Pensei que nunca fosse acontecer.

Trocamos algumas palavras, e o almoço de negócios se transforma em uma reunião de amigos. Isabela, além de linda, é meiga, reservada e gentil. É ótimo conhecer a mulher que conquistou o coração de Thor e amansou a fera. Patty não vai acreditar que nosso cliente mais gato foi abatido.

— Então nos vemos em breve! — despeço-me depois de assegurar a Thor que vou resolver todas as questões pendentes de sua empresa.

— Não espero menos de você, Babby. E, aproveitando, assim que seu noivo tiver disponibilidade, me avisa pra gente marcar um encontro de casais.

Droga! Acabei não contando sobre o rompimento com Caio. Mas não acho conveniente tocar nesse tipo de assunto em um almoço de negócios, então deixo por isso mesmo e vamos embora.

Saio do restaurante e, ao pegar o celular, vejo que tenho diversas ligações perdidas do escritório. Não tenho nem a oportunidade de retornar, porque a tela brilha com uma nova chamada.

— Bárbara, a culpa não foi minha! — É a voz da Marcinha.

— Bárbara, a culpa é dela, sim. — Agora quem fala é a Patty.

As duas gritam tanto, que não consigo entender nada. Juro para mim mesma que não vou me estressar com seja lá o que elas tenham aprontado, mas de repente ouço uma delas falar o nome mágico: Marco.

— AAAAAAA, parem de gritar agora! Seja lá o que tenham a me dizer, vão me contar quando eu chegar aí. Prometo ouvir as duas, mas, por favor, o que o Marco tem a ver com essa algazarra toda?

Não pretendia voltar a trabalhar à tarde, pedir para que se organizassem foi em vão. Diante da tagarelice indecifrável delas, chego em tempo recorde.

— Marcinha, o que foi? — peço explicação ao notar sua palidez.

— Bárbara, nem sei por onde começar... — titubeia ela, nervosa.

Do nada, ouço o trem desgovernado atropelando tudo.

— Babby, eu juro que não sabia que ele estava aqui — argumenta Patty, agitada. — Entrei tão eufórica que não percebi que ele estava na recepção. Amiga, eu não fiz por mal. Me perdoa? Por favor!

— Foi, sim, sua culpa — retruca Marcinha.

— Vocês duas, se acalmem! Respirem fundo e me digam qual é o tamanho da catástrofe.

As duas começam a falar ao mesmo tempo de novo: Marco, escritório, recepção, Thor gostoso. No fim, só ouço ofensas.

— Chega com esse mercado de peixe! — Sou eu que me altero desta vez. — Marcinha, você me espera aqui que já venho falar com você. Patty, vamos para minha sala.

Avanço a passos largos, com minha amiga no meu encalço, ainda que ela insista em continuar discutindo com a outra. Quando entramos e fechamos a porta, peço que comece a explicar aquela loucura.

— Tudo bem. Então, fui almoçar e, quando voltei, já entrei na recepção perguntando de você. Sabe como eu sou, né? — Faço que sim com a cabeça, pedindo que ela continue. — Reclamei, brincando, que você não me levou para almoçar, logo hoje que ia sair com o Thor, aquela delícia de homem.

— Antes que eu me esqueça, ele está noivo, então você ficaria superchateada se tivesse ido. Ele levou a noiva para me apresentar. Ela se chama Isabela e, por sinal, é linda e supersimpática. Enfim, continua.

— Jura? Não acredito. E eu que tinha esperanças de agarrar aquele homem. Nesse caso, ainda bem que não fui. Se bem que, noivo ou não, ele vai continuar povoando meus sonhos de calcinha molhada...

Nem com o mundo caindo ela toma jeito.

— Foco, Patrícia... — Tenho de lembrá-la do motivo da conversa.

— Ai, desculpa. Mas foi você que trouxe o assunto para a pauta. — Ela continua quando eu lhe lanço um olhar sério: — Onde é que eu estava mesmo? Ah, lembrei. Então, aí a Marcinha me repreendeu e avisou que não estávamos sozinhas na recepção. Quando me virei para ver quem era, quase morri. Amiga, me desculpa... Marco estava esperando você. Ele ouviu a conversa. Acho que entendeu que era um encontro amoroso, e não um almoço de negócios.

Levo a mão à cabeça. De tudo que eu poderia imaginar, aquela situação era a menos provável.

— Pô, Patty! O Marco estava aqui? E ouviu suas safadezas?

Sinto um aperto no coração, pois, conhecendo minha amiga, sei que deve ter exagerado quando falou de Thor. Acho que não tenho mais um futuro namorado...

— Amiga, eu tentei explicar. Falei que era um almoço de negócios, mas ele nem me olhou. Saiu daqui com cara de poucos amigos. Ai, Babby, que fora que eu dei.

Se, por um lado, sei que ela não fez por mal, por outro, o Marco deve ter achado estranho eu passar a noite com ele e ir almoçar com outro.

— Relaxa. Depois eu ligo pra ele. Agora, me deixa pensar no que fazer.

— Amiga, você me desculpa?

Apenas assinto, e ela sai triste. Não estou com raiva, nem poderia. Foi só um infeliz mal-entendido.

Na verdade, nem deveria estar me preocupando. A vida é minha, e eu saio com clientes para tratar de negócios quando quero, mas... O que vou fazer agora? Será que nosso primeiro encontro foi por água abaixo?

Olho o relógio. Estou atrasada para o salão. Corro para lá. Se for para levar um fora, que pelo menos eu esteja linda, calma e com a pele macia.

Já na maca, recebo uma massagem que, por mais relaxante que seja, não impede que meu coração dispare quando relembro o que aquelas duas aprontaram. Não sei o que ele foi fazer no meu trabalho. Será que era para desmarcar o encontro pessoalmente? Tento relaxar, mas não adianta. Estou tensa e peço dois minutos para a esteticista. Pego o celular, nem olho se ele está online, ligo direto. Preciso tirar essa dúvida. Dependendo da resposta, tento argumentar. Caso contrário, deixo rolar.

Primeiro toque, segundo, terceiro, quarto... caixa-postal.

Deixo uma mensagem: Oi! Fiquei sabendo que você passou no meu escritório. Estou curiosa pelo motivo da visita ilustre. No lugar de "um beijo", coloco um emoji de boquinha e ainda escrevo: bem gostoso, no local que preferir.

Não custa nada tentar descontrair o clima, né? Seja lá o que ele tenha pensado, essa é a deixa para me retornar.

Então vou para a depilação — dedinhos cruzados para o encontro estar de pé —, quero estar lisinha feito um sabonete. Fico torcendo para dar certo enquanto passo pelo martírio, mas, quando pego o celular, nada de novo. Nenhuma ligação, nenhuma mensagem... nem sinal de fumaça.

Ah, minha Santinha da Dor da Periquita Depilada, será que toda a tortura será em vão?

Marco

Por sorte, o dia no trabalho foi calmo e posso sair mais cedo. Acho que voltei a ficar apaixonado como adolescente, e não há ninguém melhor do que Pedro para desabafar. Além disso, é um ótimo motivo para conhecer seu novo escritório. Com toda a correria, não pude nem ir à inauguração.

De frente para a suntuosa fachada, fico orgulhoso e feliz pelo meu amigo. Ele se preocupou com todos os detalhes, desde a entrada com rampa para cadeirantes e o corrimão para auxílio de pessoas idosas até o interfone com teclas em braile. Uma das maiores virtudes de Pedro é o respeito que tem pelo próximo e seu cuidado em relação às necessidades das pessoas. Desde a época da escola, nunca admitiu *bullying* com nenhum dos nossos amigos. Defendia todo mundo, o que o fez ser admirado por muitos e odiado por outros. Sempre o respeitei e fiquei ao seu lado. Aprendi muito com sua humanidade.

Pedro é tão gente boa que até tutor de uma garota mimada ele se tornou. Beatriz acabou ficando sozinha depois que os pais sofreram um acidente, e ele, como o único amigo do Valter e primo de terceiro grau da esposa do cara, se sentiu responsável pela órfã. É por essas e outras que o considero um irmão. O cara jamais viraria as costas para ninguém.

Quando chego à recepção, fico surpreso ao descobrir quem é a funcionária. Pois bem, depois de tantas implicâncias e xingamentos, olha quem trabalha para ele — a menina mimada, que se transformou em um mulherão de parar o trânsito.

— Marco! Que felicidade receber você aqui. O Pedro não vai acreditar — diz, com um sorriso no rosto.

— Já estava na hora de eu aparecer para uma visita. Como vai?

— Estou ótima.

— Fiquei surpreso em te ver aqui. Quer dizer que o Pedro te botou pra trabalhar?

— Viu só? Também não acreditei quando me deu essa chance.

Considerando a relação de cão e gato que os dois têm, realmente é de se admirar.

— Que bom. Você vai aprender muito. Falando nisso, será que tem um horário aí na agenda para ele me atender?

Enquanto ela interfona para o chefe, observo que cora em duas ou três palavras trocadas. Confesso que essa interação foi estranha.

— Marco, ele vai te atender. Você me acompanha, por favor?

No extenso corredor, não dá para saber quais das telas espalhadas é a mais perfeita. Eu estava com ele quando comprou várias delas. O curioso e louvável é que ele sempre adquiria essas pinturas de artistas portadores de necessidades especiais. Dizia que era sua contribuição para uma causa justa.

Quando Beatriz abre a porta, sinto um clima diferente entre os dois, mas prefiro não comentar.

— Fala, Marco! Que surpresa é essa?

— Saí mais cedo e resolvi compensar você. Estou atrapalhando?

— Claro que não. Já resolvi a maioria das pendências. Senta aí. Vou pedir para a Bia nos trazer algo.

Bia? Antigamente, ele a chamava de "pirralha".

— Querida... Quer dizer, Beatriz, por favor, peça para a dona Mirtes trazer um café para o Marco e uma água com gás para mim.

Ela o encara antes de sair. Estava corada.

— É impressão minha ou está rolando algo aqui que eu não sei?

Meu amigo arregala os olhos, surpreso por eu ser tão direto.

— Está doido, Marcão?

O riso forçado o denuncia.

— Tudo bem, não vou perguntar nada. Aquele conselho que me deu dias atrás sobre eu poder procurar você a qualquer hora para conversar sobre questões pessoais está de pé pra você também.

O bate-papo flui, e eu procuro um jeito de desabafar com meu amigo, mas o noto um tanto distraído.

— Acho que a Bia...triz foi plantar o café e torrá-lo.

— Está ansioso pelo tempo ou para ela voltar?

— Não começa, Marcão.

Conhecendo o teimoso, não vai admitir nunca o real motivo. Quando percebo que ele projeta o corpo contra o encosto da cadeira, mudo de assunto.

— De jeito nenhum. Só vim jogar conversa fora.

— Espera aí, deixa *eu* adivinhar. Essa ilustre visita é sobre uma tal de motociclista linda que está mexendo com sua cabeça, né? Afinal você já tinha me ligado para dar as boas notícias sobre nossa princesa, e vamos combinar que não é do tipo que tira um tempo para tricotar.

— É, é isso. Ela está me deixando louco! O pior é que já estou até enciumado. Acredita? — É difícil admitir, mas é verdade.

— Vai com calma. Rebobina a fita e me conta direito essa história. Por acaso vocês estão juntos?

— Estamos? Não sei de mais nada.

A porta se abre, e Beatriz entra com uma bandeja.

— Me desculpem pela demora. A dona Mirtes teve que sair mais cedo e eu precisei atender algumas ligações importantes.

Observo meu amigo, franzindo a testa.

— Que ligações?

— Podemos falar sobre isso depois?

Beatriz sai às pressas, enquanto percebo Pedro ficar com os olhos como se fossem labaredas de um dragão.

— Quer ir atrás dela? — provoco.

Ele descruza as pernas, acomoda-se melhor na cadeira e me fita.

— Por que eu deveria? Continue me contando sobre a Bárbara. Isso, sim, está ficando bem interessante.

Talvez fosse melhor forçá-lo a se abrir, mas seria um desgaste desnecessário. Depois de fazer o que me pede, dando todos os detalhes — menos os íntimos, pois não quero nenhum marmanjo pensando na minha mulher sob essa ótica —, ele diz, entre gargalhadas:

— Se você está se mordendo por ela ter ido almoçar com um cliente, nessa agonia toda, só tenho uma coisa a dizer: o dr. Marco Ladeia está com os quatro pneus e o estepe arriados pela dona Bárbara. Está apaixonado como nunca!

Reflito por um momento. Paixão? Será? Meu coração está acelerado. Diante da simples menção ao nome dela, tudo muda. Meu pensamento viaja até minha sereia. Estou mesmo enlouquecido por essa mulher.

Depois de uma agradável tarde com Pedro, entre assuntos tranquilos e conselhos, pego o celular. Há uma chamada não atendida e uma mensagem. Leio e retorno a ligação na hora.

— Tudo bem?

— Oi. Se considerar que estou cheio de ideias sobre esse beijo que me prometeu... Posso dizer que ótimo.

— Hmm! Se me contar por que o juiz ocupado veio me visitar, posso prometer muito mais.

— Este juiz teve uma manhã maravilhosa, pensando em certa contadora, e decidiu convidá-la para almoçar, mas acho que chegou tarde.

— Puxa! Se ela tivesse sabido um pouquinho antes, com certeza largaria o maior cliente da empresa para desfrutar desse almoço.

Será que ouvi isso mesmo? Ela disse que largaria tudo para estar comigo? Essa mulher sabe quebrar um homem no meio. Eu aqui, achando mil coisas, com um ciúme bobo, e ela encarando a situação com toda a naturalidade possível.

— Estou honrado e louco pra te buscar para o nosso primeiro encontro. — Nem pareço o mesmo de horas atrás.

— Que horas você chega?

— Às oito está bom?

— Está ótimo.

Desligo, eufórico, aliviado e cheio de expectativas. *Ah, sereia. Estou viciado no seu canto!*

Pensei em levá-la ao melhor restaurante da cidade, mas acabo tendo outra ideia. Como não sei o dia exato que Vitória irá para casa, acho que hoje é a melhor oportunidade para mostrar meu apartamento à Bárbara. Ela pode conhecer minha casa e um pouco mais de mim; além disso, vamos estar sozinhos.

Para incrementar o momento, faço uma ligação.

— Fala, chefe, como vai?

— Há quanto tempo, Marcão! Vi você por aqui, mas saiu correndo. Nem tivemos tempo de trocar duas palavras.

Engulo em seco. Não imaginei que o chef do D.O.M., em meio à correria, tivesse percebido minha reação.

— Peço desculpas. Estava com meus pais. Sabe como são, né? Quando nos encontramos, querem saber de tudo. Além disso, estava com um pouco de pressa. Acabou surgindo um assunto para resolver ainda naquele dia.

— Imagino a urgência... Mas, vamos lá, a que devo a ilustre ligação?

— Hoje vou receber uma pessoa especial e gostaria de servir um jantar preparado no seu restaurante. Sei que está meio em cima, mas será que você poderia considerar isso um grande favor?

— Que isso, Marco! Claro que sim. Vou mandar meu melhor *chef* e um garçom para florear ainda mais seu jantar. Imagino que seja alguém que mereça uma boa recepção. Estou certo?

— Cara, você vai salvar a noite no quesito gastronômico. Já pensou, eu na cozinha? — Gargalhamos juntos, pois ele sabe da minha total falta de habilidade nessa área. — Você tem meu endereço, né?

— Tenho, pode ficar tranquilo. Minha equipe vai cuidar de tudo.

— Te devo uma, hein? Amanhã passo aí para acertarmos.

— Curta a noite e não se preocupe com isso. Ótimo jantar para vocês.

Agradeço e logo em seguida ligo para Nana, que ainda deve estar na minha casa. Quando ela atende, peço que prepare uma mesa linda. Óbvio que também tive que fazer um relatório detalhado sobre a convidada, como e por quê, mas beleza. Ela me considera como um filho, e eu a respeito muito. Também a tenho como uma segunda mãe.

— Mas por que não quer que eu mesma cuide do jantar? Ainda tenho tempo e posso preparar algo bem gostoso.

— Nana, não é nada disso. Só não quero dar mais trabalho para você. Já até liguei para aquele amigo. Ele vai quebrar o galho para mim.

— Você está precisando cada vez menos de mim... — reclama, dengosa.

— Não faz assim, melhor cozinheira do mundo! Sabe o quanto gosto de você e me preocupo com seu bem-estar e sua saúde.

— Tudo bem. Ainda sei pegar o telefone e ligar para a floricultura para pedir um arranjo bonito de flores.

— Não duvido. E, Nana, só queria reforçar que te amo. Agora deixa de birra porque sempre vai estar comigo. Sabe que não sei viver sem você.

Eu desligo com um sorriso no rosto ao perceber que ela foi de dramática a emocionada.

Antes de ir para casa, passo em uma loja para pegar a luminária especial que encomendei para o quarto da minha pequena. Fico impressionado com o trabalho — eles seguiram minhas instruções à risca. Combino o dia da instalação e sigo para o apartamento.

Quando chego, está tudo preparado e de bom gosto. Ouço vozes vindo da cozinha.

— Estou vendo que já conheceram a dona da casa... — digo, então me apresento aos senhores que estão sendo orientados por Nana para organizar o local.

— Já estou indo embora — retruca ela, parecendo contrariada com a invasão. — Só volto na segunda-feira.

Dou um beijo na rabugenta e vou para o quartinho da minha pequena. A ansiedade para vê-la aqui é tanta que mal cabe em mim. De repente, as lembranças de quando Paula ficou grávida e me deu a notícia vêm à tona. Foi o dia mais feliz da minha vida, mas ela ficou reclamando sobre o quanto a gravidez deformaria seu corpo e dizendo que as outras mulheres ririam da sua cara. Não sei como não enxerguei todo seu egoísmo antes. Foram muitos os seus desatinos, e um dos piores foi a cena que fez quando a levei ao estúdio de um artista, indicado por Pedro, para retratar aquele momento. Apesar de o pintor não ter os braços e utilizar os pés, era mágica e incrível a perfeição em cada traço. Foi inebriante ver o resultado de uma obra daquela magnitude. Mas, nas palavras de Paula, não passava de um *aleijadinho* sem noção. Suas demonstrações de frieza em relação à nossa filha foram um dos motivos que me fizeram perceber que era insustentável me manter em um casamento com alguém de alma podre.

Mas, como pai, eu não podia renegar minha filha, ainda que seja muito difícil aceitar que ela não terá uma adolescência normal, ou que talvez não chegue à fase adulta. Acredito que o amor de um pai deve ser incondicional. Meu amor pela minha pequena é transcendental e mais forte do que qualquer barreira fisiológica, estética ou física. Por isso, mesmo que a mãe dela não esteja aqui, ela terá todo o amor do mundo. Olho o relógio e vejo que estou em cima da hora. Corro para o banho, afastando as más lembranças.

Bárbara

Pontualidade britânica. Às oito em ponto, meu interfone toca e peço para seu Valdemiro autorizar a subida de Marco. Este primeiro encontro está mexendo com meus hormônios, e não consigo entender, visto que já dormimos juntos. Tenho um pressentimento de que algo muito importante e significativo vai acontecer. Acho que chegou o momento de conhecer Marco. O lado bom de ser traída é aprender que as cartas têm que estar na mesa, que é importante construir um relacionamento transparente.

Hoje, o relato das meninas sobre o episódio no escritório me deixou muito preocupada. Não sei que tipo de relacionamento ele já teve na vida, mas não posso permitir que me compare a nenhuma mulher. Sou adulta. Sei o que quero e vou deixar isso claro. Preciso que ele confie em mim. Não vou ficar implorando por migalhas. O pão vem completo, ou nada feito.

Corro até o espelho para me certificar de que o visual está adequado. Estou usando um vestido preto com um belo decote e um Louboutin vermelho. Também caprichei na escolha da lingerie preta, bem ao estilo de "me possua, sou toda sua!".

Quando abro a porta, tenho a visão mais tentadora que uma mulher poderia desejar: um homem perfeito e impecavelmente vestido. Marco me olha em adoração, o que é recíproco. A firmeza do seu braço ao envolver minha cintura rouba meu fôlego, não menos do que sua boca próxima da minha.

— Boa noite — cumprimenta ele. A distância que nos separa é ínfima. Sinto seu perfume de cedro amadeirado e tentador. — Como é possível que você fique mais linda a cada dia que passa?

Senti saudade dele.

— Se continuar me elogiando assim, meu ego vai sair flutuando por aí. Quer entrar e beber alguma coisa?

— Dessa vez, não. Se ficarmos mais tempo aqui, já era o jantar. Seu apartamento não vai ser o único lugar onde vou entrar.

Ouvir um homem tão imponente dizer esse tipo de coisa para mim desperta sentimentos que nunca senti.

— Então vamos sair logo. Eu gostaria, mas é melhor eu me comportar um pouco.

— Para estar comigo você não precisa se comportar — provoca ele, rente aos meus lábios, roçando minha boca na última palavra.

Todas as minhas tentativas de não gemer caem por terra.

Nós nos afastamos e nos olhamos por alguns segundos. Será que sempre que nos encontrarmos vou sentir essa atração tão intensa? É como se um ímã puxasse nossos corpos, nos atraindo de modo irresistível.

Pego a bolsa, fecho o apartamento e seguro seu braço. Entramos juntos no elevador, e tenho que me controlar para ficar quietinha, pois seu sorriso de canto de boca sinaliza que está a um triz de me agarrar.

Ao passar pelo hall do prédio, seu Valdemiro abre um sorriso.

— Boa noite, seu Valdemiro! Como vai a pequena Juliana?

— Boa noite, dona Bárbara. Ela está melhor, mas ainda internada.

— Tenha fé. Vai ficar tudo bem. Comprei uma lembrancinha para ela. Amanhã mesmo passo no hospital para fazer uma visita e entrego.

— Ô, dona Bárbara, não se incomode — diz Valdemiro, envergonhado.

— Deixa de bobagem. O senhor sabe que sempre gostei da Juliana. Até amanhã!
Quando olho para o lado, percebo que Marco me fita diferente.

— O que foi? Eu amo crianças. Você precisa conhecer a Juliana. Ela é uma fofa! Agora está doente, mas é uma danadinha. Estou torcendo para que fique boa logo. — Ainda de mãos dadas, sinto que Marco fica rígido, em uma reação repentina e estranha. — Sr. Juiz, falei algo de errado?

— Imagina, linda. Só estou preocupado com o horário. O trânsito está cada vez pior nessa cidade.

— Não sei, não. Acho que vi uma ruguinha aqui. — Toco o meio de sua testa.

— Impressão sua.

Decido não forçar. Pode ser apenas uma cisma.

Ele abre a porta do carro para mim, e eu entro.

— Na moto você pode se agarrar em mim, mas aqui, infelizmente, terá que usar o cinto de segurança.

Ouço o clique do encaixe, envolvida pelo seu cheiro pecaminoso. Ele abre um sorriso malicioso. Seu joguinho me atenta e deixa louca. Como ando bem assanhadinha nos últimos tempos, eu o agarro pelo pescoço e o beijo.

— Acho que vou começar a prender *você* sempre.

— Pode ficar à vontade — falo sem pensar ao vê-lo sair do carro e dar a volta para se sentar no banco do motorista.

— Então quer dizer que não se opõe a ser amarrada, Bah?

Logo me arrependendo de ter assentido, com receio de que ele ache que também gosto de levar uns tapas, como as mocinhas de alguns livros eróticos da atualidade. Já li alguns e confesso ter achado algumas cenas bem excitantes. Enfim... devo tê-lo deixado excitado com a possibilidade, pois Marco agarra minha perna com uma das mãos, fazendo com que um arrepio suba pela minha espinha.

Respiro com dificuldade, presa no seu olhar. Ele se vira para prestar atenção no caminho, sem romper o contato em um vaivém de carícias ousadas. Nada indecente, mas ainda assim saliente. Quando chegamos à frente de um prédio suntuoso, ele aperta um botão de um controle remoto e entramos na garagem.

— Neste primeiro encontro, quis preparar algo diferente, em um espaço mais reservado, para a gente aproveitar a noite sem interrupções. Tudo bem?

— Por acaso estamos na sua casa?

— Estamos, mas não precisa ficar com medo de passar fome ou com esperanças de me ver na cozinha. Hoje eu trouxe o restaurante para cá.

Do jeito que é pragmático, acredito que tenha feito isso mesmo.

Marco desce do carro e dá a volta para abrir a porta para mim e soltar o cinto de segurança. Ao se abaixar, não consigo resistir de novo e o agarro. Quando dou por mim, já estamos dentro do elevador, e me encontro encurralada no canto.

De repente, sinto-me claustrofóbica e não tem nada a ver com a pegação. Tenho a impressão de que a caixa de metal dá uma chacoalhada. Fico assustada e me seguro nele, agradecida por não estar sozinha. Quando chegamos ao andar certo, quase não consigo andar, pois estou com as pernas bambas e as mãos trêmulas.

— Você está bem? — pergunta Marco, dando-me um pouco de espaço.

— Sim. — Tento soar calma.

Ele assente e me dá um beijo na testa, então, ao abrir a porta, diz, com um sorriso:

— Bem-vinda ao meu lar doce lar!

O ambiente é bem decorado e organizado. Fico encantada. Ele com certeza paga uma mulher para cuidar da casa. Quando me sinto à vontade, passo a admirar a combinação de clássico e moderno na sala. Em um dos cantos, vejo que há uma mesa preparada com pratos e talheres bem-dispostos, velas em castiçais, um balde de gelo e um belo arranjo de flores.

Viro em sua direção, sentindo que me observa.

— Não me diga que você preparou tudo isso.

— Confesso que tive ajuda de uma grande colaboradora e que todo o jantar veio do meu restaurante predileto. Espero ter acertado no cardápio, porque minha participação foi apenas para ligar e fazer o pedido — brinca ele.

— Bom, se não for buchada de bode nem fígado, vou adorar. Sou uma excelente glutona. Devoro tudo...

— Devora tudo... Sei. Eu gosto do seu apetite, sabia? — Ele me abraça por trás, sussurrando no meu ouvido. — Adorei. Mas, me conta, o que aconteceu no elevador? Fiquei com medo de ter feito algo de errado.

— Você não fez nada. Acontece que, quando eu era pequena, sofri um acidente em um elevador, então até hoje, mesmo morando em um prédio, escolhi o segundo andar e, se estou sozinha, prefiro usar as escadas. Fico apreensiva sempre que dá um tranco ou quando tem mais de duas pessoas no elevador.

— Mas o que aconteceu exatamente? Quer falar sobre isso? — Ele esfrega o queixo áspero no meu pescoço.

— Depois eu conto. Agora... vamos jantar.

Não quero me abrir nesse momento, prefiro aproveitar as carícias que me deixam molinha.

— Temos um *chef* e um garçom esperando para nos servir.

— Uau, então vamos começar logo, porque estou com a impressão de que você já está querendo pular para a sobremesa. — Eu me viro para ele e o flagro sorrindo.

O jantar é incrível, regado a boa conversa, troca de olhares cheios de promessas, ótimo vinho, música perfeita e uma lagosta divina. É muito bom ser o centro da atenção de alguém.

Marco chama o garçom e o *chef*, e elogiamos a comida e o serviço.

— Aceitam sobremesa? Temos sorvete de frutas vermelhas com cobertura quente de chocolate com pimenta — oferece o *chef*.

— Por mim, estou satisfeita — respondo, afinal não vejo a hora de provar a única sobremesa que me interessa hoje: o corpo do meu anfitrião.

— Também estou — confirma Marco, enquanto o garçom recolhe os pratos. — Mais uma vez, obrigado pelo serviço. Vocês podem ir quando terminarem tudo.

Ele me pega pela mão e sugere que eu coloque uma música, enquanto serve cálices de vinho do Porto. Seleciono uma coletânea da Marisa Monte e, quando os acordes ressoam, ele vem na minha direção. Nossos olhos se encontram. Aceito o cálice que me oferece, deixando que a letra da música diga o que estou pensando. *Ainda bem que agora encontrei você.*

— Dança comigo? — convida ele, e nossos corpos se entregam.

Eu o abraço com força. Tenho certeza de que ele pode sentir as batidas aceleradas do meu coração. Acho que entende meu corpo, pois desliza a mão esquerda pelas minhas costas nuas e apoia a direita, controladora, na minha nuca. Ele me faz acompanhar seu ritmo, encaixando minhas coxas entre as suas. A mão ora acaricia minhas costas, ora me aperta. Quando estou completamente entregue, cativa, ele me gira e me puxa para mais perto. O modo com que me toca acende labaredas de fogo e paixão no meu ser. Quero que ele me possua ali mesmo, mas, pelo jeito, meu condutor está disposto a me levar a um nível maior de excitação. Com uma voz rouca, ele cantarola no meu ouvido:

— O meu coração já estava acostumado com a solidão. Quem diria que a meu lado você iria ficar. Você veio pra ficar...

Sem aviso, sua boca pousa sobre a minha em um beijo avassalador, cheio de desejo. Sua língua me penetra, marcando território sem preâmbulos. Seus dedos se entrelaçam no meu cabelo em um leve apertão, me arrepiando toda. Ele se esfrega em mim com vigor, duro. É o beijo pelo qual ansiei a noite toda. Sim, Marco também me faz feliz, Marco também me faz querer cantar. Voar, ser dele.

Sinto-o abrir devagar o zíper do meu vestido. Minhas pernas estão trêmulas e a calcinha, encharcada. Meus mamilos doem. A cada toque, minha pele febril se arrepia mais. A sensação de antecipação é maravilhosa. Começo a desabotoar sua camisa.

— Linda... — elogia ele, deslizando as alças do vestido pelos meus braços. — Estou perdido nos seus encantos...

O tom carinhoso e o sentimento que flui límpido me dão mais certeza de que nós dois juntos é o certo. Ele é o que eu preciso.

— Você é mesmo um sedutor.

— Não mais do que estou completamente seduzido. — Ele sorri.

De repente, o homem romântico dá lugar a um homem sedento. Mostro que tenho a mesma pressa que ele, despindo sua camisa. Tudo isso sem perder o ritmo gostoso da dança, arranhando sua pele e beijando seu ombro.

— Mas isto vou te provar no quarto, porque esta noite você é MINHA.

Quase desfaleço ao ser suspensa nos seus braços, tomada pelos seus lábios, que não desgrudam de mim até ele fechar a porta e me atirar nos lençóis.

Capítulo 24

Marco

O misto de sentimentos e desejo insano de estar dentro dela não me deixa pensar. Levo-a até à cama. Penso que ela veio para ficar. Tudo em Bárbara desperta algo novo em mim. A lingerie preta e os saltos vermelhos me levam ao ponto de ebulição, enquanto ela arrasta suas curvas perfeitas em direção à cabeceira. Parece que nasceu para estar ali. Paro por um momento só para gravar a cena na mente.

— Gostando do que vê?

Já acomodada entre os travesseiros, ela dá um sorriso indecente, atenta ao volume na minha calça, então abre o sutiã e o arremessa para mim.

— Não só do que vejo, mas do seu gosto, do seu cheiro, da maciez da sua pele... A cada dia que passa, adoro mais você.

— É tudo *seu*.

Ela morde os lábios, enquanto tiro a calça, pulsando. Quando ela tenta tirar os sapatos, eu a impeço.

— Esses ficam.

Puta merda. É muito sensual quando os mantém quase enfincados no colchão. A paixão queima em minhas veias e não aguento esperar mais — não enquanto ela me encara com tanto desejo. Deito-me ao seu lado, e um leve roçar do meu pau na sua pele quase faz com que eu perca o controle. Tento me afastar um pouco, mas acabo desistindo. Seus seios estão com os bicos durinhos, prontos para mim. Abocanho um deles, enquanto toco o outro. Ela é macia, deliciosa e, ao ouvir seu gemido afrodisíaco, viro um animal. Se pudesse, eu a devoraria inteira. Tê-la na minha cama, dominar seu corpo frágil e delicado, saber que sou eu quem a faz se contorcer torna o momento ainda mais prazeroso, intenso e inesquecível.

Devoro-a em devoção carnal represada. Faço movimentos circulares com a língua em ambos os seios. Chupo, mordisco, puxo, sugo, lambo e, como resposta, recebo mais cantos de luxúria. Quero... Não. *Preciso* tê-la por inteiro. Minhas mãos apalpam seu corpo, meus braços a envolvem e minhas pernas se entrelaçam às dela. Quero me fincar dentro dela e não sair mais. Há apenas um impedimento...

— Você imagina o quanto você está linda e sexy com essa calcinha?

Quero fodê-la para sempre. Bárbara é a personificação do pecado. Puxo seu tronco ao encontro do meu.

— A prova está livre para ser descartada ou julgada, meritíssimo.

Sua ousadia é um show à parte que me consome.

— Você quem manda, minha mais gostosa acusada!

Sem romper o contato visual, exploro o desígnio da sua sentença, fazendo trilha de beijos, chupões e lambidas por cada centímetro do seu corpo, excitado com seu cheiro de fêmea. Exploro o abdômen plano e provoco-a com a língua em volta do umbigo, até que cravo os dentes no cós da calcinha e a abaixo o suficiente para que eu me encaixe entre suas coxas.

— Caralho. Como vou inocentar uma acusada tão molhadinha?

Passo a língua no seu clitóris, provando o suco. Meu tesão aumenta.

— Sentir seu sabor só atiça meu lado carrasco.

Sugo sua boceta, tentando manter o controle. Este momento é sobre a mulher que está me fazendo querer ser feliz de novo. Exclusivo para o prazer dela. Meto dois dedos, e sinto sua quentura. Febril como o inferno. Apertada e empapada.

— Devo abrandar sua pena ou ser mais rigoroso?

Brinco com a fenda em um vaivém, substituindo meus dedos pela boca em busca do seu mel. Não demora muito para deixá-la frouxa, mas então ela começa a se contrair e contorcer, suplicando para que eu lhe dê direito a um orgasmo devastador.

— Toda boa menina merece o benefício da dúvida.

Provo seu gozo, satisfeito. Ela olha para mim, para a liga nos meus lábios.

— Se essa é a sentença, acho que vou ser uma reincidente.

Ofegante, ela abre um sorriso sacana, como se não estivesse saciada e quisesse muito mais. Subo devagar pelo caminho já explorado, dando vários beijos na pele bronzeada e suada, deixando-a toda arrepiada.

— Assim como no tribunal, na minha cama existe uma grande diferença entre sentença, decisão e despacho. Por enquanto, só tomei uma decisão, sua delinquente deliciosa. Ainda nem despachei, muito menos dei a sentença.

Beijo sua boca e a coloco de lado, em uma posição confortável para nós dois.

— Está pensando em me graduar, doutor?

— Essa sua língua comprida ainda vai te meter em problemas, ou vai *me* meter... — Posiciono o pau na sua entrada e roço sem pressa. Ela geme, implorando por mais e trazendo a bunda de encontro à minha pélvis. — Você sabe que tem o direito de ficar calada, certo?

— Sei. Marco, me prende, por favor. Só não me tortura...

Como negar algo que eu quero tanto quanto ela? Eu me aproximo e a penetro devagar, sentindo cada centímetro daquele paraíso apertado, fervente e melado, então paro. Não há sensação melhor. Sempre fui um homem ativo sexualmente, mas quando estou com ela é mais profundo. É mais do que sexo. É como, finalmente, estar em casa. Começo a me movimentar em um ritmo gostoso até nossos corpos se sincronizarem. A cada suspiro que sai daqueles lábios, percebo a necessidade de nossos corpos se completarem.

Intensifico as estocadas e os sussurros dão lugar a gemidos lascivos. Quando ela grita meu nome, sedenta, sei que está perto de outro orgasmo. Vê-la tão excitada me deixa maluco, e ter consciência de que fui eu o responsável desperta em mim os desejos mais primitivos. Então a coloco de quatro — quero marcá-la como minha para sempre. O ritmo acelerado faz com que ela trema. Massageio seu clitóris forte, assim como meto. Ela desaba em um êxtase de prazer maravilhoso. Paro de me segurar, pois já não aguento mais, e gozo tão forte que tombo ao seu lado.

Ficamos quietos, apenas aproveitando o momento. Abraço-a e beijo seu pescoço. Sei que ela gosta de carinho depois de transar. Não quero que nossos corpos se separem. Minha vontade é de continuar, como se fôssemos um só. Viro-a de frente para mim, e ficamos nos olhando e nos acariciando.

Quero dizer muitas coisas, mas o medo me invade e dissipa minhas boas intenções. Será que ela vai aceitar, ou mesmo entender, tudo o que já passei? Sofri muito e ainda sou muito inseguro. Não quero perdê-la e, mesmo depois de tanto tempo, não sei o que fazer.

Bárbara

Fazer amor com Marco já é uma das maiores felicidades da minha vida. O pós-sexo é maravilhoso. Ele é sempre atencioso e carinhoso. Não é como o Caio, que, quando acabava, deitava-se para o lado e dormia, ou se vestia com pressa porque tinha uma viagem urgente.

Estou deitada no braço de Marco, e ele acaricia meu cabelo. Mas hoje sinto que ele está diferente. Parece preocupado.

— Você está incomodado porque não estamos usando preservativo?

— Não, linda, já conversamos sobre isso.

O olhar continua estranho. Então insisto.

— Posso estar enganada, mas...

Nunca escolho hora para discutir a relação. Prefiro dizer o que estou sentindo.

— Estava só querendo dizer o quanto você é maravilhosa e que estou muito feliz por tê-la na minha cama — diz, olhando nos meus olhos. — Os sentimentos que desperta em mim, minha sereia feiticeira, eu nunca senti antes.

— Será que pode fazer o favor de decidir se é encanto ou feitiço? Que eu saiba, são coisas bem diferentes.

— É por isso mesmo que você é especial. Conseguiu fazer os dois.

— Então, se é assim, vamos tomar um banho, dr. Delícia, porque ainda estou com muita vontade de saborear a sobremesa do *chef*.

— E onde pretende saborear essa sobremesa, senhorita insaciável?

— Se contar onde e como, perde a graça...

Ele se levanta rapidamente e corre em direção a uma porta que presumo ser a do banheiro da suíte. Solto uma gargalhada.

— Aonde vai com tanta pressa?

— Fica aí deitadinha. Vou preparar nosso banho e já venho buscar você. Não quero nem vou correr o risco de perder o que me prometeu.

Olho para o teto com um sorriso que nem limão azedo tiraria. Meu deus do sexo, lindo, carinhoso, preparando um banho pra gente? O que mais eu poderia pedir? Marco volta ao quarto e, quando olho para o órgão enorme, totalmente pronto para o ataque, mordo os lábios. Sr. Anaconda é um nome bastante apropriado. Aproveito a oportunidade para examinar todo o material. O homem é sem defeitos, tem um corpo escultural. Saber que tudo isso é meu só me deixa mais excitada.

— Impressão minha ou está pensando em como vai me usar para matar a fome? De sobremesa, claro.

— Pode ter certeza de que estou, e não paro de salivar!

Acho que meu sobrenome mudou para Descarada.

— Não passa vontade — oferece, com um sorriso safado.

Ele se aproxima e me levanta nos braços. Acho que nunca vou me cansar de ser mimada por este homem.

Depois de um banho maravilhoso, regado a momentos de prazer intenso na banheira enorme de sua suíte, Marco me entrega um roupão no qual caberiam duas de mim e pergunta se quero beber alguma coisa. Essa é a deixa para eu preparar minha surpresinha, então me prontifico a buscar os drinks. Ele me puxa para um beijo de despedida.

Quando saio da suíte, vejo que há um quarto, provavelmente de hóspedes, um banheiro e uma porta fechada. Infelizmente, sou curiosa demais, e ele não me mostrou a casa. Não vou bisbilhotar, mas fico mordida. Minha mãe conta aos risos que, quando criança, eu era tão enxerida que, para ouvir conversa alheia, eu parava até de respirar. E tenho que confessar que não mudei muito desde então.

De repente, a ficha cai e a verdade dá na minha cara: a relação que eu e Marco temos é basicamente sexual, e tudo que fazemos tem sido muito delicioso, porém… ainda não o conheço. Sei que é juiz, membro de um motoclube, conheço seu gosto musical e uma coisinha ou outra, mas, fora isso, nada. Está solteiro desde quando? Tem contato com a família? Quem mantém a casa tão organizada? Duvido que seja ele. São tantas perguntas que, por um momento, quase esqueço o que vim fazer, parada no corredor. Depois de alguns segundos, sigo até a cozinha e decido fazer o que meu coração manda: viver o momento.

Encontro as taças de sorvete. Dentro do micro-ondas, estão a calda e um bilhetinho com as instruções de tempo de preparo.

— Hmmm, isso vai ser melhor do que eu esperava: cobertura de chocolate com pimenta.

Enquanto espero a calda esquentar, lembro que preciso arrumar algo para vendá-lo. A expectativa faz parte do jogo da sedução. Depois de pensar muito, apelo para algo que ele deve ter de monte no quarto. Volto correndo.

— Ei, lindo, me emprestada uma gravata?

— Para quê?

Curioso... Outra coisa que temos em comum.

— Faz parte da surpresa.

— Quer dizer que vou ficar mesmo nas suas mãos?

— Confia em mim. — Dou uma piscada audaciosa.

Ele vai até o *closet* e volta com uma linda gravata de seda azul. E um sorriso safado.

— Estou honrada. Agora, será que você pode se virar?

— Acho que vou gostar da brincadeira — atiça ele, enquanto vendo seus olhos, seguro suas mãos e o guio até a cama.

— Vou dar meu melhor.

Ele se deita e posso ouvi-lo respirar fundo.

— Espera só um minutinho.

Volto para a cozinha para continuar o preparo da melhor sobremesa de todos os tempos, satisfeita por ter minhas ordens acatadas. Coloco tudo de que preciso em uma bandeja e volto para o quarto, caminhando devagar para não derrubar, depois deixo-a perto da cama e subo em Marco. Ele tenta tirar a venda, mas eu não deixo.

— Nada disso. Você falou que confia em mim, né?

Ele assente.

— Então é só seguir as instruções.

— Sim, senhora.

Só faltou bater continência. Dou uma risadinha satisfeita e começo a sedução. Mordisco o lóbulo da orelha dele.

Meu deus da justiça, agora é minha vez de me perder em você — sussurro no ouvido dele, e sinto seu corpo estremecer sob o meu.

Sinto algo me cutucar na perna e, quando olho, percebo toda sua excitação.

— Seu sorriso é lindo, mas sabe o quanto sua boca me atrai? Ou o quanto adoro seus beijos molhados?

Toco seus lábios de leve, então pego uma colher cheia de sorvete e deixo um rastro gelado pelo seu corpo. Ele se arrepia e arqueia as costas. Depois passo a saborear cada gota, enquanto ele grunhe em resposta.

— Quer experimentar um pouco da sobremesa, lindo?

— Quero, mas no seu corpo.

— Então vai ter que esperar, porque ainda nem comecei o pregão.

Seguro a risada, empenhada em fazê-lo provar um pouco do próprio tribunal. Ele sorri, e continuo saboreando o sorvete, em uma combinação perfeita de pele masculina, firme e quente, coberta pelo doce gelado. Coloco um pouco na boca dele e o beijo, então passo o dedo na calda de chocolate e a levo aos nossos lábios, que ardem de leve por causa da pimenta. Por fim, lambuzo-o por inteiro, deixando uma porção maior do chocolate para melar seu pau, que provo, gulosa. O mastro engrossa e pulsa com as minhas sugadas, enquanto me adequo ao seu tamanho acima da média, depois o engulo por inteiro, até senti-lo na garganta.

— Não sei quanto tempo aguentarei essa tortura, linda. É melhor dividir essa sobremesa. Vai ser um prazer duplo. Podemos?

Mal sabe ele que não precisa pedir muito. Sem nenhum pudor e com uma imensa vontade de senti-lo me tocar, tiro a gravata que o vendava. Ele me coloca por cima na hora e me vira para um 69 épico. A sobremesa, de fato, ficou mais erótica e inesquecível.

Depois de um bom tempo, deitados e largados, com as mãos unidas e um sorrisão no rosto, sem dizer uma palavra, ele beija minha cabeça.

— O que está passando por essa cabecinha linda?

— Só que não sei nada sobre você.

Pensava que ele ia desconversar, mas então me fita, sério.

— O que você quer saber?

— Tudo. Quero conhecer você melhor...

— Bárbara, minha história é longa. Não acho que agora seja o momento certo para contar.

— Tudo bem. Você escolhe o melhor momento, então... A escolha vai ser sempre sua?

Abro um sorriso desanimado, com vontade de me levantar, pegar as roupas e vazar.

— Não vou esconder nada de você, mas quero que seja com calma.

— Nunca se tem a paciência de Jó se tiver a fé de Tomé.

Pulo da cama, com o pressentimento de que ali tem alguma história. Estou determinada a não me magoar. Sigo para o banheiro, mas ele não me acompanha. É melhor mesmo. Apesar da noite espetacular, essa negação, esse mistério que ele insiste em manter aperta meu coração.

Volto para o quarto, mas ele não está. Não sei se devo ir embora ou ficar. Olho em volta, procurando minhas roupas, mas então Marco entra.

— Desculpa não ter tomado banho com você, Bah. Tive que trocar o lençol todo sujo de chocolate.

Ainda enrolada na toalha, observo-o tentar forrar o colchão, todo atrapalhado com o elástico. Caio na gargalhada.

— Pensei que só eu fosse desajeitada.

Eu ajudo e, como uma boa dupla, em dois segundos fica tudo pronto.

Por um instante, penso em perguntar quem costuma arrumar a cama, mas mordo a língua.

— Já pode ir relaxar no banho, enquanto me arrumo.

— Como assim? Daqui você não sai, não! Pode ir deitar e se cobrir. É só o tempo de jogar uma água no corpo e já vou estar agarrado em você que nem uma trepadeira.

Levanto a sobrancelha.

— Trepadeira muda, é?

— Você não perde uma, hein?

— Nunca.

Ele me beija e vai para o banheiro, enquanto eu me deito para esperar. O problema é que não demora muito até o cansaço me vencer, e acabo pegando no sono. Um tempo depois, sinto seu braço me rodeando. É como se meu lugar sempre tivesse sido aqui. Aconchego-me em seu corpo, buscando calor, e durmo profundamente.

De manhã, antes de o alarme tocar, acordo assustada. Sempre que durmo fora de casa, isso acontece. Fico meio perdida, mas o que me chama a atenção não é o fato de o Marco não estar na cama, e sim a voz estridente de uma mulher gritando.

— Quem é que está com você? Diz, Marco! Você é um homem casado, seu safado!

Congelo. Meu coração quase sai pela boca. *Casado?* Ainda devo estar dormindo, porque só pode ser um pesadelo...

CAPÍTULO 25

Marco

Mal fechei os olhos e sou acordado pelo barulho insistente do interfone. Olho para a mulher linda ao meu lado, que nem se mexe, e me levanto rápido.

— Sim?

— Dr. Marco, bom dia, é o Aroldo, da portaria. Olha, a dona Paula passou por toda a segurança e está subindo para o apartamento do senhor.

— Mas como ela conseguiu passar por...?

Ouço a campainha e me enrolo em uma toalha às pressas, depois corro para atender, na tentativa de evitar que a baderna acorde Bárbara.

— Paula, o que você está fazendo aqui? A pensão que eu pago pra você não é suficiente para pôr crédito no celular? Você tem que ligar para as pessoas antes de aparecer na casa delas.

— Querido, nossa casa! Aliás, que recepção é essa?

Ela entra no apartamento como se fosse uma convidada de honra.

— Não posso falar agora. Por favor, saia, e, antes de aparecer aqui de novo, marque um horário.

— Se não pode e está assim, só de toalha, quem é que está com você? Diz, Marco! Você é um homem casado, seu safado! — grita ela.

— Cala a boca e sai. Agora! Não há nada para explicar. A gente se separou há mais de um ano. Já assinamos o divórcio, lembra?

— Não! Você é *meu*. E essa mulherzinha que está com você tem de saber que você não está disponível... — Ela vai em direção ao meu quarto aos berros. Fico nervoso e seguro seu braço sem pensar duas vezes. — Me solta! Você está com medo de falar a verdade para a periguete que anda abrindo as pernas para você? Pode deixar, meu amor. Vou falar que temos uma ligação que vai além do casamento.

— Desculpa... Eu ouvi direito? Agora temos uma *ligação*? Pelo que sei, você nunca quis essa ligação.

— Você não entende. Eu amo você! Você é meu marido. Juramos perante as leis de Deus. Nunca tratei você mal. Você sempre teve tudo comigo — diz ela, agora em um tom manhoso, como sempre faz quando quer saciar seus caprichos.

— Agora me ama? Você sabe o que é amor? Que se dane. Eu não quero discutir. Saia agora da minha casa. E não apareça nunca mais! Vou repetir pela última vez: sou seu *ex*-marido e não tenho nenhuma obrigação de te aturar.

— Não vou. Quero conhecer essa mulherzinha que vai atrás de homem casado.

— Não vou falar novamente.

— Ah, você quer que eu vá embora? Por quê? Ficou com vergonha de falar para sua amante que está cultivando um vegetalzinho?

Recuso-me a olhar para a cara desta mulher. Não a quero nunca mais na minha vida. Um sentimento de desprezo me invade, e sinto um toque gentil nas costas.

Bárbara

Visto o roupão de Marco porque, se essa mulher vai conhecer a vadia que acha que sou, devo estar vestida a caráter. Ela já causou muito alvoroço e agora vai tomar uns tapas por ter me ofendido. Depois, o sr. Marco vai ter que me explicar quem é ela.

Vou até a sala. Chego por trás dele e percebo que está prestes a fazer algo de que vai se arrepender mais tarde. Então me apresso para tranquilizá-lo, colocando a mão em suas costas.

— Bom dia. — Faço cara de paisagem. — Sou Bárbara Nucci.

Estendo a mão, e ela fica pálida, me encarando. É simplesmente linda.

— Você não tem vergonha de vir atender à porta sem roupa, sua desclassificada?

— Se prefere começar nesse tom, a desclassificada aqui não sou eu, é você. Invadiu a casa alheia, e acredito que Marco foi claro ao dizer para você sair agora mesmo. Quanto ao meu traje, não se preocupe porque, da próxima vez, ponho um vestido de gala para receber a realeza.

Protetor, Marco me puxa para seus braços, e eu congelo. Acho que a Mulher--Maravilha que se apoderou do meu corpo foi embora, porque a única coisa que sinto são as pernas bambas.

— Paula, não temos mais nada para conversar. E nunca mais ouse chamar minha mulher de vadia.

— Você acha que pode ser feliz ao lado dele, né? Então peça para o bonitão contar por que não estamos juntos. Quero ver essa pose toda quando tiver que desfilar por aí e as pessoas ficarem olhando para você com cara de dó.

A expressão de Marco é tomada pela fúria. De repente, ele perde a paciência e conduz a mulher para fora do apartamento, depois bate a porta. Ouço os gritos histéricos de ameaças do lado de fora. Um suspiro sôfrego sai dos lábios de Marco. Ele parece triste, amargurado e cansado. Sei que por trás da discussão há uma longa história.

— Me desculpa por te fazer passar por isso, linda. Você não deve estar entendendo nada, e com razão.

— Não estou mesmo. E agora cabe a você me explicar. Não quero ser ignorante sobre sua vida.

Sinto minha garganta se fechar aos poucos.

— Vou contar tudo... Toma um café comigo antes?

Marco

— Bárbara, as pessoas acham que tenho aversão a relacionamentos, mas não é verdade. A questão é que gostei de uma pessoa que me fez acreditar que dentro dela existia um bom coração, mesmo que suas atitudes gritassem o contrário.

— Gostou ou ainda gosta?

Hesito, não sei como colocar tudo isso em palavras sem parecer piegas ou apressado demais, mas me sento à sua frente na mesa da cozinha.

— Deixei de gostar há muito tempo. Acredite ou não, nem sei como classificar o que foi quando comparado à paixão que sinto por você.

— Paixões são passageiras — diz ela, e beberica o café, observando minha reação.

— É assim que você encara? Porque eu não. Jamais menti para você e não vou começar agora.

— Se eu falar que não quero saber tudo, estarei mentindo, mas você pode falar apenas o que é importante para o nosso relacionamento. Não quero me sentir como se tivesse sido traída, entende?

— Linda, essa é minha intenção desde o dia em que percebi que você é a mulher que quero para mim. Tenho pensado em como contar tudo.

— Para ser sincera? Não quero saber quem foi sua primeira namorada nem quantas mulheres já passaram pela sua vida. Temos um passado. O importante agora é saber o que enfrentaremos juntos daqui para a frente. O que vem no pacote do homem de quem gosto mais a cada dia.

O comentário quebra a tensão, e fico mais aliviado.

— Quando conheci a Paula, nós éramos jovens. Eu já era formado em direito e estava me matando de estudar para alcançar meu sonho, que sempre foi a magistratura. Ela também era advogada, mas não amava a profissão. Tinha sido forçada pelos pais a cursar direito. Nós ficamos juntos porque, além da profissão, frequentávamos os mesmos lugares, e o envolvimento profissional dos nossos pais, ambos desembargadores, estreitou o laço. Eu fechei os olhos para o que não me agradava e acreditava que o destino tinha colocado Paula na minha vida. Ela era sempre engraçada e educada, atraente, sabia se portar em todas as situações, todo mundo a desejava. Foram essas qualidades que me atraíram.

— Falei para me contar tudo, e não me fazer ciúme...

Ela parece estar interessada e a forma despretensiosa como reage me deixa cada vez mais à vontade e rimos juntos.

— Tudo bem. Depois que me tornei juiz federal, achei que o altar era o próximo passo, isso sem contar a pressão constante de Paula para marcarmos a data do casamento. Acho que ela me via como uma desculpa para o pai deixar de controlar a vida dela. Sua única preocupação era se vestir bem e participar da *high society*. — Faço uma pausa e dou um longo suspiro. — Então a gente se casou. Eu queria ter filhos o mais rápido possível. Achava que gostava da Paula, mesmo que meus pais a considerassem mesquinha. Nunca a vi dessa maneira, então acabei me afastando deles, infelizmente. Ela se tornou todo o meu mundo.

— Pela amostra grátis que tive o desprazer de presenciar, entendo perfeitamente o fato de seus pais não a suportarem. Você é um guerreiro. Mas pode continuar.

— Não amo contar o que aconteceu, mas está me fazendo bem me abrir sobre a situação. Não sei como não contei antes...

— Marco, não estou chateada. Pode acreditar. Talvez tudo tivesse que acontecer como está sendo. Só não entendo quais são os direitos a que ela se refere e qual é esse vínculo que acredita ter com você.

— Essa é a parte mais importante do que aconteceu. Estávamos casados há um ano e meio, e do nada Paula fez questão de que jantássemos fora para comemorar. Confesso que fiquei até com medo. Na época, cheguei a questionar se tinha esquecido alguma data especial, mas isso era muito raro. Pode me chamar de metódico, mas eu sabia até a data do nosso primeiro encontro.

Ela faz carinha de ciumenta.

— Agora estou preocupada.

— Por quê?

— Essas datas que você lembra... Olha aqui, se a gente continuar junto, você vai ter que apagar esse histórico do seu calendário amoroso.

— Não se preocupa. — Estendo meu braço para tocar seu queixo. — Esse calendário nem existe mais. Já tenho um novo.

De repente, ela se levanta e dá a volta na mesa, sentando-se no meu colo.

— Nesse calendário, sobrou algum espaço pra mim?

Dou um beijo carinhoso nela.

— Você já faz parte, linda, mas, se continuar me assediando com esses olhares, vamos ter que deixar minha história para outro dia.

— Ok, eu paro...

Ela olha para cima, se fazendo de desentendida, e a beijo de novo.

— Bom, na época ela disse que não era nenhuma data especial, mas eu mal sabia que aquele jantar mudaria nossa vida para sempre. Quando chegou no restaurante, Paula me entregou um papel com a notícia de que estava grávida. Naquele momento, me senti o homem mais sortudo do mundo. Tudo o que eu queria havia acabado de acontecer. Eu daria o céu e a Terra para aquela mulher e para o nosso filho. — Um nó se forma na minha garganta, mas respiro fundo e continuo: — Mas a gravidez foi complicada. Ela sentia muitos enjoos e não seguia as orientações do médico. Não tomava as vitaminas, fazia dieta, não se alimentava e parecia odiar o próprio corpo cada vez mais. No começo, eu tentava entender aquela rejeição, inclusive sugeri que procurássemos uma psicóloga para nos orientar sobre como lidar com aquilo, mas fui percebendo que não era apenas uma rejeição ao filho, mas uma preocupação com a aparência. Fiz de tudo para convencê-la de que estava linda como nunca.

Paro por um momento, envolto em lembranças, até que Bárbara acaricia minhas costas para que eu prossiga.

— Toda noite, quando eu chegava em casa, a gente conversava. Eu acompanhava tudo de perto, mas ela nunca se dispunha a me falar nada. Comecei a perceber que Paula não nutria nenhum sentimento por mim nem pelo bebê. Quando eu falava com o bebê, me surpreendia com a reação dela, porque ela chegava a rir do meu gesto de carinho. Não estou contando tudo isso para que entenda minhas decisões nem para que você tenha pena de mim. Pelo contrário, me dói muito lembrar.

Sinto meus olhos arderem. Sou abraçado forte quando as lágrimas começam a escorrer. Sei que o que vem depois vai me obrigar a relembrar um passado triste, mas reúno forças para seguir, com a voz embargada.

— A cada ultrassonografia, eu ficava ansioso para saber o sexo do bebê, não via a hora de escolher o nome. Mas ela parecia não ligar. Enquanto eu me emocionava com cada imagem no visor, ela fazia caras de desdém, dizendo que parecia um borrão. Mas então houve uma ultrassonografia específica, e eu conheci a verdadeira Paula. Pela expressão do médico, não parecia ser boa notícia. De fato, o diagnóstico que recebemos abalou nosso mundo. O bebê simplesmente não nasceria e, se conseguisse, não sobreviveria. O diagnóstico era de anencefalia. Foi um baque terrível. Paula finalmente deixou na cara o que eu nunca quis ver e o que meus pais já tinham me alertado. Não pensou duas vezes quando afirmou, com todas as letras, que queria abortar a *coisa* dentro dela.

— *Coisa*?

Percebo o espanto nos olhos de Bárbara.

— Pois é, foi a palavra que ela usou para a nossa filha. Sim, uma menina. Tentei ser o mais carinhoso possível. Queria mostrar que estávamos juntos e que precisávamos conversar muito antes de tomar uma decisão assim. Quando saímos do consultório, falei para elar escolher o nome da nossa princesa, mas ela foi debochada e insensível, então eu mesmo escolhi: Vitória.

Nesse momento, não consigo mais conter a emoção e deito a cabeça no ombro de Bárbara, chorando. Ela fica em silêncio, acariciando meu cabelo.

Dói verbalizar. Acho que é a primeira vez que tento. Não sei o que ela está pensando, mas me sinto acolhido e à vontade para colocar para fora tudo que venho guardando ao longo de quase dois anos.

Bárbara

Minha cabeça está a mil. Sinto as mãos suadas e o coração disparado. Ter este homem forte e altivo aos prantos no meu colo desperta emoções inesperadas. Sempre tive palavras amigas para todo mundo que me procura, mas agora é diferente. Parece que uma força maior me bloqueia. Quero apenas consolá-lo.

— Marco, não precisa falar mais nada, se não quiser. Acho que precisamos de outro café.

A situação é nova para mim, e acho que o que ele ainda tem a me dizer pode nos afetar para sempre. Faço menção de me levantar, mas ele me segura.

— Por favor, linda, não foge de mim.

— Não vou a lugar nenhum, prometo. Vou só encher nossas xícaras.

— Espera, eu acho que preciso contar tudo de uma vez. Tudo bem?

— Tudo. Vai em frente.

— Na época, fiquei louco. Ela não poderia fazer aquilo. Nossa pequena talvez tivesse uma chance de um dia de vida, ou de alguns anos. O médico não nos deu esperanças, mas eu acreditava nisso. Queria vê-la nascer, queria dizer o quanto a amava, mas Paula não mudou de ideia e fez de tudo para abortar. Meu amor foi se transformando em ódio. Eu não sabia como não tinha enxergado a mulher mesquinha, fútil e desalmada que ela era. Não conseguia ficar perto dela, mas iria proteger meu bebê. Cheguei até a ameaçá-la.

Fico assustada. Que tipo de ameaça ele poderia fazer a uma mulher grávida? Arregalo os olhos, e ele continua a falar:

— Disse que, se ela fosse a uma clínica para tirar nossa filha, eu iria caçá-la até no inferno, e ela sofreria as consequências legais daquilo. Era uma decisão nossa, não apenas dela.

Sinto um imenso alívio. Entendo a atitude dele. Minha vontade é enfiar as mãos no peito de Marco e arrancar essa dor.

Marco

Sei que deve estar sendo muito para a Bárbara, mas não consigo parar. Ela tem que saber da Vitória.

— Eu contei para a família sobre o diagnóstico e sobre as atitudes da Paula, pois, se ela perdesse o bebê de propósito, todos saberiam. Nana, minha governanta, ficou trabalhando pra gente. Um dia, ela me contou que tinha flagrado Paula tomando chás abortivos várias vezes. O restante da gestação foi um terror para mim. Ela chegou até a causar um acidente proposital. Nesse dia, cheguei ao meu limite e tomei uma atitude. Não me vanglorio, mas foi necessário para o bem de todos. Quando saía para trabalhar, deixava Paula sob vigia. Ela nem respirava sem eu saber. — Bárbara está com os olhos inundados de lágrimas, então decido encurtar a história. — Pouco antes de a Vitória nascer, descobri que Paula já tinha decidido o que faria caso isso acontecesse. Tinha alugado um apartamento, o estopim para acabar definitivamente com nosso casamento. O nascimento de Vitória foi um momento mágico para mim, porque minha princesa, enfim, se desvincularia daquela mulher mesquinha e desalmada. Foi uma libertação. Não pude trazê-la para casa, mas só de ouvi-la respirando neste mundo já me fazia extremamente feliz. Ela está internada desde o nascimento.

— Quantos meses ela tem?

— Nove, e tem sido uma guerreira, deixando todas as más possibilidades para trás — digo, orgulhoso.

— E a mãe?

— A Paula? Ficou no hospital apenas para se recuperar da cesariana, uns dois dias, e nunca voltou para ver nossa filha. Alegou que tinha colocado no mundo algo que não poderia ser considerado uma criança de verdade. Cada palavra desagradável que saía da boca dela era uma punhalada no meu coração. Entrei com uma restrição, proibindo sua aproximação. Tenho medo do que pode fazer à nossa princesa.

— Não deve ser fácil para nenhuma das partes.

— Não é. Mas prometi à minha princesa que, enquanto tivesse vida, eu me doaria por completo só para ela. É por isso que não me relacionava com ninguém. Não queria que interferissem na minha dedicação. Também não quero que sintam pena dela. Apesar de não falar, não andar e não morar comigo, ela me dá forças. Luta pela vida a cada segundo.

— O amor de vocês é lindo. E não vou dizer que sinto muito por esse tipo de mãe se afastar. Acredito que todas as mulheres têm seu direito, mas esse direito deixa de existir quando se abandona um filho.

— Depois de oito meses sem dar sinal de vida, ela foi à recepção do hospital querendo ver a Vitória e, ao ser proibida, fez o maior escândalo. Aquele dia no hotel, em que o Pedro apareceu quando estávamos juntos, foi para me avisar dessa situação.

Por um momento, revivo toda a raiva.

— Ela estava arrependida?

— Não. Ela não ama ninguém nem se arrepende. É dona da razão. Só queria chamar minha atenção, porque, apesar de mais de um ano separados, ela não aceita ser a única divorciada do grupinho de amigas babacas que tem. Como tinha procurado em todo canto e não me achou, foi até lá.

— Quanta possessão — suspira, resignada.

Sinto sua insegurança.

— Bah, eu estou apaixonado por você e, mesmo depois de me abrir, sei que quero construir um futuro ao seu lado. Mas vou aceitar caso ache que tudo isso seja demais e queira desistir.

CAPÍTULO 26

Bárbara

É muita informação. Minha cabeça está girando. Quando o conheci, vi apenas o homem perfeito que é, até imaginei que teria uma penca de ex-namoradas loucas atrás, mas nada além disso. Agora, estou apreensiva com a bagagem que o acompanha, o que não me faz deixar de querer viver essa relação. Sinto que é a melhor decisão. Para dizer a verdade, fiquei até ansiosa para conhecer Vitória, saber mais sobre seu estado de saúde, apoiar Marco em tudo.

De repente, tomo um susto.

— Ei, você está muito pensativa. Posso saber o que se passa nessa cabecinha?

— Estava pensando na vida, na sua história, em tudo... Tico e Teco estavam bem ocupados. — Faço uma piadinha para descontrair um pouco. Ele se junta a mim na sacada.

— Refletir às vezes faz bem, só não pensa muito em me deixar, linda.

Meu Deus. Esse tipo de coisa derrete meu coração! Meu cérebro vira uma meleca e não consigo formular nenhuma resposta antes de ele voltar para dentro. *Droga!*

Estou como as nuvens, baixas, opacas e cinzentas. Observo a chuva cair.

Na verdade, a declaração de Marco sobre querer estar ao meu lado me deixou sem chão, mas não sei como o que ele acabou de me contar influenciará meus sentimentos. Fico com raiva, afinal que tipo de pessoa eu sou? Os problemas de Marco não mudam quem ele é.

Quando volto para a sala, ele está andando de um lado para o outro, parecendo apreensivo. Sinceramente, estava tão envolvida nos meus pensamentos que não percebi o quanto a situação deve ser difícil para ele.

— Marco, tudo é muito novo pra mim... — Respiro fundo e me aproximo para envolvê-lo em um abraço, na tentativa de dar um basta naquela angústia. Não quero vê-lo triste. Não comigo. — Seu passado não muda nada do que sinto por você.

— Sei que não deve estar sendo fácil e, pra dizer a verdade, nunca tive esse tipo de conversa com outra mulher. Você é a primeira que deixo entrar com tanta liberdade na minha vida, mas...

Coloco os dedos sobre sua boca, impedindo-o de continuar.

— Olha nos meus olhos. Eu, Bárbara Nucci, sou um ser humano que tem sentimentos e não aceita que você pense que eu vá gostar mais ou menos de você por ter uma filha especial. Não acredite que todas as pessoas são como sua ex, então... o que acha de vivermos um dia de cada vez?

— O que eu acho é que quero ser seu companheiro, amante e namorado, senhorita Bárbara. Você conseguiu abrir as portas do meu coração e não quero que saia.

Somos impulsionados um para o outro como ímãs, acabando em um beijo carinhoso, que sela um novo começo permeado de paixão e admiração.

— Agora, bonitão, se não se incomoda, precisamos de um bom café. Meu estômago está urrando de fome. Ontem o senhor acabou comigo...

Não perco a oportunidade de roçar no meu homem, que está só de toalha... É muita tentação. Só agora me dou conta de que ele atendeu à porta assim.

— Ah! E da próxima vez nada de atender à porta só de toalha, viu?

Dou um tapa em seu braço, sustentando o carão.

— Ciúme, sereia?

— Zelosa.

— Você fica um tesão bravinha. Mas, se continuar com esse sorriso nesse rostinho lindo, não vamos ter nem café, nem almoço, e muito menos jantar.

— Com você, tudo é muito intenso, sabia? Nada de inverter a ordem das coisas. Primeiro comemos e depois...

Marco

Observá-la sentada na varanda, distante, quase me matou. Pensei o pior. Meu coração estava prestes a sair pela boca. Mas, de repente, ouvi-la explicar que nada mudou só confirmou uma coisa: Bárbara é especial. Além do medo e da insegurança, havia também sinceridade e carinho nos seus olhos, o que me acalmou. Pelo menos até nos beijarmos...

Queria passar o dia todo com ela, mas tenho outro compromisso. Hoje é meu dia livre e, nessas ocasiões, sempre fico com minha princesinha. Penso por um instante, antes de dizer:

— Que tal passar esse dia especial comigo e minha princesinha?

— Marco, eu adoraria. Estou ansiosa para conhecer Vitória, mas já tinha marcado de passar o dia com a Patty. Com certeza quero estar junto na próxima visita.

Pensando bem, acho que é melhor assim. Primeiro preciso contar para minha princesinha que estou gostando de alguém.

— O bonitão está rindo de ou para mim? — pergunta ela, com as mãos na cintura.

Então eu a agarro. Puxo-a para o meu colo, capturando sua boca linda e doce entre meus lábios. Estar ao seu lado e não a beijar é um pecado.

— De felicidade — sussurro entre seus lábios.

Ela monta nas minhas pernas e coloca os braços no meu pescoço. Fazemos amor exatamente assim, com ela encaixada em mim e controlando todos os movimentos, sem pressa. É um aconchego delirante. Quando chegamos juntos ao ápice do prazer, tenho certeza de que foi diferente. Um sentimento puro e verdadeiro.

Bárbara

Tomo um banho e me arrumo, ainda sentindo espasmos.

— Dr. Delícia, estou indo. Mais tarde mando uma mensagem.

— Ei, espera! Vou levar você pra casa.

— Nem pensar. Você vai se arrumar para ver a sua princesa, e eu vou de táxi. Está decidido.

— Como é mandona!

Ele me puxa para um beijo, deixando claro quem realmente manda, então nos despedimos e sigo para o meu apartamento.

Preciso desabafar. Encontrar a Patty vai ser perfeito. Ela me entende por completo.

Quando chego, ligo para minha amiga na hora, mas cai na caixa postal. Deixo uma mensagem: Perua, entre em contato! Esqueceu nosso compromisso? Beijos. Não demora muito para ela retornar a ligação.

— Ei, sumida! — cumprimenta ela em um tom irônico.

— Eu? Sumida? Que nada! Você que estava com o celular desligado. Está tudo bem?

— Mulher abençoada, eu estou perfeitamente bem. Tenho vááárias coisas pra contar.

— Então conta logo, porque você não é a única curiosa nessa amizade!

— Pois bem. Você se lembra de quando eu disse que a Marcinha me convidou para uma festa do peão em Cabreúva?

— Hmmm... Você foi?

Já vi que a ligação vai durar horas.

— Não só vim, como ainda estou aqui. Primeiro pensei que só ia ter caipira ignorante e bosta de cavalo, mas, amiga, me enganei feio! Conheci um peão magia e saio daqui a pouquinho da fazenda dele.

— Sua louca! Conheceu o cara ontem e já foi pra casa dele?

— Óbvio. Pra que perder tempo?

— Então você virou a rainha do rodeio e sentou no touro?

Caio na gargalhada.

— Isso, amiga, ri bastante! Posso não ser a rainha do rodeio, mas que montei a noite toda, isso eu garanto...

Ela ri alto, entrando na minha. Patty é uma figuraça. Foi com ela que peguei a mania de inventar nomes de santas em situações excitantes. Nesses anos todos, já perdi as contas de quantas criamos.

— Então continua sua montaria. Não quero atrapalhar o rodeio. Só liguei para dizer um "oi" e saber se nosso encontro estava de pé, mas já vi que não. Na segunda-feira você me conta os detalhes sórdidos. Aproveita!

— Não sei, não. Acho que montei tanto o touro bravo que ele desmaiou. Acabei de acordar e acho que vou picar a mula...

Oi? Patty não é de fugir. Seja o que for, minha cabeça está a mil demais para cuidar da vida dos outros.

Nós nos despedimos, e depois fico insegura sobre o que fazer. Ando de um lado para o outro, então reviro a bolsa à procura de um elástico de cabelo, porque até isso está me incomodando. Acabo não encontrando e o penteio com os dedos mesmo, fazendo um coque desgrenhado. Pego um pacote de batata e o devoro em segundos. Faço carinho no gato. Ligo a TV, desligo. Abro uma barra de chocolate. *Droga!* Não consigo parar e me concentrar.

De repente, abro meu notebook. Resolvo pesquisar sobre o que está me deixando inquieta. O que encontro nas pesquisas não é nada animador. Tudo o que falam sobre anencefalia é comovente. Aprofundo a pesquisa e descubro relatos que esclarecem algumas dúvidas, até que encontro um blog sobre uma criança com o mesmo diagnóstico. Quando termino de ler a história, estou com os olhos inchados e o nariz vermelho de tanto chorar.

Paro de pesquisar. Definitivamente, não me interessa se o aborto é liberado ou não nesses casos, se a Paula estava certa ou errada, se o amor de Marco foi mais forte ou não. A única coisa que quero é conhecer Vitória e estar ao lado de Marco.

Não penso duas vezes. Vejo que ainda dá tempo para uma visita surpresa. Depois de toda a confiança que ele depositou em mim, fui covarde por não aceitar acompanhá-lo. Troco de roupa depressa.

Rio sozinha para as pessoas que passam pela rua e olham para o carro. Já decidi até o presente. Fui à loja de brinquedos sem nenhuma ideia do que comprar, então escolhi o maior urso de pelúcia que encontrei. Agora, fico imaginando a cena: eu chegando no hospital e perguntando à atendente onde fica o quarto de Vitória, mal conseguindo segurar o ursão. Até eu me divirto com minha impulsividade.

Dito e feito: me atrapalho até mais do que pensei. Ainda por cima, tenho que pegar o elevador para o andar da ala pediátrica. Quero chorar e rir ao mesmo tempo, afinal, as outras pessoas que estiverem no elevador vão ter que levar o ursão junto comigo.

Marco

Quando chego ao hospital, estou radiante. Mesmo sabendo que Vitória não entende desses assuntos do coração, em respeito à minha princesa, resolvo contar sobre Bárbara antes de fazer as devidas apresentações.

Entro no quarto, e Rafaela abre um sorriso imenso ao me ver. Fico cada vez mais encabulado com suas reações. Ela é uma ótima profissional, mas me preocupa um pouco. Espero que não crie nenhuma *paixonite*. Prezo muito seu trabalho.

— Oi, Rafaela! — cumprimento-a, sério, e depois abro um sorriso para Vitória. — Bom dia, minha princesa! Hoje o papai vai passar o dia todo com você. Trouxe vários livros e preparei uma *playlist* com várias músicas infantis. Algumas são da minha época, mas, para não ser tão saudosista, adicionei algumas mais atuais.

Rafaela se aproxima da cama e se põe ao meu lado.

— Vejo que vamos ter um dia maravilhoso!

Como assim "vamos"? Para não alimentar as esperanças de uma aproximação maior, digo:

— Rafaela, hoje você pode tirar a tarde de folga. Vou ficar com a Vitória e, caso haja necessidade, chamo as enfermeiras do hospital.

— Dr. Marco, não precisa se preocupar. Não tenho nada para fazer em casa e prefiro passar o dia com vocês. É sempre bom presenciar esse amor que o senhor tem pela Vitória.

— Mas faço questão que vá. Quero curtir um momento entre pai e filha.

— Tudo bem. Vou esperar minha colega, que deve terminar o turno daqui a meia hora, mas posso esperar aqui enquanto isso? Prometo que vou ficar quietinha.

Concordo.

Passar o dia com minha princesa é sempre uma delícia. Conto todos os detalhes sobre como me apaixonei e algumas histórias, e ela acaba adormecendo. Percebo que a meia hora da Rafaela virou horas.

A porta se abre.

— Com licença, espero não atrapalhar.

Mal acredito no que vejo. Minha deusa está aqui. E com um urso de pelúcia enorme, quase do tamanho dela.

— Oi, meu bem, pode entrar. A Vitória adormeceu agorinha.

Estou todo bobo. Bárbara abre um sorriso tímido.

— Então vou esperar lá fora. Só preciso de ajuda com o sr. Ursão aqui.

— Claro que não. Vem aqui ver minha princesinha linda. — Eu seguro seu amigão, depois dou um beijo nela. — Vamos deixar isso aqui, ao lado da cama, para protegê-la.

— Nossa, Marco, ela é linda! Tem o seu nariz.

Os olhos de Bárbara marejam, e fico apreensivo. Não quero que sinta pena da minha filha.

— E a boquinha?! Querido, eu quero uma dessas pra mim.

O comentário acalenta meu coração.

Do nada, um pigarro vem do canto do quarto. Já tinha me esquecido de Rafaela.

— Bah, essa é a Rafaela, enfermeira particular da Vitória.

Minha funcionária cumprimenta Bárbara de má vontade, como se não gostasse de sua presença, mas o sentimento parece ser recíproco.

— Prazer, Rafaela — diz Bárbara.

— Dr. Marco, estou indo. Boa tarde para você e para a Vitória.

Não gosto do tom, mas relevo. O momento agora é meu, da minha namorada e da minha princesa. Nada vai estragar.

Contemplo Vitória e não me contenho: meus olhos se enchem de lágrimas de alegria por conhecer uma criança que, apesar de toda a probabilidade de vir a ser rejeitada por toda a família, é muito amada e querida pelo pai.

Quanto à enfermeira, definitivamente seguiu o clichê de se apaixonar pelo patrão. Quando ela sai, enfatizando sua intimidade com meu lindo e sua princesa na despedida, não tenho mais dúvidas dos seus sentimentos com relação a Marco. Esta história se torna cada vez mais competitiva.

— Puxa, queria ter chegado a tempo de vê-la acordada!

— Não precisa se preocupar, Bah. O soninho da tarde é rápido e ela já, já vai ter que acordar para se alimentar.

Ele me convida para me sentar em uma poltrona perto da janela. O quarto não é nada parecido com o de um hospital. O papel de parede é cor-de-rosa, e a mobília, diferenciada, o que deixa o cômodo parecido com o que podemos chamar de quarto de princesa. Marco deve ter usado todo seu poder de persuasão e movido céus e terra para tornar tudo o mais próximo de um lar para Vitória.

Ele pergunta sobre minha saída, e invento que Patty teve um contratempo, o que não é mentira. Depois de algum tempo, entra uma mulher, de mais ou menos 50 anos, que logo abre um sorriso. Noto que se conhecem.

— Estou vendo que cheguei a tempo de alimentar Vitória.

Eu me empolgo, mas fico estática quando Marco se aproxima da cama e se debruça para perto da filha para acordá-la.

— Ei, Bela Adormecida do papai, é hora de acordar. Hoje temos visita, e não é de bom tom dormir o tempo todo. Você tem que comer e ficar forte para sair daqui e ir para o aposento real.

Eu me sinto emocionada e privilegiada por assistir àquela cena. É lindo e mágico. Vitória acorda, e me levanto para conhecê-la. Não percebo qualquer tipo de reação por parte dela, mas é comovente como o pai conduz tudo com a maior naturalidade.

— Oi, Vitória. Meu nome é Bárbara e estou muito feliz em conhecer você.

Marco olha para mim com admiração, como se me agradecesse por algo que eu nem sei se sou merecedora. Quando me volto para a enfermeira, percebo que o alimento de Vitória não é uma papinha, e sim um líquido viscoso em uma espécie de seringa.

Passamos um fim de tarde lindo. Meu deus da justiça é o melhor pai que existe. Às seis da tarde, entra mais uma enfermeira. Desta vez, Marco me apresenta e diz que é a plantonista que passa todas as noites com a filha. Fico aliviada ao ver que ao menos esta é mais velha, com idade para ser sua mãe, o que significa que, quando a Vitória tiver alta, não vai ter nenhum urubu pairando em cima do Marco a noite toda.

Percebi os olhos de Rafaela brilhando e as bochechas corando para o patrão. E, antes de irmos embora, tento conversar com Marco sobre o assunto de modo bastante sutil.

— É impressão minha ou a enfermeira não se apaixonou apenas pela paciente, mas também pelo patrão?

— Ei, não fica pensando bobagens... Pode ficar tranquila. A Rafaela é muito prestativa e cuida muito bem da Vitória.

— Acho que a área de saúde tem formado excelentes profissionais. A eficiência dela é notória — falo, ironicamente.

— Estou sentindo uma pontinha de ciúme? Babby, ela é o anjo da guarda da pequena, e anjos não se apaixonam.

Deixo por isso mesmo.

Capítulo 27

Rafaela

Nove meses antes...

Inevitavelmente, relembro o começo da minha história com Marco e Vitória.

Meu orientador me indicou para cuidar do meu bebê. Na ocasião, imaginei que seria um porre ficar trancada em um quarto de hospital com uma criança sem perspectiva de receber alta, mas estava enganada. Foi o melhor dia da minha vida.

Primeiro, fui fazer a entrevista no fórum, onde havia sido marcada. Lembro como se fosse hoje...

— Bom dia. Meu nome é Rafaela Nascimento, e tenho um horário marcado com o dr. Marco.

Achava que o juiz seria um velho com a barba igual à do Papai Noel, mas, quando o assessor mandou que eu entrasse, meu mundo congelou. Diante dos meus olhos estava meu futuro marido.

A entrevista foi um sonho e depois, enquanto ele dizia o que esperava de mim, eu devaneava, imaginando nossa vida juntos. Ao tomar as rédeas da conversa para explicar tudo sobre Vitória — o que eu já sabia, pois fui uma excelente aluna e o tema da minha monografia tinha sido voltado para sua patologia —, ele me dava oportunidade de imaginar a sensação de tê-lo dentro de mim. Ninguém nunca havia despertado meu desejo daquele jeito até aquele dia.

Quando fui conhecer minha boneca, não tive dúvidas de que seria minha família perfeita. Cuidaria de uma criança, cuja doença eu conhecia, ao lado do amor da minha vida.

Conforme os dias passavam, Vitória me cativava cada vez mais. Eu nos via como cúmplices, pois todos os dias contava para ela como iria conquistar o coração do seu pai. Marco nunca demonstrou interesse, mas também não comentava sobre outras mulheres. Ficava tão empolgada que imaginava que, se Vitória pudesse falar, com certeza sua primeira palavra seria "mamãe" — referindo-se a mim, claro.

Depois de algumas semanas de trabalho, uma rotina se estabeleceu: meu homem ia passar a noite com nossa filha no hospital, e eu ia embora. Mas ele estava cada vez mais triste, e um dia resolvi ficar um pouco mais para conversar.

— Dr. Marco, está tudo bem? O senhor parece tão abatido...

— Rafaela, vou confessar que não estou nada bem. Passar as noites no hospital e ter que voltar correndo para casa para me arrumar e ir para o trabalho está acabando comigo.

— O senhor é um ótimo pai, mas precisa tirar um tempinho para si mesmo. Sinto que está tenso. Será que posso ajudá-lo?

Com muito cuidado, eu me aproximei e toquei seus ombros para aplicar uma massagem. No início, ele ficou rígido, mas depois acabou permitindo. *Bingo!* Foi naquele momento que eu me propus a ser seu porto seguro para sempre. Então ele se levantou de repente e disse ter acabado de ter uma ideia. Fiquei animada, mas então veio a bomba.

— Rafaela, preciso que me ajude a arrumar mais uma enfermeira para o período da noite. Não sou de ferro e preciso estar bem para ajudar minha princesa quando ela sair do hospital.

Achei a ideia absurda, porque isso significava que meus fins de tarde não seriam mais os mesmos, mas fiz cara de alegrinha.

— O senhor pretende dividir um quarto, à noite, com uma enfermeira?

— Não. Apesar de manter minha rotina de vir aqui todos os dias, não vou passar a noite mais. Quero entrevistar uma nova enfermeira, mas preciso que você faça uma pré-seleção e encaminhe para mim a melhor que encontrar.

Ufa! Pelo menos poderia selecionar minha colega de trabalho e evitar uma concorrente.

Falei com todas as colegas menos providas de beleza, e nenhuma quis encarar o plantão noturno. Dispensei todas as gostosonas e, assim, ganhei tempo para me aproximar mais de Marco. Isso até o dia em que ele passou mal, e meu coração se despedaçou. Compreendi que não daria mais para adiar a contratação.

Em uma conversa com uma colega do hospital, ela me contou que sua mãe era enfermeira cuidadora e que a paciente que ela cuidava tinha falecido. Não tive dúvidas: essa senhora seria perfeita, e foi, de fato, contratada para ficar todas as noites com nossa menina. Depois disso, mudei minhas táticas de conquista. Queria conhecer meu futuro marido e todos que o cercavam. Fiquei amiga dos seus pais e de Nana, sempre muito carinhosos com minha pequena, e até de Pedro, charmoso e gentil.

Nunca tinha investido tanto em alguém — sempre fui a cortejada, mas, neste caso, é diferente. Um homem como Marco precisa de uma mulher completa ao seu lado, que ame sua filha e seja sua amante, amiga e companheira. E essa mulher sou eu. Estou convicta de que guardei a virgindade para meu príncipe encantado e, agora que o encontrei, não vou deixar que nenhuma sirigaita o roube de mim.

Hoje, apesar de ter cumprido meu horário de trabalho, inventei uma desculpa para ficar um pouco (muito) mais. Depois de um tempo, uma linda mulher entra no quarto, com um urso que mal consegue carregar, e pede socorro para Marco.

Fervo de ódio. Deve ser algumazinha que veio jogar charminho barato para cima do meu homem, senão jamais faria uma cena tão sem cabimento.

Mas o olhar de Marco revela que tem alguma outra coisa. Nem consigo entender muito bem. Estão juntos? Não pode ser.

Pior que nem consigo disfarçar o desgosto diante do tom de voz manhoso e das palavras melosas da mulher. Pigarreio, afinal ela nem sequer havia me notado. Esnobe. Nós nos cumprimentamos, ambas com cara de poucos amigos, depois vou embora triste e cheia de rancor. Como ele pôde fazer isso? Trazer uma mulherzinha qualquer para conhecer a filha... A descarada chega depois e já acha que está reinando! Ai, estou com tanto ódio que minha vontade é de sair gritando! Justo eu que, segundo minhas amigas, nunca fico chateada, com raiva e infeliz com absolutamente nada! Hoje estou fora de mim!

Marco

Nunca vou me cansar de dizer que conviver com minha filha é surreal.

Hoje foi um dia perfeito. A força que ela me transmite traz uma lição que vou levar para sempre: não devemos renegar ninguém, porque, se decidimos amar, temos que amar incondicionalmente para vencer, uma a uma, as batalhas que enfrentaremos.

Também fiquei feliz com o fato de Bárbara ter demonstrado tanto carinho e apreço pela minha filha. Essa mulher faz meu coração tão machucado voltar a acelerar.

— Ei, paizão, está ficando tarde! Acho que já vou indo — avisa ela, me tirando do devaneio.

Então Estela, a enfermeira da noite, chega.

— É verdade. O dia foi tão bom que mal vi o tempo passar. O horário de visitas infelizmente acabou — concordo.

Enquanto troco duas ou três palavras com a plantonista, observo Bárbara beijando Vitória. Faço o mesmo e digo à minha princesa que amanhã vou estar de volta, depois pego a carteira e o celular e abro a porta para sairmos.

— Será que posso fazer companhia à minha linda namorada ou ela já está enjoada de mim? — sussurro, em uma voz melosa, acompanhando-a no corredor.

— Claro que não enjoei, seu bobo. Mas "namorada"? É isso mesmo?

— Estou te namorando desde o dia que te vi. Não percebeu?

Ela sorri.

— Gostei. Então vamos? Estou morrendo de fome. Nem almocei.

— Seu desejo é uma ordem. O que sugere?

— Por mim, desde que eu esteja com meu namorado galante e gentil, e não sendo nenhum lugar chique, topo qualquer coisa.

— Depois desses elogios, estou nas suas mãos. Deixo você escolher o que quiser.

— Só hoje? Puxa... Preciso usar mais meu charme. — Ela me arranca o já costumeiro sorriso apaixonado. — Tem uma cantina no Bixiga. É simplesmente perfeita. Acho que você vai adorar.

— Ótimo. Ah, e, só pra constar, não precisa abusar do charme, porque já me conquistou.

Quando chegamos, fico encantado.

— E aí? Gostou do ambiente? — pergunta ela.

— Tinha razão, adorei! Essa é a verdadeira cantina italiana.

Curtimos a conversa tranquila e a comida excelente. Mas, de repente, tenho a infelicidade de notar um certo cliente chegando.

— Grande Marco! Como vai?

O gavião despenado pousa rente a nossa mesa.

— Oi, Alexandre. Tudo bem.

Não quero papo com esse metido à besta, muito menos estragar a noite.

— Bárbara! Que prazer imenso rever você. Acho que ainda se lembra de mim, né?

Meço-o dos pés à cabeça, pensando em que parte seria mais prazeroso testar a força da minha mão.

— Claro. Como vai? Fazendo muitos passeios de moto? — Bárbara é simpática, sem saber que o cafajeste a considerou o prêmio da noite durante aquele luau.

— Infelizmente, não, linda. Não teria graça sem você por perto. E o presidente parece que anda bem ocupado.

— Acho que você está deixando sua acompanhante com fome — interrompo, nitidamente enraivecido. — Ela não parece nada feliz. Se não percebeu, está atrapalhando nosso jantar e atrasando o seu.

— Marcão e sua constante demarcação de território. — Ele ri. — Mas não recrimino você, cara, afinal saiu com o prêmio da aposta. Bom final de noite para os pombinhos.

Esse nojento presunçoso não vai sair com ar de vitorioso!

— Seu... — Faço menção de me levantar, mas Bárbara me segura.

— Calma. Eu odeio escândalo. Além disso, acho que um barraco não é nada adequado para o seu cargo profissional. — Ela faz uma pausa. — Agora... é impressão minha ou o prêmio da aposta era eu?

Sua expressão é de fúria. *Que merda*. Tudo estava tão perfeito.

Quando pegar esse cara, vou me assegurar de que se arrependa por ter nascido.

Capítulo 28

Bárbara

Quando penso que as surpresinhas acabaram, aparece um vilão para azucrinar minha cabeça. Pelo que acabo de ouvir, fui o prêmio de alguma aposta de cuecas?

— Bah, vou explicar e, pode ter certeza, não é nada do que você está imaginando.

— Doutor, recebo a notícia de que fui o prêmio de uma competição de cuecas e não posso ter a liberdade de sentir o que quiser? — Soo irônica, sem me importar com o fato de que ele estava bravo há menos de um minuto.

— Claro que pode, mas precisa saber do que se trata essa aposta e quem estava envolvido.

— Pois bem, estou ouvindo.

Quando ele termina de contar tudo nos mínimos detalhes, fico enojada. Como é possível que ainda existam homens que tratam as mulheres apenas como um pedaço de carne? Se meu pavor de fazer escândalo não fosse maior do que a vontade de quebrar a cara daquele hipócrita do Alexandre, a cabeça dele iria rolar agora mesmo. Mas não há nada melhor do que agir com superioridade nessas situações. A lição dele vai chegar.

— Suas caras e bocas são as melhores, felina. Você está chateada comigo por não ter contado antes? Juro que eu só queria te poupar.

— Imagina. Estou chateada é comigo. Devia ter deixado você dar na cara dele.

— Você fica linda quando está irritada, sabia?

— Vou ficar ainda mais quando me vingar.

Tenho pena de desperdiçar meu vinho, mas, quando Marco vai acertar a conta, eu me levanto em um impulso e vou até a mesa de Alexandre e de sua amiguinha siliconada.

Eu me aproximo bastante do rosto dele e digo de modo calmo, elegante e irônico:

— Ei, Alexandre, acabei esquecendo: como andam as apostas? Perdendo muito? Pelo que sei, apesar dos esforços para me levar para a cama, você só consegue ficar olhando um homem de verdade em ação mesmo. Você mexeu com a mulher errada, idiota. Ah, e, da próxima vez, não esquece o prêmio de consolação para não ficar na mão.

Despejo a taça de vinho sobre ele, que faz uma careta, então volto para a mesa.

Marco está guardando o cartão, distraído.

— Onde você estava, linda?

— Fui dar uma palavrinha com o Alexandre, mas não foi nada de mais. Só dei uma dica para quando ele apostar da próxima vez. Já podemos ir.

Vamos embora entre risos, carícias, beijos e mordidinhas na orelha. Ele fala que sou a mais mulher mais perigosa, gostosa e outras coisinhas de arrepiar tudo. Decidimos passar a noite na minha casa. Marco insiste para eu deixar o carro no estacionamento do restaurante e pegar pela manhã. Óbvio que não concordo. Que ideia mais absurda achar que não posso dirigir à noite pelas ruas de São Paulo!

Às vezes, acho que Marco é muito protetor, embora o entenda. Seu instinto de proteção está relacionado à vontade de manter aqueles que ama a salvo de qualquer mal. É compreensível, mas sou independente demais para aceitar.

A pior parte do dia com certeza foi dar de cara com a Miss Enfermeira, que chega a ser enjoativa de tão doce. Juro que tentei enxergar alguma bondade ali, mas ela não me convence. E que papo de anjo foi aquele de Marco? Sei bem. Acho que está mais para uma diabinha, mas, se ele pensa que sou boba, está muito enganado. Preferi não tocar mais no assunto, mas meus olhos estão bem abertos. Gata escaldada tem medo de água fria.

Marco

Estou vivendo os melhores dias da minha vida. Consigo até vislumbrar a possibilidade de construir uma nova família. Tudo está tão perfeito que às vezes acho que estou sonhando.

Na segunda-feira de manhã, depois de passar no hospital e ver minha boneca, vou direto para o fórum. Despacho alguns processos, sem parar nem para o café. Quer dizer, paro apenas para enviar uma mensagem para minha sereia: Adorei nosso fim de semana. Surto de Beijos, M. Depois ligo para Pedro, que, como arquiteto, pode me ajudar.

— Fala, meu velho!

— Oi, Marcão! Como estão as coisas?

— Muito bem, e com você? Parece que da última vez que nos vimos você estava meio distraído.

— Você continua imaginando coisas, pode acreditar.

— Já disse que, quando sentir vontade de conversar...

— Você está por aí? É, já sim, mas por enquanto não tenho nada para conversar. Ligou para isso?

Gentil como serra.

— Então, Pedrão, o quarto da Vitória está quase pronto, mas tem um item ou outro que ainda não providenciei. Será que você poderia me ajudar?

— Opa, me manda a lista por e-mail que vou ver o que consigo. Não quero desanimar você, mas já aviso que alguns aparelhos importados demoram para chegar, porém, assim que tiver uma resposta, ligo para você.

— Beleza. Estou encaminhando agora. Obrigado, cara.

— *Magina*. Um abraço.

Senti um desânimo atípico na voz de Pedro. Talvez conseguir tudo de que preciso para o quarto da minha princesa seja mais difícil do que imaginei, mas não vou medir esforços para seguir as orientações à risca.

Ao final do dia, sigo para o escritório de Bárbara. Já passou das dezenove e, para minha surpresa, encontro Rafaela na recepção, conversando com a recepcionista.

— Que coincidência, Rafaela. O que faz aqui?

— Oi, dr. Marco. É que... marquei uma consulta com meu dentista, mas acho que errei o endereço.

Ela derruba papéis, o celular — uma confusão só. História estranha. Para não alongar o assunto e dar motivos para minha sereia se chatear, resolvo me despedir e ir logo para o escritório de Bárbara, onde sou recebido pela secretária, que arregala os olhos ao me ver.

Será que hoje é o dia mundial de as mulheres ficarem nervosas com minha presença?

Bárbara

Que dia cansativo! Números, clientes impulsivos, erros em lançamentos de impostos... às vezes, me sinto uma professora corrigindo provas depois de explicar minuciosamente a matéria aos alunos. Consumida pelo trabalho, nem saí para almoçar com a Patty, que avisou que não voltaria para o escritório à tarde, pois não estava se sentindo bem, o que também é muito estranho. Em todos esses anos de amizade, acho que nunca a vi doente. Já liguei para ela inúmeras vezes, mas só cai na caixa postal.

O telefone toca.

— Bárbara, você tem uma visita. O sr. Marco está aqui. Posso autorizar a entrada?

— Claro.

Só de saber que Marco veio me ver, sinto uma comichão. Um dia inteiro sem olhar para ele parece anos. Não demora muito para eu escutar batidas à porta.

— Oi, querido, a que devo tamanha honra?

— Estava com saudade.

— Motivo mais do que suficiente.

Vou ao seu encontro, e ele fecha a porta.

Em meio a tanto trabalho, nada melhor do que um beijo gostoso com uma pegada forte. Esse homem vai acabar com minha sanidade. O cumprimento não para por aí... Sinto suas mãos percorrerem meu corpo, como se quisessem desvendá-lo, e, de repente, ele agarra a minha bunda e me levanta. Cruzo as pernas em volta da sua cintura. Muito propício estar usando um vestidinho solto, arrasei. Contorço-me e sinto sua enorme ereção.

Ele vai comigo até a mesa e me põe sentada. *Uau*, parece que veio com fome.

— Tudo isso é saudade?

— Também. Mas é principalmente para você ver como me deixa louco de tesão. Olha como fico só com um beijo. Sente.

Ele pega minha mão e coloca sobre a calça. Não resisto e começo a massageá-lo.

— Dr. Delícia, alguém pode chegar e não seria nada confortável nos verem nus — digo, mas sem querer parar.

— Tranquei a porta quando vi as persianas fechadas. Não quero que ninguém além de mim veja seu corpo delicioso. — A resposta rouba meu fôlego. — Quero estar dentro de você e não posso esperar.

Sem tirar sua boca da minha, ouço-o soltar o cinto e descer o zíper da calça. Pelos movimentos, também tirou o pau e agora coloca minha calcinha de lado.

— Premeditou tudo isso, meritíssimo?

— Comer a CEO que roubou meu juízo? Acho que sim.

Impaciente e necessitada, solto um gemido ao seu toque. Ainda sentada na mesa, recebo-o entre minhas pernas. Nesse momento, todos os pensamentos somem da minha cabeça. Eu me agarro forte nele e, como mestre do sexo que é, Marco me penetra de uma só vez, sem rodeios. No vaivém alucinante, não sei mais quem sou nem onde estou. Nunca fiz nada tão ousado. É excitante saber que, do outro lado da parede, tem uma equipe inteira trabalhando. Lascivo. Não demoro muito para me aproximar do ápice, e é aí que Marco aumenta o ritmo. Minha Nossa Senhora do Sexo no Trabalho Árduo, estou sem forças! O que foi isso?

Paramos, entrelaçados, ofegantes, suados, sedentos e com as testas encostadas uma na outra, então, com a voz sexy e rouca, ele diz baixinho:

— Te amo, Bah.

CAPÍTULO 29

Bárbara

Oi?

Não sei o que responder. Fico em silêncio. Não estava preparada para ouvir isso. Aliás, acho que não estou preparada nem para *pensar* nisso. Tudo é muito novo. Porém forte, muito forte... Mas amor? Será? De repente, me sinto tão bem que lágrimas escorrem pelo meu rosto.

— Ei, Bah, o que aconteceu? Não chora. Estou sendo honesto. Quando te conheci, algo aqui dentro ficou perguntando como a gente não tinha se encontrado antes. Não sei se foi amor à primeira vista, mas sei que é amor. Com você aqui, tenho vontade de viver, de sonhar, de sentir para sempre o que desperta em mim.

É difícil de acreditar, mas Marco descreve exatamente o que eu sinto.

— Não precisa se preocupar com as lágrimas. São de alegria.

Ele beija meu cabelo. Quero ficar para sempre neste abraço quente e acolhedor, forte e amável. *Ele me ama!* Mas então o telefone toca, atrapalhando o momento, e corro para atender.

— Bárbara, estou indo. Ainda precisa de mim?

— Não, Marcinha. Está liberada. Pode deixar que fecho tudo.

É muito estranho estar seminua, com um homem nu entre as pernas, enquanto falo com minha secretária, que está a menos de dois metros de distância.

Nós nos despedimos e desligo o telefone. Olho para Marco. Sei que preciso falar algo sobre sua declaração carinhosa, afinal não sou fria. Pelo menos não era antes da traição.

— Marco, estou feliz, mas acho que ainda não estou preparada para dizer o mesmo.

É difícil dizer se piorei a situação ou se ele entende minha sinceridade.

— Está tudo bem. Não se trata de uma moeda de troca. Sou paciente. Só não me afaste.

Marco

Pronto, falei. Não planejei, mas também não me privei de nada. Cheguei morrendo de saudade e me declarei de corpo e alma.

— Janta comigo? Estar com você sempre me abre o apetite. — Faço o convite para quebrar o gelo, enquanto fecho o zíper da calça e o cinto.

— Claro, mas não posso estender a noite. Preciso saber da Patty. Ela saiu hoje à tarde, disse que não estava bem e não atende às minhas ligações. Acho que desligou o celular para não ser incomodada. Estou bem preocupada.

— Não vai ser nada grave, você vai ver. Pelo menos é o que espero, para que essa ruguinha linda aqui desapareça.

Eu a levo para jantar em uma pizzaria e não tento persuadi-la a passar a noite comigo, ainda que a vontade seja imensa. Chego em casa cedo, sem um pingo de sono, cheio de incertezas, porém prefiro não encanar. Sempre fui impulsivo e sincero, e isso não vai mudar.

Vou para o escritório, começo a ler as correspondências. Uma delas me dá um susto. É uma notificação de audiência. Leio o bilhete de Nana, que diz que o oficial de Justiça lhe entregou ao final do dia.

Abro o envelope depressa e congelo. Paula quer se aproximar da filha que tanto rejeitou? Só pode ser brincadeira. Se ela acha que vai derrubar uma cautelar com facilidade, está enganada. Dou um murro na mesa, incrédulo.

Então meu celular toca uma, duas, três vezes, até que atendo, ainda cheio de fúria.

— Alô.

— Oi, Marco, tudo bem? É a Bárbara. Eu... — Ela faz uma pausa. — Eu precisava ligar para me desculpar por hoje. Não tive a intenção de magoar você.

— Tudo bem.

— Bem mesmo?

— Aham.

— Não parece. Estou sentindo sua voz estranha.

— Bah, não é nada com você. Só preciso ficar sozinho um pouco. A gente se fala amanhã, tudo bem?

Talvez eu esteja sendo um ogro, mas, quando se trata de Vitória, é difícil me controlar.

— Ok. Se quiser conversar, pode me ligar a qualquer hora.

— Boa noite, amor!

Bárbara

Essa conversa foi, no mínimo, estranha e fria. Sei que não sou o centro do mundo de Marco, mas deve ter acontecido alguma coisa. Quer saber? Ele sabe que pode conversar comigo se quiser, então vou atrás de Patty.

Ligo e é só na quinta tentativa que a dondoca resolve me atender.

— Oi, Babby.

— Mulher, está me ignorando, é?

— Nada disso, só não me senti bem hoje à tarde. Acordei agora há pouco.

— O que você está sentindo?

— Sei lá, vontade de chorar. Isso conta?

— Dor do coração, Patty? Diz aí de quem preciso ir atrás para ter uma conversinha.

— Não é ninguém, é comigo. Deve ser TPM.

— Sei... Será que, no lugar de laçar o boi, não foi ele que laçou você?

— Para de maluquice, Bárbara Nucci. É só TPM mesmo. — Ela funga.

— E esse choro engasgado é o quê?

— Estou com uma gripe também. Nada mais. Não sou uma boa companhia hoje, amiga. Desculpa a grosseria, mas podemos nos falar amanhã? Estou com uma baita dor de cabeça.

— Eu entendo, amiga. Está tudo bem. Espero seu tempo, de verdade. Só não esquece que estou aqui, ok? É só dar um grito que eu apareço.

A gente se despede, e eu desligo. Isso que é ser dispensada duas vezes em tempo recorde. Mas fico aliviada por ter conseguido falar com ela. No fundo, nem sei se seria a pessoa certa para lhe dar qualquer conselho depois dos últimos acontecimentos. O melhor agora é pegar uma barra de chocolate e ler.

Depois de um tempo, a história começa a ficar quente demais, então resolvo dar uma pausa — ninguém merece estar sozinho numa hora dessas. Abro o e-mail para ver se abaixa o fogo... promoções tentadoras, notificações, e-mails de trabalho, mais promoções. Então chego a um de remetente desconhecido. Deve ser vírus, mas o assunto chama minha atenção: A verdade sobre seu namorado. Não me aguento e abro.

Ele acha que está apaixonado por você, mas é comigo que ele vai ficar. Conselho? Termine com Marco o quanto antes, porque não vou medir esforços para destruir a relação de vocês.

Que *merda* é essa? Céus! É muita mulher para um homem só. Resta saber se a fulana anônima já está na minha lista ou se é alguma que ainda não tive o desprazer de conhecer. Mal sabe com quem está lidando. Que raiva. Eu deveria ter ignorado o e-mail. Pelo menos teria me poupado da noite insone, rolando de um lado para o outro na cama.

De manhã, não há maquiagem que disfarce as olheiras. Pareço um panda quando entro no escritório, com um humor do cão. Eu me debruço sobre as guias de recolhimento, DARFs e afins, sem nem olhar para o lado. Deixei claro que não quero ser interrompida e, caso alguém telefone, pedi a Marcinha para dizer que não estou. Até coloco o celular no silencioso.

No fim do expediente, coloco a bolsa no ombro e me ajeito para ir embora. Patty não apareceu de novo, então acho que o problema é maior do que eu pensava, mas dessa vez não vou ligar. Vou direto para a casa dela. Por via das dúvidas, pego o celular para ver se ela ligou. Entre as vinte ligações recebidas, dez são de Marco, e mais quatro mensagens me pedindo para conversar. Agora, dr. Delícia? Ontem queria ficar em paz, pois bem, hoje sou eu. Mesmo assim, solto um suspiro. *Como é fofo!*

Quando chego ao estacionamento, noto que Marco está encostado no meu carro com uma expressão indecifrável, mas logo abre aquele sorriso lindo quando nossos olhos se encontram. Meu corpo ferve.

O que sinto por esse homem quando estou perto dele? Excitação? Desejo? Amor?

— Está fugindo de mim? Ouve um "eu te amo" sincero e já corre, Bah?

— Não é nada disso — minto, mesmo começando a achar que ele tem razão.

No fundo, a vingativa que habita em mim deu as caras hoje.

— Não? Então, por que não atendeu às minhas ligações e mandou dizer que não estava no escritório?

Esfrego as têmporas, respirando fundo.

— Passei a noite praticamente em claro. E mais um dia preocupada com a Patty. Falando nisso, estava agora mesmo indo na casa dela. Ela não apareceu de novo para trabalhar.

— Acho bom conversar com ela mesmo. Só vim para pedir desculpas por ontem. Acho que fui meio seco. Estava estressado com problemas que apareceram de última hora. Enfim, fiquei com a cabeça quente.

Por um momento, me surpreendo por ele ter se deslocado até aqui para se justificar. Marco admite suas falhas, o que o torna muito nobre.

— Percebi — confesso, em um tom carinhoso.

— Será que ainda posso me redimir?

Apesar de parecer ter trabalhado o dia todo, sua camisa ainda está limpa, o linho sem vincos, a gravata no lugar e o paletó intacto. Não consigo desviar a atenção dele.

— Depende de como você vai fazer isso.

— Só sei fazer de um jeito. — Ele cola seu corpo ao meu. — Tenho um convite também. — Mordisca minha boca, e em seguida me dá um beijo casto.

— Convite?

— Amanhã o Tribunal vai fazer uma despedida para o meu pai.

— Despedida?

Pareço um gravador, repetindo o que ele fala. É impossível pensar, enquanto Marco exerce a autoridade natural que tem sobre mim, com os braços segurando os meus, caçando meus lábios e roubando meu ar.

— Ele vai se aposentar. Já estava na hora. Gostaria de aproveitar a ocasião para apresentar você aos meus pais. Inclusive, minha mãe está ansiosa para conhecê-la.

— Você falou de mim para eles? — Meu coração está frenético.

— Óbvio! Você é meu assunto preferido.

Ooouuuun... É romântico demais!

— E você é dono dos meus pensamentos mais quentes.

— Eu estou sem roupa neles?

— Na maioria das vezes.

— Que pena que não podemos colocar em prática agora mesmo. Mas, enfim... Que bom que está tudo bem entre a gente. Vou deixar você ir para a Patty.

— A gente se vê amanhã?

Sinto saudade assim que Marco me solta.

— Quer dizer que vai desfilar comigo como minha namorada pelo poder judiciário?

— É óbvio.

Marco se despede parecendo uma criança que ganhou um doce, e eu me desmancho quando ele me manda um beijo no ar. Acho que estou apaixonada!

Bônus

Patty

Estou *perdida*. Essa é a palavra que me define nesta maldita (ou bendita) festa do peão. Achei que ia encontrar um monte de caipiras, e agora vou ter que me livrar da compulsão que sinto, uma espécie de hipnose pelo peão mais lindo que já vi.

Nossos olhos não se desgrudam. Ele fala em meio à multidão, mas não ouço nada, nem consigo ler seus lábios, até que se aproxima e sussurra em meu ouvido:

— Você veio para mim hoje à noite?

Estava tão atraída pelo seu olhar, que nem prestei atenção na beleza. Eu me viro e, quando acho que não dá para ficar mais encantada, meu queixo cai. É o primeiro homem que me tira o fôlego na vida. O olhar iluminado, brilhante como um vidro estilhaçando, me escraviza. Não consigo desviar a atenção dele nem por um minuto, rindo das suas gracinhas e fazendo comentários casuais.

Marcinha tenta me puxar para o meio da multidão, mas outra mão me segura firme e, nesse momento, sinto toda sua virilidade. Seu toque é forte e firme, um bálsamo. *Hello!* A pegada é selvagem. Tenho que admitir que me rendo à fantasia de ser dominada por um estranho. Marcinha entende o que está rolando e diz que vai para o bailão com nossos amigos. Não sei se tomei a decisão certa, mas parece que meus pés se plantam no chão.

Enquanto curtimos a festa juntos, sua mão toca de leve meus quadris, e meu corpo já sensível estremece. Entro no jogo, esfregando a bunda nele, conforme o ritmo da música. *Se achou que eu era uma vaquinha de presépio que veio só para enfeitar a noite, enganou-se, peão.* Ou quem se enganou fui eu, quando pensei que não viria a reação, porque o homão pega meu queixo, me fita e me beija com fome e desejo.

De repente, tudo ao redor some e o tempo para — apenas nós dois existimos. As chamas se espalham. A arena esquenta e o feno queima. Ele para de me beijar, e meu corpo reclama sua ausência. De repente, ele se afasta e me encara. Meu coração bate em um ritmo descompensado, e sinto as pernas ficarem bambas.

Como não sou boba, faço o mesmo, e o fogo vira um incêndio generalizado. Ele tem pés grandes e, segundo várias amigas, o pé é proporcional ao tamanho do... Bem, fico cada vez mais animada. Noto que está vestindo um jeans justo, estilo cowboy, revelando o contorno dos músculos definidos. Quando me atrevo a subir um pouquinho mais a inspeção, deparo com uma mala completa para viagem de um mês em um inverno rigoroso. Desejos pecaminosos me invadem.

— Gosta do que vê, menina? — Ele abre um sorrisinho.

Como sair desta? Ora, do meu jeitinho nada inocente de ser.

— Se não tiver enchimento, acho que serve para uma noite.

Tome, peão, achou que me deixaria envergonhada.

— Então acho que só tenho um jeito de provar. Avisa pra sua amiga que estamos indo embora — ordena ele, simples e objetivo.

— Como assim? Pra onde? Como?

— Confia em mim, e sua curiosidade vai ser recompensada.

O descarado me dirige um olhar de cima a baixo.

E agora, dona de si, o que você vai fazer? Dou uma de louca pervertida e acompanho o peão para sei lá onde ou digo que era brincadeirinha e fico exatamente onde estou?

— E aí? Vou ter que laçar você e jogar nos ombros? — Ele me desafia em um tom de dominação que, embora me irrite, não deixa de ser excitante.

— Calma aí, peão. Primeiro, nem sei seu nome. Segundo, estou de carona.

Odeio depender dos outros, ainda mais quando o destino está soprando a meu favor.

— Isso não vai ser um problema — sussurra ele, devagar.

— Não é para você, que está perto de casa. Eu moro muito longe — explico, dando graças a Deus pela gota de lucidez que restou em mim.

— Então seus problemas são: saber meu nome e arrumar carona?

Ele me trava contra seu corpo. *Safado.* Como um cachorrinho adestrado, confirmo com a cabeça. O peão saca o celular do bolso, faz uma ligação, dá algumas instruções e me pergunta:

— Quando você precisa ir embora?

Meu coração está dizendo nunca mais, mas a razão toma as rédeas da situação, então dou um passo para trás.

— Olha, você não entendeu. Não sou daqui. Moro em São Paulo e acho que, por motivos óbvios, daqui a umas três horas de festa meus amigos vão estar no rumo de casa.

Então o garanhão estende a mão e me puxa de volta para seus braços.

— Encantado! Carlos Tavares Júnior, brasileiro, solteiro e patrocinador do evento. Acabo de conhecer uma bela mulher e não quero abrir mão de passar momentos prazerosos com ela. Quanto à carona de volta, você decide qual veículo de locomoção quer que leve você para casa.

Patrocinador? Acaba não, mundão! Será? Se fosse mesmo, estaria num camarote exclusivo, não no meio da arena.

— Você acha que vou cair nessa história? Ou por acaso acredita que vou sair pela porteira com você só porque é o patrocinador?

— Só me apresentei e disse os motivos para estar aqui.

Então o locutor do evento ressalta o sobrenome de Carlos e o agradece por mais um ano de parceria.

— Viu? Agora vamos acabar com a enrolação? — diz ele.

Infelizmente, tenho uma queda por mandões. Ligo para Marcinha, mas nem explico direito. Falo apenas que encontrei um velho amigo e que vamos embora juntos. O bom é que ela está tão empolgada que nem me faz perguntas. Carlos pega minha mão, e meu corpo parece tremular de alegria.

— Seguuuuraa, peãããããooo! — soa a voz do interlocutor de novo.

Nunca um jargão foi tão propício, só não sei quem vai montar quem nesta situação.

Quando entro na maior caminhonete que já vi, meu desconfiômetro apita. Sei que é irracional acompanhar um estranho para casa, mas é o que quero agora.

— Quem está preocupado agora sou eu. Tenho no meu carro a mais bela desconhecida que já vi e ainda nem sei seu nome — comenta ele, sorridente enquanto se acomoda.

Eu chego mais perto e me apresento.

— Prazer. Patrícia Alencar Rochetty. — Beijo seu rosto. — Brasileira... — Outro beijo. — Solteira...

E nada mais, porque o apressado me puxa para o colo e me beija com uma brutalidade invejável. Seu gosto mentolado misturado ao cheiro amadeirado é a combinação perfeita para me deixar doida.

Sempre achei uma bobeira essa historinha de encontrar o homem da sua vida, mas... ao olhar para este homem de abalar as estruturas, as borboletas e os passarinhos cantantes começam a me rondar.

Ele liga o carro e começa a dirigir com uma habilidade impressionante. Depois de muitos minutos em uma estrada mal iluminada, onde só se vê plantações de cana-de-açúcar, ele atravessa uma porteira luxuosa com um brasão enorme de uma cervejaria conhecida. *Meu Deus.* Estou ao lado do cara mais gato que já vi, o primeiro que fez meu coração disparar no primeiro olhar e, ainda por cima, ele é rico. Penso em me beliscar, o que passa rapidinho: não sou doida em me autoflagelar. Ele estaciona e salta para abrir a porta do carro para mim.

— Bem-vinda, moça da pinta sexy.

Por um triz, não respondo um "Obrigada, moço do pinto duro", até porque tudo acontece muito rápido. Em um momento estou colada a ele, no outro deitada entre seus lençóis.

Nossa Senhora dos Pontos G Carentes! Este Homem não é de Deus!

Ele sussurra palavras quentes e sujas enquanto acaricia cada parte do meu corpo, então me põe na posição que quer e até chega a me pegar pela garganta. Está praticamente me fazendo de boneca. Sua tendência dominante faz apenas com que eu me sinta mais sexy e desejada. Mas é intenso demais.

— Você não tá com medo de mim, está? — pergunta ele, estreitando os olhos.

— Olha aqui, garanhão, só me diz o que planeja fazer comigo. Não aceito nada de chicotes nem essas esquisitices que estão na moda. Esse negócio de bate que eu gamo não é comigo, não. Fique o senhor sabendo.

— Embora aprecie ser chamado de "senhor", minha única intenção é diminuir sua sede e dar muito prazer pra você, minha menina.

— Uauu! "Minha menina", hein!

Ele continua não me dando tempo de refletir direito e me puxa. Sabe aquela pegada forte de fazer perder o fôlego? E ainda segura meu cabelo rebelde para ter acesso ao meu ouvido.

— Desde que vi você chegando naquele rodeio, persegui você a noite toda, só esperando o momento certo para tê-la nos meus braços.

— É agora que começo a me preocupar?

— Não, mas você não imagina como me deixou louco...

— Muito?

— A ponto de querer pegar você gostoso...

Juro, se ele sussurrar mais uma vez com essa voz; se repetir a parte do "pegar você gostoso", gozo antes dos finalmentes. O homem não está para brincadeira. Para uma mulher que estava em vias de perder a esperança de que um dia sentiria um tesão estratosférico, não acredito no que está acontecendo. Estou com a calcinha encharcada. Pareço uma virgem inexperiente. Nem mesmo no dia em que perdi a virgindade fiquei tão quieta, segundo o infeliz desvirginador de bêbadas com quem tive o desprazer de transar.

Os beijos no meu pescoço, que começaram lentos, de repente viraram chupadas fortes seguidas por mordidas. Nem sei ao certo em que momento nossas roupas foram tiradas. Suas mãos apertam minha carne, provocando uma sensação de dor e alívio.

— Hoje vou ser o dono das suas vontades e dos seus desejos.

Molenga como gelatina, não sou capaz de responder nada.

— Quero seu corpo todo para mim. Menina, me mostra sua parte mais íntima... — sussurra ele, enquanto gira o bico dos meus seios entre os dedos longos e grossos. — Essa pinta sexy perto da sua boca está sendo minha perdição.

Céus! Quem diria que a pinta pela qual eu era chacota na escola se tornaria um motivo de desejo.

Ele abocanha um mamilo seguido do outro. Um líquido denso e quente escorre entre minhas pernas, deixando-me pronta para recebê-lo, porém a tortura segue, com ele me lambendo e deslizando a boca, a língua, os dentes e a barba por fazer por cada centímetro do meu corpo, até se aproximar da minha "digníssima". O processo é bruto.

Devagar, em um movimento delicado e sensual, suas mãos dobram minhas pernas até perto dos meus seios, deixando-me totalmente exposta. O calor do seu corpo faz minha pele brilhar de suor. A brincadeira fica séria, e percebo que a noite vai ser longa e dura, muito dura. Então me abro, aceitando seus chupões e suas mordidas.

— Ah, isso é tão bom — digo, tentando sensualizar.

— Minha menina, vou lamber você como um gatinho e depois te devorar como um leão até sentir seu mel.

Travo. Sinto um desespero e um medo imenso de não conseguir chegar a esse ponto, afinal nunca consegui. Mas paro de pensar quando sinto um tapinha no meu clitóris. Acho que ele percebeu que eu estava distraída. A ardência faz com que eu volte a atenção para ele, que exala um suspiro quente contra minha pele e então desliza a língua contra meu sexo.

Vejo estrelas, cometas, planetas... Não que eu queira pensar em outra coisa que não seja o modo como ele me penetra, ou me massageia por dentro, ou dedilha minhas paredes internas. Mas, no fundo, estou preocupada com a possibilidade de que ele faça como outros homens com quem já me deitei e interrompa o clima.

— Não para, por favor! — suplico, e ele me fita, satisfeito, com um olhar demoníaco.

— É assim que você gosta, minha menina?

Lá vem ele de novo com isso de "menina", mas não me importo. O que interessa é que, entre as estocadas dos seus dedos, ele encontra o tão inacessível sr. G. Quase desfaço. Não acredito no que está acontecendo.

— Ah, isso é tão...

— O quê, minha menina? Gostoso? Diz pra mim.

Num ritmo alucinante, ele faz um movimento de círculos a alguns centímetros acima da minha entrada. Num pontinho em que grito a única coisa que vem a minha boca:

— Muito!

— Muito o quê?

— Gostoso!

— É, gostoso que nem você.

Ele lê meu corpo e faz a magia acontecer. Sinto um orgasmo selvagem me rasgar, transformando-se em uma intensa ejaculação feminina. Durante minutos, tenho espasmos que me fazem me erguer da cama. Finalmente alguém achou meu ponto G! Será que ouvi direito o nome do responsável? Não seria Pedro Álvares Cabral, ou qualquer outro descobridor de terras inóspitas?

Seja quem for, não há possibilidade de me reprimir, de não me deixar levar pela sensação avassaladora.

— Deliciosa como um néctar — solta ele em um suspiro, limpando os lábios com a língua antes de me beijar.

De novo, perco o fôlego. Sinto meu sabor na boca de um homem.

— Hoje você é a rainha, menina da pinta sexy. Por você e apenas para o seu prazer. Vou foder você tão forte que, quando me vir de novo, vai saber que foi bom acreditar no estranho de quem duvidou.

Agora já posso morrer. Finalmente tive meu primeiro orgasmo. O apocalipse está próximo? Acho que sim. Entre safadezas e palavras profanas, a noite se estende com tapas na bunda e mãos amarradas. Eu me surpreendo ao amar o autoritarismo que abomino fora do quarto e, em vez de dar um coice quando ele me coloca de quatro e monta em mim, acho que chego até a relinchar de prazer.

Exaurida pela devassidão, mal pego no sono e sou acordada com um ruído que não ouvia há anos. Esse galo deve ser extremamente territorialista... Como canta o infeliz! Tento abafar o som do cocoricó, mas não adianta. Então me lembro de uma coisa que meu avô contava sobre galos e seus haréns. Dependendo da espécie, sua sociabilidade é restrita a outros machos, mas, quando estão prestes a chegar à fase adulta, eles se isolam de outros machos e se aproximam apenas das fêmeas.

É nesse momento que me dou conta de que estou deitada ao lado de um dos galos mais gostosos que já conheci. Fico impressionada com a perfeição do corpo dele — é quando toda a sanidade que eu havia perdido vem à tona como uma avalanche e me traz de volta à realidade: homens como ele não dão paz às mulheres. Chegam dando prazer e em pouco tempo estão roubando sua vontade de viver.

Sem pensar duas vezes, levanto-me. A história do galo não sai da minha cabeça e percebo que esta é a minha deixa para partir. Ainda não sei *como*, mas quem tem boca vai à Roma.

Meu celular vibra e, antes de sair do quarto de mansinho para atender a Babby, deixo um beijo no ar para o garanhão patrocinador. Deus me ajude a esquecê-lo.

Capítulo 30

Bárbara

Chego à casa de Patty e adivinha? Ela não está ou não quer atender. Fico aflita, pois estou com uma sensação familiar. O que está acontecendo com essa menina? Não me dou por vencida e ligo.

— Alô.

— Mulher, está viva? Estou aqui na sua porta, já com os paramédicos.

— Sem drama, ok? Vou abrir.

Quando a porta se abre, seguro o riso para não ser indelicada. Diante de mim, há um ser desconhecido, com o rosto inchado de alguém que está chorando há dias, descabelado e, o mais engraçado, com um pijama do Piu-Piu e pantufas do Frajola. Segundo a própria Patty, ela os usa como forma de protesto.

— "Eu acho que vi um gatinho..."

Abro os braços, e ela me abraça e chora. Eu espero, paciente. Sei que está muito magoada. Depois que se acalma, resolve desabafar, entre soluços.

— Eu estava preparada para tudo na vida, Babby, mas nunca, nunquinha mesmo, conhecer um homem maravilhoso, ter diversos orgasmos e, pra completar, uma ejaculação feminina. O que eu desconfiava que nem existia, para ser sincera. Foi tudo tão perfeito, tão lindo, tão diferente do que eu já tinha experimentado, que fiquei assustada e dei no pé...

Arregalo os olhos ao processar a parte da ejaculação feminina, mas disfarço depressa. Hoje eu sou o ombro amigo.

— Como assim fugiu? Ele quis alguma esquisitice? É isso? Responde, mulher!

— Nossa, calma, matraca! Nenhuma esquisitice nem safadeza fora do normal. Eu fugi porque sou assim. Não acredito que a vida possa me trazer um príncipe encantado. Não quando nem precisei beijar o sapo.

Sua analogia me arranca uma gargalhada.

— Desculpa, amiga. Não estou imaginando como conseguiu sair da fazenda sem a ajuda de alguém.

— De trator, charrete e, por último, em um jegue.... Vim do jeito que deu.

— Como assim? Montada em um burro do interior até São Paulo?

— Para começo de conversa, não quero ouvir o verbo "montar" tão cedo, e, segundo, como não tinha um veículo decente, pedi carona para os meios de transporte que encontrei até a rodoviária, e de lá peguei um ônibus.

— Fez todo esse sacrifício só pra não aceitar a carona do moço que deixou você caidinha?

— Isso mesmo, ainda saí sem me despedir. Sem trocar número de telefone, nem nada. Agora estou aqui toda arrependida. Só me diz uma coisa: desde quando Patrícia Alencar Rochetty se arrepende?

— É uma pergunta para mim ou para você? — digo, tentando trazer um pouco de seriedade para a conversa e ver se lhe dou um pouco de juízo. — Amiga, você tem que se permitir ser feliz, se firmar com alguém e deixar de correr feito uma vaca louca de todo cara legal que conhece.

— E quem disse pra você que, só porque ele é lindo, sedutor, educado e tem a melhor pegada selvagem que já experimentei, seria capaz de me fazer feliz?

— Patty, acho que já está mais do que na hora de esquecer aquele papo de ficar sozinha para sempre. Que trauma é esse? Juro que não entendo.

Conversamos por um longo tempo, mas nem chegamos perto de tocar no assunto que a faz pensar assim. Para tentar animá-la, convido-a para um jantar e depois para me ajudar a comprar uma roupa para conhecer os pais de Marco. Ela não aceita, então eu a desafio, porque sei como é teimosa.

— Se não quer sair da fossa, minha teoria está certa. Você está arriada de paixão pelo peão dominador.

— Deixa de caraminholas. Não existe paixão, só atração, e quase imperceptível.

— Então prova. Tira esse pijama horroroso e vem comigo. Vai ser legal.

Ela acaba se animando um pouco, mas percebo que o brilho nos olhos da minha amiga super alto-astral está mais fraco.

Por fim, temos um jantar muito bom e eu amo o vestido e os sapatos que compro, mas, quando a deixo em casa, reforço os conselhos. Ainda estou pensando na corajosa estripulia de Patty ao chegar em casa. Pego as correspondências e me emociono ao encontrar uma caixa deixada por Marco. Acho a letra do cartão meio estranha, mas ele deve ter encomendado a surpresa por telefone.

Subo as escadas depressa, louca para abrir o presente. Jogo todas as correspondências na mesinha e chacoalho meu presente feito uma criança. Adoro surpresas. Primeiro desembrulho com cuidado, mas, como a paciência é pouca, rasgo o embrulho. Quando abro a caixa, meu coração para e jogo o pacote longe.

Marco

Quando olho para o relógio, já passa das onze. Mando uma mensagem de boa-noite para Bárbara, mas a resposta — "Obrigada" — esfria meu entusiasmo. Será que a acordei e ela me respondeu só por educação? Vou tentar ligar. Depois de vários toques, ela finalmente atende. Seu tom de voz me preocupa.

— Linda, o que aconteceu? Você está chorando?

— Não...

Mas não é um simples choro. Ela está em prantos, sei pelas fungadas.

— Bah, não vamos construir um relacionamento em cima de mentiras. Está triste por causa da sua amiga?

— Podemos falar sobre isso depois?

— Quando quiser, mas não acha que vai dormir melhor se desabafar? — Silêncio. — Amor, estou indo até aí.

Desligo antes da resposta.

Pego o carro e vou para a casa de Bárbara costurando pelo trânsito, então sou invadido por um turbilhão de dúvidas. Será que estou sendo superprotetor demais e não dando espaço para ela pôr os sentimentos em ordem? Sinto medo. Medo de perdê-la, de forçá-la a admitir algo que ainda não está preparada para fazer. Mas foda-se. Pelo menos vou estar ao seu lado, abraçando-a.

Estaciono em frente ao prédio e espero um momento, pensando se devo ou não subir, mas meu coração fala mais alto e, quando vejo, estou parado diante da porta do apartamento, tocando a campainha.

— Vem cá... — peço quando ela abre a porta, então a abraço, sensibilizado ao ver minha pequena sereia tão frágil.

Confortável nos meus braços, ela me segura forte, dando-me a certeza de que tomei a decisão certa ao vir.

— Se não quiser me dizer nada, está tudo bem, Bah. Só me deixa ficar com você.

— Eu preciso que veja uma coisa.

Ela aponta para uma caixa no chão. No começo, não entendo por que uma encomenda a deixaria tão transtornada, mas, quando olho seu conteúdo, cai a ficha. Tudo vermelho.

— O que significa isso?

— Não sei. Cheguei do shopping e encontrei esse pacote com meu nome e seus dados como remetente.

— Uma réplica esdruxula de um bebê com o rosto da Vitória e o corpo todo amarrado com fitas... — descrevo, horrorizado.

Quem em sã consciência faria algo assim? Por quê? E o que Bárbara tem a ver com isso?

— Entendeu por que eu estava em pânico? Não quis falar por telefone.

— Bah, quando se tratar da minha filha, por favor, fala. Seja por telefone, carta, e-mail... qualquer coisa, mas não me deixa no escuro. É uma ameaça clara a vocês duas.

— Ameaça ou não, estou apavorada.

Passo as mãos pelo cabelo, cheio de raiva, e volto a abraçá-la. Prometo a mim mesmo que vou descobrir quem foi o maldito que fez isso e fazê-lo pagar muito, mas muito caro.

Ponho tudo dentro da caixa de novo e saio da sala, aproveitando para fazer algumas ligações. Enquanto falo com vários amigos que talvez possam me ajudar, ouço um barulho vindo da sala.

Volto depressa e a vejo com as mãos na boca e o celular no chão. Agacho para pegar o aparelho e vejo um e-mail aberto.

De: Desconhecido
Para: Bárbara Nucci
Data: 20 de abril de 2014
Assunto: Não diga que não avisei.

Melhor se afastar. Esse presentinho foi apenas um aviso. Você não vai querer fazer mal a uma doce menina, vai? Seu tempo está acabando (tique-taque).

Sinto como se o sangue se esvaísse do meu corpo. Que tipo de ameaça é essa? Além de Bárbara, tenho que ter minha filha perto de mim o quanto antes.

Capítulo 31

Marco

Ninguém ameaça os meus!

— Amor, calma. Seja lá quem for que esteja por trás disso, não vai machucar vocês. Juro...

Eu a afago com as mãos trêmulas.

— Quem poderia ameaçar um anjinho que não pode se defender?

— Vou descobrir. Vou fazer de tudo para providenciar os equipamentos para que ela venha logo para nossa casa. Já fiz o pedido e estava atrasado, mas agora vai acontecer. Não posso nem imaginar minha princesinha sozinha, longe de mim.

— Se precisar de qualquer coisa, conta comigo. Tenho alguns clientes que trabalham com equipamentos hospitalares.

— Eu sei que posso contar, querida. Vou pedir ajuda se precisar, mas agora estou muito preocupado com Vitória. Será que poderia ligar para alguém vir passar a noite com você? Não quero te deixar sozinha, mas preciso ir para o hospital.

— O prédio é seguro. Não precisa se preocupar com isso. Vou ficar bem.

— Sei que vai, mas eu ficaria mais sossegado se você não dormisse sozinha.

Embora eu saiba que ela está emocionalmente abalada, Bárbara promete ligar para Patty e estar amanhã ao meu lado para enfrentar qualquer coisa. Eu a amo demais.

Nós nos despedimos e, após me certificar de que ficará segura, sigo para o hospital. Estou morto de cansaço, mas minha filha é a prioridade. Quando chego, quase de madrugada, entro no quarto de Vitória na ponta dos pés, e vejo que Estela está ajeitando minha menininha, que dorme feito um anjo.

— Dr. Marco, que surpresa! Aconteceu alguma coisa?

— Não, está tudo bem. Só senti saudade. Como não consegui dormir, vim ver minha princesinha — digo por precaução, sem querer demostrar que estou alarmado.

Após velar seu soninho por muito tempo, com a cabeça cheia de problemas, ajeito-me na poltrona para tentar dormir. Vencido pelo cansaço aos quarenta e cinco minutos do segundo tempo, acho que até ronco. Sonho com minha sereia. De repente, enquanto estou meio acordado e meio dormindo, chego a sentir um carinho no cabelo, um cafuné reconfortante e até um roçar de lábios macios.

— Babby? É você, amor? — deliro, sem abrir os olhos.

— Não, dr. Marco. Sou eu, Rafaela.

Quando ouço a voz dela, dou um pulo da poltrona, desconcertado.

— Que intimidade é essa? — pergunto, furioso.

— Desculpa! O senhor estava dormindo com uma expressão preocupada, então tomei a liberdade de fazer um carinho para o senhor relaxar — explica ela, encarando o chão, como se estivesse envergonhada.

— Ok, mas que não volte a acontecer. Nosso relacionamento é estritamente profissional e não admito que ultrapasse essa linha, entendido?

Não é a primeira vez que preciso cortar Rafaela. Detesto ser rude, mas ultimamente tem sido inevitável.

— Entendido — sussurra ela. — Aconteceu algo para o senhor ter vindo para cá?

— Não, nada. Apenas saudade da minha filha. Posso, né?

Tenho merda demais em que pensar para ter que me preocupar em ser educado.

— Claro que sim.

Prefiro sair do quarto para evitar o clima desagradável que ficou. Que mulher intrometida! Estou muito decepcionado, mas não tenho tempo para lidar com isso agora. Há assuntos mais urgentes para resolver, mas antes preciso de um café forte, então vou até a cantina. O dia vai ser longo.

Bárbara

Por mais que eu tenha me feito de forte, não cumpri o que prometi ao Marco. Não via motivo para isso. Ou via. Sei lá. A verdade é que quebrei a cabeça tentando encontrar um culpado. Tirando Paula, que descartei de imediato, a única pessoa que me vinha à cabeça era Rafaela, mas, independentemente da minha cisma e desconfiança, vi como tratava Vitória com amor e carinho. Não iria ameaçá-la.

Não consegui dormir, mas pelo menos Patty veio trabalhar e seus deboches estão de volta, sinal de que está se recuperando.

— Estava com saudade de te ver por aqui, doidinha!

— Eu também.

— Como está? Tudo certo?

— Perfeitamente bem. A vida segue, e você me conhece muito bem. Sabe como preciso ser forte.

— Sei, sim. Você é a melhor. A gente conversa mais tarde? Estou cheia de clientes para atender, e a agenda apertada.

Antes mesmo de meter a mão na massa, recebo uma mensagem de Marco: Bom dia, feiticeira! Acordou melhor? Eu passei a noite sonhando com você. Surto de beijos.

Ele me arranca suspiros e um sorriso imenso de novo, até depois do que aconteceu ontem à noite.

Para surpreendê-lo, respondo com um pouquinho de traquinagem: Bom dia, doutor! Estou melhor e, em respeito à sua filha, não vou nem perguntar se o sonho foi quente. Por falar nisso, como ela está?

A resposta demora, então me lanço às atividades do dia até a hora do almoço.

— E aí, amiga, tem mais novidades? — Cutuco Patty enquanto me sirvo de massas, folhas e grelhados no restaurante natural que ela sugeriu.

— Nenhuma. — Para fugir da conversa, a safada me deixa no buffet, seguindo para a mesa.

— Você sabe que a vida não é isso de fingir que nada existiu, certo? — enfrento-a ao colocar meu prato na mesa e me sentar.

— Nem que eu quisesse, né? Afinal você não me deixa esquecer. Agora podemos falar do seu jantar? Vai conhecer os pais do juiz gostosão, hein...

— Depois dos últimos acontecimentos, nem sei mais.

— Gosto de ser sua amiga porque cada momento ao seu lado é um flash. Que tal me contar tudo, nos mínimos detalhes, principalmente as safadezas? Se tiver, claro.

Em meio ao caos, só ela para levantar meu astral.

— Você só pensa nisso?

— Nas safadezas? Tem coisa melhor? Acredita que, depois de tudo, já estou pensando em partir para uma nova aventura? Agora para de me enrolar e desembucha.

Conversamos sem parar e, quando nos levantamos para pagar a conta, não sei por quê, mas sinto que estou sendo observada. Examino o ambiente rapidamente, porém não reconheço ninguém. Tento desencanar.

Desde cedo que confiro o celular sem parar para ver se Marco me respondeu, mas nada. Ele só retorna lá pelas cinco da tarde, no fim do expediente.

— Razão dos meus sonhos, desculpa a demora. O dia foi enrolado.

— Eu imaginei.

— Tenho ótimas notícias! Os equipamentos da Vitória vão chegar amanhã.

— Que maravilha! Como você conseguiu? Por acaso andou usando seu charme?

— Não fico feliz em admitir, mas tive que recorrer a influências e favores de alguns amigos. Acredita que estava tudo parado na alfândega? Já até paguei os impostos para conseguir logo a liberação.

— Nada como ter bons contatos, hein?

— Precisei de uma forcinha.

— Não se preocupa. No seu lugar eu teria feito o mesmo.

— Estou saindo agora do escritório e só vou passar em casa para tirar a poeira do corpo. Não vou conseguir buscar você às oito, então você se importa de eu chegar às nove? O jantar está marcado para as nove e meia.

— Ótimo. Vou esperar ansiosa. Ah, antes de desligar, me conta da Vitória.

— Ela está bem. Quando cheguei no hospital ontem ela estava dormindo que nem um anjinho. Mesmo assim, contratei um segurança, só por precaução, pelo menos hoje, enquanto aproveitamos o jantar.

— Que bom. Todo cuidado é pouco nessa situação. Então nos vemos mais tarde?

Ele confirma, frisando que mal pode esperar, e então começa a fazer uns galanteios.

— Marco, se não quiser que eu me atrase, temos que desligar. Mulheres precisam de mais do que só tirar a poeira do corpo...

— Você é linda de qualquer jeito. Até sujinha.

A gente enrola mais alguns minutos, sem nenhum dos dois querer encerrar a ligação, até que nos despedimos e vou para minha casa.

Apressada, tiro a blusa pela cabeça assim que fecho a porta e corro para o quarto, agradecida pela roupa já estar separada em cima da cama. Meu vestido tem todos os requisitos para a ocasião: decote discreto, costas fechadas e comprimento até os joelhos, tudo em um tecido azul Tiffany e bem estruturado, justo na medida certa. Dou uma volta em frente ao espelho e termino os últimos retoques da maquiagem, em seguida puxo alguns fios do cabelo para dar um charme ao coque.

O interfone soa pontualmente às nove.

Quando avisto Marco, que soube combinar o terno preto à camisa na mesma cor e à gravata lavanda, meu sorriso quase não cabe no rosto. Esse homem é gostoso demais. Não tem como não o admirar.

— Uau! Perfeita como sempre! Uma verdadeira deusa.

Sua atenção se prende em mim, e sinto o coração errar os batimentos.

— Então você é um deus grego? Acho que faz jus ao que estou vendo agora.

— Não acho que seja para tanto.

Ele passa a mão pela minha cintura e me dá um selinho, como se tivesse receio de eu achar ruim borrar o batom. Mas então agarro seu pescoço e mostro que comigo não tem frescura. Beijo-o com volúpia.

— Agora, sim. Podemos ir, doutor.

Recebo um sorriso de canto de boca. Ele abre a porta para mim. *Ô, perdição...*

Marco

A desenvoltura e o carisma de Bárbara são contagiantes. Por onde passamos, ela conquista a simpatia dos meus amigos. Sei que está se esforçando para ser receptiva. Percebi que estava preocupada com tudo o que está acontecendo durante a conversa que tivemos no caminho.

Consultei alguns conhecidos da área de segurança ao longo do dia, e eles afirmaram que o foco das ameaças é Bárbara, e não a minha princesa. Para não a alarmar antes do jantar, não contei que contratei também um segurança para ela, mas vou falar assim que sairmos. Sei o quanto ela preza sua independência, mas, enquanto eu não descobrir quem está por trás de tudo isso, Bárbara terá que aceitar. Não posso deixar brechas.

Assim que avisto a mesa dos meus pais e minha mãe já de pé com um sorriso de orelha a orelha, aceno. Ela está empolgada e feliz. Com a aposentadoria do meu pai, não duvido de que já tenha tudo planejado para, após o jantar, ir direto para o aeroporto, a fim de conhecer mais um lugarzinho do mundo.

Puxo minha sereia para mais perto a fim de lhe passar segurança e vamos ao encontro deles. As apresentações são feitas e fico impressionado quando, depois de alguns minutos, eles conversam como se fossem amigos a vida toda.

Tudo caminha maravilhosamente bem até que somos interrompidos por três convidados que não poderiam faltar, amigos do meu pai há muitos anos.

— Boa noite, meu amigo! Que felicidade reencontrar você em um momento especial — cumprimenta um deles.

— Que bom que puderam vir. A sensação é de dever cumprido — responde meu pai.

A mãe de Paula me encara, parecendo sem graça, e então o constrangimento chega ao ápice quando minha ex faz sua chegada triunfal.

Bárbara

O momento não poderia ser melhor... encontrar a ex do meu namorado no dia em que estou conhecendo os pais dele.

A descarada cumprimenta todo mundo e literalmente se joga nos braços de Marco, como se fossem marido e mulher. Ele fica visivelmente desconfortável, mas não vou fazer escândalo, apesar da vontade de cravar as unhas naquele lindo rosto. A mãe de Marco tenta apaziguar a situação.

— Paula, você já conhece a Bárbara? Ela é uma das nossas convidadas e não é de bom-tom uma mulher tão sofisticada e educada como você não falar com todos à mesa.

— Que cabeça a minha. Desculpa, Melissa. É que, quando eu e Marco nos encontramos, parece que existe só nós dois no mundo.

— Nós já nos conhecemos. — Estendo a mão, fazendo cara de paisagem. A mulher quer uma cena de ciúme? Que fique esperando. Sou orgulhosa demais para descer do salto. — Boa noite, Paula.

— Como é mesmo seu nome? Acabei esquecendo. A única lembrança que tenho é de você andando sem roupa pela casa do meu marido.

Olho para Marco, que está vermelho, pronto para dizer algo, quando eu mesma decido responder:

— Não sabia que meu corpo tinha impressionado tanto, mas, enfim, acho que você se lembra bem da minha promessa. Hoje não estou de roupão, estou vestida apropriadamente para o evento, então acredito que serei agraciada com suas boas maneiras. — Segura essa, sua maluca.

— Se acha que está bem-vestida para um evento como este, não entende nada de moda mesmo. Mas não sou eu quem irá ensiná-la. Peço que me deem licença. Preciso ter uma conversa com meu marido, em particular. Estamos nos desencontrando há alguns dias e temos um assunto urgente para tratar.

— Paula, você se casou de novo? — retruca Marco, em tom de ironia.

Para evitar escândalo, gesticulo para que ele vá logo ouvi-la. O bonitão reluta, mas acaba cedendo em respeito ao pai, porém não antes de se aproximar de mim.

— Por mim, eu não iria — confessa ele, entredentes.

— Doutor, vê se não complica mais a situação. Dou dez minutos e nenhum a mais. Vai lá e coloca essa pirada no lugar dela. Ou eu mesma vou colocar.

— Estou quase deixando — provoca ele, já em tom de brincadeira.

— Meus métodos não seriam nada elegantes.

Ele aperta minha perna e sai. Assim que se afastam, os pais de Paula se desculpam. Afirmo que está tudo bem. Depois, vários amigos e autoridades passam para cumprimentar o pai de Marco pela carreira brilhante e honrosa como desembargador.

Após algum tempo, minha paciência começa a se esgotar devido à demora de Marco. Até que o dr. Delícia aparece com um olhar em chamas... de ódio. Um olhar que desconheço.

CAPÍTULO 32

Marco

O dia se resumiu a uma torrente de ações a fim de trazer Vitória para casa, e acabei me esquecendo da pedra no meu sapato: Paula. Claro que ela não perderia a oportunidade de se fazer presente em um evento assim.

Vamos até uma varanda, do lado de fora do salão de festas.

— O que você quer, Paula? Estou sem ânimo e sem tempo para os seus caprichos.

— Meu amor, acho melhor ficar um pouco mais calmo, porque o que tenho a dizer vai além de caprichos.

— Então seja rápida e objetiva.

Cruzo os braços, esperando a ladainha de sempre.

— Está ansioso, querido? Quer voltar para a desqualificada que está esperando por você? A que nível você chegou, Marco. Mas, acredite, seu tempo ao lado dela está acabando. Acha mesmo que pode me humilhar trazendo aquela vadia para um evento com todos os nossos amigos?

— Então você me trouxe aqui para isso? Se for, a conversa termina aqui.

Eu me viro para ir embora. Paula não tem limites. Depois de tudo que fez, imaginou que eu ficaria fingindo para amigos e conhecidos que nada aconteceu? Que somos uma família feliz?

— Marco! — grita ela. Finjo que não escuto. — Se der mais um passo, você nunca mais verá Vitória.

Meu corpo se enrijece e me volto para ela.

— O que você disse? Definitivamente, você não está em plenas faculdades mentais.

Só não gargalho na cara dela, porque é digna de dó.

— Ah, não? Quer dizer que não tive qualquer participação ao gerar minha própria filha? Você é tão metido a inteligente, mas se esqueceu das aulas de ciências. Pois bem, meu queridinho, pode deixar que eu explico. Tenho tanto direito quanto você sobre minha filha e, enquanto ela tiver vida, vou ficar ao seu lado. Como bem sabe, juiz nenhum vai me negar isso, ainda mais porque influência eu tenho de sobra.

Eu chego bem perto dela.

— Escuta bem, porque só vou falar uma vez, Paula. Não chegue perto da Vitória. Se você estivesse de fato arrependida, pode ter certeza de que teria contato com ela. Eu seria o primeiro a desejar esse vínculo. Mas a única coisa que vejo é sua determinação a usá-la para alcançar seus objetivos mesquinhos.

— Então agora o juizinho de meia-tigela virou psicólogo? Estou curada. Fiz um tratamento e tenho plenas condições de estar ao lado do bebê.

— Ao lado do "bebê"? Pode correr atrás dos seus direitos, só não ache ruim quando eu falar a verdade para todos sobre o motivo de estarmos brigando na justiça. Inclusive, posso começar agora, contando aos nossos queridos amigos o quanto você valoriza e cuida da nossa filha. Será que aguenta? Vamos ver até onde vai sua farsa.

Ela fica pálida.

— Você não teria coragem. É um evento para o seu pai, e não para tratar dos seus problemas.

— Ah, agora estou tratando dos meus problemas? Não seja cínica.

— Vou deixar você ir, mas se livre daquela periguete, senão... E saiba que meus pais estão do meu lado.

Tenho certeza de que é um blefe.

— Continue acreditando.

— Está avisado. Com todas as provas que tenho contra você, vou recuperar não só a Vitória, mas também vou ver sua carreira virar pó.

— Você é uma péssima jogadora, Paula. Quais são suas cartas? Que eu amo e protejo minha filha? Que sou um bom juiz?

— Pague pra ver e vai se arrepender por ter esquecido o amor que ainda sente por mim. — A cretina se aproxima e sussurra no meu ouvido: — Uma noite, meu amor. Esse é o tempo que você tem para se livrar daquela desqualificada. E lembre-se: estou jogando para ganhar.

Bárbara

Marco se senta ao meu lado. Pego sua mão, sentindo-a gelada e trêmula. Todos à mesa estão olhando para ele, sem entender. Minha vontade é de colocar este homão no colo e descobrir o que a louca disse para deixá-lo assim. Quais são os poderes de Paula sobre ele? A ficha logo cai. Vitória.

— Filho, está tudo bem? — pergunta Melissa.

— Tudo bem. A Paula gosta de criar confusões desnecessárias, nada que eu não possa resolver.

O clima continua tenso. Até os pais de Paula estão calados. Nem ao menos tentaram defender a filha.

— Jurandir, sei que tem ido visitar Vitória. Por acaso vocês pretendem ajudar sua filha no que ela pretende fazer? — Pela troca de olhares, suspeito que a pergunta surpreende a todos.

— Não entendi, Marco. Você sabe que estamos do seu lado.

— Não foi o que a Paula acabou de me falar. Ela deu a entender que vocês estão do lado dela para conseguir a guarda da Vitória.

— O que você está dizendo, jovem? Acho que já provei que nunca fui a favor das atitudes da minha filha.

— Isso não responde à pergunta.

— Jurandir, conversamos sobre isso, meu amigo. Decidimos que não nos intrometeríamos na briga dos nossos filhos — interfere Jordan.

— E continuo respeitando o que combinamos. Não sei do que Marco está falando, mas garanto que não vou mover uma palha pela minha filha depois de tudo o que ela fez.

Seja lá o que Paula tenha falado, percebo que o pai dela acaba de tirar um peso das costas de Marco.

— Desculpe o modo com o qual tratei o assunto, mas Paula foi tão firme ao dizer que vocês estariam ao lado dela que, por um momento, acreditei.

A mulher é pior do que eu pensava. Mentiu sobre os próprios pais?

Cansada de ser uma planta decorativa, tomo uma decisão.

— Nada como uma boa conversa para acertar tudo, não é mesmo? Agora, se nos dão licença, quero aproveitar para nos despedir e ver se esse pai maravilhoso e juiz talentoso que anda trabalhando demais descansa um pouquinho — digo, levantando-me.

Pelo jeito, também conquisto o apoio dos sogros.

Marco

Amo quando Bárbara entra em ação.

Estou mais leve depois de Jurandir afirmar que ele e a esposa não estão envolvidos nas loucuras da Paula. Agora posso desfrutar de uma noite de paixão com minha sereia. Não que eu me importasse em ter que bater de frente com os pais dela, mas é um problema a menos, já que são tão amigos da minha família.

Após consultar o segurança de Vitória e me certificar de que está tudo em paz no hospital, levo minha sereia para seu apartamento. Enquanto não coloco Paula no seu devido lugar, é melhor evitar confusão. É provável que amanhã esteja plantada na portaria do meu prédio no primeiro horário. Então pergunto à Bárbara:

— Será que tem um cantinho na sua cama para eu passar a noite?

— A cama é grande, mas com uma condição: vamos esquecer os problemas. E, claro, pode ficar só para dormir... Estou morta de sono.

Ela abre um sorriso safado.

— Não pensei em nada diferente.

Eu me aproximo dela sem pressa, estudando-a.

— Você é um *gentleman*, então espero que cumpra a promessa. — Ela me desafia num tom carregado de desejo.

— Qual foi a promessa, mesmo?

Ignorando minha necessidade constante de ter minhas mãos sobre seu corpo, fito-a à distância, dando apenas um passo em sua direção.

— Que... que vamos só dormir.

— Sou cumpridor da minha palavra, mas, enquanto a gente não se deitar, posso não ser tão comportado assim.

Audaciosa, ela me encara de igual para igual.

— Onde entra o que eu falei sobre estar morta de sono?

— Eu não disse nada sobre essa parte.

Tiro o paletó, satisfeito ao perceber que sua respiração se altera e suas pupilas dilatam.

A indecente abaixa o olhar quando abro o cinto da calça e puxo-o só para fazer uma graça. Seus olhos ficam grudados na saliência sob a calça.

— É impressão minha ou você está tentando me seduzir?

— De acordo com sua linguagem corporal, estou conseguindo.

— Não tenho culpa se...

— Meu pau está bem acordado?

O corpo de Bárbara se contrai. Pego sua mão, coloco seu dedo indicador inteiro na boca e o sugo, sem tirar os olhos dos dela, roubando-lhe um gemido.

— Você poderia ir logo com isso? Estou com sono, sabe?

— Como é impaciente... Não gosta de ouvir histórias antes de dormir?

— Prefiro viver.

Sempre que ela pensa que vence no joguinho da sedução, seus olhos se iluminam. Tiro a gravata e passo-a pelo seu corpo, trazendo-o para junto do meu, enquanto subo a saia do seu vestido acima do quadril e a encosto contra a parede.

Então a faço sentir minha força, roçando a ereção entre suas coxas. Sua respiração cada vez mais acelerada é minha recompensa. Ela fica na ponta dos pés.

— Estou liberando você de qualquer promessa, doutor.

Não deveria ficar tão excitado com suas palavras, mas fico.

— Ah, Bárbara... Você e seus feitiços.

Sem perder mais tempo com o joguinho, tomo sua boca com paixão. Tem algo sobre o beijo que só sinto com Bárbara. Um deslizar de línguas, um gosto diferente. Desejo nunca ter que soltá-la.

Ainda ofegantes, encostados à parede da sala, com nossas bocas se provando, entre chupões e mordidas, ouço-a sussurrar:

— Eu amo você e estarei ao seu lado para sempre.

Capítulo 33

Bárbara

As palavras saíram espontaneamente.

Após a desilusão que sofri, nem em mil anos teria buscado um novo amor, mas ele simplesmente apareceu para mim em uma audiência. Apesar do receio em me abrir, em ir além do desejo e da atração, meu até então frágil coração foi inundado por algo maior. Nunca senti nada tão forte, com tanto respeito e admiração.

— Fala de novo...

— Eu te amo, dr. Marco. O senhor virou o meritíssimo do meu coração.

Seus olhos brilham, e sei que minhas palavras fizeram bem para a minha alma e para a dele.

— Esta vai ser a primeira vez que não cumpro uma promessa. — Ele me pega nos braços e me abraça forte. — Dormir não está mais nos planos.

Ainda sorrindo, ele volta a me beijar.

Marco me fez sentir a mulher mais desejada e amada no mundo. Passamos a melhor noite de amor da minha vida. Na manhã seguinte, continuamos nos amando enquanto tomamos banho juntos e preparamos o café. Acho que posso começar a me acostumar com isso. Tenho até medo de que tudo não passe de um sonho.

— Posso te deixar no escritório, se quiser.

Apenas de cueca, ele rouba meu último pedaço de pão, mordendo meus dedos junto. O homem se levantou da cama radiante. Está feliz porque vai, finalmente, levar Vitória para casa.

— Amaria a carona, mas hoje vou com minha paixão, a Viúva-Negra.

— Não sei se gosto de ser trocado fácil assim. Fiquei enciumado.

Marco leva a mão ao peito como se tivesse sido apunhalado.

— Bobo! Não precisa ficar. Minha *viuvete* é menina.

Desta vez, sou eu que roubo a garfada de omelete que ele estava levando à boca.

— Falando sério, você acha necessário ir de moto? Não só pelo trânsito, que anda cada vez mais perigoso para motociclistas, mas pela sua segurança mesmo. O roubo de motos está crescendo.

— Iiih... Vou nem responder, senhor das estatísticas. Você também é motociclista e sabe que, quando somos apaixonados, não há impedimentos.

— Eu sei, minha linda, mas prefiro pilotar só na estrada, onde corro menos riscos.

— Não vai acontecer nada. Só quero matar a saudade.

Imponho minha vontade, porque, depois da primeira vez que cedi aos apelos de Caio, minha vida virava um inferno sempre que eu dizia que ia sair de moto.

Coloco a xícara na pia, e ele me ajuda a organizar tudo, depois terminamos de nos arrumar.

— Me avisa quando chegar?

— Sim, senhor.

Marco para atrás de mim e me estuda pelo reflexo do espelho.

— Você vai com essa calça colada mostrando essa bunda gostosa?

— Ai, meu Deus. Acordou com o bichinho do ciúme? Fique sabendo que eu adoro essa calça e fico muito confortável, então vai se acostumando porque vai me ver muitas vezes assim.

— Confortável? Com todo mundo desejando você empinada naquela moto? Ou esqueceu que já tive o prazer de acompanhar você?

— Meu amor, toda mulher gosta de ser desejada, mas escolhe um único homem por quem seria capaz de cometer loucuras e, no meu caso, esse homem é você. Agora vamos encerrar esse papo, afinal estamos muito atrasados.

— Não engoli a resposta, mas por enquanto vou fingir que aceito.

Ele sai resmungando, e eu atrás apenas para provocá-lo.

— Já se olhou no espelho, juiz? Sete entre dez mulheres têm fetiche ferrenho por homens de terno. O senhor vai se trocar, certo?

— Para sua paz de espírito, também não tenho olhos para outra. E sim, vou me trocar.

— Acho bom.

Depois de muita relutância, prometo respeitar todas as regras de trânsito e andar, no máximo, a sessenta quilômetros por hora, então nos despedimos. Com uma moto que alcança tranquilamente duzentos por hora, vou ter que maneirar na ida para o escritório.

Chego em exatos trinta minutos, enquanto Marco ainda deve estar no trânsito. Envio uma mensagem para avisar. Quer saber? Vou começar a vir de moto todos os dias. Decidido.

Marco

Ansiedade é pouco para expressar o que estou sentindo. Não vejo a hora de ter minha pequena comigo. Já liguei para os fornecedores mais de dez vezes, e os equipamentos já saíram para a entrega. Avisei Nana, e Pedro vai dar uma força e receber os aparelhos. De resto, tenho três audiências inadiáveis marcadas na parte da manhã.

Após o almoço, recebo a tão esperada ligação.

— Diga, Pedrão. Novidades boas?

— Excelentes! Todos os equipamentos foram instalados e testados. Tudo funcionando, em perfeito estado. Agora é só buscar a Vitória.

— Você é o cara, meu amigo. Vou me apressar aqui. Os médicos já sabem que estou indo buscá-la. Você vai esperar a gente?

— Claro. O padrinho tem que estar presente nesse momento especial.

Ele soa tão feliz quanto eu. Despeço-me e termino o que tenho que fazer, depois sigo para o hospital. Meu coração parece que vai sair pela boca. *Meu Deus, minha pequena vai para casa.* Estou no trânsito, quando meu celular toca. Atendo pelo bluetooth.

— Ei, linda, a que devo a honra da ilustre ligação?

— Engraçadinho... Como se eu nunca ligasse.

— "Nunca" é exagero, mas não é comum.

— Azar o seu por me dar trela. Vai enjoar de mim daqui pra frente.

— Jamais.

— Tem notícias da Vitória?

— Estou a caminho do hospital. Os equipamentos já chegaram. Está tudo pronto.

— Que felicidade! Mais tarde vou lá ver vocês. Infelizmente, não posso ir agora, mas estou mandando boas energias. Vai dar tudo certo.

— Tenho certeza de que sim. Espero você, meu amor.

— Um beijo! Ah... Eu te amo.

— Eu também. Muito. Tanto que não cabe em mim.

Desligamos, com ar de adolescentes apaixonados. As primeiras pessoas que encontro no hospital são meus pais. Estão em uma conversa animada com Rafaela, como se fossem íntimos, e a pauta sou eu.

— Sério que ele adorava jogar tênis? — pergunta ela.

Desde quando eles falam da minha infância? Que desconfortável.

— Não jogo há muito tempo.

— Filho, nem percebemos que você chegou. — Surpresa, minha mãe vem me abraçar. — Eu e seu pai não estávamos nos aguentando de emoção.

— Estou feliz que adiaram a viagem para estarem aqui em um momento tão importante para mim e minha pequena.

Abraço meu pai também.

— Não haveria lugar melhor no mundo para estarmos agora — comemora meu pai.

O dr. Eurico entra para dar a alta pessoalmente. Ouço cada instrução com muita atenção, e Rafaela faz algumas perguntas pertinentes. Acho que Vitória entende que algo muito importante está prestes a acontecer, pois juro que por um momento seus olhinhos se fixam em mim.

— Está pronta para conhecer o mundo, princesinha? — pergunto, emocionado, e dou um beijo em sua testa. — Sua carruagem já está esperando.

— Marco, o convênio já disponibilizou uma ambulância.

— Para quê? Eu providenciei uma cadeirinha especial para levá-la de carro.

— O ideal seria a ambulância. Além de ser equipada, disponibilizamos um médico da equipe para acompanhar Vitória.

— Tudo bem, doutor. Eu vou junto.

— Mas, filho, você veio de carro. Como fica? — pergunta meu pai.

— Depois eu vejo.

— Dr. Marco, se o senhor desejar, posso levar seu carro. Não tenho muita experiência, mas possuo carteira de motorista — interrompe Rafaela.

— Ah, que maravilha! Então tudo resolvido. A Rafa pode nos seguir. Eu falo para o seu pai, filho: essa moça é seu braço direito.

Pronto, minha mãe, além de querer decidir por mim, começa a bajular a enfermeira, que fica toda convencida e me fita com um brilho estranho no olhar.

— Tudo bem — concordo a contragosto, mas então me viro para minha filha. — Chegou nossa hora, pequena. — Com a alta nas mãos, eu a tomo no colo. Minha alegria aumenta quando ouço algo parecido com um gritinho. — A gente vai embora, meu anjo.

Ao abrir a porta do quarto e sair, a emoção me toma. No corredor, profissionais da ala infantil e pacientes com seus pais nos aplaudem. Não tem como agradecer pelo carinho que sempre deram a mim e à minha pequena. Apesar dos meus esforços constantes e de todos os gastos, não deixo de pensar nas famílias que não têm recursos para oferecer o atendimento adequado aos filhos com diagnósticos difíceis.

— Dá tchau para eles, princesa.

Balanço sua mãozinha, prometendo a mim mesmo que vou dedicar minha vida a conseguir melhores condições para estas crianças. Desde o nascimento da Vitória, faço contribuições para instituições filantrópicas. Não sou milionário, mas soube investir os honorários que recebi na época que advogava e recebi uma herança dos meus avós paternos. Na verdade, estou tão resguardado financeiramente que, se quisesse, nem precisaria trabalhar, então ajudo a quem precisa.

— Meu bem, agora nada vai nos separar. O papai vai estar com você para sempre.

Depois das despedidas, finalmente saio do hospital e apresento minha filha ao mundo. Sinto uma alegria imensa. Quero mostrar a ela o verde das folhas das árvores e fazê-la sentir a brisa na pele e o cheiro do ar livre.

— Veja como a vida é boa, Vick! E toda sua. — Em meio ao estacionamento, rodo cuidadosamente com ela. — Você merece tudo isto, filha.

Com ela nos meus braços, tudo ao redor desvanece. Há apenas minha princesa conhecendo a liberdade.

Bárbara

Meu dia é corrido como sempre. Almoço com a Patty, tenho reuniões intermináveis e claro que, entre um intervalo e outro, ligo algumas vezes para o meu namorado para ter notícias da ida de Vitória para casa. Seu amor pela filha é tocante. Ele aguentou uma barra que poucos são capazes de segurar. Antes de sair do escritório, já tarde da noite, envio ansiosa outra mensagem para o meu amado: Amor, quer mesmo que eu vá jantar com você? Se sim, posso levar alguma coisa?

Não demora nem um segundo para chegar a resposta: A única coisa que precisa trazer é sua presença. Já falei com a Nana, e ela deixou tudo pronto. Hoje é dia de comemorações.

Devolvo: Só vou dar uma passada em casa e logo estou aí.

Termino de escrever a mensagem quando chego à garagem e dou de cara com um homem olhando minha moto e mexendo onde não deve. Por acaso, é mecânico dela? Fico furiosa. Odeio quando mexem na Viúva-Negra. *Olha com os olhos, não com a mão*. Daqui a pouco vai querer subir para deixar a marca da bunda no banco.

— E aí, amigo? Perdeu alguma coisa?

O estranho toma um susto.

— Hm, é... Desculpa. Estou aqui admirando. É da senhora?

— É! Por isso, se quiser admirar, faça de longe. Essa aí é de estimação — soo ardilosa, pois sei que há câmeras espalhadas pelo recinto.

— Mil desculpas. Foi só curiosidade, mas já vou indo — diz ele, então sai apressado.

Estranho. Eu, hein! Por precaução, checo se está tudo no lugar, então dou a partida. O ronco da moto é um sinal de que está tudo bem. Saio para a avenida.

O vento contra o corpo me traz uma sensação boa. Estou feliz por estar a caminho de compartilhar com Marco uma noite tão especial para ele e a filha. Sei que o momento é dos dois, mas me sinto à vontade para participar, mesmo que seja apenas para estar ali, ao seu lado.

Nosso amor está florescendo cada dia mais. Não vou temer o que o destino está me entregando. Vou viver um dia de cada vez, e enfrentar todos os desafios. É apaixonante conhecer a história do Marco e acompanhá-lo enquanto ele batalha, sem querer passar por cima de ninguém, apenas se dedicando ao amor. Se ele abriu a porta do coração para mim, vou ficar.

Passo em casa apenas para tomar banho e me arrumar e, quando chego ao seu apartamento, tomo um susto ao ver quem abre a porta.

— Boa noite, Rafaela. Que surpresa encontrar você aqui. Pensei que seu turno já tivesse acabado.

— Não, Bárbara. Com a vinda da minha princesa para casa, fiz questão de ficar, pelo menos hoje.

— Entendi.

Entendi porcaria nenhuma! Primeiro que, enquanto enfermeira, não é sua tarefa abrir a porta para ninguém. Segundo, se pensa que me engana com essa proatividade toda, está bastante iludida. Este é mais um dos lados bons de ter sido traída: os olhos ficam abertos como os de uma águia e as garras, então... afiadas como nunca.

— Amor, você chegou.

Sou recebida por um abraço caloroso. Sei que é desnecessário, mas não resisto e lhe dou um beijo lento e apaixonado.

— Cheguei cheia de saudade, amor. Onde está a Vitória? Hoje, o dia é todo dela.

— Verdade. Precisa ver como está bem ambientada.

De canto de olho, noto que a sonsa presta atenção na interação. Pelo jeito não é apenas Vitória que está bem ambientada.

— Eu imagino.

— Vem. Vou mostrar pra você.

Fico me perguntando se Marco não percebe o urubu, mas, quando entro no quartinho cor-de-rosa, com fadas e princesas pintadas nas paredes, me emociono. É tudo lindo, e Vitória está acordada. Só a tinha visto dormindo.

— Oi! — digo em um tom carinhoso, encantada com sua fofura.

Exceto pela sonda, não entendo a necessidade de tantos aparelhos hospitalares.

— Amor, por que tantos equipamentos se ela não está usando nenhum?

— Apenas por precaução. Esta baixinha teve duas paradas respiratórias quando tinha 6 meses.

— Ah... Posso pegá-la no colo?

Não sei explicar o que estou sentindo. É como se, lá no fundo, em algum lugar do meu íntimo, nós duas tivéssemos algum tipo de conexão.

Marco concorda e me ajuda a ajeitá-la no colo. Tenho a melhor sensação do mundo. Bate até um desejo louco de ser mãe.

— Ela é muito fofa, Marco. Dá vontade de beijá-la, apertá-la e não parar mais.

— Entendeu por que sou tão apaixonado?

— Cem por cento. Mal a conheço e já me sinto assim também.

— Já que estou vendo que ela gostou do seu colo, vou deixar vocês se conhecerem melhor e aproveitar para tomar um banho. Desde que cheguei do hospital, não fiz nada além de babar na minha filha.

— Então vai e passa a vez.

Ele fica parado nos olhando com aquele sorriso que o deixa ainda mais sensual.

— O que foi?

— Eu poderia me acostumar fácil a ver as duas pessoas que mais amo na vida juntinhas assim todos os dias.

— Seu pai é um bajulador, Vi... — confidencio, apaixonada pelo seu cheirinho gostoso e as dobras rechonchudas das perninhas. Marco sai do quarto depois de jogar um beijo no ar. — Ele disse que se acostumaria com a gente, mas acho que quem adoraria ter vocês dois sou eu.

Adulto é um bichinho besta mesmo. É só chegar perto de uma criança e afina a voz.

— Estou vendo que está fazendo amizade com minha pequena... — Rafaela interrompe meu momento com Vitória.

Minha? Só agora me dou conta de que não é a primeira vez que ela a chama assim.

— Minha enteada é fácil de amar. Já a quero como filha — retruco, para dar uma alfinetada.

— A Vitória é realmente muito amada e está rodeada de pessoas que querem ser sua mãe, mas, como cheguei primeiro, acredito que, se ela falasse, seria para mim o primeiro "mamãe".

Agora ela passou dos limites.

— Acho que você está muito apegada à sua paciente, Rafaela. Só não esquece que, aqui, você é a enfermeira, não a mãe.

— Ah, não me interprete mal. Só quis dizer que sempre estive presente na vida da minha menina.

Mordo a língua. Não vou entrar no seu joguinho sujo. Infelizmente, ela volta a tagarelar.

— Hoje mesmo eu tinha que vir de ambulância, afinal sou a "enfermeira", mas o dr. Marco fez questão que eu trouxesse seu carro. Segundo ele e os pais, sou seu braço direito, então acho que sou mais do que uma enfermeira na vida deles.

— Hm, entendi. Então, além de enfermeira, vai acumular o cargo de motorista? Será bom para o currículo. Daqui a pouco você muda de profissão. — Destilo o veneno e a sonsa fica vermelha. Não sei se foi de raiva ou de vergonha.

Se não sabe brincar, não desce para o play.

Capítulo 34

Marco

Termino o banho e, quando entro no quarto, ouço um barulho. Logo identifico de onde está vindo a falação toda: o sistema de babá eletrônica superavançado que Pedro instalou. Eu me sento perto do aparelho enquanto seco o cabelo e presto atenção na conversa.

Meu Deus. Bárbara é muito espirituosa mesmo. Agora estou preocupado com Rafaela. Por que tinha que falar sobre o carro? E pior, falou que *eu* disse que ela era meu braço direito. Será que vou ter que dispensá-la? Antes de qualquer decisão drástica, decido ter uma conversa séria com ela. É o bem-estar de Vitória que está em jogo.

Eu me arrumo rapidamente para evitar que as provocações se estendam demais.

— Vejo que a princesa gostou do colo da rainha. Ela se apaixonou por você, Bah, assim como eu.

Minha funcionária fica nitidamente desconfortável com minhas declarações.

— Quanto a você, Rafaela, pode ir descansar. Estela não vai demorar. Enquanto ela não chega, eu e a Bárbara cuidamos da Vitória.

— Mas... Mas... Bem, eu dispensei a Estela. Imaginei que poderia tomar conta da Vitória hoje à noite, já que está mais acostumada comigo.

— Você *o quê*? Como assim "dispensou"? — Minhas mãos tremem de nervoso. — Quando foi que dei a você a liberdade de saber o que é melhor para minha filha? Será que pode me acompanhar até a sala?

Não quero qualquer discussão no quarto de Vitória nem na presença de quem não tem nada a ver com a situação desagradável.

— Eu não fiz por mal. Juro! Só queria ajudar — insiste Rafaela enquanto me segue para o corredor. — Se soubesse que o senhor ficaria tão bravo, não teria feito.

— Não importa se foi para ajudar ou não. Sei do seu empenho como profissional, mas você não tinha esse direito. Mais do que ninguém, conheço muito bem os direitos trabalhistas, e você precisa do seu intervalo intrajornada. Sendo assim, por favor, Rafaela, vá descansar.

— O senhor tem razão. Posso pelo menos me despedir da Vitória?

Juro que não gosto de ser ríspido com ninguém, mas não suporto mentiras.

— Seja breve.

Entramos e encontramos Bárbara inquieta, andando de um lado para o outro com Vitória nos braços. Acho que não percebeu que a pequena já está dormindo. Minha sereia é muito linda com ciúme.

Rafaela se despede de Vitória e sai de cara feia. Fico com um pressentimento de que os problemas que previ começaram.

Eu me aproximo de Bárbara para abraçá-la, mas a campainha toca. São meus pais, que vieram para ver minha princesa, e Pedro, que veio verificar mais uma vez as instalações. Por sorte, Nana fez bastante comida para o jantar, que transcorre divinamente bem, com muitas risadas.

O entrosamento entre Bárbara e meus pais é gostoso de ver, muito diferente de como era com Paula. Falando nisso... ela anda muito quieta. Depois do showzinho na festa do meu pai, tenho que ficar esperto. Quando Paula some assim, posso esperar chumbo grosso.

— Querido, agora nós já vamos — anuncia minha mãe.

— Fiquem o tempo que quiser. — Tento compensar a forma hostil como Paula os tratava quando vinham me visitar.

— Sei que você não está nos expulsando e que está feliz, mas precisa descansar.

— É, o dia foi puxado, mas o reviveria mil vezes.

— Nós, pais, não medidos esforços pelos nossos filhos. Nana acertou no cardápio, como sempre... O jantar foi ótimo e as companhias, melhores ainda.

— Concordo com a senhora — diz Pedro. — Vou aproveitar a deixa e ir também. A gente se vê depois, cara.

Dou um abraço no meu amigo, então levo meus pais e Pedro até a porta.

— Pedro, sou eternamente grato por tudo o que fez pela gente. Precisamos nos encontrar mais vezes. Você anda muito sumido.

— Sabe que pode contar sempre comigo, principalmente quando se tratar da minha afilhada. E pode deixar que vou aparecer mais.

— Traz a Beatriz da próxima vez.

— Não sei se vai dar. Ela anda estudando muito.

— Sei, entendo.

Tem mais coisa aí, mas deixo para comentar em outra oportunidade.

Após as despedidas, fecho a porta e me viro para Bárbara. Percebi que, apesar de conversar muito com meus pais e com Pedro, ela estava meio tensa.

— Aconteceu alguma coisa, linda?

Imagino o que seja, mas quero que ela me diga.

— Não. Está tudo ótimo, só estou cansada também...

— Sua certeza não chegou aos seus olhos.

— Então, me diz, Mestre dos Magos, leitor de mentes. Conte-me o que está havendo.

— Depois que saí do banho, ouvi tudo o que Rafaela disse a você. Garanto que nada é verdade. De fato, ela veio com meu carro, porque eu não queria deixar a Vitória sozinha na ambulância. Quanto a ser meu braço direito, foi minha mãe quem usou a expressão. Pedi para conversar com ela fora do quarto porque não queria ser rude nem a envergonhar na frente de vocês. Mas, depois de hoje, sinto que não me resta alternativa a não ser demiti-la.

— Marco, não quero prejudicar em nada a Vitória. Ela já está acostumada à Rafaela, que, apesar de tudo, é uma boa profissional. Por mim, não precisa se incomodar. Sei me cuidar.

— Eu ouvi tudo. Com ciúme, você é uma pantera selvagem!

— Estou aliviada por você ter percebido as segundas intenções dela.

— Pior que nem sei o que deu nela. Nunca dei liberdade. Por enquanto, vou começar a procurar outros profissionais que tenham experiência com a doença da minha filha. Não quero ficar na mão de ninguém.

— Tudo bem, mas sabe de uma coisa? No lugar dela, acho que também não precisaria de muito para querer dar uns pegas no meu patrão gostoso. Você sabe que ela está completamente apaixonada por você, né?

Com toda a malícia do mundo, ela acaricia meu rosto.

— Se está, nunca disse nada.

— Nem se insinuou?

— Tirando as últimas atitudes nada apropriadas, nunca. Mas, como você disse, preciso resguardar Vitória, então só peço um tempinho para não ser injusto e resolver a situação.

— Nesse "tempinho", nada de cair nas graças dela, hein? Estou de olho! — Ela deixa seu recado em tom de brincadeira, apontando com dois dedos para os olhos e depois para mim.

— A única mulher que me tem na mão é você, só você. E, já que estamos colocando as cartas na mesa, precisamos conversar sobre outra coisa. — Já prevejo uma Bárbara nervosa.

Rafaela

Saio do apartamento cuspindo fogo, não pelas palavras do meu amor, mas por ele estar sendo manipulado pela cobra que chama de namorada.

Chego em casa aos prantos e corro para o banheiro. De frente para o espelho, penteando o cabelo, admiro a bela mulher que me tornei. Não vou desistir. Bárbara pode ter se dado bem *hoje*, mas amanhã... Não vou medir esforços para ter a família com que sempre sonhei.

De repente, estou nas nuvens. Tudo vai entrar nos eixos. Agora que vou ter contato com meu amado todos os dias, ele vai perceber que sou a mulher ideal para estar ao seu lado, e não aquela imbecil que apareceu do nada e mal sabe segurar uma criança.

O primeiro passo foi dado: mostrei minha importância aos meus futuros sogros. A mãe do Marco é um amor de pessoa, e eu a adoro. Sempre conversávamos muito nas visitas dela ao hospital. Além disso, amei aquilo de eu levar o carro do meu amado para casa. É uma prova de que já precisam de mim.

Também já deixei claro para aquelazinha quem eu sou na vida dos meus amores. Meu homem está enfeitiçado, é a única explicação para sua grosseria comigo. Vou salvá-lo de ser usado por aquela interesseira e presenteá-lo com o que tenho de mais puro: minha virgindade.

Bárbara

Depois do *chega pra lá* que Marco deu em Rafaela, fiquei mais aliviada, mas agora ele veio com esse papo de conversa séria que já me provoca um frio na barriga.

— Promete que vai me ouvir antes de ficar chateada?

— Meu Deus, Marco! Quanto suspense... Fala logo!

— Depois que você recebeu aquela boneca e o e-mail, contratei um segurança para ficar de olho em você.

— Como é? Você colocou alguém para me seguir?

— Antes que pense que sou um namorado controlador, fiz isso pensando em seu bem-estar.

— Marco, isso é inaceitável. Custava me consultar? — Eu me esforço para não gritar e acordar Vitória.

— Mas eu estou com medo. Saí muito preocupado da sua casa e quase não preguei os olhos. De manhã liguei para alguns amigos... Com todo o alvoroço do dia, não deu para contar antes.

— Tudo bem, mas que não volte a se repetir. Não quero que esconda nada de mim.

Ele me abraça.

— Me desculpe, senhorita geniosa. A ideia de alguém pensar em fazer qualquer coisa contra você me deixa sem chão. Falando nisso, William me contou que hoje tinha um cara mexendo na sua moto. Conhece o camarada?

— Não. E achei muito estranho o jeito com que ele sumiu vazado quando cheguei.

— Vou pedir para o William ficar mais esperto.

— Então é William o nome do meu guarda-costas? Pensei que fosse o Kevin Costner...

Ele tasca um tapa na minha bunda.

— Que engraçadinha... Nada de galã de cinema seguindo você.

A noite é longa, e meu amor me deixa bastante cansada. Foram tantas posições que nem o Kama Sutra daria conta.

Minha relação com Rafaela piora a cada dia. Ela é tão descarada que já não faz questão de esconder a paixonite aguda por Marco, só falta andar com uma melancia no pescoço para chamar atenção. Ele também está no limite, fazendo de tudo para arranjar uma substituta, o que tem se mostrado difícil. Superentendo e apoio sua decisão de colocar o bem-estar da filha em primeiro lugar.

Apesar disso, estamos mais tranquilos. Não recebi mais ameaças, então dispenso meu segurança, afinal não sou de rasgar dinheiro sem necessidade — sim, aceitei a proteção, mas fiz questão de bancar. A única coisa que me preocupa é o silêncio de Paula, que tem deixado até Marco com uma pulga atrás da orelha.

Durmo quase todos os dias na casa de Marco. Ele e a filha se tornaram minha família. Apesar do sentimento de pertencimento, estamos sempre nos esgueirando para não sermos vistos nos momentos quentes, já que a enfermeira da noite está sempre por perto e Nana passou a trabalhar com mais assiduidade. Marco não queria que ela abusasse por conta da idade, mas a danadinha sabe como dobrar a ele e a mim também com aquele papo de "Me faz bem cuidar de vocês".

Hoje, planejei uma surpresa para Marco. Nana e Melissa vão ficar cuidando de Vitória, e vou sequestrá-lo só para mim, dar uma de *dominatrix* e deixá-lo bem relaxado. Saio do escritório mais cedo e, para começar, mando uma mensagem: Dr. Delícia, aguardo você às oito no meu apartamento. Para o jantar, peço comida japonesa e preparo todos os detalhes: velas aromáticas e rosas vermelhas. Talvez seja clichê, mas vou usar toda as dicas que peguei nos livros. Também ligo para Andréa Barbosa, uma amiga especialista em brinquedinhos sensuais.

Estou pensando se não me esqueci de nenhum detalhe quando ele responde: Combinado, amor. Só não vou poder dormir por causa da Vitória. Prometo compensar você.

Iludido.

Já experimentei os três conjuntos de lingerie que comprei, um preto, um branco e um vermelho — todos bem devassos: fio-dental, cinta-liga e renda. Meu salto alto está a postos, fiz a maquiagem, estou perfumada... Agora é só a estrela do show chegar.

Quando a campainha toca, abro a porta com um sorriso no rosto, vestindo um robe de seda e lingerie sedutora por baixo, mas o sorriso morre assim que ergo o olhar.

— O que você está fazendo aqui?

CAPÍTULO 35

Bárbara

O homem à minha porta tem o cabelo desgrenhado, a barba por fazer, olheiras e a roupa toda amarrotada — a personificação do fundo do poço. Apesar de toda a desilusão e raiva que senti, meu coração dói ao vê-lo em um estado tão patético.

— Oi pra você também — cumprimenta Caio, cabisbaixo, em um tom que nunca ouvi antes, nem quando ele perdeu a mãe.

Por mais que eu queira fechar a porta na cara dele, não consigo. Por pena, talvez.

— Você chegou em uma péssima hora. Deveria ter ligado antes, ou pelo menos pedido para o porteiro te anunciar.

— Eu liguei várias vezes e, se pedisse para o porteiro me anunciar, você não me deixaria subir. A propósito, deveria falar com o administrador do condomínio, porque só hoje me dei conta de que ainda tenho o controle remoto da garagem.

Típico. Nem assim perde a oportunidade de dar lição de moral.

— Nesse caso, faz o favor de devolver agora e dizer o que está fazendo aqui.

— Não vamos ficar falando no corredor com você vestida assim, né?

Eu o deixo entrar, mas não tranco a porta, pois sei que Marco vai chegar a qualquer momento e não quero que ele pense besteira.

— Já falamos tudo o que tínhamos pra falar, então seja breve. Estou esperando meu namorado e tenho certeza de que ele não vai gostar nada de encontrar você aqui.

— Babby, desde que você saiu da minha vida, meu mundo desmoronou. — Ele solta um suspiro profundo. — Me dê a chance de provar que mudei. — Passa as mãos pelo cabelo, em um gesto de desespero. — Não consigo esquecer você, nem dormir, nem trabalhar. Dei um tempo para ver se você me perdoava. Eu mereço, em nome dos cinco anos que vivemos juntos, uma segunda chance. Quem nunca errou na vida?

— Infelizmente, você teve seu tempo de provar que era merecedor. Se quer falar de merecimento, falemos do meu. Tenho certeza de que mereço estar feliz ao lado de um homem que me respeita.

Ele abaixa a cabeça, derrotado. Este não é o Caio que conheci.

— Fico feliz por você, mesmo doendo ouvir isso. Hoje, sei que perdi a mulher da minha vida. Podemos pelo menos ser amigos. — Ele tenta se aproximar. De coitadinho foi a predador, é? Eu me afasto. — Preciso de você mais do que nunca. Não confio em ninguém. Estou sendo chantageado pela Nicole e nem sei quem é a pessoa que está ao lado dela.

Fico paralisada. Apesar de tudo, não quero vê-lo na pior. Caio é um cafajeste, mas tem um coração gigante. Acho que também poderia ter uma segunda chance de se redimir consigo mesmo e seguir em frente, mas agora estou curiosa. O que será que ele fez para ser chantageado?

Quando vou dizer que não existe nenhuma possibilidade de mantermos uma amizade, ouço a campainha. Mil coisas passam pela minha cabeça, inclusive a roupa que estou vestindo (ou não vestindo). Meu coração dispara e antevejo a merda por acontecer.

Respiro fundo, peço licença ao Caio e me dirijo à porta a passos lentos. Quando abro a porta, não tenho nem tempo de falar. Sou agarrada pelo deus da justiça, lindo e cheiroso. A boca dele é quente, molhada, ousada e, inesperadamente, íntima. Seu perfume e toque assaltam meus sentidos até ouvirmos um pigarro forçado. Marco se afasta um pouco e olha para Caio.

Capítulo 36

Marco

O que esse merda está fazendo aqui?

Sinto os nervos à flor da pele. Olho com atenção e já percebo quais são as intenções dele ao visitá-la com aquela cara de derrotado. Mas sua chance termina aqui.

— Como vai?

Estendo a mão para cumprimentá-lo, cordial e cinicamente, sem mostrar que me afeta ou que possa ser uma ameaça ao meu relacionamento, e ele retribui firme.

— Não tão bem como você, que está ao lado da mulher mais maravilhosa do mundo, mas estou levando a vida.

Patético.

— O Caio já está de saída. Veio só me devolver o controle remoto da garagem. Chegou agorinha, e falei que estava esperando meu namorado — justifica-se Bárbara, me dissuadindo um pouco da vontade de socar a cara dele.

Percebo a roupa com que está vestida, e só de pensar que esse merda já colocou as mãos nela, fico à beira da insanidade.

— Então, se não tem mais nada para fazer aqui, boa noite e passar bem.

Abro a porta, sem me importar se a casa é minha ou não. Os olhos de Bárbara encontram os meus, e percebo que tomei a decisão certa, mas Caio não se mexe.

— Não me faça ter que usar a força — insisto, em um tom cortante.

— Não precisa repetir, papagaio de pirata. Estou indo, mas não se preocupa, não. Logo, logo ela vai perceber que eu sempre fui o homem certo e que, apesar do meu erro, estou arrependido.

Ele só pode estar de brincadeira. Eu me aproximo e o ergo pelo colarinho.

— Vai embora e não ouse chegar perto da minha mulher outra vez — ameaço baixo, na cara dele.

— Por favor, Caio. Vai embora — interrompe Bárbara, claramente preocupada.

O ratinho ergue as mãos em rendição.

— Ok. Vou porque você está pedindo.

Solto-o, mas então, não satisfeito, o bastardo dá meia-volta e tem a cara de pau de tentar abraçar minha deusa. Antes que ele encoste sequer um dedinho nela, parto para cima e meu punho direito vai de encontro ao seu queixo.

— CHEGA! Caio, vai embora agora e, por favor, nunca mais me procure.

— Isso não vai ficar assim — diz o covarde, já de longe, com o nariz sangrando.

Bárbara fecha a porta na cara dele e se volta para mim, irada.

— Marco, ficou louco? Desde quando eu não sei lidar com meus próprios problemas? Quando me protegeu do Caio pela primeira vez, ele mereceu por estar fora de si, mas agora você agiu feito um moleque.

— Eu, moleque? Aquele paspalho estava dando em cima de você vestida desse jeito na minha frente, e eu sou o errado?

— Pode parar! Se estou vestida assim, é porque estava esperando você. Ou acha que sou o quê? Não vou admitir que me julgue com base em conclusões precipitadas.

— Espero que você tenha ótimas explicações mesmo — retruco, surpreso por ela tentar se isentar da culpa ao transferi-la para mim.

Tento me acalmar, porque sei que a mesa posta e o ambiente decorado foram planejados especialmente para nós — sem querer, ouvi uma conversa de Nana com minha mãe antes de vir para a casa dela. Fico irritado por ter caído na pilha daquele idiota.

— Se vai ser irônico, está perdendo seu tempo. Pode me ouvir ou ir embora. Não fui eu quem armou toda essa confusão e, para fins de comparação, Caio não chega aos pés da quantidade de mulheres fora de si que têm aparecido em sua vida.

— Então acha normal que um cara chegue na casa da mulher que ama e encontre-a com o ex-noivo, batendo papo como se não houvesse amanhã?

Ela caminha em direção à porta e a abre.

— Tchau, Marco.

Incrédulo, vejo lágrimas escorrerem pelo seu rosto. Meu coração acelera.

— Está fazendo comigo o mesmo que fez com ele.

— Não me faça falar de novo.

Dirijo-me à porta, arrasado. O que eu fiz? Que jeito estúpido de retribuir toda a força que Bárbara vem me dando. Paro à sua frente, e ela abaixa o olhar. Já a conheço o suficiente para saber que quando diz não, é não. Tenho vontade de abraçá-la, mas não o faço, apenas vou embora em silêncio.

Bárbara

Fecho a porta e não olho para trás. Acabou. Escorrego encostada à porta, abraço meu joelho e o soluço travado na garganta vem à tona.

Por quê?

A dor é enorme. Não houve um culpado, não houve traição, não houve nada, simplesmente acabou. Meu coração se contrai ao lembrar os momentos felizes que passei ao lado de Marco. Ele tem de saber que toda ação tem uma consequência. Por que preferiu a ironia, a briga, o ciúme a me ouvir e perceber que tudo não passou de um mal-entendido? E por que sou tão intransigente? Se eu tivesse tentado me explicar, talvez ele se acalmasse.

E quanto ao Caio? Por que eu tenho um coração tão mole? Por que não aguento ver ninguém sofrendo? Enxugo as lágrimas, enquanto a ficha cai. Pondero o comportamento de Caio. Ora inconsolável, ora dono de si. Fica óbvio que ele premeditou tudo aquilo. *Como fui burra!*

Pego o celular e, sem pensar, ligo para o amor da minha vida. Preciso consertar a situação. Os toques vão se estendendo... *Atende, por favor*. De repente, aparece que ele atendeu, mas o telefone fica mudo. Disparo:

— Marco, não podemos acabar assim. Volta, por favor. Preciso me explicar.

O silêncio perdura.

— Fala qualquer coisa. Não faz isso com a gente.

— Abre a porta. Estou aqui.

Faço o que ele pede e, quando estou prestes a começar a me desculpar, ele coloca o dedo nos meus lábios.

— Não diz nada. Não é você que tem que se desculpar. Sou eu que devo respeito a você.

Marco olha no fundo dos meus olhos, como se enxergasse minha alma, e limpa minhas lágrimas, depois me beija com sofreguidão, esmagando meus lábios contra os seus. Sinto seu toque, enquanto nossos corações batem no mesmo ritmo. Sem orgulho ou reservas, esquecendo de tudo, me entrego por completo.

Ele solta o cordão do meu robe, que desliza pela minha pele quente. O atrito do tecido frio contra o calor que ele desperta em mim me faz sentir como se borboletas invadissem meu estômago. Marco me acaricia, reivindica, com pressa. Parece que não nos tocamos há muito tempo.

— Nada nem ninguém vai nos separar — promete ele, firme, enquanto sua boca desce para o oco da minha garganta.

A sensação é tão boa quanto se ele estivesse me chupando. Sinto meu sexo pulsar.

— Ninguém — repito, estremecendo.

— Ninguém — diz ele, paquerador, sedutor e assertivo, lambendo a concha da minha orelha. Engulo em seco. — Demorei muito para encontrar você, Bah.

Sustento o contato visual, mesmo abalada até os ossos. Ele se move devagar demais, como um leão decidindo como vai devorar a presa, então me pega no colo e vai para o quarto.

Era para ser uma noite só dele, mas a dor que senti ao pensar que o havia perdido me confunde. Ele me deita na cama e esfrega a barba rala pelo meu colo. Puxa o sutiã para baixo e abocanha um dos meus seios. Em meio aos grunhidos, ouço-o repetir "você é minha, sereia". Arqueio o tronco, precisando de atrito.

— Você é tão especial... — Sua respiração escaldante aquece minha carne. — Tão única... — Ele desliza as mãos pelos meus quadris e, depois, pelas minhas pernas, então me encara. — Linda, sexy e minha...

Por Deus, nenhum elogio deveria ser tão pecaminoso. Estou formigando, latejando, doendo.

— Nesta noite, quero fazer amor do jeito que você merece, Bah. Quero estar dentro de você inteiro.

Ele me beija com intensidade.

— Isso significa que vai passar a noite comigo?

— Não era esse o plano, feiticeira?

Marco ergue meu tronco e abre meu sutiã.

— Você já sabia?

— Digamos que ouvi sem querer.

Ele abre um sorriso malandro ao se livrar da minha calcinha, depois volta a me tocar. Definitivamente, este homem tem as palavras, a boca e as mãos certas para me fazer gemer. Ele morde e chupa meus mamilos.

— Tem muitas coisas que admiro em você, mas sua gentileza e sua vontade de realizar minhas vontades são as melhores.

— Eu gosto de te agradar, mas tem uma coisa de que gosto mais.

Seu polegar roça meu ponto pulsante e o empurra, fazendo pressão.

Fico ofegante. Amo o domínio que ele tem sobre mim. Marco masturba meu clitóris em um ritmo que só ele sabe fazer. Vou gozar a qualquer momento, mas antes preciso dele dentro de mim. Quero que tire logo a roupa e me preencha, mas ele parece não ter nenhuma pressa.

— Amo isso, sereia. Seu corpo se contorcendo, sua respiração ofegante, seus gemidos... mas principalmente o fato de que posso fazer o que quiser com você. — Seus dedos resvalam duros e indomáveis sobre meu sexo nu e carente. — Sempre pronta. — Ele me provoca, me estimula e me penetra fundo, depois repete tudo, lambuzando minhas dobras. — Molhada e minha...

Fico cada vez mais sensível e úmida.

— Mas, por mais que eu queira beber seu gozo, linda, hoje é você que vai lambuzar meu pau.

Ele se afasta, e meu corpo sente sua falta, embebedado de tesão. Ele estende a mão para a mesa de cabeceira e pega o iPod. *Because You Loved Me*, da Céline Dion, começa a tocar.

— Assim não vale. Era eu que tinha que ter colocado a música que escolhi para esta noite. — Faço bico só para dar uma apimentada. — *For all those times you stood by me.*

Por todas aquelas vezes que você me apoiou.

Penso que a letra da canção representa tudo que já passamos juntos. Sério. Este homem não existe. É tão altivo e, ao mesmo tempo, tão cru e primitivo. Ele monta em mim daquele jeito de quem sabe o que quer, então separa minhas pernas e se põe no meio.

— Nasci para te amar, sereia.

Sua boca encontra minha orelha e, em uma única estocada, o mundo deixa de existir. Agora somos eu e ele. Sem limites e sem pudor, apenas nós.

Se Caio achou que eu era mulher para uma transa e nada mais, caiu do cavalo. Sou mais do que um rostinho bonito e um corpo gostoso, tenho cérebro e planos inadiáveis, que, sem dúvida, incluem sua conta bancária. Nosso vínculo matrimonial não precisa ser eterno, mas que dure até eu conquistar uma pensão gorda e, no mínimo, metade dos seus bens. Dei duro para chegar até aqui e não vou deixar a oportunidade escorrer pelos meus dedos.

Desde nossas primeiras trocas de mensagem, coloquei informações interessantes que poderiam me ajudar no futuro, só não sabia ainda como usá-las. Até que encontrei meu pé-rapado em São Paulo e ele me deu uma superideia. Não que Caio não seja uma delícia na cama, mas é que meu amor pobrezinho (eu o apelidei assim porque ele é um bancário *durango*) tem a pegada que eu gosto. Uma mão pesada que me deixa louca. Opressor e dominante. Adoro uns tapas bem dados, com força suficiente para me marcar e doer até a alma de prazer.

Eu me lembro de quando falei que nossos dias de mordomia estavam contados porque meu outro homem, o noivinho, pretendia romper comigo para reatar com a sonsa da ex-noiva. Ele quase surtou. Confesso que já sabia qual seria sua reação. Ele me humilhou e me deu uma surra, mas aí, usando todo meu jeitinho sedutor, contei a conversa que tive com o Caio...

— Meu amor, acho que já podemos marcar a data do casamento. Não vejo a hora de estar com você no altar — falei.

— Nicole, ainda está muito cedo. Vamos falar disso depois. Estou sem cabeça para planejar o futuro. — Deu uma desculpa esfarrapada, mas eu não desistiria fácil, e contei isso também para o meu gostoso amante, inclusive qual era minha carta na manga.

— Amor, como sei que anda muito ocupado ultimamente, resolvi ser uma noivinha eficiente e tomar a frente das coisas. Vou marcar data, horário e local. Você não precisa fazer nada. Basta estar no local, no horário e no dia combinados, e dizer sim.

— Você o quê? — Caio ficou bravo. — Chega. Não aguento mais essa farsa. Não vou me casar com você. Eu amo outra pessoa!

Fiz cara de susto, gritei, chorei, esperneei. Um dramalhão todo. O safado apenas me olhou, incrédulo.

— Louca, eu? Nunca estive tão lúcida, afinal tenho algo que vai fazer você mudar de ideia rapidinho.

Caio ainda não sabia que eu podia arruinar sua vida. A prova foi a cara de idiota que fez.

— Pensei que você fosse mais inteligente, Nicole. Acha mesmo que o golpe da barriga vai me segurar?

— Caio, meu amor, não nasci para ser mãe. Meu corpinho precisa ser preservado. Essas curvas foram feitas para usufruir do melhor que a vida pode proporcionar. — Cheguei bem perto dele e coloquei o dedo indicador no seu peito. — Se pensa que eu seria burra, é porque não me conhece.

Então mostrei o que tinha guardado — algo que colocaria sua tão famosa virilidade em dúvida.

O ordinário da mão pesada estava gostando de me escutar, tanto que começou a me penetrar com os dedos e me pediu para continuar imitando Caio.

— Como você é baixa! Por acaso está tentando me chantagear?

— Meu bem, não fale assim. Só estou dizendo que você precisa de mim... Já imaginou se o mundo descobre o que fazemos juntos?

Caio ficou pálido e, por um nanossegundo, até tive peninha dele.

— Sua...

— Presta atenção no que vai dizer à sua futura esposa.

— Quem está por trás disso? Não acredito que você tenha inteligência suficiente pra arquitetar algo tão baixo.

— Ele falou isso mesmo? — interrompeu meu pé-rapado, rindo. — Tudo bem, já ouvi o suficiente. Vamos nos concentrar aqui.

Depois que terminamos, ele sai bufando do meu apart-hotel. Embora eu tenha recebido um bom orgasmo por ter deixado meu pobretão feliz, ele me aconselha a contratar um detetive para ficar na cola do meu noivo.

O problema é que meu dinheiro não é capim, e Caio se recusa a aumentar minha mesada. Desviar verba da empresa dele também tem ficado cada vez mais difícil, já que, pelo jeito, ele não confia mais em mim, o que só piora o meu humor... mas ele não perde por esperar.

Caio

Quando decidi procurar Bárbara, sabia que ela não teria coragem de bater a porta na minha cara se eu parecesse vulnerável. Sei que foi golpe baixo, mas, quando você ama alguém, precisa apostar todas as fichas.

Para reconquistar alguém inteligente como a Bárbara, é necessário sabedoria e usar seus pontos fracos. Às vezes, a melhor pessoa para conversar é aquela que já viu sua alma nua. E ela foi a única pessoa que eu permiti me conhecer.

Só não contava que aquele engomadinho do caralho aparecesse.

Antes de ele chegar, vislumbrei a compaixão nos olhos da minha mulher — muito melhor do que a indiferença de antes. Isso me deu segurança para dar continuidade aos meus planos. Não que eu tenha inventado uma só vírgula sobre o turbilhão que passou pela minha vida.

Nicole me pegou direitinho. É muito mais esperta do que eu imaginava. Quando me soltei sexualmente com ela, o que só fazia com as garotas de programa que eu contratava, não imaginava que pudesse usar isso contra mim e, ainda pior, ter um amante que eu não faço ideia de quem seja.

É por isso que Babby é a única pessoa que vai saber me ajudar. Ela me conhece de verdade. Não vou contar especificamente do que se trata a chantagem, mas sei que ela vai achar uma saída. Só tem um empecilho: aquele imbecil. Se ele acredita que vou deixá-lo ficar com a minha mulher, está enganado! Ele vai pagar pela vergonha que me fez passar e por, ainda por cima, tentar tomar o que é meu e sempre foi.

Quando saio da casa da minha "ex-ex-noiva" — sim, minha "ex-ex" porque pretendo recuperá-la —, sigo para onde Nicole está hospedada. A ordinária voltou para São Paulo e resolveu fazer daqui seu lugar preferido. Acredita que, ao se fazer presente, vai me intimidar com suas artimanhas até a gente se casar.

Se fosse para me extorquir, talvez até conseguisse, mas me chantagear para colocar uma aliança no dedo? É muita burrice. Será que não tem um pingo de amor-próprio?

— Nicole, vim para acertar nossas diferenças. Isso não passa de hoje.

— Amor, não sei a quais diferenças se refere. Basta aceitar se casar logo comigo. Quer proposta melhor?

— Você está tirando sarro da minha cara? Desde quando me amarrar a você é sinal de felicidade? O que está querendo é ficar sob os holofotes.

— Quanta ironia, não é mesmo? Você me acusa de querer os holofotes, mas imagina se eu aceito? Já pensou nos sites de fofoca divulgando toda a verdade sobre o empresário Caio Laruzi Sampaio? Seria a fofoca do ano, ou até do século!

— Sua cachorra, não ouse abrir a boca! Se fizer isso, eu acabo com a sua raça. Pode escrever — digo, entredentes, enquanto seguro seu braço.

— Vai fazer o quê?

A descarada aproveita a proximidade para me dar um beijo quente, e eu... Bem, a carne é fraca, e não resisto.

Quando acordo de manhã, sinto nojo de mim mesmo. Como posso ser tão idiota a ponto de passar a noite com uma mulher que quer me apunhalar? Aproveito que está dormindo para vasculhar o quarto à procura da prova que tem contra mim. Nada.

Quando me viro, ela está parada em frente à porta.

— Perdeu alguma coisa, meu gostoso?

Não respondo de imediato. Sinto a raiva me dominar ao ouvir o sarcasmo na sua voz irritante.

— Nicole, não vou falar duas vezes. Me dá a prova, ou você vai para o olho da rua, além de sofrer um processo gigantesco.

— Acha mesmo que vou entregar meu passaporte para a felicidade? Meu amor, para com isso. Meu lugar é do seu lado!

Discutimos a manhã toda e acabamos na cama de novo. Vou embora apenas no final do dia, quando resolvo afogar as mágoas em um bar requintado que frequentava muito com a Bárbara.

Peço a carta de uísque, mas parece que falo grego, pois o insolente do barman me olha como se eu tivesse a obrigação de saber quais rótulos são servidos no local. Depois disso, até a música ambiente me irrita, fora o vaivém de gente... Tudo se soma à minha bagagem já cheia de problemas. A gota d'água é quando vejo um casalzinho se despedindo na calçada. Não tinha percebido que dividíamos o mesmo ambiente.

Conto de fadas de merda! Juro que esse romance tem prazo de validade, porque, se ela não ficar comigo, não vai ficar com mais ninguém.

CAPÍTULO 37

Paula

Sério, como uma pessoa vive com dez mil reais por mês? Não dá para comprar nem uma bolsa da Louis Vuitton. Não aguento mais esse *miserê*. Meu pai diz que, se eu não mudar meu comportamento, não vai me ajudar com nem um tostão. Minha única saída é, no fim, meu plano principal: recuperar Marco, aquele idiota. Se ele não ceder, quem vai pagar é nosso serzinho. Só que antes preciso tirar a namoradinha sem sal dele do caminho.

— Carol, minha lindinha, tem novidades para mim?

O que a gente não faz para conseguir informações privilegiadas, né? Logo eu ligando para uma fulana que é conhecida da conhecida que é amiga da enfermeira que cuida daquela coisinha. É o fim...

— Paula, já ia te ligar. Sua filha já recebeu alta. Falei com a Rafaela hoje, só que não tenho boas notícias para dar.

— Ai, por favor, não me fala que a saúde da minha menina não está bem... É isso? — Faço um drama.

— Não, Vitória está ótima. O que tenho para contar é sobre o pai dela. Fiquei muito próxima de Rafaela, a enfermeira da Vitória, e descobri que ela está completamente apaixonada pelo patrão. O pior é que já até considera sua filha como dela.

— O QUÊ? — grito, mas logo percebo o exagero e me recomponho. — O quê? Quer dizer que a enfermeira se apaixonou? Fiquei surpresa. Você sabe, né? Depois de anos de relacionamento, é complicado saber que outra mulher deseja o que um dia fez parte da sua vida.

— Eu entendo, dona Paula. Mas não se preocupe. Pelo que ela me disse, ainda não se declarou. Não tem coragem. Sabe que não tem chance, coitada. Parece que ele está namorando firme com outra.

É disto que eu sempre falo: elemento *sorte*.

— Eu imagino. Agradeço por sempre estar tão disposta a ajudar. Agora tenho que desligar, porque vou ao shopping comprar alguns presentes para o meu anjinho. Peço para todos os santos que o pai dela permita que eu mantenha contato e você ao meu lado.

— Deus vai permitir, Paula. Se precisar, sabe que pode contar comigo.

Teoricamente, a paixão da tal da enfermeira seria uma surpresa um tanto desagradável, porém, quando duas mulheres se juntam para destruir alguém, a vitória é certa.

Rafaela

Desde o *chega pra lá* que recebi de Marco, minha estadia na casa dele tem sido tensa. Tudo por causa daquela mocreia. Ela nunca perde a oportunidade de me alfinetar. Estou farta de tudo isso. Farta de ser a virgem boazinha.

Hoje fiquei sabendo que ele nem passou a noite em casa. Estou emocionalmente desgastada e ainda tenho de enfrentar um metrô e dois ônibus lotados. Não vejo a hora de vir morar logo aqui, na casa dos meus amados.

Enquanto caminho em direção à estação, ouço alguém me chamar:

— Ei, moça! Psiu!

Olho para o lado, mas não reconheço a loira com cara de atriz de Hollywood que me chama.

— Está falando comigo?

— Claro que estou. Venha cá.

Ela estaciona o carro, e eu me aproximo, desconfiada.

— Você é a Rafaela, enfermeira da Vitória?

— Quem é você?

— Se puder entrar no carro, quero tratar com você um assunto do seu interesse.

— Não te conheço. Como você sabe meu nome?

— Querida, não quero assustar você. Sou a Paula, mãe da Vitória, ex-mulher do Marco.

Levo a mão à boca. Nunca tinha visto esta mulher. Pensei que nem existisse.

— Se quer falar comigo, podemos conversar aqui mesmo.

Depois de tudo o que já ouvi dela, não sei se devo confiar.

— Não posso parar o carro aqui. Vamos dar uma volta. Precisamos conhecer uma à outra, não acha? Afinal, preciso agradecer por ter sido a mãe da minha querida Vitória durante tanto tempo.

A mulher fala com ternura. Fico curiosa. O que será que houve para ela se afastar de uma criança tão doce? Vou descobrir. Entro no carro, ela dirige até uma rua cheia de bares e restaurantes.

— Rafa, posso chamar você assim, certo? Vou parar naquela vaga pra gente conversar melhor.

Concordo um tanto quanto tensa, vendo a movimentação das pessoas entrando e saindo dos restaurantes.

— Vou direto ao assunto, Rafa. Quero ter contato com Vitória. Sofri demais depois do parto e entrei em uma depressão terrível, sem aceitar que a filha que tanto sonhei não viraria uma mocinha, não me acompanharia às compras e tudo isso. — Seus olhos se enchem de lágrimas e ela continua em meio aos soluços. —

A depressão acabou comigo. Tive que me afastar, e Marco não entendeu. Achou que eu estava rejeitando minha própria filha. Dá pra acreditar?

— Dona Paula, não sei por que a senhora está me dizendo isso tudo. Não cabe a mim julgar. Para dizer a verdade, Marco já tem *bastante* mulher na vida dele.

— Ah, minha querida, eu sei que você tem um coração de ouro. Todo mundo diz que é uma excelente pessoa. Você já deve ter conhecido a namorada do Marco, né?

De repente, sou tomada pelo ódio ao lembrar daquelazinha.

— Conheço, sim, mas o que ela tem a ver com tudo isso?

— Ela tem tudo a ver. Recentemente descobri que essa moça, que nem sei o nome, está colocando caraminholas na cabeça do Marco e proibiu que eu me aproximasse da minha menina. — Ela bate a mão com força no volante. — Eu preciso da sua ajuda, Rafa. Preciso abrir os olhos do Marco. Não quero meu ex de volta, mas essa mulher é uma bruxa.

— Co-Como assim? A senhora não quer seu marido de volta?

— Claro que não. Só quero ter contato com minha filha. Para o Marco, desejo toda a felicidade do mundo, mas com alguém que realmente o ame. Rafa, estou aqui em um ato de desespero. Você tem que me ajudar a tirar a venda dos olhos do Marco e livrá-lo dessa mulher que me obriga a ficar longe do meu bem mais precioso: minha filha.

Ela nem precisa falar duas vezes. *Estou dentro.*

Bárbara

Definitivamente, estou no meu paraíso particular. Amar e ser correspondida é bom demais. Ainda que eu tivesse me desculpado pelo episódio envolvendo Caio, Marco também se desculpou e fez, mais uma vez, eu me sentir especial. Isso sem contar a noite incrível que passamos juntos. Não tiro da cabeça as memórias de ontem. Estou sorrindo sem parar. Faz uma horinha que estamos separados, mas parece uma eternidade. Enfim... como ninguém vive só de amor, é melhor eu começar a trabalhar.

Após muitas reuniões e apenas um sanduíche natural como almoço, cá estou, morrendo de fome e pronta para o jantar. Meu tino empresarial está aflorando, principalmente depois da viagem do Bigodinho, que está fazendo um estudo detalhado para ampliarmos o escritório e abrir uma filial no Rio de Janeiro.

No caminho para a pizzaria onde vou encontrar Marco, prevejo a cara feia do dr. Delícia ao descobrir que não tive tempo de voltar para casa e trocar a Viúva-Negra pelo carro, mas, por sorte, chego primeiro. Ponto para mim. Minha moto é tudo mesmo.

Acabo de me sentar quando avisto Marco vindo. Ajeito a cadeira para que não veja o capacete e abro um sorriso sapeca. Para variar, ele está lindo, em um terno chumbo feito sob medida, pois não é possível uma peça servir tão bem assim de outro jeito. Conforme passa pelas mesas, as mulheres viram a cabeça para acompanhá-lo. Tudo meu, penso orgulhosa da atenção que desperta sem parecer que percebe ou desviar a atenção de mim.

— Já está aqui, minha linda.

Ele me dá um beijo delicioso.

— A saudade me fez chegar mais rápido...

— Não sei por que isso não está me cheirando só a saudade.

— É só saudade mesmo, viu?

— Bah...

— Senta logo, dr. Delícia. Você está chamando muita atenção da mulherada aqui.

— Estou?

Ele faz uma graça, e eu o fulmino como se ficasse brava.

— É, então nada de olhar para os lados.

Ele se senta de frente para mim, todo satisfeito com a ceninha.

Escolhemos a pizza e, apesar da conversa descontraída, sinto que Marco faz rodeios a noite toda. Deve estar fugindo de algum assunto. Quando ele finalmente parece resolver falar, seu celular o interrompe.

— Alô?

Ele ouve por um segundo, e sua expressão se torna apreensiva. Quando desliga, é outra pessoa.

— O que aconteceu, Marco? É alguma coisa com Vitória?

— Amor, me desculpa, mas preciso ir embora. Rafaela acabou de me dizer que a princesinha está febril. Ela já foi atendida pelo pediatra e medicada, mas não vou ficar em paz longe dela. Tudo bem por você?

— Claro, vida. Fica tranquilo!

— Quer deixar o carro aí e ir comigo? Depois damos um jeito de vir buscar.

— Melhor fazermos assim: vou para o meu apartamento deixar a moto, pego uma roupa e vou para a sua casa de carro.

— Eu sabia. Que saco, sereia! Já disse...

Coloco os dedos nos seus lábios.

— Não vou explicar por que estou de moto, mas depois conto tudo. Pode ir sossegado, porque sua boneca aqui não é de porcelana.

— Não é mesmo. É de carne e osso, graças a Deus. É melhor você ter uma boa explicação, caso contrário...

— Caso contrário o quê? Vai me colocar de castigo?

Abro um sorrisinho enquanto faço sinal para o garçom fechar a conta.

— Ajoelhada na minha frente.

— Com todo prazer, meritíssimo.

— O prazer vai ser meu. E se, quando estiver com meu pau fodendo sua boca, você prometer que vai me ouvir da próxima vez, talvez eu te dê prazer também.

— Sabe que adoro um desafio, né?

— E também antecipar meus cabelos brancos.

— Hm, pensar em ver você grisalho só me deixa ainda mais apaixonada.

Pagamos a conta e cada um segue seu caminho. Quando subo na moto, sinto um frio na espinha. Não sei explicar. Tenho a impressão de estar sendo observada. Devo estar cansada demais.

Acelero a Viúva-Negra e curto a brisa fresca. Noto que um carro preto está me seguindo desde que saí da pizzaria. Viro em uma esquina aleatória, e o carro vem atrás de mim. Então aproveito a pista livre e acelero, mas, quando olho pelo retrovisor, não há tempo para pensar nem reagir, apenas sentir o impacto.

Sinto um tranco e um estrondo, e então vêm a escuridão e a dor. Tento me mexer, mas não consigo. Depois de muito esforço, ouço vozes ao longe e um barulho de sirene se aproximando. Tento me lembrar do que provocou tanta dor.

— Afastem-se, por favor. — Ouço alguém falar, sentindo como se minha alma despregasse do corpo. — Cheque os sinais vitais dela.

Com muito cuidado, tocam em meu pescoço e envolvem-no em algo duro, até que meu corpo é movido para uma superfície macia. Novamente, tento me mexer, mas meu corpo não responde. Deve ser um pesadelo, daqueles horríveis em que você escuta vozes, sente a presença de outras pessoas, mas não pode fazer nada.

Peço a Deus para que tudo isso acabe e eu possa voltar para a luz. Ou que devolva os movimentos do meu corpo, que parece ter morrido. Então vou afundando na inconsciência, e uma tranquilidade sem fim toma conta de mim. Não preciso respirar nem me mexer. A dor passa, e vem a calmaria...

Capítulo 38

Caio

Estou sentado sozinho no meu apartamento, pensando em como minha vida mudou em tão pouco tempo. Fico surpreso ao constatar o que um impulso inconsequente pode causar. Travo uma guerra interior, desejando apenas a paz que deixei escorrer por entre os dedos.

Então o celular toca e, por um momento, não consigo me mover. Não para de tocar, até que atendo, pronto para mandar qualquer pessoa ir para o inferno.

— Polícia Militar. Com quem falo?

Penso que talvez seja engano, mas algo faz meu coração acelerar.

— Caio. Pois não?

— Sou o sargento Pereira. O senhor conhece Bárbara Nucci?

— Conheço. O que aconteceu?

— Senhor, Bárbara acaba de se envolver em um acidente de trânsito e nos documentos encontrados com ela consta que o senhor é a pessoa indicada para contato.

— Como assim acidente?! Como ela está?! Onde ela está?!

Estou confuso demais, principalmente devido à perturbação geral da minha vida.

— Sr. Caio, por favor, acalme-se e escute com atenção. Ela já está sendo levada para a emergência. O senhor sabe se ela tem alergia a algum medicamento?

— Espera! Leva a Bárbara para o melhor hospital da cidade. O convênio dela é ótimo e, mesmo que o plano não cubra as despesas, eu arco com os valores. E não, ela não tem nenhuma alergia.

— Ok. Estamos indo para o Sírio Libanês. Quando o senhor chegar, procure por ela na ala de emergência.

Desligo o telefone depressa e sigo para o hospital. Tudo acontece tão rápido que, quando dou por mim, já estou no estacionamento, invadindo a emergência atrás de notícias do amor da minha vida.

O sentimento de culpa toma conta de mim. O lugar está lotado, e tento obter informações na recepção. A recepcionista demora uma eternidade para pesquisar no sistema. Minha vontade é a de pular o balcão e checar eu mesmo onde Bárbara está.

— Qual é seu grau de parentesco com a paciente Bárbara Nucci, senhor?

Fico mudo por alguns instantes, mas... *dane-se.*

— Sou o noivo dela.

A mulher autoriza a entrada. Não sei se estou mais nervoso para saber o estado dela ou por estar em um hospital. Detesto o cheiro mórbido e a frieza dos corredores. De repente, deparo com uma delícia de enfermeira. *Cacete*, isso é hora de pensar em uma coisa dessas? A mulher tem curvas de ressuscitar qualquer defunto e, ainda por cima, abre um sorriso de quem está facinha.

Balanço a cabeça para espantar os pensamentos lascivos e focar no que interessa.

— Enfermeira, por favor, preciso de informações sobre uma paciente que deu entrada há pouco tempo, vítima de um acidente de moto. Você pode me ajudar?

— Ela está passando por alguns exames. Basta esperar e em breve o senhor vai saber de tudo. Enquanto isso, se precisar de algo, é só chamar.

Ela dá uma piscadinha.

Fala sério. Eu tentando andar na linha, e o destino jogando contra mim, sempre colocando mulheres no meu colo. Mas não demora para minha consciência pesar. Não consigo imaginar perder Bárbara, muito menos para a morte. Nada disso é o que planejei para nossa vida.

Marco

A cada dia que passa, tenho mais certeza de que Bárbara é a mulher da minha vida. Apesar do pouco tempo que estamos juntos, nosso destino está entrelaçado. É por causa desse sentimento desmedido que estou tão angustiado. Ela ainda não deu notícias. Sei que é uma exímia pilota, mas fico preocupado mesmo assim. Por outro lado, não posso deixar minha filha. Preciso, o quanto antes, ter as duas ao meu lado, para amá-las e protegê-las.

Já em casa, percebo tudo quieto. Depois da vinda de Vitória, é muito bom chegar e ouvir seus gritinhos enquanto brinca com Estela ou Rafaela. Deve estar dormindo.

Quando entro no quarto, Rafaela está diferente, com os cabelos soltos. Assusto--me bastante, porque nunca a vi assim. Acho que vai sair e só estava me esperando chegar para partir.

— Rafaela, como Vitória está?

— Oi, Marco, ela está muito bem. A febre passou e ela está dormindo feito um anjo. Ah, antes que eu esqueça, Estela ligou e disse que não virá por motivos pessoais. Combinamos de eu cobrir o turno dela e, amanhã, ela cobre o meu.

— Não se preocupe. Já falei o que penso sobre infringir os direitos trabalhistas. Pode ir para o seu compromisso. Não quero estragar sua noite.

Como se não tivesse ouvido, ela se aproxima devagar. Rafaela está muito estranha.

— O doutor veio sozinho?

Ela me encara como uma predadora. Acho meio patético.

— Vim. Qual é o problema, Rafaela?

Do nada, ela começa a se despir, revelando uma lingerie fina por baixo. *Que porra é essa?*

— Rafaela, o que é isso? Coloca a roupa agora mesmo ou juro que vou demitir você!

— Fica calmo! Não percebeu que eu quero você? Estou pronta para me entregar. Guardei o que uma mulher tem de mais precioso para oferecer a um homem. Sou toda sua.

Viro-me na direção oposta.

— Marco, quero que me tome. Ainda não percebeu que meu coração é seu há muito tempo? Quero que você me faça mulher.

— Vou dizer apenas mais uma vez, Rafaela. Coloque a roupa agora e saia da minha casa. Vamos acertar as contas amanhã. Isso é inadmissível.

Ela tenta me agarrar, mas sou mais rápido e seguro seus punhos. Além de estar ofendendo a mim, está desrespeitando minha filha.

— Não vou desistir de você, meu amor. Eu te amo. Não aguento mais resistir ao desejo que sinto por você.

Foda-se! Não dou tempo para que ela fale mais nada. Arrasto-a, junto com suas roupas, para a sala.

— Agora coloque sua roupa! Você tem um minuto pra sair da minha casa. E não volte nunca mais. Pode ter certeza de que meu advogado vai entrar em contato com você.

Eu a largo na sala, com cara de espanto. Como vou explicar toda essa cena esdrúxula para a Bárbara, que já havia *cantado a pedra* desde que conheceu Rafaela?

Vou para o escritório, a fim de dar tempo para que Rafaela se recomponha e repense o papelão a que se prestou. Enquanto isso, ligo para minha deusa. Quero saber onde ela está, mas a ligação chama até cair na caixa postal. Deve estar tomando um longo banho, ou deixou o celular na bolsa.

Volto para a sala e constato que Rafaela, felizmente, já se foi. Menos um problema. Aproveito para ligar para o pediatra de Vitória e saber mais sobre a tal febre, já que a enfermeira resolveu pirar.

No segundo toque, o médico atende.

— Dr. Roberto, boa noite. Aqui é Marco, o pai da Vitória. Desculpa pela inconveniência do horário, mas precisava falar com o senhor.

— Oi, Marco, pode falar. Estou de plantão hoje. Em que posso ajudar?

— Hoje a enfermeira da Vitória disse que o senhor veio aqui para verificar o estado da minha filha. Só gostaria de saber o que o senhor acha que provocou a febre.

— Febre? Eu não fui ver Vitória hoje, senhor Marco, e não soube de nenhuma febre. Deve haver algum engano.

— Como não? Rafaela me afirmou que o senhor esteve aqui.

— Ela deve ter chamado outra pessoa e se confundiu.

— Realmente, deve ter sido isso. Muito obrigado pela atenção, doutor.

— Por nada. Disponha.

Quando desligo, fico pensando se Rafaela arquitetou tudo. Mas não vou pensar nisso agora. Saber que a minha bebê está bem e não teve febre alguma, de certa forma, é um alívio, apesar de todas as mentiras que rondam a história.

Olho para o relógio e percebo que já passou uma hora desde que me despedi de Bárbara. Será que desistiu de vir para cá? Ligo de novo e nada. Resolvo tentar o telefone fixo, mas também não sou atendido. Não sei mais o que pensar.

Dou mais uma olhada na minha filha e decido ler um livro para passar o tempo. Fico sentado na poltrona do quarto de Vitória para estar perto dela, caso acorde. Em meio à leitura, não deixo de pensar naquela sumida. Insisto em ligar e envio uma mensagem. A leitura está muito interessante, mas não o suficiente para evitar a ansiedade e a preocupação.

Largo o livro e começo a andar de um lado para o outro. Quando Vitória acorda, resolvo ligar para os meus pais e para Nana, pedindo que venham para cá e tomem conta da minha princesa. Decido ir ao apartamento de Bárbara. Não é possível que tenha sumido sem dar explicações. Se chegou em casa cansada e não conseguiu vir para cá, tudo bem, mas tenho certeza de que, se fosse o caso, ela teria me avisado.

Ligo para Estela, me perguntando se não foi mais uma manobra da Rafaela. Não dá outra: descubro que houve mais uma armação. Estela não pediu troca nenhuma. Na verdade, foi Rafaela quem solicitou a mudança na escala das duas. Explico, de maneira breve, que preciso da sua ajuda com Vitória, ao que ela se prontifica a atender, vindo para cá. Mesmo com o cuidado e o amor da minha mãe e da Nana, nenhuma delas é enfermeira.

Quando elas chegam, saio apressado. Na portaria de Bárbara, o porteiro já me conhece, então vou direto ao assunto.

— Seu Valdemiro, boa noite! Sabe me dizer se a Bárbara já chegou?

— Dr. Marco, boa noite! Bárbara não chegou, não.

— Como não?

Meu coração, já acelerado, parece que vai sair do peito. Tenho um mau pressentimento.

— Peguei o turno da noite e, até agora, ela não chegou. E olha que não saí dessa portaria para nada.

Ah, meu Deus! O que será que aconteceu com a minha sereia? Tremo tanto que mal consigo digitar no celular. Só então me dou conta de que não tenho o telefone de Patrícia nem de Márcia. Tampouco o telefone de qualquer parente de Bárbara. Que idiota que eu sou.

A alternativa é ir ao seu escritório. Talvez alguém de lá possa me ajudar. Enquanto dirijo, ligo para todos os meus contatos, alguns grandes amigos, e explico por alto o que aconteceu, fornecendo as características da moto de Bárbara e o trajeto que ela pode ter feito. Parece que, em cada rua que entro, o caminho fica mais longo. Chego ao prédio comercial e encontro um senhor de idade na portaria. Ele me olha desconfiado.

— Boa noite. Meu nome é Marco e sou namorado da Bárbara Nucci, que tem um escritório de contabilidade aqui — explico rápido, atropelando as palavras.

— Boa noite. Sei, sim, quem é a dona Bárbara.

Percebo que ele tem certa relutância em me dar qualquer informação. Minha paciência vai se esgotando, mas não posso me alterar agora, porque este homem é a única opção que tenho para chegar mais perto de encontrar minha mulher.

— Olha, eu tenho o telefone da casa do sócio dela. Serve?

— Claro que serve. — Não perco tempo e já vou ligando. Ninguém atende de novo. — Será que o senhor não tem o telefone da Márcia ou da Patrícia?

Ele mexe em alguns cadernos até que encontra o telefone da Márcia. Estou prestes a surtar. Ando de um lado para o outro, angustiado, enquanto o telefone toca.

— Alô!

— Márcia, boa noite. Aqui é o Marco, namorado da Bárbara. Você tem notícias dela?

— Boa noite, dr. Marco. Não. Não falo com Bárbara desde as seis da tarde, quando ela saiu dizendo que jantaria com o senhor. Aconteceu alguma coisa?

Explico toda a situação de novo.

Ela fica desesperada, mas se mostra eficiente porque, enquanto fala comigo, liga para a Patrícia pelo fixo. Pelos argumentos e pelo tom de voz, acho que Patrícia está surtando do outro lado da linha. Márcia me passa o endereço de Patrícia e fala que me encontra lá daqui a pouco. Por sorte, Patrícia tem as chaves da casa de Bárbara. Quem sabe encontramos alguma pista.

Meu coração dói muito. Nunca senti nada parecido. Tenho vontade de sair gritando em busca de notícias. Eu me sinto impotente. Tive essa sensação pela primeira vez com minha pequena e, agora, por não conseguir encontrar minha mulher. Apenas as piores possibilidades me passam pela cabeça. Faço mais algumas ligações, e meus amigos me informam que estão esperando o retorno de outras pessoas.

Pego Patrícia e vamos até o apartamento de Bárbara, onde encontramos Márcia. Elas tagarelam sem parar, cogitando várias possibilidades, até a de ligar para o Caio, mas logo desistem. Patrícia pensou até em ligar para os pais de Bárbara, mas então concluiu que ainda é muito cedo para tanto e que eles moram longe demais, então não poderiam ajudar em nada por enquanto.

Patrícia não para de chorar.

É como se estivéssemos vivendo uma cena de um filme macabro. Eu me sento no sofá e coloco as mãos na cabeça. Meu telefone toca.

— Alô.

— Marco, sou eu, Galvão. Você me disse que ela poderia estar dirigindo uma moto preta, modelo GSX 750, nas imediações da Luís Carlos Berrini?

— Isso!

Ele começa a falar e, quando ouço a palavra “acidente”, minhas pernas fraquejam e as lágrimas começam a rolar.

Capítulo 39

Paula

Não acredito que aquele projeto de paquita erótica virgem, além de pobre, ainda seja burra! Mesmo depois de ter repassado tudo que ela tinha que fazer, a imbecil conseguiu estragar tudo. E olha que eu estava sendo tolerante ao permitir que desfrutasse de alguns bons momentos ao lado do meu marido.

Quando ela me liga para falar que foi demitida, quase tenho um colapso nervoso. Ela chora mais do que fala. Eu, por outro lado, ouço furiosa, mas fingindo toda a doçura do mundo para apaziguar a situação da infeliz.

— Rafaela, minha linda, agora você vê como Marco é? Ele descarta as pessoas assim, sem se preocupar com os sentimentos delas. Só pensa no bem-estar dele.

— Paula, agora entendo o que você deve ter passado.

— Rafaela, preciso que você se acalme. Se ainda quer conquistar o Marco, vai ter que fazer diferente do que fiz. Você sabe que não o quero, né? Apenas minha filha.

Reviro os olhos, grata por estarmos falando por telefone, caso contrário acho que estaria com as unhas na jugular dela.

— Não sei nem como agradecer por você estar sendo tão legal comigo, Paula. E, ainda por cima, tentando me ajudar a conquistar o homem da minha vida.

Quando eu disse "sim" durante a cerimônia de casamento, tive certeza de que aquele homem seria meu até eu morrer. Apenas não contava que, para isso, teria que fazer todas essas tolices e aguentar Rafaela, que não para de chorar um minuto. Preciso pensar, antes que ela coloque tudo a perder.

— Vamos fazer assim, linda, hoje você descansa, compra um pote de sorvete e vê um bom filme, enquanto eu penso em como ajudar você a se reaproximar do Marco. Mas, presta a atenção: não mete os pés pelas mãos. Espera eu ligar pra você, ok?

Enquanto ela chora de tristeza, choro de raiva por ter ido me aliar a uma besta. Nós nos despedimos com a promessa de nos falarmos amanhã de manhã.

Continuo dirigindo sem rumo e até o carro chique que aluguei me irrita. Sinto falta do *meu* automóvel. Vontade de matar o primeiro que passar na minha frente.

Bárbara

— Bárbara, você pode me ouvir? Meu nome é William, sou paramédico, e estamos encaminhando você a uma unidade de emergência.

Força, Bárbara! Você consegue!, diz uma voz na minha cabeça, mas o corpo não obedece. A única coisa que sinto é a picada de uma agulha no braço, depois a escuridão volta para ficar.

Não sei quanto tempo permaneço em estado de letargia, mas a luz volta aos meus olhos e, com muita dificuldade, consigo abri-los. Sinto um cheiro de éter, e não demoro para reconhecer o lugar. Aos poucos, a sensibilidade do meu corpo volta e percebo que alguém faz um carinho no meu cabelo. Pelo canto do olho, vejo Caio ao meu lado, com cara de assustado, triste.

Ao ver seus olhos e seu semblante triste, um filme passa pela minha cabeça e revivo tudo o que aconteceu nos últimos meses. Eu me sinto em um sonho, em que um homem lindo e maravilhoso me faz feliz e me mostra o significado do verdadeiro amor... mas esse homem é muito diferente daquele que está ao meu lado agora.

De repente, começam a empurrar minha maca, e ele tenta impedir.

— Por favor, me deixem acompanhar. Não tirem a Bárbara de mim — suplica ele.

— Senhor, por favor, aguarde na recepção. O médico vai dar notícias em breve.

Caio reluta em sair e, nesse momento, um barulho enorme vem da porta. Então vejo meu deus grego lindo, como nos meus sonhos.

Entro em pânico. Não quero voltar a dormir. Não quero ficar sozinha e com frio, mas meu corpo dói tanto que não consigo fazer nada. Observo os médicos ao meu redor, fazendo exames, aplicando soro no meu braço e conectando um monte de fios ao meu corpo.

Tento entender melhor o que está acontecendo. Eu estava tranquila, voltando para casa, quando percebi aquele carro preto me seguindo. Não imaginei, a princípio, que tivesse qualquer ligação comigo. Lembro-me apenas de quando olhei pelo retrovisor, mas aí já era tarde. O carro estava em cima de mim. Tentei acelerar um pouco para não ser atropelada, mas fui atingida em cheio.

Embora algumas coisas comecem a fazer sentido... O que Caio está fazendo aqui? O que aconteceu comigo? Mas então apago de novo.

Marco

Imaginá-la machucada me tirou o chão. A dor é tão grande que trocaria de lugar com ela agora mesmo se pudesse.

Ao ver meu estado, Márcia se prontifica a dirigir para o hospital, mas recuso.

— Não precisam ficar preocupadas. Eu estou bem para dirigir, então, se quiserem uma carona, vamos rápido. Não posso ficar mais um segundo aqui, sem notícias da Bárbara.

— Marco, só mais um minuto. Preciso pegar a agenda dela para avisar os pais — pede Patrícia, ainda chorando, enquanto dou por mim que não era nestas circunstâncias que eu gostaria de conhecê-los.

— Vamos esperar só mais um pouco para avisá-los. Vai dar tudo certo. Ela deve estar bem. — Faço o melhor para acalmá-la.

Vamos para o carro. Quando dou partida, não sei como consigo dirigir, pois minhas pernas não param de tremer.

— Não consigo entender como isso aconteceu. Babby é muito prudente — lamenta Patrícia.

— Também acho — concordo.

Desconfio que menti quando disse que estava bem para dirigir. Tenho certeza de que infringi diversas leis durante o percurso.

Ao chegarmos ao hospital, Márcia se mostra eficiente mais uma vez. Ela desce do carro antes de eu achar uma vaga. Quando conseguimos estacionar e corremos para a recepção, Márcia já tem todas as informações sobre Bárbara.

Pelo que parece, é permitido apenas um acompanhante por vez. Eu me prontifico a ir primeiro, mas sou barrado pelo enfermeiro.

— Sinto muito, senhor, mas ela já tem alguém com ela.

— Como assim? Quem está com a minha mulher? Deve haver algum engano. Somos as únicas pessoas que ela poderia, no momento, ter como acompanhantes.

— Tenho aqui registrado que o sr. Caio, noivo dela, a acompanha.

Noivo dela? Aquele babaca é muito cara de pau. Só pode estar doido para sentir o meu punho no queixo dele de novo.

— Me desculpe, mas esse cara não é o noivo. Se me dá licença... Não vou ficar plantado aqui sem notícias.

Sem me importar com os protestos, atravesso todas as portas que encontro pela frente, mas nenhuma me dá acesso ao meu amor. Será que esta porcaria de hospital é tão grande assim que ninguém sabe informar onde ela está? Depois de alguns minutos, finalmente encontro uma alma bondosa que me dá a direção certa.

Consegui. Eu a vejo sobre uma maca, muito machucada. Sua calça está rasgada, acho que devido aos procedimentos de primeiros socorros. Mas o pior é o tom de azul-violeta que mancha todo o lado esquerdo do seu rosto. De repente, encontro meus olhos cor de esmeralda, lindos mas aflitos, como se estivessem gritando por ajuda.

Tento me aproximar, mas vejo os enfermeiros providenciando sua locomoção. Ao lado dela, está o bastardo, com as mãos na cabeça e um olhar de desolação. Mas a cara de vira-lata não me comove. Vou para cima dele.

— O que você está fazendo aqui?

Antes que ele possa pensar em se defender, os médicos pedem para que todos saiam. Apesar da vontade de quebrar a cara de Caio, me controlo, porque estou mais preocupado com minha amada. Depois resolvo essa patacoada com esse malandro. Aflito, fico do lado de fora da porta para onde a levam, andando de um lado para o outro. O covarde saiu de perto, revelando que tem um mínimo de inteligência.

Os minutos passam. De repente, aparelhos chegam e uma equipe cirúrgica se encaminha para dentro da sala. Minha paciência se esgota e, nesse momento, paro um médico, que está saindo apressado.

— Doutor, por favor, eu preciso saber como minha namorada está.

— Senhor, agora não é hora. Só posso adiantar que ela precisa de uma cirurgia de emergência. Seu estado é instável e precisamos que tenha paciência. Aguarde, por favor.

Era a última coisa que eu queria ouvir. Eu não posso viver sem aquela mulher.

— Pelo menos posso dar um beijo nela antes? Por favor.

Acho que ele vê meu desespero, porque assente.

Entro na sala pré-operatória com um nó na garganta. Presenciá-la imobilizada, entubada, cheia de aparelhos de monitoramento cardíaco e de pressão, corta meu coração. Minha vontade é de colocá-la no colo e dizer que vai ficar tudo bem. Sinto uma culpa enorme por não ter estado com ela na hora do acidente. *Como? Por quê? Como deixei isso acontecer?*

Bárbara está sedada, mas me aproximo, dou um beijo na testa dela e falo junto ao seu ouvido:

— Minha sereia, se estiver me ouvindo — acaricio seu cabelo —, saiba que te amo mais do que imaginei ser possível. Fica boa logo. Casa comigo quando sair daqui? Não posso viver sem você.

Saio com os olhos lacrimejantes, esperançoso de que ela lute pela vida, lute por ela, por mim, por todos nós e por tudo o que ainda temos para viver juntos.

CAPÍTULO 40

Marco

O ponteiro do relógio continua girando. Não aguento mais esperar notícias. Será que não sentem nossa aflição? Eu, Patrícia e Márcia interpelamos cada enfermeira que cruza as portas, mas a resposta é sempre a mesma: "Aguardem informações médicas".

Hoje é sexta-feira, e a quantidade de audiências que tenho marcadas é inimaginável, mas nada vai me tirar daqui.

Enquanto aguardo notícias de Bárbara, também acompanho de longe se minha pequena Vitória está bem. Minha mãe já me avisou que, caso eu continue a ligar, vai tirar todos os telefones da casa da tomada.

Lembro que preciso contratar uma nova enfermeira. Que caos! Apesar de toda a dor de cabeça que tive com a Rafaela, ela faz falta como profissional. Ao longo de todo o tempo que trabalhou para mim, sempre foi dedicada à Vitória.

Sem aguentar mais tanta agonia, ligo para meus conhecidos na Polícia Civil para descobrir se já acharam o responsável por toda esta desgraça. As notícias não são boas, pois não foi encontrada nenhuma testemunha, e tudo que apuraram até agora foi que o desalmado não parou para prestar socorro. Seja quem for, não perde por esperar, porque mexeu com quem não devia, e não vou sossegar até que pague caro por tudo isso.

Depois de muito tempo mergulhado em meus pensamentos, em silêncio absoluto, ouço Patrícia dizer:

— Essa demora vai me matar.

É admirável o carinho que ela tem pela amiga. Não parou de chorar e rezar um só minuto.

— Patrícia, a Bah é forte e guerreira.

— Se continuar me chamando de Patrícia, vou começar a chamar você de "doutor Marco". É Patty, por favor. Sou quase irmã da Babby, então sem formalidades.

— Tudo bem, então, Patty... Você conseguiu falar com os pais dela? Como eles estão?

— Falei com o pai, porque a mãe tem problemas de coração. Ainda bem que foi ele quem atendeu a ligação. Se fosse a mãe, sei lá o que teria que inventar.

— Ele disse quando pretendem vir para cá?

Fico imaginando o desespero dos dois. Sou pai e sei a dor que sentimos ao saber que um filho corre perigo.

— Não vão demorar. Seu Adilson falou que mandaria o piloto preparar o voo com urgência, então acho que ele só vai dar a notícia para a dona Ana e depois já vem.

— Como assim, ele pediu para um piloto?

— Do jatinho deles. A família sempre viaja de avião particular.

Percebo que ainda não sei muito sobre a vida de Bárbara. Minha sereia é iluminada e humilde quando fala dos pais, me conta sobre os momentos que considera inesquecíveis e dá para notar o amor imenso que sente por eles, mas nunca mencionou nada sobre a condição financeira da família. Espero conhecê-los de verdade logo, fora deste hospital.

Aguenta firme, amor... Tenho milhões de planos para nós. Quem sabe até dar irmãos à princesinha.

— Ei, doutor, que sorriso é esse?

— Então quer dizer que eu devo chamar você de "Patty", enquanto você me chama de "doutor"?

— Foi a força do hábito. Coisas da sua espirituosa amada. Se não é "doutor", é "deus grego".

— É incrível como, em tão pouco tempo, ela transformou minha vida. Adoro o seu bom humor — concluo, alargando o sorriso.

— Ela é assim, alto-astral. Além de muito competente no que faz, dedicada e inteligente. Sempre se entregou, de corpo e alma, a tudo que se dispôs a fazer.

Enquanto escuto Patrícia e Márcia tecerem elogios à amiga e contarem algumas histórias, não seguro a emoção, e as lágrimas rolam pelo meu rosto. Todos ficamos emotivos.

— Ainda vamos ter muitas histórias com ela para contar, vocês vão ver — afirmo, confiante.

De repente, Patty me cutuca. Olho para onde ela está apontando e noto dois médicos se aproximando. Levanto-me em um pulo.

— Doutores, como ela está? Como foi a cirurgia? — perguntamos, em uma confusão de vozes e preocupação.

— Quando a paciente chegou, passou por todos os procedimentos e exames necessários. Foi constatado que ela fraturou a primeira e a segunda vértebra da coluna, que acabaram lesionando uma artéria do pulmão e causando uma hemorragia. Tivemos que fazer uma rápida intervenção médica para assegurar a sobrevivência da paciente. Agora, apesar de ainda precisar de muitos cuidados, ela está estável e não corre mais risco de vida.

Meu coração parece que vai sair do corpo.

— Já podemos vê-la? — peço, beirando o desespero.

Não consigo e não posso ficar nem mais um minuto longe de Bárbara.

— Fiquem calmos. Assim que possível, vocês vão poder vê-la. A paciente ainda está no pós-operatório e, em seguida, vai ser encaminhada para a UTI.

Não sei mais o que pensar. Não posso fazer nada além de esperar.

Vejo Patty ao celular. Que bom estarmos os três aqui. Eu tinha me esquecido de avisar os pais de Bárbara sobre seu estado. Patty diz que eles já chegaram em São Paulo e estão vindo direto para o hospital.

O tempo continua a zombar da nossa ansiedade e se arrasta devagar, enquanto esperamos que ela vá para a UTI.

Vejo os pais de Bárbara chegando. Não preciso que me apontem quem são, porque a semelhança entre eles chega a ser assustadora. Bárbara e a mãe estariam mais para irmãs gêmeas do que para mãe e filha. Ana é linda e elegante, e Adilson, um pouco grisalho.

Patty se sobressalta e corre na direção deles. Dá para ver que são íntimos. Ela os conduz até mim e faz as devidas apresentações. Não sei o que Bárbara falou a meu respeito, mas seus pais são receptivos e carinhosos, e de imediato me sinto à vontade com eles. Conversamos bastante, e descubro que Ana também adora motos.

— Marco, meu querido! Minha filha tinha razão quando disse que você parecia um deus grego. — Pelo jeito não é apenas a genética que as duas têm em comum. Franqueza não falta para mãe e filha.

— Marco, vai se acostumando. Se a Ana está dizendo, é porque a Bárbara realmente falou. — Seu Adilson vem me salvar da situação.

— Tudo bem. Ela também não poupou a mãe de elogios. Aliás, estou encantado com tamanha beleza das duas.

— Ora, pare de bajulação. Você já me conquistou mesmo sem ter te conhecido. Alguém que gosta de moto, como eu e minha menina e, ainda por cima, dirige um motoclube, tem minha admiração. Só vai ter que me prometer que, quando a Babby ficar boa, me levará junto num desses passeios que faz.

— Não dá corda! — Confabula o marido. Estou abismado com a simpatia dos pais da minha sereia. — Nossa filha acaba de sofrer um acidente de moto e você já quer encorajá-la a subir em outra? Por falar nisso, quero muito saber o que aconteceu. Nossa menina é uma exímia motociclista e não a imagino cometendo nenhuma imprudência.

Conto o pouco que descobri e que o motorista fugiu sem prestar socorro.

Adilson tem um surto de raiva e promete que vai contratar a melhor empresa de investigação para encontrar o culpado. Tento tranquilizá-lo, informando que já estou cuidando de tudo, mas ele é irredutível. Não posso culpá-lo, no seu lugar faria o mesmo.

Na companhia deles, a espera se torna mais confortável, até que somos informados de que podemos entrar rapidamente na UTI de três em três pessoas. Márcia e Patty falam para eu e os pais de Babby entrarmos primeiro.

Bárbara

Desperto de um estado em que não havia som, luz, espaço ou tempo. Começo a ouvir um bipezinho contínuo, que vai aumentando. Parece um monitor cardíaco. Meus sentidos se aguçam e, em meio à sonolência e ao formigamento, tenho a impressão de estar sob os últimos efeitos de uma anestesia.

Sem pensar, começo a arrancar os tubos que me sufocam. Não entendo por que estou entubada, mas quase não consigo falar e meu corpo inteiro dói. Acho que os remédios começam a fazer efeito de novo, porque aos poucos vou perdendo a consciência. Flashs de claridade assaltam meus olhos até eu dormir.

Quando acordo, vejo um relógio pendurado na parede que marca 22h08. Dessa vez, estou com um pouco menos de dor e mais consciente. Começo a me dar conta de que tudo o que estava imaginando que fosse um pesadelo realmente aconteceu. O carro acelerou e me lançou no ar.

Marco. Onde ele está? Juro que o vi antes de apagar...

— Minha bela adormecida!

Recebo um beijo na cabeça. Nossa, como é bom ouvir a voz dele de novo.

Feliz por estar viva, tento falar, mas a porcaria presa à minha boca me impede.

— Shhh. Você precisa ficar quietinha. Tenta repousar só mais um pouquinho. Temos a vida toda para conversar sobre tudo.

Embora tenha vontade de responder, até engolir está difícil.

— Está sentindo alguma coisa?

Confirmo com a cabeça. Dói tudo. Seu rosto bloqueia a luz do quarto, enquanto ele me encara com carinho. Não sei quanto tempo faz que não o vejo, mas parece anos.

— Quando vi que estava despertando, chamei a enfermeira. Ela está preparando uma medicação e já vem te atender. Enquanto isso, vou ficar aqui com você.

Ele me mima, me acaricia, checa se estou confortável. Observo sua expressão cansada, o delinear do rosto, a barba que cresceu e a boca, sempre com um sorriso.

— Fiquei louco de preocupação, Bah. Como eu te amo, sereia. Envelheci alguns anos nessas últimas horas e se prepare porque, quando sair dessa cama, vai ter que trabalhar duro para devolver meu vigor juvenil.

Quero dizer que vou fazer muito melhor do que isso, mas nada sai, então procuro sua mão e a seguro forte. Este homem é a paz do meu coração.

Uma enfermeira aparece para checar se estou bem enquanto Marco a informa que reclamei de dor. Faço sinal de que quero tirar aquele respirador, e ela explica que o médico irá decidir em breve o melhor procedimento, e então nos deixa sozinhos.

— Bah, queria muito ficar mais com você, mas tem outras pessoas que te amam e estão ansiosas para te ver.

Quero gritar para que fique e nunca mais saia de perto de mim, mas ele, com toda a gentileza, promete que vai voltar logo, então me beija e sai.

De braços dados, entram as pessoas que mais amo na vida e de quem tenho mais orgulho: meus pais. Eles me olham emocionados, como se eu tivesse renascido. Aposto que, se pudessem, me pegariam no colo. Sempre foram assim.

— Meu anjinho, estava contando os minutos para ver você... — diz minha mãe, chorosa.

Lágrimas marcam seu rosto lindo e, para tranquilizá-la, faço um joinha.

Meu pai se aproxima.

— Que susto, filhota.

— Por favor, Adilson, sem sermão. Olha o estado dela.

— Hoje vou poupá-la porque estou feliz demais que você esteja bem. Mas depois vamos ter uma conversinha. Agora deixa *eu* dar um beijo em você.

Meu pai só tem a casca de durão mesmo.

Se antes estava sendo paparicada como mulher, agora sou bajulada como se ainda fosse a menininha deles. Marco tinha razão, adorei recebê-los. Agradeço a Deus por estarem aqui.

Quero aproveitá-los cada segundo, porém o sono toma conta de mim. Tento lutar contra, mas é mais forte do que eu.

Quando abro os olhos novamente, estou mais disposta e com muitas dores no peito. Bate até uma fomezinha, tipo quando a gente acorda faminto e quer devorar um banquete de café da manhã, mas sei que o acessório "decorativo" que decidiram colocar em mim não vai permitir que eu nem ao menos molhe a boca com um pouco de água.

Assim que percebe que estou acordada, a enfermeira se aproxima e pergunta se estou me sentindo bem, ao que respondo fazendo um sinal de que estou com fome e sede. Ainda bem que sempre fui boa no jogo Imagem e Ação, já que só me restou a mímica para me comunicar com os demais.

Ela umedece um pedacinho de gaze e passa nos meus lábios.

Quando o médico chega, decide tirar meu acessório torturador. Sinto-me renovada. Porém, antes de sair, ele recomenda que eu não fale e, com medo de ter que voltar a colocar aquela coisa, decido me comportar.

Ouço, da porta, alguém reivindicando o direito de ser a primeira visita do dia, e já imagino, rindo por dentro, a culpada.

— Barbarella, como você faz isso comigo?

Patty vem chorando ao meu encontro, chamando a atenção de todo mundo na UTI. Até eu me assusto com os soluços. Drama deveria ser seu nome do meio. Isso, ou estou muito acabada.

— Ei, amiga, para com isso! Estou viva! Será que tem um espelho nessa bolsa do tamanho de uma mala de viagem?

Ela abre um sorriso, e logo entendo a mudança de humor. Minha voz está superfanha, o que deve ter sido causado por aquele acessório torturador.

— Meu Deus! Quem foi que assumiu seu corpo? Isso foi um miado, um rugido ou o quê?

Ela cai na gargalhada, e eu não aguento segurar o riso também, mesmo com a dor imensa no peito. O bom é que, mesmo assim, acabo me distraindo um pouco.

— Um ser que sabe o que você fez no rodeio passado.

Ainda rindo, ela vasculha a bolsa, em que carrega praticamente a casa toda, e puxa o espelho.

— Só entrego se me prometer que não vai ficar triste com o que vai ver.

Meu coração dispara, já estou me imaginando um monstro. Será que virei mesmo uma alienígena?

— Não se preocupe, porque, se até hoje não se abalou muito, não vai ser agora.

Eu a olho de cara feia. Quero matá-la por esse susto.

Tirando algumas escoriações e o curativo, estou inteirinha da Silva. Pode ser que fique com uma cicatriz, mas isso é o de menos. Pelo menos estou viva. A única coisa que posso fazer agora é agradecer a Deus por estar aqui, junto aos meus pais, ao homem que amo e às amigas queridas que tenho.

Cada vez que ela fala e eu apenas aceno com a cabeça, ela ri e diz que está doida para ouvir minha voz de novo. A endiabrada até coloca o celular para gravar.

— Você não é louca de fazer isso!

Faço-a prometer que não vai mostrar para ninguém. Ela jura que não, mas não acredito muito.

Patty me ajuda a ficar um pouco apresentável, penteando meu cabelo.

— Pronto, agora está linda para receber aquele deus da justiça que está lá fora roendo as unhas.

— O Marco está aí?

Tento me ajeitar na cama, ansiosa.

— Não tirou o pé do hospital desde que chegou, então, como não quero arrumar um inimigo, vou embora agorinha.

A vida nos prega peças e nos faz acreditar que temos que aproveitar cada momento intensamente, sem medo de amar. Vejo-o parado junto ao vidro, fazendo assepsia nas mãos e vestindo uma capa para entrar na UTI. Desde que Patty me contou que Marco estava aqui, fiquei ansiosa, mas ter a sensação e a realidade juntas é totalmente diferente. Não sei se sonhei ou se é só algo que quero muito, mas alguma coisa lá no fundo me diz que ele me pediu em casamento.

A cada passo que dá em minha direção, a ânsia de me jogar nos braços dele aumenta. Lembro-me do fiasco que está minha voz, então fico quieta e deixo que meus olhos expressem tudo que eu gostaria de dizer.

— Oi.

Sentir o sopro da voz dele perto do meu ouvido faz meu corpo todo estremecer. Estou dolorida, mas viva. Puxo seu rosto para que nossos lábios se encostem.

— Você parece melhor hoje — elogia ele.

Eu apenas aceno.

— O que aconteceu, linda? O gato comeu sua língua?

Entro na brincadeira, fazendo garras com as mãos. Coitado, mal sabe ele que o gato não comeu nada, o gato *se alojou* na minha garganta.

— Se não quer que eu suba na cama, não deveria me mostrar suas garras.

Afasto-me um pouco, dando batidinhas no lençol.

— É muito injusto me fazer uma oferta como essa, mocinha. Sabe que não posso.

Faço um bico, e ele solta uma risada.

— Como estou sentindo falta do seu bom humor, amor. A vida está muito sem graça sem você pertinho de mim. Mas não vou reclamar. Nem quero que se esforce. Você tem que se recuperar logo para eu te ter inteirinha para mim.

Juro que nesse momento até tento limpar a garganta, mas, Nossa Senhora das Felinas, como retribuir tanto carinho com uma rugida?

— Será que se lembra do que eu disse quando você estava no centro cirúrgico?

Balanço a cabeça.

Ele se aproxima mais da cama, pega minha mão e se ajoelha.

— Bárbara Nucci, o medo de te perder me mostrou que eu não posso mais viver sem ter você comigo a cada segundo. Eu te amo, sereia. Casa comigo?

Capítulo 41

Caio

Acho que já esperei tempo demais para voltar ao hospital. Dessa vez, não quero saber se aquele almofadinha está ou não. Namorei Bárbara por cinco anos! Conheço mais aquele corpo do que ele.

Arrependo-me até o último fio de cabelo por tudo o que fiz. Sei que, neste momento, ela precisa curar a dor física, mas nada se compara à dor causada pelo arrependimento que sinto e pela necessidade que tenho de que ela me perdoe.

De volta ao hospital, não sei o que vou encontrar pela frente, mas não vou me curvar a ninguém. Quero vê-la. Se existe um culpado do que aconteceu, esse alguém não sou eu. Quando estávamos juntos, nunca permiti que ela ficasse andando de moto para cima e para baixo, mas o namoradinho permissivo aceita, né? Olha no que deu.

Não esperava encontrar os pais dela na sala de espera. Sou acometido pelas lembranças maravilhosas do quanto fui querido por eles, sempre tratado como parte da família e bem recebido. Lembro os passeios de barco e as competições divertidas de *jet ski* que a gostosa da Ana sempre ganhava. Pasmem: a mulher de biquíni é uma delícia.

Respiro fundo e vou na direção deles. Pelos olhares, a recepção não vai ser nada boa, mas vou convencê-los do quanto estou arrependido.

— Meus sogros queridos, há quanto tempo! Lamento reencontrar vocês em uma circunstância tão triste...

Faço menção de abraçar Ana, mas ela se esquiva como se eu tivesse alguma doença contagiosa.

— Caio, acho que, depois do que aconteceu, qualquer reencontro seria triste — fala a mulher, na lata, enquanto o marido também tem uma reação inesperada.

— Meu rapaz, não acha que já causou sofrimento demais à nossa menina? Acredita mesmo que aparecer aqui em um momento tão delicado é algo digno?

Eu os encaro sem saber o que dizer por um momento.

— Sei que estão decepcionados comigo. Posso explicar tudo. Já tentei falar com a Bárbara várias vezes, mas ela está irredutível. — Tento soar desesperado.

— Você teve meses para nos procurar e se explicar. Acho que seu tempo acabou. Se veio para uma visita, Bárbara já está muito bem-acompanhada, então espero que tenha o mínimo de decência e vá embora — aconselha Adilson.

— Acreditem em mim! Eu amo a Babby! Não vou falar que sou totalmente inocente. Caí em uma cilada.

Eles me conhecem há muito tempo. Não é possível que eu não tenha ao menos um pouco de credibilidade.

— Que amor é esse? Quem ama não engana. Você só ama a si mesmo, Caio. É uma pena... Você teve a felicidade nas mãos e a jogou fora. Não quero ser repetitiva, então espero que tenha entendido o nosso recado — retruca Ana.

— Vocês sabiam que fui eu quem ficou aqui quando ela chegou? — Perdi um pouco da paciência. — Eu sempre a proibi de andar naquela coisa que ela chama de moto. Para mim, aquilo é uma arma sobre duas rodas, mas a senhora, por outro lado, sempre a apoiou, porque também gosta de motos. Olha no que deu! E ainda se acham na razão de me pedir para me afastar?

— O que você está me dizendo? Que sou culpada por um louco sair por aí dirigindo de qualquer jeito e atropelar minha filha? É isso mesmo?

A velha gata, conhecida por sua fiel elegância, perde um pouco da pose.

— De jeito nenhum. Estou apenas expondo os fatos. Eu errei! Só que nunca machuquei a Bárbara fisicamente. No entanto, essa companhia maravilhosa que a senhora mencionou permitiu que minha... — faço uma pausa, muito nervoso — ... Bárbara saísse com aquele veículo da morte, sozinha, à noite, nessa cidade catastrófica.

Pela primeira vez na vida, o homem cheio de dedos para falar me pega pelo colarinho.

— Moleque, vai embora daqui ou vou dar a surra que seu pai deveria ter dado em você. Não venha ser rude e colocar a culpa em pessoas inocentes para justificar sua compulsão de enganar as pessoas. Ninguém aqui causou qualquer dano físico à minha filha. Agora, quanto a danos psicológicos, acho que você já fez muito bem a sua parte.

Eu me solto, furioso.

— Vou embora em respeito à mulher que amo e por todo o carinho que tenho por vocês, mas não vou desistir da Bárbara.

Arrumo meu colarinho e me despeço, tentando manter o que resta da minha dignidade.

Ultimamente, acho que estou virando um banana. Tudo isso por causa da porra de um rabo de saia. Ou melhor... de um rabo sem saia. Ai, que ódio que eu sinto daquela infeliz da Nicole!

Bárbara e Marco

Por favor, alguém me belisca! Só pode ser um sonho. Como é que vou responder ao homem da minha vida que aceito me casar com ele com a voz do Darth Vader?

Estou apavorada, desejando dizer um "sim" bem alto para o mundo inteiro ouvir, porém não consigo. Sei que a situação é meio inusitada, mas, ao vê-lo ajoelhado, todo apaixonado, meu coração derrete.

Concentro-me e crio coragem para abrir a boca, quando o celular dele toca. Ufa! Salve, Luke Skywalker!

Faço um gesto para que atenda, mesmo sabendo que ele está esperando minha resposta. Ele hesita, mas então olha para o visor e acaba atendendo, ainda ajoelhado.

— Oi, pai!

Não tiro os olhos de Bárbara.

— Filho, tenho más notícias. Acabo de receber uma ligação de um desembargador amigo meu informando que os pais da Paula sofreram um acidente e não resistiram.

Fico em choque.

— Quando foi isso?

— Aconteceu ontem à noite, na rodovia Mogi-Bertioga, mas essa não é a única má notícia, filho. — Ele faz uma pausa. Fico cada vez mais preocupado. — Eu sei o que deve estar passando aí no hospital. Aliás, eu e sua mãe estamos torcendo pela recuperação da Bárbara. Mas então, quando você pediu para que eu não medisse esforços para ajudar você a descobrir o responsável pelo acidente, fiz todos os contatos necessários e, há poucos minutos, recebi um relatório minucioso de um amigo investigador.

— Pai, o sinal do celular está falhando. Ligo de volta em cinco minutos.

Dou a primeira desculpa que encontro, chateado por ter perdido meu momento especial com Bárbara e ainda mais preocupado com o que meu pai acabou de contar.

Ele se levanta, parecendo assustado. Tudo que me vem à mente é que deve ser algo relacionado à Vitória.

— Meus pais mandaram um beijo.

Ergo as sobrancelhas só para ele saber que não vou engolir qualquer história.

— Meu pai acaba de me informar que os pais da Paula sofreram um acidente e não resistiram. Estou muito preocupado com minha mãe, porque ela era muito amiga da Laura. Imagino que queiram ir ao velório, então não vou poder ficar. Tenho que cuidar da Vitória.

Levo a mão à boca. Marco se aproxima.

— Linda, me desculpa. A gente vai ter que falar sobre meu pedido em outro momento. Juro que cheguei aqui desejando que fosse especial, mas...

Eu o silencio com um beijo, e em seguida o puxo para sussurrar bem baixinho para que não perceba nada de estranho na minha voz.

— Vai lá. Seu pedido foi lindo, mas só vou dar a resposta quando você voltar.

Nós nos despedimos com mais um beijo. Quando ele sai da UTI, me sinto um pouco covarde por não ter respondido na hora ao pedido, por tê-lo feito esperar tanto tempo, ajoelhado diante de mim.

Não demora muito para que minha mãe entre na UTI, com um sorrisinho de canto de boca que ela sempre dá quando acontece alguma coisa. Tento fazê-la falar, mesmo com minha voz horrível, mas a única resposta que tenho é que Caio esteve no hospital e deixou lembranças. Ela não precisa me dizer mais nada. Já imagino a cena.

Preocupada como sempre, minha mãe chama a enfermeira e pergunta se pode conversar com um médico sobre minha voz. A senhora simpática que a atende diz que é um sintoma normal e que em breve minha voz vai voltar, depois conta diversos casos de pacientes que se recuperaram antes mesmo de sair da UTI.

Mais conformadas, eu e minha mãe passamos um tempinho juntas. Acho estranha a ausência do meu pai, até que somos abordadas por um médico de meia-idade, que fica hipnotizado pela beleza da minha mãe. É engraçado como os homens reagem a ela. Meus pais sempre lidaram muito bem com esse tipo de coisa. Tenho muito orgulho da confiança que há entre eles.

— Mocinha, dei uma olhada no seu prontuário e vi que você está reagindo bem ao pós-operatório. Portanto, acredito que só mais um dia na UTI e vou poder te liberar para ir para o quarto.

Ele explica que será necessário repouso absoluto, enquanto minha mãe o enche de perguntas. Para falar a verdade, nem presto muita atenção, ainda pensando no pedido de Marco.

Quando volto ao presente, o médico está dizendo que o tempo de visitas está acabando. Ele nos dá mais um minuto e vai embora. Aproveito para contar a minha mãe o que está me incomodando (como se eu pudesse esconder algo da curiosa).

— Mãe, o Marco me pediu em casamento.

— Que lindo, filha! Eu adorei o bonitão. E você disse que sim, né?

Balanço a cabeça.

— Fiquei com vergonha da minha voz e, quando decidi abrir a boca, o telefone dele tocou. Agora, acho que ele está pensando que eu tenho dúvidas.

— E você tem, Babby? Não acha que ele é o homem da sua vida? Porque, pelo pouco que estive com ele, percebi que Marco ama você de verdade.

— Não tenho nenhuma! Também pensei nisso mais cedo. Acho que estou pronta para embarcar nesse trem da felicidade, mãe.

Uma lágrima escorre pelo meu rosto, e minha mãe beija minha cabeça.

— Então conserta isso, querida. As mulheres Nucci sempre mostram a que vieram.

Tenho uma ideia relâmpago e conto para ela, que fica animadíssima e diz que vai cuidar de tudo. E quando minha mãe diz que vai cuidar de tudo, pode ter certeza de que vai ser *o* acontecimento.

Capítulo 42

Marco

Infelizmente, não adiantou tentar não quebrar o clima romântico do meu pedido de casamento. Mas tudo bem, porque a aliança eu pretendo colocar no dedo dela no dia do nosso noivado — esse, sim, vai ser um momento inesquecível.

Só eu sei o esforço que estou fazendo em deixá-la sozinha. Mal fecho a porta e já estou com meu pai na linha. Enquanto falo, encaminho-me para a sala de espera.

— Pai, estava com a Bárbara e não queria que ela se preocupasse durante a recuperação, por isso disse que a ligação estava falhando, mas agora sou todo ouvidos.

— Eu entendo, filho, e fez bem. Na verdade, acredito que o melhor é que a gente se encontre pessoalmente.

— Não, pai, me fala agora! Já estou com os nervos à flor da pele.

— Marco, a única coisa que posso adiantar é que se tratou de um atentado, e não de um acidente. — Mesmo cuidadoso, ele vai ao ponto e eu congelo.

— Como? — pergunto, estarrecido.

— Um atentado...

— Não pode ser.

Na sala de espera, os pais de Bárbara estavam me aguardando para entrar na UTI. Acho que escutaram algo, porque parecem preocupados.

— Tenho a melhor equipe que o dinheiro pode comprar investigando o que aconteceu com sua namorada, não se esqueça.

— Eu sei, mas é uma alegação grave — interrompo-o, ansioso.

— Quando você me contou sobre o acidente, liguei para o senador Vicente Alcântara de Albuquerque e...

— Procurou o Vicente? Por quê? E o que ele tem a ver com isso? — interrompo-o de novo.

Vicente é um amigo de infância. Apesar de ser oito anos mais velho e pertencer a uma família de índole, no mínimo, duvidosa, sempre foi um cara do bem. Com o passar dos anos, acabamos nos distanciando. A paixão por política e as conexões certas fizeram dele um homem poderoso e respeitado. Desde que, ainda rapaz, se elegeu para um cargo político, meu pai se refere a ele com deferência, mas para mim ele será sempre o Vicente. Mesmo assim, não gosto da ideia de pedir favores a ele.

— Você tem que vir para cá agora. Vou mandar o endereço por mensagem. Mas, antes, vai ter que liberar o acesso do segurança que estamos enviando para Bárbara. Ele deve chegar a qualquer instante.

— Se sua intenção é me deixar assustado, o senhor conseguiu — digo, sentindo o coração na garganta.

Meu pai é um homem discreto e reservado. Nunca levantou falso testemunho contra alguém, e é justamente isso que está torcendo minhas entranhas. Olho para Adilson e Ana e peço um minuto ao meu pai.

— Dona Ana, acho que a Bárbara precisa de companhia. Será que a senhora me permite dar uma palavrinha com seu Adilson? Acho que meu pai tem informações sobre o responsável pelo acidente da Bárbara.

Não quero deixar a mãe dela preocupada, até porque soube que ela tem problemas de coração e acho que devo poupá-la dessas informações agora. É importante para o bem de todos.

— Hm... me deixa pensar? Se continuar me chamando de dona e senhora, me envelhecendo mais de dez anos, não libero — comenta ela, tão charmosa quanto a filha. — Claro, sem problemas. Estou ansiosa para rever minha menina.

Ela sorri, dá um beijo no rosto de Adilson e sai. Enquanto isso, termino de falar com meu pai, que me instrui a encontrá-lo em um edifício na avenida Paulista.

Conto para Adilson o que meu pai acabou de informar. Ele exige estar presente na reunião, algo que eu já previa.

Nesse momento, somos abordados por um homem de traços árabes e traje casual que aparenta ter uns 40 anos. Ele se apresenta como Oded Fehr e, sem dizer mais nenhuma palavra, me entrega um envelope. Ao abri-lo, reconheço a caligrafia inconfundível do meu pai.

— Então você é quem vai cuidar da segurança, certo? Fique de olho em tudo, por favor. Não deixe escapar nada — instruo o homem que aparenta ter uns 40 anos. Bem sisudo, por sinal.

— Seu pai já deu todas as instruções. Vou cuidar de Bárbara com minha própria vida, se for necessário — assegura o homem que na verdade se chama Kashim, mas que, de acordo com o bilhete do meu pai, vai responder pelo nome de Oded.

Um calafrio me percorre a espinha. Depois de preencher os papéis exigidos pelo hospital para autorizar a presença do segurança particular, seguimos, eu e Adilson, para a reunião.

No edifício da empresa Abaré

— Não estou gostando disso — Caetano Montessori comenta com o irmão, ao consultar as últimas informações enviadas pelo *geek* da equipe de soldados que lidera.

— Tem a mesma desconfiança que eu, suponho — responde Conrado Montessori, ao olhar para a tela do notebook.

— Prefiro lidar com rebeldes em áreas de conflito do que com crimes passionais. Isso vai dar confusão — resmunga Caetano, o mais jovem.

— Já deu. Uma mulher inocente está na UTI por causa do desgraçado... — retruca Conrado.

Caetano e Conrado são donos de uma das maiores empresas de segurança corporativa da América Latina, a Abaré. Esse é o negócio "legal", por assim dizer.

Para o mundo, o nome de Conrado Montessori é Álvaro Nascimento, um executivo que dirige uma empresa de sucesso. A verdade é conhecida apenas por um pequeno e privilegiado grupo. A empresa tem também um esquadrão treinado por ex-soldados de forças especiais de vários países, especialistas em missões de alto risco. Homens e mulheres sem identidade, enviados a diversas partes do mundo para missões que nunca existiram.

Álvaro é o homem que fica atrás da mesa, dando cobertura, e que raramente sai a campo. O grupo de elite dessa organização secreta é formado por cinco homens, altamente treinados na arte da guerra e dos disfarces. A equipe principal, a Um, é comandada por ele. E, agora, o grupo de elite presta um favor ao homem que "guarda suas costas", o senador Vicente Alcântara de Albuquerque, e investiga o atentado contra a nora do desembargador Jordan Ladeia.

O som de um bipe soa na sala. Caetano consulta o celular de uso seguro do esquadrão.

— Kashim já está cuidando da segurança da senhorita Nucci — comunica.

— Thor e Javier vigiam o acesso ao hospital. Bourregard está levantando informações no apartamento da moça.

— E a segurança acaba de avisar sobre a chegada do juiz Marco Ladeia, acompanhado do pai da vítima — comenta Conrado, ao ler o aviso no monitor. — O desembargador nos aguarda na sala dois.

— Isso não vai ser fácil — reclama Caetano, ao recolher os documentos espalhados na mesa do irmão.

— Nunca é — responde Conrado, a caminho da porta.

Marco

Merda! As coisas vão de mal a pior.

Em questão de minutos, eu e Adilson somos encaminhados a uma sala no 12º andar, onde meu pai nos aguarda. Lá, todos se cumprimentam.

Dois homens muito parecidos entram por uma porta que eu sequer havia notado. Meu pai, talvez percebendo meu estranhamento, apresenta os desconhecidos.

— O que está acontecendo? — pergunto, sem rodeios, a Conrado e Caetano.

— A primeira coisa que precisa saber, dr. Ladeia, é que esta reunião nunca aconteceu. O senhor nunca falou comigo pessoalmente. Esteve aqui apenas para contratar um segurança para sua noiva e nada mais — impõe Conrado.

Como ele sabe que Bárbara é minha noiva? Não contei nem ao meu pai!

— Quem são vocês? E o que tudo isso tem a ver com Bárbara? — Encaro meu pai para ver se pelo menos ele esclarece.

— Somos os melhores no que fazemos, isso é tudo que deve saber. — A arrogância de Caetano é insuportável.

— Fomos contatados pelo senador, que está prestando um favor especial ao seu pai — explica Conrado. — Deve entender a necessidade de sigilo quanto ao encontro.

— O assunto é muito grave, Marco — interfere meu pai. — A equipe deles refez o trajeto de Bárbara do trabalho ao restaurante em que vocês se encontraram, e de lá até o local do acidente. A câmera de um prédio, a cinquenta metros do acidente, flagrou um carro se aproximando da moto dela.

Volto a congelar.

— Continue... — peço, encarando Conrado.

— Tivemos acesso às filmagens de vários ângulos, e constatamos que, em grande parte do percurso, um sedã preto seguiu a moto da sua noiva.

Conrado coloca sobre a mesa várias fotos que comprovam o que diz, deixando-nos boquiabertos.

— O que chamou nossa atenção foi encontrarmos, em uma das filmagens do restaurante, o mesmo sedã estacionado muito próximo. Depois disso, investigamos mais a fundo o percurso.

— E o que descobriram?

— O veículo a seguia. O sedã esteve parado à porta do estacionamento do edifício do escritório da senhorita Nucci por mais de duas horas antes de ela sair.

Meu corpo enrijece. Levo a mão à cabeça, e tudo escurece. Não acredito que alguém está tentando machucar Bárbara. Achei que as ameaças tivessem parado.

— Permita-me fazer um comentário. — Caetano rompe o silêncio sepulcral da sala. Olho para ele e faço que sim com a cabeça. — O segurança que o senhor contratou é um lixo. Meus homens jamais permitiriam que alguém chegasse perto dela. Muito menos tocassem na moto ou qualquer veículo que ela conduzisse.

— Como sabem disso?

— Sabemos muito mais — esclarece Caetano. — Por exemplo, que sua noiva está recebendo ameaças. Nunca subestime algo assim, dr. Ladeia. Assassinos e psicopatas não agem sem intenção.

— Quem são vocês, afinal? — Quero saber de uma vez por todas.

— Somos os homens que vão caçar, sem trégua ou piedade, quem machucou sua noiva — responde ele em um tom autoritário, sem se intimidar. — E não estou falando apenas do motorista do carro que atingiu a moto dela, mas também do mandante.

— Façam o que for necessário para descobrir — determina Adilson. — Tenho que ir embora daqui a alguns dias. Vocês precisam garantir o bem-estar da minha menina. Encaminhem todas as despesas da investigação e da segurança ao meu escritório.

Ele entrega seu cartão. Vou dizer para que não se preocupe, mas ele me impede.

— Faço questão, Marco.

— Ela é minha vida. — É tudo o que consigo dizer.

Não é fácil não saber o que está por trás de tudo isso e como podemos nos defender.

— Eu sei como vocês estão se sentindo. Confiem em nós. Vamos pegar os desgraçados.

Falando desse jeito, Conrado parece um pouco mais humano.

— Qual o próximo passo? — pergunto, por fim.

A reunião dura mais de duas horas. A postura profissional e a excelência dos homens à minha frente me impressionam, admito. A insegurança ainda corrói meu peito, mas sei que Bárbara está em boas mãos.

Ainda não sei quem são esses homens e tenho a impressão de que não vou chegar a descobrir, mas sei reconhecer ética, comprometimento e honra, e enxergo isso neles. Sinto que Conrado realmente sabe pelo que estou passando. Estou exausto, porém confiante.

Paula

Depois de receber a ligação da polícia, fico rindo, ajoelhada no meio do shopping, com o celular na mão. Algumas pessoas devem achar que estou louca, ou quem sabe feliz. É a gargalhada mais nervosa da minha vida.

Da primeira vez que os vi, eu estava chorando, e agora, da última vez que vou vê-los, estarei chorando também. É incrível como a vida pode mudar para sempre em questão de um minuto.

Meus pais nunca me entenderam. Sempre me acusaram de ser injusta. Injustiça... Alguém sabe o que é injustiça? Duvido!

Mordo a parte interna da bochecha e uma lágrima cisma em cair em meio às gargalhadas. De repente, um soluço escapa, e passo as costas da mão sobre os olhos. Tento segurar o choro, mas as lágrimas escorrem como um rio.

Sinto uma mão tocar meu ombro e já nem sei se tenho forças para ignorar. Ergo o olhar um pouco e vejo os pés da pessoa: tênis All Star surrados que precisam urgentemente de uma lavagem. Quase caio na gargalhada. Nem preciso ver o resto para saber que a imagem que tenho desta pessoa vai corresponder à realidade.

— Moça, você está bem? Precisa de alguma coisa? Quer que eu ligue para alguém?

Desta vez, olho para a pessoa que está falando e sinto até um pouco de compaixão. Será que ela acha mesmo que, com esse celularzinho ultrapassado, pode me ajudar? Eu não tenho mais ninguém, e a consciência disso faz com que eu chore ainda mais. A única pessoa que eu tinha me trocou por um ser que nem pensa.

Eu me levanto e tento reestabelecer um pouco da minha dignidade.

— Obrigada! Já estou bem... Foi apenas uma crise. Passar bem — digo, por compaixão, então sigo em frente sem olhar para trás.

Estas são as últimas lágrimas que saem dos meus olhos.

Paro em frente a uma vitrine, respiro fundo e entro para comprar meu vestido de luto. Meus pais merecem uma despedida perfeita, então, tenho que estar vestida como a princesa que sempre desejaram que eu fosse.

Providencio tudo para o velório, o cortejo e o sepultamento, apronto-me e dirijo-me à Câmara Municipal de São Paulo, local da cerimônia. Tenho a esperança de me manter firme e forte para encarar a despedida, como um último ato de elegância e honra aos meus pais. Toda a alta sociedade, autoridades, magistrados e políticos, já estão presentes.

Recebo condolências de diversas pessoas que tentam me amparar, esperando que eu desabe a qualquer momento. Não sei por que insistem em dizer coisas bonitas e ficar olhando para minha cara, esperando as lágrimas aparecerem para me dar outro abraço.

Ver os dois caixões à minha frente rasga meu coração. Não consigo me aproximar, mesmo sabendo que estão lacrados.

Vejo os pais de Marco logo à frente. Meu ex-marido está junto, de costas, conversando com alguns amigos nossos. Aproveito um pouquinho da dor e me concentro em comover o homem da minha vida.

Vou até ele e atiro-me em seus braços, inconsolável. Tenho que admitir que acabo chorando de verdade, sentindo a perda dos meus pais e o alívio por estar nos braços de Marco, uma vez mais sendo amparada, mesmo que só um pouquinho. Cada vez que o sinto tentar se afastar, soluço e o agarro mais forte. Esfrego minha cara no seu colarinho para deixar vestígios de maquiagem. Quero que *aquelazinha*, ao encontrá-lo, saiba por onde ele esteve.

— Paula, sinto muito pelo que aconteceu com seus pais. Passei aqui apenas para deixar meus pêsames. Espero que fique bem, mas preciso ir embora.

— Por favor, não vai agora! Hoje, mais do que nunca, preciso de você. Da nossa família, da nossa filha! Estou sozinha no mundo, meu amor.

— Não, Paula, você não está sozinha. Tem muita gente aqui que gosta de você. Eu realmente preciso ir.

Minha vontade é de gritar com ele na frente de todo mundo, mas me contenho. Eu o encaro por um momento, e então me afasto, sendo rodeada por várias pessoas.

Pior do que a dor da despedida é a dor de perceber que estou sozinha. Decido não acompanhar o cortejo. Prefiro guardar na memória a vida que tiveram e a alegria que transmitiam. Vou para casa.

A mansão agora é minha, apenas minha! Agora tenho todo o poder que sempre quis. Agora posso *tudo*.

Capítulo 43

Bárbara

Passei o resto do dia sem notícias de Marco, recebendo visitas, entre elas de Marcinha e Thiago, que antecipou seu retorno do Rio de Janeiro.

— Pelo amor de Deus, Babby! O que aconteceu?

Ele parece aflito e triste por me encontrar neste estado.

— Não sei direito. Só me lembro do que acabei de contar.

Embora ainda esteja incomodada, acho que consegui um jeito de dosar minha voz para que não soe tão rouca. Isso, ou Thiago é discreto demais para não fazer nenhuma observação.

— O trânsito dessa cidade está caótico mesmo. O importante é que você está aqui com a gente.

— Não vejo a hora de sair do hospital.

— Não se preocupe com o trabalho. Leve o tempo que for necessário. Temos a melhor equipe, e as obras da filial estão indo muito bem.

Fico aliviada. Além de ser um querido, Thiago é competente o suficiente para cuidar não apenas da sua cartela de clientes, mas da minha também. Nossa amizade foi parceria à primeira vista, logo no primeiro dia de aula na faculdade. Em menos de um semestre, já sabíamos que seríamos sócios um dia. Hoje, só tenho a agradecer pelo sucesso do escritório.

— Você é o melhor amigo e sócio que eu poderia ter, sabia?

Ele não fica vermelho, fica roxo de vergonha.

— Com toda essa bajulação, estou vendo que já está boa. Vou aproveitar a deixa para me despedir.

Depois de mais alguns gracejos, Bigodinho vai embora.

Depois de ser medicada, recebo a consulta de uma fisioterapeuta, que minha mãe exigiu que o hospital providenciasse.

Quase ao final do horário de visitas, olho para a porta, na esperança de ver Marco, mas quem aparece é meu pai. Não que eu tenha ficado frustrada, amo os carinhos e mimos dele, mas meu coração sente falta do meu amor.

— Hmmm, será que estou vendo uma pontinha de decepção nesses olhinhos? — Ele belisca a ponta do meu nariz, como fazia quando eu era criança. — Este velho pai não faz mais falta?

— Óbvio que sinto sua falta. Só pensei que veria Marco ainda hoje. Ele foi embora mais cedo e nem nos falamos direito.

— Então, se essa é a razão desse biquinho lindo, tenho uma surpresa.

Ele pega o celular, digita algum número e me entrega. Mal soa o primeiro toque, e ele já atende.

— Boa noite, minha sereia.

Só de ouvir sua voz, meu corpo estremece. Quero me teletransportar para o seu lado.

— Senti sua falta. Como o senhor vai embora e não volta mais? Ainda te devo uma resposta, doutor.

— Estou vivendo por esse momento, meu amor. Prometo que, na próxima vez em que fizer o pedido, vai ser muito especial e sem interrupções.

Se ele soubesse o que estou aprontando, aposto que largaria tudo o que está fazendo e estaria aqui agora.

— Vou cobrar.

— Linda, não consegui voltar para o hospital hoje porque meu dia foi uma loucura e acabei ficando preso em uma reunião. Agora estou aqui com Vitória. Nana ficou com ela desde ontem, e eu não quis pedir para minha mãe vir para cá depois do velório.

Percebo sua voz tensa. Onde está a enfermeira periguete?

— Marco, o que está acontecendo? Fique o senhor sabendo que não é porque um carro de uma tonelada me acertou que preciso ser poupada de algo.

— Amanhã, logo após o almoço, vou para o hospital e conto tudo. Agora descansa um pouco, porque vou chegar em breve com meu antídoto do amor e um surto de beijos.

— Meras promessas...

— Acha mesmo que não vou cumprir? Espera só a recuperação milagrosa que você terá. Vai ver que até a medicina ficará abismada. Sonha comigo.

Não quero desligar. Não quero ficar sozinha de novo. Eu o quero aqui comigo.

— Sonho até acordada com você. Te amo.

Quando entrego o celular para meu pai, ele está com um sorriso de orelha a orelha.

— Minha menina! Você conseguiu fazer com que eu voltasse no tempo. Esse brilho nos seus olhos me lembrou do dia em que você ganhou seu quadriciclo. Você pilotou a tarde toda e, quando veio nos abraçar, sentimos que não precisava dizer mais nada, seu olhar falava tudo.

Como não ficar boa logo com tanto carinho e amor? Se ainda não fosse tão difícil respirar e a dor no peito tivesse amenizado, juro que arrancaria todos os fios e fugiria. Fraturei as vértebras cervicais C2, C3 e C4 e, para completar o alfabeto, mais quatro vértebras torácicas, T2, T3, T4 e T5, sendo que uma delas causou uma hemorragia interna, presenteando-me com uma cicatriz no peito, por causa da cirurgia a que precisei ser submetida às pressas.

Meu pai fica comigo até o último minuto de visita, quando quase é expulso pela enfermeira. Antes de sair, ele me pergunta coisas estranhas sobre meus últimos dias e, de certa maneira, é um tanto invasivo. Fico preocupada que comece a duvidar que sou responsável o bastante para continuar morando sozinha.

Enfim, passo a noite acordada por causa da equipe de enfermagem, que entra ora para medir minha febre, ora para me entupir de medicamentos, ora para me monitorar. De manhã, recebo a notícia maravilhosa de que vou ser transferida para um quarto individual.

Minha mãe convocou uma equipe inteira para fazer meus planos darem certo, isso sem perturbar ninguém do hospital.

— Filha, você não imagina como eu, Patty e Marcinha nos empenhamos ontem, cuidando de cada detalhe que você pediu. Acho que você vai surpreender o bonitão.

Ninguém mandou dar ideias para a minha mãe. Agora é tarde... O circo está armado.

Marco

— Seus pais ligaram e disseram que, se precisar, eles vêm pra cá.

— Não será necessário, Nana. Já me organizei para passar a noite em casa.

Um banho é tudo de que preciso depois de hoje.

Tiro o casaco a caminho da área de serviço. Quando tiro a camisa, percebo que o colarinho está manchado de maquiagem. Balanço a cabeça, decepcionado.

Quando me viro, dou de cara com o meu anjo da guarda.

— Você parece cansado, mas tenho uma coisa para contar que acho que vai te deixar um pouco bravo. Juro que não tive culpa.

Conheço sua expressão de remorso.

— Manda a bomba.

— Bom, eu não estava a par de tudo o que aconteceu entre você e a Rafaela, então, quando o Zé interfonou hoje para falar que ela estava subindo, deixei que entrasse e passasse o dia com Vitória. Achei que não faria mal. — Nana abaixa a cabeça. — Mas, quando sua mãe ligou perguntando como estava sendo o dia, contei que a Rafaela estava me ajudando. Ela ficou preocupada e me contou tudo. Na hora, fiquei desesperada. Eu te liguei, viu? Mas você não atendeu.

Resignado, respiro fundo.

— Nana, você não tem que se sentir culpada de nada. Rafaela já sabia que eu não a queria mais aqui. Ela se aproveitou da situação e da minha ausência. Agora que você já sabe da história toda, não a deixe mais entrar aqui.

— No fundo, acho que ela não fez por mal. Tanto que, quando avisei que seria melhor ir embora, ela acabou aceitando e disse que só veio porque você tinha marcado de conversar com ela hoje.

— Verdade, Nana. Mas isso não dava a ela o direito de permanecer aqui, cuidando da Vitória como se nada tivesse acontecido. Amanhã, assim que chegar no fórum, vou cuidar disso.

Dou um beijo na cabeça dela e me despeço.

Depois do banho, aproveito que Estela está cuidando de Vitória para comer um sanduíche que Nana deixou preparado para mim. Enquanto isso, ligo para Oded.

Como antes, o homem responde como um soldado, curto e objetivo. Digo que preciso conversar urgentemente com seu superior. Quero um segurança para Vitória também. Havia orientado ao segurança de Vitória que apenas Nana, meus pais e Estela estavam autorizados a entrar no apartamento, mas pelo jeito ele acabou por se render ao charme de Rafaela. O que Caetano disse sobre os seguranças que estão trabalhando para mim é verdade. Preciso trocar a equipe.

Depois de tudo resolvido, é hora de me dedicar à Vitória. No quarto, noto que ela e Estela estão assistindo a um desenho. Não preciso dizer nada, pois a enfermeira da noite sabe que aquele é um momento só nosso, então sai.

— Ei, pequena! Vamos ter uma noite de pai e filha? — Faço cócegas nas suas dobrinhas e a pego no colo. — Pelo jeito você está gostando de ficar em casa. Pode confessar, a comida da Nana é melhor que a do hospital.

Brinco com suas mãozinhas rechonchudas, enlaçando meus dedos longos nos dedinhos delicados.

— Hoje eu pedi a Bárbara em casamento. Sabia que ela te adora? O papai está pensando em chamá-la para passar uns dias com a gente assim que ela voltar de onde está. O que você acha? Já pensou nós três juntinhos?

Juro que vejo um brilho de aprovação no olhar dela.

Depois de contar as novidades, leio uma história e me deito ao seu lado. Quando percebo que o sono a venceu, dou um beijo nela e chamo Estela, depois vou para meu quarto.

O fato de falar com minha sereia, ainda que tenha sido por telefone, e ficar com minha princesa com certeza vai me render uma noite mais tranquila. Não dá outra.

Logo cedo, antes de ir trabalhar, vou ao meu escritório e encontro um bilhete em cima da escrivaninha.

Prezado dr. Marco,

Quero pedir desculpas pelo constrangimento que causei ao senhor com meu comportamento inadequado. Agi vergonhosamente. Desde que comecei a trabalhar com Vitória, dediquei-me tanto que acabei adotando-a como parte da minha vida. Acho que esse envolvimento emocional acabou me deixando um pouco confusa. Peço que reconsidere sua decisão sobre minha demissão. Prometo que nunca mais importunarei o senhor.

Hoje, a Nana me contou o que aconteceu com Bárbara. Espero que ela esteja melhor.

Mais uma vez, imploro que me aceite de volta e me deixe continuar cuidando da nossa pequena Vitória.

Ansiosa...

Rafaela

P.S.: Pense apenas no bem-estar de Vitória.

Que insistente. Como se não bastasse uma ex-mulher acreditar que ainda sou dela, agora tenho uma ex-funcionária que acha que Vitória é dependente dela.

Vou resolver isso ainda hoje e solicitar meu período de férias. A decisão de adiá-las seis meses atrás não poderia ter sido mais oportuna, porque, agora, vou aproveitá-las ao máximo.

Quando termino de resolver as pendências com o RH, ligo para um grande amigo da época da faculdade, Jonas Pamplona.

— Excelentíssimo dr. Marco, a que devo a honra da sua ligação?

— Não importa o tempo que ficamos sem nos falar, você continua o mesmo: direto e certeiro. Como sabe, tenho uma filha que requer cuidados médicos e, desde o seu nascimento, contratei uma enfermeira altamente recomendada. Durante todo esse período, não posso fazer qualquer queixa dela, porém ela desenvolveu uma paixonite por mim. Mas não quero levar isso à esfera jurídica. Quero somente me resguardar.

— Bem, o ideal é você demiti-la sem justa causa, pagar todas as suas verbas rescisórias e abafar todo o caso...

— Perfeito. Não quero ferir nenhum direito trabalhista que ela tenha, mas não quero tratar disso. Então, gostaria apenas de encaminhá-la ao seu escritório para que você conduza os procedimentos legais. Pode ser?

— Claro! Fico no aguardo da enfermeira apaixonada!

Com mais um problema a menos para resolver, termino a manhã indo para o hospital. *Que sina.* Acho que deveria ter optado pela medicina, já que mal tiro minha filha de um e já estou de volta em outro.

Sinto o coração acelerar só de pensar que vou ver Bárbara. Embora tenha ficado preocupado por ela não ter mandado nenhuma mensagem agradecendo pelas flores que enviei de manhã, Adilson me contou que ela estava sendo transferida da UTI para o quarto.

Quando entro na recepção do hospital, louco para encontrá-la, sou informado de que preciso fazer um novo cadastro para poder ter livre acesso ao seu quarto.

— Sr. Marco, a paciente já está recebendo o número máximo de visitantes agora. O senhor vai ter que esperar alguém descer para poder subir.

A funcionária percebe minha aflição.

— Se quiser, posso ligar para o quarto e pedir para que um dos visitantes dê o lugar ao senhor.

— Por favor. Obrigado.

Aguardo, enquanto estalo os dedos, torcendo para que uma dessas visitas não seja Caio.

— Boa tarde. Aqui é Ana Clara, da recepção, preciso que alguém que está no quarto desça para que eu possa autorizar a subida do sr. Marco Ladeia.

Ela ouve por um momento. Acho que vislumbro um sorrisinho.

— A paciente ainda não chegou no quarto. Ela está fazendo alguns exames, mas alguém está descendo para falar com o senhor.

Fico preocupado. Até um pouco culpado por não ter ficado ao lado dela. Alguns minutos se passam até que as portas do elevador se abrem, e seus pais saem, vindo em minha direção.

Com um sorriso encantador, Ana abre os braços para mim.

— Marco, que bom que você chegou agora! Vamos almoçar comigo e com o Adilson?

— Dona... — Paro de falar. —... Ana, tudo bem? Que bom rever a senhora. Desculpa por não acompanhar vocês, mas estou morrendo de saudade da Babby. Não sei nem se estou com fome.

Adilson dá um tapinha nas minhas costas.

— Imagina, meu rapaz, esse almoço vai ser especial, pode acreditar. Bárbara vai demorar mais uma hora, no mínimo, para retornar ao quarto. Temos tempo de sobra.

Os pais de Bárbara estão agindo e falando um pouco estranho. Tenho a impressão de que estão escondendo algo.

— Isso mesmo. Você só iria ficar esperando lá, sozinho. Não faça cerimônia e venha com a gente.

Ana enlaça seu braço no meu e me guia em direção ao restaurante do hospital.

Já acomodados, eles me contam a respeito de todo o boletim médico. Aproveito para perguntar sobre os tais exames, e os dois se fitam.

— Marco, estamos tão contentes de você estar ao lado da nossa filha. — Ana parece querer desconversar. — Você tem feito muito bem para ela. Morar longe nos deixa com o coração partido, mas, agora que conhecemos você, estamos mais tranquilos.

Noto que ela se emociona.

— Ana, Bárbara é um anjo que apareceu na minha vida. Pode ficar sossegada. Ela e Vitória são meus bens mais preciosos. Vou cuidar dela como se fosse uma rainha.

— Não duvido.

Ela põe a mão sobre a minha e dá uma piscadela charmosa. Adilson, por sua vez, é mais franco.

— Marco, ao longo desses dias você tem provado o quanto ama minha filha. Só que, por outro lado, sabemos que já foi casado. Por que você acha que dessa vez vai ser diferente?

— Em primeiro lugar, quero deixar claro que nunca senti nada igual ao amor que tenho pela Bárbara. Ela desperta o melhor de mim. Segundo, não posso prometer que vou ser o melhor homem do mundo para ela, mas me esforçarei muito.

— Era isso que eu precisava ouvir. Nós já abençoamos essa união. Agora, acho que tem alguém que está morrendo de saudade.

Ana estende o celular para mim. Eu o encaro, sem entender nada.

— Pega, Marco. Vê o vídeo.

Clico na tela e a música "Diga Sim Pra Mim", de Isabella Taviani, começa a tocar. De repente, Bárbara aparece.

Ela sai da UTI em uma maca e vai para o quarto, onde estão seus pais, Patty e duas pessoas que não conheço, todos fazendo corações com as mãos. Nesse momento, acho que não tem um pelo no meu corpo que não esteja arrepiado. Minhas mãos ficam trêmulas, enquanto vejo-a sendo amparada pela mãe e por uma enfermeira ao se preparar para um banho. Ela é linda até em uma situação tão vulnerável.

Com um sorriso enorme, quase esqueço que estou acompanhado. A música aumenta um pouco e aparecem as flores que enviei para ela, com uma mensagem de "Amei as flores".

Mantenho os olhos tão fixos na tela que nem pisco, com medo de perder qualquer detalhe. Em seguida, surge Bárbara sendo penteada e maquiada por duas pessoas desconhecidas. A mulher é mais apaixonante do que eu imaginava ser possível.

De repente, pela primeira vez durante o vídeo, ela começa a falar.

— Meu amor, eu fiz essa produção toda com um único propósito, mas, para dar certo, preciso que você siga, passo a passo, as orientações que irá receber. Não pode pular nenhuma etapa. Na saída do restaurante, terá um mensageiro com alguns envelopes. Pegue todos, mas só abra quando estiver no meu quarto. Você vai notar que tem uma sequência numérica. Leia todos e só fale comigo quando terminar o último.

Nem sei como me levantei da mesa, pois minhas pernas estão tremendo e meu coração está tão disparado que parece que vai saltar pela boca. Adilson e Ana me abraçam.

— Boa sorte, Marco. Cuide bem da nossa menina.

Quando encontro o tal mensageiro, ele me entrega cinco envelopes.

Como aquela danada organizou tudo isso? Enquanto o elevador sobe, as emoções me invadem. Ao pôr a mão na maçaneta do quarto, respiro fundo e abro a porta devagar.

Diante de mim, está a mulher da minha vida, linda e com um olhar de felicidade. Eu a alcanço em dois passos, mas ela não diz nada, apenas aponta para os envelopes vermelhos que estão em minhas mãos. Abro o primeiro.

O olhar

Apesar da alegria do momento em que nossos olhos se cruzaram pela primeira vez, algo em mim sabia que eu tinha encontrado o homem da minha vida. A princípio, imaginei apenas se tratar de uma química forte, em que a sede de ter seu corpo junto ao meu era tudo, mas, com o passar do tempo, seu olhar fez com que eu descobrisse que o que temos vai além do físico. Você invadiu meu coração e minha alma.

Olho para ela, que levanta uma plaquinha vermelha na qual está escrito "Eu te amo! Continue lendo!". Adoro seu olhar de *dominatrix*.

Tremendo e nervoso, faço o que pede.

Prazer

Seu toque já faz parte do meu corpo, suas mãos me levam ao paraíso, seu cheiro me embriaga de paixão, seu gosto me inebria de luxúria. Estou entregue aos seus desejos e vontades em um mar profundo de onde não pretendo sair nunca mais.

Só eu sei a dificuldade que tenho para me conter, mantendo meus músculos rígidos para lutar contra a vontade imensa de tomá-la nos meus braços.

Abro o terceiro envelope.

Confiança

Faz pouco tempo que nos conhecemos e, mesmo assim, nos tornamos íntimos e cúmplices. Você conquistou minha confiança, e sei que temos um vínculo sincero e honesto que vai durar para o resto de nossas vidas.

Ela não abaixa a plaquinha nem um só segundo.

Admiração

Admiro você como homem, como profissional e, principalmente, como pai. E me entrego a você para construirmos, junto de Vitória, uma família, que eu vou amar e cuidar com o mesmo carinho que você.

Sinto meus olhos lacrimejarem. Dou mais um passo na direção dela, mas Bárbara levanta o dedo, ao lado da bendita plaquinha, dizendo que falta só mais uma.

Os motivos

Vida, eu só conheci o verdadeiro amor quando conheci você e, por todos esses motivos, eu digo que...

Se quer saber minha resposta, venha até mim.

Nossos olhos se conectam. É o momento de maior entrega das nossas vidas. Eu me aproximo de Bárbara, afasto seu cabelo do rosto e limpo as lágrimas que também escorrem pelas suas bochechas.

— Sim, eu aceito ser a sra. Ladeia.

Eu a tomo nos braços, com todo o cuidado do mundo, e encosto meus lábios nos seus.

Capítulo 44

Nicole

Não sei muito bem por que me excito com o espancamento. Talvez tenha a ver com minha infância. Sou filha única em uma família de oito irmãos, então tive que ser desde cedo uma garotinha rebelde para chamar a atenção dos meus pais em meio a tanta testosterona. Mesmo assim, não tive sucesso, pois nunca tinham tempo para mim. Talvez os tapas que gosto de levar me deem a sensação de ter a atenção que nunca consegui. Não sei.

Fico pensando em como me levantar sem fazer barulho. Se ele acorda, vai querer repeteco, e confesso que estou toda dolorida depois da atividade toda. Não sou de fugir da raia, mas vamos combinar... é preciso uma folguinha depois de uma transa forte e violenta. Esse lance de ir para a cama com um de dia e com outro à noite deixa a perseguida assada e inchada.

Faço um contorcionismo para sair debaixo dos braços fortes, depois abro a imensa porta de vidro do quarto e vou para a varanda. O ar fresco me desperta.

O tempo está passando. Tenho que ser mais enérgica se quiser passar a argola de ouro de uma mão para a outra.

Tento falar com Caio pela décima vez e nada. Será que está fugindo de mim? Não é possível. Meu noivinho tem muito a perder.

Eu me debruço no parapeito, nua, banhada pela luz do luar, e me perco em devaneios. Ainda de olhos fechados, percebo um corpo quente se aproximando.

— Gosta de ficar nua para todo mundo admirar seu corpo? — sussurra meu amante, que tem estado cada vez mais estranho, e roça os pelos do bigode ralo no meu pescoço, o que me deixa louca. — Acho que, por ser tão exibicionista, vai adorar ser castigada com audiência e mostrar como seu corpo reage bem quando é maltratado.

Sinto suas mãos ásperas tocando meus seios, que correspondem, ficando intumescidos. Ele intensifica o aperto, torturando os mamilos, e, do nada, seu pau grosso me invade, forte e fundo. Parece que estou sendo dilacerada. A brutalidade do ato me deixa molhada. Solto um gemido alto de dor e prazer. Ele solta um dos meus seios, enrola a mão no meu cabelo e puxa forte.

De repente, seus movimentos adquirem uma intensidade ameaçadora. A adrenalina me excita, mas é a primeira vez que sinto medo.

— Não tente me passar para trás... Não brinca comigo, vadia.

Não conheço mais este homem. Mil perguntas me assombram. Amanhã de manhã, a primeira coisa que vou fazer é dar um xeque-mate em Caio. Esta situação começou a ficar perigosa.

Caio

Liguei muitas vezes para o hospital, em vez de ir até lá para ser humilhado. Sempre que alguém atendia, eu fazia amizade com uma enfermeira diferente e conseguia o boletim médico de Bárbara. O único problema foi repetir a história triste sem parar, mas valeu a pena. Consegui também um passe livre para ver Babby, ainda que de longe.

O amor é irônico. Estou olhando a pessoa que mais amo na vida. Como pode estar tão perto do meu coração e tão longe dos meus braços?

De repente, sinto uma mão no meu ombro e nem preciso olhar para saber que meu tempo acabou. Se fosse umas das enfermeiras gostosas que encontrei no corredor, acho que eu teria conseguido uns minutos a mais. Mesmo assim, estou feliz por ter visto, mesmo que de longe, a mulher da minha vida.

Agora, mais calmo, começo a entender que talvez eu tenha realmente perdido minha amada. Mesmo assim, não irei desistir.

Já no carro, lembro que ainda tenho um assunto pendente: Nicole. Não consegui pregar os olhos a noite toda, pensando em um jeito de resolver a situação que eu mesmo causei. Por que fui confiar naquela periguete deliciosa?

Chego ao escritório e, assim que entro, flagro a arara rouca da minha secretária com a galinha velha do rabo depenado do RH na maior algazarra. Quando percebem que entrei, as duas congelam.

— Bom dia, sr. Caio — diz uma, depois de um tempo. — Não sabia que chegaria tão cedo hoje.

— Se querem continuar tendo um bom dia, é melhor cuidarem dos seus afazeres. Acho que estou pagando um bom salário por algum motivo.

Dou ordem para que a secretária faça uma ligação para mim e entro na sala, cuspindo fogo. Estou cercado por um bando de incompetentes.

Ligo o computador. O telefone toca e eu atendo, achando que fosse a ligação que pedi.

— Alô.

— Caio, meu amor, o que está acontecendo com seu celular? Tentei ligar para você várias vezes ontem à noite!

Qual foi a parte da ordem que a infeliz da secretária não entendeu?

— Estou no meio de uma reunião e não posso falar agora, Nicole.

Estou prestes a desligar, mas a canalha é mais rápida.

— Você não vai acreditar onde estou.

— Olha, Nicole, realmente, agora não...

— Caio, meu bem, não vou tomar seu tempo. Só quero dizer que estou aqui, no estúdio, fazendo uma retrospectiva do nosso namoro. Achei que mandar um vídeo dos nossos melhores momentos como convite para o casamento seria muito diferente. O que acha da ideia, querido?

Que *porra* é essa? Outra chantagem?

— Pode fazer do jeito que achar melhor. Suas ideias são sempre ótimas. Tenho certeza de que os convidados vão adorar ver como você é talentosa.

Não vou dar a ela o gostinho de achar que estou preocupado.

— Caio, acho que dia 10 de outubro é uma ótima data. Cai em uma quarta-feira...

— Nicole, não posso mais falar. Beijos.

Desligo sem ao menos um tchau, dou um murro na mesa e, de imediato, começo a escrever um e-mail.

Adorável secretária eficiente,

Será que é tão difícil fazer o que eu mando? Acho que a senhora não me entendeu, então vou ser mais claro desta vez: LIGUE AGORA PARA JOÃO, O INVESTIGADOR, E NÃO ME PASSE LIGAÇÃO NENHUMA QUE NÃO SEJA A DELE.

Depois de alguns minutos, o telefone volta a tocar. Espero para ouvir o que a tão fantástica secretária tem a me dizer.

— Sr. Caio, o sr. João está na linha. Posso passar a ligação?

— Não é tão difícil fazer o que eu mando, né, Vera? Pode passar a ligação.

— João, como vai?

Esse cara é um achado, pau pra toda obra. Faz com excelência todos os serviços de que preciso. Tudo bem que sai meio caro, mas vale cada centavo.

— Ao seu dispor, chefia. O que manda?

— Estou precisando de mais um trabalhinho seu, mas agora é meio diferente.

Rafaela

Não acredito que estou esperando ser atendida por um desconhecido para decidir meu futuro. Um momento de melancolia me desestabiliza.

Como fui idiota. Fiquei cega e não consegui perceber. Esperei tanto tempo calada ao lado do homem mais amável que conheci e, em apenas uma conversa com sua ex, me deixei ser convencida a fazer aquela cena bizarra. Que vergonha. Fui infantil e vulgar.

Mesmo ciente de que o que fiz foi errado, ainda aceitei de novo os conselhos daquela despeitada e o desafiei, passando o dia com minha menina. Não devia ter feito isso. Embora eu saiba que tenho que ser profissional, eu me apeguei. O amor que sinto por aquela menininha guerreira é maior do que eu.

— Srta. Rafaela, o dr. Jonas irá atendê-la. Queira me acompanhar, por favor.

Eu me levanto, respiro fundo e sigo a secretária em direção à sala, observando ao redor, como um gatinho perdido na selva.

Há objetos decorativos por todo canto. Um verdadeiro luxo, com música clássica bem baixinha de som ambiente. Está mais para o consultório de um analista do que um escritório de advocacia.

Chego à sala e me sento. Ainda perdida em pensamentos, tenho vontade de tocar a imagem linda em bronze à minha frente, mas, quando estendo a mão, ouço a voz mais sexy que já ouvi na vida.

— Boa tarde, Rafaela Faria! Sou o dr. Jonas Pamplona. Desculpe a demora. Eu estava imprimindo sua rescisão.

Não ergo o olhar, apenas estendo a mão. Sei que está fria e trêmula, mas o aperto é forte e quente.

— Boa tarde, doutor. Já sei que, pelo fato de o dr. Marco ter marcado para um advogado resolver a questão, deve ter caracterizado minha demissão como justa causa. Foi merecido. Onde assino? — pergunto ao homem de olhos azuis, cabelo preto e um sorriso de encabular qualquer mulher.

— Calma, Rafaela. Ainda preciso explicar muita coisa. Marco é grato pela sua dedicação à Vitória e achou melhor não levar em consideração os motivos da demissão.

Como assim? Marco contou tudo para o advogado? Eu entreguei meu coração a ele! Sou inundada pela vergonha, sem conseguir mais fitar o homem à minha frente e me achando a mulher mais vulgar e suja de todos os tempos.

— Olha, podemos andar logo com isso? Marco não tinha o direito de expor nada.

— Rafaela, vamos esclarecer uma coisa aqui. Sou o advogado que representa Marco e, por motivos mais do que óbvios, ele me contou a causa da sua demissão. Não vejo razão para que você fique com vergonha. Fiz um juramento para exercer minha profissão, e tudo o que me foi relatado não será dito a ninguém. Meu intuito é apenas seguir com a demissão. Para tanto, vamos deixar os pormenores de lado e ir ao que interessa.

Que arrogante. Será que não entende? Tudo o que aconteceu significou muito para mim. Sem aviso prévio, as lágrimas começam a deslizar pelo meu rosto. *Ótimo*. Mais um mico para pôr na conta.

Sinto um corpo ao meu lado. A mão masculina perfeita segura um lenço de papel para mim. Pego e o levo ao nariz. De repente, o cheiro de colônia amadeirada inebriante invade meus sentidos. Sinto um frio na barriga e um arrepio.

— Você precisa de um minuto. Vou buscar um copo d'água e já volto.

Fico na companhia da vergonha e da minha falta de decência, afogada em um oceano de lágrimas.

Minutos se passam e, então, sem que ele tenha feito qualquer barulho, sinto sua presença na sala.

— Mais calma?

O advo*gato* me entrega um copo d'água. Bebo tudo em um gole, depois olho para ele, que está com uma sobrancelha linda erguida.

— Obrigada. Estou melhor agora. Só fiquei meio magoada porque, quando eu disse ao dr. Marco que me guardei a vida toda para o homem da minha vida, não imaginei que fosse contar para ninguém que ainda sou virgem.

Ele me encara diferente, então percebo que esse detalhe é novidade.

— Rafaela, acredite em mim, os detalhes de tudo o que você verbalizou ao seu antigo chefe não me foram relatados. — Levo a mão à boca. — Meu cliente me contou apenas que aconteceu uma cena constrangedora entre os dois, e que você declarou um sentimento impróprio a uma relação de trabalho.

Mais uma bola fora. O melhor que tenho a fazer é ficar calada. Com o rosto em brasa, mais uma vez, sou tomada pela vergonha.

— Acredito que, agora que estamos a par da situação, você já pode assinar a rescisão.

Ele se debruça um pouco sobre a mesa para se aproximar de mim e começa a me explicar tudo. Quase não presto atenção. Só tenho olhos para o belíssimo homem à minha frente. Vou ficando mais à vontade, e então reparo no lindo terno preto, na camisa branca e na gravata vermelha. O perfume dele é uma espécie de droga, que deixa a pessoa dopada e dependente.

— Rafaela, se está de acordo, pode assinar aqui.

Ele me olha com intensidade, e juro que o vejo umedecer os lábios com a língua.

Para completar, sou pega no flagra observando-o. Outro mico, mas acho até que ele gosta, porque o pavão abre mais a cauda, facilitando minha visão, e sorri. Fico de queixo caído. O homem tem o sorriso de um comercial de pasta de dentes! Ele olha para mim como um falcão e me sinto uma presa fácil, pronta para ser tomada. Claro, se a ocasião fosse outra.

— Estou de acordo com tudo. Por favor, me empresta sua caneta?

Ao me entregar, nossos dedos se tocam. Puxo a mão depressa.

Mas, quando me concentro no papel à minha frente, nem sei como assino. Nunca imaginei que escrever meu nome pudesse ser tão doloroso. Penso em Vitória. Talvez, no futuro, descubra que foi melhor assim.

Fui criada em um orfanato, onde era voluntária na ala de crianças especiais. As outras crianças zombavam de mim dizendo que eu era igual aos pacientes, doente, e, por isso, não brincavam comigo. Tinham medo de pegar algum vírus.

Quando decidi fazer enfermagem, já sabia a que área me dedicaria. Estudava durante o dia e, à noite, trabalhava como acompanhante de idosos. No intervalo entre a troca de fraldas geriátricas e durante o cochilo deles, eu aproveitava para estudar. Acho que dormia umas quatro horas por noite. Mas venci e me formei, sem qualquer apoio financeiro.

Agora estou aqui, com uma dor enorme no peito. Mesmo assim, vou tentar recuperar a garra e a determinação e, quem sabe, um dia consiga vencer essa provação. Só sei que nunca mais vou aceitar migalhas, como permitir que sorrisos educados conquistem todo meu amor.

Eu me apaixonei por Marco porque enxerguei nele o sentimento mais puro do mundo: o amor pela vida. Não pretendo nunca mais abrir o coração para um homem. Chega de dor. Os sonhos românticos de encontrar a outra metade não existem mais. Aprendi com meus erros.

Termino de assinar os papéis, respiro fundo e me levanto, tentando recuperar a dignidade.

Estendo a mão para me despedir.

— Obrigada, dr. Jonas. E me desculpe pela crise de choro. Estou muito envergonhada por tudo o que aconteceu.

Ele pega minha mão, e volto a sentir uma espécie de conexão.

— Por que você está pedindo desculpas mesmo?

— Me desculpe, doutor, mas não vou repetir tudo o que aconteceu aqui. Se o senhor já esqueceu, muito obrigada.

Embora tenha sido um cavalheiro, não solta minha mão, e começo a desconfiar que o ar-condicionado da sala está com defeito, porque o calor não é normal.

— Não precisa ficar se desculpando, Rafaela. Você cometeu um erro e já está pagando. Siga em frente — aconselha ele, em um tom tão carinhoso que começo a acreditar que tem razão.

Tento puxar a mão, mas ele a segura um pouquinho mais forte.

— Até mais, dr. Jonas...

— Você tem algum emprego em vista, Rafaela?

Que tom é esse? E, verdade seja dita, o que ele tem a ver com isso? Será que está me sondando para contar o que fiz ao meu próximo empregador?

— Não. Mas hoje mesmo vou ligar para algumas amigas.

— Você pode deixar seu número comigo?

O abusado acha mesmo que, só porque fui oferecida com Marco, e ele é lindo de morrer, vou sair por aí oferecendo a virgindade para qualquer um?

— Olha, dr. Jonas, não sou como o senhor deve estar pensando. O que aconteceu com Marco foi um amor verdadeiro, então o senhor se engana se acha que vou dar meu telefone sem nenhum motivo.

O ousado dá uma gargalhada e aperta um pouco mais minha mão, então me encara, com o olhar cintilante.

— Você é meio pretensiosa, Rafaela Faria! Pedi seu telefone porque acho que tenho uma pessoa a quem posso indicar você para uma futura entrevista.

Ah, pronto! Encerrei com chave de ouro a série de micos do dia. Ao pensar na sequência de gafes, não consigo segurar gargalhadas histéricas.

Acho que ele fica chocado, ou talvez esteja pensando que sou uma maluca que não dá uma dentro. As lágrimas voltam a tentar me assaltar.

— Desculpa, de novo, dr. Jonas.

— Se me pedir desculpas mais uma vez, Rafaela, vou ter que ser indelicado, e quem vai ser obrigada a ouvir pedidos de desculpas é a senhorita. Quanto às gargalhadas, prefiro acreditar que o motivo tenha sido a generosa indenização com a qual meu cliente lhe presenteou.

Ahn? Nem reparei no valor.

— Deve ter sido, doutor. O senhor tem razão. Estou muito feliz com a indenização.

Ele percebe a ironia, e só quando sinto um aperto mais forte nos dedos é que me dou conta de que ele ainda não soltou minha mão, nem eu a dele.

Toda sem jeito e nervosa, puxo a bolsa com a outra mão, mas a bendita acaba enroscando uma alça na estatueta da mesa, que se espatifa no chão. Acho que acabei de arranjar um destino para a minha generosa indenização.

Capítulo 45

Marco

— Bárbara Nucci, futura senhora Ladeia, prometo dizer que amo você todas as noites e provar isso todos os dias. Sabe essa pinta que você tem aqui, do lado do seio esquerdo? — Toco onde indico, com cuidado para não colocar muita pressão. — Na minha próxima vida, quero ser ela, para nunca mais sair do seu corpo.

— Eu também, dr. Marco Ladeia, prometo amar você todos os dias da minha vida, mas...

A safada, mesmo com a voz um pouco rouca e cansada, faz suspense.

— Mas...

— Não gostei da parte da outra vida... Minha pinta? Não vale. Se for assim, como vou ter o homem mais gostoso do mundo nos meus braços?

Sexy para caralho. Não resisto a abraçá-la.

— Contanto que eu esteja com você, não me importo como.

— Eu sugeriria outros lugares para estar.

Ela percorre meu peito com as unhas, descendo devagar, e encontra alguém despertando.

— Futura sra. Ladeia, não brinque com o que está quieto, à espera da sua recuperação. Às vezes, o que está quieto é um menino muito mau que não respeita nem quem está convalescendo.

— Não quebrei a bacia. Foram só umas costelinhas, senhor meu futuro marido. E se eu contar ao menino mau que sinto uma saudade imensa dele me preenchendo e que, só de pensar, já estou toda molhada?

Levo a boca ao seu ouvido, louco para sentir seu cheiro.

— Eu responderia que a senhora está sendo deliciosamente provocante — digo, com a voz rouca de desejo.

Pelo jeito, ela não se importa nem um pouquinho em descer meu zíper. Minha ereção vibra sozinha, saudando-a.

— Se o senhor, meu futuro marido, não se importar, poderia trancar a porta? Já recebi a medicação de hoje e a visita do médico, então não estou esperando ninguém por um bom tempo.

— É melhor não.

— Você não pode recusar as vontades de alguém que está dodói. Tenho certeza de que vamos precisar de privacidade para que eu possa mostrar o que quero ao menino mau.

— Fecho, mas com uma condição.

— Qual?

Não espero um só segundo e, em um piscar de olhos, já estou virando a chave.

Bárbara

Ele se aproxima devagar, com olhos sedentos. Respiro fundo e a dor no peito avisa que estou sendo imprudente, mas que se dane. Ficar excitada é saudável!

— Então quer saber as condições? A senhorita não precisa se preocupar. As condições se restringem a um remedinho milagroso. Acabo de mudar a área do meu doutorado. Agora sou o médico que vai apresentar o melhor remédio para você.

Que *calor*. Faço um sinal com o dedo, chamando-o para mim. Mas Marco resolve me torturar e desce minhas duas mãos pelo seu corpo até chegar ao paraíso, mostrando-me o quanto está excitado.

— Quer dizer que estou em uma consulta particular?

Sem romper o contato visual malicioso e cheio de promessas, mostro que a excitação é recíproca. Puxo a coberta para lhe agraciar com minha última surpresa: uma camisola sexy vermelha, com abertura até as curvas da minha coxa.

Abro as pernas ao máximo, delicada e vagarosamente, exibindo o tecido vermelho que cobre meu sexo. Tomando cuidado para não sentir dor, puxo de lado o pano que me cobre, ficando exposta e clamando pelo toque de Marco, que entende o recado e se aproxima da cama, debruçando-se sobre mim.

— Devia ser proibido existir uma paciente tão deliciosa.

Um suspiro quente, e meu corpo se arrepia. Meus mamilos revelam a excitação.

— Está com frio? — sussurra ele, debochado, no meu pescoço, raspando a barba pela minha pele devagar.

Sinto um arrepio pela coluna e grudo na cama. Meu corpo acorda. Estamos jogando um simples jogo erótico, mas para mim se torna a melhor competição.

— Pelo contrário. Reajo do mesmo jeito quando estou em chamas.

— Você tem um corpo a ser estudado e uma boca a ser beijada.

Recebo um chupar de lábios avassalador. O entrelaçar de língua é apaixonante, com o gostinho de ser o primeiro do resto das nossas vidas de compromisso e paixão.

Em meio a sussurros e sem forças para falar, imploro que ele me possua.

— Seu estudo envolve injeções?

— Não, mas prometo algumas picadas. Pode acreditar quando digo que, dependendo da injeção, não vou conseguir ser nem um pouco delicado, então vou cuidar de você, mas só na medida certa para você aguentar sem dor.

Então ele começa a curar minha ânsia.

Vários beijos me acariciam. Ele é delicado e cuidadoso. Sinto no seu toque o desejo imenso que tem de me apertar. Sem perder mais tempo, Marco começa a me saquear. Sinto como se sua alma me envolvesse, aumentando a sensibilidade do meu corpo. Fica ainda mais quente, e meu coração, já acelerado, dispara em um compasso alucinado. Sua respiração contra minha pele é urgente. Com as mãos grandes, ele toca meus seios, então dá mordidinhas suaves na minha barriga, sempre se preocupando com meu conforto, e depois levanta minha camisola para enfiar os dentes na minha carne.

Ofereço-me sem limites ou pudor. Clamando por mais, recebo seus dedos, sem pressa. Ele intensifica os movimentos até me levar ao delírio e me fazer implorar.

— Preciso de mais. Preciso de você dentro de mim agora.

— Você vai ter, sereia. Minha língua e meus dedos saciando seus desejos até você gozar pra mim.

Marco tira os dedos do meu corpo, que já chora pela ausência deles, e fecha os olhos enquanto sente meu cheiro e meu sabor. A visão é para lá de depravada.

— Ficou ainda mais deliciosa.

— Dr. Delícia, estou começando a achar que o que o senhor chama de cura vai ser minha morte.

Ele se posiciona entre minhas pernas, abrindo-as com delicadeza. Devagar e sem tirar os olhos dos meus, coloca a calcinha de lado e lambe minhas dobras com a ponta da língua, então sussurra, soprando seu hálito quente:

— Prometi curar sua sede de prazer, dona dos meus desejos. Não vai demorar muito para você gozar na minha boca.

As palavras sujas me transformam em uma pilha de nervos sensíveis e me arrancam gemidos. Tremo tanto, que ele encara a reação como um sinal para enfiar os longos dedos em mim. Acho que a invasão me faz lutar por um pouco de oxigênio. A intensidade do momento aumenta quando sinto ele substituir os dedos pela língua.

— Essa boceta é minha, futura sra. Ladeia.

Gotejo na boca dele, na beira de um abismo. Embora sua mandíbula esteja rígida, ele ainda me encara ao começar a me foder em um ritmo gostoso de chupadas e lambidas. Marco brinca com meu clitóris tenso até que eu erga o tronco em um orgasmo explosivo.

Marco

Sinto um tambor frenético no peito. Amo Bárbara loucamente e vou fazer dela a mulher mais feliz do mundo.

— Se for para tomar esse remédio todo dia, vou pedir à junta médica para me deixar aqui mais uns bons meses...

Os olhos dela me devoram e, para evitar frustrá-la por não poder retribuir, trato de colocar a calcinha no lugar.

— Tenho um estoque inesgotável do que tomou, mas pretendo usar só quando você voltar para casa. Lá, vou poder aplicar de diversas formas.

— Hmmm, fale mais sobre isso.

Ela leva a mão até a campainha.

— Precisando de alguma coisa, sra. Futura Esposa?

— Estou, sim. Quero chamar os médicos para dizer que estou curada, pois meu Futuro Marido acaba de me aplicar a mais deliciosa poção mágica, cuja receita só ele tem.

Será que ela existe? Como senti falta desse bom humor.

— Acho que o pessoal da enfermagem não vai acreditar depois de ouvir seus gemidos. Devem estar achando que está sentindo muita dor. Não sei nem como não tem ninguém esmurrando a porta para entrar.

Bárbara leva a mão à boca, espantada.

— Jura que fui muito escandalosa?

Passo a mão nos seus cabelos, beijando sua testa, seu nariz, sua boca.

— Não, linda. Você foi perfeita. Gemeu gostoso, só para eu ouvir.

— Você me assustou, sabia? Mal aceito o pedido de casamento e você já começa a me enganar.

— Fica como troco por você não me permitir ser sua pinta.

Mal termino de me arrumar e beber um copo de água, ouço uma batidinha discreta na porta.

— Não me olha com essa carinha. Se forem meus pais, vão obrigar você a se casar comigo agora mesmo, pois o quarto está com *cheiro* de sexo.

Ela ri.

Abro a porta, e o quarto é invadido por curiosos fazendo mil perguntas.

— Marco, meu querido, não me lembro de você ter comido tanto no almoço a ponto de ter que abrir o botão da calça — comenta Ana.

Essas mulheres Nucci não têm jeito.

— Eu disse para ele, mamãe, que, se abusasse de mim, a gente teria que se casar. E, adivinha... Ele abusou.

Não sei quem está mais vermelho, eu ou Adilson. Embora o gosto e o cheiro dela estejam impregnados na minha boca e nos meus dedos, preciso pelo menos manter a fachada.

— Brincadeiras à parte, sei que o local não é apropriado, mas foi aqui que Bárbara me fez o homem mais feliz do mundo, então... Seu Adilson e dona Ana, gostaria de formalizar o pedido de casamento para a mulher da minha vida pedindo a bênção de vocês.

— Não! Não aceito. Faz o pedido de novo. Dessa vez sem o dona, aí vou pensar na resposta.

— Mãe! Mal sou pedida em casamento, e a senhora já quer espantar meu pretendente?

Todos nos felicitam, com abraços e beijos.

— Meninas, vou roubar meu futuro genro um pouquinho. Precisamos ter uma tarde juntos para nos conhecermos melhor, afinal não vou entregar minha joia mais preciosa sem antes ter uma conversinha de homem para homem — interrompe Adilson.

Uma desculpa perfeita para sairmos sem levantar suspeitas. O andamento das investigações não pode esperar. Só de pensar que tem um maníaco à solta planejando fazer algo a ela, sinto um aperto no peito.

Dou um beijinho na minha futura esposa, que não perde a oportunidade de me deixar constrangido na frente dos pais ao me puxar e sussurrar no meu ouvido:

— Vou adorar saber que, nessa conversinha de homem para homem, meu cheiro vai estar na sua boca, na sua língua e nos seus dedos. Te amo, dr. Delícia!

Capítulo 46

Paula

Nunca imaginei ser tão complicado ter acesso ao meu próprio dinheiro. Tenho que enfrentar uma burocracia imensa. Para completar, recebo uma ligação do dr. Aristides Bueno.

— Paula, minhas condolências. Você sabe como eu e seus pais éramos amigos, senti muito a perda deles.

Deve sentir mesmo, já que ganhava uma fortuna para cuidar dos interesses do meu pai. É óbvio que o velho só quer continuar administrando meus bens. Quando ele menciona que deseja marcar uma reunião a fim de conversar sobre a abertura do testamento, respondo:

— Não acho necessária essa reunião, uma vez que sou a única herdeira legítima. A disposição testamentária cabe somente a mim. Basta mandar os documentos para que eu assine e envie ao seu escritório. Quanto ao inventário, eu mesma vou cuidar dos trâmites legais.

Estudei cinco miseráveis anos de direito para saber que nada nem ninguém vai roubar o que é meu. Acho que fui clara quanto a não querer vínculo nenhum com ele.

— Como sabe, seu pai pode legar 50% dos seus bens por testamento. Então a reunião vai ser, de fato, necessária, senhorita Paula.

Solto uma gargalhada.

— Isso só pode ser brincadeira. O senhor está querendo dizer que vou ter que enfrentar uma briga na Justiça com algum bastardo?

— Bom, a senhorita tem o telefone do meu escritório. Pode ligar a qualquer momento para agendar a reunião com minha secretária.

Desgraçados. Não bastou o inferno em que transformaram minha vida enquanto eram vivos?

Marco

Não durmo direito desde a reunião com a equipe que está cuidando da investigação e da segurança de Bárbara. Eu brigaria com o mundo inteiro para defender as pessoas que amo, mas não há como enfrentar o desconhecido. Fico aterrorizado ao pensar que, a qualquer momento, podemos ser surpreendidos por mais uma circunstância perigosa.

Quando recebi o relatório e li que se tratava de um "carro com placa clonada, que não deixou pistas do trajeto de fuga após dois quarteirões do acidente", percebi que não estávamos lidando com um amador. Conrado disse que sua equipe está agindo em diversas frentes para investigar, analisando até mesmo a possibilidade de motivações passionais, mas prefiro descartar esta última. Agora está nas mãos deles e da polícia. Meu pai e Adilson tomaram a frente das coisas, mas vou continuar em contato com a polícia.

Hoje, preciso encarar a parte mais complicada. Vou contar à Bárbara que não foi apenas um acidente. Queria evitar que ela tivesse que conviver com esse medo, mas talvez ela tenha alguma informação que possa dar uma pista.

Passo pelo quarto de Vitória e cumprimento a nova enfermeira, Ângela, que a equipe que cuida do caso de Bárbara indicou. Além de se tratar de uma excelente profissional, fiquei impressionado ao ler suas qualificações adicionais. O que mais me chamou a atenção foi que seu pai fora um coronel das Forças Armadas, de quem eu já tinha ouvido falar. Ele era cirurgião do Exército, especializado em situações de risco em áreas de conflito militar e civil, além de um homem dedicado a causas filantrópicas. Quando não estava salvando soldados, trabalhava como voluntário em regiões de grande pobreza, levando e ensinando a filha, pois a mãe havia falecido quando ela ainda era um bebê.

Ângela parece lidar bem com as necessidades e os cuidados relativos à patologia da minha filha. Observá-la interagir com minha princesa chega a ser estranho, pois age de modo muito diferente comigo. Quando dirige a palavra a mim, ela se limita a respostas curtas, como "Sim, senhor" ou "Não, senhor", mas com Vitória é delicada e gentil.

— Bom dia! Acho que vocês estão se dando bem, hein?

— Sim, senhor! Vitória é muito boazinha! Ontem entrei em contato com os médicos. Já estou familiarizada com os cuidados e estímulos necessários para trabalhar com ela. Agora vou deixar vocês a sós um pouco. Tenho que higienizar a sonda. Com licença.

Quando a entrevistei, informei que meus momentos com minha princesa são únicos e que, por isso, gosto que nossa intimidade seja respeitada. Acho que ela entendeu, porque sempre se retira quando chego.

— Quem é que vai fazer um aninho daqui a duas semanas? Minha pequena! Pensei em fazer uma festa com o tema das princesas, mas a mocinha gosta mais da Peppa Pig, então tudo pela sua alegria. Vamos comemorar com a Peppa. — Dou um cheiro nela, e Vitória responde com um simples olhar. — A vovó vai me ajudando. Quero só ver quando me disser o tamanho do rombo na carteira do papai. Já vi que, se depender dela, vamos ter um parque de diversões no salão de festas do prédio.

Pego-a no colo, sem me contentar apenas com seu cheirinho.

— Tenho mais uma notícia para dar. Amanhã vamos receber uma hóspede especial. Bárbara está chegando, e vocês vão ter muito tempo para colocar as novidades em dia, meu amor.

Só falta eu convencer Bárbara a passar algum tempo aqui. Prevejo uma conversa difícil.

Caio

Meus dias se resumem a visitar as filiais da empresa e a ligar para o hospital para saber sobre o estado de saúde de Bárbara. Em uma das últimas ligações, recebi a notícia de que o boletim médico da paciente poderia ser passado apenas para familiares cadastrados, o que é de se esperar dos pais superprotetores dela.

Além disso, o último encontro com Nicole me deixou transtornado. Descobri que, além de me chantagear, a canalha está me traindo.

Caio, eu não traí você! Estou toda marcada porque fui voluntária em um curso de drenagem linfática. Você sabe que fico vermelha com qualquer coisinha.

Fala sério. Ela acha mesmo que sou burro? Quero acreditar que não me enquadro na categoria dos cornos, já que não tenho qualquer compromisso com ela, mas, por outro lado, ainda banco seus gastos e continuo fodendo a mulher, então talvez eu seja um trouxa mesmo.

Saí do hotel sem olhar para trás, deixando-a largada no chão, em prantos e gritando ameaças. Ela não vai fazer nada por enquanto. Sabe que também tem muito a perder se revelar o que tem nas mãos.

Perdi a conta de quantas vezes liguei para João, sem resposta, mas, depois de dois dias intermináveis, ele retorna.

— Onde você se meteu, cara?

— Calma, chefia! O material que o senhor encomendou está ficando melhor do que você imagina. Não brinco em serviço.

— Se vai falar que a vaca tem um gigolô, chegou tarde, porque eu mesmo pude constatar isso.

— O lance não é só a traição, não, se é assim que posso dizer, né? Mas quem é o *Ricardão*. Estou achando que o senhor tirou a sorte grande.

— Fala logo o que descobriu.

— Não que eu esteja enrolando por estar hospedado no mesmo hotel da sua amiga, mas acho melhor esperar mais alguns dias. Quero entregar a encomenda completa.

— João, me manda um relatório parcial. Não dá mais para esperar.

— Olha, chefia, para adiantar, é melhor o senhor desaparecer por alguns dias. Acho que sua volta vai ser triunfal.

— Você sabe que só está me deixando mais curioso, né?

— Curioso estou eu para saber a reação da pessoa quando descobrir que o senhor já sabe de tudo.

— João, você tem dois dias para terminar o trabalho.

— É pouco, mas acho que dá. Até, chefia!

Depois de dias tão conturbados, só mesmo uma boa notícia para me fazer sentir vivo de novo. A cachorra acreditou mesmo que conseguiria?

Rafaela

Qualquer pessoa que me ver aqui, em um bar, sozinha e bêbada, vai achar que estou à procura de homem. Mas não é nada disso.

É minha primeira vez! Primeira vez que bebo, e fui escolher logo o negócio mais amargo. A primeira dose desceu queimando. Acho que exagerei, porque bebi em um gole só. Na segunda dose, percebi que já estava anestesiada, porque desceu sem estrago algum. Agora, não tenho a menor ideia de quantas já virei.

Hoje é um daqueles dias em que preciso desabafar. Mas com quem? Minhas jornadas de trabalho só me permitiam fazer amigos nos horários de expediente. Nas folgas, eu arrumava a casa e, quando terminava tudo, o cansaço era tão grande que a única coisa que eu queria era minha cama.

Vejo diversos casais no bar.

— Ei, moço! — chamo o barman que está me servindo mais um drink. — Está vendo aquele casal ali?

Aponto de um jeito meio indiscreto.

— Estou vendo. Não vai dizer que aquele careca barrigudo é a causa de você estar aqui na sexta dose.

Dou um tapa no ar.

— Nada diiisso... — Engraçado. Acho que estou falando meio arrastado. — Você acha que, pelo agarramento deles, existe amor ali?

— Não sei. Talvez estejam apenas curtindo o momento...

Já vi que o barman não tem jeito para ser meu amigo. Também não entende nada de amor.

— Eu quero mais uma dose desse tal de Jack. Mas vê se coloca um pouquinho mais, porque mal dou um gole e o copo já fica vazio.

Enquanto balanço o copo, achando graça no barulhinho que o gelo faz, percebo um rapaz, até que bonitinho, sentar ao meu lado.

— Sozinha?

Olho para os dois lados e dou de ombros — tudo em câmera lenta.

— Hoje estou acompanhada. Digamos que nunca estive tão bem-acompanhada.

— Engraçado. Estou observando você faz um tempo, e sua companhia não parece muito presente.

Inclino um pouco o corpo para o lado dele.

— É porque só eu posso enxergar minha companhia.

— Jura? Se for dor de cotovelo, posso ajudar você a se curar. O que acha, gatinha?

Ele é tão bonitinho, mas tem um hálito tenebroso...

— Você definitivamente não pode. Obrigada.

— Se você mudar de ideia, vou estar por aqui.

Apenas aceno.

Pensei que o amor seria sincero comigo, mas foi decepcionante. Entrou em mim, e eu me entreguei. E o que o amor fez? Zombou de mim. Agora, não acredito mais em nada. Será que eu queria amar ou, pelo menos uma vez na vida, ser amada? Amar alguém sem ser amada foi um tapa na cara. Nunca mais vou amar, é fato.

Bora de mais uma dose.

Minha experiência no amor está repleta de arrependimento — não porque me arrependi de amar o homem mais maravilhoso que conheci, mas porque fui uma idiota e me deixei levar. Eu me sinto como aquela estatueta que quebrei no escritório do bonitão cheiroso: estraçalhada.

Ah, não! A bebida só pode estar fazendo com que eu tenha alucinações, pois estou sentindo o cheiro dele.

— Quantos copos será que a bela dama solitária quebrou esta noite?

Pimba! Coincidências não existem, mas delírios, sim...

— Você sabe o que é arrependimento?

O bonitão agora faz parte do meu mundo da fantasia! Até posso sentir sua mão apertando a minha. Que delícia.

— Se quer saber, a origem da palavra *arrependimento* é hebraica. Tem a ver com conversão, com uma mudança de direção ou de mente. Você está arrependida?

Hm, este é inteligente, então pode ser meu amigo. Pena que estou começando a passar mal.

— Então, vou contar um segredinho...

Solto um soluço. Aqueles olhos cintilantes ficam me olhando. Ô, diacho de fantasia estranha!

— Meu arrependimento já virou remorso.

Tento abrir os olhos, mas é difícil devido à claridade que entra por uma fresta na cortina. Tento voltar a dormir, mas o gosto horrível na boca e um cheiro azedo que me incomoda não me deixam.

Lembro-me vagamente de duas coisas que podem ou não ter acontecido ontem. Uma foi ter visto aquele cheiroso de novo, e a outra foi ter vomitado no colo de alguém. Confesso que ambas me deixam com vergonha.

Bem, pelo menos estou em casa... apesar de não ter a menor ideia de como cheguei aqui.

Bárbara

Como é bom ser mimada por todos. Só tem uma coisa me incomodando: precisar de ajuda para me levantar e até para fazer xixi. Estou irritada com isso de depender de alguém vinte e quatro horas por dia e de todo mundo ficar monitorando qualquer gemidinho que dou — mesmo os bons, que eram para ser apenas para meu futuro marido!

Que loucura! Passei cinco anos ao lado de Caio, fiquei noiva dele, mas nunca pensei em chamá-lo de "futuro marido". Agora, ao lado de Marco, que conheço há poucos meses, quero pular para os finalmentes e dizer "meu marido" o mais rápido possível.

Todos os dias, quando Marco vem me visitar, percebo que está muito cansado. Parece que não dorme direito há dias. É muito para dar conta — o fórum, Vitória, eu —, mas ele sempre me surpreende e não deixa a peteca cair. Sua força e sua luz transcendem a nós dois.

Estou profundamente feliz por ter encontrado um homem tão maravilhoso. A cumplicidade entre nós é tanta que, com pouco, tudo se transforma em arrepios, taquicardia, uma verdadeira sintonia de prazer. O dr. Delícia faz com que eu me sinta viva e me aceita com todos os meus defeitos e desaforos. Mesmo toda machucada, em uma cama de hospital, olha para mim como se eu fosse a mulher mais linda do mundo e faz questão de mostrar a todas que o comem com os olhos que está ao meu lado. Ri das minhas bobagens e entra de cabeça nas minhas loucuras, além de sempre respeitar minhas decisões.

Como é fácil amá-lo! Um sentimento que nasceu do fogo, virou paixão e, quando me conquistou, transformou-se no mais puro e sublime sentimento.

— Sonhando acordada, filha?

Minha mãe está me acompanhando desde que saí da UTI. Não arreda o pé deste hospital. Que mulher teimosa!

— Estava, com um príncipe real.

— Pelos suspiros, não preciso nem perguntar.

— Mãe, você precisa descansar. Está dormindo aqui, nessa cama apertada, toda noite. Fico preocupada com sua saúde.

— Preocupação boba, afinal só preciso dar um gritinho para ter a melhor equipe médica do país me acudindo.

— Sabe muito bem do que estou falando.

No ano passado, em uma viagem aos Estados Unidos, ela se sentiu mal sem qualquer motivo evidente. Os exames apontaram alguns problemas no coração e, desde então, meu pai a leva aos melhores médicos do mundo para monitorar sua saúde. Os dois sofrem juntos. Desconfio que meu pai sinta, inconscientemente, todos os sintomas dela. A sintonia deles é como a que estou vivendo com Marco.

Alguém dá uma batidinha na porta.

É todo dia a mesma coisa: uma visita, uma enfermeira, um médico ou até mesmo o entregador — sempre o mesmo, sério, bonitão e com traços árabes — com lindas flores sempre enviadas pelo meu deus do jardim.

Desta vez, no entanto, é minha equipe de trabalho.

— Nossa! Que surpresa é essa?

Meu sócio me surpreende. Ele nunca deu mole aos funcionários. Desconta todos os atrasos, sem dó nem piedade. Já discutimos várias vezes por isso. Acho que meu acidente deve ter amolecido aquele coração de pedra, porque Patty e Marcinha têm ficado mais no hospital do que no escritório e agora, em pleno fim de expediente, estão todos aqui.

— O Thiago está tão bonzinho, Babby! Até liberou uma verba pra gente comprar bombons pra você, acredita?

Marcinha dá um abraço nele, que fica todo sem graça. O filho da mãe fica mais bonito a cada dia que passa, principalmente depois que falamos para ele parar de ser mão de vaca e comprar umas roupas mais estilosas. Marcinha não perde a oportunidade de tirar uma lasquinha e, mesmo que ela negue categoricamente, eu e a Patty sabemos que ela nutre uma paixonite platônica por ele.

— Não entendo vocês. Fica parecendo que não tenho coração! Minha sócia querida merece ser mimada.

Ele dá um beijo em mim.

— Como andam as coisas no escritório? Estou morrendo de saudade, mas pelo visto vou demorar um pouquinho para voltar.

— Nem pense em trabalho. Estamos dando conta de tudo, né, gente?

Todo mundo concorda com a boca fechada. Quem é louco para arriscar ficar marcado o ano todo, não é mesmo?

Ai, como eu amo esta equipe maravilhosa!

Durante a conversa e as risadas, percebo Patty meio pensativa, calada, sei lá... Se não for TPM, algo de muito ruim deve estar acontecendo. Quando o pessoal começou a se despedir, pedi para que ela ficasse mais um pouco, mas a safada inventou uma dor de cabeça imaginária e não quis ficar. Vou ligar para ela amanhã cedo.

Quando a tropa de elite sai, meu capitão lindo chega, vestido com um terno cinza-claro e uma gravata cinza-chumbo. Vou picar todos os ternos que o deixam lindo um dia.

Ele se aproxima, e o puxo para um beijo ardente para matar a saudade.

— Que recepção calorosa. Será que tem mais alguns desses beijos guardados?

Seguro-o pela gravata e falo, séria, perto da sua boca:

— Só para avisar, meu sr. Futuro Marido: vou confiscar todos os seus belos ternos quando a gente se casar. Nada de roupa apertadinha.

— Isso me dá liberdade de fazer o mesmo?

Estranho o fato de ele parecer um pouco mais sério hoje, com uma ruguinha entre os olhos. Como não sou de deixar nada passar, pergunto, na lata:

— Aconteceu alguma coisa?

— Nada específico, mas precisamos conversar sobre algumas coisas. Acho que chegou o momento.

— Ih, deve ser sério. Me ajuda a levantar um pouco mais a cama, por favor? Quero estar sentada para saber o que você tem a dizer de tão importante.

Marco aperta o botão aos pés da cama para me deixar em uma posição mais ereta.

— Bárbara, você sabe que seus pais têm que ir embora daqui a alguns dias. Já eu tenho a Vitória, que depende de mim. Então, bem... Você sabe também que vai precisar de cuidados durante sua recuperação em casa. Não vai poder ficar sozinha. Sendo assim, queria que você soubesse que estou providenciando sua mudança para minha casa.

Ele pode ser charmoso, gostoso, a porra toda, mas se tem uma coisa que não suporto é que decidam por mim.

— Você está fazendo *o quê*?! Que história é essa?! Já parou pra pensar em perguntar o que eu quero?

— Seja razoável: é o melhor a ser feito. Na minha casa, vamos ter Nana e a enfermeira da Vitória.

— O melhor para quem, Marco?

— Para todos nós, Bárbara. Tenho espaço de sobra para receber você. Pode até ficar no quarto de hóspedes, se preferir mais privacidade.

Permaneço quieta por alguns segundos, olhando séria para ele.

— Só acho que não arrancaria pedaço de ninguém se você tivesse conversado comigo antes de tomar qualquer decisão que me envolva, não acha?

— Se eu tivesse te convidado, você não aceitaria. Daria mil desculpas. Qual é, Bah? Não pode ser tão ruim assim ter eu e a Vi como companhia.

Isso é jogo baixo.

— Tenho minhas condições. Vamos dividir todas as despesas.

— Isso não é negociável. Sou um homem à moda antiga. Até permito que minha mulher trabalhe fora, mas pagar as despesas do lar...

— Isso é muito machista, sabia?

— Desconfio.

— Mesmo assim acha bonito assumir?

— Pelo menos estou disposto a mudar. Aliás, acho que devo desculpas a você.

— Fique à vontade, doutor.

Não cedo porque, se você passa a mão na cabeça uma vez, os homens não aprendem o quanto são ignorantes em alguns sentidos.

— Não foi certo eu impor algo que pensei que fosse melhor para nós dois.

— Você e meus pais, né? Bem que eu desconfiei das indiretas. Não estou chateada, mas, se vou morar com você, me sentirei mais à vontade se ajudar nas despesas.

Marco finge que nem ouve a última parte e muda de assunto.

— Seu pai disse mais alguma coisa?

— Não. Era para falar?

Ele segura minha mão e começa a fazer uma série de perguntas sobre o dia do acidente. No começo, acho tudo esquisito. É horrível lembrar como tudo aconteceu.

— Linda, não foi um acidente. Foi um atentado.

De repente, as peças se encaixam.

Bônus

Patty

Faz dois meses que travo uma batalha com meu melhor amigo. Aliás, brigamos desde o primeiro dia em que ele, literalmente, me deixou na mão. Eu o chamo de "sr. G" ou "PG", dependendo do meu humor. Quando estamos de bem, o sr. G me leva à loucura e me faz desmanchar em um turbilhão de sensações deliciosas.

Eu o conheci na adolescência, durante as brincadeirinhas que nós, mocinhas, começamos a fazer para descobrir mais sobre as sensações estranhas lá naquele lugar. Eu tinha me escondido da minha mãe para assistir a um documentário que ensinava como conhecer o PG. Seguindo um impulso de curiosidade, tive a sensação mais intensa da minha vida. Desde então, não passamos mais de dois dias sem nos falarmos.

Infelizmente, o PG só é meu cúmplice quando estamos a sós e eu o estimulo com um brinquedinho.

Estaria mentindo se dissesse que não tenho uma vida sexual ativa. Sinto quase todas as emoções e sensações que um homem pode despertar em uma mulher, porém o sr. PG nunca contribui para o ápice. Ele se fecha e não coopera, como se estivesse em greve. Quer dizer, a não ser com Carlos Tavares Júnior.

Depois de conhecer o peão, o sr. G não deu mais o ar da graça — nem com a ajuda do meu brinquedinho! Pelo jeito, ficou revoltado com minha atitude de fugir do gostosão.

Frustração talvez seja a palavra para definir o que meu amigo ingrato impôs ao meu corpo. Acho até que é um dos motivos por que sempre pressiono Babby para me contar os momentos mais picantes com o dr. Delícia. Quero saber se essa ausência constante de orgasmos é só comigo.

Puxa... Agora que sei que orgasmos existem e são deliciosos, não consigo aceitar que o teimoso do sr. G insista em mantê-los restritos a nós dois, fazendo exceção apenas para o Carlos. E três vezes em uma única noite!

Olho para o celular e dou um pulo. Estou atrasada. É inacreditável, mas Thiago está tão sensibilizado com o que aconteceu com Babby que resolveu se aproximar de mim e da Marcinha. Acho que quer se fazer presente para nos dar uma força. Ele nos presenteou com entradas VIP para assistir à corrida da Stock Car, com direito a dar uma passadinha nos boxes.

Eu me arrumo rapidinho e desço para pegar a carona. Entro no carro e já sinto um clima de romance no ar. Dou um sorriso safado para Marcinha, que fica vermelha como um tomate. Thiago, por outro lado, está com aquela cara de nada. Nunca consigo decifrar suas expressões.

— Bom dia — digo, sorridente. — Não vou atrapalhar nada hoje, né?

— Patty, cala a boca! Acordou com a corda toda, foi? — A voz da Márcia até falha.

— Bom dia, Patrícia. Como sempre, enxergando coisas onde não existem — diz Thiago, o todo-poderoso.

Bem que ele poderia ser um pouco mais gentil para não machucar os sentimentos da minha amiga, né? Imbecil.

Quando chegamos, Thiago apresenta as credenciais e toma um susto ao descobrir o valor da taxa de estacionamento. Fica parado, esperando alguém se voluntariar para pagar a tarifa, e a tonta da Marcinha, percebendo a indireta, tira a carteira da bolsa.

— Thiago, meu chefe amado, você não está achando que a gente vai pagar o estacionamento, né? — pergunto, indignada.

— Na verdade, eu só trouxe cartão. Não costumo andar com dinheiro.

Ah, tá! Conta outra... Ele é muito mão de vaca!

Pego a carteira, xingando-o em silêncio. Pelo andar da carruagem, já estou achando que vamos ter que bancar até a cerveja do avarento.

Entramos, e começo a observar. O ronco dos motores é uma injeção de adrenalina. Puxo Marcinha, empolgadíssima, querendo explorar todos os boxes.

O ambiente é deslumbrante! Luxo, mulheres lindas, homens distintos e mecânicos gatos transitam entre os carros. O calor está de matar, e a única opção de bebida é... quase tenho um ataque. Meu coração dispara. Não é possível. A empresa que está patrocinando o evento é a do causador da discórdia entre mim e o sr. G. Será que ele está aqui?!

A corrida começa. Confesso que, a princípio, fico confusa ao assistir àqueles carros passando a sei lá quantos quilômetros por hora, então presto atenção no que o locutor está narrando. Torço para o carro que lidera a prova, afinal, melhor ir na onda de quem está ganhando. Mas então acontece um acidente.

— Na décima primeira volta, o piloto Carlos Tavares Júnior gira na pista por causa de um pneu estourado. Pelo que parece, ele vai ter que abandonar a prova e não está mais na liderança.

Arregalo os olhos. Não ouço mais nada. Parece que acabo de levar um murro no estômago, mas não por causa de uma paixonite qualquer, não. É revolta mesmo. Fico à flor da pele, mas o locutor confirma que o piloto está bem.

Eu me forço a deixar de lado o acontecimento desagradável e foco em Marcinha. Mesmo com a vibração causada pelos carros quando passam pelo local onde estamos, ela parece hipnotizada pelo troncho do Thiago.

— Marcinha, o que está achando da corrida? — pergunto, brincando.

— Ótima. Estou adorando.

— E quantos pelos têm no bigode do Thiago? — sussurro.

— Patty! Eu é que vou saber? Tirou o dia pra me encher? — pergunta, vermelha.

— Não, lindinha, só estou dando um toque, porque você e a corrida estão dando a bandeirada já.

Ela emburra, mas não sinto um pingo de remorso. Thiago não merece a paixão da minha amiga. Sabe da paixonite e, mesmo assim, é grosso e seco com ela.

Ao final da corrida, depois da premiação, tenho *a visão*. Saindo com a multidão de pessoas elegantes, bonitas e ricas do autódromo, está Carlos Tavares Júnior, a dez passos de mim, com o macacão enrolado na cintura, deixando o peitoral e o abdômen esculpidos por Deus à mostra. Nesse momento, adivinhem quem dá uma fisgada, comunicando-me sua alegria assanhada, sem sequer ter sido estimulado? Isso mesmo, o ingrato do sr. G.

De repente, duas bolinhas azuis como o céu encontram meus olhos.

— Patrícia! — É tudo o que ele diz.

Braços magrelos se enroscam na sua cintura. Percebo que ele tenta se soltar, mas não espero. Puxo Marcinha e Thiago, decidida a dar um basta nesta história toda do sr. G. Ele que procure outro para fazer amizade, e não esse metido, que desfila com uma mulher diferente a cada evento.

CAPÍTULO 47

Bárbara

— Atentado? Não pode ser. Não... Por favor, não!

Entro em estado de alerta máximo, apavorada. Minhas mãos tremem e meu coração bate tão rápido que a sensação beira o sufocamento. O medo me domina.

— Bah, não precisa entrar em pânico. Você está segura agora. Não vou permitir que nada de mal aconteça com você.

Marco me abraça, mas nem seus braços fortes ao meu redor me acalmam.

— Como? *Por quê?* Não consigo entender.

Ele conta tudo. Presto atenção em cada detalhe. Quando estou prestes a chorar, ele me tranquiliza e me assegura que não corro mais riscos. Não tenho ideia de quem poderia querer fazer algo assim comigo. A ideia de estar na mira de um inimigo sem motivos aparentes é horrível. Dizer que estou apenas preocupada seria eufemismo, porque estou desesperada.

— Marco, se ainda não há pistas de quem possa ter feito isso, todo mundo que tem relação comigo pode estar correndo riscos também.

— Não se preocupe com os outros. Todos estão protegidos por seguranças. Agora mesmo, seu pai está em reunião com uma equipe de seguranças e investigadores para decidirem como reforçar os cuidados. Desde o dia do seu acidente, tem um segurança monitorando quem vem visitar você ou quem telefona para saber notícias suas.

Tudo faz sentido agora. A preocupação excessiva dos meus pais, as perguntas...

— Quer dizer, então, que o bonitão com traços árabes que me entrega flores todos os dias não é um entregador, mas meu segurança?

— Era.

Ele fecha a cara.

— Era? Por que não é mais?

Pelo jeito, tudo virou uma conspiração contra mim.

— Bonitões não mais. Ainda hoje vou entrar em contato com os superiores dele para pedir sua substituição. Agora só aceito seguranças pelo menos desdentados — conclui, sorrindo.

— Acha mesmo necessário, dr. Delícia? O senhor não corre riscos, viu? O coração desta sereia indefesa já foi fisgado por Poseidon. O que é um tubarão perto do rei dos mares?

— O que eu sei é que estou saindo de férias para cuidar pessoalmente da minha sereia.

— Isso quer dizer que, além de brincarmos de médico, vou ter um enfermeiro particular e, ainda por cima, vou me aventurar com um guarda-costas?

— Também vai fazer um *test drive* para saber como vai ser viver o resto dos seus dias ao meu lado.

— Acho que, no final, a pessoa que está me ameaçando, em vez de me amedrontar, está me fazendo um favor.

— Nem brinca com um negócio desse, Bah. A situação é séria.

— Eu sei!

— Ninguém vai fazer nenhum mal a você. Eu prometo.

Marco

Fico aliviado por Bárbara ter concordado em morar comigo por um tempo.

Foi difícil ouvir sua voz falhar, vê-la estremecer e perceber o medo e o desespero. Ninguém quer saber que está na mira de uma pessoa maldosa.

Meu pai e Adilson estão me esperando em casa. É engraçado ver como os dois parecem amigos de infância e já fazem até planos de viajarem juntos. Eles me apresentam o esquema de segurança elaborado pela Abaré, e confesso que fico impressionado com a quantidade de detalhes.

— Tem certeza de que já verificaram tudo? Bárbara sai amanhã do hospital. Está tudo planejado?

— Não se preocupe. Caetano disponibilizou seus melhores homens, e não vamos usar nossos carros. Ninguém vai saber o trajeto nem o destino de Bárbara.

— Descobriram mais alguma coisa sobre o atentado?

— Ainda não. E isso só confirma as desconfianças deles de que quem fez tudo isso conhecia a rotina e sabia muito bem dos passos dela — explica Adilson.

— Seja quem for, o cerco está fechando. É só uma questão de tempo até a gente descobrir quem está envolvido — afirma meu pai.

Quero acreditar nele.

— Assim espero, porque não vou medir esforços para ver o responsável apodrecer na cadeia — concluiu Adilson, com um olhar determinado.

Minha mãe aparece para avisar que o jantar está servido.

— Obrigada, Melissa — responde Adilson, gentilmente. — Mas prometi para Ana que jantaria com a família hoje. Eu sei que parece meio estranho que a gente vá jantar no hospital, mas, acredite, com Ana nada é comum, tudo vira um acontecimento.

— Uma pena que eu ainda não a conheça. Quando estivemos no hospital, ela havia saído, mas amanhã vamos estar aqui para ajudar Nana com os preparativos. Tenho certeza de que vamos ser grandes amigas.

— Olha, mãe, eu não duvido, viu?

Do jeito que as duas são animadas com eventos e datas especiais, meu casamento vai ser realmente épico.

Também fico a par dos preparativos para o aniversário de Vitória, e minha mãe me conta que adorou Patty e que ela foi um doce ao acompanhá-la até o apartamento da minha noiva para pegar algumas roupas.

Não sei o que seria de mim sem meus pais. Os dois são incríveis, e agradeço pelo privilégio de ser filho deles.

Acordo feliz e cantando. Deram alta para Bárbara. Estou confiante de que tudo vai dar certo.

Deixo bilhetes espalhados por todo o apartamento e um cartão especial ao lado de Vitória, dando as boas-vindas por nós dois. Além disso, encomendo um verdadeiro jardim.

Já no fórum, antes de começar a despachar, ligo para a razão da minha felicidade.

— Bom dia, sereia do meu mar!

— Bom dia, dr. Delícia! Estou ansiosa para sair daqui.

— Não mais do que eu. Hoje, a noite promete, hein... O médico da minha paciente predileta está prontinho para atendê-la.

— Promessas, doutor?

— Sem promessas, só fatos. Vou compensar você por não poder estar aí para te levar para casa.

— Se estivesse aqui agora, tenho certeza de que ficaria encantado com o tamanho do bico que estou fazendo.

— Juro que é o que eu mais queria, Bah. Estou com o coração partido.

— É brincadeira! Mas a promessa do atendimento especial eu vou cobrar. Aliás, já estou arrepiada e molhada, doutor.

A safada sabe o quanto me excita quando diz essas coisas.

— Essa parte da arrepiada e molhada é algum tipo de punição?

— Não entendi... — Ela solta uma risadinha.

— Não, né? Tem coragem de me dizer isso e espera que eu fique como aqui no tribunal? Agora não posso me levantar nem para um café. Tem alguém querendo rasgar minha calça.

— Ah, é? Bom saber. Tive uma ótima ideia. Já sei como vou rasgar todas essas calças justas que você usa. Ah, vou engolir você também.

— Para — aviso.

— Hm, você deve estar muito duro. Chego a salivar só de imaginar seu pau na minha boca, o sabor... Queria lamber a pontinha e a engolir bem devagar.

Filha da mãe! O desejo que seu atrevimento me desperta é tão grande que sinto até as bolas doerem.

— Estou gostando disso de jogar calças fora, mas, primeiro... são suas calcinhas molhadas que vão para o lixo. — Tento falar baixo ao ver Marcelo gesticulando para avisar que as partes já chegaram para a primeira audiência.

— Estou contando os minutos...

— Vai passar mais rápido do que você imagina. Agora, mesmo com dor no coração e quase gozando, preciso ir. O dever me chama.

— Beijos, lindo. Eu te amo. Até mais tarde.

— Também te amo. Surto de beijos.

Ao desligar, não sei como vou me levantar. Se ficasse mais um minuto no telefone com Bárbara, minha calça não só estaria rasgada, mas melada.

Peço um minuto para Marcelo e tento me concentrar em reler o processo.

Ainda no meio da manhã, recebo uma ligação do dr. Aristides Bueno, amigo de longa data do meu pai e de Jurandir, pai da Paula. Os três costumavam jogar bocha juntos toda semana, então fico curioso enquanto me cumprimenta e joga conversa fora.

— É uma pena que tenham perdido um parceiro tão querido. Sinto muito pelo Jurandir.

— Estou ligando justamente por causa dele. Você sabe que fui seu advogado por muitos anos, né? Ele deixou o testamento guardado comigo. Tenho uma reunião marcada com a Paula para as quatro da tarde e preciso da sua presença.

— Bueno, não sei onde me encaixo nessa reunião. Não estamos mais casados, você sabe.

— Não é por causa dela. Na verdade, Vitória é beneficiária do testamento e, como você é o guardião legal, preciso da sua presença.

Isso não está me cheirando bem.

— Não podemos reagendar para amanhã?

— Marco, você conviveu um bom período com Paula. Acha mesmo que consigo desmarcar essa reunião?

— É, acho que não. Bem, vou fazer de tudo para estar presente. Só não enrola muito, porque não vou poder demorar.

Graças ao Marcelo, a quem agradeço por tornar meu último dia antes das férias mais tranquilo, consigo honrar o compromisso.

Rafaela

Se minha boca estava com o gosto de cola antes, agora pregou de vez no travesseiro com minha baba grudenta. Com medo de abrir os olhos de uma só vez, abro apenas um.

O relógio marca quatro e meia. A claridade é como uma faca quente penetrando as retinas. Meu único pensamento coerente é que preciso de um copo de água gelada e um analgésico. O cheiro de azedo me incomoda, e minha bexiga está prestes a explodir. Levanto-me devagar, mas fico com tontura. Minha cabeça parece ter passado pelo liquidificador. Estico o pé e, ao alcançar o carpete, piso em uma poça gosmenta.

Olha só, não sou fresca, mas pisar descalça em vômito não é uma das melhores experiências do mundo. Mancando com o pé que se salvou da poça asquerosa, vou até o banheiro.

Como será que cheguei em casa? Aos poucos, os *flashes* de memória começam a fazer sentido.

"Acho que a mocinha deixou os bons modos em casa hoje", disse alguém, mas não consigo visualizar seu rosto.

As lembranças afloram, e me vejo vomitando.

"Você não está bem. Preciso do seu endereço", essas são as últimas palavras de que me lembro.

Abro o chuveiro, ainda muito confusa, e tenho mais *flashes*.

Estou apoiada em alguém, e o quarto gira. O estranho tenta firmar minhas costas com a mão. Seu corpo é forte, quente e firme como uma muralha. Deslizo as mãos pelo seu peitoral e envolvo o pescoço longo. Deito a cabeça no seu ombro.

"Faça de mim uma mulher."

"Talvez um dia, mas hoje não."

Arregalo os olhos. Levo a mão ao meu sexo e percebo que não abusaram de mim, mas, após o alívio, vem o medo: ao longo dos anos trabalhando em hospitais, atendi muitas meninas que haviam sido estupradas em festas. Poderia muito bem ter acontecido comigo. Além disso, não acredito que passei a vida inteira procurando a pessoa certa para, em um momento de desabafo regado a uísque barato, quase fazer amor com um desconhecido de quem nem me lembro.

Fecho o chuveiro barulhento e, de imediato, ouço batidas ocas na porta.

O prédio em que moro é muito antigo e não tem porteiro, apenas um zelador birrento. Os outros moradores não gostam dele, mas eu me sinto segura por tê-lo por perto.

Enrolo-me na toalha, abro a porta do banheiro e pergunto quem é.

— Sou eu, Betina.

Não pode ser! É a mulher do zelador. Xingo mentalmente. Juro que gosto muito dela, mas, neste momento, não quero falar com ninguém.

— Só um minuto.

Inspiro profundamente.

— Eu e o Zé ficamos preocupados. Trouxe uma canja.

Abro a porta e lá está ela, tímida, segurando uma panela enrolada em uma toalha xadrez. Ela estende os braços robustos e me passa a panela ainda quente.

— Obrigada, dona Betina. Quer entrar um pouco? A senhora não pode ficar subindo tantas escadas. Aliás, não deveria ter se preocupado comigo.

Dou passagem, e ela entra devagar, com os olhinhos castanhos escaneando cada centímetro. Ela e seu Zé são as únicas pessoas no mundo que se preocupam comigo e me dão carinho. Às vezes, sinto como se tivessem me adotado, pois me enchem de mimos e me convidam para a ceia de Natal e para aniversários. Nunca tiveram filhos, e eu sou a única moradora que os respeita. Quase todas as noites passo pelo apartamento deles para deixar algum presentinho e conversar um pouco.

— Eu fiz ontem à noite para o Zé. Ele não anda bem do estômago. Acho que vai fazer bem pra você também. Também vim para me desculpar em nome do meu marido. Ele ficou tão nervoso quando viu você desfalecida no colo daquele rapaz ontem, que o tocou daqui como um cachorro sarnento.

Fico em alerta.

— Como é que é? Cheguei carregada? Que vergonha!

— Vergonha de quê?

— Ai, dona Betina, ultimamente acho que não estou fazendo nada certo. Como era esse rapaz?

— Ele era alto, moreno, muito bonito. Os olhos dele cintilavam. Parecia que gostava muito de você. Mas o Zé, você sabe como é, né? Desconfia até da sombra. Achou que o moço tinha embebedado você. O rapaz até tentou explicar, mas o Zé não deixou.

Ela me conta mais alguns detalhes, e fico surpresa por não me lembrar de nada. Amnésia alcoólica.

Dona Betina se levanta como se percebesse que falou demais ou que deixou o feijão no fogo.

— Agora vou embora. Espero que descanse um pouquinho, mas antes tome a canja, que ainda está quentinha.

— Obrigada mais uma vez. Diga ao seu Zé que ele é meu herói.

Abro o armário, perdida em pensamentos, e só encontro pão dormido, que esfarelo na canja ainda quente. Sinto o corpo voltar à vida a cada colherada.

Meu celular vibra com uma notificação de mensagem. Entre uma colherada e outra, vou lendo. Há três de um número desconhecido.

Está tudo bem? Uma mocinha inocente não pode sair sozinha quando decide beber para afogar as mágoas. Pode ser muito perigoso.

Esfrego os olhos. Quem me conhece a ponto de saber meu endereço e, ainda por cima, meu número de telefone? Rolo a tela para a segunda mensagem.

Pensei que enfermeiras cuidavam das pessoas e que advogados as defendiam. Depois que conheci você, acho que, além de defender pessoas, tenho grande vocação para cuidar delas também. Quanto ao seu carro, ainda está no estacionamento do bar. Não achei que seria prudente deixar você dirigir, já que não estava enxergando nem um palmo à frente do nariz. Mocinhas que pretendem sair para encher a cara também precisam saber que existe uma regra básica na vida: álcool e direção não combinam.

Carro? Que carro? Será que é o pavão de caudas abertas? Não pode ser! Ele não sabe meu endereço. Espera... Eu deixei meu cartão com ele durante a reunião de rescisão. Aposto que guardou meu endereço só para mandar a conta da obra de arte que quebrei. Defensor e cuidador de pessoas? Que pretensioso.

Acho que não começamos bem. Primeiro, você sai quebrando tudo o que vê pela frente, inclusive algo que era muito importante para mim. Depois, me despreza tanto que decide me banhar com o líquido viscoso que saiu da sua linda boca. Tenho até medo de a gente se encontrar de novo. De qualquer forma, espero que esteja bem.

O impulso é mais forte do que eu. Acho que o álcool que ainda corre pelas minhas veias me dá coragem para responder.

Em primeiro lugar, sou maior de idade e dona do meu nariz. Portanto, o que faço da vida diz respeito apenas a mim. Quanto a sair para beber, saio a hora que eu quiser. Não pedi ajuda e não conheço você. Se foi falar comigo em um momento em que eu não estava passando bem, problema seu. Não acredito que seja tão bom samaritano assim a ponto de sair protegendo mocinhas indefesas. E não foi culpa minha ter quebrado aquela coisa no seu escritório, foi sua, porque você que ficou segurando minha mão, deixando-me apenas com uma para pegar a bolsa. Por fim, nem tenho carro, então seu receio foi injustificado. Ah, e pode ficar sossegado porque não pretendo vê-lo nunca mais. Passar bem.

Saio fazendo uma faxina daquelas. Acho que na tentativa de apagar um passado próximo e nada louvável. Agacho perto da cama para dar fim à poça gosmenta, e sinto uma dor no cotovelo esquerdo. Devo ter levado um tombo.

Quando estou levando a roupa para lavar, ouço outra notificação chegar. Juro que, desta vez, não vou ser nada educada.

Não fique tão brava. Essas coisas acontecem até com bebedores mais experientes. Juro que não fiquei chateado com sua mensagem simpática. Imagino que esteja com uma ressaca acima da média. Deve ter acordado meio azeda, diferente da mocinha delicada que conheci. Esse sentimento e o mal-estar vão passar daqui a pouco. E, para provar que não guardo mágoas e que sou um bom samaritano, indiquei você para uma pessoa especial. Seguem os dados:

Entrevista com Eliana Pamplona
Dia: 26/06/2014 (amanhã)
Horário: 10h
Cargo: Enfermeira
Paciente: Guilherme Pamplona Onassis
Patologia: Leucemia em tratamento
Endereço: Rua Santos Dumont, 137

Caso se interesse pela vaga, já vai estar sendo aguardada no local e horário marcados.

Bom Samaritano de mocinhas desprotegidas...

Jonas Pamplona.

Nem me dou ao trabalho de responder, mas... não posso negar que passo o dia pensando no assunto.

Não acredito que vim. São 9h58 e estou diante de um sobrado antigo, com janelões de vidro fechados com cortinas. É a segunda vez que toco a campainha. Um vulto atrás de uma das cortinas me faz sentir um calafrio, uma sensação estranha.

Quando a porta se abre, surge uma mulher com traços bem definidos, cabelos desgrenhados e olheiras gigantes e tristes. Está com uma expressão séria e severa. Ela me encara, desconfiada.

— Bom dia! Sou Rafaela Farias e tenho uma entrevista marcada com Eliana Pamplona.

Capítulo 48

Paula

A voz daquele velho asqueroso não sai da minha cabeça. Assim que ele desligou, arrebentei o celular na parede de ódio. A sorte é que tenho vários aparelhos.

Até pensei em ligar para o Marco e pedir ajuda, mas, do jeito que ele vem me tratando desde o nascimento daquela menina, acho que tudo que eu conseguiria é um sermão.

Vinte minutos submersa na banheira é tudo de que preciso para me sentir renovada, linda e gostosa. Ligo para o escritório de Bueno e agendo a reunião para o primeiro horário disponível. Então, para matar o tempo e fugir da ansiedade, decido ir ao spa para um dia de princesa. É *carérrimo*, mas vale cada centavo.

Aproveito cada segundo e, quando me dou conta, já estou na sala de reunião, aguardando o suposto beneficiário do testamento. Detesto esperar os outros. Quem o bastardo pensa que é para fazer Paula Góes Mesquita esperar? Respiro fundo e começo a contar o número de cristais que adornam o lustre da sala.

Começo a devanear. Como desembargador, meu pai não fez fortuna. A riqueza da família vem da herança que meu avô paterno deixou. Pode ser que meu pai tenha deixado uma ou duas das casas alugadas para algum inquilino antigo. Não que eu concorde, mas até permito, assim já pago o dízimo e garanto um lugarzinho no céu.

De repente, dr. Bueno chega, acompanhado de um homem com a aparência de um cientista maluco. Fico sem entender direito o que aquela figura bizarra tem a ver com o caso. Logo atrás, vem uma senhora. Esta deve ter uns 157 anos.

— Boa tarde, Paula — cumprimenta o advogado enquanto estende a mão.

Tenho vontade de deixá-lo no vácuo. Quem mandou me fazer esperar quase oito minutos? Mas, novamente, tenho boas maneiras.

— Boa tarde. Posso saber quem são essas pessoas?

— Apresento Antônio Marques e Ana Maria Claro, administradores da Creche Especial Maria Claro.

Ah, não estou ouvindo isso! Aquele desmiolado do meu pai não ajudou ninguém a vida toda. Depois de morto quer dividir o dinheiro que *me* pertence? Era só o que me faltava.

Nem estendo a mão. Bando de aproveitadores! Estão com sorrisos simpáticos porque não é no dinheiro deles que estão mexendo.

— Podemos começar logo a reunião, por favor? — pergunto, soltando fogo pelas ventas e cuspindo vespas e marimbondos.

— Acho que vamos ter que esperar um pouquinho. Ainda falta uma pessoa que, acredito, chega em dez minutos...

Alguém entra na sala.

— Boa tarde. Perdão pela demora, mas o trânsito está cada dia pior.

Não preciso me virar para reconhecer a voz. É ele... o homem que mexe com todos os meus sentidos, aqui, em carne e osso.

Levanto-me depressa e o abraço forte, sentindo seu cheiro reconfortante. Como é bom estar nos braços dele, mesmo sem aquela pegada de antes. Mas então o dr. Bueno, esse estraga-prazeres, interrompe o momento para fazer as apresentações.

Puxo uma cadeira para perto e dou um tapinha para que Marco saiba onde é seu lugar, mas ele finge que não entende e vai para longe de mim.

— Quero agradecer a presença de todos, principalmente porque sei que a reunião foi marcada em cima da hora. Entendo que todos estão com a agenda apertada, então vamos começar logo com a leitura.

Eu o encaro com desdém, fingindo que não peguei a indireta.

Ele lê, lê e lê, mas presto atenção apenas no que me interessa.

— ... Eu, Jurandir Mesquita, deixo quarenta por cento do total dos meus bens para minha única neta, Vitória Mesquita Ladeia, e exijo que o curador seja o dr. Marco Ladeia. Dez por cento deixo para a Creche Especial Maria Claro, que nasceu do sonho e do ideal de pessoas que acreditaram na possibilidade de transformar a vida de pessoas com necessidades especiais...

Eu dou um pulo da cadeira.

— Que brincadeira é essa? Que lugar é esse para receber tanto dinheiro? — pergunto, furiosa.

— Talvez Antônio e Ana Maria possam contar um pouco da história e das atividades da creche — diz o advogado, com uma cara de zombaria.

A mulher centenária começa a falar, com uma voz que dá vontade de dormir.

— Bem, vou tentar resumir um pouco...

Ela limpa a garganta e continua com toda aquela papagaiada e história triste para boi dormir sobre atenderem cerca de 130 crianças e adolescentes de famílias carentes e oferecerem serviço educacional, terapêutico, alimentação, transporte, medicamentos e dieta específica. Quando finalmente para de falar, aceno com a cabeça para que o advogado prossiga.

— Os outros cinquenta por cento deixo para meus herdeiros necessários.

Nesse momento, entro em choque. Sinto a raiva se apoderar do meu corpo. Meu rosto está quente. Salivo tanto que parece que o líquido vai transbordar. Meu coração está acelerado. Tenho vontade de gritar com toda a força.

O que aquele vegetal vai fazer com tanto dinheiro? Não pode ser! E esses dez por cento para essa instituição? Que absurdo! Meu pai não fez *nada* na vida, e agora resolve tirar o que é meu por direito?

Estou prestes a ter um ataque quando uma vozinha na minha cabeça me chama de volta à razão. Tento me controlar. Preciso suportar toda essa injustiça.

Todos se cumprimentam, felizes. Disfarço a indignação com cara de paisagem. Não posso e não quero revelar minhas emoções diante de todos, principalmente de Marco. Então, como uma pintura morta por dentro e viva por fora, assumo o controle da situação. Quase dou pulinhos de alegria para fingir contentamento.

— Bueno, deixo tudo nas suas mãos. Preciso ir. Já estou atrasado para um compromisso. Nos falamos em breve.

Marco se levanta e eu também.

— Estou tão contente que meu pai tenha deixado parte da herança para nossa filha! Com esse dinheiro, podemos começar a consultar os melhores médicos do mundo para o tratamento dela. Viajar e aproveitar muito. O que acha?

— Paula, também sou agradecido ao seu pai, mas, francamente, não tenho intenção nenhuma de levar Vitória a lugar algum. Ela está sendo bem assistida aqui no Brasil.

— Estou com saudade dela. Sempre disse ao meu pai o quanto ela é importante para mim e que meu maior sonho era procurar o melhor tratamento do mundo para ela. Acho que isso pesou em sua decisão.

Seu sorriso sarcástico quebra minhas pernas.

— Saudade? Imagino. Até logo.

Marco sai e me deixa falando sozinha. Até logo *mesmo*. Se acha que vou deixá-lo gastar sozinho o dinheiro da nossa filha com sua amante safada, está muito enganado.

Vitória, meu *serzinho*, a mamãe está voltando.

Caio

Estou inquieto. As últimas 48 horas foram regadas a aflição e impaciência.

A interminável agonia e a espera por notícias me levam a procurar momentos de prazer. A vida é curta para ficar sofrendo. Uma vida sexual agradável me ajuda a matar o tempo.

Ligo para uma antiga *amiguinha*. A safada gosta de tudo o que é imoral e libertino, e cobra caro devido aos anos de pós-penetração na área. A loira deliciosa gosta de dar a bocetinha de quatro, com a bunda arrebitada, enquanto é fodida com força por trás. É uma maravilha ver todos os pelos do seu corpo arrepiados, principalmente quando cavalga no meu pau, rebolando como ninguém. Ela também faz estragos alucinantes com a língua. O melhor de tudo é ouvir seus gemidos e sussurros, do momento em que entra no quarto até o momento em que sai, levando seu pagamento gordo.

Durmo feito criança depois dos orgasmos arrasadores, até que um barulhinho irritante me acorda.

Sonolento, quase não consigo ler o nome que aparece na tela do celular.

— Oi, chefia. Está com voz de sono, né? Não queria acordar você.

— O que você quer tão cedo, cara?

— Sou profissional, chefia. Disse que precisava de mais quarenta e oito horas, e meu prazo acaba de se esgotar. Já tenho tudo do que precisa.

Pulo da cama.

— Certo. Então me encontra no lugar de sempre daqui a uma hora.

— Beleza, chefia.

Começo a ler o relatório e confirmo tudo o que já sabia. Nicole é uma ordinária. O papel está repleto de números, contatos de prestadores de serviços e prestações de contas. Sinto o sangue ferver.

— Ih, chefia, é melhor o senhor se controlar. Eu não brinco em serviço, não. Ainda tem muita coisa para o senhor saber.

Trezentos e cinquenta e três mil, oitocentos e quarenta reais: foi a quantia que a pé de chinelo desviou das obras da filial de Florianópolis. As informações são precisas. As provas apresentadas vão render uma demissão em massa. Vou pagar o bastante para que os advogados garantam todas as penalidades aplicáveis a cada um dos envolvidos. Além disso, vou precisar cancelar contratos com inúmeras empresas importantes.

Quero que todos se danem! Vou queimar todo mundo no mercado nacional. Ninguém me faz de otário e sai impune.

Quando viro a página, meu coração congela. Dou uma gargalhada, e todos ao redor se viram para olhar.

Até entendo os motivos das chantagens feitas pela Nicole, mas e os *desse* cara? Por quê? Não consigo juntar as peças do quebra-cabeça. O que ele pretende? A ordinária ainda usou meu carro para dar uma de motorista do cafetão.

Passo as fotos e fico ainda mais confuso. Ele não tem nenhuma ligação comigo. A não ser que... Bom, só vou descobrir quando mostrar a esse cara de pau que o joguinho acabou. A partir de agora, quem dita as regras sou eu. Os dois vão ressarcir cada centavo que gastei e uma bela indenização por tentarem me fazer de trouxa.

— Bom, chefia, agora estou só esperando as últimas ordens. O senhor sabe que faço o serviço completo: barba, cabelo e bigode.

— Dessa vez, acho que vou terminar com minhas próprias mãos, mas qualquer coisa aviso você.

Capítulo 49

Bárbara

As recomendações médicas são sem fim. Passei a manhã toda aguardando a alta e, quando a tive, só mudou o local de repouso. Vou ter que ficar de molho por mais de vinte e cinco dias e receber visitas diárias de um fisioterapeuta. Também vou continuar com toda a medicação e, ainda por cima, ganhei uma amiga inseparável: uma cinta superdesconfortável — tudo isso porque um desalmado resolveu brincar de psicopata.

Estou tentando aliviar a carga de estresse. Lidar com um acidente, na maioria das vezes, é traumático, mas saber que pode ter sido uma tentativa de assassinato causa medo e insegurança. Não quero ficar com nenhum trauma, então prefiro acreditar que a pessoa já se deu por satisfeita com os danos que me causou. Quero voltar a viver em paz, livre para ir e vir, inclusive sem estar acompanhada o tempo todo por um segurança.

— Ei, tem alguém aí? Eu e seu pai estamos te esperando para ir embora. Se estiver insegura sobre ir passar um tempo na casa do Marco, podemos adiar nossa volta para casa.

— Não é nada disso. Estava só refletindo sobre como minha vida virou de pernas pro ar.

Não quero atrapalhá-los, sei que ambos têm compromissos e precisam viajar logo.

Meu pai se aproxima para ajudar a enfermeira a me colocar na cadeira de rodas. Não precisava, pois não tive nenhum problema nas pernas, mas são os procedimentos do hospital.

— Babby, talvez você se assuste um pouco com o que vamos ver agora, mas entenda que é para sua segurança. Nada daquela ladainha de sermos "superprotetores" — avisa meu pai, sério.

Quando ele fala assim, é sempre melhor não contestar. Mesmo a contragosto, fico curiosa.

O novo segurança que Marco prometeu trocar está nos aguardando do lado de fora do quarto. Sou guiada até o elevador, que está à nossa espera. Tenho uma sensação engraçada de estar participando de um filme de ação.

A caminho da saída, várias pessoas ficam me encarando, o que me incomoda.

Na frente do hospital, há três carros pretos com vidro insufilmado e cinco homens de terno, mais meu segurança — *claro* que não é um exagero; é um desperdício, isso, sim. Se Patty e Marcinha estivessem aqui, iam querer pular uma em cada carro.

Tirando os zigue-zagues e as dores causadas a cada buraco em que o carro passava, finalmente vislumbro a casa de Marco.

— Papai, chegamos! Já pode desamarrar a cara de preocupação.

Minha mãe, por sua vez, fez piadinhas durante todo o trajeto. Está achando tudo isso muito emocionante, pelo jeito.

— Bárbara Nucci, prometa que não vai sair sem segurança até que tudo esteja esclarecido. Um deslize, e vamos levar você para nossa casa.

— Prometo, senhor Adilson Nucci! E dessa vez nem estou cruzando os dedos — digo, estendendo a mão para provar.

— Como assim? Você já fez isso antes? — Ele olha para mim com cara de desconfiado, enquanto minha mãe joga a cabeça para trás e solta uma gargalhada. — Não entendi o motivo da graça, Ana.

— Querido, isso é porque não sabe o que testemunhei por anos. Diversas vezes, quando essa mocinha aqui prometia algo, colocava as mãozinhas atrás das costas e cruzava os dedos.

— Mãe! Não acredito que você está contando isso pra ele só agora.

— Vocês duas são os motivos de cada cabelo branco que tenho.

Ele faz que vai nos deixar para trás, mas minha mãe pula no seu pescoço para agradá-lo.

— Querido, nunca contei porque sempre foram promessas inocentes.

A safadinha vira o rosto do meu pai e lhe tasca um beijo de novela.

— Ei! Eu estou aqui, viu? Vocês ainda podem me deixar traumatizada. Fora que temos uma escolta de seis gatos observando.

Meu pai, envergonhado, tenta se recompor.

— Você e sua mania de nos atrapalhar. Nem depois de adulta aprendeu? — sussurra minha mãe.

A mulher é um exemplo a ser seguido.

Vamos em direção ao prédio. Sinto-me como Whitney Houston em *O guarda-costas*. Depois da operação militar, chegamos ao décimo terceiro andar.

Confesso que gostaria que Marco estivesse nos esperando, mas está desculpado, pois ligou mais de dez vezes para mim hoje para dizer que se atrasaria um pouco por ter que resolver assuntos referentes a Vitória, que envolviam sua ex-mulher. Saber que ele está com a bruxa não é nada animador, principalmente porque ela ainda não se convenceu de que o casamento acabou.

Sinto uma pontinha de insegurança, que é compensada por Melissa, supersimpática, nos recepcionando com um belo buquê e um cartão de boas-vindas. Não acredito que o danado fez a mãe participar do romantismo todo.

— Bárbara, bem-vinda! Na ausência do Marco, todos nós fazemos as honras da casa para receber você!

Nana, Jordan e uma ruiva escultural, com a Vitória no colo, sorriem para mim. A mulher deve ser a nova enfermeira.

Cumprimentei todos e nem precisei apresentar meus pais, porque minha mãe já foi abraçando todo mundo, como se fossem velhos amigos.

— Bárbara, esta é Ângela, a nova enfermeira da Vitória. Ela vai ajudar você em tudo o que precisar.

Pelo jeito, o sr. Ladeia está procurando enfermeiras na agência errada. Será que um dos requisitos é "beleza estonteante"? Nossa Senhora das Noivas Com um Pouquinho de Ciúme, dê-me sabedoria para não fazer nada de que possa me arrepender.

A enfermeira estende a mão. Sua postura é profissional e séria.

— Bem-vinda, dona Bárbara. Vou ajudá-la no que precisar.

— Obrigada, Ângela, vou tentar te incomodar o menos possível.

Beijo Vitória, segurando a vontade de pegá-la no colo.

— Acho que ela tem algo para a senhora! — diz Ângela.

Só então vejo, no bolso do vestidinho cor-de-rosa, um envelope. Olho para Ângela, que gesticula para que eu pegue.

Marco foi um fofo e escreveu: "Bárbara, papai e eu estamos muito felizes com sua chegada. Bem-vinda!".

Encosto o cartão no peito e dou mais um cheirinho nela. Em seguida, Melissa convida a mim e a minha mãe para irmos ao quarto de Marco. Há um buquê de flores em cada cômodo pelo qual passamos.

— Filha, estou pensando em falar para o seu pai passar uma temporada aqui com o Marco, o que acha?

— Ana, Jordan convive com o filho desde que nasceu e, acredite, flores só em datas comemorativas. Estou pensando seriamente em seguir seu exemplo. Será que Marco aceita dar aulas de romantismo para os dois?

— Agora sou eu que tenho um pedido. Se ele aceitar, não contem que os maridos comuns não fazem isso. Ele pode acabar desistindo de me paparicar.

Rimos juntas.

Quando Melissa abre a porta do quarto, fico de boca aberta.

Na parede de frente para nós há um painel enorme, que vai do teto ao chão, com uma foto nossa em Ubatuba. Não me lembro de tê-la tirado. Como será que ele conseguiu? Há também pétalas vermelhas espalhadas por todo o quarto e, em cima da cama, apenas uma rosa colombiana, com outro bilhete amarrado com uma fita, e, ao lado, uma caixa de bombons.

— Como ele fez tudo isso?

Não vejo a hora de vê-lo para beijá-lo e agradecer por todo o carinho.

Fiquei envergonhado pela postura de Paula diante dos representantes da instituição de caridade. Ela é muito dissimulada.

Não sei se estou agradecido ou irritado com Jurandir por incluir Vitória no testamento. É um gesto bonito, mas esse envolvimento que Paula está exigindo ter com nossa filha me preocupa. Sei que é por interesse. Ela não gostou do que ouviu hoje e com certeza vai torrar rapidinho toda sua parte do dinheiro e vir atrás dos bens da filha.

Vou investir todo o dinheiro de Vitória e deixá-lo guardado. Sua patologia exige muitos cuidados, mas, enquanto ela estiver comigo, não vai precisar desse dinheiro. Se um milagre acontecer e ela ficar comigo muito mais tempo do que os médicos dizem, vai poder usar a herança para o próprio bem-estar e conforto.

Passo no joalheiro e pego as alianças que encomendei no dia em que Bárbara aceitou o pedido de casamento. Olho para o ouro reluzente e meu coração explode de emoção, principalmente quando penso no significado daquele símbolo.

Quando chego em casa, deixo os problemas para trás. Mal cumprimento todo mundo, passo para dar um cheiro na minha filhota e já estou na porta do nosso quarto.

Deitada, coberta apenas por um lençol, está a mulher que amo. Passo um tempo admirando-a dormir, então me aproximo devagar para lhe dar um beijo, sem a intenção de acordá-la. Apesar disso, meus instintos egoístas me levam a tocá-la.

— Adoro acordar com seus beijos.

Seus olhos verdes brilham, e ela me encara com um sorrisinho sonolento.

— Não vou me esquecer disso. — Com os braços apoiados em seu travesseiro, levo o rosto perto do seu. Os lábios dela são macios. Bárbara tenta aprofundar o contato, mas recuo um pouquinho para provocar. — Quais outros beijos estão entre os melhores?

Passo a língua devagar nos seus lábios, que se abrem, querendo me engolir, mas volto a recuar.

— Tenho que refrescar a memória — soo rouco, então chupo sua boca.

— Você pode descobrir sozinho — retruca ela, ainda sorrindo.

Passo a mão por trás do seu cabelo e junto-o para trazer seu rosto perto do meu.

— É esse!

— Esse o quê? — Eu me faço de desentendido.

— Esse é meu beijo preferido. O que você me pega desse jeito e me faz todinha sua. Anota aí no seu caderninho: o da sua língua me invadindo.

Com prazer, esqueço o joguinho e faço-a provar com sofreguidão o quanto estou feliz por estar aqui.

— Desse jeito não volto mais pra casa.

— Não entendi de novo.

— Eu ainda tenho uma, sabia? Estou aqui só até me recuperar.

— Acho que não estou sendo persuasivo... Me deixa dar mais beijos e convencer você a se mudar, definitivamente, para o nosso lar.

— Pode não parecer, mas sou uma moça direita. Só vou mudar para a casa do meu noivo quando estiver de papel passado e com uma aliança no dedo.

— Seu pedido é uma ordem. Me dá cinco minutos.

Saio do quarto apressado.

Não sei por quanto tempo ainda vou ter Vitória ao meu lado. Considero cada dia uma glória. Também não sei se Bárbara vai entender minha atitude, mas quero tornar esse momento especial para nós três.

— Mãe, fala pra Nana atrasar o jantar meia hora, por favor. Eu e Vitória temos uma missão importante com nossa hóspede.

Ana e minha mãe trocam olhares curiosos.

Eu poderia esperar o jantar para colocar a aliança no dedo da sereia, mas eu e a pequena vamos fazer isso juntos agora mesmo.

CAPÍTULO 50

Bárbara

Os cinco minutos parecem uma eternidade. O que será que Marco está aprontando desta vez?

Ouço uma movimentação. A maçaneta gira e a porta se abre. Pai e filha entram juntos, em uma cena comovente.

— Já pedi ao seu pai sua mão em casamento. Achei justo Vitória nos dar a bênção dela também.

O gesto toca profundo minha alma.

— Estão aí parados esperando o quê? Vem até aqui para eu dar um beijo nela e agradecer pela bênção.

— Além disso, ela trouxe o elo que vai eternizar nosso amor e nos unir para o resto de nossas vidas.

Marco se senta ao meu lado, e meus olhos se enchem de lágrimas.

— Vitória, eu prometo fazer seu papai o homem mais feliz do mundo. Juntas, vamos encher esse gatão de muito amor.

Pego seus dedinhos fofos. Nossas mãos são envolvidas por uma maior.

— Bah, eu me ajoelhei diante de você ao pedir sua mão em casamento. Agora, quero prometer, tendo minha filha como testemunha, que vou fazer de você a mulher mais feliz do mundo. Receba esta aliança como prova do meu amor eterno.

Ele estende para mim os elos de ouro.

Tem olho nas minhas lágrimas... A felicidade é tanta que acho que não vai me caber. A aliança é linda, cravada de diamantes.

Sem soltar a mãozinha de Vitória, ele pega a minha e coloca a aliança no meu dedo, então dá um beijo suave. Sinto o coração quase explodir. Faço o mesmo que ele, segurando a mão de Vitória como se ela fosse minha filha também.

— Marco, você completa todos os meus espaços vazios. Eu te amo tanto que chega a doer. Tenho certeza de que vamos ser uma família muito feliz.

Ainda com as mãos unidas, ele enlaça os dedos nos meus, beijando-os, um a um, depois dá um beijo na minha boca e outro na testa de Vitória.

— Agora acho que podemos dividir a nossa felicidade com nossos pais. O que acha?

— Eles vão amar.

— Minha princesa, vamos ajudar nossa rainha a se levantar? Nada de bebida alcoólica para as duas realezas hoje.

— Vitória, responderei por nós duas: sim, senhor!

Sorrio sem parar ao receber as palmas e os abraços dos que nos aguardam na sala. Minha mãe dá gritinhos de alegria e, para minha vergonha, até assobia. Meu pai está com os olhos marejados e protesta por ter perdido o pedido "oficial". Jordan e Melissa ficam muito felizes por nos ver radiantes.

— Bárbara, ainda não nos conhecemos direito, mas tenho certeza de que você está recebendo dos deuses um presente raro. Faça meu menino feliz, sim? — Nana me surpreende.

Minha vontade é de puxá-la para um abraço forte.

— Nana, esse é o meu maior desejo.

— Fotos, quero fotos, muitas fotos! — pede minha mãe, empolgada. — Babby, fica aí. Vamos juntar todo mundo ao redor dos noivos!

Depois de muitas selfies, meu pai serve um bom vinho a todos e comemora:

— Um brinde aos noivos!

Após o jantar, já reunidos na sala de estar, começo a sentir um desconforto por estar sentada por muito tempo.

— Marco, faz um favor? Pega meu remédio na mesinha do quarto? Está anotado na caixa qual tenho que tomar às dez horas.

— Seu desejo é uma ordem, linda.

Ele traz o comprimido e um copo de água. Então, sussurra no meu ouvido:

— O *meu* desejo é chupar você, então será que pode dar a desculpa de que precisa se deitar?

Quase cuspo a água. Que provocador de uma figa! Para não deixar passar, guardo na mente que tenho que dar o troco mais tarde.

Enquanto ele conversa com nossos pais, faço cara de santa e esboço gestos na direção dele, simulando sexo oral com o palito de wafer do sorvete que estou tomando. Disfarçadamente, ele passa a língua nos lábios, olhando para baixo para me mostrar o quanto já está duro. Minha calcinha está encharcada e estou totalmente excitada, então chego à conclusão de que é melhor ceder desta vez.

— Meus queridos, acho que preciso descansar. Esse remédio fez com que eu ficasse com um soninho...

— Filha, eu levo você para o quarto. Marco está em uma conversa tão boa com os coroas que aproveito e ajudo você a tomar um banho — comenta minha mãe.

— De jeito nenhum, dona Ana! Fique mais um pouco com a minha mãe. Eu levo a Bárbara. Também estou exausto e vou deitar. Meu dia foi uma loucura — interfere Marco.

Acho que minha mãe capta a mensagem, porque não contesta.

— Que bom, Marco! Eu e Adilson precisamos ir embora também. Voltamos para casa amanhã à tarde, e eu quero dar uma organizada no apartamento da Babby antes.

Marco se aproxima de mim e sussurra:

— Da próxima vez, te lambuzo e chupo você inteira na frente de todo mundo.

— Gosta de ser observado, doutor?

— De jeito nenhum.

— Acho que é melhor minha mãe me levar para o quarto, porque preciso de um banho — provoco.

— Pode deixar que vou lavar seu corpo direitinho.

— O senhor não se esqueceu de que estou dodói, né? Não sei se aguento muito tempo suas mãos no meu corpo sem fazer nada.

— Tenho certeza de que vai aguentar.

O sorrisinho torto que ele abre enfraquece as minhas pernas. A passos de tartaruga, chegamos ao quarto. Meu coração dispara ao ouvir o barulho da chave sendo girada.

Ele me lança um olhar predador.

— Pronta para tomar banho e dormir?

— Assim? Sem a dose do remédio que me prometeu, doutor?

Marco

Se ela soubesse como sua voz rouca me provocando me deixa louco, tenho certeza de que a usaria mais vezes como arma de tortura.

Ela tenta abrir a camisa, mas logo tiro suas mãos dos botões, com cuidado.

— Serviço completo, minha paciente predileta.

A cada botão que desabotoo, a pele macia se revela. Meu coração aperta quando vejo o curativo da cirurgia e o colete.

Tento me livrar dos pensamentos incômodos para que Bárbara não perceba que suas marcas me magoam. Por mais forte que ela seja, todos nós somos um pouco vaidosos, e tenho medo de que pense que meu pesar esteja relacionado à sua beleza.

Sem sutiã, seus seios saltam, com os mamilos em plena glória, intumescidos. A pele arrepiada.

— Lindos.

Toco-os com a língua, apreciando o contato, conforme deslizo a camisa pelos seus braços.

Bárbara

Sua barba por fazer raspa minha pele, enquanto ele tira o colete devagar.

— Sabe quando digo que você me faz bem? Que sou feliz ao seu lado? É sobre esses momentos.

Nossa proximidade é tanta que sinto sua excitação pulsando. Estremeço em expectativa.

Detesto parecer fria, mas as dores na altura do pulmão impedem que eu retribua as carícias, então me resta apenas aproveitar.

— Seja emburrada, fazendo biquinho, rindo ou arrumando o cabelo, amo todos os seus ângulos.

Nunca fui tão deliciosamente despida. Seus dedos descem minha calça e a calcinha. Ele me olha com cara de safado.

— Amo ver seus lábios úmidos.

Eu gostaria muito que ele fizesse o que está propondo, mas, francamente, não acho que seja o melhor momento. A última vez que tomei banho foi hoje de manhã.

— Primeiro, acho que preciso de um banho... porque, se sentir meu cheiro e meu sabor agora, vai ter que anotar no seu caderninho mais um defeito de sua noiva. Claro que esta segunda parte guardo para mim.

— Como quiser.

Ele se aproxima mais, me dá um beijinho na boca e depois se afasta. Está aí mais uma coisa que eu gosto no Marco: meia palavra basta.

O banho é puro delírio.

Como o dia foi intenso, meu curativo acaba saindo com um pouquinho de sangue, então, embora eu proteste, Marco não faz nada muito brusco. Esfrega meu clitóris com um pouco mais de força, mas ainda assim de modo gentil e atencioso.

Depois de me deitar na cama, ele vai tomar banho e, quando volta, faz carinho em mim até eu adormecer.

Conforme os dias passam, ganho mais familiaridade com a rotina de medicamentos e tudo fica mais fácil. Os cuidados de Marco e Nana e a aproximação com Vitória transformam o período de convalescença em algo maravilhoso.

Nunca imaginei que dividiria a minha vida com uma família nova e tão amada.

A paciência de Marco nos meus momentos mais irritadiços, a liberdade que me dá e os esforços que faz para que eu me sinta à vontade são impressionantes. Realmente estou me sentindo em casa. Ele me convence, a cada dia, de que este é meu lugar.

No começo, fiquei receosa, pois meu cuidado em não dar a impressão de querer ser a dona do lugar fez com que eu pisasse em ovos. Na verdade, era coisa da minha cabeça, e Marco soube lidar com isso muito bem. Fiquei com medo de sufocar e de ser sufocada ao dividir um espaço ocupado por várias pessoas antes de mim, mas a hospitalidade de todos extinguiram meus medos. Sempre que acordo, tenho vontade de oferecer mais a esta família que me acolhe. Sinto que estou começando uma amizade bonita até com a enfermeira Ângela, embora ela seja muito profissional. Parece um sonho.

Mas, como nem tudo são flores, descubro que o sr. Perfeição tem, obviamente, alguns defeitos de pessoas que sempre tiveram alguém para arrumar sua bagunça.

— Babby, me desculpe. Não vi a camisola quando joguei a toalha em cima da cadeira. Sem ressentimento, vai. Prometo me policiar. Agora coloca essa camisola e vem cá, porque eu vou secar com um abraço.

— Não vou abraçar ninguém! De secador, você não tem nada. Pelo contrário: cada vez que me abraça, faz com que eu molhe a calcinha!

— Estou sendo acusado de ser irresistível? Para ser sincero, nunca imaginei que gostaria tanto de desencadear crises como essa... — comenta, então se joga na cama e dá tapinhas no lençol.

— Ainda não vou me deitar. Preciso procurar outra camisola para dormir.

— Deita assim mesmo. Para que nos dar tanto trabalho?

Mordo os lábios para não rir, pegando o pijama mais fechado que tenho. Subo na cama e me deito de costas para ele, o que torna as coisas bem quentes quando ele se enrosca em uma conchinha comigo. O molhador de calcinhas mal me abraça e já estou a ponto de arrancar o pijama eu mesma, mas resisto.

Depois de um tempo, baixo a guarda e quebro o silêncio.

— Marco?

— Oi.

— Hoje, vendo as fotos da Vitória, tive uma ideia. Posso fazer uma retrospectiva dos melhores momentos dela?

— Claro, linda. Não precisava nem perguntar.

Tenho certeza de que ele sussurra no meu pescoço de propósito.

— Eu sei, mas é que...

— Hm...

Ele ajeita meu cabelo para o lado, para ter melhor acesso.

— Pensei em fazer uma retrospectiva de verdade.

— Existe retrospectiva de mentira?

— Acho que não. Mas pensei em fazer uma contando a história dela. Desde o dia em que você recebeu a notícia de que a Paula estava grávida.

Senhor, juro que o assunto é sério. Será que dá para ele parar de me molestar? Não que toque meus seios, de jeito nenhum, mas seu braço sobre meu corpo resvala sem querer no meu peito. Não que esteja tentando me seduzir, de jeito nenhum, mas seus pés estão enroscando inocentemente nos meus.

— Me responde uma coisa? — pergunta ele.

— Uhum.

— Você abriu o envelope com as fotos da mãe de Vitória?

— Abri. Estava guardando umas roupinhas dela na cômoda e encontrei. Minha curiosidade foi maior.

— Eu acho que não tem problema colocar Paula na retrospectiva. Até fico feliz por você aceitar isso bem. Outra pessoa poderia querer queimar ou rasgar as fotos, mas...

— Eu sei que você tem um passado e Vitória, uma história — interrompo-o. — A mãe dela não me incomoda em nada. Quero pedir desculpas por abrir algo que estava lacrado. Acontece que, quando li a carta que você escreveu para ela, me emocionei tanto que minha curiosidade foi além do que devia.

— Linda, faça a retrospectiva como quiser. Já sei que vou amar.

Ele dá um beijo no meu pescoço.

Por dentro, dou pulinhos de alegria, pensando em todos os detalhes da homenagem. Amanhã mesmo vou ligar para umas amigas antigas, Vanessa, Judy, Tiane e Fernanda. Elas são feras com esse tipo de coisa. Mas isso só amanhã, porque agora, ao sentir a ereção de Marco roçar minha bunda, abaixo a calça.

CAPÍTULO 51

Marco

Ontem saí para comprar o presente de aniversário da minha princesa e acabei escolhendo vários. Mesmo assim, não estava satisfeito, pois queria algo diferente. Ao sair da loja, vi em um canto, escondido, um teatrinho de fantoches da Peppa Pig. Voltei e comprei.

Hoje acordei cedo para montar o teatro e colocá-lo no quarto dela, em silêncio para não a acordar, depois convidei minha sereia para participar do momento comigo.

Assim que entramos no quarto, Ângela sai discretamente.

— Bom dia, minha princesa! Hoje é um dia especial. Olha quem veio acordar você: a Peppa Pig!

A dorminhoca se mexe um pouquinho. Faço cócegas, e seus olhinhos se abrem aos poucos.

— Vi, parabéns! Hoje você vai ver a Peppa ao vivo. Só não sei quem está mais empolgado aqui: eu, você ou seu pai — diz Bárbara, sorrindo.

Ela pega Vitória no colo, enquanto faço um verdadeiro contorcionismo para me esconder atrás do teatrinho. A parte difícil mesmo é imitar os personagens.

— Bom dia, Georginho!

— Bom dia, Peppa! — Céus, o que um pai não faz por uma filha? O som da minha voz é inacreditavelmente ridículo.

— Hoje é aniversário da nossa amiguinha Vitória.

— Então vamos cantar parabéns pra ela?

— Vamos.

— *Parabéns pra você, nesta data querida...*

Fico tentando espiar pelo vão das cortininhas para ver a reação de Vitória. Bárbara, com ela no colo, filma tudo.

Passamos o dia em família, paparicando a aniversariante e dando uma olhada em como vão os preparativos da festa. Pensamos em fazer no salão do prédio, mas, de última hora, decidimos chamar apenas convidados queridos, em uma celebração mais íntima, para preservar o bem-estar de Vitória, pois ela anda com um pouco de febre nos últimos dias.

Convidei três primos e seus filhos, minhas duas tias, Pedro, Patty, Marcinha e os pais de Bárbara, que virão de Aracaju especialmente para a ocasião.

Mais ou menos às duas da tarde, o interfone toca anunciando uma convidada indesejada: Paula. Estou prestes a expulsá-la, quando Bárbara tenta apaziguar:

— Marco, ela é mãe da Vitória e acabou de perder os pais. Dá uma chance...

Mesmo contrariado, acabo cedendo.

A descarada entra e já estende a bolsa e o casaco para Nana. Fico furioso.

— Ora, ora! Minha filha ganha uma festa de 1 ano e a mãe não é convidada?

— Paula, faz um ano que você abandonou sua filha.

Ela me encara por um momento, e então fica pálida ao notar minhas mãos na cintura de Bárbara.

— Decoração de porquinha? Que bonitinho! Imagino de quem deve ter sido a ideia.

Ela encara a Bárbara de cima a baixo e revira os olhos.

— Boa tarde, Paula! Ficou linda, né? Vitória vai adorar. É o tema do desenho que ela mais gosta.

Essa é minha sereia! Não deixa passar uma.

— Será que eu ouvi direito? Você sabe que ela não tem cérebro, né?

— Chega, Paula! Você não vai entrar na minha casa e da minha noiva para estragar um momento especial. Fala logo o que veio fazer aqui. Você não é bem-vinda.

— Marco, meu amor, vim apenas dar um beijo na minha filha e trazer um presente.

— Ela está dormindo, então você pode deixar comigo. Eu entrego quando ela acordar. E não precisa se preocupar, eu aviso que a *mamãe* passou por aqui.

Bárbara intervém, pedindo um minuto a sós comigo.

— Marco, sei que a Paula é uma peste, mas permita, pelo menos, que ela dê um beijo na filha.

— Por favor, Bah! Ela vai aprontar.

— Você não está castigando a Paula, está só privando sua filha dessa oportunidade.

Suas palavras me quebram. Porra! Queria apenas poupar minha filha de ser hostilizada pela mãe.

— Eu odeio essa mulher com todas as forças por saber tudo o que já causou a você e à princesinha, mas pensa na Vitória agora. Hoje é o aniversário dela.

Ela enlaça os braços no meu pescoço e fica me olhando, com ternura.

— Paula não vai fazer nada sabendo que estamos supervisionando a Vitória.

— Às vezes eu me pergunto se sou merecedor de ter alguém como você do meu lado. Obrigado por ser essa pessoa linda. Acho que você tem razão.

— Você é gentil e corajoso. Sei que sua única preocupação é proteger a pequena. — Ela me dá um beijo. — Vamos lá encarar a fera. Ângela é faixa preta em não sei o quê, então qualquer coisa faço um sinal para ela dar um golpe na Paula.

Voltamos e acompanhamos Paula até o quarto de Vitória. O teatrinho da manhã ficou no chinelo perto do papel de boa mãe que Paula encena diante de nós, mas a máscara cai quando não consegue disfarçar o nojo ao observar Ângela alimentando Vitória pela sonda. Depois disso, ela resolve ir embora rapidinho.

Bárbara faz questão de acompanhá-la até a porta.

— Bárbara, me satisfaz uma curiosidade, por favor? O que se serve em uma festa com o tema de porquinha? Aliás, pensei agora. Já sei qual é o prato principal. Até logo e boa festa para vocês.

Minha *braba* nem se digna a responder, apenas fecha a porta. Quando reivindico seus lábios, a feiticeira faz sua magia e, em um piscar de olhos, esqueço o estresse anterior. Eu a pego no colo e vou direto para o quarto.

Bárbara fez todo um mistério esta semana na preparação da retrospectiva da Vitória. E continua fazendo. Decidiu que hoje ela não vai se aprontar para a festa no quarto comigo.

— Dr. Delícia, como sempre, você me levou à loucura neste banho, mas agora preciso ajudar Ângela a preparar a aniversariante.

— Você vai sair assim, de roupão, para o quarto dela, sem se arrumar?

— Está com ciúme do corredor? Já combinei tudo com a Ângela.

— O que você chama de ciúme eu chamo de abandono.

— Vai ser rapidinho. Não esquece de colocar a camisa cor-de-rosa e a calça vermelha, meu Peppo.

A exigente deixa um beijo no ar e sai. Não acredito que vou pagar esse mico.

Eu coloco a roupa e vou para a sala. Fico admirado e feliz ao ver a decoração.

Há cortinas de bexigas cor-de-rosa e vermelhas em todas as paredes e, nos cantos, árvores com troncos de bexigas marrons e folhagens de bexigas verdes. No espaço *kids*, um tapete marrom lembra uma poça de lama e está coberto de potinhos de tinta guache marrom. Também há uma piscina de areia grande lotada de pazinhas. A mesa do bolo é cor-de-rosa e azul-clara e está cheia de doces e *cupcakes* com a carinha da Peppa.

Peço aos seguranças discrição em relação aos convidados. Não quero alarmar ninguém nem dar satisfação por ter dois caras durões na porta do meu apartamento.

Meus pais e os de Bárbara são os primeiros a chegar, superanimados e impressionados com a festa.

— Filho, quando vi as fotos no bufê, não imaginei que iria ficar tão lindo.

Minha mãe está admirada tanto quanto eu.

— Meu genro querido, você está lindo de Peppo! Essa minha filha acertou em cheio.

De mãos erguidas, vejo seu Adilson fazendo sinal aos céus.

— Graças a Deus, na época em que a Babby fez seu primeiro aninho, não tinha esse modismo. Senão, a Ana faria com que eu vestisse a fantasia do Mickey e, ainda por cima, colocasse as orelhas. — A ideia arranca uma risada de todos.

Engatamos em uma conversa animada quando, de repente, meu coração dispara.

Diante dos meus olhos, aparecem as duas Peppas mais lindas do mundo, com vestidos vermelhos e sapatilhas cor-de-rosa combinando. Bárbara empurra o carrinho de Vitória devagar na minha direção, até que para e pega minha filha no colo. Parece um sonho.

— Suas Peppas chegaram, doutor.

Bárbara ronca, imitando um porquinho.

— As mais charmosas que já vi.

Depois disso, é só alegria. Mais convidados chegam, e minha noiva se entrosa com todos, recebendo um milhão de elogios. As crianças se esbaldam nas atividades com os recreadores, ficando todas sujas de areia e tinta marrom.

Como sempre, Pedro chega atrasado.

— Já estava pensando que o padrinho da minha filha tinha confundido as datas.

— Que nada. Demorei porque tive que esperar a Bia.

— Bia? Que progresso, meu amigo. Até onde eu lembro, era "patricinha mimada".

— Não enche. Falei Bia só porque a menina parece que cresceu um pouco e está menos mimada.

— Cresceu? Nem percebi... — provoco-o.

— Ela não é para o seu bico! Pelo que sei, você está para se casar.

— Possessivo, hein?

— Vai ficar me torrando a paciência ou vai dar essa Peppinha linda pra mim?

Entrego Vitória, enquanto procuro Bárbara. Quando a encontro, vejo-a cheia de sorrisos conversando com Beatriz. Elas vêm na nossa direção, conversando e sorrindo.

— Amor, você não vai acreditar! Eu conheço a Beatriz! Mais ou menos um ano atrás a gente se encontrava toda sexta no spa e acabamos ficando amigas. Ela achou estranho meu sumiço, mas não sabia meu telefone.

Olho para Pedro, que está pálido. Acho que acaba de ser pego com a boca na botija.

— Confidentes de spa, então? — pergunto, só para ver a reação dele.

Elas se entreolham.

— Mais ou menos, né, Bia?

— Verdade, Babby! Nas horas de espera, em um salão, rolam todos os assuntos.

Ela me cumprimenta e ficamos conversando os quatro, até que Bárbara me puxa de lado para avisar que chegou o momento da retrospectiva e do parabéns.

Estou ansioso para assistir.

De mãos dadas com minha sereia e com Vitória no colo, um filme vai passando na minha cabeça junto das imagens e mensagens da retrospectiva. Brotam lágrimas na minha alma, que se acumulam nos meus olhos e escorrem pelo meu rosto. Sinto Bárbara encostar a cabeça no meu ombro e apertar minha mão. Sei que ela sabe o que esse gesto de carinho significa para mim.

Todos ficam emocionados ao conhecerem melhor os detalhes que envolvem a história da minha pequena gigante guerreira. Seu olhar cintilante transmite a todos a certeza de que está contente, e isso nos conforta. Sua paz e sua tranquilidade irradiam luz. Não preciso receber seu abraço para sentir como se sua alma estivesse fazendo isso. A sensação diz tudo.

— Obrigado, Vitória, por ser minha filha. Eu te amo!

Graças a Deus os recreadores se aproximam com o bolo, cantando parabéns, porque eu estou em prantos. A medicina e muitas pessoas podem não acreditar, mas sinto a vibração de felicidade da minha menina, festejando seu primeiro ano.

Bônus

Caio

Tenho ficado espantado com meu sangue frio ao tomar todas as decisões com tranquilidade e esperar o momento certo de agir. A última ajuda que pedi a João foi para instalar quatro câmeras em pontos estratégicos no quarto de hotel de Nicole.

O que no início era raiva se tornou meu passatempo predileto. Não sabia que o voyeurismo era tão interessante. Ver seu corpo nu sendo possuído por outro homem, observar quando a câmera focaliza o momento exato em que é espancada, me deixa louco.

Um dia após descobrir tudo, providenciei uma demissão em massa e a contratação de uma empresa para uma auditoria minuciosa.

Mas essas não foram as únicas providências. A outra foi um pouco mais prazerosa. Ao assistir a uma das transas de Nicole e o amante, resolvi ligar para minha noivinha. Observei o momento exato em que os dois ficaram imóveis ao verem o nome na tela do celular.

— Oi, noivinha! Daqui a dez minutos estou chegando. Me espera pronta, porque hoje estou com sede de ser devorado.

Pronto! Correria no quarto. Nem sei se ela foi tão eficiente assim na cama, mas a excitação das imagens na minha cabeça me fez ter um dos orgasmos mais prazerosos da minha vida. Da última vez que entrei em ação, o homem estava tão apavorado, que acabou brochando. Ri alto.

Paula

Tomei uma decisão. Amparada pela minha herança, um recomeço fora desta porcaria de país vai ser minha primeira decisão. Não importa o que sinto por Marco. Cansei de correr atrás dele! Vou encontrar uma pessoa muito mais interessante e rica. Nunca deixei de acreditar em mim, mas, em um momento de vulnerabilidade, em que dependia financeiramente de dois inúteis, acabei confundindo meus sentimentos.

Tenho raiva de todos com quem me envolvi e sei que nunca vou perdoá-los por tudo o que me causaram. Sinto-me sozinha, mas prefiro que seja assim. As portas que se fecharam para mim são um bom sinal: significa que há muitas outras abertas lá fora. Aliás, o dinheiro vai me ajudar muito, e mereço ter tudo o que desejo!

CAPÍTULO 52

Personagem desconhecida

Eu era uma criança solitária, filha de pais separados.

Durante três anos, conheci diversos namorados da minha mãe. Certo dia, ela me apresentou o futuro marido e, além de um padrasto, ganhei um irmãozinho cinco anos mais velho que eu. Era um menino moreno, calado e intrigante, com marcas no corpo maltratado, feições frias e, contraditoriamente, um olhar carente. Com apenas 7 anos, soube, com uma certeza assustadora, que seria dependente dele a vida toda. Tentava ser perfeita em tudo para não receber seus castigos. Mesmo que fôssemos quase irmãos, adorava brincar de mamãe e papai com ele. Na brincadeira, a mamãe sempre apanhava do papai.

Quando nossos pais morreram asfixiados por causa de um vazamento de gás na nossa casa de praia, nos aproximamos ainda mais. Tudo o que sempre fiz foi pelo prazer de servir ao amor da minha vida.

Consegui controlar meus desejos sexuais por ele durante anos, até que, quando estava com 16 anos, depois de muito implorar para ser tomada por ele, o amor da minha vida me fez mulher. As surras que levei marcaram minha alma. Mas sei que todas tinham um propósito: ensinar a me comportar e o que falar, com quem me relacionar e como agir em cada situação.

Aceito e sofro calada com todas as suas aventuras, mas nunca pensei em outro homem. Sinto-me à vontade apenas com ele. Permito que seja dono dos meus limites e, quando está longe, fico desamparada. Ele sempre foi obcecado pelos seus planos e ideais.

Todos os seus objetivos são alcançados com perfeição. Mas, ultimamente, as coisas não andam muito bem e me vejo discordando dos seus métodos para resolver os problemas. Quando ele me incluiu em sua vida profissional, eu não imaginava que estaria participando de um jogo em que alguém poderia sair machucado.

Hoje, já não sei se o respeito ou o temo. Não sei o que devo fazer. O homem por quem me apaixonei e a quem me submeti se transformou em um monstro sem coração.

Apesar de estar vivendo dias maravilhosos, não consigo ficar em paz sabendo que Patty não está bem. Quando ela foi embora do aniversário de Vitória quase sem se despedir de mim, fiquei ainda mais preocupada. Hoje, de novo, senti que ela estava nervosa, agitada e com baixa autoestima enquanto conversávamos por telefone. Ela me pediu mais um tempo, e tive que me despedir na força do ódio, mas depois tive uma ideia: vou fazer uma visita no escritório. Só saio de lá depois que ela me contar tudo o que está acontecendo.

O difícil vai ser conversar com Marco. Ando percebendo-o meio impaciente. Chegou a dizer que não vai esperar apenas as investigações pelos canais legais, mas que vai contar também com a equipe contratada.

Pelo que deixou escapar, parece que já há suspeitos. Tentei ficar o mais calma possível, mas confesso que a palavra *suspeito* me aterroriza.

— Marco, você vai me acompanhar no médico?

— Claro! Ou você achou que se livraria de mim?

— De jeito nenhum! É que vou dar uma passada no escritório. Preciso conversar com a Patty. Ela anda muito estranha. — Procuro ser casual, mesmo sabendo que ele vai ficar uma fera.

— Ainda não acho que você esteja bem para sair andando pra cima e pra baixo.

— Não vou ficar andando. Vou de carro, com meu *noivotorista*.

— Minha *noivassageira*, ainda não é seguro. Vamos ao médico e, depois, voltamos para casa. Peço para pegarem a Patty mais tarde.

Meu sangue ferve.

— Marco, vamos colocar os pingos nos *is*. Não vou ficar prisioneira neste apartamento até que encontrem o culpado. Você mesmo me disse que tem uma equipe de seguranças cuidando de tudo. Então, não vamos discutir mais sobre isso. Eu vou ao escritório e pronto.

— Não quero discutir, Bárbara Nucci. Você é muito teimosa! — Pela primeira vez fala alto comigo.

— Já que sou tão teimosa, não precisa nem me acompanhar ao médico, muito menos ao escritório!

Deixo-o sozinho indo para o quarto, sem olhar para trás.

Não acredito no que acabou de acontecer. Esta situação toda está mexendo com meus nervos. Talvez nada me cause mais medo do que viver em uma redoma de vidro. Não estou mais segura trancada em casa. Isso é uma ilusão! Acho que o medo é maior do que o perigo real. Se for para enfrentar mais um desafio, que eu enfrente logo, então. Não estou pagando para sofrer mais um atentado. Só não acho que tenha algo de grandioso por trás de tudo. Porém isso não me dá o direito de ser injusta... Muito menos infantil.

Sei que errei e feri Marco. Estou arrependida? Estou. Até porque ele tem sido delicado e compreensivo com todas as variações do meu estado de humor. Droga! Parada em frente ao espelho, fico pensando em como me desculpar. Acho que ele ficou sem entender minha explosão. No calor do momento, acreditei estar com a razão quando, na verdade, os dois estão passando pela mesma situação horrível. Não quero deixar marcas indeléveis na construção desse amor.

O choro que eu controlava há instantes vem com força total.

Quando namoramos alguém e moramos em casas separadas, depois de uma discussão, tudo é mais fácil. Você pode circular pela sua casa, pensando no que fazer para se redimir. Mas, morando junto, fico muito perdida. No fundo, queria que Marco abrisse aquela porta e dissesse que me perdoa, mas, na prática, tudo é diferente. Respiro fundo diversas vezes. A coragem de encará-lo vem junto com uma crise de riso, misturado com o choro. Senhor, ajude-me! Esta não sou eu!

Marco

Talvez eu esteja errando em querer protegê-la do que está por vir. Quando Conrado ligou, dizendo que precisava me encontrar, eu já sabia que as notícias não seriam as melhores. Meu pai e Adilson ficaram encarregados dos contatos com a Abaré, mas, com o andar das investigações, meu envolvimento foi inevitável. Eu estava preparado para qualquer notícia. Ou melhor, assim pensei...

A realidade grotesca era bem pior do que qualquer suposição. Todos os detalhes da operação de segurança foram colocados na mesa. No começo, fiquei assustado, mas, para o bem de Bárbara, aceitei sem pensar. Por isso, estou há uma semana tentando dizer a ela o que está acontecendo, arrastando a conversa difícil para o dia seguinte. Infelizmente, não dá mais para adiar. Preciso falar com ela. Então me dirijo ao quarto e abro a porta, decidido. Chegou o momento.

CAPÍTULO 53

Marco

Quando olho para ela e o que está fazendo, fico chocado. Não imaginei encontrá-la naquele estado nem fazendo as malas. O pior é que a culpa é minha por deixar essa situação ir longe demais. Em dois ou três passos a tenho nos meus braços.

— Eu sinto muito. Nunca tive a intenção de tratar você como se estivesse em uma prisão domiciliar ou coisa do tipo.

Sinto suas mãos trêmulas envolverem meu corpo.

— Eu é quem devo desculpas. Fui grosseira com você, sem necessidade.

— Shhh, está tudo bem. — Afago seus cabelos.

— Não está. Fui indelicada. Essa situação toda... Acho que estamos fazendo tempestade em copo d'água. Se alguém quer me fazer mal, vai fazer hoje ou em qualquer dia em que eu voltar à minha rotina.

Ela fixa o olhar no meu, e depois volta a deitar a cabeça no meu peito.

— Bárbara... — começo, no tom mais suave que consigo. — Olha nos meus olhos. O que vou contar agora vai te magoar muito.

— Marco, o que você sabe que eu ainda não sei? Encontraram o suspeito?

Encaro-a ao vê-la amedrontada e confirmo com a cabeça.

— Senta comigo aqui na cama — peço, conforme busco forças. Assim que ela está acomodada no meu colo, começo a contar: — Na última segunda-feira, a Abaré entrou em contato. Marcamos uma reunião. Quando cheguei lá, encontrei o amigo de quem lhe falei, aquele que intermediou o contato com esses agentes de segurança, o Vicente. — Faço uma pausa. — Fiquei desconfiado. O que um senador estaria fazendo em uma reunião sobre um atentado contra minha mulher? Mas o presidente da Abaré explicou tudo...

— Marco, você está me confundindo! Conta logo o que descobriram! — exige impaciente..

— Ele me apresentou diversos relatórios das investigações. Sabem até a cor do seu gato, que fugiu do apartamento.

Inesperadamente, ela se levanta, exaltada.

— Vai falar que roubaram e mataram meu Dino...

Tento aliviar a tensão.

— Bem lembrado. Vou exigir um relatório detalhado da próxima vez sobre o desaparecimento do Dino. Não, ninguém mencionou como o Dino desapareceu, mas ele foi citado...

Faço sinal para ela voltar a se sentar. Após um instante de hesitação, ela atende o meu pedido.

— Estou revelando tudo para você entender a gravidade do problema. Se não falei antes, foi porque desejei protelar, ao máximo, sua decepção.

— Que decepção?

Respiro fundo, indo direto à ferida.

— Linda, quem tentou te matar conhece você muito bem. — Seguro forte suas mãos, entrelaçando nossos dedos. — Quero que saiba que confio em você de olhos fechados. Eles investigaram todos os seus amigos, parentes, eu, enfim, todas as pessoas que têm ligação com você.

— Que absurdo! — comenta Bárbara, confusa. — Se alguém tem algo contra mim, por que só agora tentou alguma coisa?

— Todas as pessoas averiguadas que não tinham algum motivo para tentar algo contra você foram descartadas. A única que chamou a atenção deles foi o Thiago, seu sócio! — falo de uma vez.

O choque é tão grande que ela tem uma crise de riso. Não o riso espontâneo que me encanta, mas um som diferente, quase histérico. Sua reação me deixa preocupado.

— Você está brincando comigo! — Em meio a risadas, ela consegue falar, e então se levanta.

— Infelizmente, não.

Ela fica séria.

— Você não conhece o Thiago. Ele não seria capaz de fazer mal a uma formiga.

— Particularmente, não o conheço. E, depois do que li a respeito dele, desejo nunca ter esse desprazer. Aliás, o único desejo que tenho é o de ver o desgraçado atrás das grades. — Minha voz está um pouco exaltada. — Esse Thiago, que você acha que não faz mal a uma formiguinha, faz mal, sim. Ele faz mal à humanidade.

Bárbara

Estou vivendo um pesadelo. Ainda não ouvi o que Marco tem a dizer sobre Thiago, mas, pela sua expressão, tenho certeza de que vou me sentir, mais uma vez, traída por alguém a quem dei o que tenho de melhor. Passo as mãos pela testa e percebo que estou suando frio.

— Linda, Thiago está envolvido com gente da pesada. Pessoas poderosas.

Onde será que esse cara foi se meter? Achei que ele tinha mudado um pouco, um tempo depois de nos tornarmos sócios, mas nunca percebi nenhum indício de que usasse drogas.

— Quanto ele deve?

— O ponto não é o quanto ele deve. — Marco está escolhendo as palavras, percebo sua hesitação. Ele respira fundo e solta a bomba. — O Thiago está envolvido com empresas de tráfico internacional de pessoas, drogas e lavagem de dinheiro. Está fazendo toda a contabilidade e a lavagem dessas organizações criminosas por meio de empresas laranja pela B&T. Foi assim que descobrimos que você pode estar correndo perigo, tanto física quanto juridicamente.

Meu mundo cai. Uma punhalada nas minhas costas não doeria tanto como essa traição. Não apenas pelo sofrimento, mas pela decepção. Não sei como não percebi o que estava acontecendo bem embaixo dos meus olhos. A amargura e a tristeza me corroem. Sinto culpa. Fui permissiva na divisão da carteira de clientes. Confiei no profissionalismo dele. Fui relapsa nas observações do seu crescimento orçamentário. Os clientes de Thiago sempre traziam honorários altos ao escritório. Como fui burra!

Limpo as lágrimas, com raiva. Não acredito que venho mostrando a todos os meus clientes que o caminho certo é o melhor a seguir, quando, sem saber, tenho dinheiro sujo nas mãos. Nunca perdoarei o Thiago. Mil dúvidas me assombram, como um efeito cascata, até que Marco se aproxima e me abraça.

O toque delicado vem no momento certo, e eu choro. Não estou perdendo um sócio, estou perdendo um amigo, ao qual entreguei minha confiança desmedida e incondicional. Com quem dividi meus sonhos, planejei um futuro.

Um último soluço e tento me recompor, decidida a criar forças e deixar de lado a fragilidade. Vou enfrentar o que está por vir com toda a coragem.

— Nos relatórios apresentados, qual é o envolvimento real da B&T? E o que posso fazer para me defender? — Os olhos que, instantes atrás, revelavam solidariedade à minha dor agora mostram admiração.

— Sabemos que, em questão de dias ou horas, a Polícia Federal vai desmantelar uma quadrilha envolvida com o tráfico de pessoas. Acho prudente você se apresentar, explicar o que descobriu e ficar à disposição deles até juntar todas as provas possíveis de que é inocente.

— Como vou fazer isso longe do escritório?

— Vou terminar de contar o que a Abaré e Vicente propuseram. Não sei se fiz o correto, mas, pelo seu bem, eu... — Ele faz uma pausa. — Eu pedi para a Patty nos ajudar.

Meu coração dispara por causa da preocupação.

— Isso é loucura! Thiago pode desconfiar dela e fazer algo contra minha amiga!

— Também achei arriscado, mas, assim que eles explicaram tudo, fiquei mais tranquilo. Os documentos que ela precisa procurar têm nomes e locais de arquivamento certos. Cada passo dela está sendo monitorado, e estão ouvindo cada palavra do que ela fala. — Mesmo a situação sendo tensa, dou uma risadinha, pensando no que a pessoa que ouve a Patty vai pensar. Ela não fecha a boca um só segundo! — Eu a procurei na segunda-feira à tarde e contei tudo. Para minha surpresa, ela disse que já estava desconfiada de que algo não estava bem e se ofereceu para ajudar. Linda, a Patty é uma figura! — Marco sorri ao se referir a ela.

— Já posso imaginar como ela está lidando com a situação...

— Quando ela foi comigo até o escritório da Abaré, ficou brincando com cada aparelho de última geração que está usando, como se fosse uma espiã. Contou que tem um amigo íntimo e que, por esse motivo, em alguns momentos de privacidade, em casa, teria que desligar o aparelho de escuta. Você imagina quatro marmanjões sérios ouvindo o que ela estava falando?

Olho para Marco e não aguentamos. Caímos na gargalhada. Só essa doida para aliviar meu nervoso.

— Deve ser por isso que ela está tão estranha — comento.

Ele levanta a sobrancelha esquerda.

— Fui eu quem pediu para ela não contar nada a você. Achei mais prudente. Ainda não sabemos direito com quem estamos lidando. E, como ela gosta de falar, achei melhor aconselhá-la a ter o menor contato possível com você. A propósito, sabe o segurança de traços árabes que levava flores? Ele agora é o namorado fictício da Patty. A garota se saiu bem...

Balanço a cabeça e, quando olho o relógio, vejo que estou em cima da hora.

— Meu herói, se ainda vai me acompanhar até o médico depois de toda minha birra, é melhor se arrumar, porque só temos uma hora para chegar lá. Ainda hoje quero ir até a Polícia Federal para me apresentar.

Bônus

Thiago

A primeira mulher que odiei foi minha mãe. Covarde, extinguiu uma família inteira no dia em que se entregou à doença e morreu, deixando-me sozinho com o imbecil que se dizia meu pai. Depois, os problemas com ele só aumentaram. Se ele já não me enxergava enquanto ela era viva, quando morreu fiquei invisível. Ele nunca percebeu que eu não me relacionava com ninguém e passava as horas de lazer na biblioteca, lendo romances policiais.

A única vez que ele veio falar comigo foi no dia em que resolveu reconstruir a vida ao lado daquela vadia e da filha submissa dela. E foi aí que assinou sua sentença de morte... Tive que aguentar, durante anos, a paixonite que minha meia "irmãzinha" alimentou por mim. Bastou plantar uma comichão de desejos na garotinha submissa para que ela se tornasse alienada e resolvesse ficar à minha disposição.

Em um fim de semana de sol quente, a família feliz resolveu ir à casa de praia. Infelizmente, o filho mais velho não pôde ficar lá, pois recebeu a ligação de um amigo que precisava de ajuda e teve que voltar para São Paulo às pressas. Sua irmãzinha postiça quis acompanhá-lo. O filho mais velho ficou muito bravo, mas acabou deixando que a pentelha fosse junto. Antes de sair, aproveitando que o papai querido e a *mãedrasta* descansavam, verificou se a mangueira de gás não estava com problema. Afinal, acidentes acontecem quando menos se espera... Pronto. O primeiro plano foi realizado com excelência. Depois, a pirralha ajudou muito, confirmando à polícia todas as minhas palavras. O velho não deixou nada para mim, mas minha irmãzinha herdou uma respeitável quantia de dinheiro para que eu usufruísse, o suficiente para me bancar por muitos anos e pagar meus estudos.

Depois, tornar minha irmãzinha mulher foi o segundo melhor plano que tive. Sua dependência total tem sido de grande serventia. Seus olhares famintos e seu sorriso sensual quando me vê são lindos. Quando está ao meu lado, desperta em mim um animal violento. Eu lhe ensinei como cuidar do meu membro. Todas as vagabundas que encontro sempre cuidam bem dele, mas ela é diferente. Foi adestrada do jeito que eu gosto. O domínio que tenho sobre ela faz com que eu não precise de nenhum esforço para convencê-la do que é certo ou errado.

Quanto a mim, antes mesmo de pensar no curso que decidiria estudar, pesquisei em quais áreas de trabalho poderia ganhar dinheiro mais rápido. No primeiro dia de aula de ciências contábeis, conheci a vítima do terceiro e melhor plano que já engendrei na vida.

Não sei por que as mulheres têm mania de achar que o mundo é cor-de-rosa. Deveriam saber que nem sempre as pessoas contam a elas apenas a verdade.

O fato de ela ser menos analítica e desconfiada tornou tudo mais fácil. Fazer o papel de amigo *nerd* não foi tão difícil. Além disso, ela desenvolveu o péssimo hábito de não me questionar em nada a respeito do que eu contava sobre minha vida. Muitas vezes, até me confundi, achando que minha realidade era aquela que eu inventava para ela. Mas nunca havia feito mal a ela, apenas usava sua ingenuidade para me dar bem.

Os anos de amizade e minha influência a fizeram acreditar que nossa sociedade poderia dar certo. Ela sempre foi muito guerreira, uma verdadeira amiga, mas eu sempre quis mais para nossos negócios, e sua honestidade em tudo sempre me irritou.

Quando me envolvi com algumas empresas que faziam parte do submundo, decidi trazer minha irmãzinha para trabalhar no escritório. Mas antes, para não levantar suspeitas, abri uma empresa com o mesmo nome, apenas com natureza distinta. Já que tínhamos a B&T Contabilidade, batizei minha nova empresa como B&T Assessoria Contábil. Com a colaboração da minha irmãzinha, que nunca percebeu nada, tudo o que se associava à B&T Assessoria Contábil era direcionado por ela apenas para mim.

Sempre que ela escorregava e aprofundava a amizade com Patty e Bárbara, eu dizia que não queria envolvimento nenhum. Ela nunca entendeu muito minhas preocupações, mas sempre aceitou.

Há pouco mais de dois anos, o cerco começou a apertar. Meus clientes rentáveis começaram a me chantagear e exigir mais da empresa, a fim de expandirem negócios ilícitos. Não dava para fazer isso sem que algum funcionário, ou até mesmo Bárbara, descobrisse tudo. Foi quando tive a ideia de investigar a vida paralela do noivo da minha sócia, pois sempre soube que Caio era um otário. Não precisei de muito esforço para descobrir uma noiva em Florianópolis.

Esta era a deixa que eu precisava: Bárbara descobrir que seu mundo de faz de conta não existia. O baque faria com que ela entrasse em depressão, e tiraria seu foco do escritório. Eu só precisava de algumas semanas para arrumar tudo e aliviar a pressão a que estava submetido. Fui a Florianópolis e conheci a mulher mais desprezível de toda minha vida: Nicole. Fiquei pasmo ao constatar que Caio havia se deixado levar por uma desqualificada. Convencê-la de que era a melhor mulher na cama e que eu era apenas um pobretão, louco para saciar seus desejos sórdidos, foi muito prazeroso. Só não contava com duas situações. A primeira foi a idiota adiantar as coisas, ao colocar no Facebook a foto do noivado com Caio. A outra foi descobrir uma peculiaridade de Caio que poderia me render uma boa grana.

Apesar de tudo planejado, algo inesperado aconteceu. De fato, Bárbara ficou mal, mas precisou apenas de cinco dias para se recuperar. *Cinco dias*. Até tentei convencê-la a perdoar Caio para distraí-la do trabalho, porém nada a convenceu. Mais uma vez, precisei da minha irmãzinha para descobrir o que estava acontecendo na vida particular de Bárbara. Sua eficiência como locutora da "rádio-peão" foi perfeita. Ela me contou que Bárbara estava envolvida com um juiz. Fiquei desesperado.

Deixei que saísse mais com a Patty linguaruda — todas as informações sobre o suposto namorado eram importantes. Os detalhes foram primordiais para afastar a atenção de Bárbara. Nunca quis fazer nenhum mal a ela, apenas pressão psicológica. As informações sobre uma ex-esposa e uma filha com necessidades especiais foram de grande serventia para as ameaças bobas que inventei, apenas para distraí-la, mas a bichinha é tão forte que não se deixou influenciar.

Eu me passei até por técnico para entrar no quarto da criança doente e tirar fotos sem levantar suspeitas. Acabei pedindo a um dos meus clientes mais perigosos que esperasse mais um pouco para envolver a empresa em um novo projeto de lavagem de dinheiro, pois minha sócia poderia desconfiar que algo não andava bem. Além de não aceitar, ele ainda fez algo que piorou minha situação. Quando descobri o atentado que Bárbara sofreu, quase tive um infarto. Agora não posso proteger a vida dela nem a minha. É tarde demais.

CAPÍTULO 54

Marco

Enquanto Bárbara faz os exames, ligo para um amigo especialista em direito criminal. Explico tudo em linhas gerais e Carlos, profissional como sempre, prefere marcar uma reunião. Conto sobre a conversa e Bárbara concorda, então vamos diretamente ao escritório de Borges.

Duas horas depois, saímos da reunião mais calmos e centrados.

— Marco, consegue marcar uma reunião com a Abaré da qual eu participe?

— Não sei se é o momento.

— Por favor, né? Estou prestes a ser incriminada por lavagem de dinheiro e envolvimento com organizações criminosas e ainda acha que não é o momento?

Não gosto nem um pouco da possibilidade de vê-la envolvida com toda essa sujeira, mas ela conhece Thiago e pode ajudar. Contrariado, assustado, aterrorizado, concordo com a sugestão.

Ligo para Caetano e marco uma reunião para o dia seguinte. Mas ela não fica satisfeita. Decidimos falar com Patrícia. Se a equipe de Caetano descobriu alguma coisa, a maluquinha está por dentro. Bárbara decide convidar a amiga para um jantar, o que seria a desculpa perfeita para não levantar suspeitas.

Com tudo combinado, chegamos à frente do edifício B&T antes do esperado. O trânsito, por incrível que pareça, estava calmo.

— Você quer subir?

— Se eu encontrar o Thiago agora, acho que voo no pescoço dele, e então é mais uma acusação para me defender, doutor.

— Então vamos ficar aqui. Patrícia já deve estar descendo.

Percebo que ela limpa lágrimas que escorrem do olhar perdido. Eu a abraço, mudando de assunto para aliviar a espera.

— Agora, me conta. O médico já deu sinal verde para um namoro mais avançado?

— Só vou dizer hoje à noite. Até lá, pode se comportar!

— Esse mistério todo faz parte das preliminares?

— Hm... Digamos que seja apenas uma recompensa para o meu noivo.

Estou segurando as pontas no papai-mamãe que, só de imaginar o que vamos poder fazer, tenho vontade de cancelar o jantar com Patty.

— Será que, enquanto esperamos, podemos ter uma prévia?

Deslizo a mão do seu colo até o meio de suas pernas, então pressiono os dedos em seu clitóris, por cima da calça. Aumentando a atmosfera de desejo no carro, ela fica de frente para mim e encaro seus olhos selvagens.

Quando, enfim, ela vai responder aos meus carinhos, somos interrompidos pelas batidas no vidro.

Bárbara

Marco consegue transformar minutos de tristeza em momentos de desejo. Patty entra no carro, e ele nos leva a uma cantina italiana deliciosa. Minha amiga fica empolgadíssima com a quantidade de fotos, muitas de artistas que frequentam o local.

— Ai, que tudo, doutor! Adorei a escolha. Estou me sentindo uma celebridade, ainda mais com um guarda-costas me esperando lá fora.

Fazendo-me de desentendida, brinco com ela.

— Amiga, não vai convidar seu amigo para se juntar a nós?

— Ele é... — gagueja. — É um conhecido.

— Conhecido?

— É... Vamos sentar? Estou faminta. — Meu noivo tinha razão. Patty nunca conseguiria conversar comigo sem dar um fora.

Seguindo a sugestão do frequentador gostosão assíduo, pedimos como entrada uma *insalata* à moda da casa e como prato principal uma lasanha ao sugo que leva carne moída, berinjela, rúcula e escarola.

— Amiga, vai me contar o que está acontecendo? — falo, sem rodeios.

Acho que ela fica nervosa, porque me encara em silêncio por um minuto.

— Patty, eu já sei de tudo. Marco me contou e quero agradecer pelo que você está fazendo por mim.

Indecisa, ela o encara, e ele assente.

— Patty, estamos preocupados com você. Não queremos que faça nada além do que combinamos na Abaré. É importante ficar sempre com a escuta e a câmera ligadas o tempo todo — aconselha Marco.

— Ah, isso é outra coisa que quero falar. Vocês sabem que, depois que coloquei esse negócio — ela aponta para um microfone camuflado na roupa —, só faço xixi a conta-gotas? Fico com medo de eles ficarem ouvindo minha cascata jorrando à vontade!

Por sorte não estou bebendo nada, porque caio na risada.

— Ri mesmo! Vida de detetive monitorada a todo o momento não é fácil, viu, protegidinha? — Ela faz biquinho.

— Me desculpa, amiga, mas, quando vai ao banheiro, pode desligar o microfone.

— Eu? Tá maluca? Vai que o Thiago coloca uma bomba na privada?

— Ok! Faça como achar melhor. As gotas são suas — brinco com a situação, mas não duvido de mais nada que venha daquele bigode de foca.

–- Essa vida de detetive é fascinante! Foi amor à primeira vista! Quando cheguei na Abaré e vi todos aqueles homens musculosos, quase mudei de emprego na hora! E os brinquedinhos, então? Um bafo!

— Patty, não é uma brincadeira. Por favor, tenha consciência de que tudo isso é muito sério. Jura que você está tomando cuidado para ninguém perceber nada?

Ela cruza os dedos, em sinal de juramento.

— Você conseguiu descobrir alguma coisa? Algum documento? — pergunta Marco, e percebo a impaciência no seu tom de voz.

— Sou muito melhor do que vocês imaginam. Descobri que o Thiago tem contas fora do país e... uma empresa, com o mesmo nome da B&T, em que, provavelmente, faz a lavagem de todo o dinheiro sujo.

— Como assim? Ele tem outra empresa?

— Isso mesmo. Outro CNPJ e outra razão social. Só não achei ainda o contrato social. Aliás, se vocês não tivessem ligado hoje, eu estaria procurando.

— Preciso voltar a trabalhar o quanto antes — digo, ansiosa.

— Não, senhora! — interfere Marco. — Você vai esperar mais alguns dias. Não pode colocar tudo a perder agora, Bárbara. — Quando ele fala meu nome, sei que não está para brincadeira.

Levanto a mão, em sinal de rendição.

— Tudo bem!

— Linda, podemos fazer todas as pesquisas que você precisa lá de casa mesmo. A Patty pode mandar pelo e-mail de segurança criado para ela tudo o que você precisar...

— Verdade, Barbarella. Dá um voto de confiança pra esta velha amiga aqui.

— Mas tem uma coisa que não está batendo. Como ninguém do escritório nunca recebeu nenhuma correspondência? Uma ligação? Qualquer documento sobre essa empresa?

Não consigo entender como ele conseguiu enganar tanta gente.

— Bingo! — ela ri, orgulhosa. — A sonsa da Marcinha nunca me enganou com aquela historinha de não ter família, de não poder sair com a gente porque a religião não permite e blá-blá-blá... Pensa, amiga! Ela é apaixonada pelo cara. Recebe todas as ligações e correspondências do escritório. E, de repente, quando você se envolveu com Marco, tudo muda e ela já pode sair comigo, sempre perguntando de vocês! E quem a contratou? Ele. A Marcinha só pode estar ajudando o Thiago.

— Amor, será que você consegue pedir à Abaré que investigue a Marcinha? O que a Patty falou me faz ter certeza de que ela está ajudando aquele crápula a encobrir tudo. Ela é nossa linha de frente. Nada entra no escritório sem passar pelas suas mãos.

Não acredito nisso! Logo os dois juntos...

Depois de tudo acertado, levamos Patty para casa. Queria muito estar aliviada, mas não estou. Ainda precisamos descobrir como juntar as peças.

Em casa, corro para o quarto, cheia de ideias. Distraio-me separando algumas coisas e vou para o banheiro.

— A Vitória já está dormindo? — pergunto, já excitadíssima ao ver meu gostoso sem roupa.

— Está, então aproveitei para vir ajudar você no banho.

— Acho que posso fazer isso sozinha.

Aproveito que ele está abrindo a porta do banheiro para ensaboar meus seios, trabalhada na sensualidade.

— O que, exatamente, significa *sozinha*?

Observo-o me ver puxar meus mamilos doloridos entre os dedos.

— Sozinha é sozinha! Mas não sei se devo. Acho que esqueci como. Por onde começar...

— Continue assim...

Ele toca a ereção grossa, pesada e longa. Vou à loucura e ouso um pouco mais. Hipnotizada pelo seu corpo, deslizo a mão pelo meu ventre, indo direto para as partes íntimas, onde me massageio sem pudor.

— A água está uma delícia, amor! Não quer experimentar?

Nem termino de falar e já sinto a parede gelada encostada nas costas.

— Antes preciso experimentar você.

Sinto seu pau pulsar contra minha barriga. Deslizo as mãos ensaboadas por todo o seu comprimento, fechando os olhos, queimando de desejo. Seu peito prensa meus seios.

— Você anda muito safada — ronrona gostoso.

A volúpia é tanta que deixo o sabonete escorregar.

— Lindo, poderia pegar o sabonete pra mim? Ainda não consigo abaixar.

Embora o box seja razoavelmente grande, ele escolhe abaixar lambendo cada parte do meu corpo, até chegar entre as minhas coxas, então pega o sabonete e vem passando pelo meu corpo até entregá-lo a mim.

— Se precisar de mais alguma coisa, é só pedir. Afinal, o que o médico disse sobre os exames?

— Para eu me comportar — minto descaradamente, me roçando nele.

— E você vai?

— O que acha?

Subo a coxa lisa contra a sua, sentindo a aspereza dos seus pelos.

— Como uma boa garota, deveria.

— Mas eu não sou. Tanto que disse ao médico que, me liberando ou não, estou me dando alta para fazer um sexo selvagem...

Quando me dou conta, ele já está me beijando, colocando minhas pernas em volta da sua cintura. Além da invasão da sua língua na minha boca, ele me penetra com vigor de uma vez só.

— É sério? — pergunta ele.

Não sei se faz um exame de consciência ou se está com medo, mas, quando para, aperto minhas pernas contra ele.

— *Muito* sério.

Então, em um ritmo torturante, ele fecha o chuveiro sem romper nossa ligação e vai para o quarto. A água que escorre dos nossos corpos é quente. Marco se senta na cama, comigo ainda enlaçada ao seu corpo.

— Aqui é melhor. Agora que estou liberado para ter você como quero, não vamos dar colher de chá para o azar. A única dor que quero que sinta é a do meu pau dentro de você.

Ele afasta meu cabelo molhado, grudado na pele, para expor meu pescoço. Sua barba rala raspa na minha pele. Sua boca trilha beijos até meu ombro. Arrepios sobem por todo o meu corpo. Com os braços fortes, Marco me ajuda a subir e descer em um ritmo mais acelerado, provocando espasmos em mim. Mordiscando suavemente, marca cada parte do meu pescoço.

— Isso, sereia! Você me deixa louco. Quero você inteirinha...

Marco

Como senti falta dela me cavalgando, do seu suco me lambuzando, mas, se continuar assim, não vou me controlar. É muito tesão acumulado.

Com cuidado, eu a giro e subo no seu corpo para assumir o controle, então penetro-a até o fundo. Ela ergue os quadris, querendo mais. Eu me afasto um pouco, diminuindo o contato.

Quando seu corpo volta a me abrigar, vejo seus olhos suplicando para que eu libere seu prazer. Invado sua boca com a língua com a mesma voracidade com que tomo seu corpo. Ela fecha os olhos, jogando a cabeça para trás, mas eu preciso de mais.

— Olha para mim, Bah. Preciso ver seus olhos quando estou fodendo você.

Acelero as estocadas, sentindo-a contrair. Ela é macia, apertada. Meu pau quer estar bem aqui, dentro dela, sarrando sua boceta.

Então um tremor varre seu corpo inteiro.

Em meio ao limite, ela crava as unhas em mim e suga todo meu gozo, que se junta ao seu.

— Você é tudo pra mim — digo, e passo os braços em volta do seu corpo, trazendo-o para junto de mim, antes de desabarmos, exaustos.

Depois de trocar toda a roupa de cama e tomarmos outro banho, estamos de volta na cama abraçados.

— Lindo, quero agradecer por tudo o que está fazendo por mim.

— Não precisa agradecer. Você é minha vida, e farei qualquer coisa para te proteger.

Até me envolver com mercenários, podendo colocar toda a minha carreira em xeque.

Bárbara

Acordo assustada e angustiada. Sei que era um pesadelo, mas não me lembro de nada. Olho para o belo homem dormindo ao meu lado. Pelo silêncio e pela escuridão, ainda não amanheceu. Reviro-me na cama, procurando uma posição melhor. A angústia que sinto é pelo pesadelo que estava tendo, ou pelo que estou vivendo?

Marco me puxa para ficar de conchinha. Pelo som da sua respiração ritmada, sei que está dormindo. Sorrio em silêncio, me ajeitando, mas, tempos depois, ainda estou com os olhos abertos. Impaciente, decido me levantar.

Feito um zumbi, sento-me diante do computador no escritório, sem saber por onde começar. Respiro fundo e ligo o computador. Entro em todos os sites governamentais nos quais eu possa obter qualquer informação sobre essa empresa do Thiago. Tudo o que encontro, por menor que seja, é anotado e impresso.

De repente, ergo o olhar e lá está ele, encostado no batente da porta, apenas com a calça do pijama.

— Acordei procurando a mulher da minha vida, mas acho que ela perdeu o sono.

— Pode voltar a dormir, vida. Daqui a pouco eu me junto a você.

Ele entra no escritório e percebo que não vai fazer o que eu disse.

— O que encontrou até agora? — Marco puxa a cadeira ao meu lado, desconversando.

O lado bom de ser traída, seja qual for a circunstância, é que você aprende a erguer a cabeça e enfrentar a situação. É superar as dificuldades, não ligar para os tropeços, nem procurar desculpas para o acontecido ou ressignificar demais uma amizade que jamais existiu.

Caio

Cansado desse joguinho que ando fazendo há semanas e morto de curiosidade para saber o que esses dois estão tramando, resolvo ir ao hotel.

— Palmas e muitas palmas! — digo, ao entrar no quarto de Nicole, ovacionando o belo show do casal. — Não precisam parar o que estão fazendo... Aliás, tenho observado os dois há algum tempo e, confesso, vocês me surpreendem a cada encontro.

A cara do paspalho é bizarra, enquanto Nicole, pelo jeito, não sabe o que fazer, porque puxa o lençol e cobre a cabeça para se esconder ou chorar.

— Caio, eu posso explicar... — A safada tem coragem de falar.

— Explicar o quê, Nicole? Que você é fã da Bárbara e não se contentou em ficar só com o noivo dela, mas precisou pegar o sócio também?

Praticamente cuspo na cara dele, pegando-o pelo pescoço. O covarde fica mudo.

— Cadê o machão que gosta de açoitar? Vai dizer que só é valente com mulheres?

— Caio! Seu enrustido... Meça suas palavras antes de falar comigo! — Sua voz sai trêmula.

— Vocês podem me explicar como se conhecem? Descarada sem-vergonha! Se soubesse como me arrependo por não ter esperado mais algumas transas suas com esse bostinha só para poder ver você apanhar mais...

— Você assistia? Como? — pergunta ela, apavorada.

— Ele deve ter instalado câmeras aqui — responde o imbecil.

— Vocês não acharam que iam me chantagear e eu ia ficar sentado, esperando minha derrocada, né? — Ele tenta se soltar, mas eu o estrangulo mais. — Aonde você pensa que vai?

— Cara, é melhor me soltar. Você sabe o quanto tem a perder? Ou esqueceu que também assisti aos seus vídeos e sei do que você gosta? Acho que seu círculo de amigos e clientes adoraria ver o que você pede para as mulheres fazerem com você. Só não consigo entender como Babby se submetia a isso...

Dou um murro no estômago do miserável.

— *Nicole, lambe meu rabo, sua gostosa* — repete ele, usando exatamente as palavras que estão gravadas no vídeo com o qual estão me chantageando.

— Qual sua participação nisso, filho da puta?! — grito.

— Perdeu a noção do perigo, seu merda?

Fico furioso e vou atrás dele, quebrando o infeliz na porrada.

— Caio, para! Você vai matá-lo!

Volto a mim e vejo o estado lastimável em que deixei o idiota. Para finalizar, cuspo na cara dele.

— Escuta aqui, sua imunda, pega o que sobrou do seu amigo e desaparece. Se daqui a duas horas você e esse infeliz ainda estiverem aqui, mando alguém acabar o serviço. — Pego a chave do carro, que caiu enquanto eu arrebentava o merda, e vou embora. — Ah, Nicole! Mais um detalhe... Tenho provas suficientes para colocar você atrás das grades por causa de desvio de verbas, então é melhor guardar o vídeo de recordação ou assistir lembrando o quanto sua língua é habilidosa. Porque, se fizer algo contra mim, vai passar muito tempo vendo o sol nascer quadrado.

Alguns dias depois, reflito se perder a razão foi uma boa ideia, pois, desde o último encontro com Nicole e aquele imbecil, não tenho mais notícias dela. Também chego à conclusão de que realizar minhas fantasias com uma mulher, explorando as partes do meu corpo onde sinto prazer, não me faz um pervertido, muito menos muda minha orientação sexual. Sou heterossexual, cacete!

Nunca pratiquei sexo anal com Bárbara, e isso nunca diminuiu o tesão que ela sempre me despertou. Mas com aquela depravada da Nicole foi diferente, principalmente porque eu já tinha tido experiências incríveis com uma prostituta, tempos atrás, nas quais ela me fez sentir prazer de diversas formas não convencionais. Garanto que tive orgasmos maravilhosos recebendo beijos gregos.

Confesso que na época fiquei meio preocupado, mas nunca me excitei com um homem. Pesquisei sobre o tema, e fiquei mais tranquilo. Descobri que o ponto G do homem fica na proximidade da próstata, perto da região anal. Portanto, quando estimulada ou acariciada, ela funciona, involuntariamente, como uma zona erógena.

Quando percebi que Nicole era uma devassa na cama, não tive dúvidas de que poderia ser minha amante completa. Ela nunca se opôs a brincar comigo e a me fazer chegar ao clímax. Sei que meus fetiches e fantasias são inexplicáveis para homens ignorantes e, por isso, fiquei apavorado com a chantagem. Se um cliente, um fornecedor ou um amigo descobrisse minhas preferências sexuais, seria um escândalo.

Capítulo 55

Marco

Amanhã é o último dia das minhas férias. Mesmo com todos os problemas, foram as melhores da minha vida.

Em cada intervalo das pesquisas árduas que Bárbara vem fazendo, tenho o prazer de flagrá-la aprontando com a Vitória. Um dia, peguei as duas na banheira, fazendo uma tremenda algazarra. Enquanto a Vitória estava em seu colo, quietinha, com a expressão de pura felicidade, a criança grande espirrava água por todo o banheiro, usando a própria mão como chafariz. Acabei me juntando às duas e instaurando uma guerra de água. Nunca ri tanto. Ali existia uma família de verdade. Sei que a pequena nunca vai chamar Bárbara de mãe, mas algo me diz que ela se sente amada como se fosse sua filha. Vai além de um elo de sangue.

Até Ângela, com toda a postura militar, entra na onda de Bárbara que, nas consultas, gosta de participar, fazendo perguntas a todos os médicos. Em uma tarde em particular elas me deixaram curioso. As três estavam no quarto fechado. Depois de uma saída rápida de Ângela, que voltou cheia de sacolas, elas voltaram a se reunir. De repente, Bárbara chamou, com a voz cantada:

— Papai! Vem cá! Temos uma surpresa.

Desconfiado de que estavam aprontando, fui ver, já imaginando a bagunça que haviam feito. Quando vi, de queixo caído, estavam todas sujas de tinta guache dos pés à cabeça. Ao lado do grupo, havia uma tela com mãozinhas e pezinhos estampados em todas as cores.

Feliz com a interação delas, decoramos uma parede inteira com pegadas e mãos para registrar o momento.

Bárbara

Sentada em frente ao delegado, sinto as mãos trêmulas, suadas e frias. A coragem e a determinação que me motivam a estar aqui agora dão lugar ao medo de não saber o que virá. A partir do momento em que declarar ao delegado, sei que minha vida vai passar a correr mais riscos. Por outro lado, se não me defender, posso ser julgada injustamente.

Ao sentir a mão quente do dr. Borges no meu braço, sigo seu aceno de cabeça, respiro fundo e começo minha defesa, já entregando ao delegado todas as provas que consegui coletar nos rigores da lei.

— Dona Bárbara Nucci, a partir de agora, a senhora tem consciência de que deverá ficar à disposição da Justiça?

— Sim. — É só o que consigo responder, depois de três horas falando e respondendo ao interrogatório.

Assim que o dr. Borges faz suas considerações sobre o anonimato do meu depoimento, nós nos despedimos.

Saímos da delegacia e a sensação de ter os braços do Marco ao meu redor me traz conforto e alivia um pouco do estresse.

À noite, jantamos calados. É impressionante como ele me conhece o suficiente para saber que preciso do meu tempo.

— Preparado pra voltar à rotina depois de amanhã? — rompo o silêncio ao sentir que não vou conseguir comer muito mais.

— Por mim, ficaria de férias a vida toda ao seu lado. Mas o dever me chama...

Como é romântico!

— Estarei aqui todos os dias esperando por você, morrendo de saudade.

— Vou conferir. — Ele põe a mão sobre a minha.

— Enquanto tiro a mesa, o que o senhor acha de olhar a nossa pequena? Ficamos a tarde toda fora. Ela deve ter estranhado hoje. — Minha convivência com a Vitória tem sido tão mágica que ficar longe dela apenas uma tarde já faz com que eu sinta saudade.

— Por que não fazemos assim: tiramos a mesa juntos e depois vamos ver a pequena?

— Depois namoramos?

— Só se você quiser... — Marco vai falando e levantando, com os pratos na mão.

Nossa Senhora das Mulheres Amadas, tudo se torna mais prazeroso e rápido quando feito a dois...

Paula

Sinto o perfume da riqueza, que é bom, muito bom! Não tem Chanel nº 5 que seja melhor do que o aroma do dinheiro e o poder que ele proporciona. Finalmente coloquei as mãos na grana que herdei, depois de ter que adiar minha viagem para longe deste país medíocre. Mas, para relaxar e esquecer os problemas, nada melhor que um Dom Pérignon e um passeio de iate. Licínia Gusmão teve a delicadeza de me chamar para dar uma voltinha hoje, em Riviera de São Lourenço.

Como não dou ponto sem nó, consigo ser convidada para outra festa, frequentada apenas pela nata paulistana e por homens mais do que interessantes. Embora sinta um prazer imensurável ao comprar uma bolsa Prada, o prazer do sexo começa a fazer falta. Estou pronta para investir em conhecer um bom partido e, quem sabe, aumentar minha fortuna.

Depois de um fim de semana maravilhoso, a primeira tarefa do dia é ir atrás de um novo conversível. Coloco um vestido laranja, colado ao corpo, e um *scarpin* elegante. Para completar, minha nada discreta bolsa Chanel. Agora preciso de um carro à altura da minha elegância.

Ao entrar na loja, fico extasiada. É um mais reluzente que o outro. Peço ajuda a um vendedor com cara de menos pé-rapado e, assim, não tardo em escolher... Um Lamborghini Huracán! Simplesmente perfeito, imponente, vermelho. Resolvo os trâmites legais e, depois das assinaturas relativas à documentação, ligo para o meu gerente apenas para repassar o valor para a concessionária.

— Dona Paula, me desculpe a indelicadeza, mas é um valor muito alto. A senhora tem certeza de que deseja fazer a retirada?

— Escuta aqui... — falo baixo para não chamar uma atenção desnecessária. — Se estou mandando, você deve acatar. Nada mais.

— Estou tentando alertá-la, porque a senhora não fez qualquer investimento com sua herança, e se continuar...

— Chega! Faça o que eu mando. Das minhas finanças cuido eu.

Todo esse estresse se torna irrelevante quando entro no meu carro novo. Morram de inveja! Paula aqui está rasgando dinheiro!

Thiago

— Enrustido, hipócrita, cínico! — berro, agonizando no chão, com ódio.

— Por que você me enganou? — pergunta ela, baixinho.

— Não devo satisfações a você.

— Por que me enganou? — repete ela, parecendo um disco arranhado.

— O que você achou? Que fiquei aqui esse tempo todo porque gostava de você? Ou por que gostava de chupar essa boceta fedida?

— Você só pode ser louco! Ou tem nojo de mulher... Por que me usou? Por que se passou por pobre? O que você queria de mim?

Estou rastejando de tanta dor, procurando forças para me levantar. Essa safada tem sorte de eu estar acabado.

— Eu só dei a você aquilo que precisava, quando precisava. Ou pensa que merecia que eu pagasse por esse seu servicinho de quinta? Você até é gostosinha, mas, na cama? Uma lástima... Nem para prostituta serve!

— Some da minha vida, Thiago.

— Não precisa pedir. Você não tem mais serventia. Não conseguiu enrolar nem o paspalho do Caio! Você provou ser ainda mais burra no dia em que colocou sua foto na internet. Pensou o quê? Que Caio, ao ser abandonado por uma mulher incrível como a Bárbara, se entregaria a você? Faça-me o favor! Se manca!

Ela arremessa um sapato na minha cabeça.

— Se você não for embora agora, vou chamar a polícia — ameaça Nicole, com medo.

— Vai dizer o quê? Sabe por que não mato você agora? Porque sou inteligente. Quando fizer isso, ninguém vai saber que fui eu. Para a polícia, o responsável vai ser o Caio...

Paula

Ao chegar à mansão de Lauro Alpoim para o que foi divulgado como "a festa do ano", percebo a suntuosidade do evento e a elegância dos convidados. Avisto Licínia, estonteante, mas não chega aos meus pés. Como boa amiga, teço elogios sem parar.

Muito caviar e champanhe atravessam o salão até que meus olhos recaem em um homem incrível. Com porte altivo, uma cicatriz na sobrancelha, que lhe dá um ar de perigo, e um sorriso safado de canto de boca, ele me hipnotiza. Só acordei do transe quando Licínia puxou meu braço, chamando minha atenção.

— Lici, querida, me desculpe! Acabei me distraindo. Sobre o que você estava falando?

— Paulinha, sei muito bem o motivo da sua distração. Você parece uma águia, colocou na mira o homem mais cobiçado da festa.

— Cobiçado? Por quê?

— Não chega a tanto, mas, pelo que me falaram, é um duque irlandês, com propriedades pelo mundo todo por causa do conglomerado industrial dele.

— Mas o que ele faz perdido aqui no Brasil?

— Escolheu o Brasil para investir. Quanto à empresa, não sei ao certo o nome, mas pergunte para ele, boba!

— Não estou tão interessada assim. Só me chamou a atenção porque nunca o vi.

Dou de ombros. Não quero mostrar empolgação. Essas *socialites* são recalcadas e, daqui a pouco, estão tomando o que é meu.

Circulo pela festa e continuo com os cumprimentos, mas sempre espreitando meu duque sensual. Quem sabe hoje é meu dia de sorte? O objetivo da noite é engolir o gostosão.

Rondo o salão, deixando meu interesse evidente, mas ele não toma qualquer atitude. Não gosto de fazer isso, mas vou ter que atacar.

Eu me aproximo do seu grupo de amigos, todos homens, falando de negócios, e percebo que um amigo dos meus pais está presente.

— Olá, cavalheiros, boa noite! Me desculpem por incomodar, mas estou passando apenas para cumprimentar.

— Paula, minha jovem, não precisa pedir desculpas. Sua presença é mais do que encantadora, mas não sei se a conversa é do seu gosto.

— Ah, não se preocupem. Estou mesmo precisando saber sobre a alta do dólar, talvez até algumas informações sobre investimentos, pois ainda não fiz nada com a herança que papai me deixou. — Todos riem. — Bom, e você? Nunca te vi por aqui. Prazer, Paula Mesquita.

Estendo a mão para cumprimentar o duque, que responde discretamente:

— Oi, Paula. *Nice to meet you too*... Porrr favor, poderia falar em *english*?

Minha cara vai ao chão por não sacar logo que devia tê-lo cumprimentado em inglês, ainda que, para um irlandês, seu português arrastado não tivesse me parecido tão ruim.

— *Oh, sorry! Of course, darling!*

— *Prezer*, Paula, *my name is* Ronan Moritz. *Non* estou sempre aqui... *Non* deve me ver muito por *esto*. Estou... de passagem.

Engatamos uma conversa gostosa e agradeço mentalmente pela minha fluência no inglês. De repente, ele me convida para ir a um lugar mais reservado. Embora a festa esteja ótima, quer estar sozinho comigo... Para ser sincera, fico surpresa. Suas palavras, em inglês, nessa voz grave e sensual, me causam arrepios.

— Ir para onde? — pergunto, inocente.

— Para onde você quiser. Que tal meu hotel? Estou no Unique...

Não penso duas vezes. Quero conhecer sua suíte.

Saímos à francesa. Sua mão enorme nas minhas costas me faz sentir a mulher mais poderosa do mundo. O homem exala sensualidade. Ao chegarmos ao hotel, subimos para a suíte, e ele me pergunta se gosto do que vejo. Faço uma expressão inocente e digo que o design é surpreendente.

— *Non* estou *falandooou* de arquitetura. E você *saber* disso... — sussurra ele no meu ouvido.

Como um gato selvagem, ele se aproxima, segurando uma taça, e me beija com fogo e desejo. Perco-me nos seus lábios, escalo seu corpo e, quando vejo, já estou colada na sua ereção. Ele é enorme, mas, se aguentei Marco, qualquer um fica fácil.

Sem desgrudar a boca da minha, começa a andar em direção à cama, então me joga no colchão. Depois, sem nenhuma gentileza, começa a arrancar meu vestido. Meu lindo Dior já era. Com a mesma brutalidade, arranca o *smoking* e se joga em cima de mim. Ele me pega, me morde, me beija e deixa marcas por todo meu corpo. É tão predatório que nem dá tempo de pensar. Suas estocadas são tão fortes que me proporcionam orgasmos múltiplos. Nunca, nunquinha nesta vida de riqueza, eu poderia imaginar que um duque tivesse uma pegada tão perfeita.

Acordo ouvindo-o falar ao telefone. Parece nervoso. Enrolo-me no lençol e chego por trás, aproveitando-me daquele peitoral nu.

"Pode investir cem milhões, porque vai render, no mínimo, dez vezes mais", ouço-o falar em um inglês rápido. Arregalo os olhos ao vislumbrar a possibilidade de aumentar minha herança e não precisar levantar um dedo para mais nada.

Ele desliga e abre um sorriso travesso, que me deixa molhada. Depois de outra rodada de sexo, decidimos tomar um café da manhã reforçado e aproveito a calmaria para tentar garantir meu quinhão.

— Então, Ronan, não pude deixar de ouvir mais cedo o que falou ao telefone. Você é bom em investimentos também?

— Paula, meu diamante, se eu não *ser*... Bom, não *terrrria money*.

Até quando está sendo carinhoso, usa palavras relacionadas à riqueza. Mais um ponto a seu favor.

— Eu também estou buscando investimentos para minha herança, mas me recuso a acatar as opções oferecidas pelo banco, que dão um retorno tão ínfimo.

— *Bank non* é sinônimo de bom investimento, *my precious*. Se você se *interrressa* tanto assim, hoje mesmo falo com meu *investment adviser*... Como diz? *Consuuultorrr*.

Dou um gritinho e bato palmas. Além de galanteador, sabe lidar com finanças! É o pacote *completo*.

Ele me encara com olhos sedutores. Não é que esse duque derreteu meu coraçãozinho de gelo...? Passamos dois dias transando como loucos.

Apesar de ter passado uma temporada insana e excitante, preciso ir para casa ler sobre o investimento. Não quero demonstrar, mas começo a ficar ansiosa para me sentir, de fato, milionária — só assim para me recuperar da palhaçada que meus pais aprontaram.

Nós nos despedimos carinhosamente, e deixo meu telefone em um cartão sobre sua cama. Com promessas de nos encontrarmos o mais breve possível, soltamos as mãos. Quando me viro, levo um belo tapa em meu *derrière* e, corada, me pergunto de que realeza o homem faz parte.

Chego em casa rindo para o vento. Após ler o projeto financeiro, decido investir tudo o que tenho. Ligo para o banco e ordeno ao gerente imprestável que efetue a transferência, além de solicitar também um empréstimo, dando como garantia meu apartamento e meu xodozinho, o carro.

— Mas, dona Paula, esse tipo de investimento é de risco. Tem certeza?

— Olha aqui, seu incompetente, quantas vezes já falei pra você que sou dona do meu dinheiro? Faça o que mando antes que eu mude de banco!

Faz dois dias desde que tive as melhores quarenta e oito horas da minha vida com o "Gostoduque" e, até agora, ele não fez qualquer contato. Será que, se eu ligar, vai parecer desespero? Acho que não, né? Ele é um homem muito ocupado. Nada melhor do que fazer uma surpresinha.

Ligo para o celular, mas cai direto na caixa postal, então ligo para o hotel.

— Boa noite! Transfira a minha ligação para a suíte do duque Ronan Moritz.

— Só um minuto. — Ouço o som de teclas. Detesto esperar na linha. — Senhora, não há ninguém hospedado com esse nome.

— Como não? Passei dois dias nesse quarto.

— Senhora, pode me confirmar o número do quarto?

— Acho que 1001.

Estava tão empolgada que mal prestei atenção no número do quarto.

— Só um momento. — Mais uma vez, o som de teclas. — Senhora, esse quarto estava ocupado pelo sr. Rodrigo Silva, que foi embora sem pagar os valores referentes aos produtos consumidos e às diárias.

Fico com as pernas bambas.

— Queridinha, você deve estar fazendo confusão. Quero falar com o gerente agora!

Depois de ouvir tudo e ter certeza de que as características do homem eram as mesmas, fico histérica. Fui vítima de um golpe! E agora? Investi até meu apartamento! *Não, não, não...* Isso não pode estar acontecendo! Ligo para Licínia.

— Lici, minha querida, como você está?

— Paulinha, linda, por aqui tudo bem. E você?

— Tudo ótimo! Não nos falamos desde a festa.

— Verdade. Que desencontro... Inclusive, hoje, fiquei sabendo de um babado fortíssimo! Na hora me lembrei de você. Lembra aquele bonitão da festa? O multimilionário que você ficou olhando?

Meu coração acelera.

— Sim, lembro...

— Então, querida, descobriram que ele é um golpista de marca maior. Um brasileiro que vive dando golpes mundo afora. Nunca foi preso e, inclusive, é procurado pela Interpol. Não rolou nada entre vocês, não, né?

— Claro que não. Eu sabia que aquele homem tinha cara de encrenca. Mas vamos falar de coisas mais agradáveis...

Digo mais algumas coisas sem importância, e encerro a conversa. Em seguida, ligo para o gerente do banco.

— Olá, aqui é Paula. Quero falar sobre o depósito que você fez por mim, há dois dias.

— Claro, dona Paula, qual sua dúvida?

— Só queria confirmar se o depósito foi, de fato, feito.

— Foi, sim, todo o valor que estava disponível na sua conta bancária e o referente ao empréstimo de dois milhões foram depositados no investimento recomendado pela senhora.

Minha voz some. Deixo escorregar o telefone das mãos. Na minha cabeça, ouço uma música, que parece zombar de mim: "Eu sou pobre, pobre, pobre... *de marré deci*".

Capítulo 56

Bárbara

Anteontem, além de sair para ver com os vizinhos se alguém tinha visto Dino rondando por aí, fui ao meu apartamento buscar objetos pessoais, pois eu e Marco decidimos morar definitivamente juntos. Patty já quer até organizar uma despedida de solteira, mas, quando conto a ideia ao Marco, ele quase cospe o vinho que está tomando. Suas crises de ciúme são hilárias.

Hoje, depois de mais uma rodada intensa de amor e prazer, estou deitada no seu peito, recebendo cafuné e jogando conversa fora.

— Bah, você tem algum receio quanto a fazer sexo anal? — pergunta ele, baixinho, enquanto desliza a mão para o meu cóccix, mas eu o afasto.

Entre um casal não pode haver tabus, então, para que nossa intimidade evolua cada vez mais, decido conversar sobre esse assunto que sempre foi difícil para mim.

— Não sei se *receio* é a palavra certa. Acho que *pavor* seria mais adequado.

Apenas ouço sua risada, porque não tenho coragem de olhar para ele.

— Você já tentou?

— Aqui nunca entrou nada! Só saiu. — Para testá-lo, brinco com a situação.

— Então, vem cá, porque vai ver como é gostoso...

Marco ameaça me pegar à força, e, depois de cócegas e uma lutinha de faz de conta, consigo me soltar.

— Estou me guardando para a lua de mel! — Fico séria, segurando o riso. — Preciso me casar pura em algum buraquinho. Vai ser meu presente de casamento, entregar ao meu marido minha virgindade em algum lugar.

De repente, ainda ofegantes da brincadeira, ele me fita atentamente.

— Bárbara Nucci, amanhã às nove vamos estar na porta do cartório. Às dez, na frente da igreja e, às onze, dentro do seu desejado buraquinho virgem.

Soco-o com o travesseiro, e travamos uma guerra até que nos deitamos exauridos de novo. Estou quase pegando no sono quando o ouço.

— Sempre vou respeitar seus limites. A gente vai descobrir como lidar com seus receios juntos. — Ele faz uma pausa. Não perde a oportunidade de fazer uma piada: — Mas não desiste do que me prometeu, tá?

Não há uma noite em que não tenhamos nossas conversas, seja a respeito dos acontecimentos do dia, das nossas preocupações ou do futuro. Combinamos que, quando houver qualquer coisa que nos desagrade, não vamos deixar para lidar no dia seguinte.

Marco

Nunca usei a influência como juiz para me beneficiar de nada. Mas, quando descobrimos, pelas escutas telefônicas do Thiago, o número do responsável pelo atentado, passei a informação a um grande amigo, que é delegado da Polícia Civil. Como a placa do carro era clonada e os vidros tinham película de proteção, as chances de a polícia descobrir o autor ou coautor eram pequenas. Mas, com o número de telefone, plantando escutas, a polícia tem mais chances de prender o suspeito e colocá-lo atrás das grades.

O fato é que são dois casos distintos. Um é o Thiago, que está sendo investigado pela Polícia Federal, e outro é o atentado contra Bárbara, da alçada da Polícia Civil.

Os dias no fórum têm sido proveitosos e as audiências, realizadas nos horários marcados. Tenho conseguido fazer até o atendimento aos advogados.

— Dr. Marco, sei que já está de saída, mas uma pessoa está aguardando na antessala. Disse que é particular. Tentei argumentar que o senhor não atenderia a mais ninguém hoje, mas ele afirmou que, quando o senhor soubesse que é o Caio, entenderia a importância do assunto.

— Pode liberar.

Caio entra e logo estende a mão, em um sinal de que veio em paz.

— Como vai, dr. Ladeia?

— Bem, Caio... — Aperto sua mão com força. — Posso saber o que tem de tão importante para falar comigo a ponto de vir ao fórum?

— Estou tentando entrar em contato com Bárbara há dias, mas não consigo falar com ela. O porteiro do prédio me disse que se casou e se mudou.

— Sim, ela está morando comigo. Então, seja lá o que você tenha de tão importante para falar, acho que deixou de ser.

— Não é bem assim...

— Escuta aqui, Caio, não me interessa o assunto. Se quiser me falar, posso fazer o favor de transmitir o recado, na íntegra, para ela.

— Marco, não estou aqui para falar do nosso relacionamento. Tem a ver com a Nicole... e outra pessoa, que pode estar tentando fazer mal a ela.

Com esse argumento, ele consegue me convencer.

Caio

Minha garota de programa predileta, ironicamente, virou minha confidente. Tanto que, neste exato momento, por incentivo dela, estou seguindo o carro do engomadinho, disposto a contar tudo que descobri.

Nataly, como prefere ser chamada, nunca me confidenciou nada, mas eu já falei tudo sobre minha família. Eu a conheço de longa data, pois serve a boa parte dos meus clientes quando me visitam, mas ultimamente tenho desconversado o pessoal que me pede o contato de uma garota de programa de confiança. Estou a preferindo mais exclusiva.

Tenho que admitir que o carinho e a admiração que sinto por ela são contraditórios. Sei que tem muito a ver com minha carência afetiva. Ela me recrimina todas as vezes que digo amar a Bárbara, diz que nunca amei ninguém, apenas a mim mesmo.

Reconheço que Naty desperta em mim um tesão tremendo. Então, quando transamos, trato-a pelo que ela é: uma fêmea matando a sede do seu macho.

Esse lance de tratá-la como amiga, confidente, entre outras coisas, é temporário. Só estou fazendo isso até decidir o que vou fazer da vida. Claro que me preocupo com o fato de me envolver tanto com ela. Outro dia, liguei para dar um bom-dia, pois acordei com um desejo imenso de agradecer por ter me ouvido na noite anterior. E ela disse:

Helloooo! Caio, você é meu cliente. Não precisa ligar pra mim às nove da manhã pra me dar um bom-dia. Fui paga pra te ouvir, lembra?

Além de me dar o sermão, a filha da puta desligou.

Eu deveria mandá-la para o inferno, mas não tenho ânimo para sair ou ir atrás de qualquer outra mulher. Eu também caí na besteira de contar a ela tudo o que a filha da puta fez com o sócio da Bárbara.

Se você não arrastar essa bunda gostosa daqui agora e ir lá alertar a sua ex-noiva, não precisa voltar nunca mais. Embora eu aprecie muito nossos momentos juntos, tenho minhas regras: não me envolvo com cafetões nem com covardes, como está sendo.

Mas não foi por causa da sua ameaça que vim. Sinto que devo isso à Bárbara.

Quando chegamos ao prédio onde estão morando, o juiz indica a vaga para visitantes. É tudo muito estranho, começando pelo fato de estar com o meu rival dentro de um elevador. Depois, ainda por cima, dois brutamontes nos acompanham até a porta.

Quando entro, sou obrigado a assisti-la abraçar e beijar o bastardo. Quanto a mim, até a mão que estende para me cumprimentar é gelada. Como podem duas pessoas que se amaram se tornarem tão estranhas?

— Oi, Caio. Que surpresa você aparecer depois de tanto tempo.

— Oi, Babby! Me mantive informado sobre seu estado de saúde. Fico feliz que esteja bem.

— Obrigada pela preocupação — diz em um tom hostil e não solta, em nenhum momento, a mão do engomadinho. — A que devo a honra?

Cacete! Por que fui seguir o conselho da Nataly? Que situação mais chata! Respiro fundo e despejo o motivo de estar lá.

— Primeiro, faz poucos dias que descobri o que vou contar, por isso não procurei você antes.

— Vai direto ao assunto — interrompe aquele imbecil. — Minha sereia vai fazer bom uso da sua informação.

Que apelidinho cafona! A Bárbara merece mais do que isso.

— Bem, fui chantageado por aquela louca que se fez passar pela minha noiva.

— Caio, por favor! Você não veio aqui para falar do que já discutimos, né?

— Calma — interrompo-a, antes de me sentir mais humilhado do que já estou. — Não vim aqui para falar do nosso passado. Vim para dizer que, talvez, tenhamos sido enganados, ou seja lá o nome que se possa dar a isso, pelo seu sócio e minha arquiteta de Florianópolis.

Conto tudo, desde a contratação do investigador até o dia em que desmascarei Thiago, com exceção da parte relacionada às minhas preferências sexuais. O casal troca olhares cúmplices.

— Vocês não parecem surpresos. Será que fui o único enganado nessa história?

— Não sabíamos de nada, Caio. O que não é nenhuma surpresa é o fato de eu mal conhecer meu sócio.

Com a consciência limpa, reúno minha dignidade e me despeço do casal feliz. Assim que chego ao carro, saco o celular.

— Fica comigo hoje à noite?

— Falou com a Bárbara?

— Estou saindo da casa dela.

— Então fico... Só que fiz um reajuste. Aumentei em dez por cento o valor da minha hora.

Mal sabe ela que eu pagaria o dobro, se ela pedisse...

— Reserva o resto da semana.

Capítulo 57

Bárbara

Faz dois dias da revelação de Caio, mas ainda estou perturbada. O que o Thiago pretendia ao se aproximar da arquiteta demolidora? Essa história não tem pé nem cabeça.

Recebo um telefonema e sinto um frio na barriga. É o delegado que está conduzindo as investigações sobre a empresa de Thiago. Ele me avisa que vou ser nada menos do que a isca para a prisão do meu ex-sócio. Penso em ligar para Marco e contar, mas meu celular vibra mais uma vez. Quando leio o nome na tela, a fúria vem mesclada com uma tremedeira incontrolável. Respiro fundo e atendo o mais calma possível.

— A que devo a honra tão ilustre, sócio?

— Babby, estou ligando para me desculpar pela minha ausência. Não tenho tido tempo para ir visitar você. Márcia disse que você está recuperada, mas que está achando você meio tristinha.

"Márcia", vulgo "cúmplice", né? Que ódio.

— Estou ótima, Thiago! Pronta para retornar ao trabalho na segunda. Vamos agitar a B&T!

— Que bom! Estamos com saudade.

— A propósito, Thiago... — Agora ele vai se borrar nas calças. — Vamos fazer uma reunião a respeito dos nossos clientes. Acho que uma rotatividade da carteira de clientes vai ser importante para o escritório.

Ele demora para responder.

— Por mim, sem problemas. Só acho que em time que está ganhando não se mexe. Nossos clientes estão bem satisfeitos.

— Estou com um monte de ideias. Um novo organograma vai ser perfeito para eles.

— Como achar melhor! Mudando um pouco de assunto, sei que você está bem com Marco. As meninas contam como anda feliz, mas preciso contar que encontrei Caio esses dias e ele disse que ainda não esqueceu você.

— Jura? Uma pena. Nunca mais o vi e pretendo nunca mais ter o desprazer. Espero que nem chegue perto de mim, porque não sei o que meu noivo é capaz de fazer.

— Arrumou um noivo ou um cão de caça?

Piadinha sem graça. Tudo bem. Ele nunca foi engraçado mesmo.

— Meu sócio querido, nem queira saber o que arrumei.

— Ainda bem que sou amigo, então!

— Verdade, Thi! Na segunda, matamos a saudade. Um beijo, querido!

— Babby... — Faz uma pausa. — Você é muito especial. Juro que queria ser um amigo melhor para você.

— Você é o melhor, Thi. Não se preocupa.

— Tudo bem. Até segunda, então!

Olha, sentir raiva não é legal, mas eu o considerava uma pessoa maravilhosa. Falso... Ouvi-lo todo dengoso me deixou ainda mais determinada a lhe dar uma lição. Se não aprendeu a ser gente pelo amor, vai aprender pela dor.

Vou até a delegacia conforme o combinado e, depois de repassar pela quarta vez com o delegado e os investigadores tudo o que vou ter que fazer para provar minha inocência, continuo aflita, porém destemida. Chego em casa praticamente com o dr. Delícia e, entre um chamego e outro, conto tudo.

— Bah, faz o que seu coração mandar. Vou ficar ao seu lado seja qual for sua decisão.

— Estou convencida de que é o melhor. Quero me sentir livre de novo. Seguir com a vida.

— Já me adiantei no fórum. Vou acompanhar tudo com a polícia na segunda-feira.

— Obrigada! Vou me sentir mais segura com você lá... Meus pais chegam no domingo. Seu Adilson não me deixou nem tentar convencê-lo de que não seria necessário eles virem.

— Desculpem-me interromper... — Ângela vem até nós. — Só vim avisar que já estou indo embora, mas a Vitória está um pouquinho febril...

Marco arregala os olhos.

— Você notou se está assim há muito tempo?

— Não, ela passou o dia bem. Notei há alguns minutos e medi a temperatura. Ela estava com 37,8 graus, e já informei Estela. Daqui a meia hora, ela vai medir de novo.

Nossa princesa passa a noite ardendo de febre. O médico vem e nos orienta que talvez seja preciso levá-la ao hospital logo pela manhã.

Marco não arreda o pé de perto da filha. Mesmo em silêncio, sei que não para de rezar. Vitória já está medicada e a febre cede, mas acaba voltando. Às quatro e meia, enquanto cochilo um pouco, ouço Marco falar baixinho:

— Linda, a febre dela não passa. Vai descansar no quarto. Vou levá-la ao hospital.

— Espera... Vou com vocês. Só vou até o quarto pegar uns casacos pra gente.

Faço tudo rapidinho e, na volta, vejo a porta do banheiro do corredor entreaberta. Quando me aproximo, assisto a uma das cenas mais tristes da minha vida: Marco, com as mãos na pia e a cabeça baixa, chorando. Sei o quanto é duro para ele levá-la ao hospital, depois de ela já ter vivido tanto tempo lá. Chego perto dele e o abraço.

— Vai ficar tudo bem. Ela é uma "vitória", lembra?

Ele se desfaz em lágrimas:

— Não queria nunca mais ter que levar minha pequena para lá. Tenho medo de ela não voltar.

— *Shhh*... Vai dar tudo certo.

Diferente do que acontece com outras crianças, as febres de Vitória podem virar convulsivas.

— As dores e o sofrimento dela se triplicam em mim, Bah. Minha princesa está doente, porra.

— Lindo, lava o rosto. A gente vai passar por isso juntos. — Tento soar firme, mas por dentro estou aniquilada.

Vou para o quarto e termino de agasalhar Vitória. Marco entra e a pega no colo.

— Filha, vamos ao hospital fazer alguns exames e voltamos logo, logo para ver desenhos juntos, tá? É só uma visita ao médico.

É uma situação muito difícil... Não a carreguei no ventre, não a acompanhei durante a maior parte da sua vida até agora, mas sinto por ela um amor verdadeiro, como se fosse minha filha. Afagando sua cabecinha, uma lágrima escorre pelo meu rosto.

Marco

Três dias seguidos de febre! A única vez em que saí do seu lado foi para ir ao fórum levar o atestado médico e pedir licença. Todos os exames foram realizados, e foi constatada uma infecção urinária, mas a febre não está abaixando com os medicamentos. Uma nova coleta é solicitada pelo médico, o que é um problema, pois ela não tem urinado. Temos que trocar o coletor a cada meia hora, mas das cinco da manhã até agora, dez horas, nada de ela urinar.

— Sapequinha do papai!

Ela acaba de molhar minha mão enquanto troco o coletor, sem dar tempo de nada.

Seria engraçado se seu quadro clínico não fosse tão preocupante. Quando conseguimos fazer a coleta, percebemos que minha princesa sente ao urinar, pois o líquido vem junto com um chorinho, que aperta meu coração.

Em meio a tudo isso, agradeço por Bárbara conseguir prorrogar por alguns dias seu retorno ao trabalho. Ela diz que não consegue pensar em mais nada, que Vitória já faz parte da vida dela. Pelo menos, esse turbilhão de acontecimentos tem fortalecido nosso amor. A família toda está presente. Além dos meus pais, recebemos a visita dos pais da Babby, que chegam, como sempre, cheios de alegria e presentes para Vitória.

— Princesa da vovó, trouxe a Peppa mais linda do Nordeste — conta Ana, empolgada, enquanto Adilson coloca a mão sobre os olhos.

Bárbara desembrulha a Peppa mais perua que já vi na vida. Acho que não tem uma só pessoa no quarto que não fique segurando o riso.

— Mãe, onde você encontrou essa preciosidade?

— Na lojinha da mulher que faz artesanato. Você sabe, filha, que, parando para pensar, essa Peppa parecia mais bonitinha quando eu comprei...

Noto Vitória vidrada no presente.

— Eu disse que ela parecia mais um javali do que uma porquinha — comenta Adilson.

— É charmosa! Não é, Vi? Mais uma Peppa para a sua coleção! — Agradeço em seguida o presente, deixando-o ao lado da nossa pequena.

Mesmo com o clima triste, as visitas do dia acabam nos distraindo. Meus pais, que já tinham vindo outras vezes, voltam com roupas limpas e produtos de higiene. Pedro, além de vir visitá-la várias vezes, também liga todos os dias. Patty, por sua vez, além de fazer suas performances para Vitória, tranquiliza Bárbara quanto aos problemas do escritório.

Quando o dia amanhece, lembro que hoje vai sair o resultado da cultura. Ouço uma batidinha na porta e peço que a pessoa entre. Já é o médico trazendo notícias. Eu e Bárbara nos levantamos, atentos.

— Pai, analisamos todos os exames e quero que fique tranquilo... Sua filhinha está sendo monitorada, mas, se não reagir nas próximas doze horas, vamos ter que transferi-la para a UTI.

Fecho os olhos com o baque.

— O que deu nos exames de sangue? — pergunta Babby.

Ele explica tudo em detalhes. Ouço palavras que não queria ouvir, como "rim" e "infecção generalizada". Nada animador.

Após doze horas intermináveis de desespero, no meu íntimo não aceito o fato de o organismo de Vitória não reagir.

— Luta, pequena! — clamo aos pés da sua cama, mas, quando vejo seu olhar perdido no nada, um pressentimento de advertência domina meus pensamentos.

O organismo dela é frágil, e esse é um dos motivos pelos quais ela não reage bem a qualquer tipo de infecção. O resultado de mais um exame chega e aponta uma resistência a quase todos os antibióticos. O médico explica que isso se deve ao longo tempo que ficou internada, submetida a muitos tratamentos.

Aos poucos, assisto à minha princesa ficar mais e mais abatida. Está quase sem energia. Meu coração suplica por forças.

— Vamos lá, Vi! Você consegue mais uma vez. Combate esse inimigo, guerreira — suplico, mas sinto que ela não me ouve mais.

Enquanto os médicos providenciam a transferência para a UTI, peço à Babby que fique um pouco com nossa menina. Não quero desabar ao seu lado. Está doendo demais. Tenho um mau pressentimento. Ela já teve parada respiratória e passou por cirurgias, mas desta vez é diferente.

Uma voz instintiva quer me revelar algo que está para acontecer. Meus pressentimentos são vagos. O que fazer diante da incerteza? Vou até a capela do hospital e me ajoelho diante do pequeno altar.

— Senhor, meu Deus, ajoelhado diante de Ti, peço que me deixe ficar mais um pouco com nosso anjinho. Sei que estou sendo um ser humano egoísta, pensando apenas na minha dor, mas eu a amo. Entretanto, se este for o momento dela, por favor, não deixe minha pequena sofrer. O Senhor me concedeu a dádiva de conhecer um amor puro e verdadeiro. Ela nunca falou uma palavra, mas ouvi sua voz desde o dia em que ela chegou à minha vida. Senti seus bracinhos envolvendo-me desde o dia em que nasceu. Tenho certeza de que, quando ela estiver ao Seu lado, o Senhor fará brilhar a estrela mais linda do céu, sinalizando para mim que ela está bem. Peço perdão se fui omisso algum dia, se não fui capaz de amá-la mais, mas juro que nunca vou me esquecer deste presente com que o Senhor me agraciou.

Eu me inclino para a frente e choro. No meu coração, percebo que o momento da minha princesa partir está muito próximo.

Papai! Na minha cabeça, ouço uma linda voz, suave e infantil. Quem sabe...?

— Não! — grito, desesperado, e saio correndo pelo corredor do hospital, atropelando todos à frente. Na porta, está Babby, amparada por Ângela. Invado o quarto, querendo dizer a ela meu muito obrigado. Vejo-a sendo entubada, ainda com os olhinhos abertos. Debruço-me sobre a cama, clamando por mais alguns minutos ao seu lado. Respiro fundo e digo as últimas palavras que sei que ela vai ouvir:

— Obrigado, meu anjo, por mostrar ao papai que ele pode ser um ser humano melhor. Obrigado por fazer parte da minha vida. Um dia, eu sei que vamos nos reencontrar, e nesse dia vou contar para você todas as histórias de como foi minha vida. O papai vai se lembrar de você para sempre! — Respiro fundo, tentando conter o bolo que parece sufocar minha respiração. — Meu anjinho, não me cansarei de dizer a você muito obrigado, pelo resto da vida, por me fazer sentir todo o seu amor. Eu te amo, minha eterna princesa!

Então os médicos a levam para a UTI. Sinto uma dor inexplicável. É difícil respirar. O medo dá lugar ao desespero. Quando os médicos vêm ao meu encontro, todas as minhas forças se esvaem.

Perder minha pequena me impede de raciocinar. Um grito rasga minha garganta, enquanto me desmancho em lágrimas. É impossível me conformar com o que está acontecendo. Neste momento, não há esperança. A dor finca raízes no meu coração e tenho a impressão de que nunca mais vai aplacar.

Somente quem teve o privilégio de ser pai um dia sabe que esse tipo de amor é inexplicável, vai além de qualquer compreensão humana. Lembrando-me do seu rostinho, passa um filme na minha mente de todas as suas expressões, de todos os momentos em que estivemos juntos. A saudade já não cabe no meu peito e as lágrimas, que sangram de dentro de mim, transbordam. Sou amparado pela mulher da minha vida.

Não há palavras que possam confortar um coração destroçado, apenas o calor humano. Estou impotente. Crio forças para ajudar Jordan a lidar com a burocracia do enterro. Concordamos em fazer uma cerimônia curta, devido à carga emocional já muito intensa.

Fico ao lado de Jordan quando ele liga para Paula. Pelo seu tom de voz, é nítida sua decepção.

— Ela perguntou onde será o sepultamento e quando vai ocorrer a divisão da herança.

— Nada vindo dela me espanta. Vamos poupar Marco disso — peço, indignada.

— Melhor assim. Dentro do possível, me conforta saber que meu filho tem você.

Ângela se prontifica a avisar todos os conhecidos e entes queridos para que eu possa ficar ao lado de Marco.

A caminho do cemitério, Marco dirige em silêncio. Faz questão de seguir o carro da funerária, em um cortejo curto. A família dele está toda unida. Seus amigos do fórum e vários advogados marcam presença. Paula faz um show à parte, totalmente desnecessário. Quando ela faz menção de falar sobre a herança, pego no seu braço.

— Paula, minha querida, acompanhe-me, por favor — exijo, entredentes.

— Dá para me soltar? Você está me machucando — pede ela, enquanto a arrasto.

— Vou ser direta. Marco está sofrendo muito. Se você ousar falar em herança ou qualquer coisa a respeito de dinheiro hoje, eu mando você para o hospital, sem nenhum olho.

— Queridinha, você não está achando que vai ficar com a minha herança, né?

— Não, Paula. O que for seu, ficará apenas para você. Meus pais têm muito mais dinheiro... A quantia que os seus deixaram para você multiplicada por, no mínimo, dois dígitos. Então, com relação à sua esmola, vou conversar com Marco para que providencie, se assim ele desejar. Quem sabe, com sorte, você some das nossas vidas. Se quiser comprovar, depois faça uma pesquisa na internet. Mas, agora, cale a boca! E finja que é um ser humano decente no momento em que sua filha está sendo enterrada!

Deixo-a parada, feito estátua, jogo o cabelo para trás e saio.

Momentos antes do sepultamento, vejo Rafaela próxima a uma árvore, cabisbaixa e ajoelhada, com as mãos na cabeça. Nossos olhos se encontram. Sua dor e seu sofrimento são palpáveis. Chego à conclusão de que, em nome do amor dedicado à nossa pequena, temos que deixar todas as diferenças de lado. Rafaela tem o direito de se despedir dela.

Nesse momento, não existe orgulho, não existe rancor, apenas a dor nos corações de quem já amou Vitória. Sinto uma necessidade de falar com ela. Solto o braço de Marco por um momento. Ele está tão perdido na sua dor, que não nota ninguém ao redor.

— Lindo, vai caminhando. Já alcanço você.

Dou um beijo na mão dele e vou até ela, que parece envergonha por estar ali.

— Rafaela, você foi muito importante para Vitória. — Miro seus olhos, e, em lugar de receio ou tensão, vejo admiração. — Portanto, é mais do que justo que você se despeça. Vem com a gente. E obrigada por ter sido especial para ela.

Ela fica em silêncio, mas então começa a caminhar ao meu lado. Seu soluço de dor me emociona. Tiro um lenço de papel da caixinha que trouxe comigo e entrego a ela — um sinal de paz.

— Obrigada — diz ela, baixinho, enquanto me afasto.

Aceno com a cabeça.

Durante a cerimônia, as palavras de Marco deixam todos em prantos.

— Ao pensar na minha Vitória como uma linda, bela e luminosa estrelinha, apesar de toda a dor, vem à minha mente, talvez em uma espécie de alento divino, um trecho do livro *O pequeno príncipe*, que diz: "As pessoas veem estrelas de maneiras diferentes. Para aqueles que viajam, as estrelas são guias. Para outros, não passam de pequenas luzes. Para os sábios, são problemas. Para o empresário, eram ouro. Mas todas essas estrelas se calam. Tu, porém, terás estrelas como ninguém nunca as teve... Quando olhares o céu à noite, eu estarei habitando uma delas, e de lá estarei rindo; então será, para ti, como se todas as estrelas rissem! Dessa forma, tu, e somente tu, terás estrelas que sabem rir". Minha estrelinha, você iluminou e sempre irá iluminar minha vida. Desejei você desde o dia em que fiquei sabendo da sua existência. Agora, continue sua caminhada e ilumine a todos que estiverem ao seu lado. O papai vai amar você para sempre. Descanse em paz.

Capítulo 58

Rafaela

Sou a única que sobrou.

Não sei explicar o que sinto por Vitória. Não se trata de posse. Sempre fui muito profissional, mas com ela foi diferente. O que mais me dói é ter deixado que uma ilusão e minha falta de bom senso tornassem impossível dar um último abraço na minha pequena.

Sento-me ao lado do túmulo e, com as pontas dos dedos, toco a mensagem na lápide.

— A tia Rafaela vai amar você pra sempre. Adorei conhecer você. — Os soluços são inevitáveis, junto com as lembranças. — Aprendi muito com meus erros. Em um momento de solidão, quis ser acolhida e ter uma família feliz, então criei uma fantasia. Agora estou com muito medo, pequena. Medo de que meu passado invada meu futuro.

Minhas lágrimas se derramam sem parar.

— Hoje, descobri por que seu pai se apaixonou pela Bárbara. Ela foi incrível, passou por cima de tudo o que fiz e me permitiu estar aqui com você. E ainda me agradeceu. — Respiro fundo e continuo: — Pequenininha, perdi muitas pessoas queridas na vida, mas você foi a mais especial de todas. Sua alma sempre me amparou.

Continuo, querendo contar a ela um pouco do que tenho vivido:

— Estou trabalhando com um garotinho que tem leucemia. Ele é muito diferente de você, pois, enquanto você sempre me observava com luz, ele tem um olhar desesperançoso, vive de mal com a vida. Tem sido um grande desafio tentar me aproximar dele. Ele parece não querer lutar pela vida. Todos na casa têm problemas; ela é gelada, sombria, não tem vida. Muito diferente de quando eu cuidava de você. Sua lição de vida ficará gravada na minha memória e tenho certeza de que me ajudará muito para que eu consiga mostrar a ele que existe uma luz no fim do túnel. Minha pequena grande amiga, esta é só uma despedida do corpo físico, porque, de alma, vamos ser amigas para sempre.

Eu olho para o túmulo por um momento, depois me levanto, sentindo certa paz.

Mais uma vez, despeço-me de alguém importante. Vou seguir meu caminho sozinha, como sempre fiz, aprendendo com meus erros e acertos. Talvez, algum dia, eu seja amada. Até lá, vou amar.

Marco

Depois do sepultamento, nossos pais nos acompanham até em casa. Sentado no quartinho de Vitória, tenho pensamentos que minha estrelinha não gostaria nada. Mesmo que a ferida que se abriu em mim um dia cicatrize, nunca vai desaparecer. Sei que vou sentir falta da minha princesa pelo resto da vida.

— Oi... — Ouço a voz de Bárbara vindo da porta.

— Oi.

— Vamos tomar uma sopa... Acabei de preparar. Você nem almoçou.

Desanimado, eu me levanto, indo ao seu encontro. Ela me abraça forte. É tudo que preciso.

— Estou sem apetite, mas o cheiro está ótimo.

— Tenta comer um pouquinho...

Faço o que ela pede. A sopa está uma delícia, mas o nó na garganta me impede de comer muito.

— Sabe, todas as vezes que eu ficava triste ou feliz, pegava minha Viúva-Negra e saía, sem destino. O que acha de se alimentar bem e, amanhã, logo cedo, sairmos por aí? — sugere Bárbara.

— Com você na minha garupa?

— Claro!

— Seria perfeito, mas é muito arriscado. O suspeito ainda não está preso. Melhor ficarmos aqui, juntinhos.

Bárbara

Perder alguém especial causa dor e saudade eternas. Tento animar os dias de Marco, buscando forças não sei onde para ajudá-lo a se reerguer, tentando preencher esse vazio que o domina enquanto ele se adapta à nova vida e às transformações internas que sofre.

Quando Ângela veio para se despedir e dizer como foi especial o curto tempo em que convivemos, confidencio a ela minhas ideias de passar o fim de semana longe de tudo e todos com Marco. Ela me incentiva, então peço que consulte o marido a respeito de um plano de segurança. No mesmo momento, ela liga para Javier e explica minha ideia, depois leva poucos minutos para planejarmos tudo. Ela ainda me indica um hotel em Campos do Jordão. Monto o itinerário do passeio, e Javier me ajuda com a revisão da moto de Marco, que está parada há algum tempo.

Então aqui estou eu, com roupa de motociclista, às cinco e meia da manhã, fechando o zíper da mochila, ansiosa para acordar Marco e dizer que a estrada espera por nós.

Dou um beijinho nos seus lábios para despertá-lo.

— Bom dia.

Ele é ainda mais charmoso ao acordar, principalmente quando dá aquele sorrisinho de lado.

— Bom dia, minha sereia.

— Tenho uma surpresa, mas preciso que você se levante e vista a roupa que deixei separada na suíte. Nada de perguntas. Apenas aproveite.

— Que horas são?

— Hora de o senhor se levantar para curtir dias especiais ao meu lado.

Dou uma piscada e saio, antes de virem mais perguntas.

Mando uma mensagem para Ângela: Bom dia, amiga, está tudo pronto? A resposta chega rapidinho: Tudo seguro e pronto. Boa viagem.

Espero, andando de um lado para o outro, como uma adolescente viajando pela primeira vez com o namorado. Sinto um perfume invadir o ar e ergo o olhar... Lá está ele, imponente, com botas pretas, uma calça justa que destaca seus músculos e uma jaqueta escura.

— Uau... — Dou um suspiro, apaixonada.

Ele caminha até mim, me puxa pela cintura e sussurra no meu ouvido:

— Não sei qual é a surpresa, mas, desde que vi você nessa roupa de couro vermelha, fiquei ansioso.

O fim de semana vai ser melhor do que eu esperava.

Depois de tomar café e explicar todos os protocolos de segurança a ele, subo na garupa da sua R1. O primeiro ronco do motor e a vibração da moto me fazem sentir um turbilhão de excitação. Chego o mais próximo possível dele, quase tremendo com seu calor. Colocando o capacete, ele olha para mim pelo retrovisor, com um sorriso de lado que molha minha calcinha, e se certifica:

— Preparada?

— Sempre.

Grudo nas suas costas e abraço seu corpo. Antes de cruzar as mãos, deslizo-as pelo seu sexo.

— Espero ser uma garupeira que proporcione muito prazer a você, dr. Delícia. — Cheia de promessas, aproveito para testar o sistema de comunicação instalado nos capacetes.

— Prometo que, se continuar me alisando desse jeito, o passeio vai ser adiado — ameaça, rouco, ainda colocando suas luvas.

O portão da garagem se abre, e a emoção de andar pelas ruas e avenidas sobre duas rodas, mantendo nossos corpos quentes colados, me leva ao delírio.

Já na estrada, rompo o silêncio, dando graças a Deus pela excelente aquisição que fizemos alguns meses atrás: um comunicador de capacetes supercomplexo, com filtros que removem o barulho do vento causado pela velocidade acima de cem quilômetros por hora.

— Você imagina como estou excitada de estar na sua garupa, doutor?

— Pelo aperto das suas pernas, é só no que estou conseguindo pensar.

Então ele acelera para dar um pouco mais de emoção.

— Estou contando os minutos para apertar você, mas sem roupa.

— Não sei se meu pau vai conseguir continuar lutando contra o vento. Acho que está precisando de proteção — provoca ele.

Sem me importar com os carros, deslizo a mão direita pelo seu abdômen, sabendo que já está excitado. Ele está duro como pedra, então aperto os dedos na sua largura. O choque elétrico e o vento que bate no meu corpo me excitam ainda mais.

— Está tentando me fazer gozar antes mesmo de chegar ao destino, sereia?

— Não sei se posso ajudar nessa questão, Meritíssimo. O banco da sua moto só não está melado porque minha calça de couro está impedindo.

— Sabe o que estou prestes a fazer, minha garupeira gostosa? Parar a moto em qualquer lugar para abaixar sua calça e, sem preliminares nem nada, foder sua boceta apertadinha até você aprender que não deve mexer com quem está quieto.

Nem o vento é capaz de aplacar meu calor agora. A calça justa, que aperta meu clitóris inchado de tesão, ajuda a me masturbar, encostada no corpo dele.

— Estou tão dolorida e excitada que aceitaria seu pau grande e gostoso de boa vontade.

Como se os deuses estivessem a nosso favor, Marco entra em uma estradinha estreita onde há uma plantação de eucaliptos. Assim que o motor da moto é desligado, ainda nos equilibrando nos pedais, ambos já estamos com as mãos nos zíperes das calças. Nossa respiração acelerada é audível sem tirarmos os capacetes. Ele puxa minha calça para baixo, deixando-a na altura dos joelhos, e tira todo o pau para fora, depois inclina meu corpo sobre o banco da moto e me invade totalmente, com pressa, indo até o fundo. A cada estocada delirante, sinto o peso da sua mão pressionando minhas costas, fazendo com que meus seios intumescidos se comprimam contra o banco. Gemidos e sussurros de prazer são os únicos sons no meio da vegetação.

— Adoro essa bocetinha apertada.

Gemo alto, totalmente entregue.

Sensações intensas ditam o ritmo dos corpos, no grau máximo de luxúria. Ele move as mãos na minha bunda, batendo o corpo contra o meu. Meus gemidos altos estimulam seus movimentos fortes e rápidos. O perigo de sermos flagrados a qualquer momento torna tudo insano e prazeroso.

— Tenho sede do seu sabor, do seu cheiro — fala ele, cheio de desejo, e eu vou ao delírio.

— O que mais...?

— Seu cuzinho assim, tão exposto, me deixa louco.

Nem mesmo o toque do seu dedo enluvado no meu ânus me faz recuar. Fico à flor da pele. Ele me massageia intensamente. Encaro-o pelo retrovisor, e vejo, pela abertura da sua viseira, suas pupilas dilatadas. Empino mais o quadril, querendo tudo, sem aguentar a tortura delirante, e suplicando por mais.

— Esse rabo vai ser meu, só meu.

Melada, facilito suas estocadas incessantes, até ouvir sua voz e sentir seus jatos quentes.

— Eu te amo! — geme ele, rouco.

— Também te amo.

Nossos fluidos misturados escorrem pelas pernas. Ele abre o compartimento da moto e pega um lenço de papel ao lado da mochila, para podermos, minimamente, limpar as partes "mais atingidas" e seguir viagem.

Já na estrada, percebo que as ondas de excitação teimam em não abandonar meu corpo, então o abraço forte.

Capítulo 59

Marco

Ao passar pelo portal de Campos do Jordão, sinto que estou entrando em uma nova fase da vida. Bárbara tem me apoiado, amparado e consolado. Ainda não é fácil, mas sei que vou superar toda a dor e tristeza. É o que minha princesa iria querer.

— Chegamos! — vibra Bárbara, animada.

Assim que estaciono, um funcionário do hotel se aproxima para ajudar com a bagagem. Bárbara, provocadora por natureza, tira o capacete e joga os cabelos para os lados. Noto o rapaz franzino admirar minha mulher e o fuzilo com o olhar, fazendo com que saia aos tropeços com as mochilas.

Quando entramos, a recepcionista anuncia que o hotel preparou uma cortesia devido às "núpcias". Olho para Bárbara com a sobrancelha erguida.

— Foi só uma desculpinha.

Assim que o elevador abre a porta, eu a pego no colo para ir em direção ao quarto.

— Nunca que a senhora Ladeia vai entrar na nossa suíte de núpcias andando.

Ela solta um gritinho, depois sugere:

— O que acha de eu ser sua esposa durante o dia e, à noite... uma estranha?

— Acho difícil. Reconheceria cada pedacinho do seu corpo, mesmo no escuro.

Tomo sua boca em um beijo quente e excitante.

O piso da suíte é revestido de madeira e, no fundo, há uma cama *king size* repleta de pétalas vermelhas. A calefação do quarto está perfeita e minha mulher está se despindo. Retribuo o show particular começando pela jaqueta, sem pressa. Nossos cheiros se misturam ao odor do sexo aventureiro ainda impregnado em nós. Começamos contra a parede e terminamos no chuveiro.

Depois, embarcamos em um *tour* pela cidade, já combinado com o pessoal da segurança, com direito até a teleférico.

Em uma fábrica de chocolate artesanal, vejo um casal com uma filhinha.

— Se nossos filhos puxarem a mim, esse vai ser um dos primeiros lugares onde vão conhecer o pecado da gula. Essas trufas são dos deuses!

A naturalidade com que trata o assunto me pega de surpresa.

— Posso saber quantos filhos a senhora está pondo na lista? — pergunto, feliz.

— Se for pra ver esse sorriso lindo na sua cara, um por ano está perfeito pra mim.

— Olha que eu cobro...

— Vamos treinar de manhã, à tarde e à noite, sete dias na semana, trezentos e sessenta e cinco dias no ano, doutor. Seu desejo é uma ordem.

Bárbara

Quando vejo um *sex shop*, entro arrastando Marco para achar algo que apimente as coisas neste fim de semana. Pela cara dele, já valeu a pena. Escolhemos alguns brinquedinhos que despertam nossa curiosidade — quer dizer, *minha* curiosidade, afinal o sr. taradão, pela expressão, conhece a maioria.

Já perto do caixa, com a cestinha cheia, um gel à base de água me chama a atenção. Olho ao redor e vejo Marco entretido com outras coisas educativas. Uma senhora de uns 60 anos se aproxima para me ajudar.

— A senhora já usou?

Putz. Que indiscrição! Perguntei já me sentindo íntima.

— Meu preferido! Facilita muito a penetração e, se for sua primeira vez, pode levar esse creminho também para passar uns quinze minutos antes da relação. Ajuda a anestesiar um pouco.

Fico vermelha com a naturalidade com que ela trata do assunto.

— A senhora, por favor, pode colocar na sacola disfarçadamente? — Pisco para ela. — Um segredinho só nosso.

Estou muito feliz por ter conseguido arrancar várias risadas de Marco hoje. Estou louca para estrear nossos brinquedinhos (e gelzinho) novos.

Já no hotel, meu celular toca.

— Bárbara Nucci, aqui é o delegado...

Meu coração dispara.

— Não podemos mais esperar. O caso já está muito adiantado e precisamos concluir na segunda-feira. A operação já está toda planejada.

Fico pálida e me apoio na muralha de músculos ao meu lado.

— Tudo bem.

— Às sete horas na segunda-feira está bom para a senhora nos encontrar na delegacia?

Após acertar os detalhes, desligo o celular, olhando para Marco, que me abraça sem perguntar nada.

— Vai dar tudo certo. — Ele beija meu cabelo.

Quando entramos no quarto, Marco me mima com todas as opções disponíveis na suíte nupcial. Coloca meus pés no ofurô, que traz até a beirada da cama, e pega toalhas aquecidas.

— Deixa eu cuidar um pouquinho de você.

Ele se senta atrás de mim e começa a massagear meu pescoço, descendo até meus ombros, costas, pernas, barriga. O que era relaxante se torna excitante, e passamos a tarde inteira fazendo amor, com direito a vibrador clitoriano e milhares de orgasmos.

Mais tarde, vamos a uma cervejaria tradicional da cidade, onde ingiro mais cerveja do que tomei na vida inteira. Acho que isso me ajuda a começar a sedução e as provocações. Quando vou ao toalete, retoco a maquiagem e volto já encarnada na minha personagem.

Casal

— Posso?

— Estou esperando minha noiva.

— Deve ser a morena de olhos esmeralda que encontrei no banheiro. Ela mandou um recado: vai encontrar com você no hotel, mais tarde...

A mulher de pernas longas e cintura firme crava os olhos no homem solitário à mesa, sentindo a atração consumindo, como se aquele mundo da imaginação pudesse levar a outro tipo de entrega total. Porém sua próxima conquista faz jogo duro.

— Não acho que seja legal você se sentar com um homem feliz e apaixonado pela noiva dele.

Lindo é pouco para descrever a intensidade do brilho nos olhos dele quando fala dela. Em sua camisa de cor salmão, é possível ver o contorno dos músculos e dos ombros largos, o que a excita ainda mais.

— Se não posso me sentar com você, o que acha de me acompanhar à pista de dança?

— Melhor não.

— Uma pena. Adoraria dançar com você, mas, se não é possível, vou dançar para você.

Ela faz menção de se dirigir para a pista, quando sente um braço forte enlaçá-la pela cintura.

— Tive uma ideia melhor. — Segurou-a firme como nunca, entrando de vez na fantasia de possuir uma estranha. — Podemos ir para o meu quarto enquanto minha noiva não volta.

— Você me convida para o seu quarto e nem pergunta meu nome, bonitão?

— Nomes para quê? O que pretendo fazer com você vai manter minha boca muito ocupada.

Ele vira o corpo dela de frente, sentindo sua respiração acelerar.

— Hm... gostei. Parece que a gente vai se dar bem.

Ela tenta beijá-lo, mas ele se afasta.

— Estamos em público. Alguém pode nos ver e contar para a minha noiva. Vou pagar a conta para podermos sair. Aí você vai poder fazer o que quiser comigo.

— Como quiser...

Ela passa a língua nos lábios dele.

A caminho do hotel, eles se provocam com toques, mordidinhas e palavras sussurradas. Quando as portas do elevador se fecham, as bocas se encontram, famintas.

— Se você passar por aquela porta, não tem mais volta.

Ofegante, Marco lhe dá a opção, cumprindo seu papel de noivo prestes a cometer um deslize.

— Não quero que tenha volta. Será que sua noiva chega logo?

— Não.

Bárbara o ronda e para à sua frente. Fica imóvel, esperando uma atitude que não vem. A ansiedade rouba seu ar. Sua calcinha fica encharcada quando ela sente a forma maliciosa com que ele encara seu corpo, mordendo o lábio inferior, torturando-a.

— Tira o vestido.

Marco sente-se a ponto de explodir dentro das calças de tanto desejo, principalmente vendo-a obedecer e ficar apenas com o sutiã meia taça vermelho e uma calcinha minúscula.

— Você me convidou para vir ao seu quarto só pra ficar olhando para mim?

A espera, a falta de contato, o olhar, a respiração, o ar aumentam a temperatura e vão elevando a ânsia dela em ser tomada por ele.

— Você vai dançar pra mim. Agora.

Marco se senta em uma cadeira no canto do quarto e passa a mão no seu sexo, por cima da calça.

Bárbara pega o celular e coloca a música "Yes, Boss", de Hess Is More, depois se abaixa para pôr o aparelho no chão, entre as pernas, de propósito.

Marco estremece e tira a camisa, extasiado. É como se ela tivesse nascido para dançar para ele. Bárbara desce a mão pelo abdômen, insinuando tocar em si mesma, mas então as apoia nas pernas dele, abrindo-as para que possa deslizar a boca até...

— Está querendo algo?

— Talvez, mas não sei se você quer o mesmo.

— Se quer tanto, arrisca.

Bárbara insiste em desafiá-lo, até que Marco a coloca no colo em um movimento rápido, fazendo-a cativa.

— É inútil transferir a responsabilidade para mim. — Ele encontra seu ouvido. — Muito em breve você vai gritar que é minha.

Ele a ergue para sarrar o clitóris já dolorido na sua ereção.

Bárbara

— Que tal você nos servir um drink, enquanto vou ao banheiro, bonitão? — sussurro, ofegante, antes de perder a cabeça.

Sei que quebro o clima, mas o sorriso malandro que ganho quando pego o que tem dentro da sacola guardada faz tudo valer a pena.

Quando entro, passo a pomadinha milagrosa. Acho que esse negócio funciona mesmo, porque mal coloco a tampa e já me sinto anestesiada. Volto para o quarto e o vejo nu, com o copo na mão, tilintando o gelo, então jogo a pomada para ele.

— Estava me esperando, meritíssimo?

— Não imagina o quanto, sereia!

— Acho que o senhor está bem animadinho para quem estava sofrendo com minha ausência...

— Está com segundas intenções, linda?

— Digamos que é um prêmio por se comportar tão bem.

— Adorei a surpresa...

— Promete que vai ter paciência comigo?

— Farei melhor. Você decide o momento, mas, pode acreditar, vai me implorar.

CAPÍTULO 60

Bárbara

Esse fim de semana ficará eternizado nas minhas lembranças, mentais e anais. Isso se eu ainda tiver alguma prega para contar história...

No domingo à tarde, voltamos para casa e, quando nos deitamos para descansar, Marco segurou minha mão e beijou minha testa com ternura.

— Vai dar tudo certo amanhã, Bah. Vamos estar juntos sempre, lembra?

Assenti, quieta.

Dormi, cheia de gratidão e amor pelo meu noivo.

Na manhã seguinte, presto atenção em todas as instruções da equipe da delegacia.

Para não levantar suspeita, vou para o escritório de carro. Sinto o coração acelerado e as mãos trêmulas, mesmo sabendo que Marco e os polícias à paisana estão cuidando de mim.

Na recepção, Marcinha está com um sorriso de boas-vindas e vem ao meu encontro de braços abertos.

— Bárbara, como é bom ver você aqui de novo!

Por algum motivo, não sinto raiva dela. Tenho a sensação de que sua simplicidade e humildade não são falsas.

— Obrigada, Márcia! Estou louca pra voltar aos meus números. — Tento manter a calma. — A Patty já chegou?

— Já, ela está na sala dela.

— Vou dar um beijo naquela sumida. Thiago também?

— Ainda não. Ele geralmente entra às nove horas, mas hoje ligou dizendo que vai se atrasar um pouco.

— Ele tem cliente agendado?

— Não.

— Então, reserva a manhã dele pra mim.

— Está tudo bem? — sonda curiosa, e só agora percebo que o jeitinho sonso nem é tão discreto.

— Está, sim... — respondo, e saio caminhando direto para a minha sala, antes de falar mais do que devo.

Todos os funcionários me abraçam, dizem que fiz falta e se prontificam a me ajudar no que for necessário. Quando entro na minha sala, a saudade que senti do trabalho bate com tudo. Não aceito que Thiago brinque com meu sonho. Ele sempre esteve ciente da minha paixão e da minha responsabilidade para com nossos clientes.

Uma batidinha na porta me faz voltar ao presente.

— *Eu voltei, agora pra ficar, porque aqui, aqui é meu lugar...* — Patty entra cantando.

— Tudo isso é felicidade por me ver, amiga?

— Juro que, mais um dia longe de você nesse escritório, e eu pediria demissão.

— Então vai ficar comigo pra sempre, porque não pretendo sair daqui nunca mais.

— É bom respirar fundo. Acabo de passar pela recepção, e a Marcinha me pediu para avisar que o Thiago já está na sala dele, aguardando você.

Pego os documentos na pasta e confiro o microfone camuflado pela polícia.

— Boa sorte, amiga.

— Vou precisar — desabafo, indo em direção à porta.

Estou nervosa. De repente, meu celular emite o som do toque do Marco e o atendo rapidamente.

— Estamos com você, meu amor. Vai lá e arrasa. Eu te amo!

Enquanto passo pelo corredor que me leva à sala de Thiago, sinto que até o som do meu salto ecoando pelo mármore que ele fez questão de colocar no escritório me irrita. Quem diria que o *nerd* bonzinho se transformaria em um homem tão ambicioso a ponto de passar por cima de tudo e de todos.

— Posso entrar?

Os sinais estavam todos na minha cara, e eu não vi. Lembro quando ele se apropriou da maior sala do escritório, mesmo que tenha sido meu pai quem comprou o conjunto para mim.

— Claro, Bárbara, fique à vontade. Pelo que vejo, a licença fez bem pra você. Está retornando cheia de pastas e relatórios para o trabalho. Que ânimo, menina!

Ele está sentado atrás da mesa gigante de carvalho. Calculo quanto deve ter lhe custado as esculturas romanas e o lustre enorme em formato de cascata, com gotas de cristal. Pelo *pro labore* que retiramos, essa ostentação toda seria impossível. A culpa me corrói, porque sempre fui desligada e tão relapsa.

— Você vai adorar esses relatórios. — Sento-me, colocando as pastas no colo. — Vamos começar por esse aqui. Você pode ler e falar pra mim o que significa?

Quando ele começa a ler, a cor some do seu rosto. O papel chega a balançar nas suas mãos trêmulas.

— Isto é... É... — gagueja. — É uma empresa com o nome muito parecido com o nosso e registrada com a mesma atividade. Vou ligar agora mesmo para os nossos advogados verificarem a patente.

Covarde.

— Consegui mais alguns documentos referentes a essa empresa. — Jogo os papéis na sua direção. — Acho que você me deve uma explicação, e juro que não estou com nem um pingo de paciência para mentiras.

— Babby, eu posso explicar...

Ele fica soturno, sem me encarar. Não abre mais a boca. Até lágrimas penso ver nos seus olhos. É um verdadeiro ator.

— Você agiu pelas minhas costas. Por quê?

— Fui obrigado...

— Obrigado? Você acha que sou alguma idiota? Fala logo, Thiago. Deixa de ser covarde!

— Não é nada disso. Eu... fui um fraco. Aceito sua revolta.

Era só o que me faltava: ser condescendente agora!

— Ou você começa a falar tudo, ou chamo a polícia agora! — ameaço.

— Não...

Ele se levanta, aflito.

— Senta aí e começa a falar. Não estou brincando.

Pego o celular, fingindo que vou ligar, mas na verdade é para ver se tem alguma mensagem do delegado.

— Você sempre foi minha amiga. Nunca se preocupou com dinheiro. Sua família sempre foi rica, enquanto eu...

— O que o dinheiro dos meus pais tem a ver com isso? Quando foi que me viu me aproveitar disso, Thiago?

— É fácil falar que nunca quis o dinheiro deles, sabendo que, a qualquer dor de barriga, teria para onde correr. Hipocrisia não combina com você, Bárbara. Mas quer saber o que aconteceu? Pois bem. Quando a gente começou com o escritório, não ganhava dinheiro o suficiente, e eu sempre quis abraçar todos os clientes que apareciam, mas a *princesinha* aí não!

— Clientes desonestos, você quer dizer — enfatizo.

— O que para você era ilícito, para mim era lucrativo. Foi isso o que me levou a abrir uma empresa só minha, por meio da qual atendia os clientes que nosso bem-conceituado e honroso escritório de contabilidade dispensava.

A máscara de bom moço começa a desaparecer, permitindo que sua verdadeira imagem apareça: fria.

— Seu imbecil, por que não separou a sociedade e seguiu com seus clientes podres longe de mim?

— Você é muito inocente, né, Bárbara? Como acha que eu bancaria toda a ostentação de um escritório como esse? Depois que conquistei meus clientes, até tentei afastar você para providenciar a separação da sociedade. Aliás, as migalhas que esse escritório rende não pagam nem as diárias do jatinho que acabo de comprar.

Sinto o celular vibrar várias vezes e dou por mim que é um alerta para recuar.

— Até procurar a amante do seu ex-noivo eu procurei. Mas a vaca da Nicole foi mais rápida e fez tudo errado. Porém, nem tudo foi em vão... Você pediu uns dias quando descobriu a traição, não pediu? Infelizmente, foi mais rápida do que eu precisava.

— Você chegou ao fundo do poço. Nem sei o porquê de eu ainda ter esperança de que você pudesse ter uma explicação decente. — Meu coração está disparado. Ele é a pior pessoa que conheci na vida. Não só traiu a empresa, como também minha confiança durante todo o tempo em que nos conhecemos.

— O que é decência para você? — Ele fecha as mãos em punho sobre a mesa. — Viver dos salários mínimos que essas empresas pagam como honorários? Pois fique sabendo que *meus* esquemas rendem milhões por ano.

— Milhões?

Preciso me acalmar. Ele ainda não confessou nada.

— Dinheiro o suficiente para que, se você quiser desfazer a sociedade, pode ir em frente.

— Puxa, Thiago, algo tão rentável assim... era só me contar. Acho que eu não precisava descobrir que você fez tudo pelas minhas costas desse jeito.

— Você nunca se envolveria com as empresas que trabalho. — Seus olhos focam longe.

— Como assim? Não é só sonegação de impostos? Isso, muitas fazem. — Tento fingir que estou aberta a "novas ideias".

— Sonegação é a menor das infrações... As atividades comerciais que praticam assustariam você.

— Não tenho tanta certeza, principalmente depois do que você e Caio fizeram.

— Você acha que sou algum idiota?

— Por que idiota? Prefere que eu o ache egoísta, então? Não mereço receber milhões também?

— Nunca! Para conseguir esses milhões, tenho trabalhado muito. Essas empresas são dirigidas por gente muito perigosa. Depois que entendi onde me meti, não faria isso jamais com você.

— Quer o dinheiro todo só pra você, então?! Atrai os clientes para o nosso escritório, mas não divide a fatia do bolo porque se acha onipotente.

— Eles nunca estiveram aqui. Posso ter passado você para trás, mas nunca deixei que chegassem perto das pessoas que amo.

— Eu sei quem ajuda você aqui no escritório. Ela vai ter que se entender comigo. Se vendeu por tão pouco...

— Deixa minha irmã fora disso! Ela sempre gostou de você. Sem contar que nunca soube de nada dos meus clientes. Ela é tão inocente quanto você aqui no escritório. Além de ser pura e verdadeira. Não faça nada com ela, entendeu?

— Eu gosto muito dela. Mas vocês foram mesquinhos. Se quer que eu deixe a Márcia em paz, me conta, de uma vez por todas, o que tem de tão obscuro nessas empresas.

— O que você quer saber? Que eu faço toda a intermediação para lavagem de dinheiro e a remessa da grana para fora do país? Que essas empresas traficam pessoas e drogas? É nisso que você quer se meter? Já não basta o que fizeram com você?

Ele passa a mão no cabelo, quando se dá conta da besteira que acaba de falar.

— O que fizeram comigo, Thiago? Foi você que mandou me matar?

— Não! Jamais faria isso com você! Foi um dos meus clientes. O miserável está me pressionando para fazer uma transação muito grande há meses. Eu precisaria trazer funcionários dele da Itália para aprender todo o processo. Quando eu disse que teria de esperar mais um pouco porque você desconfiaria quando percebesse que havia pessoas diferentes no escritório, ele decidiu resolver o problema cometendo um atentado contra você sem que eu soubesse.

Thiago abaixa a cabeça, com uma expressão de desespero. Estou correndo perigo, ameaçada por uma quadrilha internacional, e ele me conta isto nesta naturalidade?

— Seu calhorda. Então você sabia que vinham me ameaçando há meses e não fez nada... Eu te odeio, Thiago.

De repente, a porta se escancara. Penso ser a polícia, mas é Marcinha, desesperada, correndo para os braços do irmão.

— Thiago, meu amor... A polícia está na recepção, procurando por você! Estão com um mandado de prisão nas mãos.

Então não é apenas um amor fraternal. Vai muito além.

— Vai dar tudo certo, meu amor.

Ele afaga os cabelos dela.

— Thiago! — Marcinha chora. — Você me chamou de... — Fico chocada quando ela se ajoelha e levanta as mãos aos céus. — Por favor, meu Deus, não deixe nada acontecer com o homem da minha vida! Ele é o ar que eu respiro. Por favor, Senhor, eu imploro!

A expressão de Thiago se altera, e ele puxa Marcinha pelos cabelos, fazendo com que se levante.

— Márcia, tranca a porta agora — ordena ele.

Ela obedece, em silêncio.

Eu me levanto rapidamente, querendo fugir, mas Marcinha nos tranca em um movimento sagaz.

— Me dá essa chave, por favor — suplico.

Mas seu olhar é distante. Suas pupilas estão dilatadas, e ela parece não me enxergar.

— Bárbara, você fica.

Congelo ao perceber que Thiago usa comigo o mesmo tom autoritário que usou com Marcinha, mas agora tem uma arma em punho. Sua expressão fria, sua imponência, tudo assusta. Minhas pernas ficam bambas. Toda a coragem vai embora.

— Thiago, não faz nenhuma besteira! Me deixa sair e atende a polícia. Você é inteligente. Seja lá do que está com medo, não assine sua sentença e piore as coisas.

— Cala a porra dessa boca! Márcia, amordaça a boca dela com sua camisa.

Embora eu a empurre quando chega perto de mim e lute com toda a minha força, a mulher que sempre aparentou ser meiga e frágil vira uma ciborgue.

— Isso, meu amor. Se você fizer como ensinei, vai ter a melhor recompensa do mundo. — O sádico vai narrando com orgulho cada embate. — Já chega de servir de capacho para a riquinha. Os personagens bonzinhos são os protagonistas agora. Ela não queria conhecer o submundo? Então mostre quem manda aqui. Seu dono, minha vaquinha gostosa.

— Marcinha, não faz isso... Sou eu, a Bárbara! Olha pra mim, por favor! Se o Thiago quer acabar com a vida dele, que se dane! Você não precisar fazer isso. Você é livre, meu bem.

Por mais absurda que sua obediência àquele monstro seja, sei que ali, no seu olhar, há um resquício de pureza. A força com que me segura afrouxa um pouco, mas logo o infeliz percebe e põe as garras de fora.

— Sua imbecil, o que está fazendo? Mandei amordaçá-la. Quer ser castigada?

Alguém esmurra a porta.

— Polícia Federal! Abra a porta ou seremos obrigados a arrombar.

— É melhor ficarem bem aí. Tenho duas reféns na minha sala, na mira da minha arma.

— Thiago, por favor! Você pode se defender, eu juro! — digo, quase aos gritos.

Ele passa uma das mãos pelo cabelo, assustado ou desesperado, talvez ambos.

— Meu amor, o que está acontecendo? Por que a polícia está aqui? O que você fez? — suplica Marcinha.

— Calem a boca, suas idiotas! Será que não entendem? Se a polícia colocar as mãos em mim, sou um homem morto.

— Senhor Thiago, é melhor abrir a porta e nos acompanhar para averiguações. Não é necessário fazer ninguém de refém. Só queremos conversar.

— Não devo nada a ninguém, mas não vou me entregar. — Thiago se exalta, sentindo-se encurralado.

— Foi você, né, sua traidora? Me entregou à polícia. — Ele vem na minha direção, com um olhar diabólico. Meu coração dispara, minha boca fica seca. — Sabe o que faço com quem me trai? — A cada passo que dá, fico mais aterrorizada. Tenho uma súbita tontura. O nervoso me dá náuseas. Meu mal-estar é perceptível. — Não se contentou em me afrontar e me humilhar. Quando foi que procurou a polícia, sua patricinha mimada?

Sinto que estou prestes a ter um ataque de pânico. As mãos da mulher que há pouco me atacavam, agora me apertam geladas.

— Por favor, meu amor, deixa a Bárbara em paz.

— Não se mete, seu capacho alienado. Será que todas as lições não serviram para nada? Precisa ser espancada na frente dessa traidora?

— Eu aceito tudo porque conheço seu outro lado. Mas... nossa amiga, não!

— Você não sabe lidar com ninguém, sua imprestável. Já quase conseguiu estragar um dos meus planos no passado, quando resolvi dar cabo daqueles infelizes que se diziam nossos pais. Tenho nojo de você! Agora, pela última vez, vai ficar quietinha e assistir.

— Você matou minha mãe? — pergunta ela, em choque.

— É, matei. O lema daqueles dois não era "felizes para sempre"? Queria mandar você junto, mas você ficou na porra do meu pé.

— Não pode ser! Está falando isso para me assustar? Como é possível você ter feito aquilo?

— Ah... *Como*? A mangueirinha do gás me ajudou! Eu puxei, e ela afrouxou, assim como tenho feito com cada buraco do seu corpo.

— Você está mentindo! — grita Marcinha, enquanto os policiais exigem que Thiago saia.

Nesse ínterim, vejo a chave caída no chão. Quando faço menção de pegá-la, ouço um tiro.

— Esse é o seu lugar, vadia, de onde você nunca saiu: aos meus pés! — Thiago ri, satânico, ao vê-la agonizante, sangrando na testa.

Em seguida ele foca em mim assim que me abaixo para pegar a chave, então pisa na minha mão, torcendo o sapato sem dó sobre meus dedos.

— Nem pense em me desafiar, princesinha. — Ele passa o cano gelado da arma no meu rosto e se abaixa para me ameaçar. — Acho que você assinou sua sentença de morte...

A polícia continua tentando negociar a rendição de Thiago, avisando que vai invadir a sala, mas isso só o deixa ainda mais agressivo. Ele mira a arma em mim.

— Esse seu corpinho sempre deixou meu pau duro. Até sonhava com você...

Enojada, me debato para afastá-lo, mas Thiago me pega e me comprime contra seu corpo, com a arma entre nós, então lambe meu pescoço.

Cuspo na cara dele, e logo sinto uma dor intensa e a cabeça girar com o impacto de algo. Minha visão escurece.

Marco

O silêncio da sala é enlouquecedor. Não fui autorizado a me juntar aos policiais que negociam com o infeliz. Meu coração está disparado. Adilson, que chegou há pouco tempo, anda de um lado para o outro.

Quando ouço que atiradores de elite estão a caminho, tenho um pressentimento estranho e ruim. Sem pensar, invado o corredor que dá acesso à sala em que estão. Parece uma fila indiana de homens armados, trocando informações e negociando com o silêncio.

— O senhor não pode entrar aqui.

O delegado que conduz o caso pede que eu não me pronuncie em nenhum momento. Eu paraliso, desesperado por saber que ela está tão próxima, na mira de uma arma.

Aguenta firme, sereia...

Quero que todo mundo se foda. Está tudo acabado, então, para ter alguma paz de espírito e ganhar tempo, ligo o som da sala no último volume.

Levanto a imprestável.

— Não dê um pio, meu capachozinho gostoso, e vem comigo. E não lute contra mim porque você sabe que é pior. Faz tudo o que eu mandar. Entendeu?

Penso rápido no plano de fuga.

Por precaução, nas férias coletivas do ano passado, mandei construir um acesso secreto atrás da estante para a sala ao lado, que aluguei. Lá, coloquei outra porta, que dá acesso à escada do prédio, onde deixei um disfarce de idoso.

— Para onde está tentando me levar, Thiago?

— Chega de perguntas. Eu juro que estou perdendo a paciência com você.

Empurro-a em direção à passagem. Quando ela tenta gritar, tapo sua boca com força e ela me morde.

— Sua puta! Se você não fizer tudo o que eu mandar, vou estourar seus miolos agora mesmo.

Meus nervos vão ficando à flor da pele. Fico mais e mais furioso à medida que ela não se submete a mim. Quando percebo que não vai ter jeito, sem pensar, disparo a arma com silenciador duas vezes. De olhos arregalados, escorregando pelo meu corpo como geleia, ouço-a dizer:

— Por quê? Você sempre foi o meu tudo, Thiago, mas acabou sendo o meu nada...

As palavras me desarmam. Sinto as lágrimas descerem pelo meu rosto enquanto vejo a história se repetir: primeiro minha mãe, e agora ela não quer ficar ao meu lado.

— Me perdoa, meu bem... — Sem tempo de recuar, dou um beijo em sua testa, então verifico seus batimentos cardíacos e fecho seus olhos, que me encaravam abertos. — Você sempre foi perfeita demais para me seguir.

Deixo-a no chão e, sem olhar para trás, sigo meu plano e chego ao estacionamento, mas então o porteiro aponta meu carro, já em movimento, aos policiais. Praguejo alto enquanto tento costurar o trânsito infernal. A adrenalina não dá lugar à covardia. Não dou chance para o azar, nem mesmo quando as lágrimas voltam aos meus olhos ao pensar em tudo o que estou deixando para trás. Em zigue-zague, mudo para a marcha mais potente da BMW X6, mas parece que brotam viaturas de todos os lados. Isso que é ser preso com dignidade, em alto estilo, porque parece que toda a polícia da cidade está em meu encalço.

Finalmente pego uma avenida ampla, então acelero mais. A duzentos e quarenta por hora, o volante até vibra sob minhas mãos. A força e a tensão dos meus braços segurando a direção para controlar a máquina me levam ao êxtase. Em segundos, faço a curva de acesso ao bairro, cantando pneu. Passo sem parar pela cancela do pedágio e imagino a cara de seus operadores ao verem um "avião" passar em tamanha velocidade.

Levanto poeira do chão, no controle total do carro. Ouço um helicóptero se aproximar, acho que me perseguindo também.

Talvez a ambição me leve à morte. Meu coração se enche de ódio e sinto, ao mesmo tempo que me vem a emoção de estar em fuga, vontade de me vingar pela humilhação de ser caçado como um bandido.

As lembranças da minha linda submissa, que me idolatrou e erroneamente enxergou algo bonito no meu caráter, dilaceram meu coração. Quando me lembro dela morta no chão, começo a duvidar se valeria a pena viver, no fim das contas.

As lágrimas escorrem, atrapalhando minha visão. O helicóptero sobrevoa baixo e ouço tiros. Apavorado, vejo uma viatura vindo de frente para mim. Tento desviar, mas perco o controle do carro e meu corpo se debate, então não há mais nada.

Capítulo 61

Marco

Tudo acontece muito rápido. Uma porta é arrombada, todos correm e, diante dos meus olhos, minha sereia está caída no chão, desacordada, com sangue escorrendo pelo rosto e pescoço. Corro até ela e confiro seus sinais vitais. Nunca, na minha vida toda, uma veia bombeando sangue me deu tanta felicidade.

Os paramédicos chegam, mas não quero soltar sua mão fria. Mesmo assim, sou obrigado a me afastar e a aguardar ao lado. Eles conseguem fazê-la despertar e, quando seus olhos confusos encontram os meus, uma lágrima brota.

— Te amo... — declara em uma voz fraca, e então desmaia novamente.

Eu me desespero, quero abraçá-la, sentir seu calor.

— O senhor precisa se afastar. Vamos colocá-la na maca.

— Ela vai ficar bem? — imploro por uma resposta.

— Acredito que sim — diz o médico, olhando o ferimento. — Tomou uma pancada forte na cabeça. Precisamos levá-la ao hospital. Então, colabore.

Adilson entra, ofegante.

— Como aquele desgraçado fugiu? — pergunta a um policial, que olha ao redor. Um deles força uma porta trancada até estourar o trinco.

— Tem mais uma vítima caída aqui na outra sala.

Não consigo sair do lado da minha sereia, mas ouço alguém dizer que Márcia está morta.

Fecho os olhos, e sinto um calafrio percorrer minha espinha só de imaginar o terror que devem ter sentido. Os paramédicos começam a empurrar a maca de Bárbara, e eu a acompanho. Patty chega aos berros, e Adilson a ampara. Ouço apenas os gritos de dor de Patty, enquanto levamos Bárbara para a ambulância às pressas.

Juro que vou ter uma conversa séria com o delegado que cuidou da operação assim que tudo isso passar. Foi tudo uma tragédia.

Na ambulância, ela abre e fecha os olhos.

— Precisa de um beijinho para acordar? — sussurro.

— Minha cabeça está doendo... — Ela vira o rosto de lado, tossindo.

Fico com medo de que a pancada possa ter causado um traumatismo craniano, mas então a enfermeira me pede licença para segurar a cabeça de Bárbara durante o trajeto. Quando chegamos, levam-na para dentro e me pedem para esperar na recepção.

Depois de um tempo, Adilson e Ana aparecem. Patty ficou cuidando da papelada para o enterro de Marcinha e, pelo jeito, Thiago está morto.

Não dá para entender direito o que aconteceu durante a operação.

Conrado

Apesar de silenciadas, as luzes das sirenes ainda brilham frenéticas, marcando os locais onde, mais uma vez, a tragédia e a morte mancham com sangue a história da principal cidade do país. Saldo final da ação da Polícia Federal naquela manhã: uma vítima levemente ferida e muito assustada no hospital e duas mortes. Mas isso não é nem o começo.

Encostado na parede no fundo da sala, com as mãos nos bolsos, observo o delegado tentando explicar o inexplicável ao pai de Bárbara.

— Como minha filha terminou presa na sala do sócio criminoso, com uma unidade inteira da Polícia Federal cercando o prédio e o conjunto de salas? — Essa eu faço questão de ouvir de camarote.

Com o rosto vermelho e as mãos fechadas em punho, Adilson cobra explicações que o delegado não pode fornecer por um simples fato: o atentado se transformou em uma investigação secreta, de prioridade máxima para a Polícia Federal. Uma investigação que, por pouco, não foi por água abaixo. E tudo porque o sujeito que tenta enrolar o pai da jovem mulher é um péssimo estrategista. Bárbara Nucci quase se tornou o corpo número três do necrotério público. E o problema não foi a equipe — aqueles policiais são pessoas muito bem treinadas —, mas um líder lamentavelmente despreparado.

Meu irmão também está recostado na parede, com os braços cruzados e cara de poucos amigos. Havia tentado convencer o delegado a aceitar a ajuda da Abaré nas investigações, mas, como a maioria dos policiais, federais ou não, o homem nutria uma birra contra investigadores particulares. Caetano não teve outra opção a não ser usar a influência do senador Albuquerque para entrar em contato com instâncias superiores. Se o delegado tivesse esperado mais 24 horas... Mas não esperou e, em minutos, tudo ruiu.

— O dever dos meus homens era prender o criminoso. A segurança da sua filha era dever daqueles dois ali no fundo! — acusa o filho da puta, apontando para nós.

Eu já esperava por isso. O sujeito deveria voltar para a academia e reaprender suas obrigações.

Seu Adilson olha para a direção apontada pelo delegado. Percebo que ele havia se esquecido totalmente da nossa presença.

— Eu não terminei com você, seu incompetente. E vocês? Por que não protegeram minha filha? — cobra ele, em um tom ríspido.

— Por que não pergunta à sua filha? — A voz de Caetano ressoa na sala.

Caetano está enfurecido, para dizer o mínimo. Ele é o melhor no que faz, mas não tem jogo de cintura nem paciência para conduzir uma situação delicada como esta.

— O que quer dizer com isso? — Adilson praticamente grita.

— Sua filha tinha a orientação de nos informar tudo sobre a investigação. — Tomo a palavra. — Mas não foi isso o que aconteceu. Quando nosso segurança perguntou por que ela estava se dirigindo ao prédio da Polícia Federal, ela disse que teria uma conversa informal com o delegado. Então, quando ele notou que o carro dela estava indo para o escritório, questionou-a de novo e ela mais uma vez mentiu, informando que precisava pegar uns documentos pessoais. Quando ele percebeu que havia algo errado, contatou-nos, mas já era tarde.

— Ela deve ter seguido a orientação do detetive Baretta, ou estou enganado? — insinua Caetano, encarando o delegado.

A referência à série policial da década de 1970 não passa despercebida. O rosto do delegado fica roxo.

— Desconfio que esteja querendo conhecer nossas instalações, não é mesmo, Nascimento? — pergunta o delegado, em uma ameaça velada.

— Delegado, se fosse minha mulher ou minha filha, eu com certeza terminaria conhecendo suas instalações.

— O que quer dizer com isso? — interfere Adilson, ainda mais abalado.

Entendo meu irmão, pois ele sabe como é viver uma experiência como essa. Caetano encara Adilson e, com a voz grave e a expressão séria, continua:

— Tem muita sorte por sua filha estar viva. A operação foi muito mal planejada. Eles deveriam estar em um lugar aberto, com supervisão de todos, não no campo do inimigo, a portas fechadas. Thiago colocou a arma, literalmente, na cara dela.

Adilson fica pálido.

— Como podem saber disso? — corta o delegado.

— Fizemos nossa lição de casa — retruca meu irmão. — Ao contrário de você e sua equipe...

— Você vai se arrepender.

Meu irmão ignora o delegado e se aproxima de Adilson.

— Se posso dar um conselho ao senhor... Vá abraçar sua filha. Sentir que ela está viva e bem. Meus homens estão cobrindo o hospital e, a partir de agora, somos nós que estamos no comando. Depois, quando tudo estiver mais calmo, vamos marcar uma reunião e explicar tudo — conclui ele.

Adilson olha para mim e, com um aceno de cabeça, confirmo as palavras do meu irmão.

Vejo um sorriso se abrir no rosto de Caetano, que olha na direção da porta pela qual Adilson acaba de sair. Isso e a repentina palidez na face do delegado anunciam o recém-chegado. Não preciso olhar para saber de quem se trata, mas mesmo assim o faço.

— Boa tarde, Alvarenga — saúdo o superintendente da Polícia Federal.

— Grávida?

— Os exames são claros e mostram que está tudo bem com o bebê — explica o médico, enquanto passa o ultrassom sobre o gel frio no meu ventre. — Parabéns! A senhora tem seis semanas completas.

— O senhor tem certeza? Sempre tomei as pílulas corretamente.

— Tenho. Se tiver alguma dúvida, vou estar no consultório. Daqui a pouco a enfermeira vem te ajudar.

Meu Deus. Tem um bebê dentro de mim! Passo a mão na barriga, sentindo algo diferente.

— Bem-vindo, meu anjinho de luz. A mamãe está com você há seis semanas e só agora ficou sabendo que você já passou, com ela, dores insuportáveis de perda, traição, medo... Pelo jeito forte como você vem se mostrando, já vi que formamos uma dupla infalível. Prometo que, a partir deste momento, aconteça o que acontecer, não vou me deixar abalar, porque não quero que pense que o mundo aqui fora é feito só de dor. Na verdade, é feito de coisas belas também!

Uma enfermeira entra na sala de ultrassom para me acompanhar de volta para a ala de observação. Quando vejo as três pessoas que mais amo me aguardando, caio em prantos. Estou tão feliz por estarmos a salvo! Mas eles se entreolham, sem entender nada diante das minhas lágrimas.

— Não me olhem assim. Ele vai ficar com medo de vocês. É assim que vocês pretendem dar boas-vindas ao nosso anjinho?

— Você está bem, filha? — Mamãe é esperta e percebe que tem algo no ar.

— Estamos bem, né, anjinho? — Volto a passar a mão na barriga, já me acostumando com a sensação. — Papai, vovó e vovô, eu já tenho seis semanas! Praticamente sou um mocinho ou uma mocinha.

— Bah... — Marco me encara com olhos arregalados, num misto de espanto e alegria.

— Sim, papai. — Sorrio para Marco. — A mamãe só ficou sabendo agora que eu já faço parte da vida de vocês.

— Filha, o que você está dizendo? Sou um pouco velho demais para decifrar enigmas desse negócio de vovô, vovó, papai. Estou confuso.

Enquanto minha mãe toma a frente para esclarecer, não tiro os olhos de Marco, que está tão emocionado quanto eu.

— Adilson, nossa menina entrou como filha neste hospital e está saindo como mãe! E nós entramos como pais e sairemos como avós. Espera aí, só me diz que estou certa, Bárbara... Porque, se matei a charada, vou comprar todo o enxoval agora mesmo, lá no meu Nordeste.

— Sim, mamãe, mais ou menos isso. Só que não entrei somente como filha, já era mãe também. Acho que o nosso bebê foi gerado no nosso quarto, né, amor?

Por um instante, é como se nossos olhares falassem entre si, em um diálogo mudo e mágico, que mostra a felicidade e a plenitude do momento, então ele se aproxima ainda mais, se abaixa perto de mim e afasta o cabelo do meu rosto.

— Bah, você tem ideia do quanto testa meu coração?

— Sem emoção não tem graça.

— Te amo tanto, linda. — Ele me beija com ternura, em seguida se agacha até a altura do meu ventre, emocionado. — Você também, anjinho. Já te amo muito também.

Por mais feliz que seja o momento entre beijos, abraços e cumprimentos, de repente percebo um clima de apreensão.

— Pronto, podem jogar a bomba. Thiago foi preso?

— Filha, vamos esperar o médico liberar você e depois conversamos sobre isso, tudo bem?

— Seu pai tem razão, linda. É melhor cuidarmos de você primeiro — confirma Marco.

Apelo para minha charmosa linguaruda.

— Mãe...

— Aff, Babby, o que você acha que eu posso falar que eles já não tenham dito? Eu nem estava lá!

Tento arrancar alguma coisa deles, mas ninguém me diz nada. Quando o médico chega para me dar alta, está acompanhado de uma enfermeira e me receita um calmante. É aí que percebo que as notícias não são boas.

— Amor, precisamos que seja forte por você e pelo nosso filho... — começa Marco.

Levo um choque ao descobrir que a operação terminou com a morte de duas pessoas que sempre amei. Sinto um nó na garganta. As lágrimas escorrem pelo meu rosto.

Depois disso, passo o resto do dia sob os cuidados de Marco e minha mãe. Meu pai sai para ajudar Patty nos trâmites dos velórios. Prefiro não participar, mas pedi que dessem um enterro digno aos meus antigos amigos. Quero guardar na memória apenas as boas lembranças; as más, vou apagar. Já aprendi a lição.

Marco

Desde que descobri que serei pai de novo, sinto como se a vida tivesse voltado a fazer sentido. Sei que vou amar profundamente este novo presente, tanto quanto amei minha pequena. Ontem à noite, enquanto Bárbara descansava, fiquei na varanda olhando o céu e, por incrível que pareça, havia apenas uma estrelinha piscando entre as nuvens. Deu a impressão de que a irmã estava festejando a chegada do nosso anjinho. Tenho confiança de que ela está feliz, mas ainda tenho algumas missões para resolver por ela. Faz dias que rejeito as ligações de Paula, então, quando meu celular toca durante um café especial com minha sereia, peço licença. Explico a situação e saio do quarto para atender.

— Fala.

— Bom dia pra você também, meu ex-marido preferido! Precisamos conversar. Você não está achando que a herança da minha filha amada, que tiraram de mim, vai ficar para você e sua amante, está?

— É esse o motivo da ligação?

— Qual outro teria? Acreditou que eu ligaria para qualquer outra coisa depois de ter me humilhado durante tanto tempo? Só quero o que é meu por direito E não estou falando só da minha parte. Quero a sua também — impôs em tom arrogante.

— Você tem direito a cinquenta por cento da parte da Vitória, apenas. Apesar disso, tenho uma proposta justa para você. Jonas entrará em contato nos próximos dias para resolver a questão. Você não precisa me ligar mais. Posso até estar sendo generoso agora, mas, se me procurar de novo, a proposta será cancelada e vamos entrar na Justiça para ver quem fica com o dinheiro. Nesse caso, pode acreditar que você não vai sair com um centavo. Adeus.

Quando volto ao quarto para ficar ao lado da mulher que realmente vale o meu tempo, encontro-a tomando as vitaminas que o médico indicou.

— Era a Paula ao telefone. Adivinha o que ela queria?

— A herança da Vitória. — Quando assinto, ela pergunta: — O que você vai fazer?

— Tenho uma proposta para ela. Já tinha pensado no destino desse dinheiro, mas, para ficar definitivamente livre, acho que tenho uma boa solução. Porém, antes, ela terá que fazer por merecer.

Conto minha ideia, irredutível quanto aos meus termos. O bom de dividir as coisas com Bárbara é que de um assunto navegamos para outro, e assim passamos a manhã toda fazendo planos. Não toquei no assunto do velório, deixando-a livre para chegar nele sozinha.

— Marcinha parecia tão entregue a ele... — reflete, pensativa. — Doeu ver as revelações e as angústias a que ela foi submetida. Thiago maltratou a coitada a vida toda e, mesmo assim, ela ficou ao seu lado! Confesso que foi estranho ver os sentimentos entre eles.

— Vamos deixá-los descansar onde quer que estejam. Venha aqui para eu mimar um pouquinho a mamãe mais linda do mundo e mostrar que amor bom é aquele em que se cuida e respeita!

Caio

Quando a gente pensa que acabou, o defunto reaparece pedindo mais uma chance.

— Caio, preciso do seu perdão, senão vou enlouquecer! Não paro de pensar em você. Eu te amo! Precisa acreditar em mim.

— Nicole, não é possível que seja tão cara de pau a ponto de me procurar e, ainda por cima, dizer que me ama! Será que não se tocou de que o vídeo que tem em suas mãos não é suficiente para me prender a você?

— Você quer dizer que não tem mais volta? — A ordinária é tão cretina que funga como se começasse a chorar. — É ela, né? Você ainda não a esqueceu?

— Existe uma mulher, sim, mas não a que está acreditando ser. Olha, Nicole, arrume alguém que te faça feliz e transfira para ele essa paixão toda que você diz sentir por mim. Passar bem... — debocho, sabendo bem qual é sua paixão, regada a cifrões.

Desligo o telefone e começo a pensar na outra que está acabando com minha sanidade, uma mulher arredia e independente, que, de outra maneira, prefere o dinheiro a ser feliz ao meu lado. Desde a noite em que fizemos amor de verdade e pedi que fosse algo pessoal, e não profissional, ela nunca mais me permitiu ser carinhoso. Relembro como, movido pelo ciúme, fiz uma proposta insana de exclusividade.

Lembro-me de como levantei da cama esperançoso.

— Naty, quero fazer uma proposta pra você.

— Naty? Menos intimidade, por favor... — reclamou. — Se vamos falar de negócios, seja direto e menos meloso. Que proposta é essa?

— Tenho que viajar por duas semanas e precisarei de uma acompanhante. Acredito que você seja a pessoa perfeita para isso. — Estendi a mão para acarinhar seu rosto macio.

— Pode parar. — Ela se esquivou. — Você quer uma namorada, e não sou a pessoa indicada. E esse tempo todo longe dos meus clientes causaria um prejuízo enorme aos meus bolsos.

Virei o rosto, enquanto sua aspereza fazia moradia dentro de mim.

— Não é nada disso, convencida! Pode fazer seu preço. Não estou procurando uma namoradinha. Nem sou iludido a esse ponto. Sei muito bem que nossa interação é toda baseada em dinheiro.

Pela primeira vez, não sabia como me comportar com uma mulher. Não podia ser romântico porque ela ficava agressiva, mas, se a tratava como um cliente usando seus serviços, ficava irada!

— Como, exatamente, vai precisar dos meus serviços? — Senti sua voz um pouco desgostosa.

Porra, não queria que achasse que seria minha puta exclusiva, além de tentar fazer com que se sentisse segura quanto às minhas intenções, então inventei tudo na hora.

— Você terá de se comportar como minha namorada nos locais públicos. Sou muito conhecido por lá, então não quero que ninguém pense que contratei uma mulher para me acompanhar. Tudo que precisamos fazer é representar um casal compromissado — menti, uma vez que não conhecia quase ninguém em Nova York. Era certo que tinha algumas reuniões agendadas e alguns eventos para comparecer, mas, na realidade, a única pessoa que eu conhecia era meu fornecedor.

— Defina esse compromissado. — Pelo brilho dos seus olhos, tive a impressão de que já imaginava qual era a definição.

— Beijos na boca, abraços apertados, carinho... — Encarei-a, sabendo que ela gostava da ideia, só que era mais escorregadia que sabão. — Na agenda quero incluir visitarmos alguns clubes BDSM. Não foi você que me contou que gostaria de conhecer um de verdade em outro país?

— Está querendo me agradar?

Pouco me importava se eu tivesse que parecer um bajulador, contanto que visse aquele sorriso tímido em seu rosto.

— Eu também tenho as minhas taras pelo assunto. — Mesmo vendo-a revirar os olhos, continuei... — Mas, para não achar que só estou pensando em lazer, terá de me ajudar a convencer meu fornecedor também.

— Não imagino como. Não sei nada de negócios!

— Não duvide de seus talentos profissionais. Eles mostram que você entende muito mais de negócios do que demonstra. Além disso, nada melhor que uma dupla penetração envolvendo nós três. — Fechei os olhos quando falei isso. — Assim, ele ficará bem generoso e concederá um belo desconto.

Novamente a dor abateu meu coração por ter que usar um fingido tom profissional, mesmo sabendo que jamais a dividiria com outro homem.

— Você pretende me afastar dos meus clientes e, de bandeja, me usar para alegrar os seus? Você pode ser considerado um gigolô por isso, Caio! — Pela sua repulsa e a forma como fez que iria se levantar da cama, meu coração acelerou. Ela era durona, mas eu não podia estar tão enganado com seus sentimentos por mim. Sendo assim, a puxei para mim.

— Minha linda, pretendo apenas dividi-la nessas duas semanas. Entregar, jamais, claro! — consertei, e comecei a acariciar seu corpo.

— Só isso? — gemeu, enquanto meus dedos brincavam entre seu sexo.

— Não! Pretendo também realizar alguns fetiches, como você se vestindo pra mim com várias fantasias, e ainda pagarei um bônus por isso. — Afoito, tomei seus seios arrepiados e convidativos em minha boca, chupando-os com volúpia. Enquanto a fazia chegar à beira do tesão, invadindo-a, reivindicando-a. Naquela trepada gostosa, lenta, com olho no olho, respiração contra respiração. Carne invadindo carne. Conexão pura, até que...

— Você tá louco? — Ela me empurrou. — Transar sem proteção?

— Me desculpe.

— Eu já tenho resposta: não.

Nataly se levantou da cama e correu para o banheiro.

Fiquei deitado na cama, com um braço sobre o rosto, lamentando não ser capaz de convencer a mulher que estava mexendo com meus sentidos a passar comigo ao menos duas semanas. Cansado de lutar contra o que estava sentindo, resolvi ser direto e contar que tudo foi um plano besta para convencê-la a ir comigo. Então, quando fiz isso, o que encontrei me quebrou as pernas. Ela estava sentada no chão, com os braços enlaçando as pernas, chorando baixinho e sentido. Meu instinto de proteção foi tão forte que, rapidamente, cheguei ao seu lado e a peguei em meus braços.

— Xiii... me desculpe, fui novamente um bastardo...

— Não sei se aguento isso, Caio — confessou ela, fungando.

— Não diga nada agora. Vou embora e peço que pense com carinho a respeito do que lhe propus. A viagem é daqui a dois dias. Sei que seu passaporte está em dia e que seu visto ainda é válido. Quanto ao valor, o que você decidir eu pagarei com a maior satisfação. Se aceitar, prometo que nunca mais ultrapassarei seus limites e regras. Eu juro!

Mas dois dias se passaram sem nenhum sinal dela, por mais que eu ligue, então decido deixar uma mensagem de voz desesperada.

— Nataly, nem sei se esse é seu nome verdadeiro, mas... se aceitar viajar comigo, quero descobrir. A cada dia, tenho vontade de saber mais sobre você. Quando nasceu, se tem pais, irmãos, se era bochechuda quando pequenininha, se brincou de boneca. Mas não quero descobrir por meio de outras pessoas ou de uma investigação particular. Fui um fraco quando *te convidei* para viajar comigo e não tive coragem de assumir a paixão enorme que sinto por você. Eu deveria ter sido mais corajoso e mostrado que...

A ligação cai.

Eu a perdi.

Depois de passar a noite insone, dirijo-me ao aeroporto, onde espero o horário do voo, desconsolado. Enquanto tento ler um livro, sinto o perfume floral inconfundível e vejo um envelope pardo cair entre as páginas abertas. Ergo o olhar e, à minha frente, está ela, linda, com os cabelos longos e escuros caindo sobre os ombros, vestindo um jeans escuro e justo e um casaco rosa. Fico hipnotizado.

Há algo de diferente no seu olhar. Um brilho de uma intensidade de quem quer tentar ser feliz.

— Esse é meu preço. — Ela aponta o envelope.

Com as mãos trêmulas, abro e leio baixinho.

— Dou a você o meu coração, sem promessas e pagamentos. Meu valor é seu respeito e amor.

Meu mundo para. Não sei o que vai acontecer amanhã, mas hoje sou o homem mais feliz do mundo. Vou fazer de tudo para tornar esta viagem inesquecível para ela, dando meu melhor para viver um dia de cada vez ao seu lado.

Puxo-a para meus braços e dou-lhe um beijo apaixonado. Juntos, seguimos rumo à felicidade.

CAPÍTULO 62

Marco

Retorno ao trabalho e a primeira coisa que faço é mandar um e-mail para o dr. Bueno sobre a proposta que tenho para Paula. Depois de alguns minutos, ele me liga:

— Marco, me desculpe, mas não será fácil de ela aceitar os termos que você propõe.

— Bueno, não tem contraproposta. Ela já tem a parte da herança dos pais. Não precisa de toda a herança da Vitória.

— Bem, acho que ela precisa. Mais do que você imagina.

Ele me conta sobre a última façanha de Paula. Fico inconformado, mas não surpreso com tamanha ganância e estupidez. Peço alguns ajustes na proposta e que Bueno entre em contato com Jonas para cuidar de tudo. Independentemente das circunstâncias, não quero mais nenhum contato com ela.

Entre uma audiência e outra, ligo para minha sogra para fazer um pedido especial.

— Minha sogra adorada, tenho uma missão importante. Aliás, vou precisar de você *e* da minha mãe. Quero fazer um casamento surpresa para Bárbara. Sei que pode parecer egoísmo, mas a gente já conversou muito sobre o assunto, e ela deixou claro que fosse simples e intimista. Pensando nisso, gostaria que a cerimônia fosse na casa dos meus pais, em Riviera de São Lourenço, na beira da praia.

— E você vem falar isso pra mim? Se eu contar o que ela fez quando preparamos sua festa de debutante, você saberia como ela tem horror a grandes eventos.

O bom da dona Ana é que ela se diverte com tudo.

— Ela me disse alguma coisa sobre isso... Justamente por isso, quero uma cerimônia simples. Vamos marcar um almoço amanhã nós três para acertar tudo?

Se fosse possível, eu diria que a Ana fica até mais animada do que eu.

Daqui a três semanas, minha sereia vai se tornar a senhora Nucci Ladeia.

Bárbara

Os dias têm sido mágicos. Com exceção das vezes em que tive que prestar depoimentos à polícia, todos os outros momentos compensaram. Sempre que o Marco chega em casa, traz surpresas para mim e para o bebê. Agora ele está encostado no batente da porta, vestindo apenas uma bermuda cargo azul-marinho. Adoro quando fica sem camisa, exibindo o abdômen trincado.

— Não canso de ficar olhando pra você, sabia?

Ok, também adoro aquela voz rouca de quem só fica na espreita esperando um sinal verde. Assanhada, mordo os lábios.

— Somos privilegiados.

— Tenho uma surpresa.

Ele entra no quarto, e só então percebo que segura algo.

— Nessa surpresa, eu posso me aproveitar do entregador?

Nos últimos dias, meu desejo por Marco tem sido incontrolável.

Ele sorri, e me jogo nos seus braços. Só me dou por satisfeita quando chegamos nos finalmentes.

— Agora o presente — peço, ainda ofegante, toda suada.

Abro a caixa, e meus olhos marejam. É um conjunto de porta-lembranças, com acabamento de prata e um anjinho cromado ornamentando. Uma das caixinhas é para guardar a primeira mecha de cabelo do bebê e a outra para o primeiro dentinho.

Eu agradeço, emocionada. Não vejo a hora de o nosso anjinho chegar!

Depois, compartilho com meu juiz a alegria por saber que a vida está voltando ao normal e que amanhã, mesmo ainda vigiada de perto por muitos seguranças, começo a trabalhar de novo. Ai, que saudade do escritório!

No dia seguinte, acordo animada pelo café da manhã na cama, uma cortesia diária do meu juiz. Uma vez mais, ao me arrumar, sinto enjoo.

— Essas vitaminas matinais que o ginecologista me receitou acabam com meu estôma... — Mal tenho tempo de chegar ao banheiro para eliminar o que acabo de comer.

— Vai passar, linda. — Ele me ajuda e me dá um copo d'água. — Ei, bebê, não fica pulando na barriga da mamãe! Deixa pra pular quando estiver aqui fora — brinca, enquanto me abraça.

Quando ele para na frente do meu escritório, com nosso comboio de proteção atrás, ele avisa:

— Passo pra te pegar à tarde.

— Vou sentir saudade — sussurro perto do seu colarinho, louca para manchá-lo de batom para a mulherada do fórum saber que ele tem dona.

— Vou te compensar pelo tempo que ficarmos afastados. Esta noite, eu cuido desse corpo gostoso. — O atrevido dá aquele sorriso maroto, cheio de malícia!

— O que faço agora, dr. Delícia, com minha minúscula calcinha preta, que ficou toda molhada? — Dou um beijo nele e saio do carro.

— Provocadora a senhora, né, dona Bárbara Nucci? A que horas devo buscá-la?

— Mando uma mensagem, minha vida! Comporte-se naquele antro de advogadas assanhadas! — Faço olhar de ciumenta e fecho a porta. Ele abre o vidro e me chama.

— Não se preocupe com isso, futura sra. Ladeia, só com o estado que ficará sua calcinha durante o dia. — Ele acelera o carro e vai embora, rindo.

De maneira safada, mando uma mensagem: Contando os segundos, gotejando de prazer, meladinha...

Na mesma hora, ele responde: Darei a volta no quarteirão se receber mais uma mensagem como essa! Agora, sim, com o pau duro é que todas as assanhadas do fórum vão pensar besteira.

Cretino!, penso. Assim, respondo: Estamos empatados, porque os homens que estão comigo no elevador estão sentindo o cheiro do meu desejo por você. Te amo.

E ele responde: Amo mais. Só lhe digo que os avise que quebrarei cada um se não taparem os narizes agora.

Quando a porta do elevador se abre no meu andar, ainda estou rindo. Respiro fundo e, a passos lentos, entro na recepção. No mesmo instante, a imagem de Marcinha, sentada à mesa, me vem à cabeça. Sinto um gosto amargo na boca e um nó na garganta. No lugar dela, há uma estagiária da contabilidade orientando uma nova secretária. Cumprimento-as sem muitas palavras, tentando não chorar, e entro no escritório.

Minha equipe vencedora está trabalhando duro. Ramais tocam e clientes circulam. Fico feliz e orgulhosa ao perceber que minha ausência não prejudicou em nada o andamento das coisas e que Patty deu conta do recado com excelência.

Entro na minha sala, determinada a tomar uma atitude que deveria ter tomado há anos. Interfono para Cristina, a nova secretária.

— Querida, por favor, pede para a Patrícia vir na minha sala? Ah, e pode desmarcar todos os compromissos dela até a hora do almoço.

Depois de alguns minutos, Patty aparece e damos um abraço apertado, que diz tudo.

— Amiga, me desculpe por deixar você sozinha cuidando de tudo — digo, chorando.

— Eu fiquei arrasada só de imaginar que poderia ter perdido você também, amiga! — Ela chora no meu ombro.

— Estou aqui agora.

Acaricio suas costas até que as duas estejam mais calmas, então conversamos um pouco sobre tudo que aconteceu.

— Sabe o que mais me irrita de o Thiago ter morrido? Que daqui a pouco vou ficar sem meu segurança gostoso — comenta, com um sorriso.

Solto uma gargalhada.

— Você se apaixonou por ele?

— Claro que não! Eu sou lá de me apaixonar? — Patty levanta a sobrancelha. — Mas me sentia uma celebridade quando ele me acompanhava. O cara é tão imponente que, quando entrei no perfil dele, no Facebook, meu computador até travou.

Damos risadas e fazemos mais algumas piadas, mas então sinto que chegou o momento de abordar o assunto que me fez chamá-la aqui.

— Patty, quero que saiba que vamos ser amigas pelo resto da vida — começo séria, para provocá-la.

— Eu entendo se você não confiar em mais ninguém e quiser me demitir.

— Puxa, não acredito que você descobriu! Por favor, não faça nenhum barraco.

— Escuta aqui, Bárbara, barraqueira é quem monta barraca e, por sinal, gente muito trabalhadora, que merece respeito. Eu sou é muito justa por adotar a filosofia do "bateu, levou"!

Espero sua encenação dramática um momento antes de continuar.

— Patty, agora é sério, preciso demitir você — comunico. Acho que é a primeira vez que a vejo ruborizar. — Agora que estou grávida, vou precisar de *você* como mais do que uma simples funcionária. — Levanto-me da mesa, abrindo os braços e rindo. — Patrícia Alencar Rochetty, você aceita ser minha sócia, na alegria, no trabalho, nas finanças e nos clientes, até que esse escritório exploda de sucesso?

— Você está brincando comigo, né?

— Aceita ou não ter uma sócia grávida?

— Amiga, estou igual a peneira, toda furada, pagando as dívidas que meu irmão vive deixando no nome dos meus pais. Como vou ser sua sócia sem um tostão furado?

— Não precisamos do seu dinheiro. Precisamos do seu trabalho, da sua amizade, da sua determinação, da sua competência. Mais alguma dúvida?

Ainda de braços abertos, espero-a. Chorando, ela se levanta.

— Só aceito se esse bebê que está aí dentro for meu afilhado.

— E você tem dúvidas? Óbvio que você vai ser a madrinha!

Nós nos abraçamos, selando uma nova parceria.

Paula

Qual é o ponto mais baixo a que se pode chegar na vida? Conta zerada, cartão estourado, amigos sumidos e credores ligando no celular fajuto que só anda recebendo ligação... Agora estou entrando disfarçada em um brechó chique, com uma mala de roupas, para tentar fazer algum dinheiro.

O que aprendi com essa tragédia é que, quando tiver a herança da minha filhinha em mãos, vou fazer diferente. Primeiro, vou contratar um bom advogado para me ajudar a administrar o dinheiro. Mas, enquanto isso não se resolve, preciso me virar.

Quatro mil e quinhentos reais. Esse é o valor que consigo ao vender uma mala de roupas que valiam mais de trezentos!

Estaciono na esquina de casa, aborrecida e morrendo de medo de encontrar um oficial de Justiça me esperando para apreender o carro. Cada vez que o interfone toca, nem me dou ao luxo de atender à porta.

Sentada na sala imunda e largada às traças, observo as peças de decoração antiquadas e tenho uma ideia brilhante: vender tudo. Apesar de serem caríssimas, continuam sendo feias. Procuro endereços de antiquários na lista telefônica, porque até a internet foi cortada. Tentei falar com o meu vizinho para rotear a dele, mas o infeliz me disse que a filha, que está em Aspen, é a única que sabe a senha.

Depois de passar em alguns lugares, arrecado oito mil reais pela venda de três vasos assinados por uma artista da qual nunca ouvi falar. Bingo! Vou jantar no Fasano para recuperar as energias e continuar minha empreitada.

No dia seguinte, acordo às pressas e me visto rápido, pois estou atrasada para a reunião. Vou aceitar qualquer proposta para sair da loucura em que minha vida se transformou. Pego o carro e rezo para conseguir chegar a um posto de gasolina antes de o combustível acabar. Graças a Deus dá certo. Coloco 25 reais em moedinhas — coisinhas que sempre desprezei — e parto para o escritório.

Jonas, todo gato e charmoso, me aguarda na sala de reunião junto ao asqueroso do Bueno. Após os cumprimentos, não perdemos tempo. Leio a proposta rapidamente. Ao final, sinto-me entorpecida.

O acordo é que eu trabalhe como voluntária, durante cinco anos, em instituições voltadas para crianças com transtornos mentais em troca de um mísero rendimento oriundo do aluguel de uma das casas alugadas que pertencem *a mim*. Não pode ser.

— Vocês podem me entregar a proposta do Marco agora? Esta minuta não tem pé nem cabeça.

— Não há outra proposta, Paula. Meu cliente estabeleceu os termos e foi categórico quanto a seu caráter irrevogável. É pegar ou largar — conclui Bueno.

— Ele quer que eu trabalhe como voluntária, durante cinco anos, em alguma instituição voltada para crianças com problemas mentais, recebendo ordens de pessoas que nunca vi na vida, em troca de um mísero rendimento, oriundo do aluguel de uma das casas alugadas que pertencem a mim? É isso? — cuspo as palavras.

— Acho que você não leu direito a proposta — alerta Bueno, divertindo-se com a esmola que me é oferecida. — Vou explicar. Marco quer que você faça por merecer a herança da Vitória ao estabelecer essa condição. Mas, enquanto cumpre sua parte, durante esses cinco anos receberá a renda do aluguel de uma das casas abrangidas pela herança para cobrir suas despesas.

— Eu entendi muito bem! Posso ter perdido dinheiro, mas não a inteligência para compreender esta infame proposta! Nem morta aceito isso! — grito, desesperada.

— Então não há nada mais a ser tratado — conclui Jonas, já se levantando.

O que eu faço? Apesar de já ter enviado currículos para praticamente todos os escritórios de advocacia da cidade, só tive entrevistas frustradas. Assim vou acabar morrendo de fome.

— Não! Espera... Tudo bem, eu aceito — concordo, por fim, humilhada.

Após todos esses acontecimentos e de, ainda por cima, receber uma ordem de despejo, tive que implorar a Marco para morar em uma das casas de aluguel longe do centro. Agora, comecei a visitar instituições para escolher em qual prestaria os serviços exigidos por ele. Depois de visitar lugares deploráveis, uma maldita mensagem do panfleto de um deles não sai da minha cabeça.

Diga não à discriminação e à exclusão social
Muitas pessoas com deficiência moram em países em desenvolvimento, onde, em geral, faltam médicos, clínicas e centros de reabilitação. Crianças e jovens portadores de necessidades especiais, sejam físicas e/ou mentais, com frequência vivem em condições de pobreza e muitos sofrem discriminação e exclusão social. Para mudar essa situação, junte-se a nós e seja um voluntário, oferecendo a alguém o que você tem de melhor, integrando-o à sociedade!

Deitada na cama, relembro as crianças que vi durante as visitas. Elas atormentam meus pensamentos. Por fim, me decido por uma instituição no Morumbi, que, pelo menos, é administrada por *socialites*.

Tudo isso para conseguir uma renda estável e uma concessão nos termos do Marco.

Agora, além de toda a decadência a que fui submetida, moro em um sobradinho geminado, no subúrbio, ouvindo os berros do vizinho, que bebe mais que um gambá e briga com os irmãos o tempo todo. Acordo para o primeiro dia de trabalho ao som do despertador do celular, única coisa de que não abri mão. Saio de casa e pego o ônibus lotado para a Casa Projeto Criança Especial.

Acho que meus sapatos Louboutin dourados não foram a melhor escolha, pois tenho que passar o dia todo indo de um lado a outro, recebendo instruções. Na hora do almoço, divido uma mesa enorme no refeitório da creche com outros voluntários. O menu do dia é arroz, feijão e bife acebolado, enfim, a morte.

— E aí, colega, o que uma princesinha como você está fazendo aqui? — pergunta uma molambenta, com a boca cheia de comida.

— Quero ser uma pessoa melhor — respondo, com nojo. — E você?

Tento ser simpática, já que vou ter que conviver com esse tipo de gentalha.

— Estou cumprindo pena. Fui pega grafitando.

Noto uma senhora mais elegante à minha frente e pergunto o motivo dela.

— Tive uma empresa por anos, mas a crise do país desestabilizou as finanças e deixei de pagar alguns impostos. Fui julgada e condenada a pagar com serviços comunitários.

Olho para ela, que parece feliz por estar ali ajudando.

— Nem todo mundo aqui está sendo obrigado. Eu venho por vontade própria três vezes na semana. Adoro ajudar as crianças — intervém uma mulher.

Os dias passam nessa loucura de pegar ônibus, cuidar de crianças com problemas que nunca imaginei que existiam e aprender tarefas domésticas. Também me flagro refletindo sobre questões existenciais, como o motivo de algumas pessoas terem muito e outras nada, e como pessoas com tão poucos bens materiais conseguem ser tão felizes. Isso é ainda um enigma para mim, mas tento evitar esse tipo de pensamento.

Não sei se estou arrependida por ter me submetido aos termos de Marco. Na verdade, para minha surpresa, estou me sentindo muito bem. As crianças com quem convivo estão despertando em mim novas emoções. Às vezes até acordo animada para estar aqui.

Hoje é sábado e aproveito para estender as roupas — umas das piores tarefas que tive que encarar nesta nova realidade — na laje. De repente, ouço uma voz grave e imponente. Já estou acostumada aos gritos e às discussões dos vizinhos, então nem me dou ao trabalho de olhar.

— Ei, você! Será que tem um pouco de açúcar para me emprestar?

Olho na direção de onde vem a voz e vejo um potinho de plástico por cima do muro que divide as casas, então desvio o olhar depressa. É o fim, a decadência total.

— Desculpa, mas não tenho. Não uso açúcar em casa.

— Além de insuportavelmente linda, também é amarga?

Perplexa, volto a olhar em direção ao muro de novo e vejo o homem mais sexy que já vi em toda minha vida sentado lá em cima, sorrindo. Suado, careca, com o corpo todo tatuado e o botão da bermuda aberto. Já o tinha visto no dia da mudança, porém, quando veio me dar boas-vindas com aquela mão cheia de graxa, não reparei direito no seu espécime de homem.

— Você devia é cuidar da sua vida — retruco, ríspida, e desço a escadinha que dá acesso ao quintal para fugir das sensações indesejadas que percorrem meu corpo.

— Sei cuidar muito bem da minha vida, vizinha, então, se algum dia quiser que eu cuide *de você*, é só avisar! — grita ele.

Entro em casa e fecho a porta, chocada, então volto à limpeza.

Outro dia, esperando o ônibus às seis e quinze da manhã, ouço o ronco de uma moto barulhenta similar ao que escuto todos os dias embaixo da minha janela.

— Precisando de carona?

O careca bonitão tira o capacete.

— Não. Prefiro a morte a subir na sua garupa — digo, então viro a cara.

— Vai de ônibus, então, junto com seu orgulho — retruca ele, depois coloca o capacete de volta, acelera a moto e vai embora.

Fico emburrada, mas por que me contentar com menos do que mereço? Tento me convencer de que ainda vou encontrar algo melhor na vida, mas não sei... Também acho que preciso começar a pensar como uma nova pessoa, agir como uma nova pessoa, me vestir como uma nova pessoa e me cercar de novas pessoas. Preciso abandonar tudo que sempre acreditei.

Bem, se for para mudar, que seja hoje! Tenho sido um desastre com as crianças da instituição. Às vezes, me sinto uma inútil. Começo a refletir sobre as habilidades que possuo e que de fato poderiam servi-las melhor, quando, de repente, percebo que a repulsa que sentia antes está passando. Acho que até sinto algum tipo de afeto por algumas delas. Quero ajudá-las a se integrarem na sociedade.

Assim que chego, comunico à diretora que quero contribuir tentando ensinar etiqueta e regras de civilidade às crianças e às suas mães. Quando ela dá seu consentimento, inicio minhas pesquisas para descobrir como ensinar, que tipo de didática posso utilizar e como preparar as aulas para essas pessoas em específico.

Com o tempo, sinto que meu trabalho se torna muito mais produtivo. Além disso, várias pessoas que não iam com minha cara se aproximam. Um dia, enquanto dava papinha para uma garotinha de 6 anos, que teve paralisia infantil, algumas memórias de Vitória ressurgiram. As lágrimas vêm com força total, junto à dor de perceber que fui um monstro, egoísta e odiosa.

O que fiz com a minha filha?

Ao tomar consciência disso, sinto como se um botão tivesse sido pressionado e um véu tivesse sido tirado de meus olhos, mostrando-me o tamanho do egoísmo e da podridão que sempre me habitaram! Sem conseguir me conter, choro desesperadamente! Sem que eu perceba, uma garotinha cega chega ao meu lado e tenta me consolar:

— Tia, não chora! Você pode enxergar, não está na escuridão! Pra você há luz e esperança, justamente porque pode ver!

O caminho de casa é difícil! Tendo consciência do que fiz, junto às palavras daquela criança, que não saem da minha cabeça, percebo que minha vida foi um nada. Nunca acrescentei nada a ninguém e desprezei a única pessoa a quem podia ter acrescentado! Por incrível que pareça, uma criança cega consegue enxergar mais do que as que têm boa visão ao me dizer, com toda sua pureza e simplicidade, que eu ainda podia ver!

Passo o fim de semana deitada, chorando.

Na tarde de domingo, com cólicas intestinais, vou ao banheiro que fica fora da casa, e que nunca tinha usado antes. Ao dar descarga, para meu horror, percebo que o vaso entupiu. Encaro, paralisada, a água subindo, cheia de cocô. É a gota d'água para meu estresse e, em um lapso, solto um grito. Ou vários, porque, de repente, assusto-me com alguém batendo à porta.

Eu me apresso para atender. Vou ter que lidar com isso depois.

— Está tudo bem aí? — pergunta o careca gostosão.

— Como você entrou aqui? — Ainda apavorada, pulo para evitar que a água suja que transborda do vaso sanitário molhe meus pés.

— Esqueceu que nosso muro é baixo e que não precisa nem chamar para eu vir te salvar? Ouvi você pedindo socorro e vim aqui para tirar você de qualquer apuro, vizinha insuportavelmente linda.

Não é porque ele me chama de linda que abro a porta correndo, não, é porque o cheiro do banheiro está me matando.

— Nossa! O que foi que você comeu? — Ele tapa o nariz com os dedos. — Até o esgoto rejeita! Você tem um saco de lixo grande?

Que grosseirão! Mesmo assim, corro para procurar o tal saco, mas não encontro. Para economizar, estou usando as sacolinhas de mercado para colocar o lixo. Então me lembro do plástico-bolha grande que embalava a TV que comprei com meu primeiro dinheirinho.

Ele coloca o plástico no vaso, fecha a tampa e dá descarga de novo.

— Você está louco?! O cocô vai inundar a vizinhança toda!

— Confia em mim, vizinha insuportavelmente linda.

Para minha surpresa, dá certo. Depois ele ainda me ajuda a lavar o banheiro.

— Obrigada! — Sou simpática porque não tem outro jeito.

— Fica me devendo um jantar preparado por você.

— Não sei cozinhar.

— Eu me contento com um ovo frito.

Acho que está debochando quando já no batente da porta, então se vira para ir embora.

Dou uma gargalhada histérica, e ele se vira para me encarar. Acabo confessando que também não sei fritar um ovo. Por enquanto, são só ovos mexidos.

— Bem, então pode ser um miojo? Não é possível que você não consiga colocar o macarrão na água fervente e derramar o conteúdo do saquinho de tempero em cima...

Ainda bem que ele explicou, porque agora não tenho como fugir.

CAPÍTULO 63

Patty

Minhas responsabilidades e meu organograma não mudaram muito, mas, com as notícias que explodiram anteontem na TV, meus compromissos ao assumir a assessoria de imprensa do escritório duplicaram.

Quando chegamos no escritório de manhã, os telefones estão disparados, com ligações de diversos clientes desesperados e jornalistas tentando obter entrevistas. Babby, como uma leoa, puxou toda a responsabilidade para ela, ficando à frente do atendimento aos clientes e fornecendo as devidas explicações.

Agendamos uma reunião geral, não apenas para explicar a todos os funcionários, de forma transparente, a real situação da empresa e os atos criminosos de Thiago, mas para passar instruções precisas quanto ao procedimento a ser adotado com clientes e imprensa.

A interação entre Babby e os funcionários é fantástica, pois o carinho é recíproco. No que me diz respeito, desde o dia em que ela comunicou que eu passaria a ser sua sócia, tem acatado minhas ideias e as aperfeiçoado quando acha necessário.

Hoje, marquei uma coletiva de imprensa fora do escritório, pois, quanto mais afastados da Babby estiverem os abutres, melhor. Ela já sofreu muito com toda essa história. Quanto à morte do Thiago e tudo o que ocorreu no escritório, consegui contornar sozinha.

Acompanhada por uma equipe de advogados e alguns seguranças que Marco indicou, chego ao saguão do hotel me sentindo uma celebridade ao ser clicada por um bando de fotógrafos. Depois do meu pronunciamento como porta-voz da empresa, mesmo já tendo explicado a ausência de envolvimento dos nossos clientes nas atividades obscuras de Thiago e distribuído os dados da empresa que represento, alguns jornalistas insistem em fazer perguntas imbecis. Respondo apenas a uma delas, deixando as outras para os advogados.

— Senhorita Patrícia, qual o montante de dinheiro desviado do escritório e quantos clientes foram prejudicados?

— Quanto à quantia desviada, é algo que corre em segredo de Justiça, não havendo valores precisos ainda, mas posso garantir que nenhum cliente foi prejudicado — resumo, irritada. — Até porque não administramos o dinheiro de nenhum cliente.

Assim que a coletiva de imprensa acaba, convido os advogados para almoçar, mas eles recusam devido às audiências que ainda estão pendentes, então decido ir comer sozinha mesmo. É chato e meio solitário, mas fazer o quê?

Ouço alguém pigarreando discretamente e, para minha surpresa, meu circunspecto segurança está logo atrás de mim. É impressionante como sua presença silenciosa nunca me incomodou. Confesso que já até fiquei curiosa e tive uns pensamentos deliciosamente devassos, mas incomodada? Nunca.

Sem parar para pensar duas vezes, enlaço o braço firme e musculoso do segurança. No momento, a fome e a necessidade de companhia são maiores que minha curiosidade.

— Você foi convocado a me acompanhar no almoço e não adianta dizer não. Minha comida pode estar envenenada e, se eu morrer, a culpa vai ser sua.

Percebo que ele fica surpreso, mas dura apenas um segundo, porque sua expressão logo voltar a adquirir o estoicismo de sempre. Sentando-se à minha frente, com uma postura rígida, parece atento a tudo o que acontece à nossa volta. Suas respostas são todas monossilábicas.

— Kashim, você não vai comer? Está uma delícia!

— Não.

— Você é casado?

— Não.

— Você gosta do seu trabalho?

— Sim.

— Nossa! Você é sempre tão comunicativo?

Por uma pequena fração de segundos, penso ter visto os cantos de sua boca se elevarem em um ensaio muito tímido de sorriso.

— Não.

— O problema sou eu? Meu papo não está legal?

Desta vez, tenho certeza de que seus lábios quase se erguem. Ele quase conseguiu me enganar, mas, quando miro os olhos escuros, reconheço um brilho de divertimento.

— Sua máscara caiu, senhor guarda-costas! Você ama essa sua protegida aqui, pode confessar!

Ele está quase sorrindo, quando uma voz interrompe nosso momento revelador.

— Patrícia Alencar Rochetty.

Não preciso levantar meus olhos para saber quem é. Fico pálida e, em seguida, sinto uma fisgada do meu amigo sr. G.

— Carlos Tavares Júnior — digo seu nome, que ficou gravado na memória.

— Como você é rápida. Agora mesmo estava no meu quarto aqui do hotel vendo uma entrevista sua.

Ele nem parece notar a presença de Kashim, que, por não saber de quem se trata, logo se levanta.

— Tudo bem, Kashim. É um conhecido.

— Desculpa estar atrapalhando o almoço romântico.

Ele devolve a Kashim o olhar intimidante com a intensidade de um oponente em uma luta de sumô. Então, aproveito para me vingar do nosso último encontro.

— Kashim é só um amigo. Né, querido?

Arregalo os olhos para meu segurança, tentando dar um sinal para ele confirmar.

— Cuidado, Kashim, ela costuma fugir quando a amizade vai avançar para o próximo nível... — ironiza Carlos, voltando-se para mim.

— Puxa, se nossa amizade era tão importante pra você, poderia ter me procurado — retruco no mesmo tom.

— Procurar como se, nos nossos dois encontros, mal pisquei e você já tinha desaparecido?

Que cínico!

— Para quem se diz um grande patrocinador de eventos e proprietário de uma conhecida cervejaria, acho que o senhor é um pouco limitado, já que sabe meu nome de cor e salteado.

Toma essa, amigo do sr. G!

— Será que você poderia me deixar conversar dois minutos a sós com a Patrícia? — pede ele ao meu segurança.

— Não — devolve o outro.

Pela primeira vez, *adoro* suas respostas monossilábicas.

— Carlos Tavares Júnior, infelizmente, se quiser falar comigo, vai ter que ser na frente do meu amigo — falo, da boca para fora, pois o homem está uma delícia com um terno de alta-costura, cabelo bagunçado e barba rala.

Confesso, a forma que ele encara meu corpo me causa arrepios. Por reflexo, chego a cruzar as pernas, repreendendo o descarado do sr. G, que faz cócegas quando Carlos fala.

— Bom, "Patrícia Alencar Rochetty", aqui está meu cartão. Preciso terminar com você a nossa última conversa.

Altivo, deixa o cartão na mesa e vai embora, sem mais nem menos.

Por que esse homem tinha que ter uma maldita língua deliciosamente comprida? Agora, o infeliz do sr. G está doido, querendo despertar *intensas sensações* em mim.

— Se você não parar, até o PA vai entrar em greve hoje, seu assanhado! — alerto-o.

— O que você disse? — pergunta Kashim.

— Não foi nada! Pensei alto ao me lembrar da greve de funcionários assanhados em uma empresa que administramos.

Ele me encara por alguns segundos e, para meu total constrangimento, parece que nota que meu rosto pega fogo. *Ah, que ridículo! Quero enfiar minha cabeça em um buraco de vergonha.*

— Você é uma grande mulher, srta. Rochetty. É generosa, excelente profissional e de uma lealdade feroz. Se um homem não a tratar como uma rainha, ele não a merece.

Repito as palavras mentalmente. Será que foi verdade? Estou de queixo caído.

O segurança se levanta e, pelo intercomunicador preso à orelha, alerta o motorista de que estamos voltando para a B&T.

Enquanto relato toda a coletiva para Babby, meu desconforto entre as pernas é tão grande que não passa despercebido.

— Amiga, tem certeza de que correu tudo bem? Você parece estar sofrendo de algum cacoete, sem parar quieta na cadeira!

— Que pergunta! Óbvio que foi tudo bem. Acho que é a calcinha de renda que coloquei hoje. Está me dando alergia — improviso a primeira resposta que me vem à cabeça antes de sair da sala dela.

Chego em casa louca para um banho gelado com a ducha higiênica para dar um choque de realidade no teimoso e me sentindo vingada, porque lembro que meu dildo *pink* quebrou. Tem coisas que não perdemos, apenas nos livramos. Puxa, já sou uma mulher, e não é legal ter um brinquedinho *pink*! Na verdade, gostaria de brincar com um feito de músculos, revestido por uma pele de verdade e veias saltando e que, no momento do meu mais puro êxtase, cuspisse de verdade. Meu brinquedo sexual, depois do que tive com aquele cervejeiro, me proporcionou meu melhor orgasmo, mas... tudo tem um fim.

Estou prestes a abrir a lata do lixo, quando o celular toca. É um número desconhecido.

— Patrícia Alencar Rochetty?

A voz está diferente, mas, para falar o meu nome completo, só pode ser ele.

— Você ligou para o número errado.

— Desculpa. Foi engano...

Desligou! Nem me esperou falar nada. Era uma piada, caramba!

Corro até a bolsa para pegar o telefone dele e, quando vou discar seu número, ouço o telefone de casa.

— Alô...

— Patrícia Alencar Rochetty?

— Ela não está. Quem fala?

— Carlos Tavares Júnior. Preciso dizer que encontrar seu telefone foi mais fácil do que imaginei.

Fecho os olhos, colocando o PA na testa. É ele mesmo!

— Olha, não sei como o senhor conseguiu o telefone, mas ela acaba de sair com um amigo. Não sei a que horas volta. Se esse era o único recado, pode deixar que já o anotei mentalmente e vou passar assim que ela chegar.

— Não, não tenho mais nenhum recado, mas claro que vou ficar muito feliz se você anotar *mentalmente* que eu pedi para você dizer que é muito feio fugir das pessoas. Que é mais digno dizer ao menos se foi boa ou ruim a noite que passamos juntos.

Isso leva minha irritação ao nível máximo!

— Escuta aqui, Carlos Tavares Júnior, eu não fujo de ninguém e, para falar a verdade, não sei por que você está me ligando depois de tanto tempo.

— Por causa da sua pinta irresistível — retruca.

— O que tem ela?

Facilmente seduzida pelo gracejo, passo o dildo *pink* pelo corpo... *Ai, como sou bandida!*

— Ela não sai da minha cabeça. É sua marca registrada. Eu me lembro de quando sua boquinha quente e linda estava em um vaivém delicioso no meu pau.

Sua voz rouca e sensual narrando meu boquete faz com que eu sinta algo escorrendo pela calcinha.

— Você só pensa em sexo, Carlos Tavares Júnior?

— Geralmente, em outras coisas também, mas, quando penso nessa pinta do lado esquerdo da sua boca, nada melhor vem à minha mente.

— Que pena que você gosta de transar no escuro, bonitão. Do contrário, teria visto outras pintas espalhadas pelo meu corpo.

Toma essa, garanhão!

— Então poderia autorizar minha entrada? Porque estou na frente do seu prédio, com o pau quase rasgando as calças, louco para explorar essas outras perdidas pelo seu corpo.

Em um ímpeto de adolescente, vou até a sacada conferir. Tem um Land Rover branco parado do outro lado da rua. Abro a cortina com tudo.

— Não acreditou em mim, Patrícia? — pergunta ele, piscando os faróis.

Sr. G, prepare-se para fortes emoções!

— Se quiser me ver, vai ter que se contentar apenas em olhar, Carlos Tavares Júnior, aí do seu carro.

— Você não faria isso... — Ouço uma risadinha.

— Isso?

Enquanto solto as alças finas da camisola, agradeço por não ter nenhum prédio em frente e eu morar no segundo andar. Apago a luz da microssacada, ficando apenas com a luz de um abajur na mesinha.

— Me deixa subir... — implora ele, rouco.

— Não, Carlos Tavares Júnior. Olha só o que essa boquinha com pinta é capaz de fazer. — Passo a língua pelo dildo. — É assim que você se lembrava da minha pinta?

— Isso, na sua mão, é o que estou pensando, Patrícia? Porque, se for, vou ser preso caso você não abra esse portão automático agora.

— Não gosta de olhar, Carlos?

Deslizo o "menino" *pink* pelo meu corpo arrepiado.

— Tenho um maior que esse aqui comigo, louco pra dar uma surra em você, sua safada... — sussurra, malicioso.

— Safada seria se eu fizesse isso, Carlos! — Passo o dildo pelos bicos dos meus seios, que imploram pela boca dele.

— Patrícia, essa respiração acelerada pode virar gritos de prazer se você abrir o portão. Ele está vibrando pelo seu corpo?

— Ahhh, vibra tanto — minto, mas no calor da emoção a tremedeira de minhas mãos faz com que pareça.

Você está me deixando doido, Patrícia! Não faz isso!

— Hmmm, nossa! O que, exatamente, gostaria de fazer comigo agora? — Deslizo a calcinha fio-dental pelas pernas devagar, rebolando até o chão. — Quer ver minha carequinha, Carlos Tavares Júnior?

— Patrícia, quando eu pegar você, nunca mais fugirá de mim, porque vou te agarrar tão forte que não terá forças para andar.

— Promessas! — Toco meu clitóris com o dildo, e o sr. G quase implora por um pouco de atenção.

— Patrícia, preciso sentir seu mel na minha boca. Não me maltrata! Deixa meu pau foder essa bocetinha apertada e te chupar gostoso até você gozar.

As palavras sujas me incentivam a introduzir o "menino" sem dó. A cada palavra e ameaça que ele sussurra, masturbo-me com a outra mão.

Gemo mais saliente, quando explodo cheia de luxúria e prazer.

— Você está gozando, sua gostosa exibida?

Apenas minha respiração extasiada já responde à sua pergunta.

Uma luz piscando me traz de volta. Vejo que, atrás do carro de Carlos, está parada uma viatura de segurança do bairro, com o som do guarda noturno. Dou uma risadinha.

— Carlos Tavares Júnior, foi um prazer falar com você. Eu fugi e você não me procurou. Agora, quem acaba de ser achado pela segurança do bairro é você. Até.

Desligo o telefone e fecho a janela, ainda ofegante.

Corro para o quarto e, pela janela fechada, eu o observo pelas frestas, fora do carro, gesticulando e falando com dois guardas noturnos. Carlos aponta o prédio e, com medo de ele querer me chamar para provar que me esperava e eu ter que descer, resolvo mandar uma mensagem. Pego o celular na cozinha com as mãos trêmulas, não sei se por causa do orgasmo alucinante ou pelo medo de ter que enfrentá-lo cara a cara. Procuro a última chamada e lá está o número desconhecido. Digito e envio sem pensar duas vezes: Amor, vou demorar para chegar. Acho melhor você ir embora. Ligo depois. Beijos e boa noite! Não se esqueça de sonhar com meu show.

Conrado

A cidade se descortina em paisagens acinzentadas sob nossos pés. Em outro momento, eu me permitiria desfrutar da sensação de liberdade e da adrenalina que um helicóptero proporciona. A caminho da Superintendência Regional da Polícia Federal, meu único desejo é terminar essa investigação antes que o delegado incompetente ou algum policial corrupto infiltrado destrua todo o trabalho do meu esquadrão.

Olho para o lado, e, assim como eu, meu irmão encara a vista privilegiada. Conheço-o o suficiente para perceber quando sua mente está trabalhando em uma missão. Neste momento, ele está no modo "soldado".

Ao realizar uma varredura para instalação de escutas telefônicas e câmeras ocultas na B&T, Henrique, o *geek* do esquadrão, descobriu que o tal sócio já tinha grampeado a sala da dona Bárbara Nucci. "Um trabalho grosseiro e amador", nas palavras do "gênio tecnológico". Porém, a maior surpresa foi descobrir que a sala do próprio Thiago era monitorada. Apesar de não se tratar da mesma tecnologia com a qual meus homens trabalham, seja lá quem estivesse vigiando o sócio da B&T sabia o que estava fazendo.

Ao investigar a fonte do equipamento de vigilância, deparamos com uma intrincada e surpreendente rede de criminosos. Uma verdadeira *holding* de negócios escusos e crimes hediondos. De lavagem de dinheiro e tráfico de drogas e de seres humanos à sofisticação dos crimes virtuais, assaltos a bancos e até mesmo fraudes em licitações públicas. Os envolvidos iam de traficantes locais, que dominavam comunidades carentes, promovendo um verdadeiro terror urbano, a policiais, juízes, deputados e um senador.

É tanta sujeira que, mesmo eu, acostumado ao que a humanidade produz de pior, sinto o estômago revirar. Não há momento pior para uma missão como esta cair nas nossas mãos. Temos nossos próprios problemas, que não são pequenos. E ninguém pediu nossa ajuda. Ao contrário, o delegado escorraçou-nos. Poderia ter lavado as mãos e deixado a Polícia Federal com sua lambança, digna de novela mexicana, e o despreparado do delegado que arcasse com as consequências de sua ambição. Mas eu não seria um homem digno do sobrenome Montessori se permitisse que a quadrilha continuasse a assassinar inocentes, sequestrar crianças e condenar à prostituição mulheres que, por ingenuidade ou ignorância, acreditaram em falsas promessas de oportunidade de uma vida melhor no exterior.

Sinto uma satisfação genuína ao recordar o momento em que o superintendente da Polícia Federal, amigo do senador Vicente Alcântara de Albuquerque e do juiz Marco Ladeia, cruzou a porta da delegacia semanas atrás. O delegado quase teve uma síncope ao deparar com o *inalcançável* chefe. O superintendente Alvarenga não conquistou o cargo por meio de jogos políticos nem indicações de padrinhos poderosos, o que o torna perigoso, porque não tem rabo preso com ninguém e possui plena consciência de que sua posição não é um privilégio. Alvarenga anda apenas com escolta, pois já recebeu incontáveis ameaças em razão das investigações que conduz. Não existe vida pessoal, família ou finais de semana. Um preço alto a pagar.

Penso nas minhas próprias escolhas e não me arrependo. Apesar da incoerência que é estar fora da lei para garanti-la, soube, desde o primeiro instante, que era uma estrada sem volta.

Minha mente retorna à tensa reunião relâmpago de semanas atrás. O superintendente foi franco e direto ao confrontar o delegado responsável pela ação que resultou na morte do único contato e testemunha que a Polícia tinha contra o maior esquema criminoso do país. Em poucas palavras, anunciou o acordo firmado entre a Polícia Federal e minha equipe: nós fazemos o trabalho pesado e a equipe do delegado leva os créditos públicos sobre o caso. Ele terminou a reunião instruindo o delegado a continuar assumindo a mesma postura para com a presença da Abaré que havia demonstrado até então. O que não está sendo nenhum sacrifício para o sujeito, infelizmente. Além disso, o superintendente deixou claro que, no tempo devido, o delegado sofreria todas as consequências legais pela sua liderança amadora e descuidada.

Começamos nosso trabalho. O primeiro passo foi entregar ao delegado a nota oficial que a polícia deveria divulgar sobre o caso, que seguiria em nível máximo de confidencialidade. A nota esclarecia que o criminoso perseguido e morto foi o executor de um atentado contra a sócia. Para a imprensa, sedenta por sangue e casos de crimes passionais, vendemos a história de que Bárbara Nucci descobriu que o sócio desviava dinheiro da empresa de ambos e que, por esse motivo, ele atentou contra sua vida meses antes. Desesperado ao ser confrontado pela sócia, que ameaçou entregá-lo à polícia, o criminoso tentou assassiná-la e fugiu. Como o montante desviado foi enviado, ilegalmente, ao exterior, caracterizou-se crime de evasão de divisas, de competência da Polícia Federal, para a qual Bárbara Nucci já havia denunciado o sócio criminoso.

Por quais motivos tivemos todo esse trabalho? O primeiro motivo foi resguardar a vida da noiva do juiz Ladeia. Se a quadrilha investigada suspeitasse que Bárbara sabia a respeito das atividades ilícitas, ela não estaria segura, nem mesmo na própria casa. O segundo era desviar a atenção dos criminosos. Fazê-los acreditar que a morte do contador os resguardava e, assim, dava tempo de juntar as provas necessárias pelos meios legais. Uma puta dor de cabeça!

Caetano

O helicóptero pousa no heliporto da Superintendência da Polícia Federal.

— Que comece o show — digo ao descer.

Meu irmão assente.

Um funcionário federal está à espera para nos conduzir à sala onde o juiz Ladeia e sua noiva aguardam para o que acreditam ser mais um depoimento cansativo sobre o atentado de semanas antes. O homem estava puto, e com toda a razão, admito, mas eu estava mais... Quando nos encontramos pela primeira vez, dei minha palavra ao juiz de que defenderia sua noiva com minha vida, mas ele não confiou em mim nem na minha equipe, preferiu se unir àquele delegado imbecil.

Caminhamos em silêncio pelos corredores escuros. Atravessamos várias salas de acesso restrito. O único som são nossos passos. Todo este circo montado apenas para que o casal entenda a gravidade da situação e não abram o bico. *Que merda!* Eles sabiam demais. E, quanto mais soubessem, mais estariam em perigo. Bárbara

Nucci deu um puta trabalho para Rick, que teve de rastrear suas pesquisas e seus contatos e apagar qualquer pegada digital. Não correria o risco de ela ser descoberta através do mesmo tipo de investigação que ele havia executado para pesquisar seu sócio. Apesar de não entender nada sobre segurança virtual, a mulher fez um ótimo trabalho. Tinha uma mente rápida e lógica.

Lembro os momentos de terror que vivemos ao descobrir que ela nos enganou para colocar em prática o plano ridículo de flagrante da Polícia Federal. Tínhamos câmeras e gravadores no lugar. Sabíamos da merda da porta secreta. Mas o desgraçado do delegado não atendeu às nossas ligações e nossos carros foram bloqueados ao se aproximarem do edifício.

Se fosse Nina, minha esposa, no lugar da noiva do juiz, eu teria atirado no filho da puta que a colocou sob a mira de uma arma. O executor do atentado finalmente foi identificado e vai ser preso daqui a alguns dias, na maior e mais audaciosa ação da Polícia Federal.

Paramos diante da porta da sala em que nos reuniremos com o juiz e sua noiva. Olho para o meu irmão e entendo a mensagem telepática que me passa.

Que vejam como se trabalha direito!

Bárbara

Eu e Marco ficamos sabendo que a investigação e o desmantelamento da quadrilha internacional estão sendo conduzidos por uma parceria entre a Abaré e a Polícia Federal. Marco, enquanto juiz, fica um pouco irritado por tudo ser totalmente secreto, mas, depois que percebe que estou resguardada, acaba compreendendo.

Conrado informa que vai retirar nossa escolta assim que a imprensa divulgar a notícia da morte de Thiago, para despistar a quadrilha, mas que nossa família e Patty vão continuar sendo protegidas por seguranças ocultos. Em breve, ele vai nos ligar para anunciar que estamos livres.

Quando a notícia estoura, o escritório inteiro e os clientes entram em polvorosa. Quase tenho um troço, mas opto por dizer a todos que Thiago desviou dinheiro da empresa — uma explicação convincente, porém não é toda a verdade, que só vou poder revelar quando tudo acabar.

Nunca tive preguiça de trabalhar, então, mesmo recomeçando com um número reduzido de clientes, estou determinada a conquistar outros. Sou objetiva ao lidar com cada cliente de Thiago que liga pedindo esclarecimentos: para continuar com a B&T, vão ter que andar na linha, ou que fiquem à vontade para procurar outros escritórios.

Patty tem sido uma guerreira. Não permite que a imprensa se aproxime de mim e assume a responsabilidade nessa área. Já Marco me leva e me busca quase sempre, o que tem sido reconfortante e, toda noite, me presenteia com seções deliciosas de massagem.

Um dia, enquanto tomamos um delicioso café da manhã, uma notícia na TV nos deixa em alerta.

— Polícia Federal faz grande operação nesta madrugada, prendendo mais de vinte e cinco envolvidos no tráfico internacional de pessoas e drogas, incluindo policiais e políticos.

Neste momento, o telefone toca. Marco atende no viva-voz.

— Terminou.

Marco segura minha mão. Lágrimas de libertação escorrem pelo nosso rosto.

— Acabou, linda! O pesadelo foi embora.

Capítulo 64

Marco

A primeira consulta com a obstetra é emocionante! Não contava com uma clínica tão bem-equipada.

A dra. Luciana conduz todos os exames realizados e, ao analisar, nos informa que nosso anjinho está muito bem, crescendo forte e saudável, o que me acalma, pois estava um pouco ansioso. Não mencionei nada à minha sereia, mas ela percebe minha angústia e suas palavras de carinho e demonstrações de amor são decisivas para afastar minhas inseguranças.

Durante a ultrassonografia para vermos o bebê, ao perceber minha expressão preocupada, Bárbara disse:

— Vida, está tudo bem! Nosso bebê vai trazer muita luz! — Ela deu uma piscadinha.

— Eu sei, mamãe! — concordei sem tirar os olhos da imagem do bebê no monitor.

Embora o ritmo acelerado e sua garra para colocar o escritório em perfeito andamento me preocupem um pouco, mesmo que ela nunca evidencie qualquer tipo de mal-estar, Bárbara não se descuida quanto a seguir à risca os horários dos complexos vitamínicos. Outra coisa interessante é como mudou seu apetite.

— Você acha que estou comendo muito? — pergunta ela, com a boca cheia de pêssego enlatado, sem se dar ao trabalho de colocar em um recipiente.

— Acho que você está gulosa. Que tal dividir comigo?

Eu me aproximo, com a intenção de provar outro tipo de doce. A fome que transmito no meu olhar repercute no dela, o que é perceptível pelo bico dos seus seios que, a cada dia, ficam mais volumosos. Minha vontade de sugá-los é tão grande que pego a lata das mãos de Bárbara e a coloco em cima da mesa, depois passo os dedos pelo contorno dos seus seios, por cima da camiseta que vai até suas coxas. Ela solta um gemidinho discreto.

— Durinhos, prontos para serem degustados! — Excitado, desço as mãos grandes pela extensão do seu ventre. — Preciso de um recipiente para comer esse doce, minha sereia... — sussurro, mordiscando o lóbulo de sua orelha.

— Use e abuse, dr. Delícia! Se quiser, pode começar pela minha boca — oferece, ofegante.

Provocando-a, vou lambendo seu pescoço até chegar à boca. O sr. Anaconda escapa pelo elástico da cueca.

— Quero foder você forte, mas tenho que me controlar, né? Você é minha perdição e, ao mesmo tempo, minha salvação, sua gostosa!

Tiro a camiseta e pego-a no colo, então a levo, com a sobremesa, para a sala. Acomodo Bárbara no sofá, depois derramo pequenas porções do líquido viscoso pelo seu corpo. Começo a sugar cada gotinha que escorre pela pele arrepiada.

Lambo seus bicos intumescidos e faço uma trilha até o seu sexo.

— São tantas opções em prová-la que não sei por onde começar.

Mordo um pedaço de pêssego e o passo ao redor do clitóris já inchado. Provoco, incito seu quadril a se levantar, e, com a língua, faço-a gemer, chupando-a estalado.

Solto um suspiro quente na sua entrada melada, depois dou lambidinhas rápidas e ritmadas.

Quando percebo que ela está perto do orgasmo, tiro a cueca e a estimulo com outro tipo de textura. Brinco na sua fenda, introduzindo poucos centímetros. Tiro e coloco, em uma tortura deliciosa, tomando cuidado para não a invadir até o fundo. A pele que envolve a glande se estica a cada centímetro que penetro.

— Coloca tudo — implora ela.

— Assim?

Eu a invado até sentir minhas bolas baterem na sua bunda. Deliro a cada estocada. Seus gritos de prazer são como uma canção em meus ouvidos. As contrações do seu sexo em torno de mim revelam seu orgasmo, que chama, como um ímã, meu gozo.

— Te amo, sereia! — falo, olhando em seus olhos, que gritam de satisfação. Suados, melados e exaustos, a gente se levanta devagar do sofá, que agradeço por ser de couro.

— Também! E, aproveitando, me lembre sempre de abastecer a dispensa com muitas latas de pêssego, dr. Delícia! — Toda arteira, ela sacode o bumbum nu para mim, enquanto vai em direção ao banheiro, já que melei até seus cabelos.

Estamos cada vez mais unidos. Posso dizer que sinto uma felicidade plena. É de admirar a saudade que sinto por não estar ao seu lado quando ficamos apenas algumas horas afastados, pois minha sereia me faz rir o tempo todo. Até suas implicâncias são bem-humoradas, como com o fato de eu esquecer a toalha molhada na poltrona do quarto. Um dia, enquanto ia até a cozinha buscar água, ela preparou uma pegadinha. Quando voltei, ao me deitar, senti algo gelado, úmido. Ao conferir, percebi que ela tinha colocado a toalha molhada estendida no meu lado da cama.

— É assim, querido, que a poltrona fica quando você deixa a toalha úmida jogada em cima dela, louca para tirá-la, mas, como ela não tem braços e pernas, fica lá sofrendo...

Ultimamente, ela também anda muito dorminhoca. Todas as manhãs, enrola na cama por vários minutos antes de, finalmente, se levantar. Então, gravei em seu celular uma mensagem de voz com um bom-dia e programei para ser o som do seu despertador, após seus quinze minutinhos a mais de cama.

— Vida! — Ouço-a chamar com urgência do quarto, enquanto falo com Nana, a quem faço questão de convidar para o almoço que tenho marcado hoje com nossas mães.

Meus planos para o casamento foram frustrados, e as semanas acabaram se transformando em dois meses por causa do turbilhão de acontecimentos que nos atropelaram.

— *Vida*!

— Estou indo, Bah! — aviso alto para que me ouça. — Nana, passo aqui à uma e quinze.

Dou um beijo em sua testa, feliz por saber que ela vai participar de um momento tão especial na minha vida, e sigo para o quarto.

— Marco, estamos atrasados! A gente esqueceu a ultrassonografia! Acho que hoje vamos descobrir o sexo do bebê.

— Puxa, Bah, de novo? Você tem esquecido sempre as consultas ou, então, desmarca por causa dos compromissos profissionais. Mas hoje é seu dia de sorte, porque não tenho nenhuma audiência de manhã.

— Eu falei pra você na semana passada!

— Não, a senhora não falou.

Ela chega perto de mim, aparentando arrependimento.

— Você me desculpa?

Como não...

Bárbara

— Vida, estou pensando em fazer o parto acompanhada por uma doula — comento com meu amor, antes de sair para a consulta.

— Sério? Por que você decidiu fazer o parto humanizado?

Conto que nasci prematura. Nem meu pai nem minha mãe acompanharam o parto. Minha mãe estava entrando no oitavo mês de gestação quando sofreu um acidente de trânsito grave, ficando entre a vida e a morte. Meu pai estava na Europa por causa do trabalho e não chegou a tempo. Até hoje eles se lembram de como foi triste passar esse momento longe um do outro. Quando eu era pequenininha, toda vez que eu me machucava, meus pais me levavam ao hospital, porque ficavam com a impressão de que eu era muito frágil por ter sido prematura. Um dia, bati o queixo no fundo da piscina e fiz um cortezinho. Meu pai ficou tão desesperado com a quantidade de sangue que furou todos os semáforos vermelhos que encontrou no caminho para o hospital. Lembro até hoje os gritos dele, pedindo às enfermeiras para ficar comigo enquanto eu levava os pontos, o que, infelizmente, elas não permitiram. Eles tentaram por anos ter outro filho, sem sucesso. Então, como sei que meus pais acham lindo o processo do parto, pensei que, se estiver tudo bem com o bebê, uma doula vai possibilitar que eles participem de um momento que lhes foi roubado.

— Sei que parece estranho — concluo, emocionada —, mas vou me sentir a mulher mais realizada do mundo se vocês todos estiverem comigo no momento do nascimento do bebê.

— Bárbara Nucci, você é a pessoa mais linda que conheço. — Marco pega minha mão e a leva à boca para um beijo com ternura.

— Obrigada por não se opor ao meu desejo.

Pegamos as coisas para sair e, de repente, lembro que esqueci de mencionar (também) que, na hora do almoço, vou encontrar a doula. Não sei onde estou com a cabeça! A jornada de trabalho no escritório tem consumido demais minhas energias.

— Se eu falar uma coisa, vai ficar bravo de novo comigo?

— Bem...

— Sim ou não?

— Só posso dizer depois que falar, mas vou tentar me conter. Melhor assim?

— Esqueci de dizer que marquei um horário para conhecer uma doula hoje, no almoço. O nome dela é Ângela Maria.

— Justo hoje que tenho um almoço com minha mãe? Ela quer conversar a respeito de uma surpresa para o meu pai, parece que uma festa, daqui a dez dias. E, falando nisso, dessa vez, quem acabou esquecendo de falar fui eu. Vai ser um jantar de gala. Todo mundo tem que ir de branco. Parece que sua mãe está ajudando também, então quero só ver no que vai dar...

Fico me perguntando por que *branco*, mas acho que a ideia deve ter partido da dona Ana.

— Será que sua mãe se importa de mudar o almoço para amanhã?

— Temos uma boa razão. Vou ligar para ela.

Após passar o gel e começar a escanear minha barriga, a doutora olha para nós dois, parando em cima de um pontinho no aparelho 4D.

— Os papais querem mesmo saber meu sexo?

Marco apenas a encara, com os olhos brilhando. Meu coração dispara. Nos olhamos por um momento, lacrimejando de emoção, e falamos juntos:

— Sim!

— Vocês vão ter um menino — conta animada.

— Um menino? — Marco abre um sorriso largo.

— Gabriel. — O nome vem sem pensar.

— Gabriel Nucci Ladeia, bem-vindo, filhão! — confirma Marco, em êxtase, adicionando o sobrenome e tudo.

— Você gostou do nome?

— Claro, mamãe, ele tem carinha de anjo.

A médica fica rindo sozinha, presenciando o momento único.

A coisa que logo fazemos assim que saímos da clínica é parar em uma loja de bebê para comprar o primeiro presente do Gabriel. Enquanto Marco conversa com a mãe no celular meio longe, escolho alguns itens para o enxoval.

Passamos a manhã batendo perna. Fazia meses que não ficava uma manhã fora do escritório. No final, decidimos convidar nossos pais e amigos para jantar em casa, sem contar o motivo.

O almoço com a doula é incrível. Ângela explica tudo, diz que vai passar a me acompanhar e instruir Marco em relação a como ele poderá ser útil, dando suporte também a ele e nos orientando ao longo do processo inteiro. Ela dá várias opções a respeito dos locais em que posso ter o bebê: hospital, maternidade, clínica ou mesmo em casa. Óbvio que a última opção me deixa toda animada. Marco pergunta se a dra. Luciana poderia acompanhar o parto, e ela concorda de imediato.

Animados, marcamos o próximo encontro com ela para nossa orientação durante a gestação. Engraçadíssimo, o juiz faz perguntas sem parar! Ele parece seguro, mas, lá no fundo, suas dúvidas me surpreendem.

Assim que saímos do encontro com a doula, pergunto o que ele achou.

— Da forma como ela fala, parece tudo tão natural e lindo... Mas, ao mesmo tempo, fico ansioso e quero saber mais a respeito de como serei útil no momento certo.

— Nós saberemos, vida! Amanhã, na consulta com a doutora, quero contar sobre nossa decisão. Ficarei mais segura se puder participar do parto junto com a doula.

Depois de nos despedirmos, vou para o escritório e, em certo momento, Patty me sonda a respeito do resultado da ultrassonografia, mas, no fundo, percebo que queria me contar algo.

— Estou vendo um brilho diferente nos seus olhos. Será que sua amiga aqui pode saber o que é?

Ela dá de ombros.

— Nada de mais.

— Você está estranha! Coloca pra fora, mulher. Para de guardar tudo para si mesma. Estou aqui. Sou sua amiga ou não? — incito-a.

— Ontem fiz uma pequena arte — revela ela, com um sorrisinho.

Entre risos, e vermelha como um pimentão, ela começa a me contar sua peraltice. Bem-feito para o tal Carlos! Ora, como ele ousa pensar que em um reencontro, mas ainda sem conhecerem um ao outro direito, já pode chegar transando com minha amiga?

— Imagino a cara do cervejeiro! — Rio com os detalhes que ela conta.

— Comigo é assim, amiga! Se quiser me conquistar, precisa vir com flores! Agora, se quiser me desafiar, sou valente! — Tirando as brincadeiras, vejo em seus olhos que existe uma pontinha de sentimento nessa força toda que ela diz ter.

— Você vai ligar pra ele?

— Ainda não sei. Vamos ver como será o andar da carruagem.

— Amiga, acho que já deu uma boa lição nele. Agora é hora de tentar ser feliz!

— Aff, Barbarella, você é muito romântica. Isso não é pra mim, não!

Desde sempre ela foi assim. Nunca quis se apegar a ninguém. Já tentei fazer com que fale alguma coisa, tenho certeza de que alguém já a fez sofrer muito, mas a mulher é dura na queda e não confessa o que houve. Deixo quieto... por enquanto.

Já em casa, eu e Marco espalhamos todos os brinquedos que compramos pela sala e arrumamos tudo depois. Ele pendura as pipas na porta da sacada, fazendo o vento balançá-las. É lindo vê-lo amarrando a linha nas pipas, parecendo um moleque sentado no chão, todo esparramado.

Quando tudo fica pronto, ele me entrega um envelope:

— Fiz para os nossos convidados.

Ao abrir, dou risada de sua ousadia. Dentro, há miniaturas da imagem da ultrassonografia do bebê, todas com um círculo no bendito pontinho e a frase: "Filho de anaconda, anacondinha é".

— Não acredito que você fez isso!

Tomamos uma ducha rápida, com direito a brincadeirinhas que terminam na cama. Os primeiros a chegar são meus pais, seguidos pelos pais de Marco, Patty, Pedro e Bia — os dois últimos emburrados, como sempre. Nossas mães entenderam logo nossa brincadeira, mas não se pronunciaram. Já meu pai...

— Marco, minha filha está grávida e você está treinando para empinar pipa na sacada? Precisa ir para o Nordeste comigo e, lá na praia, vou ensinar a você como debicar uma pipa.

— Vou adorar mostrar ao senhor o que sei fazer com a pipa no ar!

Eles engatam uma conversa animada, desafiando um ao outro, até que Marco anuncia que tem uma novidade importante, enquanto entrego as lembrancinhas.

— A notícia é: vamos ter que fazer um desafio de três gerações de homens da família, então.

Todos se levantam, felizes, e beijos e abraços são trocados. Minha mãe não cabe em si de tanta felicidade. Ela sempre disse que, se tivesse outro filho, queria um menino. Aproveito para contar sobre a doula.

— Decidi fazer um parto humanizado, com uma profissional, para dar a vocês o privilégio de assistir, já que foram privados de fazer isso quando eu nasci.

Os olhos dos dois se enchem de lágrimas.

— Ah, mas, se me permitirem, também quero participar — pede Melissa, também emocionada.

— Vai ser uma honra! — concordo, abraçando-a.

— Ah, vocês me desculpem, mas prefiro abraçar meu guri quando já estiver limpinho. Só de falar em assistir ao parto começo a me sentir mal. Para mim, uma vez só para nunca mais — conta Jordan.

— Parabéns, meu amigo! — Pedro cumprimenta Marco, feliz. — Quando vai ser o casório?

— Em breve, Pedrão!

Bia, que ficou calada a noite toda, me cumprimenta.

— Está tudo bem, querida?
— Levando... — responde ela, cabisbaixa.
— Fazendo jogo duro ainda?

Sei o quanto ela gosta de Pedro. Mesmo que já tenha 22 anos, ele ainda a vê como uma adolescente, e isso a deixa muito mal.

Invento uma desculpa para todos e a levo para o quarto para conversar. Pelo olhar de Pedro nos seguindo enquanto saímos, percebo que ele sabe qual vai ser o assunto.

Chegando ao quarto, seus olhos estão cheios de lágrimas. Eu a abraço, esperando.

— Me desculpe por estar aqui chorando em um dia tão especial pra vocês.

— Não fala isso, Bia! Agora, me diz o que aconteceu.

— Acho que desta vez eu fui longe demais, e estou decidida a ir embora — confessa a garota, aos prantos. — Na semana passada, decidi me declarar. Depois de todos esses anos, eu vi nos olhos dele a reciprocidade do amor que sinto e, pela primeira vez, desde que convivemos, fizemos amor. Foi lindo! Mas, quando acordamos juntos e fui beijá-lo, ele me tratou como se eu fosse uma estranha. A partir daí, não dirigiu mais a palavra a mim.

As lágrimas vêm, junto com soluços.

Afago seus cabelos.

— Está tudo bem.

— Não está. Ontem, fiz uma coisa que já tinha feito várias vezes e que sempre deixava Pedro muito bravo. Uma das suas amantes ligou e eu disse que *meu pai* tinha saído com uma amiga. Ele ficou uma fera e disse para eu nunca mais me meter na sua vida.

Então a abraço forte.

— Bia, se você acha que não vale mais a pena lutar por ele, então comece a se amar mais e tentar ser feliz por si só. A satisfação dele não pode ser sua prioridade.

Ficamos mais um tempo no quarto até ela se recuperar e retocar a maquiagem. Somos salvas pelo gongo quando Patty aparece, fazendo suas peripécias e chamando toda a atenção para si. O resultado da reunião é que Patty menciona que, se quiser, Bia pode passar um tempo no apartamento dela. As duas trocam telefone, e fico imaginando no que aquilo vai dar.

CAPÍTULO 65

Marco

Na reta final dos preparativos, mesmo tendo suplicado às nossas mães que preparassem uma cerimônia simples, o casamento se tornou um grande evento. Pelo menos conseguiram se conter e convidar apenas quem estava na lista, que contou, inclusive, com a ajuda de Patty, para não deixarmos de fora nenhum colega de trabalho.

Há dois dias, avisei minha futura esposa que precisava viajar às pressas para resolver um caso fora da cidade. Ela não engoliu muito minha desculpa, mas permitiu. Se ficasse perto dela, não conseguiria dar conta de tudo o que me cabe na lista quilométrica de afazeres. Desde que saí com uma valise, tenho filmado cada passo, pois isso vai fazer parte de uma das surpresas. Pedro me ajudou a mandar fazer uma estrela em um holofote gigante para dar boas-vindas aos convidados, simbolizando a bênção da minha estrelinha Vitória. Como sinto saudade do seu cheirinho, do seu olhar fixo, da sua mãozinha gordinha e até das fraldas, que sempre fiz questão de trocar. Não me canso de olhar para o céu e conversar com a minha estrelinha, que, todas as vezes, se mostra brilhando mais do que as outras.

Verifico todos os preparativos. Hoje vai ser um dia muito especial. O cerimonialista é muito competente, e conhecemos seu trabalho porque é enteado de uma grande amiga da minha mãe. Mando mensagens para Bárbara o tempo todo, perguntando dela e do bebê. Pelas respostas, acho que está ressentida pela minha ausência repentina.

Quando convidei Pedro e Bia para serem meus padrinhos, ele foi taxativo.

— Marcão, amei o convite, mas prefiro não dividir o altar com ela. — Percebo sua voz magoada.

— O que aconteceu, Pedrão? Você anda estranho já há algum tempo.

— Ela vai embora... — conta, derrotado.

— Você gosta dela?

— Isso não é suficiente. Minha responsabilidade de cuidar dela é muito maior.

— Cara, se quer enganar seu coração e viver nessa redoma de vidro que construiu esses anos todos, é uma pena. Pensei que você fosse mais forte do que isso.

— Marcão, não me faça pensar em algo que já está resolvido na minha cabeça.

— Não vou chamar você de covarde porque não quero que desista de ser meu padrinho, mas é isso que estou pensando agora mesmo.

Desde o dia em que o convidei para padrinho, também conversei com Patty, que já tinha aceitado ser madrinha. Decidi deixá-los como padrinhos da minha linda e, para mim, convidei um primo, que amo muito, e sua esposa.

Da varanda, observo a montagem das tendas e a colocação das mesas e cadeiras. Minha alegria é tanta que não meço esforços em colocar a mão na massa. Filmo tudo, cada segundo. Depois de um dia cansativo, sentado na areia, admirando como tudo ficou lindo, sinto como se um filme passasse pela minha cabeça desde o dia em que a conheci, como se tudo estivesse resumido a apenas nós dois, somente eu e ela. Não planejava me apaixonar naquele momento. Minha única razão de viver era minha filha amada, mas ela foi chegando, pedindo licença e derrubando cada tijolo da parede que construí em torno do meu coração. Hoje, em vez de apenas um muro, construí uma fortaleza, da qual nunca mais vou deixá-la sair, pois é o lugar ao qual ela pertence.

Em vários momentos ao seu lado, tenho uma sensação de *déjà-vu* impressionante, como se tivéssemos vivido juntos em outras vidas. Como um anjo salvador, ela consegue preencher os vazios, não permitindo que eu me deixe abater.

Perdido em pensamentos, sinto a mão na minha cabeça, afagando meu cabelo. De pé ao meu lado, minha mãe me olha, parecendo orgulhosa.

— Feliz?

— Muito. — Dou batidinhas na areia ao lado, convidando-a a se sentar.

— Filho, também estou muito feliz. Juro que sofri, imaginando que você não sairia mais daquele túnel, sem querer enxergar uma luz lá no fundo. Bárbara é uma moça maravilhosa. Tenho certeza de que vai fazer você muito feliz.

— Mãe, ela é muito especial. É a mulher da minha vida!

— Então, faça dela a mulher mais feliz do mundo. Trate-a com respeito e amor, como seu pai sempre me tratou.

— Obrigado, mãe! Prometo tentar, mas já vou avisando que aquele bigodinho que o papai deixa de vez em quando para agradar a senhora, eu me recuso a usar! — brinco. — Se a Babby, um dia, pedir isso... não faço nem por um decreto!

Ela sorri, e nós nos abraçamos, ouvindo apenas as ondas do mar.

Bárbara

Dois dias longe do Marco me faz sentir todos os efeitos colaterais de uma gravidez... enjoos, vontades, birras e tudo mais. Além disso, essa ideia de todo mundo se vestir de branco em um aniversário de 60 anos é o *ó do borogodó*! Hoje, vou com minha mãe e Patty buscar o vestido que, por sinal, é um exagero. Quando coloquei o tomara que caia, elas fizeram elogios. Na verdade, acho que me deixei convencer só para não ter de ouvir mais tanto blá-blá-blá.

Como se não bastasse, ontem, as duas me levaram a um spa, dizendo que eu precisava me distrair enquanto Marco estava longe. Não sei a quem estou querendo enganar. Ficar essas horas intermináveis longe dele me deixa deprimida. Acho que nunca chorei tanto sozinha, sentindo sua falta. Li uma matéria dizendo que as grávidas ficam mais sensíveis, e sou a prova disso.

Ontem à noite, ele ligou para dizer que não chegaria a tempo de me levar para Riviera e que meus pais me acompanhariam. Contratou um helicóptero, pois não queria que eu sofresse muito com a viagem, e eu quase o mandei enfiar as hélices *naquele lugar*.

Meu mau humor chega no limite, quando minha mãe vem me buscar de manhã, dizendo que iríamos ao salão.

— Como não vai? Vai, sim, senhora! Seu futuro marido está trabalhando. Merece encontrar a futura esposa linda.

— Faço um coque no cabelo e me maquio em casa, mas não vou ao salão. Estou indisposta.

— Você vai nem que eu a puxe pelos cabelos.

Não tem jeito. Obedeço.

Meu pai observa tudo de longe, divertindo-se.

— Babby, minha princesa, esqueci de dizer que sua sogra pediu para você usar essa tiara.

Como minha mãe é descarada! Duvido de que não tenha vibrado com essa coisa que ela chama de tiara. Tudo bem que reconheço que é totalmente simpático esse *headband*, mas para uma noiva, não para uma simples convidada!

— Gosto muito da minha sogra, mas vou ligar pra ela e dizer que já estou penteada e, por esse motivo, não será possível usá-la.

— Deixa eu ver como fica — intervém o cabeleireiro, tentando me convencer. — Hmmm... Uma escova bem lisinha nesse cabelo de luz, com as pontas montadas no *babyliss*, já vai ficar um show! — fala, manhoso, fazendo biquinho de lado.

Bem, pelo menos estes últimos dois dias têm sido de princesa.

Coloco o vestido branco tomara que caia e, quando me olho no espelho, meu coração acelera. Sinto uma força em mim, como se estivesse dando um grande passo. Ouço, fora do quarto, uma falação. Na verdade, uma verdadeira discussão.

— O que está acontecendo?

— Olha o que sua mãe fez! — acusa meu pai, apontando para sua roupa branca toda manchada de vinho.

Ao olhar para ela, noto que seu vestido simples branco também está arruinado.

— Mãe, de jeito nenhum vou sozinha naquele helicóptero.

— Bom, eu trouxe um fraque junto comigo.

Meu pai é sempre prevenido.

— Eu também trouxe um vestido, mas, para essa festa, todos têm que estar de branco. Acho que não vamos poder ir. Vai destoar muito!

— Nada disso. Vocês vão nem que, dessa vez, *eu* tenha de levá-los pelos cabelos!

Convencidos, eles se arrumam em tempo recorde.

Na cobertura do prédio, deparo com o helicóptero mais lindo que já vi na vida, mas acho estranho o rapaz segurando uma câmera, filmando tudo, e outro com uma máquina fotográfica, disparando *flashes* na minha direção.

— Filha, esse é um presente do Marco para você. Mas só pode abrir quando estiver sentada ao nosso lado — revela meu pai, entregando-me uma caixa preta de veludo.

Lágrimas começam a se formar em meus olhos assim que solto o laço preto que envolve a caixa de veludo. Dentro, há um *tablet* e um bilhete: Hoje você vai me fazer o homem mais feliz do mundo! Te amo, Bah!

Um *making-of* diferente começa a rodar. O título aparece na tela: *Casamento--surpresa com a mais bela sereia de todos os mares do amor.*

Ao som de "All I Want Is You", do U2, vejo meu lindo sorrindo.

— Oi, minha sereia! Você sabe que sou tímido na frente das câmeras, por isso resolvi gravar eu mesmo este vídeo, para mostrar como o momento mais importante da nossa união foi planejado.

Não acredito! Aparece a imagem dele almoçando em um restaurante, acompanhado pelas nossas mães, Nana e Patty.

— Bom, linda, isso teria acontecido algumas semanas atrás, mas foi melhor assim... Meninas, deem um tchauzinho para a Babby! — A câmera vai passando de uma à outra, que fazem um coração com as mãos. — Estamos aqui, fazendo a lista de convidados e planejando tudo. Até nossos pais vão ter uma participação especial.

Ele manda um beijo para mim.

A próxima imagem é dele, na mesa do escritório no fórum, escrevendo alguma coisa.

— Oi! Acabei de escrever nos envelopes dos convites o nome dos convidados que, daqui a alguns dias, vão estar nos homenageando.

Sentada entre meus pais, sinto ambos apertarem meus braços, confortando-me e mostrando que estão comigo neste momento especial.

— Bárbara, sei que não engoliu a desculpa que dei pra justificar a viagem, mas, quando eu disse que era por uma boa causa, estava falando sério. Esse é um passo muito importante, que quero guardar para sempre, eternizando nosso amor.

A próxima imagem é dele chegando a uma casa de veraneio lindíssima, saudando o mar com os braços abertos.

— Minha sereia, seu singelo amor se transformou no meu bem mais valioso pela forma que se apresenta diante de mim. Mal posso esperar para tê-la em meus braços...

— Te amo, lindo!

Beijo a tela do *tablet*.

Depois, um helicóptero de brinquedo aparece. Marco, com o controle remoto nas mãos, está brincando na praia.

— Isso aqui é do Biel, simbolizando esse em que você está agora. Daqui a pouco você vai estar aqui comigo, a mulher que sempre sonhei!

De repente, começam a aparecer fotos nossas juntos, além de uma cheia de estrelas.

— Nossa estrelinha também vai estar nos abençoando. Saudade, linda... Vem logo!

Biombos, cadeiras e tendas começam a aparecer na tela e, no meio de um monte de gente trabalhando, lá está ele, sem camisa, suado, debaixo do sol, ajudando a levantar uma enorme coluna de madeira. Depois, volta-se para a câmera, enxugando o suor da testa.

— Nosso palco está montado para o maior show de amor das nossas vidas.

As emoções são tantas que os risos e as lágrimas viram uma coisa só.

Sentado na areia, ao entardecer, ele segura a câmera focada no rosto, depois vai descendo em direção ao coração.

— Não existe a menor possibilidade de eu não te amar e não te fazer a mulher mais feliz do mundo. Vem, minha sereia, estou esperando, louco para fazer você feliz. — O vídeo termina com a imagem dele, lindo, sorrindo e dizendo: — Eu nasci pra te amar!

— Por que vocês não me contaram? — pergunto, emocionada, aos meus pais.

— E estragar a surpresa linda feita para a filha mais amada do mundo? Nunca! — vibra minha mãe.

— Aquela história do vinho era mentira, né, seus danados?

Meu pai começa a rir sem parar, o que acontece todas as vezes que ele está nervoso demais.

— Essa sua mãe caprichou na ideia. Por pouco ela não joga o vinho na minha cara, de tanto que se empolgou com a encenação.

— Mãe, você é uma figura!

— Ora! Queria que eu fosse com aquele vestido no casamento da minha filha? Não, senhor! Como disse Paulinho, o cabelereiro, tenho que estar toda *montada* no turquesa... E vamos retocar essa maquiagem. Ainda bem que avisei ao maquiador que você viraria um mar de lágrimas.

Há tochas e holofotes, além de muitas pessoas reunidas em um espaço lindo, montado na área da praia. Meu coração dispara, enquanto o helicóptero pousa em um espaço reservado, longe da areia. Assim que descemos, um extenso tapete vermelho mostra ser o trajeto até a tenda.

— Boa noite, Bárbara! Sou Cláudio Tirone, o cerimonialista.

Sem entender direito como a cerimônia irá acontecer, deixo-o conduzir tudo. Diante dos meus olhos, estão Pedro, vestido com um traje elegante, e Patty, deslumbrante com um vestido rosa lindo. Os primos de Marco estão logo atrás. Minha mãe corre para ficar ao lado do pai de Marco, prontos para entrar ao som de uma banda, localizada em frente aos convidados, vestidos iguais, todos com roupas florais, em estilo havaiano.

Assim que começam os acordes da música "Hey, Soul Sister", do Train, Patty olha para mim e diz, com uma piscadinha:

— Amiga, essa música quem escolheu fui eu, hein?

Eu sorrio, enquanto ela entra. Para minha surpresa, todos entram dançando, acompanhando o ritmo da música! Minha mãe e a Patty dão um verdadeiro show e agradeço a Deus por ter essas duas na minha vida. Os convidados vibram. Quando todos já estão lá na frente, procuro meu noivo, mas não o encontro.

— Bárbara, seu noivo decidiu quebrar os protocolos. Você, a noiva, é quem vai aguardar o noivo no altar — anuncia o cerimonialista.

Uma explosão de borboletas começa a voar no meu ventre e, pela primeira vez desde que estou grávida, sinto meu filho se mexer dentro de mim. Diante de todos os convidados e de braços dados com meu pai, recebo do cerimonialista um buquê de orquídeas com um bilhete.

Você consegue sentir o amor esta noite?

Começa a tocar o que chamo de minha música, "Can You Feel the Love Tonight", do Elton John. Nesse momento, não existe um só pelo do meu corpo que não esteja arrepiado. Todos os meus funcionários, amigos de faculdade, parentes do Nordeste e a família do Marco estão presentes.

Assim que tomamos nossos lugares, um telão gigantesco desce ao lado da tenda, e um holofote é aceso no interior de uma estrela enorme, mirando o céu. Tenho certeza de que é minha dama de honra, que está abençoando nossa união, lá do céu. Quando aparecem as imagens da nossa pequena Vitória no telão, todos os presentes se emocionam. Quando acho que nada pode superar esse momento, ouço o ronco de diversas motos se aproximando, seguindo seu líder. Lá está ele, chegando, ao som acústico de "Wish You Were Here", do Pink Floyd.

Ele faz uma parada triunfal, em frente ao extenso tapete vermelho, enquanto todos os motoqueiros aceleram, abençoando nossa união com o ronco das motos, faróis piscando e buzinando. Com um sorriso enorme, ele levanta a viseira do capacete e olha para mim. Posso ler as palavras que se formam em seus lábios.

— Eu te amo!

Marco

Cada momento relatado pelo cerimonialista por mensagens, informando sobre cada uma das etapas, me deixa nervoso e com o desejo de estar lá presente. Passei o dia repassando tudo com todos. Sei de cada detalhe do que planejamos juntos. Meu celular apita.

Tudo pronto!

Aceno para meus amigos do Motoclube Águias do Asfalto, que abraçaram a ideia de fazer parte do cortejo que me conduzirá à estrada rumo à felicidade. A cada giro do acelerador da moto, sinto diminuírem os metros que me separam da mulher da minha vida. Não consigo parar de sorrir de tanta felicidade. Chego em frente ao cenário mais lindo. Não tenho olhos para nada em volta. A única coisa que vejo é ela. Linda, esplendorosa, com o sorriso enorme estampado no rosto, me esperando... Lá está ela, no altar. Não tenho dúvidas de que nasci para amá-la.

Desço da moto, sem cansar de dizer "eu te amo". Na entrada, está minha mãe, debulhando-se em lágrimas.

— Filho, você está lindo!

— Você também, mãe!

— Nervoso?

— Como nunca!

Avanço a passos lentos, observando os olhos marejados da minha sereia. Quando me aproximo, solto minha mãe, dando-lhe um beijo na testa, e não espero nem mais um segundo para matar a saudade imensa, puxando Bárbara para meus braços e beijando-a.

— Uaaaauuuu... — elogia ela, recompondo-se, quando ouvimos o juiz de paz pigarrear.

Desde que dei meu primeiro passo em direção a ela, não rompemos mais nosso contato visual, em uma conexão cheia de juras e promessas. Nenhuma palavra é necessária, pois nossas almas se entrelaçam para um único objetivo: o de ser feliz.

— Os apaixonados querem dizer alguma coisa um ao outro ao trocarem as alianças?

Assinto e pego o microfone, percebendo, apenas neste momento, como minhas mãos estão trêmulas.

— Bárbara Nucci Ladeia, pensei em mil coisas para dizer, mas nenhuma palavra seria capaz de representar o amor que sinto por você. Não sei se esse casamento foi digno dos seus sonhos, mas foi planejado e movido por toda a força do meu carinho e da minha dedicação. Tenho certeza de que sou o homem mais realizado do mundo porque a encontrei. Prometo fazer de você a mulher mais feliz do mundo. Eu amei você ontem, eu amo você hoje e vou amar você pelo resto da vida. Você carrega nosso pequeno Gabriel, e seremos a família mais feliz que existe, cheia de erros, acertos e muito amor.

Então coloco no seu dedo a aliança que simboliza nosso amor.

— Marco Ladeia, eu, Bárbara Nucci Ladeia, com muita honra... — Ela soluça entre as palavras. — Confesso que sou a mulher mais feliz do mundo desde que o vi pela primeira vez, naquele tribunal. Quando estou ao seu lado, sei que pertenço a você. Fui sua ontem, sou sua hoje e serei sua pelo resto da vida. Prometo ser a melhor esposa, amante, mãe dos seus filhos e amiga que conseguir ser para você. Eu te amo!

Por fim, as lágrimas molham meu rosto.

— Eu os declaro marido e mulher. Pode beij...

Só ouvi o "pode", porque ela já está nos meus braços, ao som de palmas, trocando comigo nosso beijo digno de Hollywood.

* * *

Nas tendas ao lado do local da cerimônia, organizamos um luau. Minha sogra querida deu a ideia de dar chinelos para os convidados, para que fiquem à vontade e curtam o momento com a gente. Depois da primeira meia hora de festa, já estou ansioso para sair logo dali e ter minha esposa nos braços. Salvos pelo mestre cerimonial, somos levados à nossa mesa, que é digna do pecado da gula, toda decorada com doces e enfeitada, como fiz questão, com rosas amarelas e orquídeas.

Em meio às brincadeiras, somos interrompidos por uma Patty louca, em cima do palco.

— Atenção, senhores convidados, vamos brindar ao nosso casal de pombinhos, Bárbara e Marco! — Todos os presentes fazem seus brindes, olhando para nós. — Agora, o noivo tem mais uma surpresa para nossa amada e querida noiva. Por favor, casal, venham aqui. — Uma cadeira é posta em frente ao palco. Constrangido, recuso-me a levantar. — Vai, Marco, estão esperando o noivo aqui atrás do palco.

Ainda bem que não sou o único. Ela conseguiu convencer nossos pais, meu primo e Pedro a fazerem a surpresa comigo.

Levanto-me, sentindo o rosto ferver. Dançando a caminho do palco, minha sereia me puxa, toda animada.

— Aí, garanhão, só estou entrando nessa loucura porque Patty jurou que era o sonho da minha menina. Então, sobe lá e arrasa. Não tenho mais idade para acompanhar esses passinhos que ensaiamos — pede Adilson, entrando no clima.

Meu pai é só sorrisos. Acho que as doses de uísque o ajudaram a se animar um pouquinho. Pedro e meu primo, nem preciso dizer que não estão nem aí para a demonstração exibida.

— Prontos, meninos? — pergunta Patty, acenando ao DJ para soltar a música.

Respiro fundo... E que comece o show.

Bárbara

Sentada de frente para o palco, ouço "Cryin'", na voz de Steven Tyler, do Aerosmith, começar a tocar. Eles iniciam a dança, e a mulherada vai ao delírio. Fico vidrada nas caras e bocas de Marco para mim. Ele vem para a frente e a música aumenta, enquanto simula um *striptease*. Todos vão à loucura! Assim que Marco tira o paletó, meu pai chega, dançando ao lado dele, e faz pose de machão.

— GOSTOSO! — grita minha mãe.

Marco, ainda dançando, mostra ao meu pai a aliança, e eles apertam as mãos. O sem-vergonha tira o paletó e o arremessa para mim. Empolgada, danço na cadeira, enquanto ele vai tirando a gravata devagar.

— Quero um show particular! — também grito, já imaginando só nós dois no quarto.

Marco pula do palco e se aproxima, deslizando a mão pelo abdômen, então me puxa para seus braços para que eu dance com ele. Sinto sua excitação roçar meu sexo. Arranho suas costas e ele fala, baixinho, no meu ouvido:

— O que acha de cortarmos o bolo e fugirmos daqui? Preciso estar dentro de você *agora*, esposa.

Sinto excitação, contando os minutos.

O show termina, e o DJ aproveita toda a agitação para começar a festa de verdade. Patty percebe que Bia está meio isolada, então a coloca para dançar, e eu me junto a elas.

— Vamos dar uma forcinha para esses dois — cochicho no ouvido de Patty.

Não preciso falar duas vezes.

Começamos a provocar os caras. Pedro fica possuído ao ver Bia dançando toda solta com nossos amigos do escritório, então caminha, resoluto, na direção dela e a encara, mostrando a que veio. Dando-me por satisfeita, puxo a mão do meu marido.

— Lindo, vamos cortar logo esse bolo.

Todos os protocolos, como brindes, fotos em frente ao bolo e blá-blá-blá, são cumpridos antes de fugirmos. Apenas nossos pais nos acompanham até o helicóptero, que nos aguarda na praia, para que a gente se despeça.

— Nossa! Esse tomara que caia está tão apertado que chega a esmagar os meus seios... — sussurro, no seu ouvido, quando entramos no helicóptero. — Ainda bem que nem sutiã coloquei.

— Passou todo esse tempo sem, esposa?

— Sem calcinha também... Tirei minutos antes de sair da festa.

— Levanta a saia! — manda baixinho, e agradeço por estar de costas para o piloto.

— Não é melhor você enfiar a mão por baixo do vestido? — sugiro, ofegante.

Olhando para mim, Marco leva a mão até meu sexo enxarcado, onde brinca entre as dobras em um vaivém que sou obrigada a suprimir os gemidos.

— Tudo isto é para mim? — Ele enfia o dedo ainda mais fundo. Minha vontade é a de sugar sua mão inteira. Mal começa a brincadeirinha e já chegamos à primeira parada. Com os dedos ainda dentro de mim, ele diz: — Chegamos ao *resort* onde tudo começou, sereia.

Marco

Eu pensei em tudo, inclusive em reservar a mesma suíte, onde o desejo desenfreado toma conta de nós. Nossas línguas se reconhecem e se procuram. As roupas desaparecem como em um passe de mágica. Entre arrepios e antecipação, exploramos cada parte do corpo um do outro em um ritmo torturante e alucinante. Nossos corações acelerados batem em sincronia. Quando eu finalmente estou dentro dela, detonamos em uma explosão de tesão e orgasmos.

Permanecemos unidos a noite toda, curtindo cada minuto, seja no banho, na parede, no chão, na cadeira ou na cama. Nossos corpos não são capazes de se separar.

A recepcionista do hotel interfona para avisar que em breve vamos ter que ir para o aeroporto. Deixo a sra. Ladeia dormindo e vou tomar uma ducha, depois volto para acordar minha sereia, colocando nossas passagens e passaportes na bandeja de café da manhã.

— Bom dia, minha mais bela sra. Ladeia!

Ela se espreguiça, então abre os olhos brilhantes para mim.

— Isso ereto, debaixo da bandeja, é a sobremesa?

— Essa sobremesa aqui vai ter que ficar para mais tarde, porque agora temos que comer para embarcar. — Entrego a bandeja e ela fica olhando os passaportes e as passagens aéreas.

— Grécia! — festeja ela, ao ver as passagens.

Tracei um roteiro completo, indicado por Josi, uma grande amiga advogada que mora lá.

Passamos o primeiro dia em Atenas, conhecendo os pontos turísticos. Bárbara fica deslumbrada com a Acrópole e o Partenon. Ela olha e fotografa tudo, animada. Eu a observo como um adolescente apaixonado, admirado por ela aguentar bravamente o dia inteiro de perambulação, mesmo grávida.

A noite em Atenas é maravilhosa. Jantamos em um restaurante agradável, próximo ao hotel onde estamos hospedados, depois voltamos exaustos.

— Obrigada pelo dia maravilhoso. Estou amando tudo, marido.

Ela vai até a cama, caminhando de modo sensual, vestida com uma camisola de renda transparente. Depois, preciso me lembrar de agradecer a Patty pela escolha das lingeries.

Na primeira noite de lua de mel, fazemos apenas uma rapidinha gostosa, mas é assim que o corpo dela reage depois da maratona do dia. Demoro um século para pegar no sono porque fico deslumbrado com a ideia de que estou casado com a mulher mais linda do mundo.

Em Santorini, em um cruzeiro de meio dia que passa pelas ilhas de Nea Kameni e Palea Kameni, vejo-a sair da água, bronzeada, depois de um mergulho. Uma vez mais, agradeço aos deuses por estarmos afastados dos outros turistas, pois minha sunga demonstra exatamente o tamanho do meu desejo.

Meu corpo quente, aquecido pelo sol escaldante, é surpreendido pela água fria do corpo dela, quando me abraça.

— A água está tão boa... O que acha de me acompanhar no mar, senhor meu marido?

— Acho que tenho um lugar melhor para visitar — insinuo, olhando para um amontoado de rochas à esquerda, vazio de turistas.

Sem pensar duas vezes, pego-a nos braços e fazemos amor escondido, apressados e cheios de tesão, como dois adolescentes impulsionados pela emoção do perigo de serem flagrados a qualquer momento.

Um verdadeiro paraíso, os dias de nossa lua de mel na Grécia estão sendo incríveis. Fizemos um videozinho para mostrar tudo ao nosso pequeno. Até minhas conversas com ele minha sereia fez questão de filmar.

Em Mykonos, conhecemos ilhas fabulosas e compramos presentes para todo mundo da família. À noite, entramos em clima de provocações sexuais:

— Depois desses dias aqui, acredito que você pode até lançar raios, como Zeus. — Ela me olha, admirando meu corpo. — Já falei que sua beleza faria inveja a Adônis, mas sua intrepidez deixaria Ares furioso. Eu enfrentaria tudo no mundo por você, de Aquiles até as provas de Hércules, só para encontrar seu velocino de ouro...

Gargalho, e ela solta um risinho safado e sensual.

Enquanto chupo seus lábios, percorro seu corpo com as mãos, passando pelo ventre e circulando o umbigo, devagar. Suas mãos vão direto ao ponto, arranhando minha pele com as unhas, até chegar aonde pretendia.

— Encontrou o velocino de ouro? — pergunto, enquanto ela acaricia minha glande.

Ela lambe os lábios, ansiando por mais, e abaixa-se devagar. Passa a língua majestosa, de leve, na pontinha, indo até a base, depois abocanha meus testículos, prende-os nos lábios, e segura-os por alguns segundos. As fisgadas são inevitáveis. Solto um rosnado de prazer.

Sem pressa, ela olha para mim enquanto me leva ao ápice. Vejo sua língua deslizar e sinto suas unhas arranhando minhas coxas, torturando-me. Seus lábios macios encostam na ponta da minha glande. Fico desestabilizado. Ela aumenta o ritmo das chupadas, engolindo-me cada vez mais fundo, com um olhar sedento. Sem aguentar mais de tanto prazer, minha porra viscosa se espalha por toda minha extensão, escorrendo dos seus lábios, e ela lambe até a última gota.

Com as pernas trêmulas e o olhar fora de foco, eu a ergo para meus braços.

— Me beija, sereia! — Sinto o gosto do meu prazer na boca dela, então sento-a no meu colo para explorar cada parte do seu corpo.

Dou pequenas lambidas em seus seios inchados, e ela posiciona meu pau na sua entrada, descendo até abarcar toda a minha extensão. Sinto sua musculatura interna se comprimir em volta do meu pau. Pelos movimentos rápidos, subindo e descendo, sei que falta pouco para ela liberar todo seu gozo.

Sem tirá-la do colo, deito-a na cama e assumo o controle dos movimentos, penetrando-a deliciosamente, saciando-a com estocadas rápidas. Fico enlouquecido de tanto que me aperta. Viro um animal. Em instantes, ela começa a estremecer e gritar, sem controle, até que, em uma profunda estocada, me junto ao seu prazer...

— Minha. Todinha minha...

Capítulo 66

Bárbara

— Mexe, bebê, mostra para o papai que você vai ser jogador de futebol.

Contrariando o pedido de Marco, Gabriel fica quietinho.

— Qual é, Biel? O papai vai achar que estou inventando coisas e que você não está se mexendo de verdade!

Sinto a mão do meu lindo chegar a suar sobre minha barriga.

— Ei, filhão, vou levar você para ver várias gatinhas.

E não é que o pequeno mexe? O sorriso de Marco é enorme.

— Não gostei dessa promessa... — Faço-me de emburrada.

— Linda, infelizmente, terei de cumprir — brinca, agarrando-me.

Não há uma noite que não passamos namorando ou brincando, em uma lua de mel eterna. Nem meu mau humor o tira do prumo.

Os dias no escritório têm sido muito produtivos. Levo o projeto de ter uma filial no Rio em frente, pois nossa carteira de clientes cresce a cada dia. Patty tem dado conta do recado, tanto que fico até um pouco preocupada, pois parece que abdicou da vida pessoal.

— Patty, já vou. Vê se vai embora cedo, mulher. Vá se divertir um pouco!

— Quem disse que não me divirto?

Mente deslavadamente, a bandida:

— Hoje mesmo, um gato que conheci na semana passada vem me buscar pra tomar um chopinho.

— Sério? Que dia mesmo que você saiu?

— Não me lembro do dia, mas eu saí, tá? — Olho para ela com desconfiança. — Não saí, não quero sair e tenho raiva de quem sai. Cansei desses imbecis que só querem uma calcinha limpa pra cheirar. Meu trabalho me dá muito mais prazer.

— E o Carlos? Confessa... Ele mexe com você.

— Aff, Barbarella. Acho que o Biel está mexendo com seus neurônios, isso sim. De onde tirou isso? Só porque ele andou me cercando, encontrei com ele umas três vezes, ele apareceu do nada no hotel em que fiz a coletiva e ficou danado quando me viu com o turco gostoso, descobriu meus telefones e meu endereço, foi na minha casa querendo me ver e depois desapareceu? E aí você acha que isso está mexendo comigo?

— Só por causa de tudo isso, amiga? Eu, que nem sabia de nada até agora, virei vidente. Acho que foi isso...

— Não vou ficar com ele. Está decidido. Um homem que só quer transar não merece meu respeito, mesmo que o sr. G goste dele.

— Ele é gay? — pergunto, confusa.

— Barbarella, é uma longa história. Um dia conto com detalhes...

— Patrícia, olha pra mim! Você está participando de um *ménage à trois*?

— Não sou tão sortuda assim — retorquiu gargalhando.

— Isso não tem graça, Patrícia! O que o sr. G tem a ver com essa história?

— Tudo e nada... Olha, vou falar rapidinho, mas não me pergunte nada. O assunto morre aqui. Entendeu?

Faço que sim com a cabeça. Ela me conta que nunca teve um orgasmo com ninguém, apenas sozinha, com brinquedinhos. Fico chocada com a história toda.

— Amiga, você já procurou ajuda?

— Barbarella, minha ajuda é uma pilha de papéis para ler e resolver. Não vou sair com ele de novo.

— Olha, se você quer continuar assim, sem rumo, para mim não tem problema. Só quero que saiba que vou estar sempre aqui para você. Prometo nunca mais tocar no assunto, mas ficar desafiando seu ponto G por capricho não vai fazer nada bem. Além disso, hoje em dia dá para lidar com esse tipo de problema.

Ela faz uma cara de emburrada, então dou um beijo na minha amiga e saio.

Fiz a ultrassonografia morfológica e o bebê continua muito bem. Nossas consultas com a dra. Luciana e a doula Ângela Maria ocorrem mensalmente.

Nossos pais marcaram um jantar para hoje à noite, alegando que querem dar um presente para Biel. Estamos achando um verdadeiro exagero a quantidade de brinquedos, roupinhas e acessórios que esses quatro avós de primeira viagem estão comprando, mas eles não ouvem nada do que falamos.

Minha mãe é um caso à parte. Sempre inventa uma coisa diferente. Já deu até um alfinete de ouro, que, de primeira, eu nem sabia onde colocar. Depois ela explicou que era um presente de gerações, herdado da minha avó paterna quando minha mãe estava grávida de mim. Fiquei muito emocionada.

Na hora do jantar, vejo que Nana preparou pratos especiais e até deixou a mesa posta. Durante a refeição, meu pai ergue a taça de vinho.

— Um brinde ao nosso neto!

Marco olha para mim. Pela expressão dos quatro, já sabemos que vem algo muito grande.

— Não precisam olhar com essa cara, porque o presente é para o Gabriel — completa Jordan.

— Decidimos presentear nosso amado neto com uma casa com um belo jardim e, antes dos muitos protestos por parte dos pais, queremos dizer que foi apenas pensando na qualidade de vida dele — conta Melissa.

Protesto é uma palavra fraca para ilustrar a reação de Marco, que diz a eles que, se um dia achássemos que seria conveniente mudar para uma casa, nós dois tomaríamos essa decisão sozinhos. Da minha parte, também não gosto da ideia. Nosso apartamento é gigante e temos espaço suficiente para nosso pequeno brincar. Apesar disso, entendo a intenção dos avós e, para apaziguar o desconforto, tomo a palavra para resolver o impasse. Seguro a mão do meu marido.

— Nós agradecemos o presente e prometemos conhecer a casa do nosso pequeno, mas vamos deixar que ele decida, quando for maior, o que vai fazer com esse presente tão especial.

Percebo que a resolução os deixa insatisfeitos, mas acho que vão pensar duas vezes antes de tomar uma decisão tão grande quanto ao nosso pequeno.

Um dia, a doula explica que a prática de exercícios físicos durante a gestação traz uma série de benefícios, tanto para a mãe quanto para o feto, diminuindo os riscos de complicações durante o parto e o estresse. Ela só esquece de dizer ao meu marido maravilhoso que ele não precisa fazer os exercícios também. Sabendo o quanto sou preguiçosa, Marco toma a decisão de me acompanhar nessa empreitada e, juntos, contratamos um *personal*. Não há um dia em que ele não esteja presente, repetindo os exercícios comigo e me motivando.

Outro dia, a doula conta que os exercícios para aumentar o diâmetro da pelve fortalecem a musculatura perineal, favorecendo o trabalho de parto. Um segundo depois, Marco comenta, bem baixinho, junto à minha orelha:

— Será que sua *menina* não quer fazer um levantamento de peso do sr. Anaconda para ajudar nessa musculatura?

Sentada na minha bola de Bobath, uma daquelas utilizadas em fisioterapia, fazendo movimentos de um lado para o outro, vejo meu lindo olhando cada rodada de exercícios, quando vou aumentando a abertura das pernas para intensificar o efeito do exercício. Esse movimento ajudará na mobilidade das articulações da bacia e durante o trabalho de parto. Ele olha para mim com desejo e minha boca seca, começando a salivar durante cada um dos movimentos de abertura que faço.

— Estou formando músculos nas regiões que deverão ser mais exigidas no parto — provoco.

— Quanto tempo mais precisa continuar fazendo esses exercícios? — Cheio de segundas intenções, Marco desce a mão para o eixo duro sob a calça, mostrando que está gostando do joguinho de sedução.

— A promessa de levantamento de peso está de pé, dr. Delícia?

De joelhos na minha frente e eu com as costas na bola e o corpo ardente, vejo sua excitação pulsar e sair de dentro do zíper. Ele coloca minha calcinha de lado e me penetra.

— Quantos movimentos desses teremos de fazer para ajudar esses músculos internos? — sussurra, entre gemidos de excitação, no lento vaivém dentro de mim. Arrepios tomam conta do meu corpo e, embora a posição seja desconfortável, o tesão é maior. Perfeitamente encaixado em meu corpo, juntos chegamos ao prazer supremo.

Marco faz questão de projetar todo o quarto do nosso pequeno com a ajuda de Pedro. A montagem dos móveis leva duas semanas, pouco antes de eu completar 38 semanas. Quando ligo para nossas mães e falo que já podem arrumar tudo, é como se estivesse dizendo que Gabriel nasceu. Depois de alguns dias, está tudo pronto.

— Um, dois... três! — As duas vibram, contando atrás de nós.

Com nossas mãos uma sobre a outra, eu e Marco abrimos a porta do quarto. Fico encantada. A decoração é toda em tons de bege e verde, com detalhes em safari.

— Ficou lindo! — digo, emocionada.

— Vocês capricharam! — elogia Marco, abraçando nossas mães juntas.

Passo horas e horas sentada na poltrona do quarto de Biel, terminando de arrumar as últimas roupinhas nas gavetas. Conversando com ele, digo que logo ele estará aqui fora, mas, dentro do meu ser, é inevitável sentir um aperto comprimindo o meu peito, um sentimento egoísta de querer ficar com ele pelo resto da vida dentro de mim, protegendo-o.

Tudo em mim me diz que estou preparada para cuidar de alguém.

Marco

Na consulta de hoje, descobrimos que, em questão de dias ou horas, nosso pequeno vai vir ao mundo.

Enquanto tento ajeitar minha sereia a fim de amenizar seu desconforto, ela me diz que está sentindo leves contrações há um tempinho.

Durante a noite, com os olhos fechados, mas em estado de alerta, ouço uma voz, de longe, me chamando.

— Vida...

Pulo da cama assim que escuto um gemidinho.

— Oi, Bah, precisa de alguma coisa?

— Se eu não tiver feito xixi na cama, acho que a bolsa estourou...

Mesmo depois de ter recebido diversas orientações da doula e da dra. Luciana, sinto-me totalmente despreparado. Já Bárbara parece calma. Se fosse um parto no hospital, já estaria com ela no carro, mas o fato de ser aqui em casa me deixa desorientado.

— Ei, lindo, ali na cômoda tem suas instruções. Lembra que repassamos tudo para quando chegasse o momento? — avisa ela, ao me ver andando de um lado para o outro, então faz uma careta de dor.

A ficha cai. Faço as primeiras ligações para a dra. Luciana e para a doula, depois mando uma mensagem de voz pelo WhatsApp para nossos pais, enquanto abro as torneiras da banheira.

— Bom dia, vovós. O Gabriel está chegando. Esperamos vocês aqui.

Seguindo o passo a passo, primeiro pego a parte de cima do biquíni e ajudo-a a vestir.

— Mais uma gotinha de leite nesses seios gostosos e eles não caberiam no top, minha sereia — brinco, para distraí-la da dor.

Na verdade, acho que brinco mais comigo do que com ela, que em nenhum momento tira o sorriso do rosto. Acho que sou a pessoa mais apavorada aqui.

— Aiiiiiii... — grita ela, enquanto a levo para o banheiro.

Faço tudo o que nos foi orientado. Caminho com Bárbara pelo apartamento e tomamos um café reforçado juntos. Ajudo com os exercícios de agachamento com a bola para ajudar sua bacia a se abrir por completo.

— Você consegue, sereia. Sei que é difícil, mas esses agachamentos são necessários, vão ajudar na dilatação.

— Eu sei... — choraminga, vermelha, com o sorriso estampado no rosto.

— Vamos trabalhar juntos. Estou aqui...

Quando percebo que chegou o momento, levo-a de volta para o banheiro da suíte e a ajeito na banheira na posição genupeitoral, então peço para que respire fundo várias vezes.

Os minutos viram horas até a chegada dos pais de Bárbara.

— Olá! Como estamos adiantados aqui! — diz Ana, correndo para nos ajudar.

— Nosso menino está chegando — comento, feliz.

— O Gabriel está animado pra falar "oi", vovô Adilson. Pode entrar — convida ela.

Mas ele fica parado na porta da suíte, acho que um pouco constrangido ao ver a filha exposta na banheira.

— Vou ficar aqui, minha pequena, do outro lado da parede, pedindo aos céus para ajudar a aliviar suas dores. Te amo, minha linda! Obrigado por nos proporcionar um momento tão divino.

Os gemidos de dor se tornam mais frequentes. A doula e a dra. Luciana chegam praticamente juntas.

— A natureza está ajudando essa mãe guerreira. Esse meninão vai chegar antes do que a gente imaginava — declara a doutora, e percebo que Bárbara relaxa um pouco.

Ela está em trabalho de parto desde as três da manhã e, agora, às sete e quinze, é minha vez de me preparar. Coloco uma sunga para ficar com ela na banheira quentinha, à espera de Gabriel, que já começa a insinuar que está vindo ao mundo.

Durante as horas que se seguem, no compasso das contrações, beijo-a a todo instante. Ela fala pouco, atenta. De vez em quando, abro a torneira de água quente para mantê-la aquecida. Tudo está sendo perfeito.

Bárbara

Como sonhei durante nove meses, vivencio intensamente todas as etapas do processo para receber nos braços meu filho tão esperado e amado.

É um misto de dor e aflição, mesmo depois de ter me preparado muito durante os últimos meses. Acho que não tem uma parte do meu corpo que não queira gritar enquanto trabalha para trazer meu pequeno ao mundo. Marco está sentado atrás de mim. Ele me encoraja, e o calor do seu corpo, seu toque e suas palavras de incentivo são como um bálsamo.

Meu casamento foi um acontecimento muito especial, mas hoje, rodeada pela minha família e ao lado do homem que amo, sinto que estou vivendo o dia mais especial da minha vida. Este é o momento mais romântico que já vivi com meu marido, juntos na banheira, onde nós três estamos conectados para um só objetivo: formar uma família feliz.

— Marco, a dor está aumentando! — grito, sentindo uma contração profunda.

— É hora do Gabriel chegar — incentiva a dra. Luciana.

— Concentre-se no bebê, querida — aconselha a doula, enquanto Marco assopra palavras de carinho no meu ouvido.

— Vem, Gabriel. Ajuda a mamãe a lhe trazer ao mundo! — pede Marco, enquanto aperto sua coxa com toda a força.

Um grito alucinante escapa da minha garganta.

— Vem, filho! A mamãe está preparada! — digo, entre berros e lágrimas, sentindo sua cabeça me dilatar.

Todos presenciamos a vinda de Gabriel. É o menininho mais lindo que já vi na vida. Meu filho! É incrível como ele brilha enquanto a doutora realiza os procedimentos pós-parto. Em segundos, meu bebê está nos meus braços, gritando para o mundo ouvir. Seus olhos nos procuram.

— Bem-vindo! — Marco nos beija e chora.

Um *tsunami* de emoções me invade.

Marco

Bárbara me permitiu conhecer mais uma emoção que jamais imaginei existir. Não senti suas dores e contrações, mas tentei transmitir, com toda minha alma, força e carinho, enquanto acompanhava o nascimento do nosso filho. Além disso, tive o privilégio de cortar o cordão umbilical.

Eu a observo descansando, no quarto, admirado pelo quanto foi guerreira. Depois de um tempo, vou para a sala e me sinto grato por estarem todos presentes para receber Gabriel.

— Marco, meu compadre, nosso pequeno nasceu com uma anaconda praticamente adulta! — brinca Patty.

Todos caem na gargalhada.

Até hoje não acredito que Bárbara dividiu essa informação com a amiga.

— Filho de peixe com sereia, peixinho é! — respondo, entrando na onda.

— Opa, então quer dizer que meu neto puxou o avô materno, o pai da dita sereia — comenta Adilson.

— E você acha que casei com você por quê, bonitão? – Minha sogra é outra que não perde uma.

Entre brincadeiras e conversas, disfarço e vou ao quarto do meu reizinho, cabeludo como a mãe. Velo seu sono tranquilo por um tempo, mas não resisto, pegando-o no colo.

— Filho, nós dois somos os homens mais sortudos da face da terra: temos a melhor mulher do mundo na nossa vida. Bem-vindo, meu reizinho, você foi amado desde o primeiro dia em que soubemos da sua existência. Um dia, vou mostrar a você que nós temos uma estrelinha, lá no céu, que estará sempre entre nós.

Bárbara

Acordo de um cochilo com o som da babá eletrônica. É meu lindo conversando com Gabriel Nucci Ladeia. Falar seu nome inteiro me faz lembrar a primeira vez que Marco me surpreendeu com flores, no nosso primeiro café da manhã.

Lindos, pai e filho entram no quarto. Meu coração dispara. Acho que essa sensação de bem-estar e de plenitude não vai passar nunca.

— Olá, meus galãs.

— Viemos visitar a mamãe.

Marco levanta o braço, onde a cabecinha de Gabriel está apoiada, então o coloca no meu colo.

— Minha vida, você foi meu pilar hoje. Não sei como seria se não estivesse ao meu lado. — Cheiro meu pequeno. Não consigo descrever como gosto do seu cheirinho.

— Somos dois pilares — responde Marco, colocando uma mecha do meu cabelo atrás da orelha.

— Você se lembra do seu primeiro presente para mim?

Ele fica pensando. Adoro fazer esses jogos com ele, que nunca se lembra de nada.

— Óbvio! Foram rosas amarelas. Também pedi para você fazer um pedido.

— Achei que não fosse lembrar!

— Vivo sonhando em descobrir qual foi o pedido.

Eu o olho com intensidade.

— Meu pedido foi que as rosas amarelas iluminassem minha vida e me trouxessem uma família linda. E hoje meu pedido foi realizado. Amo vocês.

Epílogo

Bárbara

Fazendo uma retrospectiva, sou grata por ter tido duas gestações abençoadas com dois filhos lindos e de personalidades completamente diferentes. Meu menino é observador, protetor, um líder nato, enquanto minha pequena Isabella, com apenas 2 aninhos, é doce, paciente e compreensiva. Eles têm apenas 10 meses e uma semana de diferença...

É isso mesmo! Todo o desejo que tivemos de reprimir durante meu resguardo de quarenta dias foi liberado e saciado no primeiro minuto possível. Nossos corpos não aguentaram toda aquela sede e volúpia guardadas. Foi assim que, sem nenhum planejamento, plantamos uma nova sementinha.

A ajuda, a presteza e o carinho do meu dr. Delícia com Gabriel no decorrer da gestação de Isabella foram impressionantes. Nosso príncipe exigiu atenção exclusiva durante o período. Suas regras e horários nunca falharam e, a cada mamada, sempre pousava as mãozinhas na minha barriga.

Quando Gabriel tinha 10 meses, eu estava na cozinha, preparando uma papinha, e ele brincando com o pai na sala — não preciso dizer que o apartamento parecia uma casa de brinquedos. De repente, olhando para trás, vi meu dr. Delícia acompanhando os passinhos lentos do menino. De tanta emoção, esmaguei a cenoura cozida que estava na minha mão.

Após o nascimento de Isabella, pegamos várias vezes Gabriel perto do carrinho dela, observando-a, como se conferindo se precisava de alguma coisa. A primeira palavra que ele disse foi o nome da irmã.

— Ele falou "Bella"! — bradou Marco.

— Acho que sim!

— Biel, fala de novo para o papai como se chama nossa princesa.

Nós quatro somos muito companheiros. Sempre tomamos cuidado para que ninguém dite as regras, o que não vale muito no caso de Gabriel, teimoso demais. No começo, eu e Marco conversamos sobre o assunto e decidimos que, para o bom convívio e sempre que possível, deixaríamos nosso filho arcar com as consequências das suas "escolhas". Quanto a Isabella, brincamos que ela é a nossa *lady*.

— Vem, Bella! — Biel chama a irmã, com um bonequinho na mão, oferecendo-o a ela, tentando ensiná-la a andar.

Agora, quando estão com os avós, os dois mudam completamente de comportamento, o que é comum. Bella fica manhosa e Biel se torna dominante. Os quatro babões deixam que eles façam tudo o que querem. Quando estamos perto, fazemos vista grossa, mas, quando voltamos à rotina, deixamos claro que babões são apenas os avós. Aproveitando esses momentos das crianças com nossos pais, sempre damos nossas escapadas românticas. A primeira grande aventura de um dia longe das crianças foi planejada, como sempre, pelo meu amor.

— Sereia, nossos pais estão chegando para cuidar das crianças — disse, encarando-me ainda nua, depois de um banho.

— Já preparei uma mochila para nós dois. Vamos passar o dia fora.

— Você está querendo dizer que vamos ter um dia só nosso?

Com apenas duas passadas, ele se aproximou, sussurrando:

— Eu amo as crianças, mas meu lado egoísta ainda precisa de você inteirinha só pra mim de vez em quando.

Dei um sorriso tímido.

— Esse sorriso... — Ele acariciou meu rosto com os dedos. — Preciso dele como do ar que respiro.

— Faz parte do plano me seduzir, meritíssimo?

— Sedutora é a senhora nua, na minha frente, com esses bicos arrebitados cutucando meu peito.

Ele puxou meus mamilos, com um sorrisinho de canto de boca.

— Isso é porque meu corpo e minha alma pertencem a você...

Um chorinho manhoso na porta do quarto interrompeu nosso momento íntimo, mas, na verdade, seu desejo de ficar somente comigo foi tão embriagador que eliminou qualquer sentimento de remorso que eu poderia ter por deixar as crianças, mesmo que por apenas um dia, com nossos pais.

Temos sido muito felizes. Nossos amigos estão sempre por perto. Patty, por exemplo, é a tia louca. Faz tudo que eu e Marco proibimos e trata Bella, que ela chama de "Bellinha", como uma espécie de Barbie. Sempre que nos visita, transforma a menina em uma perua, minicópia dela, fazendo-lhe até uma pinta perto da boca. Não falamos muito sobre os assuntos do coração — percebi que se trata de um limite rígido na nossa amizade.

Quanto ao Pedro, virou o tio babão. É o ídolo de Biel, depois de Marco. Como é apreciador de obras de arte, não tem uma vez em que não invente alguma brincadeira de montar ou construir algo. Até um minicarrinho de rolimã já fizeram juntos.

Meu marido sempre está presente em tudo. Dá banho nas crianças, ajuda a arrumá-las para a escolinha, me acompanha nas consultas ao pediatra... Também agradeço aos nossos pais por colaborarem tanto e permitirem nossas saídas noturnas, que são relaxantes e ajudam muito nosso casamento, pois permitem que eu e Marco possamos desfrutar, sempre que possível, das nossas noites de paixão e sexo.

Quanto à educação das crianças, orgulhamo-nos de como temos conduzido tudo, inclusive no que diz respeito aos valores que tentamos incutir nos nossos eternos bebês ao longo dos anos. Lembro-me, nitidamente, de um fato marcante. Um dia, quase tive um ataque quando meus dois homens voltaram do cabelereiro. Biel e meu dr. Delícia estavam carecas! Todos os cachos do meu anjinho tinham sido cortados.

— O que aconteceu? — perguntei, assustada.

— *Seu filho* aconteceu... — contou Marco, sorrindo.

Mil coisas passaram pela minha cabeça, inclusive uma cena de Biel tomando a maquininha do barbeiro e raspando a cabeça.

— Ele disse que queria ficar sem cabelo. Eu disse que não, mas ele me convenceu... Biel, fala pra sua mãe o que você me falou.

— A Giovana, da minha sala, está doente e, por isso, precisou raspar a cabeça. Todo mundo fica falando da cabeça dela! Mas ela é minha amiga, então quis combinar para ela não se sentir sozinha.

Tentei segurar, mas acabei chorando, feliz por ter conseguido transmitir aos nossos filhos uma filosofia de vida decente. Viver sem fazer grandes dramas diante dos acontecimentos negativos tem sido a essência e o segredo da nossa felicidade. Estou ciente de que, na vida, sempre sofremos traições e decepções. Óbvio que acabamos ficando mal por um tempo, mas o importante é sempre tentar superar e ser feliz de novo. E, convenhamos, ninguém melhor do que eu para dizer que, ao tomar essa atitude, podemos sempre encontrar *o lado bom de ser traída*.

Agradecimentos

Como não poderia deixar de ser, o primeiro agradecimento vai para Deus, que, como dádiva, presenteou-me com o dom da inspiração e com a vida.

Quanto aos demais, tenho, na verdade, inúmeras pessoas a agradecer por terem me ajudado a tornar realidade este sonho mágico.

Obrigada, Milton (meu marido) e Gabriel (meu filho), por abrirem mão da minha presença muitas vezes enquanto escrevia e ficava reclusa no meu canto, dedicando-me ao livro. Vocês foram fundamentais. Obrigada por acreditarem em mim. Amo vocês!

Os próximos anjos que vou mencionar — tantos que uma trilogia seria insuficiente para nomear todos — vão receber meus agradecimentos de um jeito diferente.

Toda a equipe do Marketing e Editorial da HarperCollins Brasil, que tem sido muito carinhosa. À Daniela Kfuri, em especial, agradeço por jamais largar minha mão.

Tiane Vasques, Fernanda Ramalho, Vanessa da Silva Pereira e Judy Amorin, quatro mulheres lindas e amorosas que se dispuseram a amar de graça, prestigiando cada momento da história: obrigada por tudo, suas lindas! A realização deste sonho se deve, também, às horas de discussões e ideias que tivemos juntas. Muitas vezes, rolaram puxões de orelha e choque de ideias, mas, ao final, sempre chegamos ao melhor resultado juntas. Vocês foram mais que amigas, foram minhas irmãs, em todos os momentos.

Às leitoras que se tornaram amigas e ajudaram o grupo do Facebook a crescer, Cristiana Pereira, Alessandra (Alê FTDS), Cristina Santana, Maya, Raquel Miranda, Ana Ferreira, Lívia, Patrícia da Silva: agradeço por serem especiais e por participarem ativamente.

Agradeço aos blogs Meu Vício em Livros, Espaço K, Infinitamente Seu, Livros do Coração, grupo Pégasus, Viciados em Wattpad e Tardes Sensuais por prestigiarem e divulgarem o livro.

E obrigada a vocês, minhas amigas que, surpreendentemente, ajudaram na divulgação deste sonho, as *Suezetes* Luciana Cavalcante, Josi, Simone Martins, Nina Reis, Leda Magnesi, Elisângela Nolasco, Renata Vasques, Shirley Barreto, Simone Orth, Isabel Pinheiro, Paula Lima, Gorety Oliveira, Isnathyelly, Thais Padalecki,

Cristina Gimenez (irmã maravilhosa), Kuka Abranches, Carla Souza, Naty Kay, Catiele, Erica Pereira, Valéria Avelar, Dee Ross, Lucilena Carmo, Gabriela Gaetano, Carla Souza, Alessandra Corte, Kimberlly Kelly, Adrielli Lazaro, Adriana Pinho, Gisele Persico, Marcela Silva, Erica Pereira, Alessandra Cruz, Adriana Dutra, Leidyane Rodrigues, Elisangela Nobasco, Adriana Alves, Luma Prates, Sara Jeronimo, Paola Grey Cross, Ilana Chompanids, Silvia Brasil, Ana Crismim, Daniela Brandão, Cida Barbosa, Simone Rezende, Nathalia Graf, Cah Mendes, Dry Queirós, Lininha, Nunes Nunes, Solange Carvalho, Vertania Mirtes, Karine Daher, Manuela Dias, Eudilaine Ferreira, Adriana Araujo, Veronica Ferreira, Hellena Bourbon, Lizzy Arin, Raquel Valvert, Leticia Bresolin, Jane Elen, Mariana Garcia, Daisy Marques, Tarciana Barbosa, Dila Nepel, Jhenifer Carvalho, Raquel Costa, Luciana Novaes, Irene Miguel, Ana Carolina, Elma Ribeiro, Sofia, Meire Calisto, Barbara Figueiredo, Elaine Mendes, Nildes, Livia Salmoso, Suzete Frediani, Anne Karoline, Mari Sales, Mirian Batista, Renata Barboza, Katia Alvez, Sheyla Mesquita, Cris Vieira, Cleopatra Cruz e Taiane Bittencourt.

Meus agradecimentos a todas as páginas sobre livros do Facebook que citaram minha história, de alguma forma. Obrigada a todos os seus administradores.

Agradeço, imensamente, a todas as leitoras do Wattpad e do Facebook, cujos nomes começam com as letras A, B, C... até Z, por acolherem e acreditarem na minha escrita. Vocês são maravilhosas e fizeram deste livro recordista nacional do Wattpad, com mais de 6 milhões de leituras.

Sou imensamente grata aos meus leitores, que se transformaram em verdadeiros amigos, os quais, garanto, são os melhores do mundo. Obrigada por todas as mensagens recebidas, que leio com muita alegria.

Por fim, agradeço à Glaz Entretenimento e à Netflix por acreditarem nesta obra e a adaptarem para o audiovisual.

Obrigada, obrigada, mil vezes, obrigada...

Surto de beijos

Este livro foi impresso pela Vozes, em 2023, para
a Harlequin. O papel do miolo é avena $70g/m^2$, e o da
capa é cartão $250g/m^2$.